U0594475

西天游记

上

刘兴诗 著

成都地图出版社

图书在版编目（CIP）数据

西天游记．上 / 刘兴诗著．— 成都：成都地图出版社有限公司，2023.12

ISBN 978-7-5557-2250-2

Ⅰ．①西…　Ⅱ．①刘…　Ⅲ．①章回小说—中国—当代　Ⅳ．① I247.4

中国国家版本馆 CIP 数据核字（2023）第 216041 号

西天游记·上

XITIAN YOUJI·SHANG

出 版 人　鄢来勇
策　　划　李继勇
责任编辑　陈　红
排　　版　书香文雅
出版发行　成都地图出版社有限公司
地　　址　成都市龙泉驿区建设路 2 号
印　　刷　三河市祥宏印务有限公司
开　　本　880 mm × 1300 mm　1/32
总 印 张　17
总 字 数　450 千
版　　次　2023 年 12 月第 1 版
印　　次　2023 年 12 月第 1 次印刷
书　　号　ISBN 978-7-5557-2250-2
定　　价　49.80 元（全 2 册）

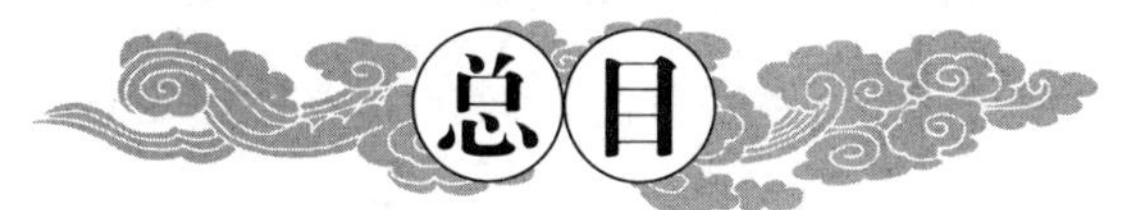

总目

楔　　子　腐儒读书生疑义　大圣梦里指迷津　〇〇一

第一回　尊者灵山索人事　悟空夜半污经书　〇〇七

第二回　行者拨云斗金刚　佛祖传旨喻唐僧　〇一五

第三回　美猴王大闹灵山　如来佛听谗兴兵　〇二二

第四回　鸡足怪脚踏美猴王　药师佛晓喻孙大圣　〇二九

第五回　痴书生树下遇花仙　呆八戒梦里入油锅　〇三九

第六回　香花城众人说梦境　灭佛计群魔撼宝塔　〇四六

第七回　唐三藏巡游圣城　猪八戒妄想成佛　〇五八

第八回　心猿怒捣御弟石室　三僧勇斗吞塔蟒怪　〇六七

第九回　八戒贪食惹奇祸　龙王幻身奋神威　〇七七

第十回　师徒问讯石翁仲　神佛化身说佛陀　〇八七

第十一回　石室盲龙问宿债　大树仙人指迷津　〇九七

第十二回　香象林祸生不测　隐身神护灵有方　一〇四

第十三回　外道法师失性成魔　齐天大圣斗法降妖　一一二

第十四回　磐石余留旃檀香　竹海变化假佛身　一二一

第十五回　魔王设计诱二僧　醉象怀怒逐八戒　一二九

第十六回　温泉枯竭失源流　魔王变幻惑道心　一三六

第 十 七 回　唐僧习法那烂陀寺　猪猴激怒露形尼乾　一四五
第 十 八 回　石壁显影，灯妖问疑惑　观音传意，月神平忿怒　一五二
第 十 九 回　祥光罩护小孤山　行者巧识大脚怪　一六一
第 二 十 回　圣僧真诚问古今　仙翁故意说猿猴　一七二
第二十一回　猪八戒误入马圈　孙悟空智访地牢　一八一
第二十二回　万众问讯观世音　净洗乞丐除病根　一九〇
第二十三回　披毛汉扮艺术家　猪八戒做大文豪　一九六
第二十四回　行者睹物思故乡　圣母跨虎斗心猿　二〇二
第二十五回　八戒无意损神木　行者好奇探花塔　二〇八
第二十六回　唐三藏遥观佛光　孙大圣一探铁城　二一八
第二十七回　行者礼让恭御陀国　八戒智取五通大仙　二二八
第二十八回　龙猛点石成黄金　悟空裤裆捉风怪　二四一
第二十九回　有钱鸡犬可升天　无法神祇宜下地　二五〇
第 三 十 回　猪猴妄言获灾　菩萨化身说道　二五六
第三十一回　唐三藏一心探仙洲　盘蛇城尊者授锦囊　二六一
第三十二回　护国蟒神献妙计　木头唐僧渡南海　二六六
第三十三回　逆子无情弑狮父　兽王有意托圣僧　二七七
第三十四回　狮王过海寻子　大圣再探铁城　二八二
第三十五回　孙行者三探魔岛　湿婆神大破铁城　二八八
第三十六回　多罗林奸徒售假经　月明夜悟空识妖迹　二九五
第三十七回　猪猴力退强暴兵　石佛严惩侵略主　三〇五

第三十八回　仁主爱物兽狎人　妖魔欺善遇大圣　三一六
第三十九回　八戒梦传《糊涂经》　三藏陋巷遇真人　三二四
第 四 十 回　魔头感染邬阇王　四僧误中铁匣计　三三七
第四十一回　岛国花香醉大圣　狮女知非指迷津　三四五
第四十二回　悟空巧施驱风计　石佛口占忍字经　三五三
第四十三回　假佛徒诡辩善恶　孙行者分身诱妖　三五九
第四十四回　正邪杂居石室山　神猴勇探妖魔洞　三六八
第四十五回　美猴王攀崖取蜜　独脚佛幻身施恩　三七五
第四十六回　孙悟空智访妖法术　霹雳果火烧魔树林　三七九
第四十七回　猴行者大战众鳄怪　圣河水开匣放三僧　三八六
第四十八回　世俗择夫唯重实　东国女王恋猪郎　三九四
第四十九回　众人唯求现时乐　菩萨显示未来景　四〇四
第 五 十 回　唐三藏登天拜佛　阿修罗化身诱敌　四一一
第五十一回　恶咒众女尽曲背　巧扮新娘除妖仙　四二〇
第五十二回　戒日王聚会曲女城　唐三藏说法退鬼魂　四三五
第五十三回　贼方丈借宝敛财　孙大圣设计掉包　四四四
第五十四回　八戒偷懒骑白马　长老水上遇强贼　四五一
第五十五回　僧官指点多烧香　悟空一怒治灯神　四五八
第五十六回　国主挟威撼木像　世祖舍身伏毒龙　四六五
第五十七回　唐僧费力觅佛踪　如来轻易除逆子　四七三
第五十八回　太子恃力掷巨象　悟空巧计驱邪根　四七八

第五十九回　四众参观鹿野伽蓝　魔头施展水火毒计　四八八
第 六 十 回　齐天大圣遇对手　西天猴来制悟空　四九六
第六十一回　罗摩王子显灵通　东西猴王结金兰　五〇一
第六十二回　因陀罗纵雷平妖　大梵天秉义灭亲　五〇八
第六十三回　佛祖换经惩贪僧　四众功成返东土　五一七
主要参考文献　五二三
后　记　五二四

上卷目录

楔　子　腐儒读书生疑义　大圣梦里指迷津　〇〇一
第一回　尊者灵山索人事　悟空夜半污经书　〇〇七
第二回　行者拨云斗金刚　佛祖传旨喻唐僧　〇一五
第三回　美猴王大闹灵山　如来佛听谗兴兵　〇二二
第四回　鸡足怪脚踏美猴王　药师佛晓喻孙大圣　〇二九
第五回　痴书生树下遇花仙　呆八戒梦里入油锅　〇三九
第六回　香花城众人说梦境　灭佛计群魔撼宝塔　〇四六
第七回　唐三藏巡游圣城　猪八戒妄想成佛　〇五八
第八回　心猿怒捣御弟石室　三僧勇斗吞塔蟒怪　〇六七
第九回　八戒贪食惹奇祸　龙王幻身奋神威　〇七七
第十回　师徒问讯石翁仲　神佛化身说佛陀　〇八七
第十一回　石室盲龙问宿债　大树仙人指迷津　〇九七
第十二回　香象林祸生不测　隐身神护灵有方　一〇四
第十三回　外道法师失性成魔　齐天大圣斗法降妖　一一二
第十四回　磐石余留旃檀香　竹海变化假佛身　一二一
第十五回　魔王设计诱二僧　醉象怀怒逐八戒　一二九
第十六回　温泉枯竭失源流　魔王变幻惑道心　一三六

第 十 七 回　唐僧习法那烂陀寺　猪猴激怒露形尼乾　一四五
第 十 八 回　石壁显影，灯妖问疑惑　观音传意，月神平忿怒　一五二
第 十 九 回　祥光罩护小孤山　行者巧识大脚怪　一六一
第 二 十 回　圣僧真诚问古今　仙翁故意说猿猴　一七二
第二十一回　猪八戒误入马圈　孙悟空智访地牢　一八一
第二十二回　万众问讯观世音　净洗乞丐除病根　一九〇
第二十三回　披毛汉扮艺术家　猪八戒做大文豪　一九六
第二十四回　行者睹物思故乡　圣母跨虎斗心猿　二〇二
第二十五回　八戒无意损神木　行者好奇探花塔　二〇八
第二十六回　唐三藏遥观佛光　孙大圣一探铁城　二一八
第二十七回　行者礼让恭御陀国　八戒智取五通大仙　二二八
第二十八回　龙猛点石成黄金　悟空裤裆捉风怪　二四一
第二十九回　有钱鸡犬可升天　无法神祇宜下地　二五〇
第 三 十 回　猪猴妄言获灾　菩萨化身说道　二五六
第三十一回　唐三藏一心探仙洲　盘蛇城尊者授锦囊　二六一
第三十二回　护国蟒神献妙计　木头唐僧渡南海　二六六
第三十三回　逆子无情弑狮父　兽王有意托圣僧　二七七
第三十四回　狮王过海寻子　大圣再探铁城　二八二
第三十五回　孙行者三探魔岛　湿婆神大破铁城　二八八

楔　子　腐儒读书生疑义　大圣梦里指迷津

诗云：

天空雀鸟均识途，世间俗人唯信书。
黑白分明仓颉字，龙蛇飞舞圣贤物。
不知一部《西游记》，几多真实几多误。
若将故事作历史，愈读书本愈糊涂。

这诗说的是，世间凡夫俗子从来迷信书本。大凡印成白纸黑字，就深信不疑。不管它是神话小说、寓言故事，还是今日之科学幻想，诸如《星球大战》《未来世界》之类，阅后总有几分相信。殊不知说书人别有他意，真真假假、假假真真，布下了一个个迷魂阵。初看书时，尚知有假，久入其中，就渐觉是真了。这就是故事手法和文字魔术。那闻名遐迩的《西游记》就是其中一本，未知读者曾经深究与否。

《西游记》之于中国，三尺童子皆晓，然而却未必尽知。究其原因，自从南宋时期，说书人意图取悦听众，杜撰猴行者化身白衣秀士保护唐僧西行取经，沿途降妖伏魔，成为《大唐三藏取经诗话》以来，历经元、明，见于许多话本、杂剧，民间早已流传深远。嗣后复经吴承恩演绎成为才子奇书，于是到处播扬，人人皆知西游故事，读之如醉如痴，反不识其真实历史面目了。此乃大师手法，艺术之无限魅力也！令人衷心佩服。

如今约定俗成，不言圣僧神猴，似乎不成其为“西游”，不能为世俗

众生所接受。故事愈播愈广，远及东瀛西夷，几乎得到世界认同。在此形势下，学者专家只能钳口噤声，讨论于人所不见的学术会议，书写为人皆不耐看之专业论文，无法教谕群众，改变故事大势了。虽然如此，仍应指出传说故事之一不足。试问，唐僧玄奘西行目的，在于研究佛法，以问所惑[①]，他迷信西天神佛，九死一生历尽艰险，好不容易到达西天，岂有磕一个头，领了经书转身就走之理？无论从真实历史，抑或是人情常理，均大大说不通。

从历史上来说，史载玄奘西游历时十七年多。除往返途中不计外，自贞观二年（628年）至十七年（643年），都居留在佛教起源之地——印度。从《大唐西域记》中可知，玄奘曾经遍历印度半岛天竺诸国，到处参拜佛迹。小处不计，仅计其荦荦大者，他曾在摩揭陀国那烂陀寺，跟从戒贤法师学习五年，并在此讲学著书，又曾应羯若鞠国戒日王邀约，主持曲女城说法大会，参加七十五日无遮大会等。回国返程，他还在南、北天竺大宽转游历一番，正如今日公费出洋，总得千方百计到处游逛，方才打道回府。白纸黑字事实俱在，并非如《西游记》故事所说，领得经书后，为了凑足五千零四十日，师徒四人按照观世音菩萨设计，随着护法金刚，立即一股罡风驾云而起，荡荡飘飘准时返回东土。

从常理上来说，这也是难以服人的。试问，如果有人一心存志拜访某地，好不容易千辛万苦到达，会连大气也不喘一口，毫不停留转身就走吗？玄奘十三岁出家，在国内先后投师十三人，如《大慈恩寺三藏法师传》所云："法师既遍谒众师，备餐其说，详考其理，各擅宗途，验之圣典，亦隐显有异，莫知适从。乃誓游西方，以问所惑。"由此可见，他来佛国天竺，不仅求经，还须求义。倘不像其在国内一样，寻觅名师指点，断不会贸然回国，如入宝山，空手而还。

① 见《大慈恩寺三藏法师传》中"法师……乃誓游西方，以问所惑"。

于是人们会问，唐僧取经后，在西天如何盘桓？游历天竺诸国，还有什么神奇古怪的经历？西天是否真是极乐世界？诘问到底，自必会有层出不穷之新故事也！

出于此因，笔者对于《西游记》的结尾大生疑惑，急于探明真相。虽然玄奘自己在《大唐西域记》中说得明白，却又和传统西游故事不相契合。理智虽然可通，感情却不可通。我左思右想至深夜，一手抚《西游记》，一手抚《大唐西域记》，稀里糊涂进入了梦境，把纠缠不清的历史与传说的瓜葛全都撇开，付之于昏昏沉沉一睡。

谁知，认真趋于糊涂，糊涂反至近真。日有所思，夜有所梦。我刚闭眼不久，面前忽然金光透亮，显现出尖嘴缩腮的美猴王孙大圣的真身。大圣拔了一根毫毛，在我的鼻孔内搔了几下，将我弄醒，哈哈笑道："好一个二十世纪末叶的迂夫子，酸不溜秋，想什么真不真、假不假的西游故事？须知，真中有假，假里藏真，世事本是虚虚实实、真真幻幻一局棋。你要想知道唐僧师父和我等在西天的故事，待我告诉你便罢了，何必抱着书本死啃呢？"

我在梦中见大圣显身，不由受宠若惊，连忙奉上巧克力，煮好一杯浓浓的咖啡双手端在他面前。不知是他未曾尝过此种异味，或是咖啡精起了作用，只见他翘腿坐在我的书桌上，指指戳戳又向我发了一通奇妙议论。

他说："我在花果山参禅打坐，受你心灵感应来到此处。实话对你说，我也为世间流传半截西游故事恼火。可恼吴承恩写到末尾就草草收兵，想是他家境不宽，灯油用尽，才如此行事。世人只知我等师徒上西天路途辛苦，却不知在西天更加辛苦万倍。吴承恩有意隐瞒事实，粉饰太平，未曾道破极乐世界的不极乐。我正欲告诉世间愚夫俗子，休存西天幻想。你既有意研究这一问题，我就实话对你说了吧。"

我见大圣如此赏识，心中十分欢喜，连忙又奉上一杯冰可乐和一碟四川怪味胡豆，供他细细品尝，然后问他："大圣既然久有此心，何不早早

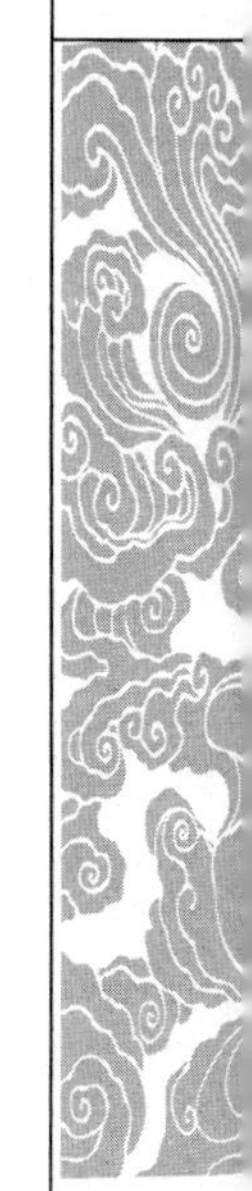

昭示世人，为何要待到今天才光临寒舍对我提及呢？”

大圣抛了几颗胡豆入嘴，边嚼边摇头说：“罢了，罢了。古往今来，世界有多少人口，怎能一一会见谈话？谈了古人，有今人，一个个谈得完吗？如今中国人口增加尚不算多。想那印度、非洲和其他东西洋番邦各国，一家下仔四五个、七八个，乃是常事。若要我逐一讲述，只怕把我全身毫毛拔光，也分不了这许多身子。抓住你，代我说几句心里话，也就够了。”

阿也！想不到大闹天宫的齐天大圣爷爷如此器重我。我慌忙打开冰箱，把储存在里面的瓶儿、罐儿、瓜儿、果儿，一股脑掏出来，给他满满摆了一桌子，喜滋滋地问他：“大圣啊，您要小人作甚？我在电视台有几个知己朋友，是否要我开一个后门，请您老通过通信卫星，向全世界发表一番演说，这就简单明快了。”

大圣正在撕着一根香蕉，听我说后，放下来正色说道：“唉！你把我当作什么货色？如今开化，我也闲来看过电视。我说的正经事情，岂能像卖假酒、假药一样做虚假广告？也不能信口开河，讲时不用心，讲后不认账。我知道你写过几篇文章，虽无吴承恩之才，倒也马虎通顺，勉强合格。最难得你有疑惑之心，因此我要你再写一本《西天游记》，把我等游历西天的故事统统写出来。找一家出版社印成书，使世人知晓故事真相，不再闷在肚皮里打哑谜。”

天呀！我这才明白，齐天大圣不耻枉顾，夜半光临，竟是为了这样一件事。想我文不能成书，辞无以惊众，从前只是侥幸在报屁股上发过几篇豆腐干文章，还有不少难以说清的后门关系。如今要我挑此大梁，真比“廖化挂先锋金印”还不如。想来必是大圣咖啡喝多了，方生此念。我悔不该煮得太浓，使他情绪兴奋，猴性发作，竟把如此重任委诸我，死死扭住我不放。我连忙摇手、作揖，求他饶了我这一遭，今后必定卖衣、卖被、卖裤子，攒足一笔钱，为他重塑金身，再造神像。

谁知，他见我不领情，一下子变了脸，指着我骂道："没有用的小老头，你枉为大学教授，连我手下的一只小猢狲也不如。倘若我的猴子猴孙，除了猴语，还懂人言，会写几个字，我也不找你这个脓包了。我今对你说明，你只照我说的话一一照实写出，岂不就是一篇文章了？书出版后，署名是你，稿费归你，让你在家中过几个月安生日子，有什么不好？何必扭扭捏捏，像十七八岁大姑娘上轿一般呢？"

我抬头看他，只见他金睛起火、猴毛直竖，真是软中有硬，不从不成。我自幼读过《西游记》，又曾看过许多连环画和电影，深知这位毛头毛脑的爷爷不是好惹的。他今夜见我，心中早有主意，如果惹恼了他，猴性与咖啡精一起发作，只怕没有好结果。莫奈何，我只好硬着头皮应承下来，往后再细细另作计议。

大圣见我答应了，心中回嗔作喜，把杯中饮料一口吸尽，拍了拍我的肩膀说："好，好，好！你听了话，写出来后如果我看了满意，便收你上花果山，当一个小猴仔。整日无忧无虑游耍，渴了有泉水，饥了有果子。比窝囊在这儿，当什么劳什子穷酸教书匠、受气丈夫强得多！"

我忙不迭点头应承了。他又指着我说："话虽如此，你也可要小心！若是不照实按我说的写，玩了什么花招。小心我掰下你的脑袋，抛进流沙河，给沙和尚兄弟增添一个串珠子。"他见我又勉强点了头，这才揪着我的耳朵，对我叽叽呱呱、呱呱叽叽，说了一些如此如此、这般这般的话语，使我茅塞顿开。噫，我这才明白，猴子确比教授强，看得一针见血。这就是没有学衔，不整日梦想晋升、加工资的好处。我顿时悟得《西游记》中有历史，《大唐西域记》里亦有荒诞故事。正本二十四史中常有荒唐不可信处，一些荒诞故事却往往孕有十分严肃的主题，这也算是古往今来常见的一种文学魔术吧！难怪俗人不喜读史，偏爱听人说《山海经》。吴承恩大师的《西游记》流传千古，光芒掩过《大慈恩寺三藏法师传》和《大唐西域记》，或许这也是一个重要原因。

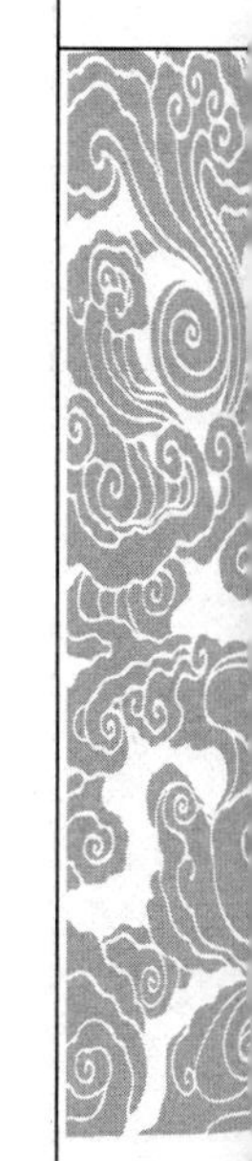

好一个有胆有识，做事干脆利落的孙大圣。他见我勉强答应还有些迟疑，兜屁股给我一脚，把我踢了个嘴啃泥，然后龇牙露齿怒骂道："你这小小糟老头儿，还不赶快把故事写出来。倘若偷懒，或是胡言乱语，辜负了我一番美意，小心我抽出金箍棒，敲打你三百下孤拐！"

天哪！孙悟空的金箍棒胜过关王爷的青龙偃月刀，妖魔胆战、神鬼心惊。想我这个凡夫俗子年过六七，即届古稀，如何承受得起三百下金箍棒敲打？一来因为得了他的真传心中欢喜，二来惧怕金箍棒，只好谨记梦中嘱托，战战兢兢、欢欢喜喜地写下了这本狗尾续貂的《西天游记》。读者诸君是否相信、是否喜欢，我就不负任何责任了。倘有怀疑，请您去问那火眼金睛、嫉恶如仇，天不怕、地不怕的齐天大圣猴爷爷吧！

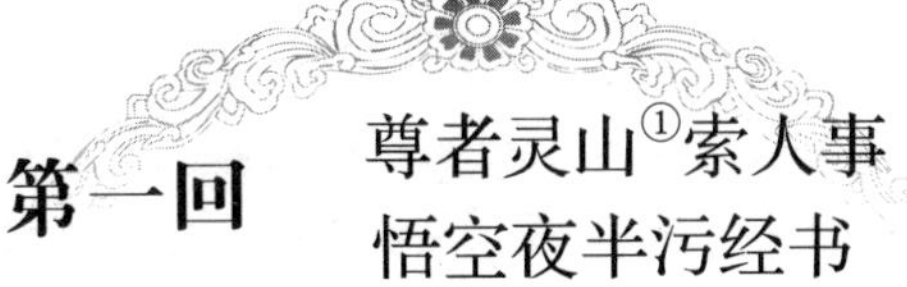

第一回　尊者灵山[1]索人事　悟空夜半污经书

天竺取经事悠悠，圣僧行迹渺难求。
谁知西天非乐土，处处风波处处愁。
菩萨犹有爱财意，妖魔未必皆凶寇。
一部残经说世事，万千心态话猪猴。

话说唐僧三藏率领众徒到了西天灵山，见了佛祖如来，领得旨意，随从佛祖座前左右二尊者前往藏经阁中领取经书。三藏至此，目不敢斜视，足不敢重蹑，战战兢兢，诚惶诚恐。转廊登阶，遇见往来神佛，目睹雕绘灵像，无不俯首行礼，虔诚问讯。正是苦苦修行一生，只为参佛一时。想他辞别大唐天子以来，沿途九死一生，历尽艰辛，如今超脱一切劫难，身临真佛宝地，岂有不满怀欢喜、小心谨慎之理？眼见师父如此，悟空、八戒、沙僧也不敢怠慢，一一收起往日模样，一字儿跟随师父，亦步亦趋，往藏经阁走去。

二位尊者瞧见四众这般神情，会心对视一下，引入藏经阁，掩上阁门，笑嘻嘻地对三藏道："圣僧东土到此，有些什么人事送我们？快拿出来，好传经与你去。"三藏闻言道："弟子玄奘，来路迢遥，不曾备得。"二尊者笑道："好，好，好！白手传经继世，后人当饿死矣！"

---

① 灵山：古印度称姞栗陁罗矩吒山，意译鹫峰山，位于古摩揭陀国境内，见《大唐西域记》卷九，"鹫峰山"条："室姞栗陁罗矩吒山，接北山之阳，孤标特起，既栖鹫鸟，又类高台，空翠相映，浓淡分色，如来御世垂五十年，多居此山，广说妙法。"在今天的印度比哈尔邦境内。

悟空见他们满口扭捏，不肯传经，忍不住叫噪道："师父，我们去告佛祖，教他自家来把经传与老孙。"说着，就揉手搡拳，做出要争斗的样子。

二尊者不意悟空做出这等模样，一个尊者冷冷一笑说："你就见过佛祖又能怎的？实话告诉你，佛祖早有旨意，经不可轻传，亦不可以空取。从前有僧众下山，曾在一长者家中将经书诵了一遍，保他家生者安全、亡者超脱，讨得他三斗三升米粒黄金回来，佛祖还说他们忒卖贱了，教后代儿孙没钱使用。如今念你自东土远来，路途遥远，只向你讨取少许人事，连工本也不足，你还发狠吵嚷作甚？"另一尊者也作色道："莫嚷！此是什么去处，能容你撒野放刁！倘若惹恼了我们，一本经书也休想讨得。"

悟空听了，气忿不平，还要发作。三藏连忙喝住，俯身向二尊者赔礼说："毛头弟子来自山野，性情粗鲁无礼，万望菩萨息怒。"转身吩咐沙僧取出紫金钵盂，双手奉上道："弟子委实是贫寒路遥，不曾备得人事。这钵盂乃唐王亲手所赐，教弟子持此，沿途化斋。今特奉上，聊表寸心。万望尊者不鄙轻亵将此收下。待回朝奏上唐王，定有厚谢。"一个尊者接了，方回嗔为喜，微微而笑，起身为他抽取架上经书。

八戒跟在后面看得真切。眼见他将紫金钵盂收入袖内，左首尊者却无收获，八戒连忙走上一步，从腰间解下一个绣花香袋，扯过他的衣袖到一边，恭恭敬敬献在手中，压低声音说道："菩萨莫嫌此物。这是高老庄我至亲至爱的浑家赠送与我，沿途镇妖压邪的吉祥纪念物。我早准备在此献与菩萨，算是老猪的人事，也是我浑家的一点情分。"尊者瞅他笑道："你这和尚，虽然身形丑陋粗笨，却也心诚性巧。难得你有这般心意，将浑家赠你之物转送与我，必不是为了经书，莫非还有什么体己私事相求？"

八戒听了，忙不迭点头说："菩萨到底与众不同，慧眼看得清楚。实不相瞒，老猪原是天蓬元帅，也是上界神仙中人。只因在王母蟠桃会上带醉戏弄了嫦娥，才被贬到人间，误投母猪胎，变成这等狼狈模样。倘若菩萨能代为奏明佛祖，恢复老猪官职，定当结草衔环相报。莫说一个香袋，即使把浑家送与菩萨，也是情愿的。”尊者哈哈大笑说：“我要你的山村老婆有何用？你只消能知事，日后听从呼唤，区区一个元帅算得了什么！”八戒精神抖擞、喜气洋洋，连连满口称诺退到一边，心中自是欢喜不提。

悟空眼见这一切，心中好不忿恨，圆瞪双目、咬牙切齿，正要上前理论，沙僧慌忙一把扯住他说：“师兄不可造次！取经事大，财物事小。二位尊者如此这般，或许是有意试探求经凡人，出于幽默，并非恶意。佛祖高高在上，也未必尽都知情。师兄一时不察，冒失动作，岂不误了唐王与师父大事。我等千辛万苦付之流水，反惹得一路妖魔笑话？师兄心直口快，遇事需要三思才是。”这一席话说得恳切，言之在理，悟空沉吟一阵，这才半信半疑捺住性子，随同三藏长老取了经书悻悻而去。

四人告别了二位尊者和诸多神佛、尊者、金刚、力士后，遥向山巅宝殿内如来佛祖拜了几拜，一步一回头，起身走下灵山。回头看，山峰空翠相映，浓淡分色，祥云缭绕，霞光遮漫，走过的路途早已消失。三藏见了，念一声阿弥陀佛，两肘、两膝、额头，五体着地，虔诚地顶礼膜拜后，招呼众弟子起身缓缓离山上路。

沙僧牵定驮经书的白龙马，问道：“师父，如今我等投哪条路？是否还沿旧途回国？”三藏摇头道：“休要这般急忙。想我幼时在东土习经，游历各地，遍访众师，备餐其说，详考其理。然而诸师各说不一，经典亦不尽相同，莫知所从。因此誓游西方，以问所惑。如今历尽千辛万苦到得这里，终不能取得经书便匆匆回头走了。汝等须知，习经须在佛国仙土，正与研习番邦鸟语，应去彼邦居留，朝夕学舌同理。如果稍有所得，便遽尔返回东土，何人可以指点迷津？为师秉志遍游西天佛国，到处寻访神佛遗迹，拜谒得道尊者，参明教义，广结善缘。此处善天福地，与来时途中

不同。汝等安心跟定，切勿烦躁。心缘相结，必有善果也。”

八戒听了，拊掌嚷道：“师父说得是。这里是西天极乐世界，旁人修行一世尚不得高攀，岂有来了便走之理！我跟定了师父，别说东土，就是高老庄也不想回去了。”只见他眉飞色舞，东张西望，洋洋自得，端得一副满怀喜悦的样子。

悟空瞅着马背上的经书，皱了一下眉毛却说：“师父，我看那两个秃驴贼眉贼眼，定无好意。师父休要忒忠厚，且先打开经匣看了再说。他们莫不会嫌人事太轻，用什么账本、黄历换了真经，累得我等老远驮回大大辛苦。”说着，就动手来解马背上的经匣。

三藏见他如此，连忙喝住，叱责道：“你这泼猴，怎么用小人之道度神佛之心？二位尊者言明，经书必须带回东土，面见唐王天子方能当面打开。途中开匣，动了灵气，神仙责怪，你能担当得起吗？如果再这般胡为，我念紧箍咒，叫你好受！”八戒、沙僧见师父动怒，也双双站起护住白马，不让悟空动手。悟空无奈，只好嬉皮笑脸，俯首告饶说：“好师父，且莫念那话儿。老孙原是说着耍子，从今不提了也罢。”三藏这才平息了怒气，安抚好三个徒弟，放心上路朝前走去。他一面走，一面看，看得好不开怀。这灵鹫山下，西天世界果然是好去处。但见得：

云暖暖，风细细，处处菩提香树，在兰若灵寺。人诵真经，鸟衔仙草，无处不有佛迹。西天大异东土，极乐极善极奇。

三藏长老引着徒众一路走来，东瞻西望，看着眼前这一派如诗如画风景，真个是吉祥天、福祉地，心中赞叹不已，不时停步向路边仙树灵石参拜，朝善男善女问讯。只觉身心俱入净界，处处均有神迹，就连洒落在衣衫上的灰尘也不愿轻轻拂去。真是心诚意诚，如醉如痴，坠入妙境。一时只觉心头万般烦恼化尽，念间千种善缘竞生。在他身后，八戒手舞足蹈自不必说，沙僧也欢喜非常，牢牢牵定白龙马，小心翼翼护住鞍上经卷，跟随在后不敢怠慢半分。只有悟空边走边想，心中激荡不安，极其不是滋味。

悟空暗自寻思道："师父好没主张。那给经书的两厮明明索要人事，还低声下气为他们护短。俗话说，一手交钱，一手看货。岂有囫囵包住不许查看，必须万里迢迢返回东土才可启封之理？到那时，查出纰漏，他出门不认，师父也未必能够再来西天对证理论，岂不吃了哑巴亏？我看这些经书只是匣儿表面发光中看，内里未必有好内容。正如世间绣花枕头，其实都是草包。待老孙想个法儿，弄来看看才放心。"

好大圣，眉头一皱，已有计谋，途中装憨装傻且不言语，等待时机到来再施手段。不一会儿，只见天光慢慢暗淡，劳燕归巢、倦鸟入林，日头渐渐西沉，四下风光一片模糊。在这天竺他方，异地日神毗婆娑[①]收起金箭，归入天外住所歇息，月神苏摩带领众星缓步走上中天。月似银船，荡入夜穹，天地无声，一片宁静。

那唐僧让白马驮经，自己不再坐骑，拄着唐王御赐锡杖走了一天，早已累得不行，便吩咐沙僧将马拴住，择了一处巨大榕树伞盖下，铺开席毯盘腿坐下。他面向灵山，低低诵了一通经文，席地倒头便睡，不多时便浴着祥月灵光，沐着瑞草氤氲沉沉睡去，一点性灵重返佛祖灵山去了。悟空眼见师父睡下，八戒、沙僧也轻轻松松放倒身子，横七竖八伸开手脚，入眠各自去做好梦。就连白马也累得气喘吁吁，待到沙僧卸下鞍架后，展平四蹄俯伏在草地上睡去。风轻轻，夜寂寂，天地一片黑沉沉，正是做手脚的好时机。悟空翻起身子，蹑手蹑脚地朝白马旁边的经书鞍架走去。

悟空本想解开经匣，抽出几本经书验看。可是身边夜色迷茫，任他火眼金睛也无法看清书上蝇头经文，何从判明是真是假？若要逐一查验，就

① 佛经称太阳神为毗婆娑，印度神话中的太阳神为苏利雅。

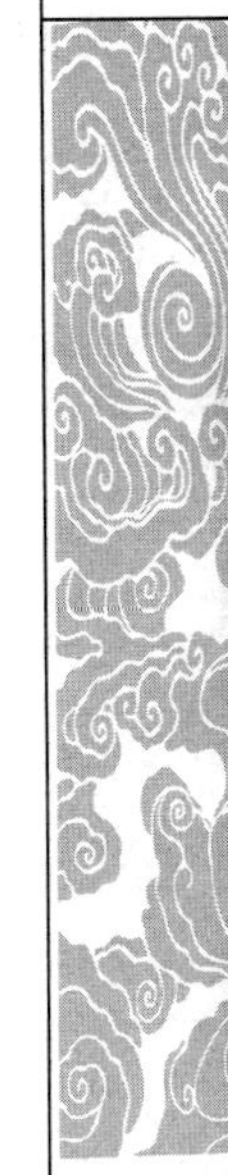

更加不能了，心想倘要检查清楚，必须借助毗婆娑大神光明普照一切之太阳灵光。在此之下，二尊者一切诡计均将暴露无遗，到那时老孙再禀明佛祖，惩治恶徒，重颁真经，岂不极好？如若要师父下令解开经匣，唯有借助天力，淋它一场透雨。打湿了神圣经书，师父自然着急，岂有不摊开晾晒之理？那时就可慢慢翻检，验明真伪了。可是抬头观看，月华荡荡，众星朗朗，天净似水，了无纤云，怎能一时如愿降雨？若是等待几天，待到乌云密布、天降雨水之时，又耐不住性子，师父也会加意遮蔽防范，如何可以遂愿？

他抓头搔腮想了一阵，眼珠一转，计上心来。他探头觑见四下无人，连忙捞起束腰短皮裙，朝着经卷鞍架哗啦啦撒了一泡猴尿，踅身另觅一个远处悄悄睡下。想他一路饮水，急于行路，不得方便，憋足了老大一泡尿。这一下尽情宣泄，真个是如龙君吐水、雨师行术。尿似泉瀑般洒下，把一架经书从头到底尽皆打湿，架下青草地也洒满了无数水珠。多亏沙僧等人睡得远，才没有濡湿身体。大圣舒服自在，安心入睡，只待明日众人瞧见再作道理。

次日，四众一觉醒来，沙僧前往整理鞍架，忽然捏了一把湿。他急忙检看经书，只见卷卷沾潮、篇篇滴水，恰似自水里捞起，竟无一本是干净的，急得跌脚叫一声苦也，喊道："咦，这是怎的？怎么一夜之间，所有经书全打湿了？"三藏也急了，问道："莫非昨夜降雨，我等身子疲倦，未曾防范得好？"沙僧说："师父，这雨下得好古怪。为甚我等身体俱是干的，偏偏不歪不斜淋湿了宝贵经书？"

悟空见他们着急议论，这才揉了揉眼睛慢慢坐起说："这有什么奇怪？想是雨师怜悯我等走得疲倦，避开我们下了这场异雨。要不就是凶徒嫉妒，企图乘夜焚烧经书，被雨师浇灭，免去一场灾难。还不赶快叩头谢神，呆在这里作甚？"

八戒听见，也凑过来，伸出长鼻长嘴嗅了一下，又用舌头舐尝一口，摇头大声嚷道："不对，这雨水怎么有些尿臊味？莫不是雨师睡糊涂了，在空中胡乱起夜解手，打湿了经书？"悟空急了，连忙赶上一步，使劲揪住他的耳朵，逼他再嗅一次道："好一个呆子，这等胡说！你再闻一下，可真有尿臊味？若是信口雌黄，恼了天上雨师，告诉二位尊者，叫你天蓬元帅做不成。"说着，又用力扭了几下他的耳根，疼得八戒像杀猪般嚎了起来。加以他被悟空说到关切处，只好假意再嗅了一下，抬头对三藏说道："师父，其实是我嗅错了。这夜来甘霖，气味芬芳。上界雨师大神布洒灵雨，怎会有甚尿臊味？"悟空说："管他什么气味，神圣经书沾湿，还不赶快摊开晾晒。若是沤得久了，模糊字迹，不仅亵渎神灵，也有欺君大罪。师父，你看如何？"

那唐僧是一个没主张的人，今见情况如此，加以悟空一番花言巧语，急忙吩咐徒众火速解开鞍架，把经书一一摊开，就着日头曝晒。沙僧自觉有责，心中不安，首先走上前打开经卷，想不到竟是一片雪白，从头翻到底，并无半点字迹，慌忙递与三藏道："师父，这是怎的？这一卷没字。"八戒打开一卷，也无字，张开嘴巴喊了起来。悟空冷眼旁观心中有数了，冷笑一声也随手捡起一本，不消说也是无字白卷，走去塞在三藏怀里，说道："师父，你自己看吧！"

三藏慌了，也不顾尊严，放声叫道："别一本本检看了，通打开来看看！"三个徒弟得旨，在悟空带领下，一齐动手翻开，果真卷卷俱是白纸，并无一个黑字。

唐僧眼见，不由跌脚叹吁道："唉，我东土人果是没福！未听从颁赐经书二位长老指教。如今湿了经卷，走了灵气，变成这般无字的空本，取去何用？怎么敢见唐王？诳君之罪不容诛，亵神之孽更不消说。这怎么是好？！"他想来想去，无有办法，放身跪在尘埃，朝来时灵山方向叩了几个响头认罪，又朝东方大唐国所在跪拜一阵，心中懊恼不已。沙僧见师父悲伤无措，也负罪跪下，随同师父叩首忏悔。

悟空心中明了，把满地白纸经书一脚踢开，扶起唐僧说：“师父，你别忒老实。这明明是佛祖座前两个贪僧捣鬼，用白本儿诳了我们，你还相信什么走了灵气的鬼话。还不赶快收拾起这些骗人的东西，带回灵山找佛祖评理，好好惩治他们一顿。”沙僧想起在灵山藏经阁里所见的情景，也猛然省悟，附和说：“师兄言之有理，现在懊恼无用。好在距离灵山尚不太远，回去见佛祖，掉换经书事大。至于那两位尊者，是黑是白，佛祖自会发落。”八戒听说要回灵山寻找两个尊者理论，心中有鬼，老大不愿意，可是又无可奈何。被悟空恶狠狠瞪了一眼，他也只好唯唯诺诺，跟随大家收捡地上经书，重新捆上鞍架，准备面交佛祖掉换。

要知他们返回灵山情况如何，佛祖是否惩治二位尊者，换给有字真经，且听下回分解。

第二回　行者拨云斗金刚　佛祖传旨喻唐僧

人人只道灵山好，
不知灵山亦平凡。
人间处处存舛误，
神佛同性岂能免？

且说唐僧四众，收拾了无字经书，急急忙忙朝灵山转回。不多时，来到山下，只见：

云漫峰峦，雾失楼台。仰面不见神仙形，侧耳唯有清风来。谁识佛祖隐何处？跌脚叹息空痴呆。

三藏抬头看，这可奇了！原来那半天中祥光五色、瑞霭千重的灵鹫仙山，竟完全隐没在雾气里，不露半点山形。若不是曾经来过，认得山下实在景物，真无法判明眼前一团白茫茫、平地兀起的巨大云柱里，竟包藏了一座真实山峰，是万众景仰、四海归心的佛祖灵山所在。

八戒说："师父，我等恐走岔了路。这里哪有灵山？还是向别处去找吧！"唐僧瞧见眼前无山，也心中怀疑，拿不定主意。

悟空用手搭起凉棚，睁开金睛看了一下，早已穿透雾气，瞅见内中幢幢黑影。他手指着高处一根树枝说道："瞧，如是云团，哪来这根树枝？莫非半天空里，还能凭空长树不成！"沙僧抬头，也看见了那根绿碧碧、

缀满叶片的枝桠，点头称是。八戒却故作正经，把头直摇说："不对，不对，眼前明明是云，哪里有山。想是风卷起一根树枝，悬浮在半空中，师兄必是看错了。"悟空笑着说："我没有看错。你不愿我等上山，寻找你那浑家的绣花香袋，嘴里说错了吧！若依你所说，树枝浮在风中，岂有老半天不动之理？"一句话说得八戒语塞。他还要辩解，却面红耳赤开口不得。三藏说："你等休要争论。是山不会动，是云不能停。过一阵子，云雾吹散，自然知道结果也！"沙僧站在一旁说："管他是云是山，先去看看再说。我来护好经书，恐被雨水淋坏。今日之事，咎在于我，让我上前先去探察一番吧！"

沙僧把白马缰绳交与八戒，手持降魔宝杖正要上前。悟空望见云中透出隐隐黑气，心知有异，掣住他说："兄弟，你忘了自身责任。牵马挑担、保护师父是你。那奔走在前，问讯探路的正是老孙。我看此处虽是灵山，却有一派异样黑气，你还不守定经书和师父！如果师父有失，你罪责难饶。这经书虽是假的，万一丢了，死无对证，也无从在佛祖面前打官司，换取真经。待我先拨开云雾，上前去看看吧！"沙僧承诺退后，八戒也本不欲向前。悟空掣出金箍棒，踊身就往前走。三藏见他不愿等待云散，执意要向前探路，有些不放心，嘱咐他说："悟空，这是什么地方，容你这样探山？你快收起凶器。进到云里，遇见什么人，和和气气问清楚。休要像取经路上那样撒野，把好人统统当成妖怪。"

悟空应承了，只好把金箍棒收起缩小，又藏进耳内，整理好身上皮裙，迈步朝云里走去。他心中急躁，一纵一跳，霎时间就走进雾中不见。唐僧口中念经，希望他一路平安，探明真相，速去速回。悟空却早已认定这里就是灵山，心中别有主张。只待找到上山道路，见了佛祖，就把欺生财的两个贪僧拿下，除去心头恶气。谁知面前这云十分古怪，竟像是有人特地催赶着似的，忽然从四下涌来，密密匝匝地围住他，把他紧紧裹在其中不散。任他火眼金睛，也休想看清咫尺之间的事物。那云更像是有灵性，他走云走，他停云停，像一个没法捅破的蚕茧似的，把他从头到脚包得严严实实，不放一丁点儿宽松。

悟空恼了，用尽气力吹一口气，嘘得云雾翻翻滚滚，荡开了一些，瞧清跟前一块山石。可是抵不住浩浩荡荡的云势，只一眨眼，又涌过来，把他重新裹住，眼前依旧一片白茫茫，不让他看见任何东西。悟空心知定是有人作祟，不由两眼圆睁，放声怒骂，扯出金箍棒，丢开架子四处乱打。这一番发作如雷似火。只见，棍去处，山石迸裂片片飞；拳到时，枝叶折断纷纷落。若不是灵山根基厚，定被他打折成为无根石。

且说这云雾虽重，像是布下了障眼法，把一个齐天大圣缚成蚕茧里的蛹虫似的，无法觅路上山。可是他毕竟不同寻常，拿出了当年大闹天宫的气势，手提金箍棒，伸拳纵腿，四处踢打，毫不理睬这场魔雾，定要把作法者逼出，向他问个是非曲直。

列位须知，这灵山虽大，山里山外莽莽苍苍，可容得些许吵闹，峰顶未必能闻。可是这里是群仙荟集、万佛聚会的神山，毕竟不是大荒野处；孙大圣非凡猴可比，如来佛祖与诸多神佛亦非木石。时间既久，怎有不惊动之理？那作法者布下云阵，原本想挡住唐僧四众，不让其上山问罪，却不料孙大圣气势如虹，把山下闹成了一锅粥。如果再任他打闹下去，定会惊动佛祖，闹出一场大乱子来。好在佛祖此时有疾，正昏昏沉沉入睡，才未得知山下动静。

那悟空越打越猛，不管可见不可见，抡起金箍棒，丢开架子，朝向四周劈头盖脑打去，只打得两边仙树零落、灵兽乱奔。他正打得起劲时，面前浓雾忽然散开，现出两个金刚力士，身高犹如铁塔，手持金刚杵，指着他怒目喝道："何方来的野猴，竟敢在此啰唣。还不赶快叩头认罪，惊动了佛祖，可不是好玩的。"

悟空见打闹得已有结果，放下金箍棒，笑嘻嘻地躬身施礼说道："大神有所不知。我等从东土大唐不远万里前来求经，不意被佛祖座前两个尊

者勒索，不如其意，二人便把些白纸伪经给我们。我今前来探路，正要禀报佛祖，惩治作伪秃驴，掉换真经上路。就烦你们通报一声，说我齐天大圣孙悟空来了，要参见如来佛祖。”

金刚力士听了，冷笑道：“你是何等披毛畜牲，竟敢自称大圣，妄自齐天，污蔑尊者，想随意参见佛祖。真是不自量，好大的口气！”说着，横起金刚杵，就要把他逼下山去。

悟空见他这样说，也沉下脸来，提起棍子指着他们骂道：“你两个小毛神，休要狐假虎威，拿大话吓唬我。须知你孙爷爷也曾搅扰东海、大闹天宫，取经路上不知降伏打杀了多少妖魔。似你这样的豸虫，看得多了，怕你作甚？你不让路叫我参见佛祖也罢，且叫那索贿作弊的两厮出来。待我细细拷打，叫他们自己招供服罪。”

金刚力士是守山神将，从来受人敬仰，惯会颐指气使，如何受过这等气？他见悟空如此不恭敬，心中老大不喜欢，圆睁双目对他说道：“实话对你讲，佛祖现今有疾。我等就是随侍佛祖左右的两位尊者派到此处，专门阻拦、缉拿似你这样不法歹徒的。你想面见二位尊者，乖乖过来，待我把你缚住送上山就是了。”

悟空心中本来就不痛快，见他们故意阻拦，又说出这等话，不由怒自胸中发，恶从胆边生，抡起金箍棒，就朝他们头上砸去。两个金刚力士不敢怠慢，各自握住手中兵器迎战。三个人你来我往，就在灵山下面打将起来。

打了几个回合，金刚力士不是对手，倒拖金刚杵就走。两人慌里慌张地过了山下凌云渡独木桥，手持兵器守在桥边，专等悟空过来再打。大圣冷笑道：“贼毛神，竟想趁我过桥暗算我。我今偏不过桥，也要跨过河去，看你能够怎的？”性情一恼，他举起金箍棒，只轻轻一挥，就把架在河上的独木古桥打断，变成两根漂木，随波逐流漂下去了。他随即身子一纵，早已跳到对岸，赶上前抡棍又朝金刚力士打去。金刚力士想不到他如此过河法，招架不住，只好败退上山去了。

悟空得了势，事到此时不能罢手，索性抡开棍子边走边打，把沿途牌坊、凉亭、石碑、树木，一股脑尽皆打坏。嘴里大声叱骂，要那贪赃枉法、欺哄师父的两个秃驴出来，全然不顾这里是佛门宝地，会不会惊动佛祖了。

其实，山下闹腾时，佛祖早已知晓，从病榻上欠身问左右侍者道："我听见山下有一猴子，不服金刚力士劝谕，两相争斗，是何原因？"侍者不敢隐瞒，看了座前左右两位尊者一眼，只好一五一十把实情说了。佛祖听见，责备二人说："那唐僧心虔意诚，从东土来到此间不易。我叫你把经书各捡几卷与他，让他传流东土，永注洪恩。为什么勒索钱财，把无字白本与他，坏了佛门名声？"

二人一时无法应答。两人对视，眼珠一转，右边一个辩解说："要说勒索钱财，实无其事。我们只是见他来自异方，心中一时好奇，索要两个小小纪念品而已。一个讨饭钵盂，一个山村妇人缝的香袋，能值几文？说成是钱财，就言重了。况且佛祖从前亲口说过，有比丘圣僧下山，为一长者诵经，讨得他三斗三升米粒黄金回来，亦是积聚养生佛财。我们索要两个纪念品，也算远方异邦来者朝山敬佛的证据，怎么可以说是敲诈勒索？我等一片拳拳爱佛之心，还望佛祖见谅。"

左边一个见他如此说，也说道："佛祖吩咐我等颁发经书，岂敢不遵。只因探得唐僧到此，还有周游西天佛国，到处参拜佛迹之宏愿。想佛国广阔，人物众多，虽然俱被灵光，人心朝善，然而也不免在山野僻处，藏匿几个妖魔。万一探知他们身携经书，陡生歹念途中打劫，如何是好？即使一路平安无事，也难保风吹雨打、虫啮鼠啃。他带回东土，怎样面见大唐天子？是以弟子心生一计，让其驮带无字天书，途中不得打开，庶免沿途招灾惹祸。我这里将真经为他好好存下，待他周游完毕，回到灵山辞别，才亲手交与他，平安带回东土。谁知这些远方和尚如此不领情，自己

在途中污损了经卷，反而返回无理取闹，冤枉了好人心。若如此，好人真难做了。”说着，抹了一下眼泪，委屈得呜呜咽咽哭了起来。

右边这个见佛祖认真倾听，趁势进言道：“佛祖，你想，他们下山不远，就损坏了经书。如把真经给他们，那还了得！我等让其先带白本，待观察到他有能力护经，再换真经与他，实是一番苦心。这等游方泼赖和尚，人畜混杂，猪猴俱全，不知底细，谁知他们有无道德法力，可以护得神圣经卷？莫不如吩咐他们好好周游佛国，接受教化，待到返程时再颁真经为妥。”佛祖不发一言，侧耳听了，觉得也有几分道理，沉吟一阵，开言道：“既是如此，就按汝等办法处理。不过你们虽有美意，也应先对上下言明。惹了一场烦恼，应该记过处分，今后切莫再如此。”随着唤来接引佛道：“当初派汝撑无底破船，接引唐僧师徒过渡上山，你原认识他们。如今派你再去，晓喻唐僧带领无字经书周游佛国，眼观耳濡，习得真实佛学后，再上灵山换取真经。命他约束孙悟空，休得无礼。如果坏了灵山规矩，当要依律治罪，那时就悔之晚矣！”接引佛领了佛旨，稽首乘风而去。

不多时，接引佛来到山下。云开雾散，只见三藏引着八戒、沙僧，早已来到凌云渡口。因为悟空打断了独木桥，河上无船，正愁着没法渡河。接引佛依旧变为一个老者，撑着一只朽木无底破船，咿咿呀呀从河湾拐出。八戒一看，拍手道：“妙啊！又有船来了。”沙僧认出是前番接引佛祖，报与长老。三藏立即俯伏在尘埃，叩头拜见。

接引佛见他认识，把船靠了岸，现出金光灿烂真身，启口宣讲佛旨。他传旨后，又言道：“佛祖还有言语。经不可轻传，亦不可以空取，二位尊者讨索纪念物品，非是勒索。白本者，乃无字真经，倒也是好的。因你那东土众生愚迷不悟，只可以此传之耳。你若遍历佛国，领悟奥秘，可以再上山换经。孙悟空打斗金刚力士，损坏圣物，十分无礼，必须严加约束。否则佛祖责怪下来，便不好交代了。”

唐僧带领二徒跪在地上，一一听取了。猪八戒这才把一团心事放下，嘟嘟囔囔道："我早说过，二位尊者是一片仁义心肠。师兄好不晓事，闹出这一场乱子。"他悄悄扯过接引佛衣袍，托他向尊者传话，表白自己心迹，说道："那泼猴性情多疑，本和我不是一条心。此间有我，自会劝慰师父，遵从佛祖与二位尊者言语行事。恳请神圣尊者，务必辨明真相，莫把老猪也当成了反叛贼子。"说罢，伸手从怀里掏摸，又掏出几个果子，献与接引佛充饥。接引佛推开不受，他便悄悄塞进船里，眼见接引佛并未觉察，才放下了一颗心。

接引佛传过佛旨，撑起破船，把唐僧等人一一渡过河去，寻找悟空。可是悟空已经走远了，唐僧脚步太慢，这山又大，上山的路不止一条。抬头看，山空空，雾茫茫，林密密，何处可以寻找悟空？那唐僧等人是否找到他，悟空现在何处藏身？且听下回分解。

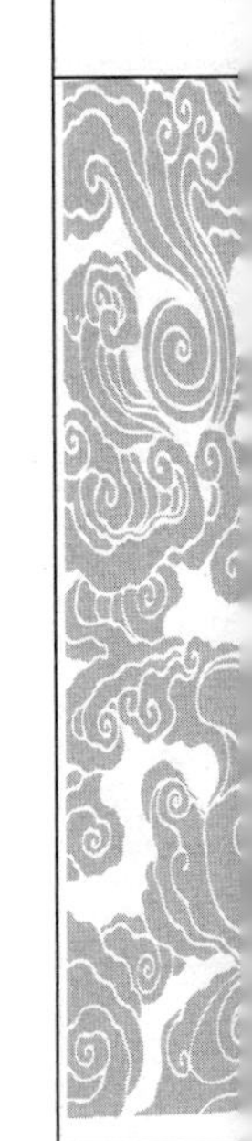

第三回 美猴王大闹灵山 如来佛听谗兴兵

且说三藏率领二徒，随着接引佛入山寻找悟空。那山极其高大，到处石壁围合、歧途纷陈，不知应到何处探寻，有诗为证：

> 山重重，林漫漫，不识广阔，不知深浅。只见云里雾里，峰峦万千，气象何等森严！看不透，望不见，无法觅人影，何处有心猿？噫，一片山头一片海，一阵松涛一阵寒，无穷无尽是灵山。祥云弥漫，遮蔽一切。端的是万象隐沙粒，咫尺即无限。

三藏脚力不佳，心中焦急，吩咐八戒、沙僧分头向前，朝着山内大声呼唤。那山谷空空、回声阵阵，哪里有悟空半点踪影？众人在山中盘桓了一阵无有结果。接引佛也无计可施，只好善言安顿了唐僧等人，返身转回峰顶向佛祖缴旨。

佛祖睁开法眼，早已察见悟空行迹。只见他舞棒跳跃，已经来到峰顶灵鹫台下，嘴里高声叫骂，意欲直叩山门。左右两个尊者参奏说："这东土泼猴不服教谕，无法无天，性质已经变化。如今仁至义尽，与其晓说无益，必须立时拿下，以免后患。"佛祖思考片刻，即命座前密迹金刚火速前往阻拦，先用好言晓谕，令其随同唐僧出山，不得再越雷池一步。密迹金刚领旨，立即率领手下五百夜叉飞身前往崖前，阻挡悟空上山。

悟空一路打上山，无人露面，正窝了一肚皮气，哪里肯退让。密迹金

刚压住火气说："你这猴子好不晓事。我已把道理对你说明了。这是什么地方，可容你这般胡闹？若是换了别人，早已拿下治罪。多亏我佛宽大慈悲，念汝来自远方，不计前愆。现你师父在山下等候，快转身回去，否则后悔莫及。"

悟空见他并无动手之意，也收起棍子唱了一个诺说："老哥，看来你是一个官儿，比山下两个金刚力士讲理多了。我不上山可以，有劳你代禀佛爷，惩治两个索贿贪僧，把真经换给我带走就好。"

密迹金刚本想发作，想起佛祖嘱咐，只好皱起眉头再向他解释，低声喝道："孽畜，怎敢议论灵山尊者！佛祖法旨颁发经书，你等接住就是，管他什么白本、黑本？现令你等周游佛国回来再换真经，有甚不好？还在这里无理取闹。若是恼了我，将你拿下，多么不美！"

悟空听他这样说话，也有些恼了，没有好声气地说："我原看你是个僧官，和那两个蛮横金刚力士不同，定是熟读经书，讲理通情。现在看来，你和他们并无差异，只不过多几句官话罢了。如照你说，就连佛祖也有些糊涂。怎么为贪僧遮丑，把劳什子无字白本还当成经书。莫非我们可以任随欺哄不成？！"

密迹金刚见他出言不逊，竟敢侮辱佛祖，一下子翻了脸，喝令手下夜叉上前擒拿。悟空反倒呵呵笑了，手指着他说："我道灵山上的佛兵是什么模样。这样一些奇形怪状的小鬼也能护法，想捉拿孙爷爷吗？好孙子，有本事你就上来和我耍子，看谁拿住谁吧！"说着，悟空伸出金箍棒在密迹的鼻子面前晃了一晃，把他戏弄了一下。密迹金刚出身高贵，原是凡间法意太子，皈佛后，担任佛前警卫夜叉神总头领，随时跟随佛祖不离左右，可以听见一切诸佛机密，故曰"密迹"。其尊贵可想而知，怎能忍受悟空这般顶撞？当即叫住手下夜叉，手持宝杵打来，要与悟空比试高低，两个就在灵鹫台下打成一团。好一番恶战，有诗写道：

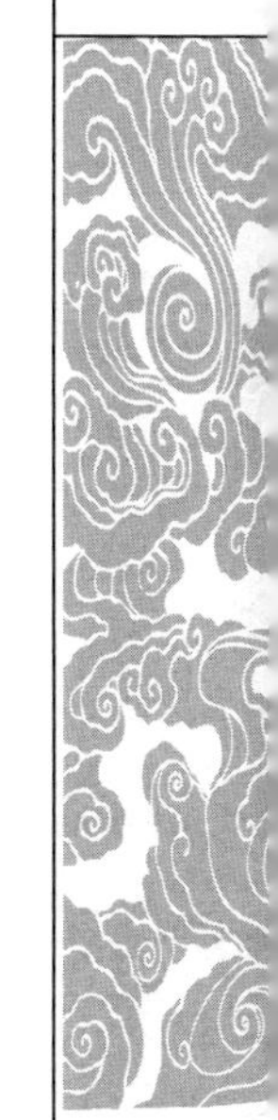

棍起杵落似走蛟，杵来棍去如飞龙。一个威风凛凛佛国统领，一个怒气冲冲四海元凶。他本是法意太子，师法神佛手段不凡；他原为齐天大圣，出于自然气势如虹。你欲将我平吞，我要把你断送。灵鹫台下，从来只有梵钟圣磬缭绕，如今却响起了战鼓铜锣一片杀声。闹嚷嚷、战兢兢，谁还能定性在此求神拜佛，打坐念经？

两个各逞威风，斗了几十个回合。密迹金刚虽然骁勇强壮，毕竟蛰居佛山多年，未曾见过战阵，所习武艺多是花拳定式，有章有法，却半点变化不得的。密迹金刚抵不住大圣变化自如、腾挪功夫，斗了一阵，渐渐招架不住，虚晃一招，就倒拖宝杵败上山去。悟空待要追赶，被那伙夜叉拥上前来死死缠住，也动身不得。

密迹金刚败回佛堂，大喊："反了，反了！一个小小毛猴竟敢抗拒佛兵，不服教化。自有贤劫[①]以来，尚无这等事。倘不依法惩治，今后何以服众？"堂上堂下菩萨、罗汉、揭谛、伽蓝见他这般狼狈，都嘈杂喊叫起来，纷纷要求佛祖惩处凶徒。

左右二尊者趁机上前奏道："我等已经奏过，此猴源出无根，乃异方恶魔余孽，妖心未除，贼念常生，辜负了我佛一片仁慈，竟敢违背法旨，抗拒佛兵。善有极，恶无边。如不及时处治，只恐坏了灵山规矩，今后不好处理。"

佛祖舒开法眼，瞧见悟空持棍乱打，已经打散崖前护法夜叉，正拔腿朝山门赶来。众神无法，只好紧闭大门，任其乒乒乓乓敲打，不敢开门应对。胆大的搬桌抬凳抵住门扉，胆小的缩头诵经祈求平安，佛堂内外乱成了一团。左右二尊者见状，又连忙趋前交相启奏。左边这个说："有法不

① 佛教认为"劫"是宇宙从形成到毁灭的阶段，有过去的庄严劫，现在的贤劫，未来的星宿劫。贤劫，又称住劫，长二亿三千六百万年，有千佛出世。

施，还需灵山佛兵何用？”右边那个说：“有章不从，怎样立得规矩，教化世人？”左边尊者讲：“小不忍，则有大不忍。从来只有惩恶方可安善，纵凶必至大乱。”右边尊者讲：“拯恶莫如治恶。唯有脱其恶形，去其恶气，方可返本还真，重结善缘。”二人你一言我一语，说得佛祖逐渐没了主意。

列位须知，那由舌头吐出的言语，可以随意翻转，最似软如皮索的水蛇，觑着窍孔就往里钻，由不得你不容纳听从。所以古时圣贤有言：瞑目垂耳，方可心明。说的就是勿近小人，不听谗言的意思。如今这左右二人察言观色，不住巧施辞令，变换方式，陈说意见。这就和善于弯曲身体，伸缩游动的蛇蝎无异，见缝就钻，使人防不胜防。那如来佛祖虽然是至高至上、至聪至明的佛国最高尊者，深受万众崇拜、千神景仰，可是毕竟他也是由人身幻化而成的，不能尽蜕人性。人性有优有劣、有长有短，佛祖亦未能完全消除。他亲见悟空一路打闹上山，现又听了许多言语，怎不波及心田，影响意念呢？

当下佛祖听了众人议论，不由得叹息一声，启齿发旨说：“佛门本以慈悲为怀，可以宽恕一切，但应以不违法为度。这野猴根基未固，信道不坚，不服教化，至于无度，乃是咎由自取，亦无法可想了。为使灵山保全，规矩不被破坏，着即檄令须弥山四天王火速发兵，擒拿妖猴。为使其清除邪恶、从善悔过，只可活捉，不能伤其性命，以体好生之德。”左右二尊者听旨后，立即派遣风师前往北方须弥山，敦促护法四天王发兵。那四天王是东方持国天王多罗吒、南方增长天王毗琉璃、西方广目天王毗留博叉和北方多闻天王毗沙门，他们居住在须弥山腰犍陀罗山东、南、西、北四峰上，听见佛祖召唤，当即点起手下神兵天龙八部，来到灵山山巅，把悟空团团围住，摆开了战场。佛堂内神菩萨，尽皆登临凭墙观看。山门外万头攒动、喊杀连天，早已失去了往日肃穆气势。

这一番阵势十分浩大，和密迹金刚手下夜叉不同。悟空抬头看，

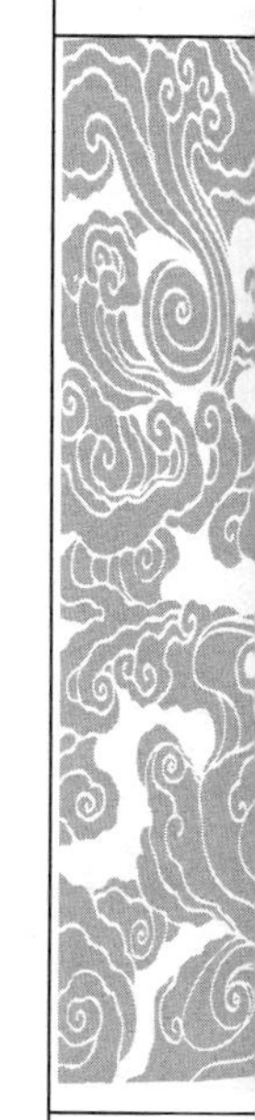

只见：

旗似海，戟如林，征尘滚滚、战云重重。这里旌影下闪出持国天王，怀抱琵琶，法音响亮，白身耀眼镇东方；那里盔丛中耸起增长天王，手持宝剑，冷若冰霜，青肤蓝脸镇南方；这边枪海里显现广目天王，臂缠毒龙，吐焰嘘气，红面如火镇西方；那边刀林内拥过多闻天王，左托银鼠，右握宝伞，绿体似磷镇北方。四天王威武凶猛，八部众气势昂扬。有的是神，有的是鬼，有的是雕，有的是蟒，各显神通，齐齐整整来到了厮杀沙场。

四天王率兵把悟空围定了，也不搭话，各自手持兵器就打。持国天王拨动勾魂琴弦，声如裂帛，悟空被震倒，跌落尘埃。增长天王举剑就刺，悟空连忙就地一滚，滚到西方。广目天王见他过来，解开臂上毒龙，张口吐出一股火焰。悟空回头跑向北方，多闻天王放出神鼠，龇牙露齿朝他扑来。悟空正待举棍敲打，从天龙八部中飞出金翅鸟，蹿出大蟒蛇，龙众与阿修罗恶神齐出，把悟空围在垓心，不放半点宽松。悟空虽然本领高强，却禁不住众神一齐攻打，用棍架住诸般兵器说：“儿子们，这算什么打法？我道灵山佛兵通情知礼，想不到和母猪圈里跑出来的一伙猪仔一样，不吱一声，一窝蜂都上。”

持国天王听后，气得脸色更加煞白，问道：“你说，应该怎样斗法？”悟空说：“有本事一对一，别在前面晃花枪，又有人躲在后面捣屁股。如果你敢堂堂正正独自放马过来，我就认你是天王。”

持国天王说：“好，就依你，过来比试吧！”他回头挥手约束住四面众王兵马，单骑走进垓心，要与悟空比试高低。

悟空说：“你别急，我到林子里去撒一泡尿就来。沙场不打憋尿汉。待我身子轻松了再和你慢慢斗。”说着，他转身跑进旁边树林，不许别人

偷看，顺手扯了两个果子把耳朵堵住再跑出来，招呼持国天王应战。

持国天王见他出来，胸有成竹，调好了手中的琵琶弦，挥动手指用力一拨，发出惊天动地一声响，想把悟空震倒。谁知悟空拄棍站在面前笑嘻嘻望着他，咧嘴笑着说：“想不到你是弹琵琶卖艺出身的，算得了什么天王？我站在这儿，你就放出本事弹吧！正好弹几支小曲给我解解闷。”

持国天王见他闻声不倒，心中有些吃惊，连忙又紧了一下弦，弹出一阵更加强烈的乐声，这猴子依然不倒。但声音震动空气，反把四周兵将震倒了一大片。悟空冷笑问他：“你就只有这种本事吗？大街上弹琴卖唱尚可，怎能在佛前骗饭吃，镇守一方山头，称王称霸。我的花果山上的小猴子，也比你强。有本事的，再换一个来吧！”

持国天王被他抢白了几句，满面羞惭，雪白面孔泛出一点儿红，低头含羞而退。增长天王心中恼怒，举剑上前和悟空争斗。悟空这才掏出耳中果子，舞棍迎敌。鏖战了半个时辰，增长天王的宝剑虽然厉害，却拨动不了悟空手中的这根一万三千五百斤的“镇海神铁”。只听见“当”的一声，剑刃就被碰了一个缺口。增长天王心中一惊，连忙跳出圈子，让广目天王上前迎战。

广目天王怒气冲冲，圆睁净天眼，放开臂上毒龙，要来吞噬悟空。悟空见那龙过来，竖起金箍棒，诱它上前缠绕。毒龙意欲蹿过棍身，咬住悟空持棍的手。悟空看它缠住了棍子，却放了手，喝一声：“长！”只见竖在地上的金箍棒像吹足了气似的，一下子就蹿了起来，变化得又粗又长，从地撑着天，不知撑到九重天外什么云霄里去了。阵前的佛国兵将不知他变了什么戏法，一个个都看得呆了。那毒龙怒气冲冲，鼓起了劲，顺着棍子往上爬。缠一圈，攀一段，也跟着棍子蹿进了云霄。这正是：

哪里是沙场征战？分明是集市杂耍。美猴王变成了玩蛇艺人，四天王看得发傻。众儿郎把枪丢开，将刀放下，全抛了杀

念，且围成一圈，看那龙不住往上爬。好一个蟠龙绕柱！齐天高，入云霞。就是那人间帝王宫殿，也没有这样气势大。

这场斗法真是旷古未闻，阵前兵将全都看得目不转睛。好半晌，广目天王才转过神来，揪住悟空道：“妖猴，你把我的神龙弄到哪里去了？”悟空笑道：“你别性急，还你就是。若不赶快退开，小心我把它抛到爪哇国去。”说着，悟空将手一招，收回金箍棒，依旧和平时一般大小。那龙失去依附，从半天云里跌下来，险些摔成两段。广目天王连忙拾起，慌张退回阵后去了。

多闻天王见三位天王均斗法失败，心里不服，迈步走到阵前，放下手中银鼠，喝一声：“变！”立时有千百只银鼠，从四面八方朝悟空扑来。悟空心中毫不慌张，也顺手拔了一把毛，吹一口气，叫一声：“变！”变出许多手持铁棍的小猴子，和多闻天王放出的银鼠捉对儿厮杀起来。他自己也抡起棍子和多闻天王战成一团。不多时，地上银鼠尽皆被猴子打坏，只剩一个跑回多闻天王手中。多闻天王见伤了宝物，无心恋战，回头走入阵内。那边天龙八部见四天王尽皆战败，深恐有失，连忙一拥而出，挡住悟空去路。悟空也收棍退回，指着山门叫骂，要佛祖惩治贪僧，换发有字真经。

不知佛祖如何发落，且听下回分解。

第四回　鸡足怪脚踏美猴王　药师佛晓喻孙大圣

却说孙悟空斗法战败四天王，正得意洋洋要打进灵山宝殿，揪住两个受贿贪僧理论。忽然背后飞来一只小公鸡，一言不发朝着他的脚后跟狠狠啄了一下。悟空以为又是什么佛兵到来，连忙挺棍转身迎敌，低头一看，却是一只鸡。他正欲再回身向前，那只鸡却不知后退，又闷住气扑上前啄了他一下。虽然啄得不痛不痒，却十分讨厌。

悟空恼了，飞起一脚把鸡踢得老远，嘴里骂道：“瘟鸡，你也来凑热闹，欺侮齐天大圣爷爷。若不看你是只鸡，我一棍子打死你！”

谁知这只鸡并不晓事，待他走了几步，又赶上来，朝着他的脚乱叮乱啄。悟空转身赶了几次，也不飞开。悟空火了，指着它大声叱骂：“好不晓事的瘟鸡，还不赶快滚开！好汉不与鸡斗，我有大事不和你纠缠。饶你一条鸡命，赶快滚得远远的吧！”他边走边骂，鸡却边赶边啄，像是夏日里的一只麻苍蝇，把他盯着紧紧不放。悟空被纠缠得没法脱身，不由猴性发作，一下子无名火冒三千丈，也不管它是鬼是鸡，提起棍子使劲抽打，恨不得将它一棍打死。

那鸡也不肯退让，迎着棍风跳来跳去，伸着脖子还冷不防啄了悟空几口。灵山宝殿门前，顿时一场猴与鸡斗。虽然不如适才四天王统领千军万马的一场恶战，却也热闹非凡，引得殿内神佛纷纷从墙上伸头观看。悟空手中金箍棒虽有千钧重，却像大象斗苍蝇，没法打着这只飞来扑去的小公鸡，惹得围观的神佛一阵哄笑。

悟空气得暴跳如雷，索性丢开架子，舞动手中金箍棒，左三棍、右三

棍，对准那只鸡打去。那鸡虽然再也无法近身，却也不是凡鸡。只见它边啼边跳，竟像有神力相助，出神入化地一次次躲过了悟空如雨点般的棍击。斗来斗去，小公鸡眼见激恼了对手，便扇动翅膀朝山下飞去，引动义愤填膺的美猴王追赶上来。一鸡一猴搅在一起，渐渐下了灵山，来到山前一片旷地上。

悟空瞪圆双眼骂道："哼，孙爷爷在取经路上不知打杀了多少妖精，还能容你这小小瘟鸡戏要不成。今天我若不拔光你的鸡毛，就不算顶天立地的齐天大圣！"

这鸡虽有灵性，却也经不住悟空追打。可是眼前地面上杂草丛生，这只小公鸡窜入草地就难以发现了。悟空怒气冲冲挥棍拨草找鸡，不提防身后大山忽然摇身一变，成为一只高可摩天的大雄鸡，伸出脚爪一踏，就把悟空压在掌下。悟空猝不及防，早已被压得严严实实，哪里动弹得分毫。那巨大鸡脚已经变成岩石，沉甸甸地压在悟空身上，只留一丁点儿缝隙容他透气活命。

悟空偷眼往外看，瞧见那只小公鸡从草里踅过来了，咯咯啼叫几声，朝着他的鼻子啄了几下，啄得他痒疼难忍，却没法抓搔一下，骂道："瘟鸡，我着了你的道儿，你还敢来欺侮我。气死我也！"那鸡尽情啄了几下，也没趣了，在悟空鼻前撒了一泡鸡屎，就咯咯连声转回去走了。

不知那鸡曾吃过什么，其屎奇臭无比，熏得悟空头昏脑涨，忍不住破口大骂起来："什么妖怪暗算我，把老孙弄得这样狼狈！有本事放我出来，面对面厮杀，才算真本事。"

他的骂声未绝，头顶上就传来一阵如雷吼声。原来是那山答话："孙悟空，你仔细听着！俺是鸡足仙山[1]。你斗败了四天王，佛祖座前两位尊者设计，着我的徒儿把你诱来此处，将你踏在脚下，叫你永远不得翻身，

① 见《大唐西域记》卷九，"鸡足山"条："吒播陀山，（唐言鸡足）亦谓窭卢播陀山……峻起三峰，傍挺绝崿，气将天接，形与云同。"

休想再回到尘世和尊者捣乱。”

原来是这么一回事。悟空如梦方觉，恨杀那两个狡猾贪僧，巴不得立时钻出去，拿住这两个恶徒痛打解气。只是身子被这座妖山压住，不得半点宽松，无法一下子脱身。

他喝声“变”，将身子缩小，想从眼前的石缝里钻出去。谁知压在上面的石头竟和真正鸡脚一样，随着他缩小身形，也趁势压下来，不留半点空隙。他憋了一口气，想硬着头皮从地下钻出去，却未料土层已被魔法固结，竟像铁板似的没法钻动分毫。

悟空还想施展本事挣脱身子，只听头顶鸡足山怪冷笑道：“泼猴，你休想逃脱我的脚爪。你睁眼看看，在我爪下有多少白骨，都是从前妖怪，压死、饿死在下面的。”悟空低头看身边，果真白骨累累，都是被鸡足山怪伤害的，心想：“这妖山果然厉害，非比寻常。若不赶快设计，只怕也会落得这种下场，不能保护师父取经返回东土了。看来硬挣不成，只能耐住性子，待他懈怠了，再寻找机会用计脱身。”

好大圣，运足丹田罡气，咬牙使劲顶住头顶岩石，不令鸡足山压下来，把自己压成肉饼。这样苦苦支撑了一阵，好不容易才从身下抽出一只手，拔了一把毛，送到嘴边用力一吹，从石缝里吹出去，变成一堆白米，撒在鸡足山前。他想：“你是鸡，总得啄米。只要你移动脚步啄米，我就有机会脱身了。”

他想得不错。鸡足山怪瞧见香米，果真低下头来啄食。悟空见他正要啄米粒，觑准了又鼓足劲一吹，把米吹得更远。鸡足山怪想啄米，不得不往前挪动一步。悟空趁势收起身子想往外钻，被啄米的山怪察觉了，将爪子抓紧，喝道：“泼猴，你休玩花招，要想逃脱万万不能！”

悟空一计不成，眉头一皱，又生一计。他想：“既是鸡妖，必定有血有肉。那坚硬岩石，只不过是他的鳞皮而已。我只要如此如此，便不怕他不中计。”

心中打定主意，悟空仰面看清石鸡爪窝，顺手拈起金箍棒，念一句口诀，金箍棒变成一根钢钻，使劲钻了进去，钻下一些石屑，却无法把山石钻透。看来，这一计又失败了。

悟空想："一物必有一治。这山妖皮赛城墙，硬的不行，就来软的吧！"他心快手快，连忙抽回手中钢钻，变成一根软软的竹签，轻轻搔了一下山怪的爪心。想不到这一招真灵，似乎搔到爪心的神经末梢。山怪觉得痒痒的，不由自主往后一缩脚，悟空瞅住机会，慌忙嗖地一下钻了出去。正是：

鸡足山下得自由，

重新抖擞见神猴。

鸡足山怪被搔痒了，还未转过神来，悟空已经腾起身子直上空中，从半天云里抡起金箍棒猛打下去。只听得震天动地一声响，山头已被削去一半。顿时鲜血迸流，染红了半边山林和山前草地。山怪疼得在地上打滚，压杀树木、土丘无数。悟空一不做二不休，又补上一棍，打断了那只压他的鸡脚，活活弄垮了这座大山，才发恨骂道："山妖，看你还逞能踩我不？"

悟空打杀了鸡足山怪，重上灵山，定要报仇雪恨，洗却这番被踏在鸡脚下的耻辱。灵山殿前重聚一队佛兵，眼见悟空腾云忿恨再来，因大多吃过他的苦头，便一下哄散了。剩下两员佛将，心惊胆颤，勉强上前迎敌。悟空一脚一个踢翻在地，手指着他们喝道："我与汝等无仇，不伤你们性命。快回去告诉佛祖，惩治受贿贪僧，将真经颁发给我。否则我不管什么灵山不灵山，统统打翻在地，像鸡足山一样。"

两员佛将得了性命，慌忙从尘埃中爬起，唯唯诺诺地退了下去，转身上殿向佛祖禀报不提。

悟空吃了一次亏，怕上二回当，担心再有什么妖鸡妖鸭出现，发落了

两员战败佛将，便提棍走入背后林中。挥棍一阵乱打，把一切雀儿、鸟儿、虫儿、豸儿，尽皆驱赶干净，这才放心重新返回灵山宝殿山门外叫骂，等候佛祖派人出来回话。

他耐住性子等了一阵，不见里面动静，不由心中焦躁，想道："不再来一番真格的，里面那些瘟佛不知厉害。"说完，他便举起棍子哗啦一声将山门外碗口粗一根旗杆劈倒，杏黄佛旗晃晃悠悠跌落尘埃。

守门佛兵从门缝里觑见了，连忙转身飞报殿前尊者转禀佛祖。殿内众神见情况如此，人心惶惑，议论纷纷。有的说宜严，再派佛兵征剿，打杀除根，维护佛国规矩；有的说宜宽，二尊者本有过失，后又处置不当，如果一味徇情袒护，只恐失去天下民心，佛亦不成其为佛矣！正是七嘴八舌，辩论议说不决。

佛祖躺在病榻上，见事闹成这样，也不免心中烦恼懊悔，正思量如何处置方为万全，内心动荡不安。那左边尊者见势头有些不对，连忙上言道："这妖猴不仅违抗法旨，还斗殴佛兵、戏耍天王，实属罪不容诛。如今叩打山门，出言不逊，强令佛祖遂从其意，气焰嚣张至极。我佛御世以来，从无这等情事。若不加镇压，不足平愤立法。伏乞佛祖别遣上仙，立即捕杀，以绝后患，警戒后来。"右边一个也趁势进言道："佛旨不可变，佛令不可改。既已兴兵围捕闹成这样，倘若又颁旨安抚，岂不有畏惧贼势，朝令夕改之嫌，惹得众生笑话？从此世间妖魔见佛可欺，均能肆意要挟了。"

如来佛祖听了，低头不语，觉得他二人说得也有几分道理，想一不做二不休，再兴兵擒拿悟空。旁边药师佛窥见其意，移步走出，合十参奏说："佛法慈悲，以理治世。理通则一切通，理不通则一切均不可通。昔日菩萨在林中参禅，不怖众生[①]，使万物敬伏，共尊佛法。可见宽胜于

---

① 据《僧伽罗所集经》佛本生故事记载，当时佛在林中端坐参禅苦修，见鸟在头顶筑巢，唯恐其受惊使卵坠地破损。以后鸟卵成为小鸟，尚不能飞行，又恐惊动受害，一直忍耐端坐不动，不怖周围众生。其慈善高尚，传为美谈。

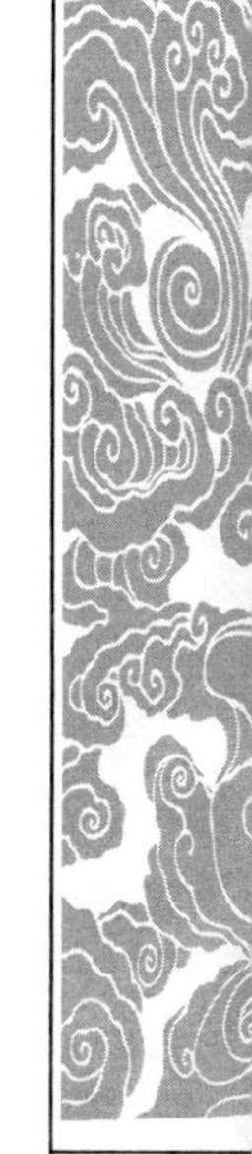

严，善大于恶，爱高于恨，悯超于残。我佛当以慈悲为本，理解众生，以爱布于天下。不可待人以猜疑，教人以仇恨。此御世之大法也，不可不察。”

佛祖听了，猛然省悟，心动慈悲，方识前念有差，转身问他：“以你之意，当如何处置？”

药师佛不慌不忙叠指说道：“有过必纠，有错必改，乃处世之根本也。方今之计，惩治贪僧，昭示天下，斯为上策。安抚东土僧人，使其暂去别处云游。时日既久，矛盾渐消。大事化小，小事化了，乃为中策。不顾舆论，将错就错，继续兴兵镇压，此乃下策。上策最好，中策无奈，下策不可取。”

药师佛说话时，众神缄默，细心倾听。听后议论，褒贬不一。佛祖观察众意，仔细比较，徐徐启口说：“我左右二人虽然有过，却不如那泼猴行为偏激。上策、下策均似暂时不宜，便采中策，把他遣送下山，以后另作道理便了。”众神听了，纷纷点头，大多以为如此权宜处置亦是一法。左右二尊者被药师佛参了一本，心中不服，上前争辩陈奏。

左边尊者说：“我等有什么错？以前已经言明，佛祖曾经亲口说过，‘经不可轻传，亦不可以空取’。颁给白本，乃惧妖魔途中打劫、雨露玷污，并以此试其诚——是否真正虔信崇拜，信佛敬经，至于爱及乌有之空卷。我等一片拳拳爱心，反被视为仇人。如此冤屈，若不平反昭雪，今后谁还做好人？”

右边尊者也说：“就算从前误会亏待了这个猴子，处置或有些许不当，但他野蛮成性，不知善言陈理，动辄跳跃叱骂、揎拳舞棍，行为激烈无度，无端损坏了许多仙石灵树、亭廊桥栈，加以恶言咒骂殴打佛兵佛将。如今又推倒鸡足山、打折宝殿旗杆，甚至目无至尊，竟敢诽谤佛祖，岂不算是极大罪过？应该割舌刖足下阿鼻地狱而有余。倘若我等行为也算错，两相比较，孰轻孰重，一目了然。如果公平处理，就该加重处罚这个无法无天的野猴才是。”左边尊者又说：“我等是忠厚人，从来任劳任怨，专一为人设想，没有功劳，也有苦劳。若非如此，怎么做得佛前随侍神圣尊者？这番怨气，我们本来可以忍得。即便负辱受惩，也是心甘情愿的。只是此次这个猴子言在我等，意及至尊佛祖。我等可辱，佛祖不可诬。大是大非所在，这就不可忍了。一片赤诚忠心，尚望佛祖俯察。”

右边尊者接着还想说，佛祖蹙眉摇手道：“我原多听了你们言语，处理失于偏颇，亦有过失。亏得药师佛提起，应该不怖众生，以慈悲为本。汝等与他均有错误之处，不必分轻重，不必言处理。如今就依药师佛中策，将其善言遣开，以时间之无形，化怨恨之有形便了。汝等不必再多进言，别生枝节。”佛祖说了这番话，他二人这才缄口默然，低头退入班内。

佛祖随即呼唤药师佛上前，吩咐他说：“你去山门外，好好晓喻孙悟空，令他即速下山，保护唐僧周游列国，研习佛法。待他归来，白纸经书我负责掉换。我左右二人有过，我已察知，不必计较了。”药师佛低头合掌领了旨意，就往殿外走去。正是：

药师一席至诚话，
点悟如来真佛心。
神有误时能改误，
一场风波便无痕。

药师佛出了山门，见门外一片空荡荡，并无悟空踪迹，绕着崖边树林转了一周，方才听见林中深处果园内有动静。原来悟空叫骂累了，沿路寻到此处，正坐在树上大啖仙桃呢！桃核、桃皮到处抛弃，弄得满地狼藉。药师佛看准了，不慌不忙走过去稽首道：“树上莫非是保护唐僧来西天取经的孙行者？”

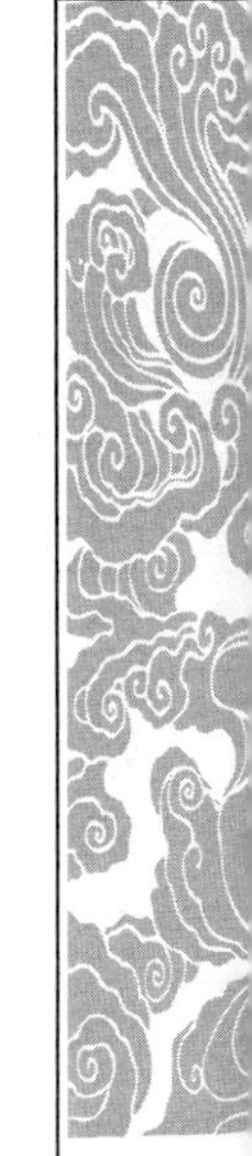

悟空瞅见一个衲衣老者走过来，慈眉善眼，并无杀气，也收住性子，囫囵吞了嘴里的果子答应道 ：“老孙就是。你这小老头儿是谁，找我有何事情？”

药师佛通报了自已姓名，言明佛祖意图，对他说：“那两个尊者虽然不是，却位居高处，说多了影响不好。况且佛祖心中已经明白，我等也已清楚。常言善有善报，恶有恶报。倘若他们继续作恶，以后老天必有报应也。”

悟空说：“我不信什么老天不老天，更不怕什么高官。有恶不惩，就是无法。今日可以无法，明日就能无天。从前我们只知有佛，以为佛国公平清静，是极乐世界。想不到如今眼见，佛祖肚皮里也没有一根准绳，任其无法无天，还称什么佛，还道什么祖？真是羞煞人了。”

药师佛摇头正色说：“悟空，这就是你的不是了。你责怪贪僧可以，怎能诽谤佛祖？佛祖言明，你与他们各自有错。你虽有理，却不该损坏仙山、打斗佛兵。他们只不过索要些许人事而已。如今叫你们全都抹清，不计前愆，正是佛祖大慈大悲，宽容一切之胸襟。我奉命前来晓喻，你切不可再胡言乱语，听从佛祖这番处置便了。”

悟空冷笑说：“这算什么贤明处置？想不到佛祖也是抹稀泥出身，和世间许多‘各打五十大板’的糊涂官儿差不多。你休要在此多言，回去告诉佛祖，我今敬他是西天至尊，不多逼迫。他如不改换主意，惩治恶徒，掉换真经，我就自已上殿动手办理也。”

药师佛眼见无法说动他，心思返回无益，与他作揖告辞，就顺势下山寻找唐僧。玄奘骑着白马，率领八戒、沙僧正在山下缓慢行走，到处呼唤悟空，眼见一位仙人乘云下来，慌忙滚鞍下马，俯伏参见。

药师佛说：“不必客套了，你快随我上山，约束你的徒弟，免得再生枝节，闹出乱子。”言罢，将手一招，从山边招来三朵白云，吩咐唐僧师徒坐定了，立时连人带马冉冉升上山去。只见悟空吃饱了果子，正揎拳伸

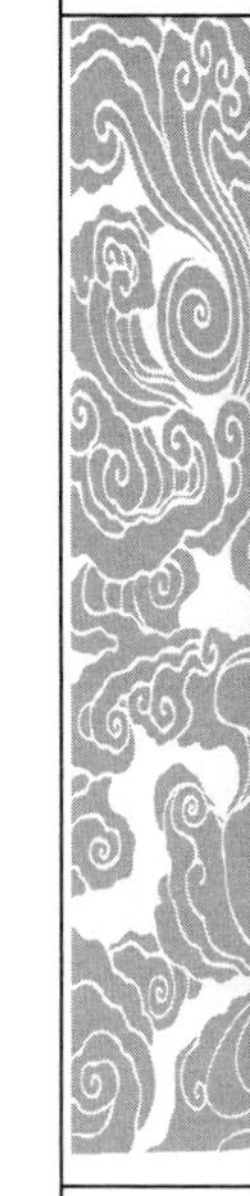

腿在灵山宝殿山门外撒野叫骂，要举棍打进门去。

三藏一见，心中惊怕，念一声：“罪过！”急忙走上前唤道：“悟空，不得在此无礼！”

悟空见师父和八戒、沙僧都来了，收住架势，手指山门说：“师父，你们来得好！快随我进去，找佛祖理论。拿出凭证，让他看看是什么经书。”说着，就来拉扯白马，要和三藏一起进殿。

三藏又气又怕，气白了面孔指戳着他说：“孽畜，这是什么地方，容你这样胡来！赶快叩头谢了过，随我一同下山。”八戒、沙僧也上前规劝，一人握住悟空一只臂膀，不让他再随意动作。

悟空心里不平，还要挣扎，三藏闭眼念起了紧箍咒。这一回，他气恨已极，足足念了七八遍方才收口。疼得美猴王在地上打滚、竖蜻蜓，连声告饶，三藏还不解气。

药师佛心中不忍，上前规劝说：“罢了，且看我面，饶了他吧！”

三藏说：“佛爷有所不知，我恨他不知轻重，竟敢在佛祖灵山面前撒野。如果佛祖怪罪我约束不严，岂不会前功尽弃，使我等东土回不得，西方留不住，成为天地间一株无根草，那时怎生是好？”

八戒也在旁边插话：“师兄好不晓事，这神圣灵山岂是可以随便惹得的？连累了我们，大家都不方便。”只有沙僧面露悯色，却不好在师父愠怒时进言。

药师佛心中明白一切，对唐僧说：“你且住了念咒，所有一切我自会向佛祖禀明。佛祖有旨，着他依旧保护你游行西天诸国。如果伤了他的身体，断了师徒情分，我在佛祖面前就不好交代了。”唐僧听了这番话，才闭口不再诵念。

药师佛又转身安慰悟空说：“你的一片真诚，天地自然知道。一切当以眼前大事为重，快随师父下山周游佛国，从东土来，回东土去。这西天曲直是非，你就莫管了。”他怕众人不信，指天盟誓，保证他们今后可用手中一卷白纸，掉换佛国一卷真经，玄奘、悟空等人才一一应承了。

悟空捂着脑袋从尘埃中翻身坐起，心中还有些不服，对药师佛说：“好，老头儿，我听了你的。如果以后你说话不算数，我会连你一起算账！”

三藏见他还是这般模样，喝道：“贼猴，说话好无尊卑分寸，还不赶快谢了佛爷，随我一道起程。”说着，他自己翻身在地，先叩谢了面前的药师佛，又朝灵山宝殿山门虔诚叩了几个响头，口称：“弟子玄奘约束徒众不严，万望我佛慈悲恕罪，保佑我等周游西天，沐浴佛法，取得真经，学得真法，平安返回东土。”八戒、沙僧一一跟着师父拜了，只有悟空不拜，向药师佛作了一个揖，心中老大不情愿地随着三藏长老走下山去。

欲知他们下山后事如何，且听下回分解。

第五回　痴书生树下遇花仙　呆八戒梦里入油锅

唐三藏别了药师佛，带领徒众第二番下了灵山。这一次与前番不同，他心情惶惶恐恐，生怕几个好斗逞勇的徒弟不受管束，半途别生枝节。眼见山上一路被打坏的树木、亭台，不敢仔细观看，又担心神佛记恨，随时勾回再做文章。所以他坐在马上心神不安，不择方向和路径，只顾催促众人往前赶路。

行进中，他把众徒唤到马前说："想我们盼望西天，来此不易。谁知初到灵山，悟空就闯下这场大祸。多亏佛祖慈悲，才未降罪。这里是佛国宝地，不比取经路上妖魔众多，艰险难行。凡事谨慎第一，不必斗勇逞能。悟空旧性不改，易滋祸害。悟能性懒心疏，容易出错，不如悟净老实本分。明日就着八戒牵马护经，悟空在我身边不可妄动，让悟净往前问讯探路吧！"

沙僧待要推辞，说自己本事不如两位师兄，从来都跟随在后只做粗事。长老举手说："我的主意已定，不必多言了。此间是极乐世界，无有妖魔鬼怪，你只消谨言慎行，逢人多多施礼就行了。"沙僧无奈，只好稽首领了师命，手持宝杖在前小心探路。

那沙僧行动谨慎，循着大路，不敢稍微偏离，逢人和颜悦色，从不大呼小叫。加以这灵山所在的摩揭陀国[①]文化昌盛，佛法普及，人民知礼尚善，一路上平静无事。长老心中十分喜欢，更加信任悟净不提。正是：

---

① 摩揭陀国，古印度十六大国之一，在今天比哈尔邦的巴特那、加雅一带。三藏在此居留时间最久，在《大唐西域记》中记述最详。

不同境界不同情，
西天何必用猢狲。
收拾干戈崇礼义，
长老只重沙悟净。

一行人从灵山向外胡乱行走，渐渐行到伽河[1]边，望见一座古城。这城往昔在人寿无量寿时，由于王宫多花，号称拘苏摩补罗城，就是香花宫城之意。传至人寿数千岁，改名波吒厘子城[2]，是古时历代王朝建都处。无忧王[3]时，城高壕深，有六十四城门，五百七十箭楼，规模宏伟异常。晋时法显西行，描绘这里为“城中王宫殿，皆使鬼神作，累石起墙阙，雕文刻镂，非世所造”，后来才被嚈哒人攻破焚毁。如今荒芜虽久，基址尚在，规模十分宏大，是天竺古国第一名胜。

长老说：“我曾听说，波吒厘是天竺一种淡红花树木。原来拘苏摩补罗名称甚好，为何改为此名？”三徒面面相觑，均不知道。沙僧觉得身负责任，即起身往前探访。

不多时，沙僧回来，禀告师父说：“前面有一石碑，把波吒厘子城的来历说得十分详细。”长老闻言喜悦，便带众徒前往观看。

这块石碑湮于荒草中，觅找甚不容易。石面风化，字迹模糊，仅能勉强观其大意。长老认识梵文，从头看毕，方知这是一段古时故事。

原来，古时此处有一婆罗门，高才博学，门人数千。其中一个书生经常闷闷不乐，在月下徘徊叹息。同伴用心探问，方知他由于年纪渐长，

① 伽河，就是恒河。

② 见《大唐西域记》卷八，“波吒厘子城”条，女婿树故事；“故宫北石柱”条，无忧王地狱的故事。古时，童龙王朝、难陀王朝、孔雀王朝均曾在此建都。

③ 无忧王，又名阿育王（？—前232年），孔雀王朝著名君主。以统一印度，扶持佛教而闻名于世。

尚未婚配而心烦意乱。同伴戏言道：“这有何难，今晚就可为你聘亲结婚。”

当夜，月色皎洁，大地光明，众人带领书生走入城外林中。早有二人装扮老翁、老妪，坐在一株波吒厘树下等候。老翁攀折一根花枝递给他说：“痴心郎，这就是你的妻子，你就与它成亲吧！”说罢，众人都哈哈大笑，一个个笑得前仰后合。唯独书生饮醉了，还痴痴拿着花枝坐在树下不动。众人劝说无效，只好四散归去。

不久月上中天，进入夜半时分。书生抬头，忽然看见许多人手持灯烛，吹吹打打，来到树边。一位慈容老翁与一老妪，牵出一个美丽姑娘，对他说：“劳你月下久候了，就随我们回家成亲吧！”书生回头一看，那棵波吒厘大树忽然幻成一座宅院，门里庭院深深，亭台楼阁、堂庑廊桥无不齐全。宅内一片喜气洋洋，人来人往好不热闹，书生便在此入赘成了女婿。由于这株波吒厘树有此灵异，当时人们便将古城改名了。

长老看了碑文，转身对徒众说：“此处久有神灵，你们必须小心谨慎，切勿冒犯了，发生灵山闯祸的事情。”三个徒弟都应诺了，各自散开休息。只有八戒听了石碑故事，想起其中情节，辗转反侧不能入寐，渐渐到了夜半时分。

这天夜晚，月华如水，好像故事中的情景。呆子睹景生情，暗自叹息道：“想我老猪出身高贵，也是一个多情种子。怎么瞎了眼睛，在高老庄娶了一个黄脸婆。说到底，只是一个土里土气的乡姑。如何有那故事中的书生的福分，在这佛国仙乡遇着一位香喷喷的花仙也好。”

他抬头四望，周围一片废墟，仅有残砖断瓦，并无半株花木。心知古时波吒厘灵树早已无存，不由万分惆怅。正所谓：

身为豕类貌不扬，
心逐天高欲求凰。

多情种子猪八戒，

面对明月泪汪汪。

他思想一阵，无法可想。恍惚间，抬头看见前面有一石柱，高数十尺，形状十分奇特，就像枯槁树干一般。他上下打量那石柱，明知是顽石凿成，和树木无关，却不由自主撑起身子，晃悠悠走过去，手抚柱面长吁短叹。

他叹道："石柱啊，你若有灵，也像那波吒厘树，引我到仙境去走一遭也好。"风轻轻，月明明，映着他孤单的身影，着实十分可怜。

说也奇怪，他显出万千柔情，把那石柱摩挲一阵，这根柱子竟忽然活了。月光下，八戒听见一个低沉声音从柱顶传来，问他："猪八戒，你果真想进入古时境界去走一遭吗？"

呆子听了，心中大喜，连忙伸手把石柱紧紧搂住道："是啊，趁他们还在睡觉，你快引老猪到仙乡里去逛一遭。天明再回来，不会误大事。"

石柱里的声音又问："你可要想仔细些，别后悔。"

呆子乐了，口里说道："有什么悔不悔的。我老猪是规矩人，不会丢了高小姐作负心汉。我只到仙境里去会见一下花仙姑娘，这也是名人雅士常有的风流韵事！"

月光下，那声音冷笑一声说："你别想得太美，这里可没有什么花仙姑娘，没有风流故事。"

呆子已经入迷，哪里听得进！他心里早已忍不住了，焦急求道："好菩萨，你就成全了我吧！我老猪是一条耿直汉子，说话从来不后悔的。"

石柱沉默一阵，才缓缓再传声道："既然如此，你就闭上眼睛将我搂紧。待我唤你睁眼，就到古时原来境界了。"呆子听了，乐不可支，连忙紧紧抱住柱身，闭眼喊道："想不到这般容易。我已闭上眼睛了，快引我到从前的世界去吧！"

他紧闭双目，将身贴紧石柱。耳畔只听见一阵呼呼响，那声音大喝一声：“睁眼！”他连忙睁开眼睛，抬头一看，不由吓得面无人色，全身颤抖。

他看见了什么？只见那：

> 无数凶恶鬼卒，许多悲苦罪人。眼前排开了猛焰洪炉，身旁罗列着铦锋利刃。有的炙烤身体，有的斩截手足，有的剜眼刈鼻，有的剖腹取心……一些人早已丢魂失魄，一些人还痛苦呻吟。这哪里是佛国天堂，分明是人间地狱。不见美貌花仙，怎么拜堂成亲？

八戒一看，吓得魂飞魄散，待要回头走，却不知出路，被鬼卒一把揪过去，拖到一口油锅边，就要往里掼。八戒尖叫起来：“你们别弄错了。我是来相亲的，走错门啦！”

冥冥中，他只听见那个耳熟的声音冷笑说：“你没走错，这不是你自己要来的吗？”

呆子哭丧着脸问：“如果真是我想来的地方，那波吒厘花仙呢？”

暗处的声音没有回答，两边鬼卒啐他一口说：“呸！死到临头，还叨念什么花仙不花仙。”

鬼卒揪住他的耳朵，就往油锅里推。呆子用力挣扎，吓得高声惊叫：“罪过啊！我是东土取经和尚，佛祖座前尊者的亲戚，你们不得无礼。”

鬼卒停了手，问他：“你说的，都是真的？”

八戒见有活命希望，连忙伸手从怀里掏出僧帽，端端正正戴在头上，对鬼卒说：“你们都看清楚了，难道还是冒牌的不成！快放了我，我请尊者禀告佛祖如来，多多给你们好处。”

两个鬼卒一听，高兴拍掌喊道：“妙啊，能给我们开眼界了。”眼瞅

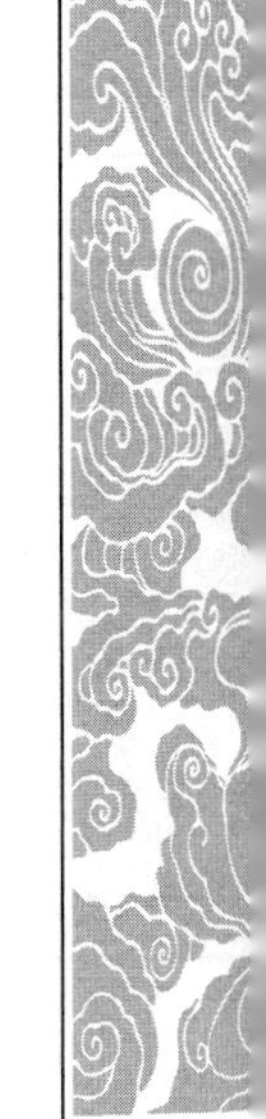

着八戒，似乎觉得十分有趣。

八戒摸不着头脑，感到奇怪，问道："你们要我开什么眼界？"

鬼卒说："实话对你讲，这里是无忧王立国之秋在城内设的地狱。国内犯法罪人，不分轻重，都入这里治罪。后来罪犯诛尽，大王传旨，凡经过狱门者，都一律擒入诛戮。有一天，一个僧人巡游到此，被抛入滚沸油锅，众人以为他会立刻肢体糜烂死亡，谁知在他身下忽然生出莲花，将他轻轻托住，若在清池一样。我等初来为鬼卒，尚未见过这种奇观。既然你是有道法高僧，又有菩萨保护，今天就要在你身上开眼界了。"

八戒被揪住，挣扎不开，一只脚落下去，几乎沾着滚油，连忙缩回喊道："使不得啊！我没有那种神通。"

鬼卒说："你和天上尊者有亲，还能联系佛祖，怎么没有如此区区伎俩？常言道，大智如愚。又言，藏者不露。看你这副模样，必定有更大本领。如果下了油锅，或许能有千朵万朵，甚至满锅莲花开放也说不定。来，来，来，不必谦让了，就让我们大开一回眼界吧！"

八戒杀猪般放声大喊："丢不得啊，我真的不会变幻莲花。"

鬼卒生气了，发怒嗔他道："如你不会变莲花，就不是真和尚。犯了欺诳罪，更该下油锅烹炸。"

这一次，他们不顾八戒挣扎，一齐用力，把他一骨碌丢进了油锅。身体接触那滚沸油汁，立刻皮绽肉焦，被煮了个半边熟。八戒疼痛难忍，放声大叫起来，眼睛忽然睁开，原来是南柯一梦。头顶上，天净如水，月明星稀，梦中地狱景象早已化得无踪无影。

八戒看清楚了周围情景，这才定下惊魂。可是心里却又作怪。若说是梦，适才被油锅烫坏的屁股为甚还十分疼痛？他伸手摸了一下，担心梦是真的，煮熟的地方还未复原，却不料一伸手，摸到了一把荨麻叶。原来他不小心，坐在这一丛荨麻叶上，被刺得像蜂蜇似的，一片热辣辣的，又麻又疼，才在梦里有了下油锅的幻境。

他在梦中用力喊叫，早把众人惊醒了。悟空问他："兄弟，你睡着了，闭着眼睛叫嚷什么？"

八戒捂住屁股说："我不小心被荨麻刺了一下。"

悟空冷笑说："莫非下了油锅吧！"

八戒听了，心里一惊，问道："你怎么知道，你钻进了我的梦里吗？"

悟空不答他，又问："你实话告诉我，梦里是苦还是甜？"

八戒摇头皱眉说："快别提啦！进地狱，下油锅，有什么甜不甜的。"

悟空微微一笑，说道："下油锅，也有原因。如果丢了高老庄的黄脸婆，会见花仙招亲，就是下油锅也值吧！"

八戒见他说到隐处，知道自己在梦中失言，羞红了面孔，抵赖说："你这个猴子，别胡言乱语讹诈人。我老猪的为人，难道你还不知晓？这般嚼舌头诬陷我，叫你不得好死，也下油锅。"

两个你一言我一语地争吵起来。长老在旁边听了，慢慢发言道："悟能，你别和师兄争论了。你在梦中言语，我们均已听见。人切不可有邪念，否则会真坠阿鼻地狱，下滚沸油锅。"

长老这般一说，八戒脸上无光，才低下头来沉默不语。言罢，长老又语："这里甚是奇怪，我也梦见同样情形，足见此处确有灵迹。"

不知三藏梦见什么，且听下回分解。

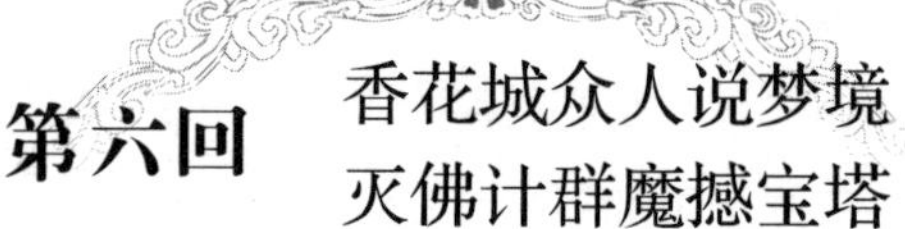

第六回　香花城众人说梦境　灭佛计群魔撼宝塔

且说众人听说长老亦有同样梦境，感到十分惊异，长老方才细细述说其中故事。

原来，他带领众徒看了波吒厘子城，心感灵异，不觉昏昏沉沉睡去，再作一番梦中游。那梦中佛国圣城，果真与白日所见不同。只见它：

> 风轻轻，夜沉沉。月似一弯银船，冉冉招渡众生；星如万点明灯，荧荧映亮凡心。到处火树银花，举目流光浮影，好一座不夜城。人人欢喜，个个安生，原本都是神仙中人。正是佛国仙境千般好，胜过人间万万分。

唐僧在梦中慢慢行走，观看这座城池，哪似日间所见荒凉破败样子。更可喜的是，城内许多大小庙宇，处处香烟缭绕，传出阵阵虔诚诵经唱读声音，显示出一派神圣祥和景象。唐僧见了，好不崇敬，一一趋往拜谒。跟着念了一阵经，便觉得神气清扬，心境平和灵通了许多。

他见寺内诵经礼佛的人十分踊跃，感到奇怪，问道："今天是什么日子，有这样多人来庙里参拜？"

一个鹤颜老者告诉他："无忧王得到一升佛骨舍利，为赎前愆，将把这宝贵舍利骨分赠八国，修建八万四千塔同时封藏，一刻也不错过。因此人人欢喜礼佛，只等日中午时，封塔时刻来临。"

三藏感到不解，问道："无忧王威扬四方，国土北接雪山、南达海

湾，纵横上万里，怎能传令同时封塔？”

老者道：“志诚者，天地鬼神也相助，有什么办不到？”

三藏还要再问，老者只微笑不语。三藏只好住口，等待观看到底有何神通。

不多时，日已近午，城内万头攒动，都到一座高大灵塔边，等候封藏佛骨时刻来临。人丛里，无忧王素衣布袍，带领文武百官，步行来到塔前祈祷。

无忧王合十朝天祷告说：“从前我迷信强权暴力，以为专制可以镇压一切，世间无物不服。自从菩萨在油锅绽放莲花点化，方知佛力无边，暴力不能横行永远。这才悔过依佛，从善赎罪。乞望神佛大显法力，令天下八万四千塔同时封藏佛骨成功。”

话毕，头顶日神毗婆娑驱赶七匹火马，正好驾驭太阳轮马车行到中天。说时迟那时快，人丛中忽然飞升起一尊金身罗汉，伸出硕大手掌遮蔽红日[①]，天空一时黑暗，只从指缝间渗漏出几线灿烂金光投射人间，使天地显得异样神采。此时此刻，休说阿育王治下的孔雀王朝帝国，普天下四海十洲也无处不见到这样奇观。不待无忧王下令，四下里便钟鼓齐鸣。早已侍候在旁的僧众，在一位德高长老带领下，恭恭敬敬将佛骨舍利奉入塔中，正是：

专制独裁何足道？
今日方知佛力高。

众人看见，惊异不已，齐声赞美神佛法力，庆幸人间从此只有慈爱信任，再无猜疑暴行。更加惊喜的是，原来真正神佛出自身边群众，不知是谁飞升上天，完成了这一惊天动地的伟业。

---

① 见《大唐西域记》卷八，“故宫北石柱”条，罗汉升空伸手蔽日故事。

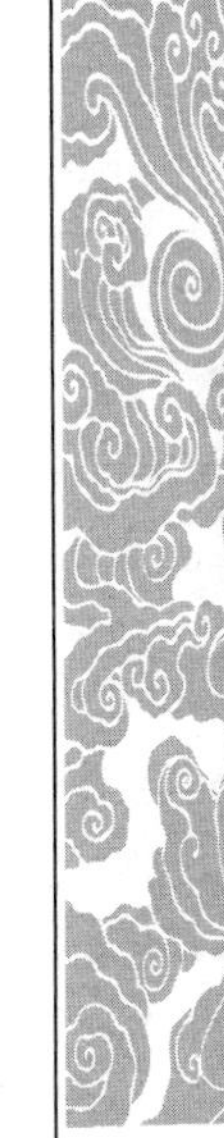

三藏初到此间，不识一人。正欲转身问方才谈话的鹤颜老者，这才发现不知何时他已消失踪影，只留下一阵习习香风，使人感觉温馨非常。

哦，原来如此。三藏恍然大悟，细细咀嚼老者言语。志诚者，天地为助之语，岂止无忧王封塔这一例证。原来是菩萨对自己鼓励，他连忙翻身朝天参拜，发誓必定巩固初志，不惮艰难，走遍西天各国，寻求佛学真谛。他仰望空中罗汉，还想默问许多问题，忽然一觉醒来，乃是南柯一梦。

长老述毕自己梦境，沙僧说："说来奇怪，我也做了一个怪梦。"

沙僧之梦与八戒、三藏不同，恍惚自己走入无忧王后宫。昔日威震四方的无忧王正气若游丝，奄奄一息地躺卧在病榻上，全无往昔神采。室内冷落凄清，除随梦潜入的沙僧外，仅有两三名侍者，文武大臣竟无一个。沙僧见了，感到十分惊奇。

噫，从前叱咤风云，横扫万马千军。顿足天地震，举手破万城。何处不曾被血洗，无数邦君尽称臣。谁敢不低头，何人不钦敬！料不到岁月轮回，无情阎摩[1]紧紧逼催，无敌铁血君王如草芥，也落得这样痛苦呻吟，说不尽的叹息与悔恨。

这时无忧王已经自知不能存留，低声问身边侍者："现今天下主人是谁？"

侍者齐声回答说："除了大王，别无第二个。"

无忧王听了，轻轻摇头说："否，如今我所拥有的只是手中这半个阿摩落迦果[2]。我想捐赠所有珍宝给佛庙赎罪，无奈如今掌权大臣不允。你们就代我把这半个果子捐献，对庙内众僧说：'昔日天下霸主，今日半阿摩落迦王，向神佛忏悔，请求菩萨宽恕。'"言罢，潸然泪下，立即撒手

① 阎摩，是印度神话中的死神。

② 见《大唐西域记》卷八，"屈屈吒阿滥摩僧伽蓝"条，阿摩落迦半果的故事。

归西。

沙僧想从床后阴影中走出，安慰他几句也来不及，也心中凄切，忽然梦醒。

众人述毕自己梦境，悟空说："昨夜我也做了一个梦，和阿育王死后有关系，好不奇怪。"

八戒忙问："莫非他改恶从善，升天做了神吗？"

悟空摇手道："哪有这种好事被我梦见。我在梦中见到的，如果换了你，怕不慌张得乱了手脚。"

八戒不服，嘟囔道："在这取经路上，我也见过大风大浪，怕什么？你别见众人做梦，也编一个恶梦来骗我。"

悟空道："我老孙光明正大，没来由骗你干什么？你不相信，就听我讲吧。"

众人听悟空说梦，果然与前面诸梦不同，十分惊心动魄。

当其入梦，正值无忧王捐罢半果瞑目咽气，一股魂灵随风飘荡，不知飞落到何处去。国内一时无主，人心惶惶，一团混乱。

悟空正在城内走，只见人人慌张奔走，面露恐惧神色，两边店铺人家尽都关门闭户。连寺庙也散尽烟火，众多僧侣急急忙忙四处躲避，像是死神阎摩收了无忧王魂魄，也要把他们一索子捆住带了同去。

悟空不耐烦，揪住一个寺庙长老问："你不在庙里念经，主持佛事，跑什么？"

那个瘟长老挣扎不脱，哭丧着脸说："猴和尚，你不知厉害，快放开我。如果慢了，只怕你也性命难保。"

悟空问："这里出了什么事？快告诉我，或许我能为你们解忧。"

那个长老说："看你不是这里人，不知厉害，我告诉你，别吓得尿湿了裤裆。"

悟空道："你说吧，我不怕。只怕你自己湿了裤子，不好念经做

长老。”

那个长老莫奈何，只好从头告诉他说：“从前无忧王以暴治国，交游都是鬼怪魔王。他信佛后，这些魔王尽皆远去。如今他瞑目归西，当初的鬼怪魔王便裹挟了四方灭国诸侯，从四面八方打来了，要血洗这座波吒厘子城，重建昔日专制恐怖帝国。我们如何不害怕？”

悟空听了道：“怕有什么用！他们既是从四面杀来，你们要跑也无处可逃了。不如守住这座城，歼灭这帮丑类才是正理。”

那个长老叹了口气，对他说：“你是否听说过无忧王临终时，将手中仅有的半个果子捐献佛门的故事？他在世时尚且如此，现在那些有野心的大臣早已篡权，意欲和妖魔内外勾结，恢复从前强权暴力统治。哪有半个兵将保护百姓，使无忧王留下基业不受破坏？”

悟空说：“没有兵将怕什么。你们也有手脚，不能御敌吗？”

那个长老道：“我们赤手空拳，拿什么抵御强敌。难道叫我们念经说理，也能退敌取胜吗？”

悟空耐心对他说：“你枉做了一辈子说经长老，连这个道理也不明白。世间万物，民众最强，只要齐心，什么妖魔鬼怪都不怕的。你们已经过惯了和平友爱生活，难道还允许那专制独裁者复辟不成？！”

那个长老仔细听了道：“你说的，好倒是好，无人带头怎么办？”

悟空说：“你们遇见我，算是前生缘分。俺老孙丑虽丑，却从不向专制魔王低头。你们只在后面为我摇旗呐喊便了，看我如何治这些妖怪。”

悟空与他说时，周围早聚集了许多人。听见他说，有的欢喜，有的疑惑。

一个愁容汉子觑他一眼说：“猴和尚，你的用心虽好，只是身体太单薄，只怕经不住魔王一棍就丢了命，太可惜。”

悟空心知这些可怜人还不放心，从耳内取出一根钢针，放在地上道：“我就用这退敌。叫他来十个，死五双，一个也休想回去。”

那汉子失望叫道："你这猴和尚，不看是什么时候，还来取笑。那些魔王心如蛇蝎，难道用这根针给他们补衣服，他们就乖乖退了？"周围众人也摇头讪笑，怪他没来由和大家寻开心。到底是猴子，顽皮猴性还未泯灭，令人叹息。

悟空听了并不生气，笑嘻嘻对他们说："你们谁有力气，拾起这根针，就算你们说得对。"

众人说："一根针有什么稀奇，鸡也啄得起。"说着就有人伸手来拿，使尽了气力也拿不起。众人奇怪，一一前来试探，没有一个能够移动分毫，这才吃惊讯问，这针是什么材料打造，竟这样沉重。

悟空说："谅你们也不知道，这原是东海龙宫的定海神针，有一万三千五百斤重。我就用它给来的反叛诸侯和妖魔鬼怪缝衣服，看他们的身子是不是也能一针穿过。"

言罢，他将针轻轻拈起迎风一晃，化成一根如意金箍棒，再喝一声："长！"金箍棒一下子就蹿入云霄，恰似一根顶天立地的大铁柱。金光闪闪，好不耀眼。

众人一见，这才知道悟空来历非凡，一齐跪倒尘埃，把他的名字也改了，哀声请求道："好心的猴长老，恕我们有眼无珠，快搭救我们，别叫妖魔抓走。"还有人乱叫"猴罗汉""猴菩萨"，只差叫祖宗了。

悟空笑道："我就是一个石头里蹦出来的猴子，别见我有一点道法，就从和尚升长老，再升罗汉和菩萨。俺老孙不喜欢灌米汤，不吃这一套。既然你们信服我，就跟我一起干吧！"

众人道："我等手无寸铁，更无道法，拿什么和别人干？"

悟空教训他们道："世间没有救世主，先要相信自己。你们听说过东土中华有一个古代圣人说过，老百姓像海水，可以托起船，也能打翻船吗？海水可以平静像镜子，也能掀起波浪。你们就跟我去兴风作浪，先除掉内部奸贼，再迎外敌吧！"

悟空一番话，说得众人如梦方醒，不再各自奔逃，都找一样器械聚集一起，跟随他到宫里去除奸贼。

这时，宰相已占据王宫，成为新王，他正在殿上与百官计议，送些珠宝，再送些国土出去退兵。宰相抬头看见门外闹嚷，卫士阻挡不住，一个毛猴和尚带领一群百姓拥入，就变脸喝问道："你们从哪里来？不知王法，叫你们一个个都下油锅！"

悟空道："无忧王早已废除了油锅煮人法律。你是什么东西，有这么大口气？"

宰相冷笑道："无忧王在哪里，叫他出来见我。从前我是当朝宰相，现今是新王。我说的话就是法律，谁敢说半个不字！"

悟空不理会他，转身问身后百姓："他想当皇帝，你们同意吗？"

众人齐声回答："不同意，他说的不算数。"

悟空又问："他要拿国库财宝和土地送人，你们同意吗？"

众人又气愤地齐声喊道："财宝和土地是国家的，不是他荷包里的东西，他没有乱给别人的权利。"

自称新王的宰相一听，气得面容变色，厉声喝斥道："你们不分尊卑上下，不知贵贱轻重，连皇上的话都不听，简直反了，都不是良民。"

听他这样说，悟空也变脸厉声道："圣人说过，民为贵，社稷次之，君为轻。百姓才是国家主人，什么皇帝大官都是一根草，你算什么东西！"

宰相勃然大怒，指挥身边卫士上前，捉拿带头闹事的猴和尚。悟空冷笑一声，挥起金箍棒只一扫，就把他的贴身卫士全部打倒。众人一拥上前，把作威作福的宰相和附逆百官全部拿下，要一个个处死。

悟空伸手阻拦道："你们要清醒，不能以暴制暴。先把他们关起来，一个个审查，有篡权叛国、贪污受贿、欺压百姓、以权谋私的，再一个个论罪处理，叫他们心服口服。现在都跟我上城楼去，打败外敌再说。"

众人听了，齐声拥护，待把这些大小官儿锁进牢房，就一起登上城墙，为悟空退敌助威。

悟空绕四门一看，敌军已把城团团围住，果真来势凶猛。只见：

> 层层旌旗，密密枪林，好似铁桶把这危城困。马上诸侯，云里妖魔，一个更比一个狠。见这里和平慈爱，心中早不平。恨不得一口吞，来一个乾坤大混沌，重新架起油锅把人烹。只有霸主放火，哪许小民点灯。似这样，这般食人魔王才心称。

那些反叛诸侯、妖魔鬼怪来到城下，本以为这里没有无忧王，举手就能破城，完成复辟大业。不料城门紧闭，连一条缝也莫想钻进去。抬头看，城上竖起一面大旗，写着斗大七个字：齐天大圣美猴王。许多百姓在城上鼓噪，根本就不把他们放在眼里。

南门外，一个骑象叛王恼了，大声叫骂道："什么猴子敢称圣称王？有胆量出来，和我的神象较量一阵。"

城上悟空听了，一个筋斗跳下来，笑嘻嘻道："牧象奴才，叫你爷爷作甚？活得不耐烦了，就来讨打。连你胯下大象，都打成肉饼子。"

骑象叛王大怒，舞起手里金刚杵就赶上来，要把悟空一杵打死。正是：

> 威风凛凛骑象王，
> 小小猢狲怎敢挡？

城上百姓见了，都为悟空捏一把汗，怕他即使不被金刚杵打死，也会被巨象踩踏身亡。如果这个猴子是银样蜡枪头，一交手败下阵来，大家都没有好果子吃。

看悟空却不慌不忙，待到大象冲到面前，轻轻一跳就闪了过去。扯一

下象鼻，拉一把象尾，十分灵巧钻过象腹，像做游戏般东跳西跳。大象身躯笨重转动不灵，对悟空奈何不得。象背上叛王舞弄金刚杵，也一下下打了空。这一场灵猴戏巨象，把两边阵上诸色人妖都看得呆了。哪里是死活战斗，分明是一场杂耍，把众人都逗得哈哈大笑。

骑象叛王气得七窍生烟，喝道："贼猢狲，有胆量不要跑，吃我一金刚杵。"

悟空也跳得累了，站住道："别说一杵，让你先打三百下也不怕。完了我还你一棍，这样的生意做得吗？"

骑象叛王道："好！好！好！你先过来，我打你！"

悟空见他同意，不慌不忙走过去，伸着脑袋让他打。城上百姓见了，着急喊道："使不得！你被打死了，我们怎么办？"

悟空笑嘻嘻说："不妨事。我的头皮正痒，要搔一下。"站在原处动也不动，只等他打。

骑象叛王紧握手里金刚杵对他说："贼猢狲，这里有千万只眼睛作证，是你自己情愿，死了休怪我。"说着便不客气，用力挥起金刚杵在悟空头上乒乒乓乓一阵乱打乱筑。不料真和搔痒似的，连悟空的头皮也没有碰伤一下，不由心里一惊。

悟空见叛王住了手，才抬头对他说："我这脑袋在太上老君炼丹炉里炼过，谅你也打不破。你打够了，我还你一棍吧！"

言罢，他举起手里金箍棒就打去。象背上叛王害怕，不敢让他打着，连忙举杵抵挡。只听得"当"的一声，金刚杵就被打成两段。多亏没有被悟空打着身体，要不真成肉饼了。

叛王不敢恋战，拉转象头就跑。回到阵里一挥手，两边象队一齐冲扑过来，把悟空困在垓心，要叫他死在万象脚下。城上观战民众又急了，不知他怎么脱身。

不料悟空照旧不慌不忙，拔了一把毛，吹一口气，喝声："变！"一下子变出许多小猴，都和自己一样，手拿兵器，攀着象鼻、象腿往上乱爬。打死骑象武士，反倒驱赶着象群，朝敌方阵营中冲去。赶得敌军喊爹叫娘，不知被愤怒象群踏死了多少人。那个叛王抵挡不住，也被七八个小猴拉下来，被自己的坐象践踏成一堆肉泥。

悟空打退南门外敌军，抖一下身子收回猴毛，又转到东、西、北三个城门外，如法炮制大展神威，把所有叛王、叛兵都打得落花流水，无人可以抵挡。城内民众开门出来助战，大获全胜才收兵。

躲在叛军背后的魔王见了不服，对悟空说："他们是凡人，经不住你打。有本事，和我来斗法。"

悟空道："要斗便斗，怕你不是孙爷爷。你说怎么斗就是了。"

魔王道："我不和你打斗，你让我推一下城里那座塔。如果我推不动，就算我输了，回头就走。"

悟空笑道："这样文斗也行。要不你的脑袋太可惜，喂狗也不吃。"

魔王说："我有七兄弟，让他们都试一下，可好？我们推完了，就让你推，看谁的力气大、道法高。你输了就走，不要在这里碍我们的事。"

悟空说："都依你。只是我斗乏了，回去吃一个馍馍才有力气。"

魔王兄弟们都冷笑说："看来你也是个绣花枕头，只会欺侮凡人，见了我们就被吓软了。快回去多吃几个馍馍吧，别说我们欺了你这个饿鬼。"

好大圣不和他们计较。他心里已经明白，他们不怀好意，不管输赢，都要推倒无忧王建造的贮存佛骨舍利的宝塔。倘若任其得逞，就以此为开始，破坏全天竺八万四千座灵塔。群众心中失去崇拜对象，佛教也就不攻自破，任随残酷邪教流行了。八戒、沙僧不在，他自己孤掌难鸣，只好假说吃馍馍行缓兵之计，转身再想法应付。

其实他心中已有主意。回到城内抓一把土轻轻一吹，化成一团浓密雾气上下罩住。再拔一根毛化成自己模样，出城引诱众魔进来。自己真身趴

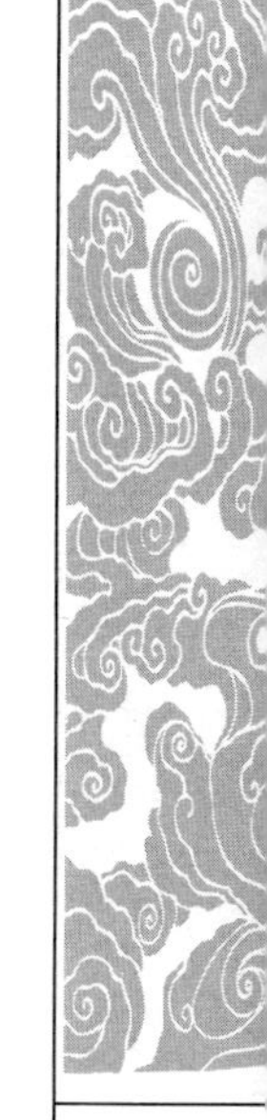

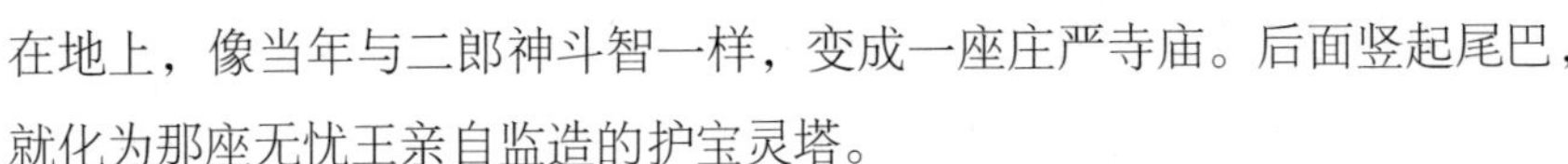

在地上，像当年与二郎神斗智一样，变成一座庄严寺庙。后面竖起尾巴，就化为那座无忧王亲自监造的护宝灵塔。

猴毛变的悟空站在城头招手说："魔头，我吃饱了，就比试吧！"

魔王七弟兄自以为得计，昂首挺肚走入城内，就要动手推塔。

假悟空假意问："我吃饱了，你们还空着肚皮。要不要也吃几个馍馍，才有力气？"

魔王摇手说："我们不吃你的馍馍，怕有耗子药。等我们推倒了这座鸟塔，再吃人肉馒头不迟。"

假悟空见他们不肯中计，又指着假庙门问："推塔不用急，先到这座庙里看看如何？"这也是悟空安排的一条计。待他们走进自己嘴巴变的山门，他就用钢牙咬住，把他们嚼得粉碎，还等他们推什么塔。

魔王又不耐烦地摇着头说："推塔就推塔，看什么庙。我从不信佛，推倒了塔，就把这庙砸得粉碎，改建一个油锅地狱。"

假悟空见诱他们不成，只好顺水推舟，点头同意他们去推塔，心里想："这也是假的，怕你们真能推倒了这座猴尾巴塔。"

魔王兄弟绕着庙后这座塔看了一阵，认定这就是真的，便摩拳擦掌拉开架式，一个个上来推塔。

大魔王上来，先伸出手指轻轻一碰，不料那塔便微微晃动，塔上檐角悬挂的铜铃都一齐摇响，叮叮当当的，煞是好听。他呵呵笑道："我还以为这座塔多么坚固，原来这样不中用。当初无忧王必定雇了奸商包工队，给他手下的经办人吃了回扣，便偷工减料弄成这个样子。这种纸糊宝塔何消我动手，让小兄弟们来推吧。"

说罢他就退到一边，站得远远的，袖手让几个小兄弟轮流上前推塔。生怕一下子推倒了，会掉下砖块砸了自己。

六个魔王兄弟也不把这塔放在眼里，一个个上前伸手推。谁知不管他们怎么用力推，也只能把塔推得摇晃，周身上下风铃乱响，却并不能推

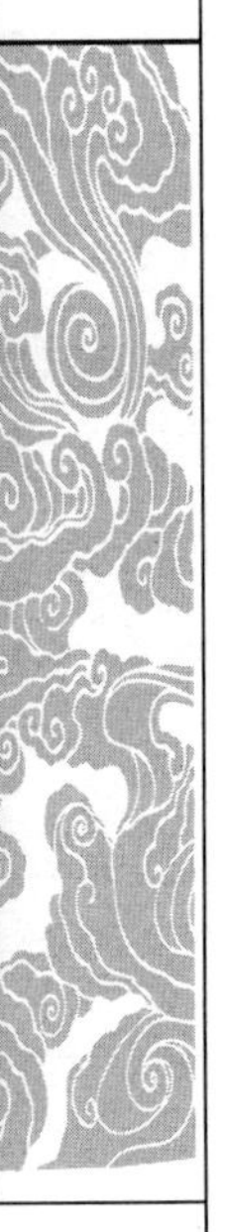

倒。心中无法，只好退开，看假悟空怎么推塔。

假悟空不慌不忙走过去，道一声："看我的！"他用手指在塔身上轻轻一搔，像是发出一个暗号，眼前这座塔一下子就倒了，平躺在地上动也不动一下。

他得意地转身对魔王兄弟说："我赢了！你们都滚开，再也别到这里来骚扰了！"

魔王兄弟不甘心，互相使一个眼色，悄悄说："不管谁把塔推倒了都好。我们把塔底藏的佛骨舍利挖出来，就算胜利。"

他们计议好了，不等假悟空注意，就一齐扑上去，在塔根用力挖掘。悟空伏在地上，不提防这一招，尾巴根被弄疼了，禁不住放了一个响屁，把魔王兄弟冲得趔趄后退了几步。

大魔王抓住这股臭气一嗅，喊道："不好！这是一个猴子屁，我们中计了。"他立刻抡起手里兵器，用力朝假塔和假庙打去，悟空无法躲避，只好一骨碌跳起来，收了猴毛，现出真身，手持金箍棒和群魔格斗。

双方正斗得起劲时，悟空早先撒土化成的烟雾渐渐消了，露出无忧王建造的真舍利宝塔。大魔王一见，对众兄弟喊道："我们中计了，这才是真塔，看我除掉它。"说着，便转身用力来推这座真正宝塔。

悟空一见，叫了声"不好"，想过去阻挡，无奈自己被六个魔王兄弟围住，一时分不了身。正焦急时，只见大魔王使劲一推，那塔基下面忽然地皮震动，发出如雷响声。不知是佛祖显灵，还是无忧王在地下震怒，塔边所有人，连悟空在内都被震倒，再也站不起身子。悟空使劲一拭眼睛醒来，原来是一个奇怪幻梦。

他一口气说完自己的梦境，三藏合掌赞叹道："我们在这里做的一串梦，分明是一个完整故事。其中有深刻意思，需要仔细领会。"悟空、八戒、沙僧都点头称是。

不知师徒四人在这圣城里还有什么遗遇，且听下回分解。

第七回 唐三藏巡游圣城 猪八戒妄想成佛

却说众人在波吒厘子城惊梦后，次日起来，在身边大石柱上见有古体梵文刻写“无忧王立地狱处”七个大字。八戒见了，不免心惊胆颤，有些害怕。

长老说：“八戒所梦不假。这里的确有古时人造地狱，乃无忧王从前未结佛缘时，施行暴政之所。汝等须要谨记油锅生莲花故事。正是此事儆悟了他，使他知晓世间最强大的不是暴力，从此皈依佛门，广结善缘，和从前判若两人，终成正果，受到万民爱戴。”

八戒想起恐怖梦境问道：“从前他绞死、杀死，在油锅里煮死了许多生灵，老百姓就原谅了他？”

长老道：“放下屠刀，立地成佛。你须相信群众最公正，不似那些专制君王只顾自己利益，无端怀疑他人，记仇报复。世间大小头目首领俱有私心，怎么能和芸芸宽厚众生相比。”

众徒听了，都肃然起敬，便跟着长老来慢慢观看这座圣城。

众人在城里走了不远，路边又有一块石碑，仔细载明了此城来历。石碑上写道：此处原为伽河边一个小村庄，昔日童龙王朝邬陀耶王见这里水陆交通便利，就在此修建了波吒厘子城，乃是此城开始。从其历史也知善恶转化关系。

八戒看了，不解地问道：“城是城，历史是历史，和善恶有什么关联？”

长老说：“你不要性急，细细读下去，自然知道端倪。”

众人再看下去，原来这里记载了古时无比强大的童龙王朝和后来难陀王朝、孔雀王朝[1]的兴衰史，从中可以引出许多可以深思的问题。

那童龙王朝开国频毗娑罗王性情善良，爱民如子，提倡佛教，以德治国，深得人民爱戴与拥护。不料其子阿阇世王自视为天生龙种，疏远民众，敌视邻邦，灭佛兴邪，以暴治国，恶名远播四方。从此世代炫耀武力，到处征伐。虽然传至邬陀耶王，疆域大为扩张，却不免内外交恶，最后悲惨灭亡。后来难陀王朝和孔雀王朝均在这里定都，尽都崇尚武力，国势更加强大。尤其孔雀王朝月护王和无忧王均是一方霸主，无比暴戾、残忍。无忧王在位极兴盛时，这座城有六十四城门，五百七十箭楼，乃是威震北天竺第一大都会，印度万邦都中之都。看它这样宏伟，就是当时强权暴力的象征。

八戒听长老讲碑，依旧摸不着头脑，问道："这明明是三个王朝的历史，没有一个字讲善讲恶，怎么扯到一起？"

长老说："有字是经，无字也是经。这三个王朝的历史不是明明白白讲清楚，得民心者，国势稳固；失民心者，不管貌似多么强大，骄横一时，终不免灭亡一途。会读此碑君王，岂不应该引以为戒。"

众人听了，心中肃然，都点头称是。这座城中有佛祖珍贵遗迹，无忧王改邪归正后，提倡佛教，留下灵迹更多。三藏率领众徒在城内城外慢慢巡行，参谒了许多佛迹仙踪。真个是：

吉祥天，福祉地，无处不有仙迹；佛陀所，名王都，所在都存遗址。这里一座古塔，那里一座禅寺。一塔一寺，皆有离奇传说；一寺一塔，均具神异故事。噫，佛法真无边，善缘实可续。不由人不信不服，不声声称道赞誉。

---

① 印度童龙王朝存在于公元前7至前5世纪，古代十六国时期。难陀王朝存在于公元前413—前324年。孔雀王朝存在于公元前324—前187年。

三藏带领弟子走一处，拜谒一处，参观灵迹，拜访隐士，得到许多教益。

众人来到古代高僧提婆击鼓宣法、马鸣辩退异道[1]处，二人都是三藏所敬仰的尊者，两庑石碑记录十分详细。三藏感兴趣，停步细细观看，又问了住持法师，知道许多道理玄机。这才更加明白，读万卷书，还应行万里路；行万里路，更须问万千人，方才可以悟得大道理，学得大学问，参得大禅机，做得大完人。正是：

学问、学问，
边学边问。
能学能问，
方是真学问。

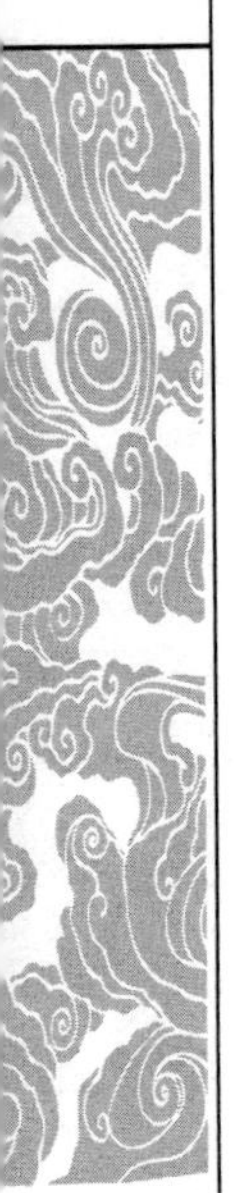

三藏心中欢喜，率众前行。在这圣城内外停停走走、走走停停，来到一个安静处，忽然看见一座异形石丘，上面耸立着一座高大宝塔。

悟空认出了，高兴叫道："这就是我在梦中所见宝塔，一点也不差。"

沙僧定睛一看，也不由失声道："咦，这座石丘好像我在梦里看见的那半个阿摩落迦果。莫非它变幻长大，塔就是在果核上建起的？"

八戒看见塔畔有一座罗汉雕像，问长老那是谁，长老认出来了，原来就是在梦中封塔贮存佛骨舍利时，飞身上天伸手蔽日的金身罗汉。长老连忙合掌诵经，命众徒参拜。

八戒随师父礼拜了，心中不免产生嫉妒之情，悄悄对沙僧说："兄弟，参拜佛骨舍利可以，拜那石头罗汉作甚？我等俱有腾云变化之功，伸

① 提婆，公元3世纪时的高僧；马鸣，公元2世纪时的高僧。二人均曾在此说法讲道，辩论击败异教徒，玄奘十分景仰，在《大唐西域记》中专门有记述。

手蔽日有何难处。只不过生不逢时，未得机缘惊众立功罢了。如有机会，我也能够表演一番。后人怕时，不也雕刻一座石像，立在什么地方风光一阵子，岂不极好。”

那沙僧是谨慎人，怎能听信这种妄想，连忙摇手叫他噤声，自己又倒身叩拜，默诵意念，请求神佛宽恕罪过不提。

八戒撞了一鼻子灰，低头沉默，不再多言。然而他已有一点欲念入心，无法解脱开了，心想这里是佛国故迹，万人瞩目的好地方，急欲寻找机会就地显示一番，立下惊世骇众的大功绩。

他肚肠里有了这个念头，便一路上东张西望，再无参谒习法之心了。

走不多远，见一精舍，内储大石。石面上有两个脚印，长一尺八寸，宽六寸有余。两迹俱有轮相，十指皆带花纹，形状特异，熠熠生光，正是佛祖所留足迹[①]。昔者如来将寂灭时，思念摩揭陀国，乘风来到这里，蹈此石上，留下最后足迹，因此这大石十分珍贵。无忧王曾经筑舍护石亲自供养。后世许多国王均欲掘石带走，可是石虽不大，却众莫能转。民间流传，若有新佛出世，方能动得此石。八戒暗想：“神佛不是祖传，说不清应该出自哪一家。现在正是贤劫开始，应有千佛出世。但是连同佛祖，至今只有过去四佛[②]，谁知那九百九十六新佛是什么人，我老猪不如试一下，弄得好，成为猪八戒佛也不一定。”他心痒痒的，就走上前，揎拳舒臂，屈身来搬这块石头。众人阻挡不住，长老也呵斥不了。

悟空说：“呆子，这块石头是搬不动的。从前许多国王派遣力士、驱赶巨象，费尽心机也动不了分毫。你有什么本领，要在这里逞能？”

沙僧也劝说道：“二哥，快住手吧！小心为上，别闪折了腰，明日不好走路。”

---

① 见《大唐西域记》卷八，“故宫北石柱”条：“精舍中有大石，如来所履，变迹犹存。其长尺有八寸，广余六寸矣。两迹俱有轮相，十指皆带花文。鱼形映起，光明对照。”

② 过去四佛，指贤劫中已出现的拘留孙佛、拘那舍牟尼佛、迦叶佛和释迦牟尼佛。

那八戒正在兴头上，哪里听得进去。只见他运足了气，蹲腿做了一个骑马势，双手将灵石紧紧抱住，大喊一声“起”，他咬牙瞪目，用尽了平生气力，想把石头抱起来。不料此石确实沉重非凡，无法撼动其分毫，自己却站不住脚，一个趔趄跌倒在地，摔了个嘴啃泥。

长老见他这样，才启口教训他说：“你有竞争之心，固然很好，却不该冒犯佛迹，还不赶快谢罪。”

悟空笑得前仰后合，也指戳着他说：“不自量者，必有这般下场。”

八戒未能如愿，被众人数说一通，虽然满面羞惭，说不得话，心中却还不服帖。他想：“成大事者，必多有磨折。或许这是对我的考验，也说不定。”垂下双耳，对众人的劝谕一概不听，一心只想完成功业，成为现世贤劫第五新佛。正是：

一猪生奇志，
要成第五佛。
好言听不进，
气壮势渐粗。

八戒心已走火入魔，把师父等人全不放在眼里，离群大步走开，一心要在这佛国古城内寻找机会立地成佛。他一路东张西望，仔细寻觅建功惊世之契机，不知不觉来到城南一处地方。

他抬头看，见一巨大石槽，其中尚有食物残迹，心中不由大喜，快活得拊掌喊道：“妙啊，这不是一个大食槽！老猪认得，这是猪圈内必备之物，正合我的身份。想是几百年前，佛祖预先布置在此，等待老猪来显示本领的。如此好兆头，一旦错过，还从哪里去找？”

他越想越有道理，更加喜形于色，只是不知该如何动手，借这石槽表现自己的奇迹神通。他想：“食槽是盛食之物，凡猪进食之器。想是老天要我吃这一槽子东西，表现五谷万物归我肚腹，我肚大能容天地的道理。但是眼下槽中无物，怎样显示神通呢？”

抬头看，天空朗朗；低头瞧，槽底空空。八戒抓头搔脑，想不出是什么原因，不由咬牙骂起老天了。他指天骂道：“你这个瘟天，要我显能，为何不早早贮满食物？如果恼了我，待我成了新佛，必定把天地颠倒，叫浊者升空、清者沉底，把你翻在脚底下，受万众千牲践踏，叫你永世不得翻身！”

想不到他这大喇喇一骂，果真有奇效。只见空中罡风顿起，吹来几片乌云布满空中，霎时间红日隐形，立降甘霖。雨点似万道银箭，劈头盖脑洒落下来，把猪八戒淋得全身透湿，犹如一只落汤鸡。雨水装满了石槽，恰与槽平。周围地面，不消说变成了一片稀泥。

这雨水是南方热带豪雨，来无影、去无迹，霎时就消失无踪。天空中依旧赤日当顶，在八戒身上洒下万道金光，一派吉祥如意的好气象。八戒不由心中大喜，手舞足蹈，举手加额道：“老天听我使唤，必是成佛好兆头也！此时不做，还待何时？”

只见他喜滋滋、意洋洋，袒开身上僧衣，露出粗皮肚囊，手拍着肚子高声喊道：“天地万物听着！看老猪大展神威，把这满槽子水都喝了，你们就来参拜我，我马上便要做一个盖世无双的新活佛。”

说罢，他便正颜凝神祭拜了开辟天地的梵天大神和往世七佛[①]，口中念诀祈祷，运足了气，张大嘴巴就着石槽，咕噜咕噜吸饮槽水。这势头猛烈异常，恰如那强龙吸水、飞瀑归壑，虽然肚腹疼胀难忍，依旧张口吸个不停。不多时，果然见了功效。只见满槽甘霖尽归八戒肚腹，正如世间奸狡屠户做的注水猪肉一般，他被撑得像是一只吹胀了气的大肥猪，四脚朝天，躺在地上，一时连哼气的力气也没有了。

① 梵天是婆罗门教、印度教的创造之神，佛教称为大梵天王。往世七佛，包括过去庄严劫三佛和贤劫的过去四佛。

好半天，他才嘤嘤呻吟出声来。

却说这边三藏带领众徒观看古迹，回头不见了八戒，担心他惹是生非，吩咐悟空、沙僧分头前去寻找。

悟空顺路向南来到这里，听见一阵哼哼声，循声转弯寻过来，正好瞧见八戒抱着肚皮，仰面躺在泥泞地里动弹不得，浑身沾满了污泥，像是一只肮脏懒惰的泥猪。

悟空见了他，忍俊不禁，问他："呆子，你躺在这里哼什么，莫不是犯了迷心疯、母猪瘟吗？"

八戒一时说不出话，只是呻吟着用手指肚皮，露出万般痛苦的表情。

悟空问他："你又贪嘴，偷吃了什么东西？"

八戒摇摇手，翻了一下白眼珠，表示自己清白无辜，今番绝无此等劣迹。他虽一时身子不便，痛苦得答不了话，却有一种别样神情，与往日犯过被抓住的模样大不相同。

见他这副模样，悟空有些摸不着头脑了，俯首问他："兄弟，你莫非真的疯了，我错怪了你？"

想不到他这样问，八戒也一股劲直摇手，对他瞪着眼睛，像是怪罪他不会说话，无端冒犯了自己。

东不是，西也不是，悟空恼了，按捺不住性子，一脚踏在他的肚皮上，戟手指着他骂道："夯货，没事躺在地上撒泼，故意戏耍我。我今日好好教训你一番，治一治你的疯哑症，看你还装痴卖傻不说话！"

他这一踏不打紧，一下子踩住了八戒的装满水的肚肠，水一下子从上下几个窟窿眼儿里一起挤了出来。只见：

那水啊，似喷泉、如鲸雾，一下子直射入空中。虽未将头顶金乌淋成落汤鸡，却已把地下蝼蚁淹为可怜虫。一场喷水奇观，并非天地生成，竟是猪腹出产。真个是奇，奇，奇！问天下九州四海，何处有此奇迹可比？

八戒躺在地上，猝不及防地被他使劲踹了这一脚，不由疼得大叫一声。由于积水排出许多，肚腹消胀，他这才缓过气来，启口对悟空说：“哥啊，你也忒歹毒，踩得我好疼。我如成了新佛，叫你好受！”

悟空听他这样说，惊奇得瞪大眼睛，问他：“呆子，你真的是疯了，满口胡言乱语，真该掌嘴！”说着，就做出要扇他的耳光的样子。正好三藏长老带着沙僧寻觅过来，瞧见悟空踏住八戒要打，才喝住了他。

三藏数说悟空道：“我叫你去找他，怎么做出凶相打人？”又问八戒：“你又犯了什么事，惹他生气？”

八戒要言，悟空抢先答道：“他口出妄言，要做贤劫第五佛！”

长老听了，大惊失色。沙僧也吃惊摇头。长老快步走到八戒身边，正颜问他：“他说的，可是真的？”

八戒这才撑起身子，向师父拱手答道：“其实他说得不差，弟子正有此意。”摇头晃耳，一副满不在乎的样子。

长老跌足，手指着他骂道：“罪过啊！你这不长进的东西，怎么有这种非分妄想？佛岂是你做得的！如果你也可以成佛，普天下不知有多少佛祖了。”

沙僧在旁，也待说话，八戒抢先答道：“师父，你好不晓事。自古将相无种，神佛无根，如果人人都不敢想象成佛，这贤劫千佛怎么凑得齐？成大事者，必有大志；得高位者，必有先兆。我老猪在此心灵感应，并得神兆，怎能料定我不能成佛？”

悟空嘴快，问他：“你且说明，有什么应兆，注定你要在此成佛？”

八戒手指着大石槽说：“只此便是凭证。千百年前留此食槽，便是应在我身上。猴头，你且说，这如不是喂猪之器物，还会是什么？”

悟空听了好笑，本要告诉他，世间喂驴喂马，均可用槽。长老叹息一

声先说了。

三藏道："你这蠢物不学无术，侮辱神佛，真是罪不容诛！我告诉你吧，这是往昔无忧王改过信佛时，大兴法寺，广集僧侣，命令工匠作成此石槽，以为饭僧之时，用以储食之器也[①]。你竟敢言是喂猪，把天下僧侣置于何地？照这样说，我们都是蠢形浅见的豕类了。如此说话，岂不是天大罪过？"

这一番话，说得八戒瞠目结舌，再也说不出话。悟空本要举手打他，转念一想，笑着说："呆子，待我把你肚内积水全部挤光，你才会神志清楚，再不发猪疯。"

说着，他招呼沙僧齐上，不顾八戒挣扎，将他按翻在地，使劲挤压他的鼓胀肚腹，积水如泉涌般喷出，排泄干净。八戒腹瘪肚空，消除了一切妄想，才低头贴耳，跟随师父在城内继续参观巡游。

欲知三藏一行，在波吒厘子城内又见什么灵迹，别生什么风波，且待下回分解。

① 见《大唐西域记》卷八，"大石槽"条："故宫北地狱南有大石槽，是无忧王匠役神功作为此器，饭僧之时，以储食也。"

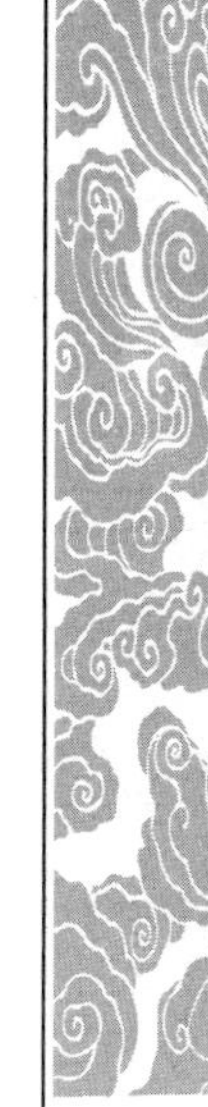

第八回　心猿怒捣御弟石室　三僧勇斗吞塔蟒怪

且说八戒被悟空排空腹中积水，断了成佛妄想，随着师父继续在波吒厘子圣城巡游。众人步到故宫北面废墟中，忽然看见一间大石室，用巨大石块垒砌而成，外若崇山，内广数丈，不知是何用途。

悟空觉得稀奇，说道："莫非这是一座假山。山上堆石，山下有洞，是给国王玩耍的地方？"他心中欢喜，忘却现时身份，恢复本相，无拘无束在乱石堆上翻跟头、立蜻蜓，好不快乐。八戒也十分高兴，脱下僧服，与他一起跳跃玩耍。一猪一猴，快活游戏，早把一路上披星戴月、打斗妖魔鬼怪的事情忘得一干二净。正是：

世间唯有自然好，
无拘无束无烦恼。
世外天地都忘却，
心中妖魔一起抛。

他两个打闹得正欢，沙僧过来呼唤他们："这里不是园林假山，快下来听师父说它本来故事。"

两人跟随沙僧来到下面，长老手指石室说："这是无忧王为弟出家，役使神鬼所建，也是一处灵迹，应该恭敬礼拜。"言罢，便合十为礼，心中默念经文，赞美无忧王善举、其弟善念和诸多助力鬼神功业。

原来，无忧王在位时，其弟摩醯因陀罗奢侈暴戾，经常危害社会，万

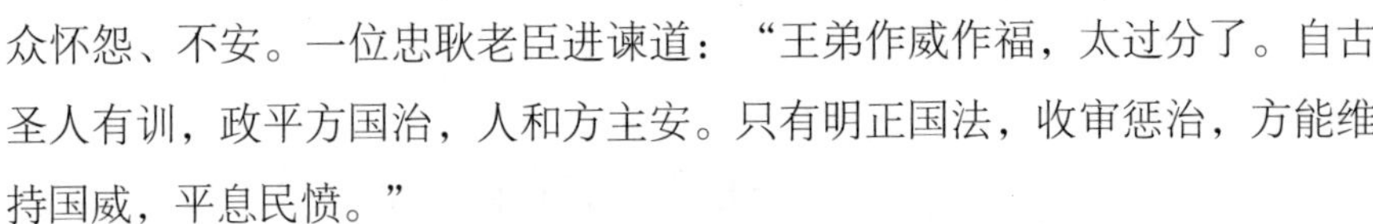

众怀怨、不安。一位忠耿老臣进谏道：“王弟作威作福，太过分了。自古圣人有训，政平方国治，人和方主安。只有明正国法，收审惩治，方能维持国威，平息民愤。”

无忧王无言可说，流泪对弟说明，上惧祖先之灵，下迫臣民议论，必须执法惩处。摩醯因陀罗低头谢罪，请求宽限七日，再伏法受刑。于是无忧王将其置放幽室，严加守卫，供给珍馐馔食，不予亏待。

第六日后，摩醯因陀罗十分害怕，祷告上天，请求帮助。他忽然觉得意静身轻，随后冲破囚室，飞升上空，悠悠晃晃地落在一处深山幽谷，远离了红尘世界。

无忧王闻讯赶往看望，对其弟说：“从前拘于法制，欲对你施用严刑。不意你得六神通，脱离世界。既然如此，便无任何法律牵连，可以随我回国了。”

摩醯因陀罗声言已出危城，不愿再返，情愿在山林中修行度日。无忧王说：“如要修行，何必一定选择荒野？我尊重你的志向，在宫城内为你另修一处幽室好了。”

于是无忧王召集鬼神道：“我于后日设宴相请，你们务必赴会，自带一块大石作为座位。”

宴会后，遍地抛置石块。无忧王看见心生一计，请众鬼神将石块构筑一间石室，就作为其弟修道处所[①]。

长老讲毕这段故事，八戒、沙僧都称奇不已，进入石室参观。独有悟空气愤，大声说：“这不是为王亲国戚卖私情吗？他无忧王从前建有地狱，专治世间罪人，八戒在梦中也险些下了油锅，为何不把自己兄弟投入，还用珍馐美食款待？王子犯法，可以平地升天，上天也用狗眼看人。犯了大法，出外转一圈便可堂皇回国，鬼神也低头为他修建房屋。这算

① 见《大唐西域记》卷八，“大石柱”条，无忧王为弟置幽室软禁的故事。

什么法律规矩，什么神佛上天！这种遗迹有什么可看的，待老孙踏平了它吧。”

他说着，不顾众人阻拦，伸手掣出万钧重的金箍棒，使劲挥舞抽打，几下就把这个蛮石垒砌的修道石室砸得粉碎。长老见了，不由大怒，喝斥他道：“大胆猴头，闹了灵山还不够，又损坏了这里圣迹，不怕鬼神惩治？”八戒、沙僧也大惊失色，一同站起数说悟空。

悟空怒气尚未平息，抬头对众人说：“从前在取经路上看见世间不平，我只道是妖魔世界，一心盼望到达西天。谁知西天也有这许多不平等，上天、国王都有私心。似这般遗迹，留它何用？倘若鬼神要处罚我，从此我再也不信神了。”

长老见他这样，又气又怕，顿足说道：“你不敬天信法，如何可以成正果？弄不好，还会连累我们，致使万里取经善行毁于一旦，怎么办？！”

悟空说：“师父不用焦急，好汉做事好汉当。你们先往前行，留我在此，等待天谴罢了。”

他这样说话，众人反不知应该如何处置是好。沙僧劝他：“师兄何必这样执拗？且跟随我们离开这里。只要存心为善，上天自有处理。”悟空冷笑说：“你们走吧！我倒要看上天是否真有公道。如果三天无人来管，我便来寻你们。这样也能解除师父顾虑，免得连累大家，岂不很好。”

他态度坚决，众人说不过他，只好叮咛几句，把他留在这里。一行人匆忙离开波吒厘子城，朝西南方向大山里走去。八戒保护着长老，沙僧在前探路，渐渐行进山中。这里林木参天，云雾蔽地，小径荒草没膝，十分阴森恐怖。

几个人深一脚浅一脚，踩着荒草愈走愈远，却不见半座建筑、半个人影。八戒有些怯了，问道：“这条路通往哪里，莫不走绝了？”前面沙僧也担心自己带错路，想起取经路上许多妖魔出没情景，有些犹豫不安，时

时停步倾听动静。

长老在马上见他们这样，安慰说："有路，必有去处。这里是西天清平世界，不必多虑，只管向前走，自然一片光明。"

二人听他这样说，只有硬着头皮向前，慢慢行至山顶。众人抬头看，望见山顶一块大磐石上有一石塔，高十余尺，上下闪闪发光，十分神异灵奇。

长老失声说道："这不是佛祖如来入定处吗？怎么路径荒凉，周围这样寂静？"

原来这是波吒厘子城西南四百里，如来入定及登高远望摩揭陀所履处所。当时佛祖在此入定经宿，诸天神灵在旁护佑，演奏天乐、飞撒天花，直至他出定苏醒，乃各献珠宝金银筑成此塔。后来时日流转至今，珍宝逐渐变为顽石，渐渐为世人所遗忘，因此路断人稀，成为一片荒凉景象[①]。

听了长老介绍，八戒手指塔上宝光说："看，塔上还有一些光芒，恐怕珠宝还未完全变成石头，我们快去看看。"

沙僧也说："师父言之有理，有路必有佛迹。这是我等造化，才能目睹如此放光灵塔。"

二人踊跃向前，就要走近仔细观看。

谁知他们说话方毕，往前尚未走出半步，周围忽然刮起一阵腥风，忽喇喇，平地飞沙走石，吹得他们睁不开眼。待到风定尘静，睁开眼睛时，抬头一看，不由大吃一惊。只见闪光石塔已经不见了，被一道黑影罩住，只有半截塔基还立在大磐石上。

八戒喊道："怪了！为什么宝塔被黑影罩住，不露半点光芒？"

沙僧被沙尘迷了眼睛，看不清楚，说道："这塔身比之前粗得多，也

---

① 见《大唐西域记》卷八，"鞮罗释迦伽蓝"条："鞮罗释迦伽蓝西南九十余里，至大山。云石幽蔚，灵仙攸舍。毒蛇暴龙窟穴其薮，猛兽挚鸟栖伏其林。山顶有大磐石，上建窣堵波，其高十余尺，是佛入定处也。"

高些，莫不是被一股龙卷风裹住了吧？”

长老在马上定睛一看，吓得几乎从马上跌下来。哪里是什么黑影和龙卷风？原来是一条大蟒，从上面树顶垂下身子，张开巨口衔住宝塔，想把整座塔吸进肚内。由于无法吸动塔基，所以不住伸缩身体，将塔身吐出又衔进，使人无法看清宝塔真形。他被吓得全身颤抖，手指吞塔巨蟒，呼唤八戒、沙僧道：“你们还不赶快向前，打杀这个孽畜，保护佛塔圣迹。”八戒、沙僧这才看清巨蟒吞塔景象，连忙手持兵器赶上山顶驱赶。

八戒道：“难怪砌塔珍宝都变成了石头，就是这个孽畜常年吞吐塔身，流出毒涎污染金银宝石造成的。”

他和沙僧一个手持钉耙、一个高举铁杖，赶到巨蟒身边乱筑乱打。虽然在蟒身上砸了几个窟窿眼儿，却不能将其打杀斩除。那怪蟒觉得疼痛，将尾一摆，二人猝不及防，被一下子扫倒在地。

二人不知厉害，翻身跳起又上前攻打。大蟒吞塔不下，又被打疼，心中愤怒，便吐了塔，转身来斗八戒、沙僧。

这蟒怪不知二人来历，以为他们要来夺塔，将身子盘住，把塔死死缠紧，忽然口吐人言道：“你们是什么人，敢来此处扰乱我的修行？”

长老和八戒、沙僧见他说话，心中一惊。长老知他来历非凡，连忙制住二徒，走上一步，拱手施礼说道：“大神息怒。我等乃东土来的僧人，见你吞塔，疑是妖孽，才前来攻打。望大神说明吞塔原因，以解疑惑。”

蛇怪咆哮道：“实话对你们说，我在此吞塔吸宝，已有三百年，欲要吸入灵气飞升登仙。你们扰乱我运气吸宝，罪该万死！”说着，他便张开大口，朝三人扑来。

长老见他说话蛮横，还要与他辩论。八戒、沙僧愤怒喊道：“师父不要和他说话，待我们除了他性命，恢复佛塔灵光。”

好八戒，见那蛇怪身躯巨大，将身一摆，也变成一头大猪，挥舞钉耙，和蛇怪狠命厮斗。蛇怪见他来势凶猛，弃了身下佛塔，吸一口气，鼓

胀起身子，变得比八戒的体形更大，冲上迎敌。两个扭在一起，好一场恶斗。正是：

一个是蟒，一个是猪。一个想吸宝成仙，一个要护法惩畜。蟒有伸缩术，猪能钉耙舞。巨蟒一吞一吐，形容恐怖；灵猪左冲右突，满怀愤怒。

两只怪兽斗，一场生死扑。两个斗了一阵，蟒怪卷起身子，一下把八戒缠住，用力缠紧，张嘴就要吞他。八戒慌了，急忙收起法相，缩小身体，从大蟒圈里跳出来，扭头往山下就跑。蟒怪也收形追来，被沙僧舍命挡住，救了八戒退回山下。

二人商议道："这个妖怪着实厉害。一个不行，我们两个都上。"商议定了，八戒重新上前，沙僧悄悄绕到背后去偷袭蟒怪。

八戒重新抖擞精神，持耙来到山顶塔边，叱骂道："没出息的草蛇，只有裤带本领，专门缠人的肚皮。有本领再来决斗，我把你筑成九截，抛到山下喂野狗吃。"

蟒怪赶走了八戒，正返身盘上一株大树，再垂首吞塔，看见他又来骚扰，便放了身下的佛塔，转身迎向他。

蟒怪怒吼道："你这猪精，偏要扰乱我吸宝修道？我这就一口吞了你！"说着，瞪大眼睛扑了过来。

这次八戒有了准备，并不急着上前拼斗，只是做个样子，想把他诱下树，到了开阔处，就和沙僧一起，从前后攻打，将他打死。

八戒虚晃着钉耙，小心挪动步子，口里直喊："来，来，来，我和你厮拼了！"他却不肯用心抵抗，只是手舞钉耙，左跳右跳，小心避开蟒怪攻击，把他引到沙僧埋伏处。

蟒怪一股劲蹿过来，恨不得一口吞了八戒，心里想："这猪精怎么变得诡诈了？要打，又不敢上来。”他心里气忿，只想立刻除掉这个猪精，才好转身再去吞塔，却不提防沙僧在背后打了他一杖。

沙僧一杖打在蛇尾上，立时鲜血殷殷，染红了路边荒草。八戒瞧见沙僧得手，提起精神迎面对准他那斗大头颅便筑，沙僧也趁势追打，指望前后两下用力就打杀了他。不料蟒怪疼了，尾巴用力一扫，将沙僧扫倒，又转过来拱起身子，把八戒撞了个趔趄。

二人偷袭不成，慌忙翻身爬起，各持兵器迎战蟒怪，一进一退，打斗了几个回合。蟒怪和他们周旋一阵，看清形势，不慌不忙张开口用力一吸，二人手中兵器拿不稳，滴溜溜飞进蟒怪口内。多亏他二人动作快，飞快抱住身边大树，才未被一起吸入蟒腹内。蟒怪看准他们，还要吸第二口气，二人瞅住空子，急忙空手狼狈跑下山去，拖住长老骑坐的白马缰绳就跑。

谁知蟒怪一鼓作气，已经蹿到跟前，将身盘住，把唐僧师徒三人连人带马困在圈内。三人急切冲突不出，手中又无兵器招架，眼看蟒身耸起，血口大张，像是一根垂天巨索，从头顶猛袭下来，不知如何抵挡。八戒、沙僧卷袖揎拳，意欲与蟒力拼。长老唯有闭目诵经，静待生死时刻来临。

那蟒怪见三人已在囊中，不慌不忙弓起身子朝下睃看，选择先吞哪个对手。蟒怪大声说道：“你们死到临头了。待我先吞了马上那个白面和尚，再吃猪精和偷打我尾巴的丑汉。饱了肚子，再去吞塔。”

说罢，他轻轻俯下身子，就往长老扑来。八戒、沙僧见势不妙，急忙上前用身护住唐僧，欲与蟒怪决一死战。

蟒怪在空中看见，呵呵笑道：“你们抵抗何益？若要一起都死，我就成全了你们吧！”说着就摇首摆尾，把口张得更大，朝三人头顶直盖下来。

说时迟那时快，正当蟒怪张口要咬住唐僧师徒三人，只听见半空中一声呼喊：“孽畜，不得伤我师父、师弟！”三人抬头看，瞧见悟空不知何

时赶来，正好撞见蟒怪张口要吞噬被困住的他们。

悟空在空中见情势紧急，来不及掣出兵器抽打，跳下来用尽平生气力，拽住蛇尾一拉，扯散了蟒圈，把他倒拖到山坡草地上，救了三人。蟒怪猝不及防，吃了悟空暗算，心中忿恨非常，转身就来斗这半路上杀出的猴头。他口里骂道：“天杀的猴妖，坏了我的事情，我就先吞了你！”

悟空也回骂道：“呸！你也不照一下镜子。自己是丑陋妖怪，还开口骂人。老孙宰了你吧！”

悟空顺手掣出金箍棒，和他打成一团。

战了三个回合，蟒怪觉得眼前这个猴子比先前的猪精、丑汉厉害，便住了手，对悟空说：“猴妖，这个打法没趣。我们来比试道法，你吹我一口气，再吸我一口气。完了，我再依样对付你，如何？”

悟空心里念头一转，已经知道他的用意，自己也想出一条计谋，故意装作不知，哈哈笑道：“这是吹吸糖人儿的本领，算得了什么法术。要吹要吸，你就先来吧！”

八戒、沙僧在旁，见悟空答应了比试办法，着急喊道：“这个怪物善于摄气，把我们的兵器吸到肚皮里了，千万别答应他。”

悟空哂笑说：“怕什么！吹口气，犹如扇凉风，吸气给我退热气。我走累了，正要他为我送风凉呢！”言罢，又朝蟒怪大声喊：“妖精，你要吹要吸，就快来吧！我热得喘不过气呢！”

蟒怪也不推让，叫一声：“猴妖，你站稳了，看我施法吧！”他要试悟空功夫，先昂起头，对准悟空呼呼嘘了一口长气，只见尘沙滚滚、树叶翻扬，果然是一股大风。悟空故意站不稳脚步，随风踉跄后退，跌倒在草地上。蟒怪见他这样不中用，不待他站起身，就张口用力吸了一口气。悟空就势翻了几个跟头，晃晃悠悠连人带手中兵器，一下子被吸进了他的巨口。

蟒怪不费气力吞了悟空，扭转身再对唐僧师徒三人道：“你们的救兵已经下肚了。若是你们思念他，就进我的肚皮来，和他会面吧！”言罢便大张血口，又要来吸他们。

唐僧见他这副凶恶模样，有些怯了，开口意欲与他讲理。八戒道：“师父，别求他。猴头诡计多端，既然让他顺顺当当吸进肚皮，必定另有打算。过一会儿，这个妖怪还要求我们呢。”八戒这番没有说错。他的话音未落，只见那个蟒怪就怪叫一声，瞪起双目，在地上卷来曲去翻滚不停了。八戒走到跟前问他：“妖怪，你不是要吞掉我们吗，为何先打起滚了？想必是吃得太多，肚子疼了吧。”

蟒怪痛苦呻吟，无力回答，好半天才憋出一句话，对唐僧道：“好长老，叫你的猴子徒弟住手吧。他在肚皮里鼓捣得我好疼。”

唐僧这才舒了一口长气，十分怜悯，念了一声：“善哉！”隔着蟒身呼唤悟空道：“伤人一命，冤结一重。他既然已经知道悔悟，你就放了他，出来吧！”

悟空钻进蟒腹，找到八戒的九齿钉耙，正在里面手舞足蹈，握住钉耙一阵乱筑，听见师父呼唤，应声答道：“师父，你好没主张，不见他刚才凶恶模样。除恶须除尽，方是保护一方生灵的大恩大惠。我在里面正快活，让我玩一会儿再出来吧。”

蟒怪听见他在肚内说话，低声喘气求他：“猴大仙，你要出来，就快些。我张开嘴，你快钻出来吧。”

悟空边在里面跳跃翻滚，边说：“妖怪，你也求我了吗？我偏不从你的嘴里出来，要从你的肚皮上开一个天窗出来。”

蟒怪呻吟求道：“你饶了我吧！要什么，我都给你。”

悟空笑着道：“别的我都不要。从前我在太上老君炼丹炉内被弄成火眼，听说蛇胆可以明目，我正在找你的胆。快告诉我，你的胆在什么地方，我揪下来吃了，便出来。”说着，他用力在蟒腹内揪了一把，疼得蟒怪竖起身子又滚落在地，顺着山坡翻滚，再也说不出一句话。

悟空见他不动了，这才手持九齿钉耙，在蟒腹上筑了几个窟窿眼儿，

提着沙僧的降魔宝杖和自己的金箍棒，轻轻跳了出来。低头看，蟒怪早已横躺在地上，污血流遍山坡了。

悟空拭净自己身上血污，过来参见了长老。众人问他，在打坍的大石室边有何动静。悟空仰面哈哈笑道："看来鬼神做了亏心事，也不敢见人。我在那里等了好久，也无人敢出头来处理打坍无忧王御弟石室的事情。我等得不耐烦了，赶来寻找你们，正好遇见这件事。"

众人谈话完了，步上山坡看那佛塔，果然已被蟒怪毒液污染，变成一座平凡石塔了。悟空听了这塔的来历故事，恨恨说道："这个妖怪该打，我还嫌少打了它几下呢！"言罢，举起手中金箍棒，对死蟒一阵乱砸乱打，八戒也抖擞精神来打死蛇，直到把它打成肉泥，二人方转身随同长老走开。

欲知他们又行到何处，且听下回分解。

第九回　八戒贪食惹奇祸　龙王幻身奋神威

却说悟空打杀了吞塔蟒怪，长老见了心中不忍，叹息说道：“他吞塔慢法虽然不该，却是为了修行，后来且已忏悔认错，何必如此赶尽杀绝，殄害生灵？”

长老面对残坏蟒尸，为他念了一卷经超度亡魂，又转身责备悟空，怪他不顾蟒怪悔过下此毒手，说道：“西天极乐世界，即使有怪，亦具向上之心，怀有求善之意，和取经路上不同，只宜教喻点化，不可任意杀生。你性情不改，来此已经数犯戒律。如果再生枝节，怎生是好？”

悟空犟嘴争辩，笑道：“师父，你的仁慈太多。如果照你的方法去办，恐怕只能待他喘息过来，到他的肚皮里去点化他了。”长老听他这样说，更加不满，叫他依旧紧随身边便于管束，又吩咐沙僧在前探路，离开这里。一行人走出山林，迤逦向西行去。西方极乐世界之西，想必有更多神圣佛迹善地可寻可访。正是：

长老一心结善缘，
目中万物均可怜。

长老想得不错，出山后果然有许多佛国灵迹，拜谒了德慧法师和戒贤法师伽蓝，饮了伽耶城圣泉，见了佛祖将成正觉时曾经登临的前正觉山，渐渐行近另一圣地。

其时天色已晚，赤日西沉，四周万籁俱寂。长老在马上抬头看，只见

前方有一城池，高墙崇垣，十分险固，料定必是一处神圣古城。再抬头看时，见城中一株菩提树，高耸挺立于众多建筑之上，宛如华盖佛伞，映着落日余晖，影像十分清晰。

四众行走一天，身子疲乏。长老手指这菩提树下城垣说："此处建筑非凡，颇有灵气，今晚便投这里安歇吧！"

听长老此言，三个徒弟十分欢喜。八戒牵了一天马，早已累得困顿不堪，又加肚中饥饿，听说就在前面休息，便抢先持耙进城，想先找到一些食物果腹。

这呆子兴冲冲跨进菩提树垣一看，不由连声夸道："妙啊！师父说得不差，这里果真是一个好去处。"只见那城内奇树名花连阴接影，细莎异草弥漫绿被，真是美不胜收。可是却有些奇怪，到处有佛塔、庙宇、石刻经幢和神像，却都败坏坍圮，像是一处古迹。

八戒饥肠辘辘，在城内兜转一圈，不见一个人影，心中有些疑惑："这是什么去处，莫非和波吒厘子城一样，又是一个只有鬼神居住的空城，怎么能够找到吃食？"

玄奘众人由后跟进，也惊讶不已。沙僧说："这里距离灵山甚近，如何这般破败？"众徒仰面问师，长老也说不清，嗟讶叹息一番，慢慢在城内巡游。

悟空说："这里是西天佛国，想是佛迹太多，湮废了一处也不稀奇。管他什么原因，先找一个安静地方睡一宿，明早走了就算啦！"

一行人走到城池中央大菩提树下，仰面看它高大挺直，茎干黄白，枝叶青翠，光鲜无比，就是远处眺见的那株灵树。树前有一片青石，奇的是石面留有坐痕，想是古时有神佛在此参禅打坐，才有如此奇迹。长老说："这里是仙迹福地。我等休去别处，就在此处安歇了吧！"说着，自己首先下马，盘腿坐在青石上。三个徒弟也放下行李，拴了马，卸了经，傍着师父坐定。

八戒坐在旁边，心想："这下该饮水吃饭了。此处水倒有的是，可没有人家，哪来吃食？即使有，也不多，不够大家吃的。莫如我先去看看，捞他几口下肚再说。"

他想定了，捂住肚皮愁眉苦脸地说："师父，我的肚子急了，找一个地方方便去。"

长老道："这里是神仙处所，你走远些，别玷污了宝地，造成罪过。"

八戒巴不得离群走远些，口里答应了，拿了几张净纸，就往远处暗地走去。他在城内东张西望，挺着鼻子到处嗅闻，一直找不到果腹食品，不知不觉走出南门，来到一个水池边。黄昏光影下，看见水色墨黑，不知深浅，想必有鱼龙居住，是神仙水宅所在[①]。岸滨散放着一些香喷喷果品食物，想是人们祭祀留下的。他偷偷回头，见左右无人，急忙囫囵吞咽下肚，方解了肚中饥饿，提起精神。

他吃饱了，才想起师父，瞅见地上还有一个果子，弯腰拾起来揣在怀里。走了几步，心中又想："不好！一个果子给谁吃？那猴子精灵，给他看出了，反而不好。罢，罢，罢！还是我独自解决了吧！"从怀里取出来，勉强再吃下去，用净纸仔细拭净嘴边水渍，打了两个饱嗝，才一摇一晃走了回去。

当他来到众人面前，悟空立起身正要走，见他过来，喝道："呆子，你拉屎，怎么用了这许多时间？现今师父和大家都饿了，我到远处去觅食即回。你和沙兄弟好好保护师父，不可懈怠。万一出了什么事，我回来不会轻饶了你！"

八戒生怕他看出破绽，连忙诺诺连声应承了，看他托钵纵身飞到空中，到远方觅食去了。

---

① 即目支邻陀龙王池，见《大唐西域记》卷八，"菩提树垣附近"条："有目支邻陀龙王池，其水清黑，其味甘美。"

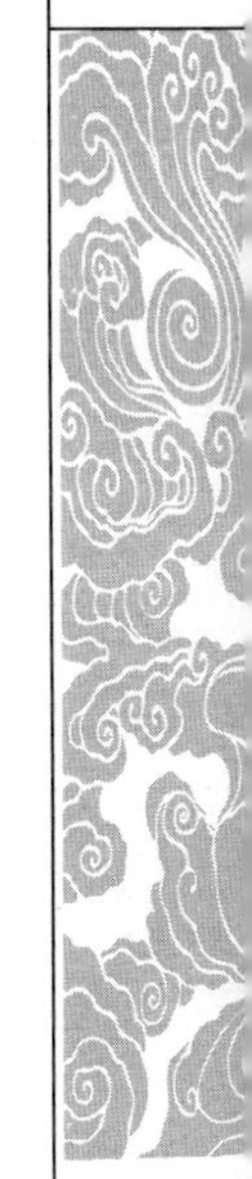

悟空走后，沙僧过来对八戒说："师兄说得是。这里黑黝黝的，人影也没有一个。我等应该多加小心，不要出事才好。"

这时的八戒已经吃饱，只想倒头睡觉，嘴里嘟囔："这猴头心眼儿太多。他自己觅了美差，先填饱肚子去了，却偏要我们在此忍饥熬夜守护师父，是何道理？"

沙僧说："大师兄不是这样的人，不可这样说。我们还是听从吩咐，认真安心在此保护师父才对。"

八戒打了一个呵欠说："这里是西天乐土，荡荡清平世界，有什么可防护的，我们何必一起呆头呆脑等候？我有一个好主意，你我不如分头休息。俗话说，一夜睡得好，明朝起得早。我先忍着饿睡一觉。他回来后你们先吃，有吃剩的再唤我。如果没有，就算了。"

沙僧想了一下，点头说："这样也好。但是平素你的食量大，不能忍饿，还是你先守夜等吃的。从前我在流沙河边饿惯了的，我先睡觉，免去这一餐吧！"

猪八戒见他这样推让，心里急了，坚持要先忍饿睡觉。两个争来争去，各不相让，惊醒了唐僧。玄奘发话说："你们别争了。八戒平时贪吃，好占一点儿小便宜。难得他今日如此谦让，想是受了佛法教化所致。可见西天佛土极乐极善，我们能到此处巡游习法，真是天生福分。今晚你们都别守夜了，先睡觉，养足精神，明日好好观察学道。悟空回来，我自会对他说。"

八戒得了师父这句话，心安理得，自顾自倒下美滋滋地睡了。沙僧有些不放心，又起身看了师父卧处和经卷、白马，才靠坐在树边，垂下眼皮，半醒半睡慢慢入寐。

却说八戒适才去的地方，乃是菩提树垣外，目支邻陀龙王所居水池。

由于从前如来佛祖初成正觉时，曾在池边趺坐七日入定[①]。龙王出水警卫如来，将身缠绕佛体，昂颈化为多头，俯垂在佛顶成为伞盖。因此，他得到人们敬重，每日有信男信女从远处跋涉来此供奉食物，成为菩提树垣附近一方灵异。这天夜晚，他从潭底升起，蜿蜒盘行到岸边取食，只见杯盘皆空，不知被何人盗食了，不由心中大怒。

龙王睁目观看，察见水边软泥上有几个新鲜猪蹄印。他心想："这是何方野猪，窜到此处偷吃贡物。我今腹饥无食，不如追踪过去，把这只猪吃了也罢，也算为这里古迹除去一头无礼害畜，是护佑佛法一项功绩。"

想罢，龙王昂首四望，嗅着一股猪臊味，随风从北面飘来。定睛仔细一看，还有稀稀落落一行蹄印，朝同一方向的城门边延去。这只贪吃的瘟猪，定是往北，窜进城内去了。菩提树垣古城虽然已经湮废，却还有许多珍贵佛迹。他过去护佛，赢得四海尊敬。今日有一野猪窜进城去，别说毁坏古迹，就是随意拉屎撒尿，也是亵渎圣灵。把它吃了，绝非罪过。

目支邻陀龙王满怀愤懑，趁着夜色进入城内，寻找偷食的野猪。在古城内盘旋了一周，来到中央大菩提树处，攀援升上树顶，向下张目四望。朦胧月光中，见树下青石上卧着三众一马。内中一个，正是一只胖猪，闭目酣睡，鼾声如雷，想是吃喝饱了，已安然沉入梦乡。

龙王一见，心中大怒，认得这里是当年贤劫初成，千佛出世时，这块青石与大地俱起，据三千大千世界[②]之中，下极金轮[③]，上侵地际，金刚所成，根底十分巩固。当时千佛坐此而入定，忽然大地震动，千山万林尽

---

① "趺坐"是"结跏趺坐"的简称，即双足交迭而坐，是佛门修禅者的坐法。见《大唐西域记》卷八，"菩提树垣附近"条："昔如来初成正觉，于此宴坐，七日入定。"

② 古印度认为，以须弥山为中心，环绕七山八海，为一小世界；一千小世界，为小千世界；一千小千世界，为中千世界；一千中千世界，为大千世界。大千世界共十亿个，佛祖教化仅其中三千。

③ 古印度认为，世界最底层为风轮，以上依次为水轮和金轮。金轮上有九山八海，即大地。

皆倾倒，唯独此处不动，因此是一片至圣宝地。佛祖如来也曾到此，印证此石根基非凡，从此成为天竺国内一处珍贵佛迹。这只野猪披衣束带，非人非猪，定是妖怪。旁边一人形容丑陋，亦似凶徒。只有正中一个还具人形，想来也是一伙的。这几个不明不白的妖徒，不仅偷食贡物，还放肆在神圣金刚青石上睡卧，实在罪大恶极，不加惩治不能平愤。

他想定了，就在树上变化法身，分为四头四身，向树下三人一马垂落下来，一下子将他们紧紧缠住。这四个头颅各张大口，衔住猎物身子，只消轻轻一吸，即可吞入腹内。

且说三藏法师与八戒、沙僧、白马正在梦中，忽然被龙王擒住。那龙身似粗大皮索，将他们缚紧，不得半点宽松，一个个都惊吓得呆了。

八戒首先醒来，失声喊道："娘啊！这是什么怪物？把老猪缠得紧紧的，快憋死了！"

沙僧也放声喊起来："啊！我的下身通被吞下去了。"

目支邻陀龙王听见他们呼喊，将身一摆，又生出一个脑袋来，冷笑一声，说道："孽畜！叫你们死得明白。我是菩提树垣护法龙王，专一惩治污损佛迹的不法歹徒。你这野猪偷食了我的贡品，又和这几个可疑人物窜到这里睡卧，真是罪不容诛。我今把汝等吞食了，算是除去世间一害。"说着，他用力吸一口气，把几个人往下吞咽，直至腰际。他们即使要挣扎，也无法可想了。

这三人一马中，长老身体最为羸弱。他又惊又怕，早已昏厥过去。不知怎的，在龙王用力吞咽一下的震颤中，又渐渐苏醒过来，微微叹息一声，呻吟道："唉，想我玄奘如此命苦。好不容易到西天取经，却死在此处，怎么对得起佛祖和唐王。"

目支邻陀龙王见他皮肤细润、滋味可口，已将他吞咽至胸口，忽听此言，急忙止住，垂下那个新生头颅问他："你是什么人，真是东土取经和尚吗？"谁知长老身体不济，又昏迷过去了。八戒被吓软了。沙僧挣扎身子，欲待发言，却被龙口咬紧，气闷胸疼，发不出声，眼巴巴瞧着多头龙怪把众人衔住，一点点往下吞咽。

那龙王却因听了长老叹息，心中一惊。见他们都不发言，龙王便蠕动那个空身子，上下左右仔细观察众人服饰容貌，审视长老所吐是否为真言。其缓缓转到白马身边，看见旁边地上有一架经书，卷面有梵文书写《涅经》《瑜伽经》《虚空藏经》《首楞严经》等字样，确似灵山宝物，心想那东土和尚所言不假。只是不知这个白面文弱僧人与那只猪和一个凶徒在一起作甚，心中还有些疑惑。

他低头沉吟一阵，衔住八戒、沙僧，慢慢将长老吐出，重至腰际。伸出另一舌头，轻轻舐吮面孔，将长老催醒，问他："和尚，你果是东土大唐来的？"

长老死里还阳，睁眼看见龙王问他，答道："贫僧玄奘，别号三藏，确是大唐天子派来西天求经的。"

龙王又问："那只猪和那个凶貌恶徒是何妖怪，为何与你在一起？"

长老答道："那是我的徒弟猪悟能、沙悟净。他们虽然相貌丑陋，却心地善良，一心皈佛，大神休要疑惑。"

八戒在旁边听见他们问答，渐渐定住了神。他见龙王说到自己，不由插嘴喊了起来："冤枉啊！你别一句一个猪，一句又一个妖怪说我。你看看我的灵气，岂是凡间一般俗猪可比？要说妖怪，更加离谱了。"

目支邻陀龙王把头转向呆子，喝斥他："你不是猪，是什么东西？猪不留圈，却跑到这里，身披衣服、头戴僧帽，打扮得怪里怪气的。不是妖怪，还是什么？我不问你，休得多言。"

八戒在龙口里叫一声屈，不顾阻拦，又喊道："你再仔细瞧瞧，别弄错了。我是天蓬元帅下凡，大小也算一个神仙。你说我丑，像妖怪，叫旁人扪着良心说，只恐还比你俊几分呢！要不，高老庄的小姐会招我做女婿？"

龙王怒目喝道："我早把你看清楚了！你这偷食的贼。我正是随着你

的蹄印，才寻找到这儿来的。那许多贡品全都不见了，定是你偷来，一伙都吃了，撑饱肚皮，躲在这儿挺尸。”

龙王说到这里，长老和沙僧方知八戒离群偷食之事。沙僧说不得话，用眼恨恨地瞅着八戒，埋怨他不老实，贪吃惹祸。八戒顾不上回答缠绕自己的龙王，慌忙辩解说：“沙兄弟，休听他的谎话。我刚才肚疼拉屎，怎么还吃得下东西？这个怪物把我们咬住，定是他想找个理由把我们吃掉。”

长老察言观势，心里明白，情知这龙不是妖孽，连忙解释说：“大仙息怒。我等确实刚到此处，肚腹饥饿，尚未进食，已着一个徒弟孙悟空出外寻找去了。”

龙王发怒，转身对他说：“你们饥饿，关我甚事？我只问你，我的晚餐怎么不见了？”

长老说：“我这徒弟八戒样样都好，只有这点不长进，还有一点撒谎的小毛病。他悄悄偷食固然不当，只是如今已被他装下肚皮，要还回也不可能，总不能把我等生命作赔！可否俟我徒弟悟空返回，把觅来食物全部奉还大仙算是赔偿？”

他又数说呆子：“八戒，你怎么这样做人？欺骗我们已属不当，还去偷吃别人的东西。”

八戒这才认了错，对龙王说：“好菩萨，饶了我吧！看样子，我们都是佛门弟子，何必这样争执？大水冲了龙王庙，怎么自家人不认自家人。快把我的身子吐出来，让我松开手脚，取讨来的经书给你看，你就会全都明白了。”

龙王道：“你不讲，我倒忘了。你们真假难辨，我正要打开经书查证呢！”

说着，他就舒开利爪，解开经架，翻开一本本经书查验。他刚看了几卷就勃然大怒，回头对唐僧等人说：“大胆恶徒，我险些被你们骗过了。

这些经书全是白纸，没有一个黑字。你等带着这种假货来到西天，定是江湖骗子无疑。我若不替天行道，让你们继续行骗，还算什么护法龙王！”龙王张开大口，首先就要把偷食惹事的八戒先咽下去。

呆子慌了，两眼失神，摇着两只大耳朵喊道：“好人啊！你要吃，先别吃我。我是不中吃的种猪且不说，今晚我撑多了，真的憋不住想拉屎。你放我出来解了手，再吃也不迟。要不，臭烘烘的，玷污了上好猪肉，滋味也不好。”

龙王哪管他这一套，轻轻一咽，把他直咽到脖子边，叱骂他：“你把我当小孩诳骗吗？我先吃了你这个花言巧语的猪八戒！别说什么拉屎不拉屎。过一会儿，我也会把你变成一堆臭屎拉出来。”他再一吞，八戒只剩下半个头和两只大耳朵在龙嘴外面晃摇。

这是死到临头了。八戒拿出浑身本领，在龙口里乱捣一气，好不容易才从龙王牙缝里挣扎出长嘴，尖声嚷道：“饶命啊！龙王爷！我真是本分的佛门弟子。不信，你去问佛祖座前尊者，我是他的私房徒弟。”

目支邻陀龙王冷笑一声说：“你真胆大，还敢攀扯佛祖身边的菩萨，算是你的又一个罪过。”说完，就要作出势子咽他。

八戒急了，喊道：“你慢点吞啊！我句句都是真话。我的浑家缝的绣花香袋还在他处，就是凭证。”

两个正在争辩，悟空化来食物，腾云归来了。月光下，他见一条多头怪龙把众人衔在口里，慌忙掣出金箍棒，劈头打去，大喊：“妖怪！休要无礼伤人。”

目支邻陀龙王仰面看见空中蹦来一只猴，手持凶器，来意不善，正要奋鬣舞爪迎敌。长老见他两个要打成一团，用尽气力大喊一声：“悟空，休要胡来！”

悟空听见师父叫喊，停住手跳到一边说：“师父，你好没出息！快送命了，还为别人说话。”

长老说："他是保护佛迹的目支邻陀龙王，一时误会了，可以慢慢说清。你切不可动手动脚，坏了大事，也会伤害我们。"

悟空仔细一看，师父、八戒、沙僧和白马，各被一个龙头衔住。那龙欲要迎敌，又摇身幻出七八个龙身，各舞利爪，挡住他不能上前搭救众人。悟空寻思一下，不能立时取胜，有些投鼠忌器，便点头说："也好，咱就先礼后兵吧！师父，你先与他说。说不好，我再和他比试高低。"

长老稳住了悟空，又回头对龙王说："大仙，我们的确没有骗人。说起白本经书，有一段插话，且听我慢慢说来。"

他求龙王稍稍宽松，一五一十说清了原委，又对龙王说："大仙如果还不相信，请再检看我们的行李，便知端的了。"说罢，他叫悟空："还不赶快打开包袱，取出宝物和关防文书，请大仙查看。"

悟空在一旁听了，方知确是一场误会，连忙走过去，抖开包袱，取出唐王赏赐的锦绣异宝袈裟，拿起抛在地上的九环锡杖，以及盖有宝象国、乌鸡国、车迟国、朱紫国等沿途大小各国玉玺宝印的文书，送到龙王身边，请他验看。目支邻陀龙王仔细看了，才知自己有误，急忙把众人和白马小心吐出，收起多头法相，对三藏长老说："我误会了，险些出错，圣僧休要责怪。"说罢，便舒动身子，缓缓向黑暗中移去。

长老从龙口里脱身出来，顾不得喘息，赶上一步唤道："大仙留步，我的徒弟已把食物带回，请用了膳再回去。"可是那龙已经行远，四周一片岑寂，哪里还有踪影。正是：

龙行无迹如清风，
龙性有方最宽宏。

欲知唐僧师徒别了目支邻陀龙王后会如何，且听下回分解。

第十回　师徒问讯石翁仲　神佛化身说佛陀

话说三藏师徒辞别目支邻陀龙王继续前行，一路贪看神圣灵迹与天国风光，不觉天色已晚，不知行到何处。众人抬头看，见有八个长须老者分两排坐在菩提林中幽暗处，身子一点不动。

三藏道："这里有人，可以问讯，何处有投宿处。"

八戒走了一天，身子早已困了，闻言便抢先过去问道："老头儿，天黑了，你们坐在这里干什么？快告诉我，哪里有吃饭睡觉处。"

谁知，他这样大声问路，那八个老者像是没有听见，坐着纹丝不动。

八戒大声又问："我问你们，为什么不回答，都是天生聋子吗？"

那八个老者端坐在树下暗影中，依旧不答不动。

八戒恼了，喝斥道："你们好没有礼貌，怎么这样小看我！"他走过去就朝一个长胡子老者狠命踢了一脚，看他这下答应不答应。

看官须知，这八戒原是天蓬元帅下凡，不是凡猪，在天上练兵时拳脚十分厉害。这一脚有千钧之力，别说是一个羸弱老者，即使一个壮实妖怪也经不住。谁知一脚没有把那"哑巴"老者踢倒，反倒踢坏了自家的脚，疼得八戒在地上乱打滚。

沙僧一见，急忙上前把他扶起，低声责怪他道："二哥，你怎么这样莽撞？说人无礼，自己反无礼。不看这里是什么去处，必定踢了菩萨，才被怪罪疼得这样。"

悟空也走上前，看那八个老者究竟是人是神。如果真是菩萨，就代八戒谢罪。定睛一看，不由哈哈笑了起来，对八戒说："呆子，你也不看清

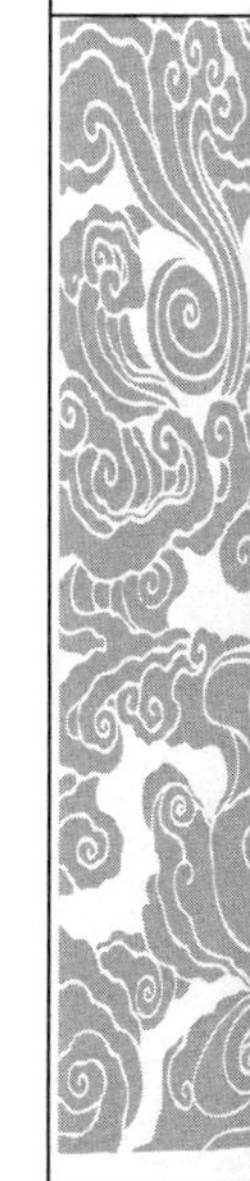

楚，这都是石头雕刻的翁仲。你的腿，哪有他们坚硬。”

三藏在后面听见，连忙趋步向前，合十行礼说：“恕贫僧有眼无珠，没有管好弟子，冒犯了仙人，请息怒恕罪。”

他礼拜忏悔了，正要带领徒弟，扶住受伤的八戒转身离开，身后忽然有人把他们唤住道：“你们要问讯，怎么就走了？”

众人忙转身看，林内静悄悄无有半个人影，不知是谁说话。正迟疑间，那个声音又说话了。

他说：“你们从远处来，想问什么，就问，不必客气。”

暗淡月光下，众人这才看清楚了，原来说话的是那个被八戒踢过的石翁仲。他不计前嫌，说话十分和蔼，分明是一个得道贤人。

听见他这样说，八戒连忙谢罪说：“好菩萨，莫怪我。快说什么地方能吃饭，我肚子饿坏了。”

沙僧也有礼貌作揖问道：“有劳神仙指示了，什么地方有投宿处。”

悟空待要问，三藏见他有灵性，不肯错过时机，已先开口问讯道：“贫僧带领徒弟从东土来，想知道西方佛国情形，请上仙不吝赐教。”

那个石翁仲赞许说：“善哉！这个心愿好。要吃要睡莫着急，这里是如来佛陀成道处[1]，有许多故事，你们是否愿意听？”

八戒听见，不待师父说话，便抢着说：“老头儿，有故事快讲吧！故事可以顶饭吃，俺老猪最爱听，讲到天亮也不妨。”

三藏也十分欢喜，喝令八戒不许啰嗦，扰乱了石头菩萨，随后便招呼众徒不要再提吃睡俗事，都坐下来，听面前石头菩萨讲故事。

夜清清，林沉沉，四周无人影，但有风动虫鸣，正是讲故事的地方。石翁仲见他们态度虔诚，心里满意，便轻轻开口，给他们讲了一个奇异故事。

① 玄奘所到的摩揭陀国菩提树垣，是释迦牟尼悟法得道处，也是佛教四大圣地之一。

石翁仲说，这里便是当年佛陀悟道处所。欲知他因何修行，须先知他的出身故事。

这佛陀原姓乔答摩，名悉达多[①]，乃是北方雪山下迦毗罗卫国净饭王的太子。其母摩耶夫人，乃邻国拘利族天臂国王之女。他本可居住王宫，安享富贵。但是他深知平民、奴隶深受种姓制度压迫，生不如死；加以天下混乱，十六大国纷纷征战，凌辱蹂躏众多小国，许多不平等枷锁，使人民痛苦非常。

他悲天悯人，不愿独善其身，便舍弃王宫生活，出家修道，到摩揭陀国求法。先在尼连禅河边树林中苦修六年，又到这里菩提树下静坐思索人世生老病死各种苦恼，得出四谛与十二因缘[②]道理。因而觉悟，创立非婆罗门思想[③]之佛教，宣传慈爱，不计出身贵贱，均可由此得到人生解脱，深受苦海中众生欢迎，因而得到大流行。

众人尊敬他，称为“释迦牟尼”，即“释迦族的圣者”之意。在这天竺众国里，自古以来也未有这样万民尊仰的圣者。后来，信徒更不知有多少亿万。佛法普照四方，无邪魔立足地，自然招惹来许多嫉恨。其实，他在此起始参禅时，魔王就预知对己不利，要想法破坏他修行。

佛陀远离尘寰来到此处，坐在一株巨大菩提树下，眼观树、口问心，七天七夜目不转睛，静静思索永恒宇宙与痛苦人生的许多问题，意念逐渐形成。

魔王想：“你要安静，我偏叫你静不了，看你怎样定神想问题。”

---

① 乔答摩·悉达多，就是释迦牟尼，生卒年为公元前565—前486年（又说为公元前624—前624年或前623—前543年），大致和中国的孔子同时代。

② 四谛，是释迦牟尼悟道及佛教基本学说的核心。其中，苦、集二谛说明人生本质及形成原因，灭、道二谛指明人生归宿与解脱方法。十二因缘解释世间万物与人生变化的因果关系。

③ 指古代印度反对界线森严的种姓制度的一种新思潮，当时称为“沙门思潮”。

计策既定，他就带领小妖，邀集许多邪恶教徒和山精水怪，在佛陀身边弹琴唱歌，跳舞作乐。欢声震动山林，周围草木尽都被感染，如痴如迷摇晃摆动。连那沉静池塘也不安静，水波跳跃腾挪，狂乱不能自禁。

魔王带领众妖唱道："作乐好！作乐好！人生需及时作乐，才是解脱痛苦道。"

抬头看佛陀，他却安静如初，仿佛周围喧嚣天地都是幻境，只有眼前这株菩提树才是实在的，丝毫也没有被扰乱。

魔王见他不理会，又斟了一碗喷喷香的美酒，洒在他面前，拿一把扇子扇风，将酒气送入鼻边，不由他不闻。自己带领众妖再唱："喝酒好！喝酒好！一醉可以消千愁，管他烦恼不烦恼。"

不料，佛陀依旧不为所惑。一股清风吹来，把肮脏酒气吹得无踪无影。

魔王指挥群妖从早闹到月上东山，没有半点结果，只好灰溜溜收拾了转回去。

他不甘心失败，一计不成，又生一计。等待周围安静了，自己摇身变成一个美貌娇娘，扭扭捏捏走过来，娇滴滴地对佛陀说："佛陀哥哥，参什么禅，打什么坐，这里没有人，咱俩一起玩玩，快活赛神仙。"

谁知佛陀依旧沉默打坐，两眼望着面前菩提树，像是没有看见她。妖女装腔作势还要动手引诱，佛陀身上光芒四射，她在其映照下顿时变成丑陋老妪，只好羞惭转身退开①。

石翁仲讲完这个故事，三藏听了合掌赞美道："有大毅力，方有大成功，佛祖作了好榜样。不知还有什么故事，讲给我们听？"

旁边第二个石翁仲忽然开口，接着往下讲述。

魔王见扰乱、引诱佛陀都失败了，心中焦躁，恨不得一口把佛陀活活

① 见《大唐西域记》卷八，"菩提树垣"条："菩萨将证佛果……魔王之女请往诱焉。菩萨威神，衰变冶容，扶羸策杖，相携而退。"

吞掉。他哇哇大叫，又骂又跳，把身边草木尽都踩坏。

小妖见状，对他说：“气什么，把他一刀杀了就完事，还能煮一锅肉汤吃。”

魔王道：“这个人不好对付，一刀恐要不了他的命。”

小妖说：“大王平素杀人不眨眼，怎么现在像软心肠妇人了。我们一起去，把他围得紧紧的，怕他能够飞上天不成？！”

魔王说：“这个办法好！”他立刻点起妖魔大军，各执棍棒刀枪，气势汹汹杀来，要把佛陀杀死在菩提树下。

这妖魔来势果真与前番不同。只见空中顿时刮起狂风暴雨，雷声隆隆，电光闪闪，把佛陀参禅的菩提树团团围住，眼看他性命难保。

魔王斜眼看佛陀，不料他趺坐在树下，还和原来一样。雷到头顶忽然变哑，电闪身边立刻化成朵朵鲜花。一团金光把他身体罩住，周围上下尽是光明，狂风骤雨一点一滴也无法飘洒进去。

魔王急了，气得圆睁双目，连忙催赶妖兵妖将往前冲杀。想不到众妖架在他颈上的刀，刺着他胸膛的枪，连同许多剑戟锤斧、棍棒鞭叉，尽都幻化成香气四溢的莲花，不能伤害佛陀分毫。妖魔手中拿着软绵绵莲花杆，不知如何是好，只好抛弃，四散奔逃，害怕往下还会出什么事，反而伤了自己性命。

魔王见众妖无能，自己抡起尖刺狼牙棒，恶狠狠地朝佛陀天灵盖劈去。他这狼牙棒来自地府，乃是阿修罗[1]最高祭司乌沙纳斯亲自铸造，后来十首罗刹王罗波那[2]使用过的兵器。它曾经劈开北方雪山、砸碎南面岩岛，每根尖刺上都沾满人肉酱，锋锐厉害无比。他双手举起狼牙棒，使劲砸下去，必能把佛陀头颅砸得粉碎，魂灵儿出窍，休想再在此修行立教，使世人觉醒，与邪教作对。正是：

① 阿修罗是印度神话中住在地下的魔鬼。

② 罗波那是印度史诗《罗摩衍那》中的魔王。

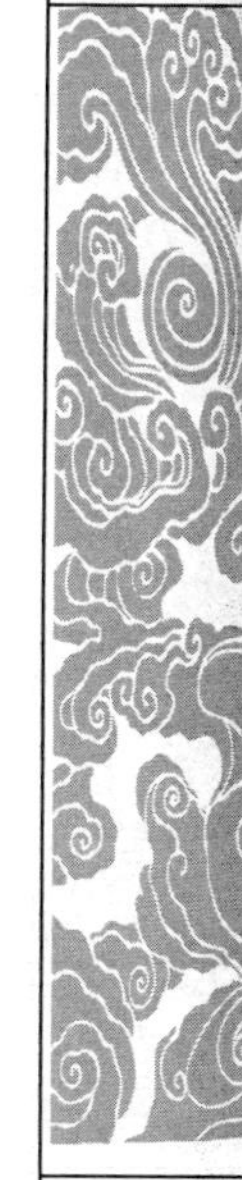

一棒能使天地分，

不知佛头有多硬。

他运足力气，有十分把握，这一棒打下去必定成功。不料此棒打在佛陀头上，竟像灯草一样弯曲，照样不能伤害佛陀。魔王无计可施，只好也叹一口气，转身灰溜溜地走开了[①]。

三藏听了这个故事赞道："佛性不迷，佛身不坏，这两个故事都能证明。不知还有什么故事说给我们听？"

第三个石翁仲接着又讲了一个有关佛祖如来的故事。

自从佛陀悟道，到处讲法以来，邪教势力受到极大损伤。邪教徒一个个咬牙切齿地咒骂道："他放着现成太子不做，偏偏要提倡什么佛教，弄得我们没有饭吃。非要想一条计策，除掉他不可！"

他们想来想去，找到一个叫胜密的教徒，假意殷勤，计划让他将佛陀引入家中，然后害了他。他们对胜密说："这次一定要设计周密，不能放他从你家里走出来。只有除了他，我们才能扬眉吐气都出头。"

胜密领了计，在门内挖一个大坑，里面烧起一堆火，上面放几根朽木，盖上草席，踏着便会落下坑，被活活烧死。如果没有落下火坑，里面桌上饭菜都放了毒药，吃了也会送命。

他仔细看过，觉得万无一失，便笑嘻嘻请佛陀来赴宴。哪知佛陀早已明白一切，只不说破，不慌不忙随他前往。

二人走到门前，胜密故意闪在一边，做出谦恭样子道："这里就是寒

---

① 见《大唐西域记》卷八，"菩提树垣附近"条："魔王知菩萨将成正觉也，诱乱不遂，忧惶无赖。集诸神众，齐整魔军，治兵振旅，将胁菩萨。于是风雨飘注，雷电晦冥。纵火飞烟，扬沙激石，备矛楯之具极弦矢之用。菩萨于是入大慈定，凡厥兵仗变为莲华。魔军骇怖，奔驰退散。"

舍，请前面先走呀！”

一面说，一面偷眼看佛陀怎么办。

佛陀睁开慧眼一看，已知门内机关，故作不知抬脚跨进门坎，踩在坑面朽木上，脚下忽然现出一个清澈水池，水里开满莲花，他就踏着莲花瓣走过去。

胜密一见，大吃一惊。明明亲手在坑底架了一堆木柴，火烧得十分旺盛，怎么反而变成莲花池，没有半点火星？

他对自己说，罢了，里面还有毒饭毒菜，吃了也要烂坏肚肠，必死无疑。

走到屋内，分宾主坐下。他连忙双手奉上一碗白米饭，加了许多菜，皮笑肉不笑地对佛陀说：“你路上走饿了，先吃一碗填饱肚皮吧！”

佛陀笑道：“我不吃一碗，要吃三碗，把这里饭菜都吃光。”

胜密听了，心中暗喜，闷在肚皮里说：“这一下，你中计了，不怕你不倒在我的面前。”

最初他还担心毒药有气味，佛陀嗅出了不肯多吃，心里像有十几个水桶般七上八下，自己反倒镇定不下来。谁知佛陀像是一点也没有觉察，只顾装饭夹菜吃。吃了一碗又一碗，不给他留一点，风卷残云般一下子就把桌上饭菜都吃光了，好像这桌饭菜特别香。

胜密心中暗暗欢喜，看佛陀吃完，不怀好意地问道：“这饭菜滋味如何，还要吗？”

佛陀听了不生气，十分和蔼地问他：“这饭菜真香。你还有吗？再搬些出来给我吃。”

胜密见毒性还未发作，一下子跳起来，指着他喝着：“你死到临头还贪嘴，还不赶快倒下去，在这里多说什么！”对着佛陀，连喊了几声：“倒也！倒也！”

佛陀依旧不生气，和气地对他说：“你叫我倒什么？是你自己颠倒

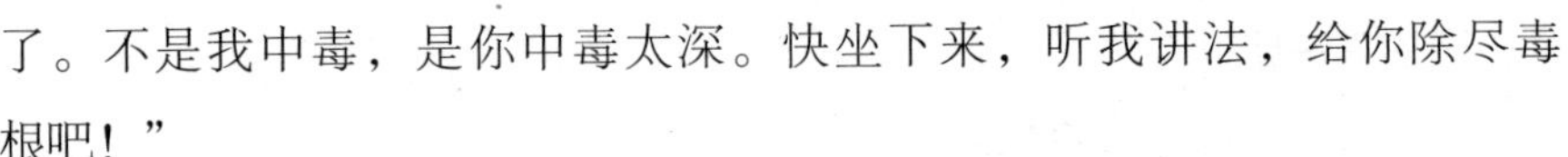

了。不是我中毒，是你中毒太深。快坐下来，听我讲法，给你除尽毒根吧！”

胜密见佛陀不倒，先自虚了一半，只好老实坐下来，听佛陀苦口婆心细细讲经。听了一遍，不由汗流浃背，如梦方觉，连忙俯伏下来，叩头谢罪道：“多承菩萨不怪罪，今日我才明白谁是谁非。请菩萨超度我，从此走上正途。”

佛陀点头道：“不要谢我，谢你自己。你已经走上正道，还求人做什么？”

胜密听了痛哭流涕，对从前悔恨不已。从此，他就跟定佛陀，不再生邪念，以后也成了正果[1]。

这个石翁仲讲完了，第四个石翁仲张口问道：“唐僧，你知道佛陀降服火龙，教化迦叶波兄弟的故事吗？”

三藏拱手道：“贫僧初到西天，不知这个故事，请尊者讲给我们听吧。”

石翁仲点头，便对唐僧师徒讲述这个传道故事。

从前，这里有几个兄弟，不信真佛，信奉一条火龙。那火龙性情暴躁，残害许多生灵，他们也不知是非，萌生了一些恶念。

佛陀路过这里，看见他们在室内室外言行大不一样，慧眼察明他们受了屋里火龙蛊惑，倘不解救，必定堕入魔道，不可救药了。教化其人，必须降伏其宗，使其无有依靠，方可挽救这几个兄弟。

佛陀定了主意，便迈步朝他们家中走去。有人看见，着急劝道：“那里有恐怖火龙，进门的人无一个生还，去不得！”

佛陀道：“我不去，谁去？我去了，别人才能去。”他的态度安详自在，无半点害怕神色。

众人又说：“你叫他们出门离了火龙就好。在火龙身边，他们就会

① 见《大唐西域记》卷九，“上茅宫城”条，胜密以火坑毒饭欲害佛的故事。

害你。”

佛陀道：“治病须除根。我正要叫他们看见，病根从何处来，怎样去掉，才能治好他们的病。”

众人说了一阵，见劝不了他，只好摇头叹息走开，让他独自走进去。

佛陀进门，这几个兄弟果真做出凶恶样子要害他，凶狠狠说：“你到这里干什么，不怕我们宰了你？！”

佛陀道：“我不怕你们，你们也别怕我，我只在这里住一夜就走。”

几个兄弟商议，让他住在这里，晚上自然知道厉害，便假意殷勤，让他在内室住定。房门加了锁，不怕他会插翅飞掉。

夜间，佛陀也不倒头睡下，手里握着一个紫金水盂，盘腿趺坐在屋内，静候火龙来临。不多时，背后果然闪起一片火光，觉得暖呼呼的，像是有一团火贴住背心猛烧。佛陀只是安静养神，也不理会。

不一阵，一条金色恶龙，周身火光熊熊，张牙舞爪地蹿了出来，把满室照得通明，像是点燃了千万个猛油火炬，耀亮了佛陀身子。

火龙问他：“你从何处来，怎么敢在我的屋里坐？”

佛陀答道：“我从来处来，到坐处坐。万物归宇宙，怎么是你的？”

火龙生气说道：“从我问世，还无人敢冲撞我，你不怕我把你烧成灰？”

佛陀平静答道：“你烧吧！成灰也是我，怕什么。”

火龙恶狠狠说道：“你不怕成灰，我成全你。成了灰，看你还嘴硬！”

言罢，他就将身子绕住佛陀，对准他的脸面即吐出一股火焰。身上鳞甲尽数张开，冒出熊熊烈火，把屋内变成销金化铁的大火炉。

火光透出窗外，外面的人都顿脚叹息说：“那个人不听劝告，必定烧成灰烬了。”

几个入魔的兄弟在外室，看见内室起火，高兴得手舞足蹈，赞美火龙，嘲笑佛陀，以为自己也沾了火龙灵气，魔力无边。

不多时，内室火光熄灭。他们想，佛陀必定已经被烧死，火龙收了光

焰，正吮食人骨灰烬，他们也进去，分一些品尝。

不料推门进去一看，佛陀未受丝毫损伤，依旧曲膝趺坐在屋内。手里紫金盂内盘着一条龙，火焰已经完全熄灭，龙已失去凶相，变得十分柔顺。

佛陀见他们进来，将盂内清水抛洒在他们身上，一个个顿时清醒。佛陀这才缓缓对他们说：“恶龙已经熄灭归顺，你们还等待什么？”

几个兄弟这才完全返本复原，明白自己受了孽龙蛊惑，犯下许多罪过，痛哭流涕，表示愿意赎罪。

佛陀安慰他们说：“知过就好。你们看这条火龙，罪过比你们大。一旦熄了毒火，知过改过，也不追究他，何况你们。”

佛陀说的这番话，他们句句记在心，从此改邪从善，留下了好名声。

第四个石翁仲讲完这个故事，后面四个也跟着各讲了一个故事。

八个石翁仲依次讲完故事后，唐僧师徒明白了许多道理。抬头看，林内空荡荡，哪里还有他们的踪影，分明是天上神佛在此化身点化他们，唐僧连忙率领众徒对空礼拜不提。正是：

魔王兵马尽莲花，
妖女容颜变老妪。
火坑毒饭不成害，
盂中烈龙总是虚。

欲知后事如何，且听下回分解。

第十一回　石室盲龙问宿债　大树仙人指迷津

话说三藏带领众徒听了石翁仲讲的故事，知道这里许多情形。他们在菩提树垣内外仔细参观，果然有许多神圣灵迹；又向人打听，知道每岁雨时[①]过后，四方僧俗万众均聚会于此。七日七夜，持香花、鼓音乐，遍游菩提林中，礼拜供养，热闹非凡。他们来得不是时候，所以觉得到处空旷，十分寂寞。过几日到聚会时，就好了。

众人细细巡游了一周，来到菩提树垣东门外二三里处，行至一间石室门口，忽然听见里面有人叹息，声音低沉悲楚，十分哀伤。

八戒道："这可怪了，我们在这城内未见一人，明明是一座空城，为何有人在内忧伤叹息？"

众人循声走入室内，原来是一条盲龙，满身灰尘，盘曲在石室[②]中，外貌极其可怜。长老见了，合十问讯道："你是何处龙王，为何离开水府龙宫，困居此室哀叹？"

那龙缓缓摆动身体，答道："我乃远古盲龙，由于犯了天条，被罚在此悔过赎罪。独自孤居，不见天日 ，十分寂寞痛苦，因此时常嗟叹不幸命运。"

① 古印度将一年分为六时，包括渐热、盛热、雨时、茂时、渐寒、寒时六个季节。

② 见《大唐西域记》卷八，"菩提树垣附近"条："菩提树垣东门外二三里，有盲龙室……如来自前正觉山欲趣菩提树，途次室侧，龙眼忽明，乃见菩萨将趣佛树，谓菩萨曰：'仁今不久当成正觉。我眼盲冥，于兹已久。有佛兴世，我眼辄明。贤劫之中，过去三佛出兴世时，已得明视。仁今至此，我眼忽开，以故知之，当成佛矣。'"

悟空听了，十分同情，问他："把你关在这里，你就这样听话，不知道自己回去吗？大海广阔，龙宫庄严，岂不比这里好？！"

盲龙叹息说："我双目已经失明，回到大海亦看不见。常言道，不是衣锦莫还乡。出来意气风发，沦落到这般模样，反会惹得龟鳖虾蟹嘲笑，有何益处？不如老实守候此处，或许还有盼头。"

悟空问："你在这里不走，到底听了什么律令，使你这样苦苦等待？"

盲龙说："当初天帝罚我在此禁闭，曾经许我，如果世间有真佛出现，两眼即可复明。从贤劫以来，过去三佛出世，均曾复明看见外面天地。当今佛祖如来自前正觉山，欲去菩提树下参禅，路经门外时，我眼忽然又开。只望佛光久驻，就可恢复视力，脱离苦海，重返光明世界，谁知所有机会都如浮光掠影，到头依然眼前一片黑暗，所以无限苦恼。"

众人听了，原来是这样一回事。虽然心中同情，却无法帮助。三藏嗟叹一阵，起身为他虔诚诵了一卷忏悔经，祈祷上苍开恩，早日超度他脱离这黑暗石室。

盲龙见他诚意帮助，耐心听了，启齿说道："法师心意，我都领了。只是从前也有许多善良高僧为我念经祈祷，却无一次成功。我想那至神至圣的佛光映照，也不能使我长久维持光明，难道一卷经文就能够救我？事情多了，连我自己也不相信。"

三藏细心听后，心中惭愧，低头默然不再言语。盲龙才又说话，恳求众人道："你们经灵山来，到此西天佛国各处巡游，定有机会晤见许多高人隐士。可否代我问讯，何以贤劫四佛都曾使我眼开，却不能永保光明？幽闭苦刑究竟多久，希望到底在何时何方？"

三藏点头谨记了，善言安慰了他，带领众徒转身离去。一路上惦念盲龙痛苦，众人心中均闷闷不乐。

八戒道："像他这样，不如死了好。"

沙僧说："你不要这样说。自古道，好死不如歹活。又有古话说，一把钥匙开一把锁。上苍命他在此等候，自然有巧妙解脱办法。”

八戒心中不解，又说：“他已经明白，要等待真佛出世。在这贤劫里，已有四佛降生，为什么眼睛不能常明？”

沙僧还要再说，悟空嘴快抢先说道：“这何必多说！不是原来的禁令有误，便是过去四佛都不是真佛，这条龙等错了人。”

三藏在旁，原不曾开言，听见悟空这样说话，便开口喝道：“泼猴，你又胡言乱语了，不怕冒犯佛祖和从前三佛，受到天国条律惩治？”

八戒也道：“哥啊，你这样说话，莫连累了我们，都瞎了眼睛，关在黑窟窿里受活罪。”

悟空分辩说：“我只不过讲了真话，你们何必都责备我？过去四佛降世，明明白白未曾使他双眼常开，怨我有何道理？说真话不行，难道只有假话才中听。”

三藏见他顶撞，心中更加生气，责备他说：“悟空，你到西天后，全然不顾佛门规矩，一再犯禁打闹、诋毁神佛，也不想想后果。似这般下去，怎么可以功成超脱？”

众人还要数说他。悟空道：“你们都不必多说了，解铃还须系铃人。我一张嘴，说不过你们。我看要解答盲龙心中问题，必须寻找惩治他的人问清情况，方能得到完满答案。你们先在这里耍子等候，待我上天去问了就来。”

好大圣，拱手辞别了师父、八戒和沙僧，将身轻轻一纵，便跳到空中云端，意欲寻找执法者询问原因。他起初未曾思考清楚，慌张上了天才猛然想起，在下面没有问好，天上神极多，到底是谁处罚那条罪龙，使他双目盲冥不见天日。如今上了天，云程茫茫，应该奔向哪里问讯？欲要返回再问，但已经对师父讲出口，如此似乎有些没趣。只好硬着头皮往前闯去，不得答案决不罢休。正是：

云天茫茫去路长，

不知何处是仙乡。

大圣踏云四望，心中踌躇，心想这里是灵山治下西方世界，本欲轻车熟道直赴那里，当面向佛祖如来探问。但是转念又一想，惩罚盲龙的不是如来，何况他路过石室后，也未使龙永久恢复光明；加以自己刚大闹灵山，积怨未消，去了不仅不能问明原委，只怕别生枝节反而不美。

他思想到此，不由收住脚步，将脸转向别方。说来也怪，想他自石破惊天、降生尘寰以后，不知有多少次云里来雾里去，早把天上道路踏得烂熟，谁知到了这里竟也像瞎了双眼。抬头只见天空寥阔、白云虚渺，任他火眼金睛，也看不透空中情景。

大圣心中着急，腾空一个筋斗云奔向南方，唯有身下一片大海，未见任何灵迹。转身跳到北方，迎面一座大雪山挡住去路。山上白雪皑皑，也没有神仙宅院、圣人住所。他不惮劳苦，在空中东纵西跳，到处均是一片空。

他心里恼了，在空中腾踔跳踊，大声喊叫："这里有什么鸟神，把龙弄瞎了，快出来答话。别惹恼了老孙，到窝里来揪你！"可是眼前一片空虚，任他上下打闹，哪里有人出来搭理他。

他想："这可怪了，莫非他们都知道我，怕我打他们的孤拐，都躲了？待我再仔细寻找一番，把他们都寻出来，问他们躲藏的罪过。"

大圣抖擞精神，提棍纵跳，又四处寻找一阵，依旧没有踪迹，才自觉没趣，收脚落下尘埃。

他举目一看，眼前一片荒郊，野草遍地、杂木满山，不知身在何处，更不知道师父等人在什么方向。他想："应该找人打听一下。不知这里是否和天上一样，没有半个人影。"

悟空随意找了一条小径，顺路往前走去。

这条路在山中弯弯曲曲、忽上忽下，渐渐把他引到深山里。前面一个三岔路口，不知该向哪里走才是出路。他心中无数，兼以走乏了，就势在一株大树边坐下，嘴里不干不净地咒骂道："这是什么鬼地方？天上没有一个神仙影子，地下也没有一个人，像是都和老孙作对！"

谁知他话音未落，背后就传出一个声音，低声缓缓说道："你有什么疑难，为何埋怨这里没有人？"

悟空听见，慌忙转身跳起来，厉声问："你是谁，为什么躲在暗里说话？"

那个声音又低低说："有人无人，需要有眼无眼。你在人面前，怎么说没有人？"声音不远，似乎就在身边。

悟空感到诧异，拭眼一看，这才看见身后大树与众不同。虽然无风，枝桠却微微振动，声音就从树身上传来。他再仔细端详，才看清楚哪里是株树，分明是一个大活人。

只见他面容枯槁，肌肤干皱，遍体披覆绿苔枝叶，上筑鸟巢，全身已化作一株大树，树根盘在一块蛮石上，原来是一个不知春秋的异相大树仙人①。

悟空问他："你是谁，因何变成这样？"

大树仙人说："天地悠悠，岁月漫漫，我是何人，你不必问。你因何上天下地到处寻找，我却要问了。"言罢，垂下一根树枝，轻轻拂住他的肩膀，意态十分慈祥。

悟空见他相貌非常，定有来历，便把前因后果一一说明，求他指点迷津。

大树仙人微微一笑说："你枉为齐天大圣，却不知道天空亦有不同。这里是南瞻部洲，自然和东胜神洲有些差别。你问处置那条盲龙的造物

---

① 大树仙人是印度神话中常见的精灵。

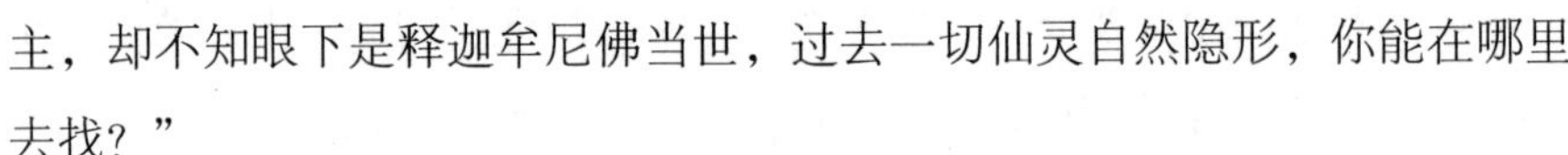

主，却不知眼下是释迦牟尼佛当世，过去一切仙灵自然隐形，你能在哪里去找？”

行者一听，方才省悟，问道：“多承大仙点拨，我才明白这些道理。只是盲龙所托，无法完成，心中十分不安。”

大树仙人说：“凡物均有始终，佛亦难免此理，自然不能使他常浴祥光，眼目长明。”

悟空问：“照这样说，他就只有忍受盲冥痛苦，永远不能复明了吗？”

大树仙人道：“不然，他不明何者为永生之物，但刻意乞求暂时光辉照耀，自然不能恢复光明。”

悟空见有希望，忙问道：“大仙请说清楚，什么才是永生之物。从前上苍告诉他，等待后来诸佛出世，难道不是永生吗？”

大树仙人解释说：“佛义有多解，并非拘泥于一体。你看我与脚下大石，自然明白何者永生，何者暂存了。”言罢，仙人便垂枝敛叶，立时枯萎卷缩，再无半点生意。悟空再问他，亦不回答。

悟空明白，这是大树仙人所示天机，仔细观察揣摩，才看清老树枯萎，基底大石依然，心中顿时明亮。他懂得仙人意思后，虔诚拜谢了，连忙腾云飞起，觅路找回菩提树垣，见了师父众人，走进路边石室对盲龙说明。

盲龙凝神听罢，心内忽然明白，感叹道：“从前我不明白佛有多解，专一等候主宰降世，寄永久希望于暂存之物，自然不能复明，受了许多痛苦。我今明白了，树生于基石，佛生于众生。唯基石永固，人群众生才是永远不灭之真佛。我寄托有误，便自误伤身了。”

盲龙谢了悟空，向众人问清时日，知道今日正是颏湿缚庾阇月①中

① 在古印度历法中，颏湿缚庾阇月是秋三月之首，雨季结束时。

旬，乃刍解雨安居[①]后，四方僧俗万众聚会礼拜圣城之期。他举目透过石壁，瞧见远方人群手持香花、腰悬法鼓，正欢欣歌唱冉冉而来，于是心向万众，祈祷致敬，双目忽然光明，伸爪舒身，冲破石室腾空而去，了却亿万年[②]来一件痛苦心事。众人抬头见了，方知人群大众胜过任何神佛万万分，也合十赞叹不已。

欲知众人再去何处，且听下回分解。

① 刍，指佛教僧侣。每年雨季，他们不能出游，往往在静室参禅，称为雨安居。

② 据《大唐西域记》记载，此龙被禁在贤劫四佛以前，佛教以为是一亿五千一百万年前。

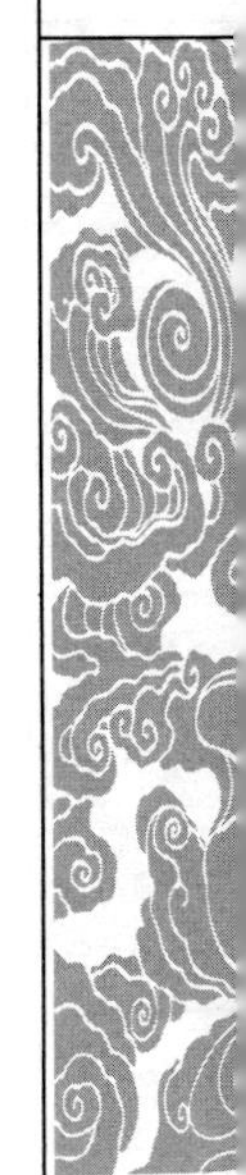

第十二回　香象林[1]祸生不测　隐身神护灵有方

话说三藏众人见了盲龙复明，冲破石室飞升天空后，便离开菩提树垣圣城，渐渐向东，渡过一条河，进入一座森林。这里风景又与前番不同，林中香风习习，瑞气霭霭，一派吉祥景象。

八戒跟在长老身边，嗅到阵阵香风，不由欢喜得手舞足蹈，说道："这是什么林子，这样香？如果没有别的事，住在这里逍遥养老也好。"

不说呆子这样想，其他众人心里也感到奇怪。沙僧道："这可怪了！这是一般林木，又无别的花草，为什么这样香？"悟空虽然见多识广，但心里也纳闷。众人抬头问三藏师父，他端坐马上苦苦思索，同样也不明原因。

悟空道："这好办，待我掐住风尾，仔细嗅一嗅，弄清它的来历。"

好大圣，抬头辨明风向，抓住风尾一嗅，已经嗅出了它的气味与来历，用手指着密林深处道："这股风就从那边来。只是气味与众不同，不像是普通花木，倒有一些汗味儿。"

八戒听见，心里花了，随口说道："谁会身出香味，莫不是有仙女居住吧？待我去看看，便知端的。"

他嘴里说，脚步就往前移动，赶在众人前面，往那香风拂来之处走

---

① 见《大唐西域记》卷九，"香象池"条："菩提树东渡尼连禅那河，大林中有窣堵波。其北有池，香象侍母处也……属有一人，游林迷路，彷徨往来，悲号恸哭，象子闻而愍焉，导之以示归路。是人既还，遂白王曰：'我知香象游舍林薮，此奇货也，可往捕之。'王纳其言，兴兵往狩，是人前导，指象示王，即时两臂堕落，若有斩截者。"

去。不多时，望见前面耸起一座佛塔。塔下一个水池边，聚集一群野象。其中一头小象，肤色洁白，香气就是从这头小白象身上传来的。

呆子未见仙女，虽然有些失望，却心中惊喜，手指着那头香象喊道："看啊，这里有一头香象！"话音刚落，就忽然大叫一声，举起的手臂齐肩断落在地，疼得他倒在尘埃乱滚。

众人见了，大吃一惊，连忙上前救护。沙僧扶起八戒，长老让他骑上马，悟空拾了断臂，回头就跑。众人一口气跑出森林，才坐下来休息。看八戒时，早已痛得不省人事。救醒过来时，连哼唧的气力也没有了。

沙僧道："这事真怪。我们并未招惹什么人，为什么二师兄的手刚举起，就不明不白被截断了？"

悟空说："你别看这里和平宁静，香风熏人，其中必有妖怪藏身。我看那头香象就是妖精头目。待我去探看一番，必定知道实情。"

三藏见他要去，放心不下，对他说："看来这里不比寻常。你须小心谨慎，切不可疏忽大意。"

悟空应诺了，就手提棍子重新走进森林。他边走边想："呆子并未冒犯他，只是用手指了一下，就被截断了手臂。看来他是指不得的。弄得不好，我也会被砍断手。"

他小心走入林内，从林中偷偷看，那一群象已经不见了，林中水池边静悄悄的。

悟空轻松嘘了一口气，笑道："我道这些象妖有多厉害，原来也是一伙脓包，害怕老孙打杀了他们，锯下牙来当手杖使。"他放下心，从躲藏处走出来，朝前面大步走过去。

他走到水池边，绕着池边树林和高塔转了一圈，果真不见群象，只有一些香味还留在草地上。他俯身嗅了一下，心里想："它们跑不了。我只要顺着这股香气追去，就能找到这些长鼻子妖精。"

悟空心中有数，顺手抓住路过的一股风一嗅，早已查出香象踪迹，搜

棍大步追了上去。走了不远，真的瞧见了那群象。小香象也在其中，躲在密林里，身子似乎在颤抖，不敢露在外面。

悟空一见，心里觉得纳闷，对自己说：“这可奇了。看模样，这不像凶恶妖怪，为什么会截断八戒的手臂？其中必有原因，待我仔细查访清楚。”他拨开面前树叶偷看，只见那象群：

个个庄严样，
阵阵兰馥香。
全无妖魔气，
一副慈祥相。

他那火眼金睛，看惯了妖魔鬼怪，却看不出这群象身上有半点妖气，心里正在思索，那里象群已经发觉。小香象举鼻号叫一声，群象一窝蜂都跑了，留下空荡荡一片树林。

悟空看得真切，情知这必定不是妖精了，跳出来大声呼喊：“香象留步，我有话问你。”那群象听见，哪里肯停下来，一个个拔腿飞奔，竟好像他是食人妖怪，谁也不敢回头看他一眼。

悟空想：“这可怪了。莫非我长得凶恶，把他们吓住了。待我变一个善样儿的，去和他们搭话吧！”说着摇身一变，变成一个和善老者，把那手中金箍棒变成一根手杖，颤巍巍走过去，追赶那群象。

他虽装扮老者，故意走路艰难，心中却想追寻象群，不知不觉加快了步子，哪像真正鹤发童颜的老人。他大步顺着香气找去，不多时就在密林深处赶上他们。

悟空走上一步，想唤住他们，却想起八戒的事，不敢贸然举手招呼。他忽然灵机一动，嚼了几根毫毛，从肩上化出几只手臂，对着象群扬起，嘴里喊：“香象快站住，累得我老人好找。”

他的担心不是多余的，话刚出口，肩上扬起的假手忽然像是被快刀割切，一只只纷纷落地，没有留下一只。多亏他留了心，没有伤着真手。

看见遍地假手臂，他越想越觉得奇怪，心里再问自己："如说他们不是妖怪，为什么又有这种恶念和法力，连我扮的善良老者也不怜惜？难道我看错了，其中有诈不成？！"

他想退出树林，看看八戒伤势，再细细寻思办法。回头走了几步，心中却总是不服，不立时探明那个象群的秘密决不罢休。

他想："变人是不行了，我就再变一只虫豸儿，去探个虚实吧！我不信他们连小虫也不放过，都要砍手断臂。"

想罢，他就将身一摇，变成一只苍蝇，嗡嗡飞了过去，停在象群旁边一株树上，听那些大象谈话。

一头象说："那个猴妖贼眉贼眼，曾和猪妖一起进来，现又独自潜入偷看，定不是善类。"

另一头象说："适才那个白发老者，手拄拐杖，却快步如飞，又忽然变出许多手臂，也是妖怪无疑。多亏护法神看出破绽，把他的手砍断。"

群象心中害怕，议论不休。香象安慰大众说："好了，躲在这里就十分安全，他很难找到。即使他找进来，冥冥中有护法神保护，谅也无法伤害我们。"

悟空听到此处，心中疑惑顿解，将手一抹脸，现出原形，坐在树上笑吟吟地问他们："你们休怕，俺老孙不是怪物。你们到底是什么来历？快快告诉我。"

群象看见他忽然现形，吓得四散奔逃，口中大喊："不好，猴妖来了！"一个个卷鼻飞奔，往密林中乱钻。香象跟在后面，抬头朝天大声呼唤："护法大神，快救我们！"

悟空跳下树，本欲向前追赶，听见他召唤护法神，心知其中厉害，连忙转身逃开，心里想："那个护法神，想来是一个隐身怪物，躲在暗里，专门算计人，和他斗不得。只有先避开，再寻思别的办法与他计较。”

他心中无奈，出林回到众人处，把所见情况一一说明。三藏说：“悟能无端断了手臂，如今救人要紧，休要和他厮缠。如果悟能伤重不能继续前行，怎么是好？”

悟空道：“这好办！是药师佛那厮把我们劝下灵山，如今遭了难，我回去找他。如果他治不了八戒的伤，还称什么药王菩萨。”

三藏听他要重返灵山，阻挡他说：“你这猴头，还嫌上次闹得不够，又要上灵山去。如果再寻衅闹事，谁也救不得你了。”

沙僧也在旁劝说：“去不得。只恐诸神记仇，去了就不能回来。”

悟空道：“师父，你也忒多心。我何曾要人救过？这次我只找药师佛一人，并不招惹其他。他心慈面善，断不会发生纠纷的。如果我不去，八戒便终身残疾，休想再恢复了。”

三个人争论时，八戒躺在地上听得清楚，忍着疼痛撑起身子对三藏说：“师父，就让他去吧！如果求不得药师佛，我就变成三脚猪，再也不能侍候你巡游西天了。出家人慈悲为本，快救救我吧！”

听了八戒这番言语，三藏沉吟一阵，才点头应允了，嘱咐悟空凡事小心，不可违法，速去速归。悟空应承了正要走，八戒又唤住他道：“你如找不到药师佛，去见佛祖座前二位尊者菩萨也好。他们念我虔诚，定能设法救我。”

悟空听了他的话，微微笑道：“他们道你虔诚，却不会念我虔诚。如果见了面，只怕他们会把你算作与我一伙，反而会诅咒断了你另一只手，那就不美了。”揶揄了呆子，悟空便辞别众人，腾云升空去了。

这番是轻车熟道，他笔直来到灵山，在宝殿门外恭恭敬敬唱了一个诺，要求拜见药师佛。守门金刚见他又来，心内害怕，慌忙掩门喊道：“不好，前次打闹的东土猴子又来了。”

悟空见他们慌张得这样，不禁笑了，对他们说：“你们休怕，这番我

不是来吵闹的。快请药师佛出来，我只找他细细说话。”金刚见他确实行动规矩，面无愠色，才开了一条门缝，隔着门吩咐他耐心等候，随后飞身跑上殿去启奏佛祖。

佛祖如来在莲座上早已备悉一切，随即宣药师佛上前，嘱咐他几句，着他出外妥善处理。药师佛领旨后，出殿与大圣见面，对他说：“我们先去为猪八戒治伤，再对你们细说香象来历。”

二人驾云返回下界，见了唐僧众人。药师佛从随身葫芦内取出一粒药丸，命悟空到附近尼连禅河畔伽耶城，找到一处清泉，汲得濯罪消灾圣水，将药化开，涂在八戒伤口处，将断臂接上后立刻愈合，完好如初。众人见了，无不称奇。

药师佛治愈了八戒断臂，才坐下向众人细细叙述香象来历。

原来，此处林中水池乃香象侍母处。释迦牟尼佛祖成道前，前世曾为香象。其母盲目，于是他每日在池边采集藕根、汲取清水，供奉母亲。一日，他遇见一个外来人在林中迷路，彷徨往来，悲号痛哭。香象心中不忍，便为其引路走出密林。

谁知此人出林后，禀告迦尸国王说：“我知林中有一香象，乃奇货也，可以带路前往捕捉。”

迦尸国王与邻近比提醯国王为仇，后者有一巨大香象，借助其威力，大败迦尸国兵马，使国王忧愁万分。如今迦尸国王听说这一消息，心中大喜，便命其前导，兴兵前往捕捉，对其许以重赏。

这人得意洋洋，陪伴迦尸国王，带兵入林捉拿香象。不料他刚举手指示，双臂立即坠落，像是被人暗中斩截，疼痛号叫而亡。国王抛弃了他，挥兵一拥而上，擒住香象，带回宫城。

迦尸国王得到香象，十分欢喜，为其修建高大象房，每日供奉美味食物，希冀其为己服务。香象却不饮不食，悲伤啼哭，日益消瘦。国王问其原因，香象说：“我母盲冥，累日饥饿，无人侍奉。我今在此，怎能

甘食？”

国王心中感动，念及国内素无敬老习惯，叹息道：“我等乃生长人头之象，他乃象头真人。从此，国内有不孝敬父母者，不如此兽，必须加重处罚。”于是下令放香象回林，永远不许侵犯。

药师佛道：“后来香象几世转生为释迦牟尼佛，更加尊贵。从此，这林中香象都成神族，倘有冒犯，妄敢手指、图谋捕捉者，都立即被隐身护法神斩截手臂，决不宽容。”

听罢此言，三藏尊敬，八戒恐惧，沙僧也感慨嗟伤不已。悟空却怒目圆睁，揪住药师佛道：“好呀，你们这些活佛菩萨，把自己看得如此尊贵。从前那人贪婪不义，出卖孝顺香象，已经得到处罚，怎能连累后来众生，都受断臂刑罚？何况这林中香象并非是佛祖真身，怎能都神圣不可侵犯？难道一人升天，鸡犬成佛，世间再无人可以正眼觑一下，用手指一下吗？”一席话说得药师佛惭愧地低下了头，三藏众人惊惶失色。

药师佛沉吟一阵，缓缓说：“大圣息怒，并非神族不可指点，而是因为护法神不知你们来历，见你们形容凶恶，身带兵器。后来又见你变化出许多手臂，不似平常老者，认为是捕象妖怪，因此才把你和猪长老的手臂斩断。其实是一场误会，不必在心中计较。”

悟空冷笑道：“他们不知我们来历，为何不先问讯一下？如此草菅人命，算得了什么公正佛法！”

药师佛拱手再拜道：“这都是下层小神所为，佛祖未必知道。待我返回灵山，奏明情况，认真处置他们好了。”三藏众人也劝说悟空不必计较，一切听从佛法处理，八戒断臂已愈，就走了吧！

谁知悟空却不依，回答药师佛说：“你是大好人，不必打圆场了吧。我再问你，就算这是误会，可是神族碰不得，处处有隐身神灵保护，难道平民就不需护佑吗？我今日再去林中指他一下，看那些隐身鸟神敢再枉法动我！”

他言毕，不顾众人劝说，便转身再踏入树林，找到林中象群，不再变化假形，伸出自己真手指着他们说：“我知你们见我害怕，也怕遇见其他外人，其实大可不必。只要你们相信人群，人群会爱护你们，何需密林隔绝，求天神保佑？”象群听了，点头称是。那头香象走过来，惭愧拜谢了他。

说也奇怪，身边密林忽然化去，露出一片坦荡平原，太阳金光照耀，地面百花开放。那藏在冥冥中的护法神，或许悄悄听见了适才悟空与药师佛的谈话，心中觉得惭愧，也随树林隐去，未曾躲在暗中伤害悟空一根毫毛。正是：

人群方是真堤防，
何须隐身护法神。

师徒四人和药师佛及香象揖别了，大踏步再往前走去。

欲知他们再到何处，别生什么风波，且听下回分解。

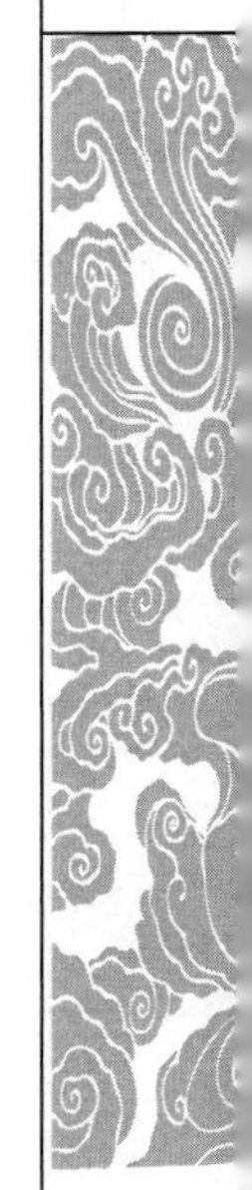

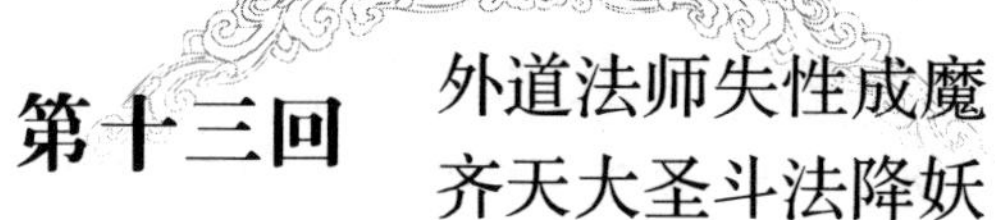

第十三回　外道法师失性成魔 齐天大圣斗法降妖

话说师徒四人再次辞别药师佛，离开香象池，冉冉向东，又渡过一条莫诃河[①]，进入另一座森林。这林子和香象树林不同，是怎生模样：

浓郁郁，暗沉沉，一派阴森。无有仙灵气，似含妖魔氛，步步须小心。

长老抬头看了林子，把沙僧唤到马前说："这是什么去处？汝前去小心打听问讯。如有习佛人家，可否化得一些斋饭来。兼便请人指点，觅路出林。如果林中还有佛迹，便最好。"

沙僧稽首领命，持着盂钵和铁杖去了。他一路观看，寻找住户人家。只见：

到处浓阴蔽地，瞩目层林遮天。上下左右一片绿，东西南北万木掩。枝桠横生，藤萝蔓延。哪里见房舍，何处有人烟？问不了前方路途，化不得果腹斋饭。行路人到这里，难，难，难！

沙僧在林中胡乱走了一遭，见不到一处人家，心中不免踌躇不安。他心想师父在后、密林在前，自己担负责任重大。如不觅得斋饭，寻到出路，怎么是好，无奈只好硬着头皮继续向前。如果找不到人家，觅些野果带回充饥也好，这林子虽大，总有个尽头，一直往前走去，必定可以重到

① 莫诃河，见《大唐西域记》卷九，"香象池"条，郁头蓝子的故事。

开阔处，返回尘寰人间。

他打定主意，挥杖扫开脚边荆棘，径直往前走去，渐渐进入密林深处。他边看边思忖，心想这林子可又怪了。若说林深地僻，无有人烟尚可理解，为何在这偌大一座黑森林里，连飞禽走兽也没有？周围一片静悄悄，犹如一座死林，不知是何原因。

他心中正疑惑，忽然抬头瞥见一根石柱[①]，挺立于林莽中，倘不注意，还会以为是一枯木。他见了不由心中欢喜，急忙走过去观看，认得是古代遗物，十分钦敬景仰，拱手祷念道："天上神祇有知，弟子沙悟净随师来到此处，不知这是什么仙迹，伏乞神明见示。"

他话未了，忽然耳畔一阵翅翼拍响，林顶伸出一只巨爪，破林而下，一把将他攫住。他正要用力挣扎，却早已被带到半天云中，无法脱身了。

沙僧不知这是何物，抬头一看，见是一个妖怪：

人首狸身鸟羽翼，
身广纵横三千里。
天生一个巨无霸，
横空出世谁能敌？

这妖怪是谁？原来他是从前一个外道旁门的修行者，名叫郁头蓝子。

这郁头蓝子，志逸烟霞，身遗草泽，于此法林栖神匿迹。林中石柱，就是他当年参禅入定处。

在这摩揭陀国内，人人敬神，个个信佛，国王特别崇敬有道行者。每至中午，摩揭陀王即焚香祈祷，敦请神仙来宫中就食。郁头蓝子受到心灵感应，届时便离林赴会，凌虚履空，往来从无间歇。摩揭陀王在宫中候时

① 见《大唐西域记》卷九，"香象池"条："至大林中，有石柱，是外道入定及发恶愿处。"

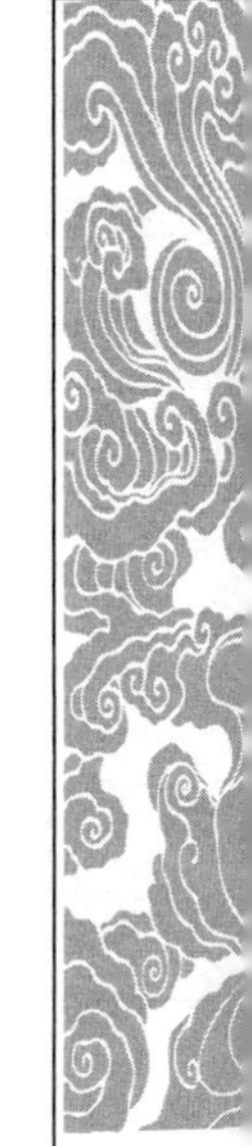

翘首瞻望。当其降临，国王亲自设座捧食，对其十分恭敬。

时间既久，渐渐习以为常。

后来王将出游，考虑接待郁头蓝子大仙之事，宫中无人可以担任，唯有幼公主，年方及笄，贤淑谨慎，并加聪慧端庄，无人可出其右。摩揭陀王遂召而命曰："吾方远游，将有所委，尔宜悉心，慎终其事。郁头蓝子大仙，我素所尊敬。当其届时前来就餐，你必须小心谨慎，如我往日一般供奉。"

公主承旨，瞻候如仪。谁知郁头蓝子久在林中修行，从未接触女人，如今目睹眼前这个如花似玉的公主，心中顿起凡念，虽然不敢动作，脑内意念已乱。低头草草进食后，他便要飞翔归去。

他不敢再观公主，举步走到宫廷中央，张开手臂，喝一声："疾！"正待像平素一般飞起，谁知他由于意乱心烦，竟失去法术，不能离开地皮一步。他心中焦急，闭目伸臂，再大喝一声口诀，依旧留在原处不能移动。

郁头蓝子心知自己丧失法术，不能如往常飞翔回林。他低头一想，心生一计，转身对公主说："吾从修道以来，入定怡神，凌虚往来，略无闲暇。大王告我，国人愿睹，闻之久矣，均无机会。今日我有空闲，不如从门而出，履地而往，使能睹见我之人，皆得福分。"

公主不知其苦衷，听后十分喜悦，立刻颁令，全城洒扫街道，欢送仙人。城内居民无不高兴，纷纷出户聚集街道，争先恐后欲见大仙面容，直至把他恭恭敬敬送出城，走了数十里方才返回。

郁头蓝子回林后，坐在石柱下，企图收心敛性，重新修炼神通。殊不知他闭目即见公主，情散心乱，无法入定，过去一切善念神力，完全丧失殆尽。

他叹一口气，恨恨说道："噫，不料我修行许多年，只一念有差，尽成幻影。如今从善不成，不如从恶，也许还有出路。"

他想定主意，不再趺坐参禅，站起身把所有法器统统踏得粉碎，立在石柱边，指天抒发恶愿道："愿我化为怪兽，狸身鸟翼，身广三千里。搏食空中、水下及大地一切生灵，毫不姑息。”发愿后，怒气渐平，专心学习魔法，日夜从不辍停。

俗话说：“从恶易，从善难。”他执意复仇，坠入魔道愈来愈深，终于炼就了这一番本领。这次他正在林外一处空谷中休息，听见沙僧祈祷，便飞来将其擒拿回去，意欲将其活剥生吞。

他把沙僧拿到谷中，捆绑在树上，自己恢复原形，慢慢问他：“和尚，你从哪里来？自投罗网，休要怨我。”

沙僧睁眼见他变为人形，心中安定下来，怒目答道：“你问我，我还问你呢！你是什么怪物，胆敢变幻外形，在此危害行人？”

郁头蓝子厉声说：“你不怕我吃了你？！”

沙僧毫不惧怕，仰面哈哈笑了起来，说道：“吃人的妖怪，我见得多了。似你这样不长进的东西，不敢堂堂正正交手，只会背地下手的，还排不到正经八百的妖怪谱上，我怕你什么？”

郁头蓝子气得脸色煞白，磨牙舒拳就要来吃他，恶狠狠问道：“你这般嘴硬，可知道临死的滋味？”

沙僧被绑在树上，怒声回答：“死便死！你休装模作样吓唬我。”说罢，干脆仰面朝天，不用正眼觑他。

郁头蓝子见他这般模样，心中反倒吃了一惊。他想道：“平时被我拿来之人，无不惊吓战栗，俯伏地下求情，甚至不惜出卖父母、妻子，卑劣与禽兽无异，我食之心安理得。今天这个和尚相貌魁伟，神色镇静，倒是一块材料。想我孤身在此，食尽林中鸟兽，杀绝过路行人，十分孤寂难耐。我吃他一个无益，不如把他收留下来，做一个帮手也好。”

说来这也十分奇怪，他自抛弃习善修行，变化成魔以来，不知伤害了多少人，难得现在起了怜悯心，要收沙僧为伴。只见他笑吟吟走过来，对沙僧说：“和尚，我怜你是一条好汉，不吃你了。你信佛有何好处？拣了这条命，不如跟我学习魔法，岂不自在快活。”

沙僧冷笑说："要说吃人的妖怪，我老沙该是你的老祖宗。想我当年在流沙河边，不知害了多少过路人，留了一百零八颗骷髅骨做串珠。后来皈依佛门，才成正果。你该知道自己罪孽深重，还是跟我学佛习善，早脱苦海为好。"

郁头蓝子也冷笑说："你说从善，却不知我也是祖宗。从前我在此修行，苦苦约束自己，谁不景仰尊敬？只因见到摩揭陀国公主，才坏了我的意念，断尽一切善根。我问你，学善有甚好处？修行一生，只要一念闪失，便会倾灭全部功业。怎及我现在为魔自由自在，无论有何恶念，也妨碍不了自身本领。你须谨记我的教训，早早弃善从恶，改正归邪方是道理。"

两个说来说去，沙僧只是不从。郁头蓝子恼了，伸手撕开他的衣襟，便要剖腹取心，叱骂道："点化不了的迂和尚，你自己取死，休要怨我。"

沙僧也回骂道："妖怪，你要吃便吃，何必张口骂人？你今吃了我，明日我大师兄孙悟空来，会剥你的皮，抽你的筋。"

郁头蓝子听他这样说，却不立时吃他了，对他说："你的师兄在哪里？你道我怕他不成？我留你再活一日，待我捉了孙悟空，和你一起开膛取心，你才知道我郁头蓝子大仙的厉害！"

他气忿忿、怒冲冲，摇身一变，又变成了一只硕大无朋的狸身怪鸟，把沙僧撇在地上，举翼冲天飞去，要寻孙悟空争斗。

且说三藏守在林边，命令沙僧前去化斋探路，久去不回，心中焦躁不安。悟空见状，上前拱手说："师父，我看这座黑森林邪气森森，不是什么好去处。沙兄弟莫非在林中遭遇不测，待我前去看来。"

三藏见时辰不早，也疑惑不定，便应允他去，对他说："森林广大，犹如尘海，内里是吉是凶，还难料定。你只可进去耐心寻找，切莫任性胡为。"

悟空应诺了，转身嘱咐八戒好好保护师父和白马，便踊身入林去寻找沙僧了。这时，那郁头蓝子正变化了形状，从空中飞来，不见林下悟空，

却从天上瞥见了唐僧和八戒。眼看八戒持耙在唐僧身边梭巡，断定他必是沙僧的师兄无疑了。他心中想道："我道那个蛮子说的孙悟空是什么三头六臂的豪杰，原来是一只猪，我正好抓来烧烤了吃。"

唐僧和八戒正在林边焦躁等候沙僧和悟空，忽见一片乌云飘然而下，霎时就遮天蔽日，心中十分惊疑。待到他们看清头顶乌云，原来是一只人首狸身怪鸟，叫声："不好！"已被那妖怪一把攫住，动弹不得了。

郁头蓝子将唐僧和八戒拿回，先不发落唐僧，只把八戒揪住，厉声问他："你就是那边那个晦气面孔的汉子的师兄吗？"

八戒战战兢兢答道："是的……是……的。"

郁头蓝子呵呵大笑，手指着他说："哈哈！我原来以为你真有三头六臂，会剥我的皮，抽我的筋，却是一头蠢猪。我今日怜悯你，让你自己挑选，把你烧烤还是煮了吃？"

八戒慌了，连连摇手说："都不好！老猪昨日拉肚子，有些发瘟。你吃了，对你不利。"

郁头蓝子说："那只怪你的运气不好。谁叫你闯到这儿来，谁叫你是那个汉子的师兄孙悟空呢？"

八戒听到这里，才有些明白，叫道："啊，原来你要吃的是那个猴子！算你有眼力，知道猴肉比猪肉好吃。你就放了我，去找那个孙悟空吧！"

这一说，轮到郁头蓝子摸不着头脑了。他揪住八戒的耳朵问："你果真不是孙悟空？"

八戒定了心，沉住气大胆回答说："骗你是孙子！你这瞎眼妖怪，连猴与猪也分不清，还逞什么能？"

郁头蓝子扫了兴，回头问沙僧："他真的不是孙悟空？你为什么哄我，说有一个师兄叫孙悟空？"

沙僧来不及回答，唐僧在一旁说："他说得不差。我有三个徒弟，大

徒弟就是孙悟空。”

八戒怕他没有听清，插嘴说：“我们的大师兄是东海花果山美猴王，从前大闹天宫，现今又大闹灵山的齐天大圣孙悟空。你如要会他，想吃猴肉，就去找他吧！谅你这个瘟妖怪不是他的对手。”

这郁头蓝子成妖以来，独霸一方山林，无人敢拂其意，哪里听得这话？不由气得他大叫一声，双脚一蹬便跃上天空，化为人首狸身鸟翼巨怪，气冲冲寻找孙悟空去了。

这里山深林密，到处一片绿荫遮盖大地，连针孔般的缝隙也没有，从空中怎么可以望见林下一只猴子？郁头蓝子来回飞翔找了几遍，未见悟空，心中焦躁，便扑了下去，用利爪把森林翻搅了个底朝天，搜出几只隐藏在树丛里的野猴，逐一查验，都不是要寻的对手。他一生气，伸爪把这几只猴子撕得粉碎，重新冲飞上天，厉声大叫：“孙悟空，有本领出来和我比试高低。”

悟空在林中寻找沙僧不见，返身回到林边寻找师父又不见，心中正惊疑不定，忽然听见天上有人唤他的名字，抬头一看，瞧见这个怪物，心知沙僧和师父等人不见，必定和他有些关联，连忙大声应道：“妖怪，你唤我作甚？我的师父和两个师弟到哪里去了？”

郁头蓝子说：“你就是孙悟空吗？我正要拿你，与你的师父、师弟一起煮了吃。”

悟空一听，就生了气，急忙掣出金箍棒，纵身上天来斗妖怪。

妖怪道：“你这小小瘦猴，十分可怜。我如就这样胜了你，也不算真本领。待我回复原形，和你比试吧！”他将身一摇，收了法相，现出原身，手持两只铁挝，来同悟空争斗。悟空抖擞精神，舞棍上前，和他斗了几十个回合。

妖怪渐渐气力不加，不是对手，喊道：“孙悟空，你果然厉害，敢和我斗法吗？”

悟空问：“怎么个斗法？”

郁头蓝子说：“我修习魔法，可以变化身形。我依旧变了，可以遮天盖地，化日为夜。你如也有这个法术，便服你，放你的师父、师弟和你一起走。”

只见他纵上天空，摇身一变，又变成了先前那个怪物。两翅遮天，把天上赤日掩盖得严严实实，下面顿时一片阴翳沉沉，犹如暮色降临。他得意洋洋，在空中问：“孙悟空，你有这番能耐吗？”

悟空冷笑道：“这有何难！你且下来，看老孙变化与你看。”待郁头蓝子收身返回后，悟空把金箍棒竖起，瞄准了日头，喝一声：“长！”棒身立刻变粗变长，直朝空中蹿起。转眼间，金箍棒就变得粗同大山、高与天齐，笔直戳到日轮上，把红彤彤的烈日，用力顶推到了天顶；再一使劲，便戳破了天，把它推送到天穹以外去了。空中失去红日，立刻显现素月众星，把白昼变成黑夜，本领比妖怪更加高强。

郁头蓝子吃了一惊，又道：“我一身化为三物，你可能？”说着，又幻出法身，依旧是那人首狸身鸟翼奇怪形状。

悟空低头一想，心中有计，也跳到空中，抖动全身毫毛，喝道：“变！”一毛一发立刻变为一怪一物，有的似狮，有的如虎。周身万千毫毛，变成了万千形象，何止人、狸、鸟三物。

郁头蓝子看见变化不如悟空，便就其法相，展翅伸爪来擒悟空。悟空故意不动，待他伸出大爪将自己擒住，才再喝一声：“变！”全身毫毛立时变成无数钢针，犹如一只大刺猬，把妖怪蜇刺得大声叫疼，喊叫一声，从空中坠下，现出了原身。这时，他的魔法失去，想再变化也不能了，被悟空紧紧擒住，只好俯首受缚，带领悟空走回巢穴，放了唐僧、八戒和沙僧。

八戒解脱了束缚，走上前问他道：“妖怪，你领教了我的师兄的本领了吗？如今我也怜悯你，叫你自己选择。就在这林中，砍几棵树，把你烧

烤了，还是煮着吃？”

郁头蓝子无计可施，低头叹息道：“我命太苦，从前修炼，被一女色引动产生邪念，坏了道行。如今成魔，斗法又败于孙悟空，挫了我的锐气，丧失一切变化神通。我生世间，从善从恶均不能，罪孽十分深重，就随便你等把我斩杀处理了也罢。”言毕，郁头蓝子双目潸潸泪下，形容极其黯淡哀伤。

八戒见他落得这样，便要砍树生火下手。长老喝道：“住手！他今已忏悔认输，为何还要伤他性命？”转回身对郁头蓝子说：“从前你失性成魔，乃是禅心不坚。如今你已有所悔悟，怎能抛弃生命？你须记住，一念足以为魔，一念亦可成佛。今日重生善念，必须主意坚定。万事从头，总有善果。”

长老这一番话，胜过悟空动武千万分，郁头蓝子低头听了，觉得句句成理，稽首拜谢了，起誓道：“多谢长老点化。我这番重新修道，如果再生邪念，亏损道行，就坠入阿鼻地狱，永世不得轮回。”

八戒笑着问道：“你从前也修过道，怎么一下子败坏了？如果你出林，再见一个如花似玉的女子怎么办？”

郁头蓝子说：“这番我谨记教训，就坐在这林中石柱下修行，什么地方也不去了。”

长老微微一笑说：“这也不必。修道不为一身，还须济世利群。倘若完全隔离尘寰，学了道法又有何用？万魔肇于一念，万事起于一心。只要内心巩固，如金刚不坏，无论眼耳五官外接何境，亦不会移情变性。这个道理，你应该懂得。”

长老这样讲后，郁头蓝子才大彻大悟，再次俯身拜谢道：“弟子明白了。从今一定巩固善念，不再分心生邪。”

长老见他如此，点头称善，带领众徒和他揖别了，重新上路。

他们一行欲去何处，且听下回分解。

第十四回　磐石余留旃檀香　竹海变化假佛身

且说三藏点化了郁头蓝子，率领徒众离开森林，继续向前行去。启程时，沙僧走到马前拱手说道：“想不到在这西天佛国里也有妖魔。我的本领不如大师兄，这次入林几乎误事，还是请他上前开路，我依旧随后牵马护经吧。”三藏低头沉吟，觉得他所言不差，便吩咐悟空如昔上前，嘱咐他凡事三思而行，不可造次动武。行者低头应允了，欢喜持棒跳跃，赶在前面探路觅食，一如西行取经路上所为。

说也奇怪，一行人有了行者在前探路，便十分平安，再无妖魔拦路。不知是齐天大圣神威所及，还是这西天佛国本来平静，少有几个妖怪，偏是沙僧晦气遇着了。一行人欢欢喜喜，慢慢循着官道前行，一路上见了许多灵迹，观了许多风景，长老甚是满意。

行者问路，迤逦向东，不知走了多远，来到一座山前，乃是中天竺著名佛陀伐那山。好一座大山，峰高崖险，遍山覆盖青翠竹林，像是一个身披绿衣的老者，静坐这里潜心收性参禅悟道。悠悠不知岁月，果然与众不同。

长老坐在马上称赞了，吩咐行者道：“这山富有灵气，必有菩萨仙迹，你快上前探看。”

话犹未了，山上一阵风吹来，送过一股微微香气。八戒仰面嗅着了，想起香象林故事，心中犹有余悸，连忙收起双手揣在怀里，战战兢兢地说：“快回头走！莫非这里又有尊贵香象和隐身护法神，专砍外来者的手臂。”

悟空抬头看了一眼，笑他道："呆子，从前你不是特别喜欢香风吗，怎么被这一股香气吓住了？我看这股风与前不同，定有好兆头。"

他说得不错。众人仔细嗅闻，这股香气的确和香象气味有些差别。虽然都是香，却没有掺杂半点汗味，而是浮泛起一阵阵兰馥香气，甚是吉祥灵异。

众人顺着香气登山，发现一间隐秘石室，香味就是从石室旁边传出来的。悟空当先过去看，看见门外有一巨大磐石，上有墨绘如来佛像，传出阵阵幽香。

长老过来仔细看了，忽然省悟说："我知道了，这里是佛祖世尊一个修行处。当其离开后，天帝和梵王下凡，亲自用牛头旃檀木[①]沾墨，在石上涂绘出世尊圣像，才留下旃檀余香。后来五百罗汉潜灵于此，时常变化显形，是一处神圣地方。今日我们有幸来到这里，乃是神佛指引，定有上好报应。"

长老虔诚礼拜了，率领徒众细细观摩，感染佛迹灵气，心中十分舒畅，乃对众人说："我行走乏累了，就坐在这里休息，兼便仔细观察学习佛法。你们去附近耍子，不可走得太远了。"

悟空、八戒闻言，都走开去。唯有沙僧放心不下，不愿离开师父，把白马拴好，傍着师父远远坐下，暗中保护他。

悟空、八戒在山上看了一周。八戒远远眺见远处竹林内，有一竹竿徐徐向上升起。若说是修竹生长，哪有这样迅速？若说山风吹动，也无从下向上吹拂之理。八戒越看越觉奇怪，便指与行者看，说道："哥啊，你往那里看，为什么那根竹子总往上升个不停？"

悟空站在山上，手搭凉棚，也看见了，疑惑说："确实有些古怪，莫

① 相传是产于北俱芦洲的一种檀香木，因洲形似牛头而得名。其香味经久不散，是古印度的名贵香料和建筑雕刻用木。

非这就是师父所说一种灵异？在这仙佛鬼怪混杂的天国世界，什么事情不会发生？待我们去看看吧！”

他们商议定了，放开步子走到那里，放眼一看，却又怪了。只见所有翠竹都一般高，同样植在地上不动，哪有不断向上蹿升的怪竹？

八戒道：“我们莫看花眼了吧！”

行者说：“我们两个都看得清楚，怎会花眼。其中自有缘故，细细寻访便知。”由于事出奇异，更加引发他们兴趣，非要弄个水落石出才罢休。

话虽是这样说，眼前万竿翠竹随风摇曳，一片竹海茫茫，何处可寻得那根活动怪竹？他们披枝拂叶，在竹林内钻来钻去，施展神通到处翻找，也找不到一根竹可以上下伸缩活动自如。

八戒道：“莫不是一个竹妖，见了我们来，吓得不敢动了吧！”

悟空说：“真是竹妖，也认不出。都是一般翠竹，谁知哪一根是妖怪？”

八戒道：“这好办。妖怪要障人眼目，多半只把露在外面的上身变化了，留在下面的却不是根，或许是两只脚。你瞧我的，定会把他揪出来。”

八戒兴致勃勃掣出九齿钉耙，在竹林里一阵乱筑，把两边翠竹尽行挖翻。刨出根来看，哪里有脚，全都是一般竹根。悟空见他累得气喘吁吁，掩嘴笑了，对他说：“你这呆子，只道妖怪也像你一般懒惰，连脚也懒得变化，好等着别人捉拿。看你平白损坏了这许多翠竹，如果竹林主人来问，怎么开口回答？”

呆子被他抢白一顿，心中懊恼，低着头胡乱奔窜，沿着一条小径，走到竹海深处，抬头一看，竹林里有一座如来佛祖神像。像前香烟缭绕，有一块碑，上书“杖林古佛”四个大字。

下面还有几行字，叙述了古佛来历。

原来这里是如来佛祖一处灵迹。从前如来曾经在此居留七日，为诸天神佛、万国大众显现大神通，广说大妙法。一个外来婆罗门常闻释迦牟尼佛身高丈六，心中疑惑，未敢全信。乃趁佛祖说法时，手持丈六竹竿，至佛前丈量，佛身忽然增长，高出竿顶丈六。他仍不相信，换用长竿短竿，佛身变化，始终高出竿顶丈六。于是他赞叹佩服，投杖而去，深信佛身高大，已超出凡物丈六无疑了[①]。后来无忧王恭敬虔诚地塑建了这尊佛像，也有这种法力。故此四方香客信徒常来参拜，捐献财物，常年香火不绝。

呆子再仔细看，碑上还有几个字，言明欲量佛身，须聚佛财。旁边有一个铜罐，信徒把金钱投入罐中，便可使用备好的长短竹竿测量佛像，观察佛身变化法力了。

他看了，不由心中欢喜，连忙从怀里掏了几个铜钱投入罐内，嘴里喊道："妙啊，原来如此。我也要看看，这佛像是怎样变化增高的。"说完，他连忙招呼行者，一起上前观看。

呆子对悟空说："我已投了钱，快看佛像怎么变化。"

悟空冷眼把那佛像上下看了一遍，说道："如今你就不怀疑，这里有妖怪吗？"

呆子笑道："哥啊，你又来取笑我。方才的确是我错了，想是香客举起竹竿欲量佛身，我当成是竹妖，损坏了许多灵竹。我已认了错，何必再提旧话。"

行者依旧冷冷问他："你就这样相信，难道妖怪不会故意竖起竹竿，

---

① 见《大唐西域记》卷九，"佛陀伐那山及杖林"条："佛陀伐那山空谷中东行三十余里，至泄瑟知林，林竹修劲，被山弥谷。其先有婆罗门，闻释迦佛身长丈六，常怀疑惑，未之信也。乃以丈六竹杖，欲量佛身，恒于杖端出过丈六。如是增高，莫能穷实，遂投杖而去，因植根焉。"

招引我们来？”

呆子听了，哈哈大笑，说道：“偏你这个猴头心眼多。碑上说得明明白白，竹竿是丈量佛身的。你看我试一下，看他说得灵也不灵。”说罢，他随手拣起一根竹竿，走到佛像前丈量。

说也奇怪，眼前那座庄严佛像忽然长大，身体高高耸起。不多不少，整整高出竿顶一丈六尺。呆子心花怒放，喊一声“妙”，连忙又投了一个铜钱，再拣一根长竹竿测试。一连试了许多次，把荷包内的私房钱都用光了，兴犹未尽，还想再试一次。

他转身向行者伸出手，乞求道：“这佛像真好玩。你借我几个钱，再尽情量他几次。”

悟空站在旁边，早已看清一切，对他说：“如果我不借给你呢？”

呆子心里不高兴，嘟囔说道：“你忒小气了。我借了，又不是不还。我花钱，让你一起看，有什么不好？这样的便宜，你还不白捡？”

悟空说：“呆子，非是我不借，你不多想一下，其中必定有诈，何必把辛苦攒来的钱都平白送给妖怪。”

呆子道：“你又吓唬人了。荡荡清平世界，哪来什么妖怪？”

悟空冷笑说：“我看这个佛像就有些古怪。如是真正庄严神圣佛祖塑像，怎能任随别人施舍小钱，就变化给人看，岂不成了杂耍丑角吗？”

呆子还要争辩，行者从他手里抢过竹竿，笑道：“我现今一文不舍，要他变化给我看，取乐耍子。”言罢，手持竹竿敲打了佛像一下，喝道：“快长！依样变给老孙看看你的神通。”

佛像被他打了一下，端坐原处，纹丝不动。呆子喝他说：“猴头，你冒犯祖师，还不赶快谢罪。小心他生气，罚你下十八层地狱。”

悟空笑道：“有罪无罪，待一会儿自见分晓。只怕是我敲轻了，他才不肯变化。如今我换一根分量重些的，看他变也不变。”随即抛了手中竹

竿，顺手掣出金箍棒，喝一声："长！"把棒变成一丈六尺，使劲打了那佛像一下，喝他："妖怪，还不快长！"

说也奇怪，那佛像身上沁出殷殷血迹，忽然离座动了，依令变得比棒高一丈六尺。只是面容有些变化，再不是那样端庄慈祥模样，变得惊惶不安。悟空还不放过他，把手中金箍棒变化忽长忽短，喝令他匆匆跟随变化不停，尽情戏耍个痛快。

呆子看见，惊奇问他："你有什么本领，不花一文钱，指使佛像变化，他也不怪罪你一下？"

悟空笑道："我不怪罪他，就便宜他了，他还敢怨恨我吗？你看，我命他蹿得更高、缩得更小，给你开眼界。"

他言罢，把手中金箍棒一挥，变得齐云高，逼令佛像也增大蹿上去，又用手一招，使棒变得只有米粒大，叫佛像也缩身迎合变化。真是变化多端，精彩纷呈。正是：

佛随棒高，棒令佛低。一会儿冲破天，一会儿挨着地。千般变化，万种身材，奇，奇，奇！这佛哪有什么庄严相，见着铁棒十分恐惧。算得了什么佛法灵迹，分明是一场杂耍游戏。好一个齐天大圣，扮作了演戏的。如来至尊佛，心里真委屈。

行者驱使佛像变来变去，不给他一些时间喘息。变化了一阵，那佛像似乎支持不住了，脸上露出痛苦表情。呆子见了，惊奇喊道："你看，神像变面孔了，好像很难受。"

行者斜眼觑了一下佛像，对呆子说："难受算什么？待会儿他还要哭呢！不信，你就看吧。"

他说了话，毫不松手，又把手里金箍棒变长变短，令那佛像随着金箍棒上下伸缩，没有一些时间喘息。如果佛像露出怠倦样子，不肯跟随变化，悟空就扬起铁棒，做出要抽打的样子，就把佛像吓得胆战心寒，只好勉力支撑，听从行者使唤了。

末了，佛像确实不行了，两眼扑簌簌淌下泪水，开口求饶说：“大圣，饶了我吧！往后我再也不敢骗人敛财了。”

呆子听他说话，心里更加惊奇，问行者道：“原来他真是妖怪，你怎么知道的？”

悟空说：“我已经对你说过了，哪有佛祖为了几个小钱就变化身体之理。”

呆子恍然明白，嘴里又问：“适才我们在山上看见的活动竹竿，也是好奇香客丈量佛像身材的吗？”

悟空听了，哂笑道：“你问他自己吧！”

八戒问佛像。佛像惭愧地低声说：“实不相瞒，那是我为了招徕客人，故意竖起来的。经书上讲过这个地方，这里的人大多知道佛祖如来变化身体奇迹，也知后来无忧王在此塑了一座佛像。我就利用他们的好奇心和敬佛心，在这里幻成一座假佛像，自己立了碑刻说明，备好长短竹竿敛财骗人。世风如此，我也是学着挣一点零花钱。”

八戒这才完全明白，叱骂道：“你这骗子，骗光了我的私房钱，还不赶快还给我？”

佛像累了一阵，又挨他一阵骂，自觉脸上无光，只好俯身把罐内银钱都倾倒出来。捡出几个钱，双手奉还给他。八戒这才舒了一口气，最后问他：“你变了假佛像，原来那个无忧王修建的真佛像呢？”

假佛像说：“它不能变化，我把它藏在前面竹林里，还是好好的。”

话说到此，行者才在一旁大喝一声：“妖怪，还不从速现形，迎回真佛像，赎你罪过。”假佛像答应不迭，慌忙变化身子露出原形，原来是一

只千年老狐，带领行者和八戒，从竹林里搬回真正佛像，伏在地上谢罪，身体颤抖不停。

八戒问：“怎么处置这只妖狐？”

行者说：“他已认了错，饶了他吧。说到底，他只不过是一个小小骗子。认了错，比那些死不认错的大骗子好。”

妖狐叩谢了大圣，回头一溜烟跑了。行者、八戒两个手举兵器砸碎诈骗石碑和敛财铜罐，转身觅路走出竹海，寻找三藏长老和沙僧去。

不知他们后事如何，且听下回分解。

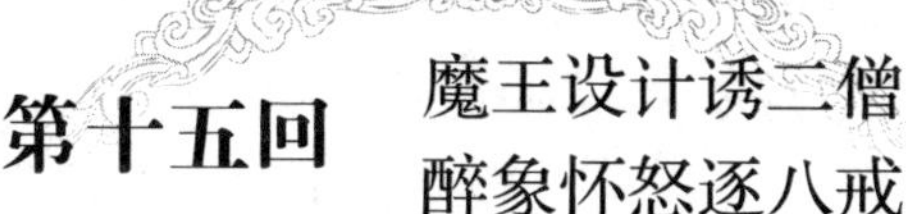

第十五回　魔王设计诱二僧　醉象怀怒逐八戒

话说行者与八戒在杖林竹海惩治了假佛骗子，回来说与三藏和沙僧听，方知人心叵测，世风不古，都摇头嗟叹不已。随即起身下山，往前行走不远，又来到一座小孤山前。这座山虽然不如佛陀伐那山高大，形状、树木都不同，山壁却也有一石室，广袤可坐千余人，也是如来佛祖说法地方。这里也有一块大磐石。天帝释[①]和梵王也在石上用牛头旃檀木绘有佛像，石上余香比佛陀伐那山的更加郁烈。

三藏道："我来佛国求法，凡有佛祖灵迹处，都需停留学习。这番着悟空在此伴，悟能、悟净可去附近游玩，不得离山走远。"

八戒又得师父恩准，拉着沙僧欢天喜地走了。沙僧道："师父有命，不能远走，就在附近看看吧。如果师父召唤，也好赶快上前侍候。"

八戒勉强应允了，心中无奈，只好在石室旁边徘徊，心里埋怨道："这个沙和尚，怎么这样刻板讨厌。如果换了猴头，就开明多了。再到竹林里去戏耍一个妖怪，多有趣！"

他踅着步子转来转去，四下睃巡，忽然瞧见一个山洞，洞内生长许多美丽石笋。

迈腿往里走了几步，里面却黑黝黝的，心里有些害怕，便招呼沙僧说："上面有什么可看的，快进来玩一玩吧。"

沙僧寻思："这里就在石室旁边，进去看看也不妨，莫要拂了他的一

① 天帝释又名因陀罗，是婆罗门教、印度教的雷神。佛教将其作为护法神之一。

番好意。”他就转过身跟他走进了洞。

这洞形状果然十分奇特，他们借着洞外传来一股微光，走走停停、停停走走，不知往前走了有多远，前面忽然大放光明。二人举目看，只见一座灿烂宫殿，楼台墙垣皆是放光金银和琉璃砌成，藏在山腹深处，真是奇异无比。沙僧看见，欲要止步。八戒推搡他说：“怕什么！来到这里，不探明情况就走，有什么意思。”然后硬拽着他，往前走到宫门边。

门口有几个美丽少女伫立，看见他们过来，连忙含笑上前迎接，十分礼貌恭敬。

八戒不料洞内有这番奇遇，不由眼迷心乱，笑眯眯问道：“众位女菩萨，生得这样好，为何住在幽暗地府里，岂不埋没了？这里不通外面世界，是什么地方？”

美女道：“这里是上古阿修罗宫。我等幽居此处，不知世间年月。二位长老有缘来此，就请入内稍事休息如何？”

沙僧见状，意欲退回，低声对八戒说：“我看这里有些蹊跷，不是出家人来的地方，我们还是回去吧。”

八戒执意要进，死死拉着他道：“你看别人这样有礼，如果我们回去，岂不辜负了她们的美意，也有失了东土礼仪之邦的和尚身份。我们只进去看一下，又有何妨？”沙僧拗不过他，只好硬着头皮再往前走。

二人进了外郭，走近内城门，又有两个婢女，比先前诸人更加光艳美丽，手捧金盘，内盛五色鲜花，前来施礼问候。引入宫内，洞主阿修罗早已端坐殿上等待多时。

阿修罗见二人入内，连忙含笑上前趋迎。分宾主坐下后，阿修罗启口言道：“我等乃万物始祖大梵天第七子达刹之后。达刹大神出自始祖右脚大拇指，与其左脚趾所生神女毗里妮配婚，生下五十个女儿。为首底提、

檀奴[①]二人，即为后世阿修罗之祖。我们与上界诸神同样出身高贵，却被贬逐至下界，视为妖神恶魔，实在太不公平。究其原因，不过彼等掌权在位，我等无权在野而已。应了一句古话，成者王侯败者寇。是非由他们定，历史由他们写。我们幽居下界，心中实为不甘，常怀复仇之意。今日二位上仙光临，未知可否留居此处共襄大举？夺得天国地位后，再分封土地，共享荣华富贵。未知二位意下如何？”

二人听了，不由面面相觑。沙僧连忙起座拱手答道：“多承大神美意。只是我们乃东土取经和尚，负有王命在身，不能在西天久留，无福领受大神情意，你还是另请高明吧！”说着，他就招呼八戒，要转身回去。

阿修罗见他们不肯，眼珠一转，笑了一下说：“二位既然不愿，也不勉强。只是你们到此不易，如果不参观了这里宫殿就走，岂不枉此一行？这也显得我太不知待客之礼了。”[②]言毕，不管他们愿意不愿意，便起身一手拉住一个，起步带往宫内各处参观。这地下宫殿果然是好，有词为证：

珍珠帘，玛瑙床，无限富丽堂皇。这里羽扇凤尾摇，那边玉炉龙涎香，一派华贵气象。哪像是幽冥地府，分明是宫廷风光。实在难想象，叫人好难忘。

八戒、沙僧跟随阿修罗在宫内转了一周，真是到处七宝装饰，设计精巧细致，琳琅满目，使人叹为观止。阿修罗引带他们看后，摆开素食酒筵，席间笑吟吟问道：“你们看，这里可好？”沙僧听后，低头不回答，呆子却忙不迭点头称赞道：“这里实在是好。从前我看过许多宫殿，就是

① 在印度神话中，底提是巨妖提耶族的母亲，檀奴是巨妖檀那婆族的母亲，其子统陁阿修罗。

② 见《大唐西域记》卷九，“佛陀伐那山及杖林”条，小孤山阿修罗宫的故事。

王母娘娘的瑶池仙居、唐王天子的行宫宝殿，也比不上这里。”

阿修罗含笑说：“猪长老见多识广，果然有眼力。请再宽坐一会儿，待我唤出几个女侍跳舞助兴吧！”他放下酒杯，举手轻轻向空中拍了一下，两边壁幕内立时走出七八个舞女，额点朱砂、身披纱丽[①]，手脚皆缠铜铃。脚步轻盈，目光流转，宛如天仙下凡，使人目不暇接。

阿修罗偷眼看见沙僧低头垂眉，呆子却目不转睛看得入神，便移身过去，悄声对他说：“可以看出，你善解音律，是多情种子。如果看上谁，就留下来，在此成亲安居如何？顺便也给沙长老挑选一个，劝他也在此居住，却不比守着青灯诵经的清苦生活更好。”

呆子喝了几杯酒，已经醉了，正在踌躇未曾回答。沙僧立刻张目答道：“大神休要这样说。我等出家人六根清净，遵守佛法规矩，不淫欲乃八戒之数，岂能贪色乱性？二师兄法号八戒，也正是此意，请勿再提了吧。”他这样一说，八戒本欲言语，也只好唯唯而止，不敢多说一句。

阿修罗看了沙僧一眼，点头笑道：“沙长老真有好德行。我这般说，也是戏言耍子，切不要认真记在心里。既然你们不喜女乐，便再欣赏宫内假山奇景如何？”言罢，他举手挥开了舞女，又向空中拍了一下掌，身边仆役立刻趋步上前，牵开面前丝绒幕布，露出了七座珠宝假山。哪七种珠宝？乃是纯金、白银、琉璃、砗磲、玛瑙、琥珀、珊瑚堆砌，光华四射，价值连城。呆子醉眼恍惚，看得呆了。

阿修罗见状，手指着七座宝山对他说：“猪长老，你若看上哪一个，我就把它变为真山。修一座宫殿，供你居住如何？”

呆子未及回答，沙僧又抢先答道：“这七宝虽然华丽，却不能作为万物根基。不知大神尚有土山、石山否？我等愿在土石上居住，与世间草木竞生，方是出家人之正理。”

---

① 纱丽是印度妇女传统的服饰，用一块布或丝绸缠身披肩，已有五千年历史。

阿修罗眼见各种方法皆不能动摇他们信念，心中无计可施，只好叹一口气道："二位高僧如此坚守道行，我也不强留。只是你们风尘仆仆远道而来，身体劳累非常，就在这宫内沐浴一次，洗去身上尘土再行如何？"沙僧低头想，现今身在他的地下宫中，心知他魔法厉害，不可尽拂其意。如果惹恼了他，怕没有什么好结果。何况沐浴一次也十分寻常，便与八戒商议，点头应允了。

阿修罗见他们答应沐浴，心中喜悦，便再拍一下手，唤来两个诚实白发侍者，引带二人去后面浴池洗涤。二人来到浴室，只见水池用翡翠碧玉砌成，内盛温热兰汤，泛起一阵异香，确非寻常可比。他们每日冲风破尘行走，身子早已肮脏不堪，见了这等浴池，便掩了门，宽衣卸带跳下池子尽情沐浴。

这浴池水十分奇怪，先泛着旃檀香，后来渐渐变为玫瑰、豆蔻种种香味，薰入丹田，使人恍恍惚惚，竟像内部心田和五脏六腑都被冲洗干净了似的。朦胧中，二人耳畔忽然响起一阵轻声曼语，甜蜜蜜问他们："二位长老可喜欢这里？就在阿修罗宫里安居吧！"

八戒原已喝了几杯酒，心意恍惚不定，对沙僧说："你听，有谁在暗中和我们说话？"八戒张开口，就要对空中回答。沙僧却还有些明白，连忙紧紧拉住呆子，大声回答道："你是何人？休要动摇我们信念。我们即刻起身，出洞回去了。"

他刚言毕，忽然听见冥冥中传出几声冷笑，贴地刮起一股阴风，将种种温馨香味全都吹散。

一阵呼呼风响，把他们从池中卷起，只觉悠悠忽忽在空中虚行，才重重抛下尘埃。

二人睁目一看，只见衣服抛在一边，赤身露体坐在一处古城废墟里。身边一座石塔，哪有浴池和阿修罗宫殿。

两个十分狼狈，连忙取衣穿上。八戒朝四下怀疑地看了一遭，问沙僧

道："这是什么地方？阿修罗那厮把我们抛在这里，怎么寻路回去？"

沙僧说："想来是花言巧语劝说我们不成，才下此毒手。这里既是城垣，必有人家居住。我们起来看看，或许能够遇见一个人，指点回去的路途。"

沙僧要八戒起来就走，呆子却跌得重了，一时挣扎不起，嘴里骂道："这个瘟神，要把我们从天上抛下来，也该选一个好地方，抛在草堆上也好。为什么偏把我们抛在这硬土地上，闪了腰好疼。你要问路，你先走，让我在这儿歇一会儿吧。"沙僧见他这样，不好勉强，只好自己先去探路，留八戒在塔下休息。

却说沙僧走了，呆子独自躺在地上哼唧。他本来在阿修罗宫中多喝了几口酒，经过这番折腾，再加凉风一吹，心中觉得难受，哇地一口就把肚内黄汤全都呕吐出来，不偏不倚正好喷在塔基下面一座石刻白象身上。呆子吐出腹中肮脏食物，脑子清醒了许多，抬头看时，忽然看见那石象动了起来。

他起初以为眼花没有看清，用手拭干净了，定睛仔细一看，果然不错。只见那石象舒目展肢，正奋力挣扎着，要掀开压在身上的宝塔站起。塔身摇摇晃晃，像是地动风吹似的立不住脚，立刻就要倒坍。再看一眼时，宝塔已经哗啦啦坍倒下来，成为一地碎砖。那石象赤红着眼珠，挺起两根利刃般的长牙，嗷嗷叫着，直对着呆子冲来。

呆子看这一眼，酒全醒了，也不顾身上疼痛，连忙翻身跳起，就往旁边逃去。石象哪里肯放过他，愤怒叫喊着，对他紧追不放。呆子跑急了，没有带上兵器，拖着受伤身体，赤手空拳无法抵挡，只好在废墟里跳来跳去，东躲西藏，才避开了那头石象攻击。

看那石象时，却也十分古怪。只见他虽然曳鼻挺牙十分凶猛，却喷着一股刺鼻酒气，步子歪歪斜斜，仿佛喝醉了，凭仗一身蛮力东冲西突，像是中了邪魔似的。

呆子跛着腿再也支撑不住，被醉象逼到一堵高墙面前无路可走。眼看要被醉象长牙刺死，他横下心，将身一摇，现出自己本相，摇着两只蒲扇大耳反扑过去，倒把醉象吓得倒退了几步。一头象、一只猪，两个舍命厮扑着，谁也不肯退让半步，吼声震动了全城。

这里正在拼斗时，沙僧正好问了路回来，听见远处喊声，连忙赶去观看，正好看见八戒被醉象刺伤，鲜血涔涔流淌下来，快要支持不住了。沙僧心里着急，掣出兵器大喊一声："畜牲！休要伤我二师兄。"他手举宝杖一下把醉象打倒，这才得暇走上前把八戒扶起，一五一十对八戒说清情况。

他从城内住户问得，原来这是摩揭陀国古都上茅宫城。从前如来路过这里，提婆达多与未生怨王阴谋害他，便给一头巨象饮了酒，放出醉象伤佛。佛祖如来伸出手掌，从指端化出五只狮子，才驯服了醉象，将其变为石头①。后来信徒建塔镇住石象，过了许多年头。谁知阿修罗把他们二人抛在这里，八戒吐酒使那石象沾了酒气复活，才酿成了这一番事端。多亏沙僧来得及时救了他，没有伤了他的性命。

二人嗟叹一阵，慢慢走回孤山，见了长老、悟空，诉说了这一段离奇故事。长老听罢感叹道："你们须记住了，这里佛祖石室边，便有阿修罗地下宫殿。善恶只有咫尺间隔，休要踏错了半步。"众徒听后，均谨记在心。

未知他们后事如何，且听下回分解。

---

① 见《大唐西域记》卷九，"上茅宫城"条："宫城北门外有窣堵波，是提婆达多与未生怨王共为亲友，乃放护财醉象，欲害如来。如来指端出五师子。醉象于此驯伏而前。"

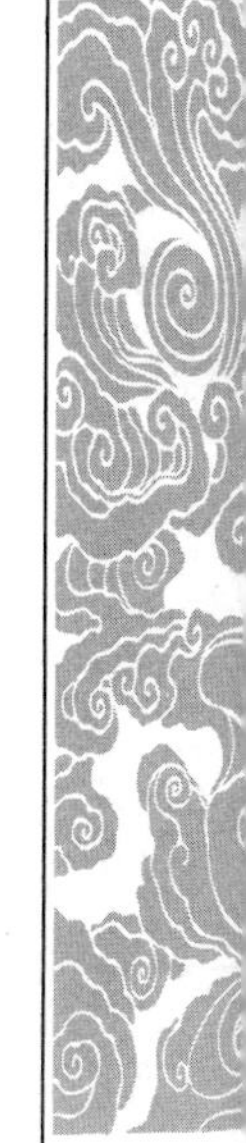

第十六回　温泉枯竭失源流　魔王变幻惑道心

话表唐僧听八戒、沙僧诉说了阿修罗宫与醉象故事后，起身移步来到上茅宫城，凭吊了坍倒宝塔与石象遗迹，嗟叹一阵，慢慢走出北门，来到又一座山前。这山名唤毗布罗山，乃是这摩揭陀国内一座名山。从土人闻知，山西南崖阴，昔有五百温泉，如今尚有数十残余，却有冷有暖，不知是何原因。温泉以西，又有卑钵罗石室[①]，世尊[②]在昔恒居其中。然而后来室内时出怪异，有龙蛇狮子出没其中，见者心发狂乱，重者甚至惊怖而死。当地人今见唐僧一行，心中十分欢喜，祈请他们暂留莲步，在此查明温泉消匿及石室怪异原因，施展法力，杜绝怪诞，为地方造福降祉。

唐僧谦逊推辞不了，只好俯首应承，即便起身带领众徒沿山来到温泉观察。只见这里果然与平常山泉不同，泉流之口皆雕石作像。或是狮子、白象之首，水从狮吻、象鼻汩汩流出；或是异形雕花石筒，有的像竹节，有的似珊瑚。真是精美绝伦，匪夷所思，皆系神奇珍品，均为想象杰作。其下乃五色彩石水池，环绕白玉栏杆，承接泉水悬流叮咚作响，宛若古时琴音缭绕，使人心旷神怡。浴者足踏玉石台阶而下，即可入泉沐浴，结构十分精致。

众人举目看，那乡民说得不差。只见上下数百泉孔，如今果然仅有少量有水，为数不过什一。其他大多已经干涸，仅存泉口石雕面对空池，景象十分冷落凄凉。

---

① 见《大唐西域记》卷九，“毗布罗山”条，五百温泉和卑钵罗石室事。

② 世尊是释迦牟尼佛的别称。

三藏移步走过去，伸手试了泉水，确实十分冰凉，不似温泉水。他问一个身患癞疮的浴者道："这泉水变冷，已有多少时间了？"

浴者答道："本地耆宿相传，从前此处百泉迸流，尽皆滚沸温汤，蒸气升空为云，数十里外可以望见，五色斑斓，似有神佛趺坐。如今逐渐变冷，有的便变成这样了。自变化以来，已有近百年历史。"

三藏又问："你知温泉生成原因吗？"

浴者道："传说此泉源自北方雪山山麓无热恼池，经过地下潜流至此。当其在地下流经五百枝小热地狱时，受地狱火烧烤，成为温汤。流到这里，便是五百温泉水。如今有的泉水堵塞，有的变冷，当是地下原因。"

三藏听了，点头称是道："汝言是也。只是怎么才能知道地下情况，恢复昔日温泉壮观，还须仔细研究。"

八戒在旁听了道："有甚可研究的。想是地狱里缺乏燃料，火已烧尽，才成为现在情况。再过一些时候，所有温泉都会变成凉水呢！"

浴者听他这样说，心中焦虑，叹息道："似这位猪长老所说，这里温泉迟早会断绝。我这一身癞疮，何时才可疗愈。"言罢，心中悲戚，不由流下泪来。

悟空见他悲伤，叱喝八戒道："呆子，你胡说什么。这里众人期盼我等探明原因，恢复温泉。你不经调查便这样说话，岂不冷了他们之心？"

八戒不服，问他："似你这样说，应该如何处置呢？"

悟空道："那浴者说得不差，泉水既经地狱而来，发生问题，还须从地狱里去查看。"

八戒道："那你就去下地狱吧！"

悟空答道："下地狱有何不可？只要地狱有门，我即下去探查，看那些小鬼是否偷懒懈怠，忘了加柴烧火。"

两个你一言我一语地争论不休。三藏挥手说道："你们不要争论了。

今日天色已晚，我们先找一处地方宿歇，明日再仔细研究温泉变冷原因。”随即揖别池中浴者，带领徒众步往西面，进入那卑钵罗石室休息。

这石室建筑精致，四墙均有雕刻，叙述佛本生的故事。中央地面凿有五朵莲花，形状栩栩如生。中央一朵，乃从前世尊参禅趺坐处。旁边四朵，乃听经弟子座位。长老自己曲身在中央坐下，吩咐徒众在旁边坐好，把那白马、经书也安置在一朵莲花上，静待黑夜降临。

八戒坐下，心里有些不自在，问道：“师父，为何把我们带到这里？传说此处有妖魔出现，莫不会在夜晚吞噬了我们。”

三藏道：“此间距离村庄甚远，除却此室，哪里还有别处可以居住？你但安心坐在莲花上，不离座位，自然可以无妨。若非如此，从前佛祖如来和弟子在此，怎么度过的？”

长老一念虔诚，不畏怪异，众人自然再无多言可说了。只是八戒还有些放心不下，坐在石莲花上，一只眼闭，一只眼睁，不敢完全睡去。

众人趺坐睡了，渐渐到了夜半时分，身边忽然传来一阵吼叫，一齐惊醒睁眼看时，只见石室内不知从何处蹿来一群怪兽，有的狮首豹身，有的象头虎尾，相貌狰狞恐怖，张开血盆大口，都朝众人扑来。八戒待要躲避，沙僧心欲护经，行者打算起身抵抗，都被长老喝住。

长老道：“佛法无边。汝等但安坐莲花上，自然无妨。切不可惊怖离座奔走，中了妖魔诡计。”三徒听话，只好安心都不移动。沙僧把白马缰绳拉得紧紧的，也不让它挪动半步。那些怪兽张牙舞爪腾踔了一会儿，无法冲扑进地下莲座，只好消声匿形转回黑暗虚空。众人这才吁了一口气，佩服长老好见识。

众人见怪兽隐去后，正昏昏沉沉要进入梦乡，忽然洞内一片通红，只见四面烈焰腾腾烧起，把石室变成一个火坑，上下左右罩住众人，要把他们烧成灰烬。真是来势凶猛，比前番怪兽现形更加不同。

火焰烧来时，热气炙人，紧贴众人肌肤，仅离半寸，似乎立时就要把衣服烧燃，情势十分危急。众人虽然感觉烧烤痛苦，却有了上次经验，都听从长老安排，依旧如原来定神端坐不动。长老凝神闭目，默诵了一通经文，忽然从莲座上迸发万道祥光，冲散周围烈火，全室重新平静归于虚空。

众人度过了烈火关，又吁了一口气，欲闭目再睡，忽然嗅到一股兰馥香气。忙睁目看时，只见四周石壁内走出五个绝色女子，含颦深深、秋波盈盈，各自向着一人招手呼唤，连那驮经白马也不放过。中间那个女娘向长老招手唤道：“唐僧哥哥，你枯坐参禅有甚意思？不如过来和我温存，做一对恩爱夫妻过日子。”

另一个美丽女子走到八戒身边，也娇声唤道：“猪哥哥，你和这些和尚聚在这里好没主张。外面正月圆花好，你随我来，我有体己话要对你说。”八戒听了有些心动，正要答话时，被长老喝住。这些妖魔女子无计可施，只好一个个含愠退去，重新隐入周围石壁，把四众再次撇在黑暗中。

沙僧目送这些美女返回石壁，说道：“这些恶魔惊吓不成，又用美女引诱，这番再没有伎俩了吧。”

悟空说：“管他什么伎俩，坐在莲花位里正好看，要他多变化几次，才好呢！”

长老听他二人议论，对他们说：“你们休管他如何变化，自己静心寂意，见怪不怪，其怪自然败坏。今夜如果他们再来，依旧同样处置便了。”众徒听他吩咐后，都应诺了，各自瞑目休息不提。

时间渐渐过去，约摸又过了一个时辰，众人身子疲乏，已各自朦胧睡去，忽然又在梦中被一阵悲伤哭声惊醒。睁目看时，各人所见均不相同。

三藏舒目看见唐王天子满身血污，走到面前对他诉说：“御弟圣僧，你一去西天多年，为何不早日取经归来？如今我被刺受伤，好不容易找到这里，你为何还安坐不动，不过来救我？”

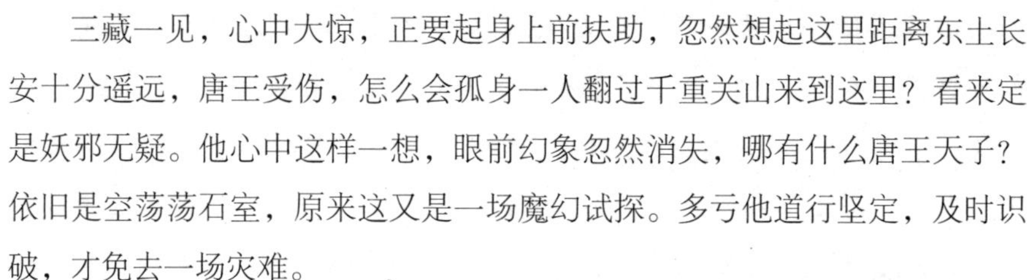

三藏一见，心中大惊，正要起身上前扶助，忽然想起这里距离东土长安十分遥远，唐王受伤，怎么会孤身一人翻过千重关山来到这里？看来定是妖邪无疑。他心中这样一想，眼前幻象忽然消失，哪有什么唐王天子？依旧是空荡荡石室，原来这又是一场魔幻试探。多亏他道行坚定，及时识破，才免去一场灾难。

沙僧眼里，却又是一番幻象。他赤条条一个汉子，在灵霄殿前为卷帘将，流沙河边做食人妖怪，世间无牵无挂，并无什么亲眷，忽然开眼看见一个老妪，手拄拐杖走到面前唤他："我儿，你在外浪荡，天上地下到处玩耍，从不惦记老娘。如今我无衣无食生活无靠，你也不看望我一下。"

她说得悲悲切切，老泪纵横，不由人见了不动怜悯。沙僧半信半疑，欲待问她确实情况，猛地想到自己别乡闯荡时，老母已经故去多年，怎会在此出现？其中明明有诈，便端坐莲花上，怒目视她，老妪形影随即消散无踪。

悟空从梦中惊醒，也看见一个幻影。他生自灵石，更加无有亲故，却看见两个粗壮赤尻马猴，认得是花果山猴群的马、流二元帅。那两个猴子揎拳舒臂，争相向他诉苦道："大圣，你好自在。不知哪里来了一群妖怪，强占了花果山，扯碎了齐天大圣旗，赶走了猴群儿郎，还说了许多不中听的话，把你说得不堪。你还不快跟我们回去，夺回花果山，重聚猴群称王。"

他两个气愤说了一通，被悟空一眼看穿，这赤尻马猴怎么拖了一根粗大长尾巴？心知必是妖魔，顺手掣出金箍棒就要敲打。假猴吓得屁滚尿流，一溜烟便转身跑得没有踪影。

八戒也看见了人影，是他的浑家手抱一个孩儿从高老庄来，向他啼哭诉道："官人，你跟随唐僧取经，为什么也不回家来看看？你不念我，也该念你的亲骨肉。你走后，我产下这个孩儿，看他肥肥胖胖，长嘴大耳，和你一般福相，你也不惦念他吗？"

八戒拭眼一看，果真是他的浑家不差。怀里那个孩子长嘴大耳，和他确实一般相貌，眼见是自己的骨血无疑了。他心中又惊又喜，不由自主回答出声，边站起来边答道："娘子，你受苦了，待我过来看看亲儿子。"

谁知，他正恍恍惚惚答了一句话，忽然呼的一声，魂灵连同身体便被吸得无影无踪了。众人转身不见了他，心中大惊。

三藏跌脚叫道："悟能尘根未净，被妖怪摄走了，怎么是好？！"

沙僧也着急，手里抄起兵器，招呼行者道："那妖魔百般诱引，定有毒计。二师兄此去凶多吉少，我等快去救护。"

悟空止住他说："这里也危险，你保住师父不要动，待我去看看那是什么妖怪，兼看有无机会搭救八戒回来。"言毕，悟空便跳出莲花座，朝那妖邪隐去的石壁赶去。看那石壁，上下完整无缺，哪有半点缝隙?

他寻找半天，心里恼了，手持金箍棒对着石壁乒乒乓乓一阵乱打，打得石屑乱飞，石壁被打出一个凹坑，却同样寻不得一条路。他眼珠一转，想出一条计策，收起金箍棒，对着石壁放声大喊："马、流两个孩儿听着，快来迎接我，回花果山除怪去也！"话声刚毕，石壁中就显出两个赤尻马猴影子，哗地刮起一股阴风，把悟空卷进了冰冷石壁。

进了石壁，大圣睁目看时，这才看见八戒和自己都被缚在一起。面前一个妖怪，正恶狠狠看着他们。八戒见悟空也被摄进来，悄悄附耳对他说："我认得这个妖怪，就是把我抛到醉象面前的阿修罗，如今又到这里来作怪了。"悟空抬头看那妖怪时，见他：

赤发绿眼獠牙长，
呵呵怪笑意猖狂。
并无半点慈悲心，
定是地下活魔王。

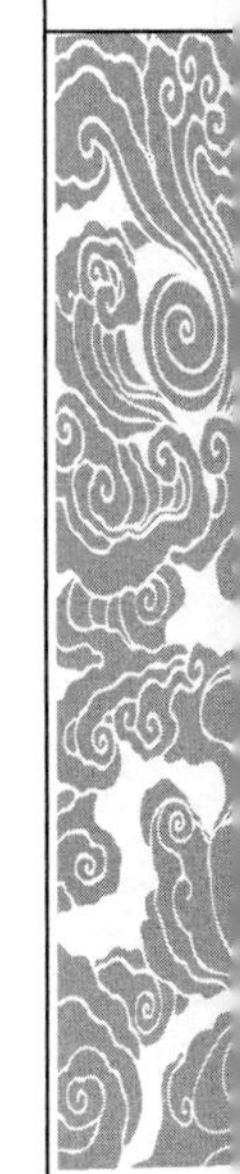

那怪瞧见大圣也被缚住，呵呵笑道："你就是什么齐天大圣吗？叫你死得明白。此处乃我的宫殿后门。你的师父说得不差，善恶只有咫尺。凡有如来佛迹处，附近均可通地下我的住所。如今你们落在我的手中，还有何话可说？"说罢就起身，吩咐两边小妖道："把这两个不识抬举的东土和尚活剥了，炒一盘猪腰加猴肝给我下酒。"小妖得令，便持刀先朝长得肥胖的八戒走来。

呆子慌了，喊道："阿修罗，你先别杀我，有话可以再商量。"

悟空见他动摇，便怒目向妖怪喝道："你们吓唬他，有何意思。要杀，就先杀我吧。"

阿修罗听他这样说，不由怒气迸发，圆睁双目道："这里不是灵山，不怕你吵闹，你道我就宰不得你吗？"他站起来，伸手挥退了小妖，亲自持刀就来对悟空剖腹剜心。

待他过来时，不料悟空已做了手脚，将一根毫毛化作身子缚在那里，真身却脱了束缚，隐在一旁，看他如何下手。

阿修罗走过来，恶狠狠地撕开悟空假身的衣服，举起手中明晃晃尖刀，就朝肚子戳去。他本想将悟空一刀戳死，再转过身来收拾八戒。不料这一刀戳了个空，面前悟空忽然化为乌有，只剩下一根猴毛留在绳索空圈里。他情知着了道儿，心里有些慌了，喊道："斩不死的弼马温，你躲在哪儿？"

听他慌张喊叫，悟空才在后面现出真身，手持兵器喊道："我儿，休要慌张，你的祖宗在这里。"阿修罗回头看见他，忙举手中刀对他砍来，两个人就你来我往，在洞中乒乒乓乓交手打斗。旁边小妖害怕洞主吃亏，也举起各种兵器簇拥上来，围住悟空舍命厮斗。

一场混战中，悟空深恐八戒吃亏，连忙瞅一个空子，拔下一根毛化成小猴，走过去解开他的绳索。八戒得了自由，也抄起丢在地上的钉耙，对着妖怪后脑勺胡乱筑来。那妖怪虽然十分厉害，却不是二人对手，喊一

声："孙悟空，猪八戒，你们果然厉害。我今天不与你们斗了，后会有期！"言毕便将身一转，带领手下小妖一齐隐形遁去了，留下空荡荡一座地下宫殿，只有悟空和八戒二人在内。

八戒说："把这个妖怪巢穴烧了吧！"

悟空道："不要慌忙，待我们仔细看看，或许附近温泉变化和这里有关。"

悟空收了兵器，和八戒在洞内到处察看。八戒熟悉这里地形，带领他来回寻找，走进内宫浴室，果然发现了秘密。原来阿修罗修筑地宫时，把毗布罗山前温泉悄悄引到这里，因此许多泉水枯竭，有的变成了冷水。

二人在地下正了泉流，放起一把火，把阿修罗宫烧得烈焰腾腾。悟空说："这把火烧得好，把地下泉水烧得更加滚烫，温泉再也不会变冷了。"二人这才慢慢觅得暗门出来，会见三藏和沙僧，说知地下情事。三藏合掌赞颂道："这非全是汝等之功，乃是佛法保佑，才恢复温泉，破了阿修罗魔法。不过，放走了他，只怕后来还有隐患。"

悟空道："师父，你怕他什么？！自古道：'邪不胜正。'如果他再来，我们再打杀他也不迟。"吵闹了一个夜晚，外面天已微明。三藏诵了一卷经，便起身带领徒众，牵着白马走出石室。

四众出室抬头一看，不由看得呆了。只见面前五百温泉水口犹如喷云吐雾，从狮象竹藤种种石雕口内喷涌而出，连同下面水池蒸气，结成五彩硫黄云，悬浮空中，甚是壮观。迷迷茫茫雾气中，果然似真似假、疑有疑无，隐隐显出万千大大小小神佛形状，和昨日那个浴者所说丝毫不差。

长老见了，念一声"阿弥陀佛"，便要翻身拜倒下去，却见夜来在此候浴、希望除济消灾的许多乡民一齐簇拥过来，齐齐整整跪在面前，向他及悟空、八戒、沙僧四众顶礼膜拜，口呼"活佛"，感激涕零不尽。长老觉得惭愧，待要起身谦让推辞，悟空在后轻轻扯了一下他的衣裾说："师父，你且莫推让，冷了群众的心。这里的温泉水雾，难道不是我等变出来的吗？"

长老还在低头沉吟，八戒、沙僧一起上前奉劝。他这才暗自道了惭愧，在原地坐定了，受了参浴群众虔诚参拜，和徒众牵了驮经白马，在祥云中慢慢离开。正是：

无心偏成佛，
有意难升天。

欲知他们离开毗布罗山前温泉，继续前往何处，且听下回分解。

第十七回　唐僧习法那烂陀寺[1]　猪猴激怒露形尼乾

却说悟空、八戒破了地下阿修罗宫后，四众心中无不欢喜，三藏法师带领众徒继续沿山慢慢行走，在毗布罗山上巡游。走到附近山崖上，忽然看见一个僧人站在崖边要往下跳；旁边另一老僧双手握住一块锋利石头，石上血痕斑斑，意欲自刎毙命。三藏看见，慌忙摇手喊道："二位同道快住手！有什么想不开，切勿寻此短见。"

那个握石老僧含泪答道："你休要阻拦我们。我们苦苦修行一生，至今未证圣果，心中惭愧，唯有一死。或许这种诚意，还能感动佛祖，从死中得到超度。"

另一个僧人也说："这里的舍身崖和那血石都有灵应。昔日佛祖在世时，曾有比丘[2]修行不成，在此自戕，立证阿罗汉果[3]，上升虚空为神。你们不要妨碍我们大事，误了此番禅机，今后再无机会。"

八戒、沙僧见他们处境危险，正欲上前劝阻，一个已舍身跳崖，另一个手持血石自刺身亡了。众人赶过去看时，不胜惊异嗟叹。只见那坠崖比丘尚未坠地，忽然被一朵祥云托起，冉冉升空而起。另一个染血倒下，也

---

① 见《大唐西域记》卷九，"那烂陀僧伽蓝"条：玄奘巡游印度，曾在此学习五年。据季羡林引《大唐西域求法高僧传》，那烂陀寺乃古代室利铄羯罗底王所建，后经历代扩建，规模十分宏大，是印度古代最高学府，大乘佛教许多大师都曾在此受业。

② 比丘是佛教僧侣的一种别称。

③ 阿罗汉果檠是佛教徒修行的一种果位，可以斩除一切烦恼，受到世人奉祀供养，永远进入涅槃，不再经受生死轮回的痛苦。

尸解升天，成为一个金光罗汉。三藏见了，连忙合十礼拜，赞美佛法广大无边。八戒、沙僧也跟随拜了，行者却在一旁冷眼哂笑，不肯随众施礼。

八戒问他：“你为何不礼拜佛法奇迹？”

悟空道：“这算什么神圣功绩！那两个和尚生性愚笨，修行一生不能得道，如今一死反而升天，岂不证明成佛不需道德学问，只需表示忠诚就可达到正果。这样升天倒也容易，只是太廉价肉麻了。看来佛祖如来喜欢的，只是阿谀听话的人，我赞美他作甚？”

两个人说话，被长老听见，转身斥喝行者道：“泼猴，偏你多心眼，一件好事被你歪想成什么模样？如果你再胡言乱语，就念紧箍咒，叫你好受！”行者惧怕紧箍咒，只好唯唯而退，心中却十分不服。

众人一行无话，跟随长老又顺路参拜了佛国胜迹迦兰陀竹园与古时竹林结集处。这二处和佛祖座前二位尊者活动有关。那迦兰陀竹园西南五六里处的大竹林中的石室，是如来涅槃后，其大弟子召集五百比丘集会[①]，共同忆诵，确定佛教经典之处所。

当时尊者正宴坐山林，忽见座前蜡烛放出光明，又觉大地震动，心念：“这是何祥变，生成这样异象？”他睁开天眼观看，已见遥远拘尸城郊，佛祖如来正于林间进入涅槃。于是乃号哭流涕大悲痛，登苏迷卢山，击大犍椎，宣告宇宙三千大千世界曰：“佛祖如来涅归天，王舍城举行大法事，天下诸证果人火速集会议事。”

世间得神通者聆听他犍椎传呼后，都星夜齐集此处参加会议，共奉他为尊者。师弟因故迟缓后到，他忽然变色，以为不敬，命其显现神通，不得再从门入。师弟点头承命，便缩身从钥匙孔入室。尊者见其服从听命，才放过了他。

众人听从尊者安排，哀悼了佛祖，一齐用心在此整理经籍。经过三月

① 佛祖涅槃后第一结集，一般认为五百人。《大唐西域记》以为一千人。今从常说。

雨季，修出《素缆藏》《毗奈耶藏》《阿毗达磨藏》三藏佛经，真是功德无量。有此盛功，加以其他种种法力德行，所以日后升天论功行赏，二人才成为佛祖如来身边十大弟子之首，所谓传衣钵人也。

不消说，唐僧到达这样神圣佛地，一步一顶礼膜拜，心中无限景仰，不忍立时离去。由于结识尊者，八戒也十分恭敬，时时向沙僧解说尊者功绩，态度端庄诚恳，表现和以前地方大不相同。虽然经过灵山传经之事，行者心存芥蒂，眼见过去灵迹，也不由佩服起来，频频点头称赞。

他一人走在后面，独自叹息道："这两个尊者本来道德高尚、佛法坚固，受到万众景仰，却不料得道升天后，成为佛祖左右二尊者，地位改变，性情逐渐变化，以致贪财索取贿赂人事，以后又弄权中伤不顺从者。可见人无完人，佛无常佛，凡人、凡事均不可只凭过去功德吃老本一生，必须时刻激励自己，才能永葆圣洁青春。"

他嘴里念叨时，被长老听见，问他："悟空，你站在一旁，又在自言自语说什么？"行者惧怕师父念咒管束，连忙带笑说道："我未曾乱说。我见这里十分神圣，正诵念佛前二位尊者功绩呢！"长老才点头放过了他。行者道声惭愧，不再多言了。

这伽兰陀竹园在王舍城边。此城乃与佛陀同时之摩揭陀国频毗娑罗王所建，因此与佛祖如来同寿，十分神圣重要。三藏率领徒众到此，巡游旧址，对众人演说了此城由来。

原来频毗娑罗王最初居住附近上茅宫城，由于城内经常发生火灾，一户失火，四邻遭灾，真是防不胜防。于是国王颁旨道，从此再生火灾，必定严惩首恶，将其迁至城外弃尸处所寒林谪居。

谁知降旨不久，王宫首先发火。国王便引咎自责，命太子留城监摄国事，自己建屋迁居寒林。官吏庶民眼见国王纪律严明，十分心服，都纷纷携带家属迁来同住，于是逐渐发展形成了眼前的王舍城。

听了长老讲述，众人无不钦敬。悟空走到城内频毗娑罗国王纪念处，

恭敬行了礼，叹道：“这才是好国王，老孙也从心里佩服他。”四众心里欢喜，衷心赞美后，仔细观看王舍城内外许多圣迹。

三藏十分崇敬这里，便率徒出城北行三十余里至那烂陀寺，听主持戒贤法师讲述佛法。那戒贤法师梵名尸罗跋陀罗，乃大乘佛教瑜伽行派著名论师，出身东印度三摩吒国王族，属婆罗门种姓，身世高贵。后来他到此护法出家，演绎佛法，名高盖世。这时他已一百零六岁，见有东土僧人来寺十分欢喜。

戒贤法师开门延入唐僧师徒，手执三藏之腕，对他说：“吾等早知你要来，在此守候许多岁月，今日才应验了。”

三藏惊异道：“大师如何知道我们会来？”

戒贤法师说：“这个那烂陀寺始建于佛陀在世时，历史悠久。后来婆罗阿迭多王嗣位，在此东北又建伽蓝。功成事毕，广集同道圣贤。因此五印度[①]僧众万里云集，结为盛会。其中有二僧后至。众人问他从何而来，为何迟到。二僧自称来自东土之国，路途十分遥远，受王召请后，便飞行而来。闻者惊骇，立报国王知道。国王心知其必为异行圣人，亲往问候，至其住所已不知去向。于是国王更加相信，乃是圣人下凡点化，于是舍国出家，甘愿位居僧末修行。从此这里僧众都怀念东土圣僧。今日你率徒莅临，岂不应了这个故事？”

三藏听了，心中惭愧，连称不敢僭越地位。他又与法师论道，十分佩服法师学识广博，稽首言道：“弟子玄奘不远万里从大唐来，除奉唐王令到灵山求经外，还思学习佛法，提高觉悟，传播东土。今日有缘晤见法师，实属幸运，哪里敢比拟过去圣僧故事。万望法师不弃，收我为徒才好。”

戒贤法师见唐僧应答如流，谦虚知礼，也心里喜欢，便留他师徒四众

① 五印度指古时东、西、南、北、中天竺，泛指古印度各国。

在那烂陀寺学习大乘瑜伽宗[①]佛法。时值贞观五年（631年）冬，唐僧辛苦跋涉来到西天，方有机会息影著名伽蓝，从师认真攻读经书，切磋讨论佛法真谛。悟空、八戒、沙僧三个弟子虽然生性粗野，到了这里见到佛寺庄严，法师道德昭著，也心中佩服，一个个收心养性，跟随三藏在寺内听经，起初倒也安静无事。这正是：

拂去征衫万里尘，
息影天竺听禅音。
佛法万端从头说，
青灯一卷《瑜伽论》[②]。

唐僧师徒四众从此就在寺内住下，潜心攻习经书。这那烂陀伽蓝乃天竺第一佛寺。从无忧王施地建寺起，历经六王扩建，规模十分宏大。寺内藏书丰富，储于宝彩、宝海、宝洋三殿。其中宝洋藏书楼高达九层，上摩云天。每夕夜静，天上神下降楼阁，与凡圣同习经书、共研佛法，蔚为壮观。传说从前许多高僧，诸如龙树、提婆、无著、世亲等，都曾在此讲学。天下比丘第三次结集后，大众部众僧集聚此处讨论，后来又成为说一切有部[③]的教派中心。因此这里僧众云集，有数千人，其中德重当时、声驰异域者亦有数百人。玄奘在此学习，与天下佛学俊彦为伍，十分相得，不知不觉过了许多日子。沙僧性情恭顺，好学不倦，也一意从善，每日随师在此认真学习。唯有行者和八戒过了一些日子便觉不耐，时常偷出寺院到处玩耍。

---

① 佛教的一个教派，玄奘至印度的主要目的就是学习这一派别的经书，在那烂陀寺跟随戒贤法师学习五年。

② 《瑜伽论》，即《瑜伽师地论》，是玄奘入印度主要学习的经书。

③ 大众部和说一切有部，是佛教的两个教派。

八戒对行者说："师父好没道理，在这里一下就住了许多时间。每天诵经讨论，真没有趣味，不如我们偷偷出去看看。"

悟空早已对寺院生活不耐烦，时常拔毛化身在殿内参禅打坐，闭目冥思，不言不语，真身却早已溜出，到处游乐去了。三藏不知内情，还称赞他从来性情急躁坐不定，到了这里受佛法感召，变得虔诚恭顺。今后回到灵山，定要禀告佛祖，为他赎过叙功，却不知行者早已化身离躯，正隐形在旁抿嘴哂笑个不停。如今八戒这样对他说，岂不正中下怀，连忙点头应允。

他们每日离寺出外游玩，并不知道这里也是外道耆那教的圣地。耆那教教主大雄[①]和佛陀，曾在此度过十四个雨季。那烂陀寺周围，遗有上百耆那教殿堂，露形尼乾[②]到处皆是，习俗信仰均与佛门不同，稍一不慎，即会惹起事端。

二人走出那烂陀寺，忽见一个羸瘦裸身老者，腰下仅缠一条狭窄布带，手持一根孔雀翎毛轻轻扫路，低头诵念经文，行为十分古怪。

八戒见了觉得好笑，手指着对悟空说："你看这人不知羞，拿着孔雀毛，在地上寻找什么？"

悟空也觉奇怪，走过去察看，原来他正用翎毛轻轻拨开一个虫蚁，害怕踩死它伤生呢！转身朝另一边看，那里还有几个裸身外道，有的一手高举，有的单脚独立，有的睡卧钉床，有的用力拔扯自己须发。见他们用种种苦刑折磨自己，行为奇特异常，悟空忍不住掩嘴而笑。

八戒却扑哧笑出了声，嘲笑他们是疯子、笨伯。

他这一笑不打紧，激怒了身边许多露形外道。原来他们正用苦行修道，见受了无礼侮辱，纷纷指责诟骂，拾取石块对行者、八戒追打不放。行者心知自己理亏，不与他们争论，拉住八戒躲开石雨，慌忙逃回那烂陀寺。愤怒

① 大雄本名筏驮摩那，相传生活于公元前6世纪至前5世纪，是耆那教创造人。

② 露形尼乾是耆那教一个教派的信徒，认为教徒不应有私财，以天为衣，裸形修道。

人群聚集寺外，把这座神圣佛寺围得水泄不通，要求惩治无礼狂徒。

唐僧正在殿内听取戒贤法师讲经，忽然听见殿外呼喊，担心自己弟子惹出祸端，转身看见沙僧、悟空俱在，都低头垂眉安心听讲，只有八戒不见踪影，唐僧急忙起身出外察看，正好看见八戒慌张跑进来，便责备他道：“悟能，你也不看这是什么地方。招惹了外道聚众闹事，弄不好会造成打斗，毁了那烂陀伽蓝法地。悟空和悟净都安心听经，你怎不学他们？”

八戒心里委屈，说道：“猴头听什么经？他和我一起出外游玩。要责备，应该两人一起受罚，为什么偏袒他？”

三藏生气道：“你犯了过错，还说谎诬陷人，就错上加错了。”

八戒不服，手指背后道：“我何尝有欺诳？你看，那不是他！”谁知转身一看，哪有悟空形影？原来他见三藏过来，早已隐形悄悄返回本来位置了。

二人在外争论，已经惊动戒贤法师，走下讲坛来对三藏说：“你不用再责怪他，孙悟空隐形变化我已看见。他们不愿用心习经，私自出外肇事，已经违犯法规，应该严加管束，不能继续在此停留。”

三藏闻言方恍然大悟，俯身谢罪后，便带领徒众收拾行装，依依不舍地离开那烂陀寺，平息了一场骚乱。

欲知他们后事如何，请听下回分解。

第十八回 石壁显影，灯妖问疑惑 观音传意，月神平忿怒

话说唐僧含怅惜别了那烂陀寺，率徒匆匆走出王舍城境地。一路上看了些佛国古迹，访了些高僧隐士，心情逐渐平静，忘了行者、八戒招惹露形尼乾的烦恼，往前来到另一座山前。这山名唤因陀罗势罗窭诃山①，乃大神帝释天所居处，即世间信徒所称帝释窟也。三藏在马上看那山，只见：

岩谷杳冥，森林蓊郁。看不尽的灵岩怪石，数不清的奇花异木。山顶上双峰插云，坡麓下千红万绿。真正是灵隐处，好一个神仙窟。

其时天色近晚，赤日西降、玉兔东升，四周万物宁静。那山逐渐融入暮色，巨细形象渐次模糊。众人抬头，忽见西峰上燃亮一点火光，高悬崖顶，引人注目。这亮光十分古怪。说它是星，为何突然闪亮，像是见他们来时才发光，天上哪有这种星辰？说它是灯，却高悬崖顶，点在绝壁上，怎么有路上去？如说是一点萤火也难成立。山顶风势不定，萤火怎可飘浮空中停住不动？

三藏在马上举目看见，觉得奇怪，说道："这火光十分蹊跷，为何燃亮在山顶，不知是何道理。"

八戒说："莫不是妖怪？"

悟空走在前面，早已看见山顶有一个隐约洞口，说道："那里有一个

① 见《大唐西域记》卷九，"帝释窟"条："其中僧众，或于夜分，望见西峰石室佛像前每有灯炬。常为照烛。"

洞窟，待我去看看。”

言罢，他吩咐八戒、沙僧保护住师父和白马，便伸手掣出兵器，纵身跃入空中，轻轻跳在那有光洞口处。他站在洞口喝一声：“洞中有人还是有妖怪？快出来一个！”

他连喊几声，里面静悄悄无人答应，便将兵器横持在手中，迈步走进去查看。走进洞中举目看时，原来是一间人造石室，广而不高，形状整齐，似是有人居住过。

室内一盏油灯耀亮四壁，却一片空荡荡，无有一个人影。看这石室，前临万丈深渊，并无一径相通，确非凡人所居，不知是谁在这里点燃这盏灯。

他走近仔细察看，看见这灯又怪了。当他走到旁边，灯光忽然变得更亮，腾起三寸炽烈火焰。他退到洞口，灯又暗淡了，像是有人躲在暗中捻弄似的。

悟空心中寻思：“这灯端的蹊跷，莫不是一个油灯怪？”他走过去，运足了气，一口把灯吹灭了便往回走。不料他刚在一片黑暗中走了几步，身后忽然放光，那盏灯又燃亮了。

他转身看见，觉得奇怪，走去又吹灭了它，这次却站在旁边不动。只一刹那间，看见灯芯渐渐泛红，一下迸放出火焰，光亮依旧如常。他越看越觉蹊跷，接连吹熄几次，都同样放光，无法将其熄灭。

悟空恼了，这次也不吹它，伸手便把灯芯挑出，将盏内灯油倒得精光，嘴里骂道：“妖怪，这次我看你还能点燃？！”他这才舒了一口气，抄起双手站着，看那油灯还有什么变化。

说也奇怪，那灯盏被悟空倾光了油，不多时不知是何神通，又从盏底慢慢渗出许多清亮灯油。不多不少，正好平齐盏沿。盏内同时冒出一根空心灯草，沾满了油，忽地又腾起一星火光。

悟空看见，吃了一惊，心中想：“这个油灯果然是妖怪，没法弄灭

它。看来它并无害人之意，不知它执意燃亮是为什么。难道真的是见我们来，心里有话要说？”

他想定了，便收起兵器，俯身对灯和颜问讯：“灯妖，你有什么话，尽管对老孙说，不要害怕。”连问三声，那灯却默默没有一声回答。

悟空肚里想：“真是晦气，撞着这个哑巴妖怪，不住放光燃亮，像是不放我走，问了半天，却没有一句话，不知是何道理。似这样闷住声不回答，我不如走了，哪有许多时间和它慢慢纠缠。”

谁知，他正要走，那油灯火焰忽然腾地蹿起一尺来高，把石室映照得通明透亮。他抬头看时，瞧见四面石壁上渐渐泛出几幅壁画。那画也十分古怪，在空白石壁上逐渐显现，映着灯光十分清晰，似乎是从石头里渗出来的。

东面石壁上一幅画，上下一片混沌，一个神人正剖开一只巨卵，将蛋壳一半作为天，另一半作为地。

北面石壁上一幅画，一个巨神全身茶褐色，手持金刚杵，跨骑神象。背后电光闪烁，耀亮周围世界，相貌十分神秘。

西面石壁上一幅画，一个骑象大神漫步凡间，脚下踏破许多城池。面前横卧一具龙尸，身上鲜血汩汩，像是被他屠戮杀死的。

南面石壁上一幅画，中央端坐佛祖如来，前面那两个大神却身着比丘服饰，分别侍立左右，相貌变得十分恭顺，与前大不相同。

悟空看了四周壁画，心中纳闷，想道：“这些画是什么意思，为什么要显给我看？像是一个哑谜。”

他问油灯：“灯妖，你有话就讲，何必用哑谜来迷惑我？”那油灯却依旧沉默，光焰渐渐小了，四面壁画也逐渐消失，重新隐入岩石消形不见。悟空低头看灯，盏内灯油也已枯竭，逐渐熄灭了火焰，把他独自留在一片黑暗里。

悟空见石室内再无动静了，心里觉得好生奇怪，又借着外面映入的微光，上上下下再查看了一遍，确实无有异相，才出洞纵身跃下山前平地，回到三藏和众人身边，把洞中情况一一说明。抬头问三藏长老，三藏也参悟不出是什么玄机。

八戒说：“它不说话，只打哑谜，谁猜得出？或许是戏耍你，别理睬他。”

沙僧听了却说：“二师兄所言不妥。他既然这样诚恳，必定心存疑惑，期待我们帮助。如果就这样走了，岂不冷了他的心。”

悟空点头道：“你说得对。我看它并非邪恶妖怪，在这山上石室燃灯照耀，不知等待了多少岁月。我若不能为其解惑，还算得了什么正直取经人。”

他话虽这样说，却不知如何下手，才能猜破那壁画秘密，心中有些烦恼。这时已夜幕四垂，贴地一阵冷风刮起，山下沙尘滚滚。风声尘影里，似有许多鬼神来回飘荡，长吁短叹，发出怅惘哀怨的声音。八戒侧耳听，说道：“这里像是有许多冤鬼，不会向我们索命吧？真晦气！”

沙僧也侧耳听了一阵道：“听他们吁叹的声音，不像是恶鬼。莫非他们心中有疑惑、怨气，无处申诉，才到处游荡，嗟伤叹息？”

众人议论不定时，忽然头顶乌云分开，月光照耀。一股银样光华泻地，耀眼光芒中响起金鼓声音，乘风鼓噪而来。众人抬头看时，那一钩弯弯的消瘦月儿不知何时已经变得十分盈满，像是肚里一股气突然迸发，把它撑得滚圆。

众人看这异样天象正惊疑间，金鼓声音已经落地，一个银袍银铠天神跨骑白象，手持兵器突然显形，拦住道路喝道：“贼比丘，不要欺人过甚，吃我一杵。”言罢便驱象挥杵向四众冲来。

八戒、沙僧心中一惊，连忙退后一步，保护住师父。悟空赶上前，用棒架住金刚杵问道：“你这妖神，不明不白挡住我们去路是何道理？”

那骑象神道：“吾乃月神苏摩[①]，在天上看得明白，你们是灵山来的和尚，到此偷上山顶石窟干什么？莫非你们欺侮人还嫌不够，想再到这里讨便宜。真是欺人过甚！”他怒气冲冲，也不再搭话，握住手中铁杵便朝悟空打来。悟空也恼了，挥动金箍棒就和他在旷野里厮打起来，一来一回，战了几十个回合不分上下。

苏摩心中忿怒，见一时凭气力胜不了悟空，便使出魔力，在月光中轻轻一晃，变幻出十二个法身，按四隅八向站位，各持兵器将悟空团团围住，使其手忙脚乱不辨真伪。自己真身却闪在暗处，绕到众人背后趁八戒、沙僧正观战不备，将他们连同唐僧、白马一齐卷起，飞入天上月宫。

这里悟空舞棍打散身边许多月光幻影，转身看时，已不见了师父、八戒、沙僧和白马，不由心中大惊。他连忙腾身朝天上月光追去，只见月神苏摩从怀中掏出一个宝镜，朝他面门一照。悟空便觉万道银光耀眼，一时头晕目眩在空中稳不住身，头朝下一个跟头翻落下来。拭眼再看时，天上月光已经收尽，依旧乌云闭合，早已不见苏摩和众人踪影。

悟空心中恼怒，提棍又跳上天，拨开面前障目乌云，直奔月宫面前，手持金箍棒在门上乒乒乓乓一阵乱打，口里骂道：“妖怪，快开门还我师父、师弟。若迟了一刻，我就打进来，叫你玉石皆焚。”

苏摩隔着门骂道：“贼猴，莫在外面吵闹。待我慢慢活剥了这几个和尚，再出来收拾你。”

悟空听他这样说，心里急了，想钻进去搭救众人，绕着月宫走了一圈，却找不到一个缝隙。他觉得奇怪，想道：“这个月亮真奇怪。从前我时常上天到月宫玩耍，月中嫦娥和我十分熟悉，从无恶言相加。难道西天月亮也和东土不同，是另一个妖神把守？要不就是他害了嫦娥，又占住月宫宝殿作恶逞狂。”

悟空叫骂一阵，无计可施，只好使出神威，用棍将月亮挑起，叫它像

---

① 苏摩是印度神话中的月神，“午夜之主”。

皮球般在空中上下滚动。加以脚踢头顶，把月亮弄得滴溜溜乱转，不让苏摩好受，骂道："妖怪，你在里面好受吗？若再不把我的师父、师弟送出来，我就把它踢到大海里，让海水慢慢浸进来，泡湿了你！"

苏摩在月里翻滚得难受，使出法力将月形一变，幻成一钩弯月，便再也不能像皮球那样滚动了。他躲在里面嘻嘻笑道："贼猢狲，你有本事，就再滚球吧！"

悟空见月亮变成这个模样无法滚动，灵机一动，跳上去用脚踩住，在两个月尖上来回跳踔踩踏，把它踏在云上来回摇晃。他又用棍子撑住，像划船般掠过起伏云涛，叫它上下腾踔不定，把月神苏摩折腾得半死。

苏摩无奈，只好开门出来，和他重新对阵争斗。悟空见他出来，抖擞精神舞棍迎敌。因为吃过他幻身变化和银光魔镜的苦头，悟空便多加小心提防，把手里棍子握紧，像疾风上下打来，不给他半点宽松来腾出手施展法术。却不料苏摩神通广大，另有计谋暗算他。

苏摩被悟空逼得紧，无法施展手脚，心中另施一计，口里大喝一声："贼猴，看我把你拿下！"话声未毕，胯下神象便领会意思，忽然舒出长鼻，幻成一道银光，将悟空拦腰卷住，不容他挣扎，转身带回月内。

苏摩见拿了悟空，喝令手下神将将其缚住，和唐僧、八戒、沙僧众人囚在一起，这才就位升堂，把他们押到面前细细拷问。他问道："你们这些贼秃，趁夜摸上山，走进石窟干什么？若不老实招供，便叫你们都死！"

长老见悟空也被捉住，叹了口气，抬头对他说："大神所问什么，我等实是不明白。不知为何擒拿我们，有话说清楚，也叫我们死得心甘。"

苏摩见他答非所问，冷笑说："你等不说真话，休用花言巧语诳我。今日我打斗一场，身子累了，又被那贼猴摇晃月宫，弄得我头昏脑涨，所以让你们细细想一夜。如果明日不说实话，平了我心里气愤，我就叫你们都好受！"他言罢起身，自回宫内休息。唐僧四众被关在牢室，心中忐忑不定，十分难受。

八戒说："我们真晦气，撞见这个不讲理的妖怪。如果明日无法答话，满足他的心意，我们岂不都屈死在这里。"说罢低头叹息，心内非常悲苦。

沙僧也道："他肚里想些什么，我们怎么知道？这个闷葫芦，叫人好难猜。"

三藏沉吟一阵却说："我看他虽然凶狠，却面目善良，不似妖神。他必定心内有事难解，才烦闷急躁做出这种事。我们若要脱身，除非设法消除仇恨，将其积怨化尽方可。"众徒听了，都服他高见，点头称是。可是话虽这样说，眼看时辰渐渐过去，如何探得他胸中块垒，及时引导消除，却令众人面面相觑，一筹莫展。

悟空被缚在一旁，四下睃巡，忽然看见墙边一个圆镜，玲珑剔透，十分光亮。一只小虫嗡嗡飞过去，竟笔直穿过镜面，落在对面墙上。悟空不由称奇，转身仔细看它。他心想这必是月华所聚，凝成满月模样，才貌似镜子却空无一物，可容小虫穿过。不知它还有什么奥秘，便招呼身边八戒一起观看。

八戒朝镜里一看，映出自己面容，说道："这是寻常镜子，有什么稀奇处？或许是小虫绕着飞过去，你看花了眼吧？"

悟空半信半疑，不知自己是否真看错了，也低头朝镜里一看。他这一看不打紧，心里更加吃了一惊，只见镜内不是自己影像，却泛出了观音形影。观音身披白衣，手持杨柳枝，正从镜内看着自己，嘴唇翕动，似有话说。只是后面海水荡漾，不知身在何处，距离这里十分遥远。

他见了十分奇怪，忙唤八戒观看。八戒探头看了，却是一张雷公脸，尖腮凹鼻，是悟空自己的猢狲模样，嘲笑他说："你连自己面容也认不清了，说什么观世音？明早死到临头了，还有心思开这种玩笑。"

悟空再看，依旧是观音，心里顿然省悟，定是观音显圣，欲来搭救他们了，连忙将身凑过去，低声喊一声："救苦救难的观世音菩萨，有什么话要吩咐，快对我说吧！"

说也奇怪，那远方观音听见他虔诚呼唤，果真从镜内走出来，化为一团白雾，停在悟空身前，对他如此如此、这般这般讲述了因果缘由，随即消散无影无踪。旁边诸人，均未看见。

悟空得了观音解说，心中豁然贯通，开口便唤月神苏摩出来答话。八戒怪他道："猴头，天还未亮，你大呼小叫作甚？难道活得不耐烦，要他早来把我们收拾掉？"

悟空胸有成竹，微笑说："不用害怕，看我点化他。"说着，悟空又大叫几声，呼喊苏摩出来，和他谈话。

苏摩听悟空吵闹不休，只好走出来，喝问他道："猴妖，你吵嚷什么，叫我不得休息。我就先宰了你，看你还吵不！"他怒目圆睁，做出势子就要来杀悟空。唐僧众人看见，都惊怔了，眼瞅着悟空。可悟空却笑嘻嘻，像是没事的样子。

悟空收敛了平时急躁模样，抬头慢慢对苏摩说："你别性急，我先问你几句话，如果我未说着你的心事，再杀我也不迟。"

月神皱眉说："你有话就说吧！"

悟空见他愿听，便问："你为何满腹怨气？是否为了因陀罗？"

苏摩听了，怒气冲冲说："你既知道，还问什么？"

悟空含笑慢慢说："我知道下面这座山是因陀罗大神的住处。你与因陀罗、大梵天均是婆罗门教和印度教大神，地位崇高无比，无人胆敢亵渎。不料我佛门却将开天辟地的大梵天和因陀罗贬作护法小神，损伤这里神圣宗教，致使鬼神心情动荡。有的如那石室灯神，心里疑惑，急于求救；有的如荒野游神，丢魂失魄，哀伤叹息；有的如你义愤填膺，与佛门誓不两立。你是怀疑我们从灵山来，又要干什么事，才显灵把我们拿下。你说，是这样吗？"

苏摩静静听他说完，有些平气了，放下手中刀，声音变得和缓，对他说："看你这个信佛的猴子，比那些人形比丘还知理。你该知罪，懂得我并非平白处罚你们了吧？"

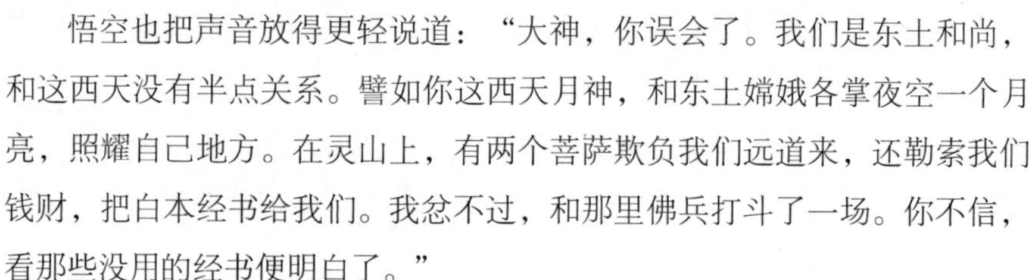

悟空也把声音放得更轻说道："大神，你误会了。我们是东土和尚，和这西天没有半点关系。譬如你这西天月神，和东土嫦娥各掌夜空一个月亮，照耀自己地方。在灵山上，有两个菩萨欺负我们远道来，还勒索我们钱财，把白本经书给我们。我忿不过，和那里佛兵打斗了一场。你不信，看那些没用的经书便明白了。"

苏摩闻言，解开旁边被掳来的经书翻看，果然都是白纸，一字皆无。苏摩知晓行者所言属实，自己一时不察错了，连忙走过来解了众人绳索，拱手谢过道："原来你们和灵山那帮西方和尚不是一回事。错怪了你们，我险些做了错事。"

悟空见他通情达理，这才依照观音嘱咐言语，和颜悦色对他说："大神，你责怪他们也大可不必。你们为佛门贬低自己主神生气，为何不想婆罗门教也把佛门至高无上佛祖如来当作化身，地位在大梵天之下。如果佛门弟子也因此仇恨你们，冤冤相结，何时可解呢？各信各的神，各念各的经，互相不怀疑不仇恨。好比你在西天为月神，嫦娥在东土住月宫，井水不犯河水，岂不更好？"

三藏在旁听了悟空这一席话，也不由点头称是，称赞他改了从前脾气，大有进步，也走过来对苏摩说："大神主持西方夜天，心胸广阔，正大光明，还望细细三思，莫要和佛门无端结仇才是道理。"

月神苏摩只是一时气愤，听了他们师徒这样耐心陈说，觉得羞愧无比，连忙再谢了罪，吩咐手下神将排开素宴与众人压惊。宴席散后，苏摩亲自铺开银毯，将唐僧四众从月光里护送到地下，才拱手依依告别。悟空记得石室灯神所托，飞身上崖对他说明了，西峰石室从此灯火熄灭归于宁静。旷野游荡鬼神听了也各安其位。

四众抬头看，天上月华朗朗，耀亮四方，送了他们一程又一程，直至东方发白，那西天日神毗婆娑才乘坐金车驰上天庭，渐渐隐身消失。

三藏师徒心中欢喜，过了这里，又欲到达何处，且听下回分解。

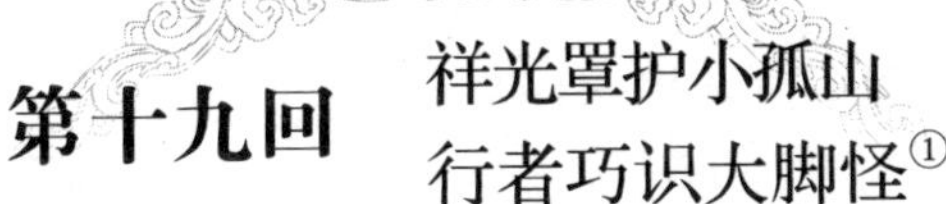

第十九回　祥光罩护小孤山　行者巧识大脚怪[1]

话说悟空得到观音隐身传意，一席言语点化了西天月神苏摩，解除了婆罗门教和印度教鬼神对佛门的偏见和误解，师徒四人欢欢喜喜离开因陀罗势罗窭诃圣山，一路向东走去。

三藏亲耳听见悟空这样说话，心中尤其喜欢，对他说："从前你智勇有余，稳重不足。今番你沉着冷静，善意说动西天月神，变得成熟，实在不易。"悟空拜谢了，说出观音隐形相助之事，众人方知原因，嗟叹感激不已。

一行人向东北走了一百五六十里，来到一个地方。此处有一座孤山，上有一个观自在菩萨像[2]。据寺僧讲，往昔南海僧伽罗国王清晨照镜，不见自身，看见此处观音圣像，因此不避道途遥远，寻到此处，修建精舍供养。这里观音十分有灵，肉身时常从雕像中走出帮助遭难世人。

悟空认清这就是在月中隐形指点的观音像，距离因陀罗势罗窭诃山较近，所以及时来救，众人再次感激拜谢了。

次日，众人起身，走出摩揭陀国，向东进入伊烂拿钵伐多国。此国周三千余里，乃是中天竺另一大国。其都城北临伽河，境内稼穑滋生，花果繁盛，气序和畅，风俗淳质，乃是一个敬佛之邦。国王见有东土僧人

① 见《大唐西域记》卷十，"伊烂拿钵伐多国"条："国西界殑伽河南，至小孤山……有薄句罗药叉脚迹，长尺五六寸，广七八寸，深减二寸……如来昔日降伏药叉，令不杀人食肉，敬受佛戒，后得升天。"

② 观自在菩萨就是观世音菩萨，乃梵文阿缚卢枳多伊湿伐罗的译名。佛教以为是阿弥陀佛的左胁侍，"西方三圣"之一。

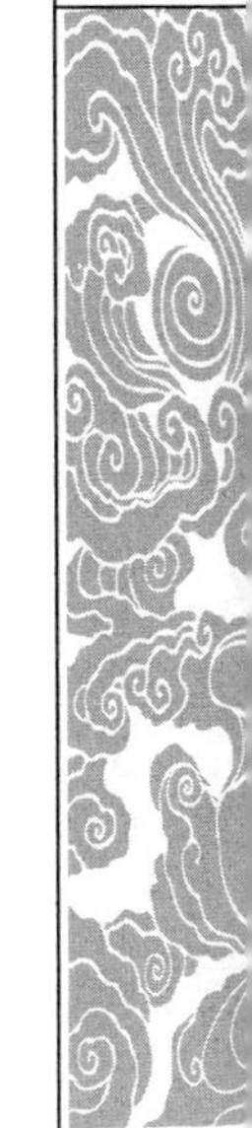

到来，大开城门，亲自迎入馆内，供奉斋食后，与长老挑灯共话佛法，宾主十分相得。

那都城城外，伽河边，有一座高山，名叫伊烂山，含吐烟霞，遮蔽日月，是国内第一胜处。古今许多神仙圣贤都曾在此栖身，佛祖如来也曾在山上居住，为诸天神佛及凡间俗子广说妙法。这个王国的名称也由此山而来。凡来此国者，都必登临此山朝圣观景。玄奘一行远道而来，岂有不登山之理。

此日，国王与唐僧共乘一头白象，文武百官一律步行随从，陪同唐僧师徒上山观景。悟空、八戒和沙僧亦各着僧服，循规蹈矩，跟在后面登上山峰远望。众人顺着国王指点，远近观看，啧啧赞叹不已。

悟空站在一旁，也用手搭起凉棚四处观望，忽然远远望见西方一座山上，升起一片祥光，于是手指着对八戒、沙僧道："你们看，那里有一阵异彩。"

八戒也用手搭凉棚，踮起脚看了老半天，方才看见，信口说道："莫不是朝霞吗？"

悟空道："朝霞怎么生在西边？你连日头方向也未弄清，胡说什么。"

八戒嘴硬，辩解道："你这猴子，自己不识方向，还说我。朝霞虽然生在东方，但是映照西边，正是常理！"

悟空摇头说："如果依你所说，西边各处都应普照朝晖，为什么到处皆无，只有这里放光？"

沙僧在旁细细听了，也插嘴说："大师兄说得是，此处的确与众不同。再者，现在已届隅中[①]，赤日升空，俯照四方，早已没有朝霞了。如说霞光返照，的确不妥。"

---

① 隅中，即巳时，相当于上午9—11时。

八戒还要分辩，三藏听见了，转身问他们：“国王和许多官员在此，你们在此争吵什么？”

悟空把事情说明了，手指着远方祥光，请师父观看。三藏凡夫俗眼，哪里及得三个徒弟，睁目凝神看了半天，也未看见什么异相，回头申斥道：“哪有什么亮光？你们为何如此惫赖，也不看这是什么场合，无事生非戏耍人。”

悟空心里不服，手指着那片祥光嚷道：“师父，你再仔细看，那里不是霞光，是什么？！”

国王和众大臣站在一旁，早已听得明白。国王面露笑容，走上前劝说唐僧道：“长老息怒，你这徒弟说得不差。那里是伽河边小孤山，佛祖曾在此山居住，留有许多佛迹，固此山上时常祥云缭绕，冉冉生辉，是国内第一圣地。那里位处敝国西界，距此十分遥远。这几位小长老好眼力，能够远远望见，必定都有大法术。”众大臣也点头称是，极力夸赞悟空等人，纷纷上前施礼问讯。三藏这才明白，悟空所言并非虚假。

三藏听后，也十分欢喜，对国王说：“贵国境内有这样神圣地方，实在有福。我等不远万里从东土来，不仅取经，还须习法。既有这个地方，可否就去看看？”

国王道：“圣僧所言极是。只是此刻已近中午，俟明日起个大早，我再作安排，陪同圣僧与三位高徒前往如何？”

当下国王传旨，明日与东土圣僧往西境小孤山朝拜佛迹。众大臣各个领旨退下去做准备，国王就陪唐僧师徒返回王宫，依旧谈经问俗应酬不提。

次日东方初亮，国王就起身陪同唐僧师徒启程。此番由于路途遥远，悟空、八戒、沙僧三人也各乘一顶象轿，随在国王和唐僧后面。四周兵丁簇拥，鼓乐喧天，好不热闹。

国王舍不得与唐僧分开，依旧与他同乘一象，执着他的手说：“这小孤山路途遥远，我也有三年未去朝拜了。今番有幸跟随圣僧前往，定要好好观看，参悟佛法禅机。届时还望圣僧多予指拨，开阔我等眼界为好。”唐僧拱手谦逊不迭，也一心巴望早到那里，考察悟空所见的放光灵迹究是何物。两个在象轿内欢笑谈论，十分相得。

这日风清日丽，天气温和。唐僧心存希望，虽然路途遥远，也不觉身体疲乏。一行人沿着河边官道慢慢行走一天，终于到达小孤山脚下，抬头看见这山果然神奇：

> 如平原高冢，似江边莲蓬。形态奇特，拔地高耸。一片祥云缭绕，万道灵光罩蒙。彩辉耀眼明，光华入天穹。好一个佛国宝地，必定有仙踪。

三藏见了，念一声阿弥陀佛，失声赞道：“悟空看得不差，这里果然与众不同，熠熠生光，犹如宝石光华，肯定有佛祖神圣遗迹。我修行一生，能到此处，也不枉辛苦跋涉，别离故土来到西天了。”

三藏与国王下了象轿，带领三个徒弟和众大臣，一步一拜，大气也不敢出一下，恭恭敬敬朝山上走去。不一阵，顺着灵光走到山东南岩下一块大石处。三藏看得真切，那虹彩样的光华就从这里升起，罩住这块大石头，就真如一块五彩宝石。

三藏心存尊敬，牵着国王的手，带领众臣绕石诵经走了一周后，便伏地跪拜了，慢慢移步走过去。他走到跟前，才看清楚，石上有一处坐迹，入石寸余，长五尺二寸，广二尺一寸。石上有一玲珑小塔。众人所见的五彩灵光，就是从石面上冉冉升起的。

国王道：“这是佛祖如来当年趺坐参禅的遗迹。那边还有一块石头，也有神圣印痕。”三藏回头，看见旁边一块石头上，果然也有一个圆形凹痕，深一寸余，内有奇异花纹。国王介绍道：“这是佛祖放置澡瓶所

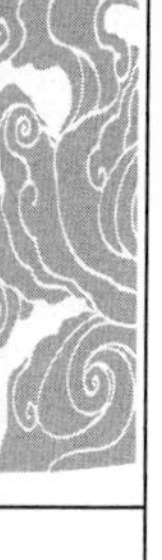

留痕迹。”三藏仔细看了，虔诚赞叹不已。

众人参拜了这两处圣迹，又沿山向东南斜行，看见另一处石面上有一巨大足印，深深印入石内，却不放光。悟空上前量了一下，长一尺五六寸，宽七八寸，深五六寸，觉得和先前的石上坐痕大小比例不一，问道：“这个脚印太大，难道也是佛祖留的吗？”

国王道：“这位小长老说得是，果真不是佛祖如来遗迹。你看，没有光芒就是凭证。”

八戒看了，心里有些不明白。他问：“如说这不是佛祖遗迹，他怎么也有法力，在石头上踩得这样深？这石头莫非是软的，让老猪也来留个纪念。”说着，他便从丹田里运足气，伸脚在石头上使劲一踩，想在那大脚印边也留下自己的猪蹄印，让后人惊叫朝拜，却不料他用力太大了，没有在石面上踩出一个坑，反而把脚扭了。他疼得翘起脚尖，尖声号叫个不停。

国王见他这样，连忙招呼左右侍从，走上前去扶住猪长老，七手八脚地忙着给他揉搓裹伤。三藏和沙僧既关切慰问，又埋怨他为何如此造次，闹出事来有失体面。

悟空不理不睬，走过去揪住他的耳朵道：“呆子，你忒不自量了，也不仔细想，这石头上怎么能留下凡人脚印。如果你真留下了，一个猪蹄印，也没啥可看的，又有什么意义？”

八戒正疼得要命，没好气反问他：“依你说，那个大脚印不是佛祖的，怎么也能踩出来？他能，难道我老猪就不能！”

他这番话说得慷慨激昂，加以声泪俱下，不仅无人嘲笑，反而赢得众人同情，纷纷称赞他有英雄气概，非凡猪可比，悟空反而讨了个没趣。悟空转身问国王：“请问这个大脚印到底是谁的？”

国王举手拍额道：“你不问，我倒忘了。这是古时薄句罗药叉之脚印。药叉住在此山山顶石室内，力大无穷，时常下山杀人食肉为害。他

在这里石头上跺出一个脚印，诱引来往行人观看，乘机擒下噬食。后来他被佛祖降伏，受戒后，随同佛祖升天，也成了正果。如今在这小孤山上享受香火，也是一处古迹。”

悟空听了冷笑道：“原来如此，算是一个招安的强盗菩萨。这样曲线升天，倒是容易，比我们辛苦行路取经强。世间人如果知道这条捷径，都先去杀人放火，杀得越多，地位越高，再转过来成佛做官，地位也高了。若都这样做，世界岂不乱了套？”

众人听他这样说都笑了，只有国王身边几个亲近大臣面露愠色，神态不安。三藏连忙上前喝道：“猴头，你又胡说。那强盗怎么能和菩萨牵扯一起？还不赶快认错。要不，我念紧箍咒了。”

悟空不服，又怕他念咒，只好默声后退，踅到远处躲避。沙僧在旁，想赶上前去唤回他。走不几步，忽然瞧见另一块石头上也有一个脚印，陷在石内，比前一个更大更深，便放声喊道：“快看，这里有个脚印更大。”

三藏听见沙僧喊叫，心知他朴实耿直，所言一定不假，急忙走过来看了，问国王道：“这也是薄句罗药叉的足迹吗？”

国王看了，摇头不识，左右大臣也不知原因，议论纷纷，十分惊诧。国王道：“这可怪了！从前并无这个脚印，不知是从何处来的。”

三藏似乎有些省悟，说道：“莫非这是我等感动上苍，有神佛下凡，新留下的？”他连忙翻身下拜。众人见圣僧这般行动，也纷纷跪倒，并不怀疑。

说时迟，那时快，众人正虔诚跪拜时，山上忽然发一声喊，如同雷霆贯耳。一个蓬头黑面巨大药叉快步跑来，一手抓住唐僧，一手挟住国王，回头就走。他行动迅疾如风，早已跑回山顶，进入一个石室，紧紧关住洞门不出了。

国王身边众臣大惊，慌忙喝令兵丁赶上救人，哪里阻挡得住。八戒脚

疼，行动不便，悟空又不在身边，只有沙僧独木难支，也阻挡不了。

悟空躲在远处，听见这边叫嚷，大惊失色，连忙掣出金箍棒追上去。随后八戒、沙僧和兵丁也赶到，把石室围得水泄不通。三个人各执兵器，对着石门乒乒乓乓一阵乱筑乱打，愤怒喝叫道："妖怪，快放国王和我们师父出来。如果耽搁，我们就打进来了。"

谁知他们用力打了一阵，手臂疲乏，那妖怪依旧紧闭石门，总也不肯露面。沙僧担心、害怕，说："他不开门，不会在洞里把师父和国王吃了吧？"

悟空心里焦躁，骂道："你这妖怪不是好汉，不敢出门应战，为什么连气也不出一声？你有本领在石头上踩出脚印，就出来比一个高低吧！"

八戒也骂："瘟妖怪，比缩头乌龟也不如。似这种模样，还敢装神弄鬼，脸皮真厚！"

随行大臣、兵丁也齐声叫骂，声震山内山外。那个妖怪却一直不出，像是塞住耳朵，听不见似的。

八戒急了，在外面骂："妖怪，你莫不躲在洞里，把我们的师父和那个国王吃了，噎住气，出不了声？你好歹也要吱一声呀！"

这时，众人才听见洞内传出一声微弱呼唤。隔着石门细细一听，像是长老的呻吟声音。他唤三个徒弟说："我等尚好，你们放心。"接着国王也呼唤说："那个妖怪要我传话，火速请佛祖如来下凡见面。倘若一个时辰不到，就把我们吃了。"说罢，洞内传出嘤嘤哭声。

众人听了，焦急说："佛祖怎么请得？如果办不了，他把圣僧和国王残害，怎生是好？！"一个个蹙眉皱额，不知应该如何处置。

八戒说："这个妖怪忒古怪了，打又不打，骂也不骂，出了这道难题，岂不是故意要挟我们，和乡下拐骗孩子、绑肉票的毛贼有甚差别？"

沙僧也说："取经路上我们不知见了多少妖精，还没有见过这种闷头怪物。依我说，救人要紧。他如不出来，设法先打进去再说。"

众人听了，有的称是，有的道打不得，一阵哄闹，无法定夺。悟空睹状沉思，反倒平静了。

他问随来众大臣："你们谁知道这个妖怪的来历？"众人摇头瞠目，谁也不知。

八戒道："这可怪了，难道是一个过路妖精不成？"

沙僧低头一想说："我看他不是过路妖怪。如果真是过路来此，何必花大力气留下一个脚印，也不会把山洞的石门修筑得这样牢靠。"

悟空听了，猛拍一下脑门说："沙兄弟不讲，我倒忘了。世间哪有无影无踪的妖怪，没准那个脚印就能露出一点破绽。"说了，他就跳起来，转身下山去看那个脚印。不看犹可，凝神看了一下，立刻心明眼亮，招呼众人道："来，来，来，我已知道这个妖精的来历了。"众人正发愁，听见便都走了过来。

悟空指着那石面上的脚印说："你们看，这哪里是踩出来的！"

众人低头仔细观看，果真瞧出了破绽。原来这是刻意制作出来的，虽然做得十分精细，却也有疏漏，在一个角落遗留下刻凿痕迹。

八戒仰面哈哈笑了，说道："难怪他不敢出洞应战，原来是一个冒牌药叉。我们这就上去，打开洞门，把他揪出来吧！"

沙僧却有些疑惑，问道："他既无力在石头上踩出一个脚印，何必耗费许多功夫，在这里刻凿一个，惹是生非呢？是否其中还有什么隐秘机关，我等没有猜透？"

他这样一说，众人又没有主意。悟空胸有成竹道："你们别愁了。他既要见佛祖如来，就让他见吧。见后自有道理。"

众人想，这个山洞十分巩固，一时攻打不下，看来只有这个办法才能引他出洞。只是如何请得佛祖发驾，却是天大难题。

悟空说："请不来，难道变不来吗？"说罢，悟空施展法力，将身轻轻一晃。只见他身后散出祥光万道，忽然幻化为了那西天主子释迦牟尼佛的模样。正是：

西天第一主，贤劫第四佛。身有八十般好[1]，心知九千种苦。怜悯众生，顾惜下土。今番现形来，欲化药叉误。只是一股猴臊味，叫人好糊涂。

众人见了，十分诧异，连忙翻身下拜。悟空摆手道："罢了，你们都让开，让我来收拾那个妖怪。"只见他缓步走上山岗，拣了一处干净石头坐下，把没有变化的尾巴掖在臀下，轻轻咳嗽一声，憋着嗓子喊道："吾来也！洞里那个妖怪有何事找我？快快出来拜见。"

妖怪在洞里听见了，悄悄从门缝里张见事实，又看洞外并无别人，连忙转身，把早已准备的一只雄鸡宰了，鸡血沾了一手，而后手持一根狼牙棒，打开洞门走出来，对着石上佛身喊道："你就是那不公不平、不忠不信的佛祖如来吗？为何不遵从约定时间？我已把那个窝囊国王宰了，你如不答应我的条件，我就再吃那个东土和尚。若恼了我，连你一起下肚！"说罢，他便丢开架势，握住狼牙棒舞弄一遭，做出恶狠狠的样子。

悟空端坐在石上，见他这样，差些扑哧笑出声，好不容易才忍住笑，问他："你要什么？开口说吧。"

那妖怪又张牙舞爪，捻弄了一阵狼牙棒，厉声对他说："你忘性太大，记不住该做什么？"

悟空故意装糊涂，又问他："你到底要我做什么？我的确记不起了。"

① 传说释迦牟尼与众不同，有八十种特殊长相，称为"好"。

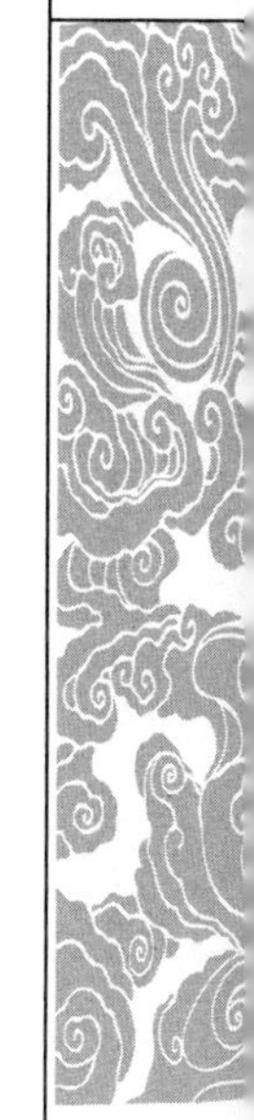

妖怪急了，丢下手中狼牙棒，手指着山下的石脚印问："你见过我的脚印吗？"

悟空点头说："我见过，比那边的药叉脚印更大。"

妖怪伸出两只血污手掌，大声问："你知道我吃了人吗？"

悟空忍俊不禁，用袖掩住脸，不让妖怪看见自己发笑，回答说："你满手鲜血，我不是瞎子，怎么不知。"

妖怪见他还不醒悟，急得直跺脚道："既然如此，为甚你还不按照旧例办事。我骂你不公不平、不忠不信，半点也没有亏你。"

悟空确实忍不住了，伸出尾巴，呵呵大笑起来。他将手在脸上一抹，露出了尖嘴细腮的本相，站起来大喝一声："毛贼，往哪里走！"那妖怪看见不是佛祖真身，吓掉了魂，回头就跑，早被悟空一把揪住拖到跟前。山下众人看见悟空擒住妖魔，快步赶上，从洞里救了唐僧和国王。

众人把妖怪围定了，问他："你这妖怪没有本领，为何在此刻凿假脚印，掳掠圣僧、国王。"

那妖怪哭丧着脸，不住叩首恳求饶命。他说："我没本领是实，却无什么罪过。只是眼见佛祖在此收了那吃人药叉，悟得一个道理：只要做下惊天动地的大恶，自有上天招安，成神成佛，岂不比我沦落在下界偷鸡摸狗好得多。故此才刻下一个大脚印吓唬过往行人，等待机会望佛祖招安。我掳了圣僧和国王，却不敢真吃他们。"

他虽然这样说了，众人却不肯饶他。一位白须御前大臣道："此怪无法无天，不敬佛祖，侮辱圣主，罪大恶极，不诛不足以平愤正纲。"其余大臣也纷纷点头称是，唤过刀斧手，将他缚住，准备立时问斩。

悟空却力排众议，走上前把他的绳索解开，对大众说："他是我拿的，就由我处置了吧。我看他虽然有罪，却还老实，比那些真正吃了人肉，招安上天的妖怪菩萨好得多。如果要砍头，你们谁敢先去砍那些假菩萨？"

他又回头对妖怪说：“你要记住，从此老实做人。我看你舞得狼牙棒，还有几分力气，着这国王恩赐你几亩土地，好好经营，种瓜种豆，谋个本分出路吧！”妖怪连忙点头称诺，大气也不敢出一下。

国王拂不过情面，只好当场写了一纸文书，让这妖怪在这小孤山下落籍为民。妖怪千恩万谢，灰溜溜下山去了。

国王和唐僧一行人启程回城。欲知后事如何，且听下回分解。

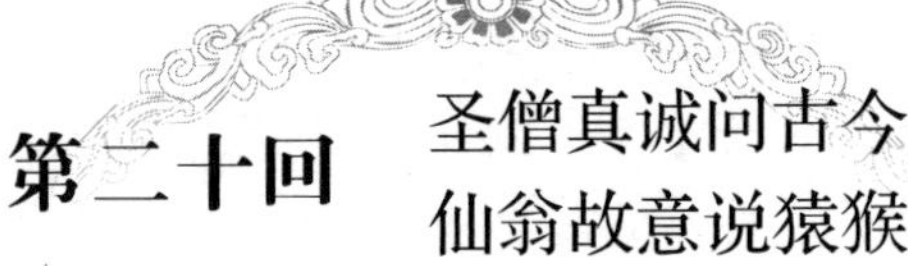

第二十回　圣僧真诚问古今　仙翁故意说猿猴

却说悟空在小孤山识破了假大脚怪，跟随三藏、国王和众大臣返回伊烂拿钵伐多国都城。国王备了山珍素膳，与长老压了惊，又让其留住了几日，方依依惜别，亲自送到伽河渡口分手。

唐僧师徒沿路向东，渐渐行至瞻波国[①]。此国大小与伊烂拿钵伐多国相当，其都城也在伽河边，却比伊烂拿钵伐多国王都大得多，周围四十余里，墙高数丈，城基高峻，形势十分险要。三藏知道，此城与众不同。往昔旧宇宙毁灭，新天地开始的贤劫之初，人类野居穴处，未知宫室建筑。后有天上仙女降迹人间，游伽河，濯流沐浴，感灵有娠，降生四子。分至这里，南赡部洲各地为王，各自建都筑邑，封疆画界为王。这里就是其中一子之国都，乃是南赡部洲诸城之始。

因此，三藏十分渴望到此国游历，访问远古灵迹。

他定了主意，便命悟空向前问讯，然后一行人来到都城。国王闻知东土圣僧到来，立即降旨大开城门，焚香洒扫，迎接唐僧师徒入城进宫叙情。

众人分宾主坐下后，国王问道：“圣僧远道而来，光临小国，不知有何见教？”

三藏拱手谢了，启齿道：“我等取经来到西天，游历诸国，沐浴佛

① 见《大唐西域记》卷十，“瞻波国”条：“在昔劫初，人物伊始，野居穴处，未知宫室。后有天女，降迹人中，游殑伽河，濯流自媚，感灵有娠，生四子焉……城东百四五十里，殑伽河南，水环孤屿，崖巘崇峻。上有天祠，神多灵感。”

法。贵国建自劫初，文化昌盛，不知有何灵迹，以便我等拜谒学习。”

国王点头说：“我国风俗淳朴，上下均崇佛法，有著名伽蓝数十所。其中最灵验者，在一河心岛上。圣僧愿往，我即吩咐御前大臣安排。”他当即传宣御前大臣上殿，命其安排船只，准备次日前往。

这个河心岛在都城东面一百四五十里处，水环孤屿，崖岸高峻，与尘世隔绝，非舟楫不能到达。次日，御前大臣备好了彩绘莲花轻舟，载了国王和唐僧师徒顺流而下，不多时便到了。三藏在船上看，真是好去处，有词为证：

碧波粼粼，林木森森，水波托出一处仙境，传出阵阵梵音。你道是幻，它那里楼台高、亭阁巧，形象分明；你道是真，它却在波中摇、雾里隐，宛如烟云。欲去浪急无仙渡，欲访崖高恨无门。真个是亦真亦幻、亦远亦近，水上红尘里一座好禅林。

三藏取经到西天，途中经过大小许多国家，尚未见过这般仙景，不由赞叹不已。国王见圣僧喜欢，命令水手小心操作，驾驶莲船轻轻傍岸，亲自扶住圣僧登岸参观。

上得岛后，三藏才看得更加清楚。原来此岛是伽河中一处孤石，周围水流湍急异常，外人不易进入。非志诚者，不能登临，因此造就了这里一派清静平和景象，更加显出了佛地肃穆幽深气氛。岛上岩石嶙峋，天生许多巨石危峰。古时匠人凿崖为室，引流成沼，遍植奇花异树，真是仁人智者所居处。能在此处主持法事者，必定法行坚固、道德高尚，非凡僧俗侣可比。

可是这里却又奇了，岛上只有鸣禽飞鸟、啼猿走兽，却不见一个人影。八戒觉得奇怪，说道：“为什么这里见不到一个和尚，莫非岛上太安静，都睡着了？”

国王说："小长老不知，这里一位法师，诞生于劫初，曾经亲见天上仙女下凡，在此河中沐浴和敝邑建国事情。其寿不知多少年月，不食人间烟火，仅以清晨露水为生，护佑一方，最为灵验。他年事已高，所以闭门不出。"

三藏听了，点头道："仙境必有仙师。我等能到此处与大师会晤，真是平生幸福。"沙僧、八戒也肃然起敬，八戒再不敢胡言乱语。只有悟空无拘无束，信口笑着说道："这个老菩萨偷看仙女洗澡，必定心术不正。那四个儿子，莫非都是他和仙女生的？要不，仙女怎么在这里下河玩耍一下，就怀孕了？"

国王和御前大臣听见悟空这样说话，回头觑了他一下，心中老大不高兴。长老连忙喝斥他道："悟空，不得胡说！这是什么地方，能够容你这样撒野。"八戒、沙僧也数说他。悟空知道自己失言，急忙低头认错，诺诺连声退到一旁，再也不敢随便言语，心中却老大不服气。

他知道世间许多大人物得道之前，也常有这等不尴不尬事情。因为地位不同，不称流氓，别取一个名儿叫风流韵事，算是生活小节，不伤大雅。他们能做，为什么不能讲？实在太不公平！

不提悟空满腹牢骚，且说三藏喝退了他，方又拱身向国王谢罪，带领众徒整襟正冠，规规矩矩步入伽蓝，参见那位至神至圣的老仙翁。抬头看他，端的是仙风道骨，相貌非凡，一副道德高僧的模样。只见他：

> 目如朗星，髯似白雪。观察了许多世事，经历过无数浩劫。善卜吉凶，能知黑白。座前插遍了香火，额上写满了道德。不容人不信不服，称他一声祖师爷。

这位神仙看见众人进来，并不起身，屈腿趺坐，双目平视，状若无人。长老一见，连忙翻身下拜，口称参见来迟，乞望恕罪，国王也跪在一旁。恭敬行礼后，二人吩咐沙僧与御前大臣奉上各人的礼物。神仙也不多看一眼，两边走出小沙弥将礼物收下回身就走。

三藏抬头看他一眼，合掌虔诚问讯道："弟子玄奘从东土大唐来，有幸能见仙师，大遂平生之愿。弟子学问生疏，多有疑惑，不知仙师可以点化否？"

国王也道："大唐圣僧来到这里，十分崇敬吾师。机会难得，尚望大师施恩指点迷津。"

三藏法师与国王说话时，八戒、沙僧等人都肃然起敬，大气也不敢出一下。众人等候多时，那仙翁才慢慢抬起眼皮，不疾不忙徐徐吐出几个字："你有何疑问？"声如纶音，清脆动人。

长老凝神听见大仙垂问，连忙趋步上前问道："大师寿与天齐，不知创世之初，天有多高，地有多厚？"

仙翁略微一想，答道："天高如天高，地厚如地厚。"说罢，又双目平望，似乎神游天外，全不把眼前众人放在心里。

八戒跪在旁边，侧耳听了，不能领会其中奥妙，悄悄问沙僧："师弟，你听懂了吗？"沙僧低声喝他道："休要言语，扰乱平静。你我道行不够，且看师父如何理解。"两人偷眼看长老，见他微微颔首，似乎有些懂得，却又不太明白，显露出无限虔诚尊敬的样子。

长老启齿又问："古云，宇宙有十亿大千世界，佛法教化仅及三千。不知那九亿九千九百九十九万七千化外世界，崇信何法？佛法何时可以普及各处？"

仙翁不加思索地回答："化外天地崇尚化外他法，佛法普及在普及时。"

长老稽首记住了，又问："大师察微发隐，明鉴人生。不知善从何来，恶自何萌？"

仙翁顺口道："善从善处来，恶自恶源生。"长老像是领悟了，又点

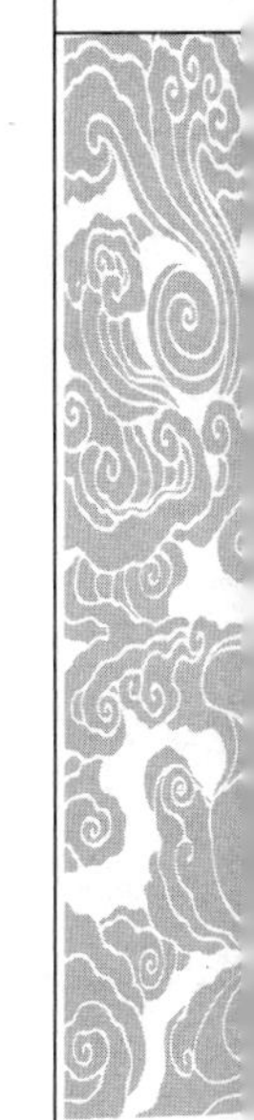

头称是，记在心中。

他求知如渴，不及细细揣摩仙翁答话含意，接着再问："传说劫初有仙女下降此邦，生下四子，分王南赡部洲。大仙知悉过去、未来一切，可曾睹见此事？"

仙翁说："我久居此处，岂有不知。当时她从天空降自伽河畔，我正在水滨参禅，赠予她灵丹一丸，命其吞下，方才生下四子。"长老和众人听了，都纷纷赞叹不已，对他佩服得五体投地。只有悟空暗地里扑哧一笑，旁人没有看见。长老还想再问，仙翁却闭住双目不再作声了。

国王道："仙翁已经入定，我等不宜骚扰。且暂退到外面，待他参禅完毕，再上前问讯不迟。"当即带领众人到外面观景休息，静待机会。长老出门后，与国王坐在江边菩提树下，谈论仙翁道法，两人十分佩服。

悟空一直闷住不曾作声，出来拉住八戒说："我看这个老秃驴不地道，不是什么仙翁。师父忒老实，被他欺哄了。"

八戒悄悄看了一下四周，低声问他："你怎么知道？别弄错了，怪罪下来，都担当不起。"

悟空说："老孙看人多了，不会有错。你如不信，待我再去试他，便知端的。"

八戒说："他已入定了，小沙弥又把大门关紧，你如何问得了。"

悟空道："你且等候，我自有办法。"言罢，他随手拔出一根毫毛，迎风一晃，变成自己模样，坐在路边打盹儿。他的原身却变了一只苍蝇嗡嗡飞去，从窗棂眼儿里钻进去，飞到那个仙翁旁边。只见仙翁还紧闭住眼睛，像是还在入定。

悟空飞到他的耳畔呼唤："老头儿，快醒来，我有话问你。"

仙翁听见有人呼唤，身子不动，把眼睛闭得更紧了。悟空绕着他飞了几圈，见他不理不睬，便收起翅膀，落在他的光头上爬来爬去，依旧叫喊个不停。一个吵闹，一个稳住，总也打不了交道。

悟空恼了，干脆飞过去，爬进他的鼻孔，用脚爪把他搔弄得痒痒的。仙翁再也稳不住神，一个喷嚏将悟空喷了出来。悟空就地一滚，现了原形，立在地上。那仙翁已睁开眼了，生气问他：“你这猢狲从哪里进来，纠缠住我作甚？”

悟空笑道：“老仙翁，我有问题请教，实在等不得，吵扰了你，请你多多原谅。”

仙翁本不想答应，见他这副惫赖模样，无法可想，只好叹口气答应了，问他：“你有什么疑惑，就快说吧！休要扰乱我入定养性。”

悟空道：“其实也无什么难题。老仙翁，你知道开天辟地时，仙女生产四子的故事，不知你也知晓老孙的来历吗？”

那个白须仙翁烦恼道：“我道是什么难题，这样的事也来问我，赶快出去，不要啰唆。”

悟空笑道：“你知道我不会出去，就让我啰唆这一次。只要你告诉我，我就走。”

仙翁有些纳闷，问他：“你忘了过去吗？”

悟空点头说：“就算我忘了吧，请你快对我说。”

仙翁见他这样，才放下了心，斜眼觑了他一眼，冷笑道：“你乃东土猴种，由猴母十月怀胎所产，何须多问。”

悟空听见，忍住笑，向他施了一礼道：“多承指教。待到我的师父再来，还望大仙对他如此说明为好。”

仙翁摸不着头脑，问他：“难道你那师父连猴母产猴子也不知道？”

悟空点头，正颜凝色回答：“他正是这样。你别瞧他装得神圣，就连这个简单道理也不懂。”

仙翁义愤填膺，走上前抚慰了悟空，对他说：“我错怪了你，现在方知你为什么钻进来纠缠我。像你师父这样不学无术，竟敢冒充东土圣僧，败坏佛门名声，实在天理不容。”

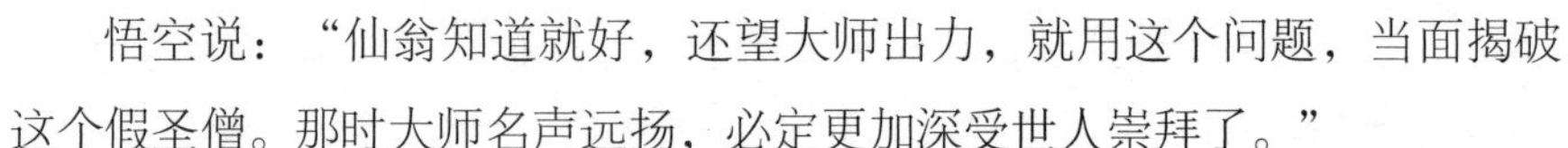

悟空说："仙翁知道就好，还望大师出力，就用这个问题，当面揭破这个假圣僧。那时大师名声远扬，必定更加深受世人崇拜了。"

仙翁谦让道："名誉地位对我犹如云烟，不用多提。我只愤恨那个假道学，不予惩罚，如何容得！你快把他们唤进来，不许他再在这里装模作样，欺骗别人。"

两个商议好了，悟空就开门出去，招呼众人进来。长老与国王听说仙翁参禅完毕，心中甚是高兴，急忙趋步入内，准备再向他学习问法。仙翁瞅见长老头戴僧帽，身披袈裟，当先走进来，便也打起精神，两眼恨恨瞅住他，巴不得立时揭穿他的真面目，好显示自己护法精神。

长老求学心切，急欲继续问讯。仙翁摆了一下手道："圣僧从东土来，也是佛门英杰，何必劳神多问。我还有许多问题，要向圣僧求教呢！"

长老见他这样说，急忙摇手道："使不得！小僧学问浅薄，怎敢和大师比得。"

悟空站在长老背后，向仙翁使了一个眼色，仙翁便离座走下来，执着长老的手道："你不用推托。你问了我几个问题，我只问你一个如何？"

两个正在推让，悟空走上来笑嘻嘻说："仙翁和师父都不必推辞了。我有一个问题，请你们一起解答，都写在纸上，看圣人所见是否相同。"

仙翁点头说："这样最好！"便回头唤出小沙弥，取来纸笔交在三藏和自己手中，等待悟空发问。众人感到稀奇，要看他们各显神通，都提起精神，簇拥上前观看。

三藏无法推托，只好接过纸笔，看着悟空，不知他要问什么刁钻古怪难题。想不到悟空拱手问道："仙翁和我师父都学富五车，知悉一切，不知你们知道我的出身来历否？"

长老想不到他问这样的问题，长长吐了一口气，便取笔写了"灵石化卵，天生石猴"八字，交与悟空拿好。那仙翁也胸有成竹，写了"十月怀

胎，猴母所产”八个字。

悟空不慌不忙收了两张纸条，一一宣读。他刚读完长老的纸条，仙翁就气冲冲站起，指着他正色叱责道：“你这假高僧，不学无术，竟敢在此胡言扰众。石头怎么生得猴子？你连这个道理也不明白，还到西天取什么经，到这里冒充什么圣僧？劝你趁早脱下僧服出去，休要败坏了我佛门名声！”

他说得慷慨激昂，一副大义凛然的模样。国王与随从众臣听了，无不义愤于色，瞅住唐僧，要赶他出去。

国王指着唐僧鼻子道：“你这个游方和尚，大胆泼皮，竟敢骗到我的面前。若非大师识破你的真面目，不知你还会骗多少人。”言罢，国王便指挥手下武士，上前拿住唐僧和三个徒弟。

八戒慌了，跳上前道：“且慢动手，让我的师父和这个老仙翁也说了我的来历，再取证据对证不迟。”

国王愤愤道：“这样也好，有什么花招都亮出来，叫你们心服口服，才好拿到官府治罪。”

当下令人再取两张白纸，叫唐僧和仙翁写出这个猪和尚来历。

仙翁毫不思索，提笔又写了几个字。三藏也写好，各自拿在手里，等候验证。

八戒见仙翁一副道貌岸然模样，不知他写些什么，不放心问他：“你是否真知道我的来历？先给我看一下。”

仙翁见他说话没有礼貌，正要发作呵斥，悟空已经在后面偷看了，走上去正颜对八戒喝道：“仙翁生自劫初，与天地齐寿，有什么不知道的？你自己看，他写些什么吧。”

悟空从仙翁手里拿过纸条，递给八戒。八戒一看，不由气得把嘴翘得更高。沙僧接过来看，却忍不住呵呵笑了。

仙翁的纸条上写了八个字：“出自猪胎，最宜煮吃”。八戒如何不

气，沙僧如何不笑。

众人看唐僧，写的是“天蓬元帅，谪贬凡间”，都不理解是什么意思。国王和身边大臣依旧认定唐僧错了，仙翁所言符合常理，才是正确答案。

悟空十分机灵，站在仙翁背后，对八戒挤了一下眼睛。他明白了，跳起来指着仙翁骂道：“老贼，你道我师父是骗子，你才是冒牌货呢！叫你弄清楚，我的大师兄家在东胜神洲傲来国花果山，乃是山上一块灵石所产，此事谁不知晓？哪里是什么猴母怀胎十月生产出来的。我也是真正天蓬元帅，难道还骗你不成！”

三藏在旁这才醒悟，慌忙唤沙僧从白马背上取下包袱，抖开取出盖有唐王御玺的文件和其他各种文书，双手捧与国王和众人看。

国王睁眼看清楚，上面果然浓墨细楷写得明白，孙悟空乃是一只天生石猴，猪八戒是天上元帅，唐僧写的一点不差，方才消除了心中疑问。

待到众人惊骇方定，回头看那个假仙翁，早已不知何时趁着混乱逃之夭夭了。众人不由哂笑一场，叹息人心不古，被他欺骗了许多日子。国王起身拱手向长老谢了罪，说了一番推心置腹的话。

欲知他说些什么，且听下回分解。

第二十一回　猪八戒误入马圈　孙悟空智访地牢

且说在瞻波国河心岛上，悟空识破了假仙翁面目，国王惭愧说道：“小国不察，致使这个妖僧盘踞此处，尸位素餐，愚弄世人。多承猴长老慧眼识破了他，除却一患。只是仙岛需要真仙主持，不能一日无人。法师道德高尚，佛性坚固，既然喜欢此处风景，不知可否就在这里主持佛事？倘有缺乏，必定及时供奉。未知法师可以惠允否？”

三藏拱手拜谢道：“多谢陛下垂爱。然而小僧奉唐王旨意到西天取经，如今大功垂成，正待游历诸天竺后归国。这里水上仙境虽好，我却不可贪恋荣华，中途停留，不返故土。”

国王见唐僧去意坚决，不能挽留，又启齿道：“如果圣僧一定要返国，可否在高徒中择留一人，就封为国师，教化庇护一方，亦是美事。”

他言罢，走过来敦请悟空道：“这位猴长老法眼明亮，洞察一切，留在这里最好。”悟空谦逊推辞了。他见悟空不肯，又转身对沙僧说：“这位长老相貌堂堂，貌似金刚，留在此处，正好震慑邪恶。”沙僧也推谢不肯。

国王无奈，走过来对八戒说：“如果众位长老不肯，这位猪长老也好。耳大肚大，一副福相，必可保护小邦长久安泰，国富民康。”八戒见他如此恭维，仙岛风景又十分秀丽，有些心动了，把眼瞅住师父，低头不出声音。悟空见他这般扭捏模样，知他肚里想些什么，不待师父发话，走过来揪住他的耳朵说：“呆子，你别幻想在这里做祖师了。即使你不随师父回去面见唐王，抛下高小姐孤守望门寡，也有些缺德，还不赶快谢了国

王，跟随我们早些离开。”

长老这才又对国王说：“多承陛下美意。只是这个顽徒粗蠢有余，聪明不足，加以贪吃懒惰，心计较多，需要随时注意管束，只恐不能担此重任。如果他疏忽差池，不仅有负陛下期望，也坏了佛门规矩，甚是不好。”八戒听师父这样说，只好把头埋得更低，将长嘴藏进衣服里，不再妄想了。

国王见他们都不肯留下，只好吩咐御前大臣暂派人看守仙岛，等待后来有道者登临入主。他牵住三藏长老走下高岸，乘舟逆流返回都城，强留了好几日，才恭送他们师徒离境。

三藏带领众徒别了瞻波国王，继续东行四百余里，来到中印度羯朱嗢祇罗国[①]。只见这里地势低平，土壤潮湿，气候温和，稼穑丰盛，心中甚是喜欢。只是有些奇怪，为何这里人民都闷闷不乐，像是有许多烦恼心事，见了他们都低头走过，不愿问讯搭话，和别处居民大不一样。

悟空走在前面，见此情景，回头对众人说：“怪了，为何他们见了我们都不说话，拉长了脸，像是遇见晦气。”

八戒说：“或许他们怕生，看见我们有些害臊吧。”

沙僧道：“不然，我看他们心事重重，必定有什么烦恼，才不与我们说话。”

这时天色已近黄昏，红日渐渐西沉，三藏在马上心中焦急，吩咐悟空道：“不管他们是否说话，你到前面去问讯，先寻找一个住宿地方才好。此处邻近都城，或许就快到了。”

悟空领命，大步向前去了。走到一个村口，瞧见一群人在道边说话，见他过来，立刻四散走开。悟空大声呼唤，他们急匆匆走得更快，像是见到了瘟神冤鬼，十分担惊害怕。

① 见《大唐西域记》卷十，“羯朱嗢祇罗国”条：“自数百年王族绝嗣，役属邻国，所以城郭丘墟，多居村邑。”

悟空心中焦躁，大步赶上，揪住一个走得慢的老者道："老头儿，你们为甚见我就跑？我不是妖怪，不会生吞了你。"

那老者无法脱身，才战战兢兢低声答道："小的怎敢把长官当作妖怪？因为遵守法纪，才不敢挡道，冒犯大人虎威。"

悟空摸不着头脑，问他："你把我当作什么人？这是什么法纪，不能接近外来人？"

老者心中恐惧，直勾勾看着他说："长官休要戏耍小老儿，难道真的不知这里法纪？"

悟空见他可怜，松了手，对他说："我从东土大唐来，不是这里人，怎么知道此处有什么法纪？你快说与我听，我也好长一点见识。"

老者仔细把他上下打量清楚，见其装束相貌的确和天竺土生人种不同，才流泪悄声对他说："客官不知，我国由于王族绝嗣，无人继承王位，已被邻国统治数百年。新主规定，我国臣民皆属最低贱民，处于彼国首陀罗①之下，不得冒犯主人。种种苛刻法规，难以一时尽说。"

悟空问："难道你们甘心受辱，不敢反抗？"

老者说："我国人民手无寸铁，已经为奴数百年，怎能敌过他们？客官切勿轻易谈论反抗二字，如被主人听见，会被满门抄斩，罪延九族。千万说不得。"

悟空听了，不由怒火中烧，正要再问，老者望见远远有人来，害怕受责，拱手告辞，慌张走了。悟空回头看，原来是师父、八戒与沙僧一行，沿路慢慢走来。老者心里慌张，未及看清来人模样，就被他们吓走，着实可怜可哀。

待到众人走近，悟空向师父说明情况。长老听后嗟叹不已，说道："既然这里人民心中害怕，不要难为他们，我们慢慢向前寻找投宿处

① 印度古时流行种姓制度，自贵至贱，依次为婆罗门、刹帝利、吠舍和作为奴隶的首陀罗。

所吧。”

他们往前又走了一段路，依旧不见都城踪影。八戒走得腿脚疼痛，问道：“师父，你记错了吧，这个都城莫非不在这里？”

三藏在马上说：“这是我们离别瞻波国时，国王亲口所说，方向道里俱很清楚。就在此处，不会有错。”

八戒睁眼看，四下荒草蔓生，仅有一些低矮茅舍，并无宫室建筑，心里不服，低头嘟囔说：“师父忒老实，相信那个鸟国王的话。他连本国一个妖僧也不能识破，还知道别国都城在哪里？”

说话间，悟空到处张望，正好瞧见路边有一断碑，上书梵文“罗国都”四字，想来就是指这个羯朱嗢祇罗国了。他把八戒揪过来说：“你看，碑文写得明白，那个国王没有说错。我看他忠厚老实，不似你心计多，背后说人作甚？”

三藏下马看了，果然不错，这才明白已到羯朱嗢祇罗国故都。见这一片残垣断墙，满目疮痍的模样，三藏不由感慨万端，心生黍离之悲，垂泪对众弟子说：“看来此邦已经残破多年，人民沦为奴隶，不能供给箪食。我等就在此忍饥露宿，不用打扰彼等了。”此时夜幕已垂，长老言罢便吩咐众人选择一处土台，就地睡卧休息。

悟空、沙僧遵从师训，各自闭目休息不提。只有八戒难忍饥饿，又对身下坚硬土地不适，想找一个好去处，即使无物果腹，有一个松软草堆蜷卧也好。

他想定了，便悄悄起身出外寻找。天色昏黑，四下全无灯火，他看不清路途，转来拐去，也不知走了多远，好不容易才摸到一个墙缺处，入内找到一个草堆，糊里糊涂和衣躺下，立时就睡着了。

他睡到夜半，梦正香浓时，忽然背上被猛踢一下，受惊醒来。拭眼一看，原来自己不知怎的，睡在一个马圈里。夜间马吃草，被群马走动踢醒。

他正两眼惺忪时，外面人被马嘶惊动，点着灯火找来，瞧见他卧在马蹄下。一个人说："看啊，何处来了一口猪？"

另一人举灯仔细看了说："不是猪，是一个猪形妖人。"两人冲进栏内，不由分说，便把八戒捆绑住，推入室内审问。

二人厉声问他："你是何人，为何深夜闯入马圈？"

八戒道："我是东土和尚，见过佛祖，到西天取经的。昨夜误入马圈睡觉，万望息怒原谅。"

审问者冷笑道："东土和尚，怎会如此狼狈？面见过佛祖之人，怎能夜入马圈？明明是一个下贱妖民，胆敢花言巧语欺诳人。"

八戒叫起来："你这里无有宾馆驿舍，叫我到何处投宿？住你马圈，如果要钱，给你就是，何必这样凶恶。这算什么待客之礼！"

审问者手指他叱骂道："贱骨头，还望住宾馆。今番叫你下地狱，比马圈也不如。"二人不由分说，便把他推进一座地牢。地牢里面狭窄阴湿，关了许多人，一股霉臭气味熏人，果真与地狱无异。八戒大声喊叫，要师父来作证明。可二人早已走远，哪里理睬他。

狱内囚犯见八戒进来，纷纷上前探问。有人问他："你也是羯朱嗢祇罗国人吗，为何长得这般模样？"言谈之间，八戒方知他们都是本地居民，由于冒犯外来主子，被投入地牢，望生不得，求死不能，十分痛苦。瞧见八戒进来，把他也当成自己人。

八戒见是这样，说明自己来历，并说自己原是上界天蓬元帅，受谪下凡，这次又到西天游历，等等。牢内众人听了十分尊敬，犹如睹见仙人，便将好食奉与他，听他讲经论道。

却说三藏众人一觉醒来，未见身边的八戒。长老道："他好食性惰，莫非夜间起来觅食走失了？"便吩咐悟空、沙僧四下寻找。二人在周围走了一圈未见八戒踪影，讯问当地居民亦无人知晓，只好空手回来。

沙僧懊恼说："一路上经历许多艰险，我们都安全过来，终不能在这

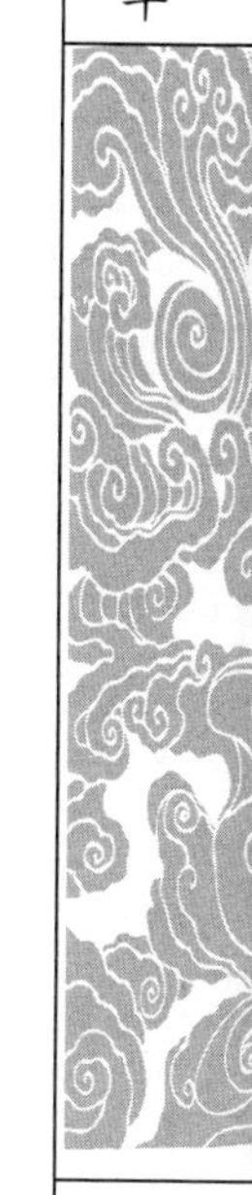

里把他丢了。”

悟空道：“这里人民饥馑，莫非他被拖去宰翻打牙祭了吗？”

沙僧生气，埋怨他说：“现今他生死未明，你怎么还有心思说笑话耍子？”三藏听言，也正色责备他：“悟净说得是，你们同患难共辛苦，情如手足，为何全无怜悯之情？”

悟空认错说：“师父息怒，我算错了。但是事已至此，急也无用。我看要找八戒，只有依靠当地人。我们初来乍到，不知这里习俗，只凭自己找，怎么行。”

三藏道：“你们不是已经问了他们，也无人知晓吗？”

悟空说：“夜半天黑，他们多半都睡了，所以不知。可是这里人多，难保一个也不知晓。俗话说，人口是路。多问几个人，或许知道也说不定。”

他这番话说得有理，长老不由点头称是，沉吟一阵，吩咐他再去寻找，自己与沙僧留在原地等候。

悟空奉了师命，离开土台往外走，心中暗想：“前番我们出外访问，当地人不是惊恐走开，便缄默不言。就是说话，也不敢十分吐露真情。想必是把我们当作外国人，不说真话。如要获到真情，必须如此如此方可。”

他想定了，将身一摇，变成一个羯朱嗢祇罗国民，形容枯槁，衣衫褴褛，慢步朝向人群聚集处走去，见了众人，细细打听八戒下落。

众人闻讯，果然十分同情，纷纷议论，想为悟空提供情况。可是听了他的描绘，却都摇头不知。

有人问：“走失的，究竟是人，还是猪？说明白了，我们才好帮你寻找。”

悟空道：“这是一个猪形的人。长嘴、大耳，体形肥胖，身着东土僧服。粗看似猪，细看却是人。”

众人越听越糊涂，摇头叹息，无法相助。悟空心中失望，正要走开，一个中年汉子将他唤住："既然我等均未看见，他又在黑夜走失，会否被主人拘走，关押进地牢里？"

他说的主人，就是占领此国的外国人。悟空一听，心中明亮，忙问道："地牢在何处？我就去救他。"

汉子叹息摇头说："这是国内秘密，无人知晓。仅有人进，从来无人出来，乃是人间恐怖地狱。"

悟空听后，已有一计，问道："有什么办法可以进入这秘密地牢？我去看看。"

众人见他要进地牢，无不大惊失色，纷纷劝他道："使不得！这一去，不能救出那个猪形和尚，连你也出不来了。"

悟空笑道："不妨，老孙自有主张。"说罢，他拱手答谢，将身一晃不见了形影。众人惊讶不已，连忙跪倒尘埃，称赞神仙现形，祈祷他一去平安遂意，早日除暴安良，拯救众生，并祷告上天保佑他，别闪失了，被打进那恐怖地狱，不得出来。

这里一阵哄乱，悟空已隐形走远了。他来到那荒芜废城里到处转悠，迎面见着一个身穿锦缎长袍的人，面色红润，趾高气扬，想必是外来主子无疑。好大圣，忽忽悠悠来到他跟前，突然将身一摇，现了出来，把那人吓了一跳。

那人平素养尊处优，从来不把羯朱嗢祇罗国人放在眼里，忽然见悟空踊身出现，惊吓过去，十分愤怒，喝令他火速闪开，不得冲撞获罪。不意悟空非但不让，反而走过来，对着他的脸狠狠啐了一口浓痰，笑嘻嘻看他如何发落。

那人受此奇耻大辱，不由勃然大怒，从腰间取出一面小铜锣，用力敲了几下，招来几个兵丁，将悟空押往地牢受审。悟空也不反抗，任随他们捆绑推搡，一路叱骂踢打，带进牢内关押。

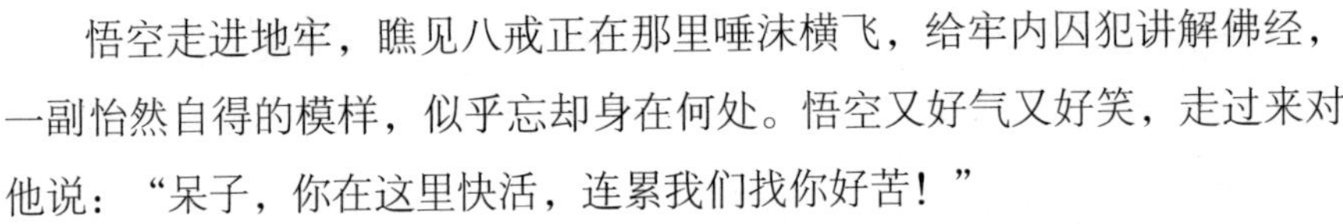

悟空走进地牢，瞧见八戒正在那里唾沫横飞，给牢内囚犯讲解佛经，一副怡然自得的模样，似乎忘却身在何处。悟空又好气又好笑，走过来对他说："呆子，你在这里快活，连累我们找你好苦！"

八戒这才回头看见悟空进来，吃惊问道："哥啊，为何你也到了这里。莫非你也在马圈里睡觉，被他们拿住了？"他见悟空被麻绳五花大绑，不由叹了一口气，又说道："齐天大圣也落得这样下场，我们还指望什么？就安心住在这里，把牢底坐穿吧！"众人听说是齐天大圣，也是一个神仙，纷纷叹息不已，上前安慰悟空，腾一块好地方让他歇息。

悟空见情，轻轻用力一挣，便把身上绳索解脱，对众人说道："不要害怕，我来救你们。"又转过身数说八戒道："你这般不争气，甘心在此做囚徒，说什么忏悔经，讲什么解脱道。你教他们逆来顺受，岂不为虎作伥，害死了他们，永世不能翻身。"

八戒心里惭愧，连忙翻身跳起，喊道："哥啊，你道怎样造反法，就从这里打出去吗？"

众人听见他们议论造反，又惊又喜，更加恐惧战栗。正是：

> **久系幽冥，不见天光，今日神仙忽然下降。谁知他敌得过凶顽恶魔，救苦救难意气昂扬，还是银样蜡枪，到头来空欢喜一场，连累得都遭殃？**

悟空见他们害怕，安慰说："你等休要心存顾虑，我们惯会擒妖捉魔，这几个小虫豸，算得了什么？"

正哄闹间，外面狱卒闻声进来申斥。悟空也不搭话，抽出金箍棒，一棍一个，把他们打死在门边。八戒也逞起威风，伸手把后来的两个打死，推开狱门，招呼众人出去。狱内囚徒这才一个个战战兢兢，躲在悟空、八戒身后走出牢室。

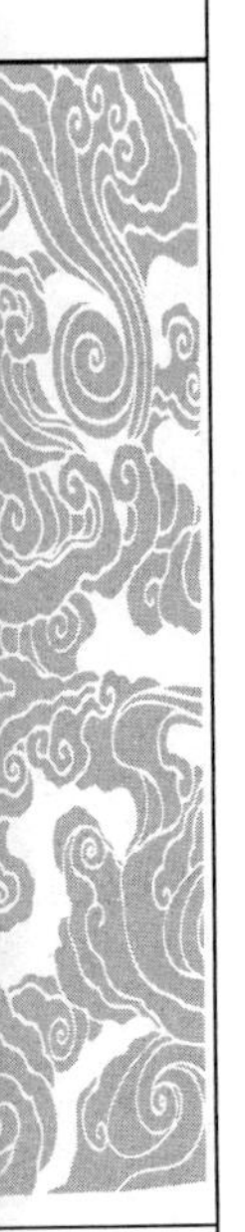

出了地牢，悟空、八戒正要与众人拱手告别，大家都跪下来，泪眼汪汪恳求道：“两位菩萨休走，救苦救难须要救到底。”

悟空停步转身说：“这却怪了，已把你们救出地牢，还这样害怕。”

众人道：“我们虽然出了地牢，只恐主人不肯罢休。如果兴兵捉拿，如何是好？”

悟空说：“你们人多，不能和他们打斗吗？自古道：人多为王。人多势众，必定可以取胜。”

众人又说：“即使取胜，也不能复国独立，还会沦为他人奴隶，免不了会再下地牢。”

悟空觉得奇怪，问他们：“这是什么原因？说给我听听。”

众人说：“我国王嗣已经断绝数百年。国不可无君。无君无长，何以立国？”

悟空闻言摇头说：“汝等何其迂腐！立国何必要王室宗亲，难道你们就做不得？王嗣不如民嗣。王嗣可以绝，民嗣永远不断，岂不更好！”

经他这样一说，众人才彻底省悟，深深拜谢了，欢呼踊跃而去。悟空和八戒返回土台宿歇处，说知经过情况。长老说：“此处乃是非之地，出家人不可久留，我们赶快启程到他处去吧。”

欲知唐僧师徒离开羯朱嗢祇罗国，又到哪里，且听下回分解。

第二十二回 万众问讯观世音 净洗乞丐除病根

却说唐僧四众离了羯朱嗢祇罗国，一路无话，经过奔那伐弹那国，进入东天竺境内。

这奔那伐弹那乃天竺东境大国。都城周三十余里，居民殷盛，池馆花林夹杂其间，风光又与从前所经各国不同。正是：

南国身毒[1]百花繁，
穿风度沙又一天。

国王闻知唐僧到来，十分喜悦，在御花园安排瓜果款待。席间，奉上一种般娑果[2]，颜色黄赤，大如冬瓜，十分奇异。剖开，内有数十小果，大小似鹤卵。再破而吮食之，其汁甘美无比。八戒接连吃了七八个，赞不绝口，言道："早知这果如此中吃，何必在取经路上贪吃人参果，还惹许多麻烦。"众人哈哈一笑，亦无不称奇。

悟空道："我在花果山，无果不食，还未见过如此奇果，不知生长何处？"

国王见东土众僧如此赞美，心中喜欢，便起身带领众人往园内观看。只见此果或在树枝，如众果之结实；或在树根，若茯苓之在土，真人间奇

① 身毒，印度古称，见《史记》《汉书》。

② 般娑果，即木菠萝，我国华南地区亦有。见《大唐西域记》卷十，"奔那伐弹那国"条："般娑果既多且贵，其果大如冬瓜，熟则黄赤。剖之中有数十小果，大如鹤卵，又更破之，其汁黄赤，其味甘美。"

果也。倘无如此畅和气序、深厚沃土，何来这样珍奇果实。

当下国王询问三藏长老："圣僧若喜欢小国，就在此住几月，日日讲经赏果亦不妨。"

三藏拱手谢道："多承陛下美意。只是小僧在东土时，久闻此间南方海中有僧伽罗国[1]，乃是佛国宝地，有高僧在彼讲述瑜珈经，所以急欲前往探望，不敢在此过多盘桓了。"

国王见他去意坚决，无法留住，心中十分怅惘。另思一由，言道："圣僧既然执意要走，也不能挽留。但在此处城西二十余里，有观世音菩萨精舍，极是灵验无隐，远近人民时常绝粒沐浴，前往许愿朝拜。圣僧路过那里，何不前往祈祷，保护远行平安无事。"

三藏听见，十分欢喜，便告辞国王带领众徒前往。到那里看，果真有无数虔诚信徒，拥挤在菩萨座前顶礼膜拜，各自祈祷心事。看那菩萨座前：

香袅袅，雾沉沉，十分祥和气氛。分什么达官与贱民，论什么出身与种姓，菩萨都一视同仁，手里都是一把秤，不分前门与后门。教你细细把冤诉，救苦救难指迷津，这才是真平等。

三藏带领众徒到后，看见焚香祈祷人多，不敢造次逾越，只好吩咐沙僧看好白马和经书，自己在旁参禅打坐耐心等候。八戒走得疲倦了，也挨着师父坐下假装参禅，呼呼睡着倒也十分规矩。唯有悟空耐不住，不知众人多久才能祈祷完毕轮到自己，不免心焦神躁，做出种种不耐烦的样子。

他见伏在菩萨座前诸色人等，嘴里喃喃不休，于是道："这些人嘴巴里唠叨什么？待我过去听一下。"

---

① 僧伽罗国，又名师子国，即今天的斯里兰卡。

好大圣打定了主意，便从尾巴上拔一根毛，化作自己规规矩矩坐着参禅，真身轻轻一摇，变成一只苍蝇，飞过去悄悄偷听。

几个从西方沙漠来的脚夫祈祷说："我们每次经过那里干渴难忍，不知渴死了多少人和骆驼。请菩萨慈悲，保护我等安全通过。"

观世音菩萨抬眼一看，已经知道那里情况，用手一指说："你们回去吧，沙漠再无人畜渴死事情了。"

说也奇怪，几个脚夫随着他手指方向，居然望见几千里外的沙漠里涌出一股清泉，连忙叩谢，欢喜退去。

另一个从东方海边来的渔夫祈祷说："我们贫穷，无法在陆地生活，只能在海上与风浪搏斗，以打鱼为生。苦恼的是，海上有巨大摩竭鱼①出没，体壮如山，眼似日月，不知坏了多少渔船，绝了我们生路。希望菩萨保佑，绝了此怪。"

观世音和气对他说："你回去吧，再不会有海怪打扰你们。"

渔夫回头一看，菩萨灵光助他看见远方海上忽然露出一座岩石小岛，原来那正是摩竭鱼所变。从此再无水怪，可以在这座岛下碇泊，躲避风浪了。

接着又走来一个遍体癞疮的乞丐和一个重病垂危的贵人，都祈求菩萨除病解难。

观世音菩萨手指乞丐，对贵人说："你用我案前瓶里的净水，给他周身拭洗一遍，他就除了病根，你的病也好了。"

贵人皱眉道："他是不可接触的贱民，灵魂体肤都肮脏，我怎能逾越种姓礼教规矩，做这种下贱事情。"

菩萨说："不平等是世界病源，爱是除弊灵药。你的病不仅在体，也在心。你不这样做，只有害自己，我也没有办法了。"

① 《大唐西域记》里记的摩竭鱼，就是大鲸鱼。

那个贵人还在犹豫。悟空忍不住了，飞过去在乞丐身上脓血溃烂处沾了一下，就嗡嗡飞旋在贵人的头上，要落下去给他也抹上一点肮脏脓血，看他还讲不讲什么等级地位和身份。

悟空这个举动，早已被菩萨慧眼察见，喝他道："孙悟空，你休要在这里搅闹。治病需要他自己觉悟，怎能由别人包办代替？"

贵人面有难色，抬头对菩萨失望地说："种姓等级是祖宗大法。我如接触了不可接触的贱民，也会变成贱民，惹得天下轻视笑话。菩萨不肯救我，我只好告退，另觅良方了。"

菩萨说："不是我不救你。求人救，须自救。你不肯这样做，必定会后悔。"

那个贵人也不再答话，连礼也不行一个，便吩咐随从奴仆将他抬起，在众目睽睽下走出寺门。

生癞疮的乞丐见他离开，着急哀声喊道："菩萨把他的病和我的病连在一起，他走了，我怎么办？"

菩萨安慰他说："你不必急，要急的是他。不出百步，他必定后悔，会回来找你救他的命。叫他在大庭广众下这样做，更加有利于除去大众偏见病根。"

悟空好奇地想："倒要看一看，那个锦衣绣袍的傲慢贵人，是否真的会回心听菩萨的话！"

他扇动苍蝇翅膀，跟在贵人后面飞出去，果然瞧见那个贵人走不远，便被两个恶神拦住。他认出前面一个是黄皮肤病魔，后面一个是死神阎摩，隐形混在人群中，常人均看不见，只有悟空火眼金睛和那个待死的贵人方可睹见。

病魔伸手拦住那个待死贵人，恶狠狠问道："你找观世音菩萨做什么？你嫌生病不好，我再给你加几分吧！"说着，便从衣袖里抖出一些病菌种子，吹一口气，飞撒在那个待死贵人的面门上："这样更叫你舒服，

让你知道我的厉害！”

跟在后面的阎摩便凑上来，在贵人耳畔轻轻说：“死了好！死了好！不吃不喝不睡觉，不喜不怒不烦恼，富贵身份都忘掉，一死就百了。”他掀起面罩，敞开黑袍，露出里面苍白骷髅骨架，做出要伸手拥抱贵人的样子。

躺在软床上的贵人吓得面无人色，求他道：“你莫这样动手。我出身高贵，地位崇高，要死也不是这个死法。”

阎摩狰狞冷笑道：“你以为自己是谁，敢向我提这等要求。死便是死，和死猫烂耗子同样烂掉，还摆什么臭排场，讲什么无用的出身地位？”

事已至此，阎摩哪里还容他多说一句，抖开铁链便要将他锁住，拿到阴曹地府去。

悟空见那贵人嘴唇张开，似乎还有什么话要说，便飞到阎摩身边，用手一抹露出真容，喝道：“有事不整放屁汉。看他好像还有话要说，让他说完了，再拿他也不迟，你何必这样着急。”

阎摩认得他是东土闹过天宫，又在西方大闹灵山的齐天大圣孙悟空，心里有些畏惧。再说勾魂簿上也没有那贵人的名字，他便乐得给一个面子，诺诺应声说：“你说怎么办，就怎么办。等他说完遗言，我再拿他好了。”

悟空转身看这个待死的贵人，只见他流出眼泪，悔恨交加，用尽最后力气低声呼唤身边奴仆道：“快转回去，向菩萨谢罪。带那个肮脏的叫化子来，我为他拭洗身体，让大家的病都好。”

话刚说完，天空立刻光明。菩萨已经乘着一股霞光，带领那个害癞疮的乞丐来到面前，看他怎么做。

这一次他十分恭敬，不用奴仆搀扶，自己挣扎起来跪倒在尘埃，向菩萨流泪忏悔礼拜后，便匍匐爬行过来，手捧宝瓶，仰身为那个乞丐细细拭

擦身体。这里正是闹市，过往人众看见一个衣服光鲜华丽的贵人，不顾等级限制，为一个褴褛乞丐洗身，感到十分惊奇。打从世界开辟以来，也没有这等奇事，众人都纷纷拥挤过来要看一个究竟。

此刻，贵人已经完全忘却了自己身份和种姓礼教，一面呼唤菩萨名字，一面伸手沾了水就洗，全然不顾恶臭肮脏。

悟空也挤在人群中好奇观看。只见他的手指刚沾着乞丐的身体，忽然开放一朵洁白莲花，那个乞丐身上立刻变得清洁光鲜，他的精神也霍然爽朗，病一下子就好了。他高兴地和那个乞丐拥抱一起，齐声赞美观世音菩萨救苦救难，不仅治了身病，还解救心病，真是功德无量。旁边万众看见，也惊诧非常，方知人群和解胜于种姓隔绝千万分。

万众欢呼中，悟空回头看病魔和阎摩，早已不见踪影。正是：

贫富贵贱皆是人，
何必分三六九等。
待到人群相爱时，
方知从前太愚蠢。

悟空看完这件事，才回去寻找三藏长老。

不知他们在观世音菩萨处问讯到什么，且听下回分解。

第二十三回 披毛汉扮艺术家 猪八戒做大文豪

话说三藏在奔那伐弹那国耐心等待，见到观世音菩萨，虔诚祈祷请求保护平安。

三藏祷告道："弟子奉唐王旨意西行取经，一路上遇着许多妖魔鬼怪，艰难危险重重。祈望菩萨保护，游历西天各国后，平安回到东土长安故乡。"

菩萨说："你的担忧我尽都知道，与你一个锦囊，待你离开天竺再拆看，其中自有安排。"

三藏不知内里是什么，只好恭敬拜收了，以待后验不提。

再往前去，是羯罗拿苏伐剌那国[①]。这里与奔那伐弹那国隔伽河相望，也是东天竺一个大国。

国王早已得对岸使者通报，亲自驾舟在河心迎接唐僧师徒。

国王面露愁容，牵住唐僧的手道："圣僧来得正好，可以为小国解难。"

三藏问："什么事，使你这样忧愁？"

国王皱眉叹息道："不瞒圣僧，敝国历史悠远，从来风俗淳朴，人民举止知礼有方，不语乱力怪神，青年尽都上进，一个个朝气蓬勃叫人喜欢。不料近日忽然来了一个外地游方异教怪人，奇装异服，不修边幅，言

---

① 见《大唐西域记》卷十，"羯罗拿苏伐剌那国"条："初，此国未信佛法时，南印度有一外道，腹锢铜鍱，首戴明炬，杖策高步，来入此城，振击论鼓，求欲论议……沙门一闻究览，词义无谬，以数百言辩而释之，因问宗致。外道辞穷理屈，杜口不酬。既折其名，负耻而退。"

语举止无人能懂，且态度傲慢，却被人奉为大师。青年人认为他的学识超宇宙，便视其为崇拜偶像，人人都效法，以怪诞为奇，弄得朴实反受人讥笑，原来风俗破坏殆尽。因此祈求圣僧显能，撵走这个狂人才好。”

三藏道：“我力不能缚鸡，没有变化腾挪之功，怎么能够赶走他？”

国王道：“圣僧学贯古今，只消在学力上超过他，他就自然惭愧走开，不敢再在这里哗众取宠了。”

三藏推却不过，只好点头答应，来到城市中心广场上，和那个异道狂人对坐比试本领。看那个怪人面对墙壁，背向他而坐，长发披肩，分明是一个女娘。广场上人头攒动，有许多青年也像他一样有着奇异装扮，狂呼怪叫，看这个东土和尚有什么本领，可以胜过这个大师。

眼见这般状况，三藏不由有些后悔，不该冒失上台承担这个任务。出家人六根清净，光天化日下和这个女娘在大众面前对坐，岂不是罪过？

回头看，国王在背后催促，面前人群又大声呼嚷，莫奈何只好硬着头皮，欠身恭敬作揖，问讯道：“女菩萨从哪里来，怎样和贫僧比试能力？”

话犹未完，引起围观群众一阵哄笑。那个怪人转过身子，蓄着浓密八字须、络腮胡，衔着一个大烟斗，乃是一个粗壮汉子，哪是什么娇娘。三藏只恐眼花看不清，拭一下眼睛再看，依旧是这般模样，惊奇得手脚无措，不知该如何办才好。

那个长发汉子见他，十分鄙夷一撇嘴角，指一下他的光头，呵呵狂笑起来。

三藏忍着一口气，问他：“你身为男子，却蓄女发，男不男，女不女，算是什么东西？”

长发汉子故意将头一摆，迎风秀发飘飘。他取下嘴边大烟斗，吐一口浓烟，拖长沙哑嗓子，似诗非诗、似歌非歌地答道：

啊，我的故乡呀！
在那山之高，天之高，
你呀，你呀，将我抛。
你问我，我问谁知道。
你要哭，我要笑，
一担情愁两头挑。
月亮沉进酒杯里，
我把青春跌闪腰。

三藏自幼读过许多诘屈聱牙经本，也参悟不透他说的是什么意思，悄悄回头问国王："像他这样，怎么说道理？"

国王着急道："他说他的，你讲你的好了。如果好对付，也不至求圣僧了。"

莫奈何，三藏只好正襟危坐和他说法辩论，引经据典说了许多道理。那个人却像哑巴，不屑再说一句话，只是疯疯癫癫在台上走来走去，挥手踢腿，指天戳地，在身上拍拍打打，恰似发了羊癫疯，逗引得台下许多时髦青年也同样发疯，把广场闹翻了天。这与唐僧严谨说法相映成趣，好不矛盾尴尬。这正是：

一个妙语生莲花，无一字句不是诚恳话，光头道德高僧说佛法。一个摇摆抛长发，周身痉挛装疯又卖傻，披毛阴阳怪物将人吓。你说你的，我演我的，牛头不对马嘴巴，看他二人怎么把话搭。

三藏认真和他说了半天，总是文不对题，经不住他胡搅蛮缠，实在招架不住，只好起身离座败下阵来，引起台下观众一阵讪笑，更加把那个披毛汉子佩服得五体投地，称赞他不仅学问高深莫测，歌舞台风也超群绝伦。

国王见三藏长老也奈何不了他，忧愁叹气道：“圣僧这样大学问，也不能折服这个狂徒，看来这里只好任他横行，永远不得安宁了。”

悟空在旁边冷眼看了一阵，悄悄把八戒拉到一边说：“我看这人装腔作势，其实并无真本事。师父是老实人，自然缠不过他。这次你上台，保证马到功成。”

八戒道：“你说得轻松，为什么你不自己去，偏要推我去出丑，莫非你怕他不成？”

悟空道：“妖怪我都不怕，怎么会怕他。只是这个场合我不如你，该你上台露一手了。”

八戒听了恭维话，有些欢喜，故意问他：“你说，你怎么不如我，叫我怎么对付他？”

悟空道：“论长相、性情和素质，在这个场合我都比不上你。你听我指点，必定可以取胜。”

八戒这才高兴了，走上台子对那披毛汉子喊道：“你别得意，俺老猪和你比试，输了乖乖下台离开这里。”

那人轻蔑答道：“你的师父呀，败了败了的哉。你这徒弟啊，还敢爬上台？”

八戒挺起胸脯说：“你听说过吗，青出于蓝而胜于蓝，长江后浪推前浪。徒弟永远不如师父，这个世界还有什么出息？”

那人一听，心中一惊，说道：“我看你长相不凡，有几分灵气，不如拜我为师，一起在这里领导时代新潮流。”

八戒听了，啐他一口道：“呸！你当我的徒弟，我还不要呢。拿出你的本事，当众比个高低吧！”

那人高傲地说：“我能歌能舞，能诗能文，知晓天地秘密，乃是天下

大完人。你要比什么？”

八戒也上火了，喝道：“少啰唆，就一样一样比吧！”

场子里的人群见这个猪形胖汉有这般豪言壮语，都鼓噪拍掌顿足，放声大喊：“说得痛快！你们谁比赢了，我们就服谁。”

第一场，比歌舞。八戒转身悄悄问悟空：“哥啊，我从来不懂音乐，怎么和他比？”

悟空给他打气说：“那个披毛贼嚎叫的也不是音乐，只管把你从前在猪圈里学来的本事都拿出来，就能取胜无疑。”

八戒一听便懂得了，跳上舞台便放开手脚狂跳乱扭，时而哼哼唧唧似抒情低吟浅唱，时而热情奔放大嗥大叫，引得台下观众如痴如狂。

看那个披发汉子，虽然也做出种种姿态，像是如痴如狂的样子，却不如八戒发猪疯来得自然，肥胖身躯用力扭来扭去，别有韵味风趣。一曲狂歌劲舞下来，披毛汉早已折了锐气，台下人群没有一个再理睬他。

下一场，比作文章。八戒心虚地对悟空说：“论力气，我有几分，作文章完全是外行，怎么办？”

悟空安慰他说：“你别害怕，只要相信自己是内行，就是内行了。”

八戒道：“哥啊，你别捉弄我，我连一本书也没有念过，比不上刚才发猪疯，这次怎么作得假？”

悟空正颜道：“呆子，你怎么这样不开窍，只消写几句别人看不懂，自己也不懂的文字，便是高深学问大文章了。最重要的，要板着面孔，像是坐在神龛上吃过多年祭祀冷猪肉的样子，就是祖师爷了。”

八戒领计上台，和那披毛汉子同时提笔作文。只见那个汉子，把一个浓烟滚滚的大烟斗，斜衔在似猩猩毛般浓密胡髭掩藏的嘴角，故意做出大文豪般沉思模样，接着提笔写了一篇长文章，标题是“后贤劫文艺思潮与社会观”，把二亿三千六百万年的贤劫以后的情形都预见出来，朦朦胧胧没有一句别人能看懂，真个是大师笔法。

大家转过来看八戒。他瞑思苦想了半天，咬着笔杆刚写了几个字，就到时间被收走了。他心里忐忑不安，不知别人将如何发落。

人们打开他写的纸一看，只见上面只有寥寥几个字：

宇宙，
心，
俺老猪。

众人看了，齐声惊叫起来：

“好文章！”

“大手笔！”

“有深度！”

万众欢呼声中，猪八戒一下子成了大文豪，还是大艺术家。那个披毛汉子见无人理睬自己，只好灰溜溜地走了，另去别处装扮大师。

欲知后事如何，且听下回分解。

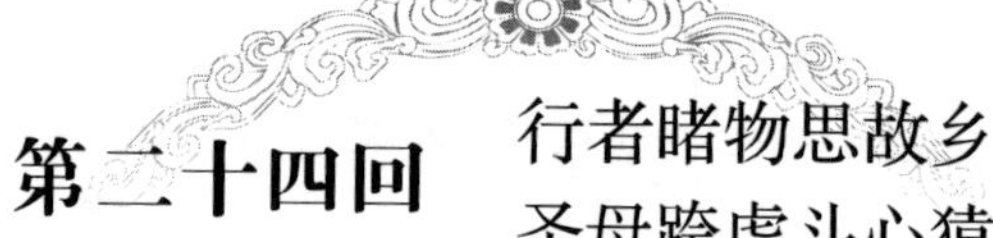

第二十四回 行者睹物思故乡 圣母跨虎斗心猿

却说唐僧师徒在羯罗拿苏伐剌那国，依靠猪八戒一阵胡闹，居然唬弄住那个自命大师的披毛汉子，迫使他自觉没趣悄悄走了。待到情势平静后，三藏长老这才细细对大众说法，大众知晓了美丑真伪，恢复了旧日礼教秩序。他们又住了几天，便告辞直往东南海边三摩呾吒国[①]而去。

三摩呾吒国滨近大海，地势低湿，其国名梵文即是“平地”之义。居民形卑肤黑，生性刚烈，风俗与原来所经各国大不相同。众人到后，长老便着悟空前往海边探听去僧伽罗国路途。

悟空领命来到海边，只见前面波光茫茫，近处樯桅如林，岸上人来人往，好不热闹。沿岸一个市场，挤着各色人等，摆满万般商品，真是琳琅满目，美不胜收。他不由把步子放慢，左右睃看。这里有什么？

火烷布，辟浪珠，出自幽林龙窟。黄金锁，白玉壶，皆是神工鬼斧。件件均珍品，样样是宝物。怎不令人怦怦心动，频频转目，再再停步。不把它买到手，心里怎满足？

悟空看得喜欢，不由把步子放慢，左顾右盼，早忘了师父吩咐的任务。他心里想：“晚一些算什么，待我仔细看看这些宝物，大开眼界可不更好！”

他挤进人群东张西望，忽然看见一个中国青花瓷瓶，形象异常熟悉，

① 见《大唐西域记》卷十，“三摩呾吒国”条：“天祠百所，异道杂居，露形尼乾，其徒甚盛。”

摆放在众多天竺、波斯、大食和其他外国土商品中，宛如一个布衣唐人端庄兀立于异邦人里，好不亲切动人。

悟空动了乡思，问了价格本想买下，用手一摸，身上却无多余银钱。若是拔几根猴毛变成钱很容易，可他看摊上写着公平交易、童叟无欺几个字又心里惭愧。东土人如这瓷瓶一般高贵，岂能待人以欺？心想不如回去讨了钱，买了这个瓷瓶再去问路，要是被别人买去，岂不可惜。

他打定主意，转身回去面见三藏，意欲讨钱买瓶。三藏见他笑吟吟回来，心存希望问他："你探得了去僧伽罗国路途吗？"

悟空嗫嚅说："路没有探到，却看见一个熟悉东西。"

三藏问他："什么东西，使你这样入迷，连问路也忘了？"

悟空道："你们跟我来吧！我不诳人，你们见了也会喜欢。如果你们都看上了，就掏钱买了它。"

三藏众人不知他说什么，心里也觉得稀奇，便移步跟他前往海边市场观看。悟空带领他们来到那个货摊前，见那瓷瓶已不见了。三藏问他："你带我们看的宝物呢？"悟空也感失望，问了摊主，方知已被别人买去，心中好不懊恼。

八戒心里怀疑，埋怨他道："你莫不是诳人？"悟空受了委屈，正要解释，摊主却开口说明，为他辩护清楚。

摊主说："你们莫要怪他，那的确是东土瓷瓶。我这里有海路通往东方，随时有东方货物运到。众位若是喜欢，在这里住几天，商船来了，就有同样大唐货品，可供任意选择。"言罢，取出一个铜钱与三藏观看。三藏见它形圆孔方，正是当今大唐贞观用宝，不知如何到得这里，感兴趣地问道："你这里怎么通往东土？"

摊主叠起手指，不慌不忙数说道："这里面向大海，可以通往东方六国。东方大海对面山谷中，有室利差呾罗国。再向东南，有迦摩浪迦国。如此继续向东，有堕罗钵底、伊赏那补罗、摩诃瞻波三国，转向西南又

有阎摩那洲国[1]。这六国虽然海波阻隔，难入其境，然而风俗境界，声闻可知。许多东土大唐物品，即由这些地方转运而来，有时也有唐人船舶抵达。此处是连通东土的一个门户。”

三藏仔细听后如梦方觉，叹道：“我们经西域、过雪山来灵山取经，一路上跋涉风沙，不知历经多少艰险方到这里。却不知可以从海上抵达，一帆风顺，比陆路平易多了。”

八戒眼望大海，兴奋说道：“有这条路便好。我们从这里回去，岂不方便多了！”悟空、沙僧也点头称是，道是一个好主意。

众人正欢喜谈论时，忽然听见一阵喧闹声，市场上游人纷纷离开。就连一些摊主也抛开货物，口里喊着奇怪祈祷口号，朝人声鼎沸处赶去。三藏等人不知何事，也跟随前往观看。只见：

许多邪教徒，裸胴无衣服。千旗招展，万众欢呼，拥着一个女巫。背后十只手，胯下一只虎。相貌凶恶，形容恐怖，活脱脱一个怪物。这群人又吵又闹、又笑又哭，吹长号、打铜鼓，如痴如醉，似疯似魔，把乾坤搅得天翻地覆。

八戒看了稀奇，手指骑在花斑猛虎背上那个十手巫神问道：“这个女巫是谁，为何生得这样丑陋？”悟空和沙僧也不知究竟，伸手指指点点，大声议论。

三藏见他们出言不敬，担心惹事招祸，正欲制止，已被旁边人群听见。有人认出悟空和八戒正是在那烂陀寺外无礼嘲笑耆那教徒的和尚，发

① 室利差呾罗国故址位于今缅甸境内。迦摩浪迦国故址位于今泰国南部马来半岛北大年及其附近一带。堕罗钵底国故址位于今泰国境内。伊赏那补罗国位于今柬埔寨境内。摩诃瞻波国在今越南中南部。阎摩那洲国故址在今印度尼西亚爪哇岛或苏门答腊岛，或兼称此两岛。

一声喊，周围人群一齐围了上来，口里叫骂惩治亵渎神明的大胆狂徒，要打杀三藏师徒，不放他们离开。

原来这是此国杜尔迦节，骑在虎背上的十臂女神，便是婆罗门教毁灭大神湿婆之妻，善降妖屠魔的杜尔伽圣母。当下她听见道边吵嚷，见一群信徒围着几个异教僧侣争论，便拨转虎步走过来查看。

杜尔迦圣母来得正是时候。正当愤怒人群揪住三藏师徒不放，八戒急了，掏出钉耙乱舞，要把这些露形尼乾赶开时，杜尔迦女神一眼看见，忍不住大喝一声，纵开身下猛虎，便朝八戒等人赶来。

她喝道："何方来的野和尚，胆敢骚扰集会，打伤我的子民。我饶不了你们！"说着将身一晃，十只手上就变幻出十种武器，恶狠狠对着八戒等人就打。八戒连忙举耙抵抗。

两个在路边斗了几回，那魔神果然厉害。八戒刚举耙架住她的左手钢叉，右边忽然飞来一个飞锤；正用力荡开上面铁铲，下面立刻伸出一根金刚杵。弄得他手忙脚乱，险些被杜尔迦圣母背后一只手抛出的金圈套住。八戒看招架不住，只好虚晃一耙，扭回身就走。

杜尔迦圣母不放过他，驱赶身下猛虎用力一跳，纵落在八戒前面，拦住他的去路。八戒无奈，只好横下一条心，咬住牙再和她舍命拼斗。

悟空见势不妙，连忙吩咐沙僧保护好师父快走。自己舞棍迎上去，和八戒一起抵挡杜尔伽圣母。两个一纵一跳、一前一后，把圣母围在垓心，不叫她再往前逼赶一步。

周围人群看见悟空跳出来，手指他和八戒喊道："不要放走这个猢狲和猪妖，就是他们在王舍城那烂陀寺外狂妄滋事。"人群团团围过来，反而放松了三藏、沙僧。沙僧舞动兵器，冒死把师父护住，冲出了重围。

八戒回头看见师父、沙僧已经脱身，连忙招呼悟空快走，休与对手纠缠。悟空道："你疲乏了，先走一步，协助沙兄弟保护师父。我再和她战斗一阵，要叫她知道我们的本事，才不会这样咄咄逼人。我挡住他们，你

们也好趁势走得更远。”八戒得了吩咐，便舞耙驱开身后人群，大步追赶三藏、沙僧去了，留下悟空独自与杜尔伽圣母厮拼。

好大圣，身处愤怒人群中，面对骑虎恶神，全不把危险放在眼里，舞动金箍棒来回纵跳，和杜尔伽圣母打斗成一团。

杜尔伽圣母怒气冲冲，手舞十样兵器，催动胯下猛虎，对着悟空恶狠狠扑来。四周人群看见圣母奋威，齐声愤怒呼喊，要她拿下悟空，使用神圣教规惩治，并纷纷举起手中器械，不叫悟空突围逃走。

悟空看见身边人群围上来，手指着杜尔伽圣母喝道：“你若有本事，就和我独自拼斗。胜了我的金箍棒，由你处置。如果胜不了我，就由我走路如何？”

圣母在虎背上气呼呼说：“就依你说的，我和你打斗三百回合。让你知道破坏我们的神圣节日游行，该受什么惩罚。”她说罢，举手约退四周人群，留下一个圈子，便驱身下老虎和悟空战斗。

悟空见圣母逞怒而来，不敢怠慢，连忙舞棍上前迎敌。圣母十样兵器如流星般飞舞，使悟空防不胜防。胯下猛虎跳跃咆哮，也巴不得扑上去，一口把悟空平吞了。悟空手忙脚乱，举棍挡得住圣母各样兵器，就防不了猛虎，眼看要败下阵来。他忽然瞥见路边货摊上有一个牙雕扶南战象，眉毛一皱，计上心来。

好大圣，拿起那牙雕战象用力一吹，忽然变成一头活生生巨象，扬眉挺牙十分威严。悟空连忙纵身跳上去，将身一摇，背后也变出十只手臂，各持一根金箍棒，威风凛凛上前迎敌。

杜尔伽圣母不料他有这样的神通，暗自吃了一惊，手里兵器就有些疏慢。她那胯下猛虎虽然凶狠，却奈何不得那头战象。老虎趁战象动作略慢了一下，跳上去猛咬一口，牙齿却啃不动坚硬牙质象身，自己反而折了两颗门牙，顿时满口鲜血，疼得嗷嗷乱叫。两个斗了一阵，悟空渐渐占了上风。

虽然如此，圣母依旧气势非凡，悟空尚不能立即取胜。他见身边人群躁动，担心时间一长别生枝节，便又一摇身子，变出二十只手，把身下战象一拍，变出四根锋利象牙，与圣母和她的坐虎拼斗。只几个回合，圣母果然招架不住，败退下去。

悟空取胜后也不敢久留，急忙弃了牙雕战象，纵身跃出人群包围，大步往前追赶三藏众人，匆匆转向西南耽摩栗底国[①]。这里也滨临海隅，四海船舶聚集如云，乃另一水陆交会要津。

唐僧离开三摩呾吒国，至今方舒了一口气，不用悟空，自己起步到海边打听去僧伽罗国路径，遇见了一个南印度托钵游方僧人。

托钵僧闻知唐僧师徒欲去南海僧伽罗国习学佛法，口中极为赞美，却又规劝唐僧说："圣僧远道而来，不知这里情况。由此虽然可以泛舟前往僧伽罗国，却海天辽阔，路途遥远。海中多有恶风巨涛和夜叉海怪为害，行舟十分困难。不如自此从陆路到其对岸近处，再转水路，三日即可到达。途中尚可参观许多地方，岂不更好。"

三藏听了，合掌感谢，即便打消立刻渡海计划，辞别了这个托钵游方僧，率领众徒沿路朝南走去。

欲知他们去向何处，且听下回分解。

---

① 见《大唐西域记》卷十，"耽摩栗底国"条："国滨海隅，水陆交会，奇珍异宝多聚此国。"

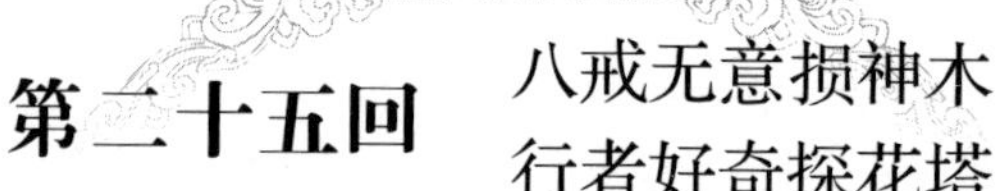

第二十五回 八戒无意损神木 行者好奇探花塔

话说三藏在耽摩栗底国海边，打听得去僧伽罗国海上路途险恶，遂打消由此渡海之意，率徒顺着海岸走去，寻找适宜地点，再作觅舟横渡计议。

长老在马上对徒众说："这僧伽罗国又名师子国和宝渚，乃是南天竺东方海外一座仙岛，晋时法显法师航海曾到。其国佛法兴隆，我仰慕已久，务必觅路前往，方不枉千辛万苦到西天一行。汝等需仔细打听，休要误了渡海机会。"众徒都点头称诺。

师徒四众一路无话，迤逦走出耽摩栗底国境，向南进入乌荼国。此国周七千余里，土地膏腴，谷稼茂盛，异草名花，怪瓜奇果，难以称名描述。当地土人身材魁梧，容色黧黑，无论言辞风俗，还是衣裳服饰，都与中天竺大不相同。这里人民好学不倦，多信佛法，有伽蓝百余座，僧徒万余人；有神圣佛塔十余座，均是如来从前说法之处，无忧王时代所建，乃是此国无上灵迹。

三藏下马向当地土人致礼问讯，打听得其国西南境大山中，有补涩波只厘僧伽蓝①，意即"花山寺"，是国中第一宗教胜处，便带领众徒转向绕道前往参谒。这条道路在山中上下盘旋，行走十分困难。行者、沙僧前后簇拥着长老，只顾往前行走，无有什么情绪。唯独八戒走得疲惫，嘴里

① 见《大唐西域记》卷十，"乌荼国"条："国西南境大山中有补涩波祇厘僧伽蓝，其石窣堵波极多灵异，或至斋日，时烛光明……承露盘下，覆钵势上，以花盖笴，置之便住，若磁石之吸针也。"

嘟嘟囔囔埋怨说："这里山路如此难行，天气这样热，师父好没主张，大老远去看什么庙宇。我们做和尚的，一生看庙还少吗？"

他心中埋怨，抬头看见前面一坡比一坡更高，山峰层层叠叠，路途不知有多么遥远，两腿就先发软了，一步一呻吟，慢慢落在后面。悟空催他快走，他没好气抱怨道："你不看这里山有多高，天有多热。你倒好，瘦得像一根棍儿，走路轻巧。不看我体肥躯重，两条短腿要把这一身肉搬上山顶，再搬下去，这个路怎么走？"悟空催不动他，掏出金箍棒想赶他上路。

八戒不依，两个就在路上争吵起来。

长老在马上听见了，转身对悟空说："他走不动，也是实情，你不要对他凶恶。我们就停下来，等他一会儿吧！"

悟空道："师父，你莫怜悯他，他是懒惰成性，若不打他孤拐三百下，怎么学得了好？终不成你把马让他骑，驮着他一身懒肉周游西天。"说罢，将眼恶狠狠瞅住八戒，又想动手打他。

八戒听见，叫起屈道："你这猴子是石头里蹦出来的，不知我们是父母精血凝成，和你不同。自古道：食五谷，生百病。生老病死，人之发展规律。人生于世，岂能免除疾病？我这样痛苦，你不安慰几句，反而做出这样凶恶样子，有什么师兄弟的感情？

"罢、罢、罢，我也不要你们等我。如果因此误了时间，岂不又招闲话议论？你们先往前走罢，到了花山寺住下来慢慢等我。我老猪一生忠厚，从不拖累别人。"

他这样说，悟空反倒笑了，对他说："你忠厚不忠厚，我早就知道。为什么你想拖在后面，莫非又打算到何处去找野食，独自悄悄吃？"

八戒听见，叫起屈来，索性坐在地上不走了。三藏心中不忍，喝住悟空道："悟空，你好没心肠，他委实病了，就依他的，让他在后面慢慢赶

来吧！”随即又转身探问八戒是否真的病得厉害，要不要把悟空留下来陪伴他一起走。

八戒说：“师父，你们放心先走，我歇足了气，自会大步赶上。我不和那个猢狲在一起，他没有安什么好心眼。”三藏听他这样说，只好依他，又仔细叮咛了几句，便一步一回头，骑着白马，带领悟空、沙僧往前走了，把他独自撇在后面不提。

这边三藏一行渐行渐远，来到一处异形寺庙门前，只见许多人在顶礼膜拜一尊奇异木头神像，然后分食祭祀食品。过往行人不分贵贱，无不下马下车，走近取一些食物吃下。

三藏师徒看见感到奇怪。看那木头神像，只有头颅、身躯，无有手脚，却得到人们尊敬。三藏也下了马，命悟空、沙僧等候，独自向前向一长者敬礼问讯了，方知是什么原因。

原来，这是当地婆罗门教三大神之一，守护之神毗湿奴的法像。毗湿奴在当地又称札格纳特神，有“鲜花供奉”之意。他不仅是至高无上的天上大神，也是当地人十分敬仰、专门保护一方之主神，故此十分受人尊敬。三藏这才举目看清，神像边堆放了许多鲜花，都是四方信徒恭敬呈献的。

那位长者对三藏解说了缘由，三藏师徒方知一切。

古时，这里的一位国王名叫因陀罗·图穆那德，得到黑天神像的一块残片，便命令雕刻师维希瓦格尔马将其雕成一尊毗湿奴像。维希瓦格尔马提出，如果在他工作时无人偷看，就可以一天雕成，具有无限灵性。国王点头同意，却耐不住性子，眼看日头逐渐偏西，他以为已经竣工，便蹑步走到窗外悄悄窥看。室内维希瓦格尔马已经知晓，知有生人冲破神功，叹了一口气，放下手中刻刀。因此，神像便只有头颅和身体，无有四肢，不能活动，仅能陈列庙中供人叩拜。从此，这里的毗湿奴像和西天他处不

同，一直保存至今。

据史书记载，古时候西北印度的希腊王朝时期①，这里是羯陵伽国②。此国国土富庶，引起希腊王拉格德·巴忽觊觎，发兵跨国远征。由于毗湿奴神像无脚行走，僧侣便带其逃入密林隐藏了一百五十年。后来，由于外敌入侵，四处搜寻神圣木雕毗湿奴神像，僧侣又曾三次将毗湿奴神像沉入吉尔迦湖保存。可见其在人民心中居于何等重要位置。

因为神像用木头制成，极易风化磨蚀损坏，所以必须每十二年更换一次。每到换像时，庙中长老先沐浴斋戒，在清静地方入眠，梦中求得神灵感应，然后按照方向、道里和梦境图景，前往寻找神木雕刻成像。此时正届十二年换像之期，因此庙前万众齐集，举行祭祀大典。

那位长者说罢，三藏、悟空、沙僧方才明白原因，心中十分钦敬。在三藏长老带领下，师徒三人一起向前，顶礼朝拜了毗湿奴木像。三藏对悟空、沙僧说："这毗湿奴虽然是婆罗门教三大神之一，后来佛祖如来建教，也将其列为护法诸天神像之一，号曰偏入天。吾等入境从俗，礼拜他也做得不差。"悟空、沙僧知悉了这一关系，便屏息敛性，又上前致了一礼，博得身边群众欢喜，将祭坛前的供物端送过来，请他们动手品尝。

悟空嘴里塞了一个供果，手里又拿一个，问道："为甚人们都要分果子吃，和别处有些不同？"

先前那位长者微微一笑，向他解释说："猴长老有所不知，这也有一个故事。"

原来此处民性崇尚平等，不分高低贵贱，什么民族、宗教、种姓的

① 希腊王朝时期，指公元前2世纪初至公元1世纪期间，希腊人入侵西北印度所建立的地方性王朝。

② 羯陵伽国，印度古国，约当今印度奥里萨邦。约公元前261年，羯陵伽被孔雀王朝阿育王所灭，并入摩揭陀版图。后重获独立，至1324年为德里苏丹亡。

人，都可以到庙内参拜人类保护者毗湿奴大神。敬神供品可以自由分食，无所谓地位尊卑、圣洁与否。

从前有一个国王出身刹帝利，自视高贵，不屑与吠舍、首陀罗等贱民共食，拒不食用毗湿奴神前的供品。当其返回进城时，四肢忽然脱落，躺在城门边痛苦呻吟，饿了许多天，无人与他食物。

有一天，一只狗从城门口经过，嘴里叼了一块从毗湿奴庙前拾来的食物，不慎掉在地上。饥饿已极的国王如获至宝，连忙张口囫囵吞食了。刚吃下去，立时就恢复了原来模样。从此，他再也不敢拒食神前供品。人们得到教训，把这个取食制度世代保留下来。

悟空为之咋舌，说："好危险啊！多亏我吃了几个果子。要不，断了手脚，怎么行得路，腾得云，使得金箍棒。"一席话，说得众人都笑了。

他转身对众人说："我有一个师弟，在后面未到。他嘴大肚大，十分贪食，你们给他留些吃食，给他解馋，也免毗湿奴大神误会，斩了他的手脚。"他向众人说了八戒姓名，众人称诺答应了。三藏这才率领二徒，和庙前群众揖别，骑马继续朝前走去。

话分两头，再说八戒落在后面，独自行路，愈觉行走困难。他想："这山路太远，找一根棍子拄着也好。"他打定了主意，便走进路边林中，挑选了一株树，砍了一根树枝，去了树叶做出一根手杖。拄着这根树棍走路，果然好走多了。正是：

两腿不如三条腿，
一步一拄得安慰。

八戒拄着树棍慢慢往前走了一程，忽然瞧见前面远远来了一群人，吹吹打打甚是热闹。他好奇站在路边张望，见他们高高兴兴地与自己擦身走过，走进他刚去过的那片树林，不知干什么事。看了一下没有下文，便转身自顾自继续往前走去。

走不多远，忽然听见身后发一声喊，那群人愤怒喊叫，一窝蜂从林中冲出，恶狠狠朝他追来。八戒见势不妙，正要拔腿逃跑，却已被人群追上。他们夺了他手中的树棍，仔细查验清楚后更加愤怒，纷纷拥上把他打翻在地。人群愤怒喊道："这个猪妖伤了神木，罪该万死！"一个个揎拳伸臂，咬牙切齿，十分凶狠。八戒由于走不了路，九齿钉耙早被沙僧好心代他扛走，此刻待要反抗也没有兵器，双拳不敌众手，被众人揪耳拽腿，按翻在地上无法动弹一下，眼看就要被活生生打死。正是：

英雄有力无处出，
打翻在地像只猪。

八戒被打得鼻青脸肿，躺在地上叹气道："唉，我猪八戒英雄一世，想不到今日却要死在此处。"

众人正要再打，人群中一个长者听见他叹息，便举手止住大家道："且慢动手，他叫猪八戒，莫非就是那个东土和尚的徒弟？"

众人说："不对，不对！那个长老何等慈祥端庄，两个徒弟也知礼，不像他这样粗鄙。"

"他明明是一个骗子。损坏神木，又冒充圣僧弟子，罪该万死！"

八戒听见，连忙申辩说："诸位莫误会了，我确是猪八戒，这还有冒充的？不信，去问我的师父。"

人群中有人说道："大家休信他花言巧语，圣僧弟子怎么会是一只猪？他说是真的，叫他拿证据来看。"

还有人愤怒喊道："管他是什么人，损坏了毗湿奴神木就罪不可

饶。”人群听了他的话，重新燃起怒火，纷纷冲上来，要置他于死地。

那位长者忙摇手说：“大家息怒，且听我说。损坏神木固然罪不容诛，但是毗湿奴大神曾经垂示，立国以诚实为本。我等既在神前答应东土圣僧，照顾他的徒弟，就该遵信才好。何况他只折断一根树枝，并未破坏神木躯干，我等取木刻像，岂不也要斩除树枝吗？”

他这一席话说得有情有理，方把众人怒气渐渐平息下来。原来此邦风俗最重礼义，然诺重于千金。他们在毗湿奴神前答应唐僧、悟空，就更加不可食言了。虽然如此，但心中仍旧有些不解气，仍怀疑猪八戒是冒牌的。所以他们取一根绳索将他绑了，用那根树枝，一步一棍把他打回原路，寻找唐僧一行辨明真伪。八戒捡了一条命已属侥幸，此时再无话说，只好自认晦气，低下头任随他们处置了。有诗叹道：

天上元帅号天蓬，
盖世无双大英雄。
一朝失去九齿耙，
只好低头做狗熊。

这边八戒被人捆绑驱赶，比先前走路更加困难。那边三藏一行已经穿山越岭，到达乌荼国第一伽蓝花山寺。抬头看那寺中宝塔，果然气势不凡，只见它：

白玉身，赤栏干，高接九重天。云护琉璃珠，花盖承露盘。风香、花香、香炉香，旗鲜、幡鲜、百花鲜。塔内拜佛龛，几多灵验；栏外望远处，无限江山。今日此登临，真个似登仙。

三藏与悟空、沙僧看了，嗟讶赞叹不已。沙僧感到奇怪，问道："师父，你看那用花盖满的塔顶承露盘，为什么风吹不动，不掉下来一片花瓣呢？"长老无法回答，摇头不知，只念阿弥陀佛，道是菩萨灵迹，却说不出半点原因。

悟空好奇地说："待我上去看看吧！"长老呵斥不住，他已经轻轻纵上了塔顶。定睛一看，那许多五颜六色花瓣，果然像雪片，在塔顶宝瓶下的承露盘上厚厚蒙盖了一层，别处却无一片多余的。

悟空瞅来瞅去愈觉奇怪，在承露盘上抓了一把花瓣，想撒在旁边屋檐上。谁知花瓣从他手指间滑落下去，都像铁屑附磁石似的，全都飘飘洒洒飞回塔顶承露盘，一片也不落在别处。承露盘内花瓣依旧积得满满的，散发出浓郁香气。

悟空顺手抓了一把风尾，判明了风向，搔头感到奇怪，说道："咦，顺风不顺势，这可怪了。"

他想弄明白原因，一不做二不休，索性纵身跳到庙外山坡上，举起金箍棒在周围野花丛中一阵乱捣乱打，把枝头花朵全部打落。看那落下的花瓣都像被磁铁石吸住似的，一齐晃晃悠悠地从四面八方飞向塔顶，完全堆积在承露盘上，又堆了一寸厚。塔顶增添了许多霞光香气，更加显得无限光洁神圣。

三藏、沙僧在旁看见，方知此塔有如此灵奇性能。接待陪同的花山寺寺僧，迭指向其说明原因。

寺僧说："你们远来不知，这座灵塔乃是毗湿奴大神化身，接受凡间鲜花奉献，因此可以吸附花瓣无一飘逸。由于这个原因，此寺才名叫花山寺。"

经他这样仔细解说，众人才明白究竟。三藏召集二徒重新礼拜了，对这座吸花灵塔十分尊敬。这才是：

塔是一座佛，佛是一座塔。层层花朵堆砌，犹如片片香瓦。装点出华丽图画，显示了无限佛法，不由人不赞叹惊讶。呀！好一座至神至圣花山塔。

长老仔细看了灵塔，对悟空、沙僧说："如今汝等方知，不惮道路崎岖，方可睹见佛国奇迹。毗湿奴大神化身在此偏僻地方为塔，也是对敬道者信心的考验。上下迂回山路，正如我等西行取经道路。不历尽千般辛苦，怎能到达这样仙境？悟能留在后面，不知是否悟得这个道理，及时赶到此处。"

话未说完，外面人声鼎沸，愤怒人群已将八戒押到。八戒满面灰尘，身上到处青紫，双手倒缚，被人推搡着，步履趔趄，狼狈不堪。他见了长老三人，连忙放声喊道："师父救我！"

长老见了尚未开口，悟空抢先问他："呆子，你为何这般模样？莫非偷吃了别人东西，被人抓住？"

八戒哭丧着脸说："哥啊，你不搭救我，反说这些风凉话有什么意思？难道师兄弟情分也不顾了？"

这边带领人群的乌荼国长者见他们搭话，便向三藏拱手启齿问道："敢问东土圣僧，这个猪形汉子果真是你的高足弟子吗？"

三藏还未及回话，悟空又带笑抢先摇头答道："不是，不是。哪里来了一头野猪，任随你们杀剐好了。"

抓住八戒臂膊的两个乌荼国人本来就没有好气，听见悟空这样一说，便狠狠将他一扭，疼得八戒哇哇大叫起来。人群拥上，欲将八戒拖出打死，三藏连忙一把扯住那位长者，对他解说清楚。长者冷眼在旁早已瞧出其中关系，点了一下头，慌忙举手止住愤怒人群，方才平息了一场风波。

八戒得了救，坐在尘埃里喘息半天惊魂方定，跳起双脚恨骂悟空道："贼猢狲，这样赶尽杀绝是何用意？师父还不快念紧箍咒，治一下这个无情无义的东西。"

三藏也觉得悟空做得过火，张口欲念咒惩治他。悟空连忙躬身赔礼，一声声告饶才被放过。三藏又转身向乌荼国群众道歉，带着八戒向花山灵塔参拜了，乞得毗湿奴大神宽恕，方平息众人愤怒，了却这段公案。

欲知三藏师徒往后又向何处，且听下回分解。

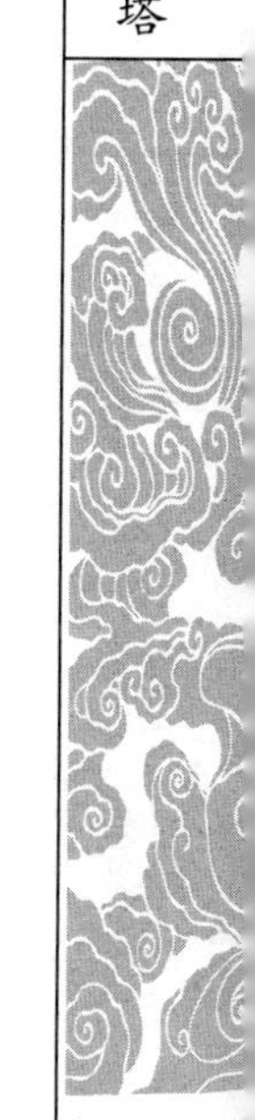

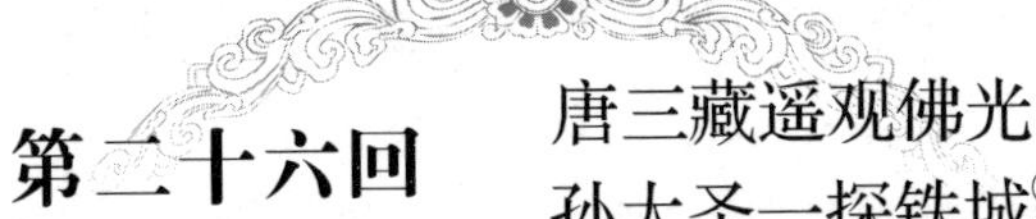

第二十六回 唐三藏遥观佛光 孙大圣一探铁城①

且说唐僧师徒辞别了花山寺，转向东南重新来到海滨。这里有折利呾罗城②，周二十余里，亦属乌荼国境，乃是一个滨海良港，是入海商人、远方旅客往来中止之路。故此商业繁盛，城池坚峻，多有奇宝。

城外有五座伽蓝，台阁崇高，尊像工丽。庙内均有高大佛塔，远近次第相连，声名远扬。过往人等无不前往参拜，祈求消灾赐福、旅途平安。

长老对众徒说："这里也是通海口岸，我们先去庙中祈福，再去港口打听海上途程。"众人应诺了，便随他来到城外庙中，虔诚祈祷后，登上一座高塔眺望。

这座塔比山中花山寺塔更高，出海客商往往到此眺望海上风浪，决定自己行程。三藏欲探知其秘，央请寺僧引导，也登塔观看，希图看见海上情形。此时暮色已经升起，天空繁星点点，三藏扶住栏杆，只见眼前一片夜海迷茫，不见其他情景，不免有些失望。

寺僧见他怅惘，微微一笑，把他引向另一边，手指南方天空，看见一处神异亮光。只见它：

亮闪闪，光熊熊，清辉照耀二万里，虹彩飞散九千重。不是

---

① 见《大唐西域记》卷十一，"僧伽罗传说"条，五百罗刹女及铁城的故事。

② 见《大唐西域记》卷十，"乌荼国"条："城外鳞次有五伽蓝，台阁崇高，尊像工丽。南去僧伽罗国二万余里，静夜遥望，见彼国佛牙窣堵波上宝珠光明，光明离然，如明炬之悬烛也。"

宝珠出海底，亦非流星离天穹。无限离奇，十分朦胧。叫人猜不透，谁把一团火，烧着了夜空。

唐僧师徒见着这幅情景都觉得稀奇。寺僧手指它说：“圣僧看好了，这便是二万里外，你想去的僧伽罗国佛牙堵波上宝珠的亮光。那里有古佛圣迹，故此有这样灵光，照耀海上，引导远近船舶前往。”

三藏听了，心中大悦，想不到僧伽罗国有这样灵奇地方，正好由此乘舟远航，到达彼岸了却心中夙愿。三藏感谢了寺僧指点，便决定次日即由此启航，前往僧伽罗国巡行，兼便参拜这处灵迹。

众人欢喜，正隔海遥看时，忽然瞧见那宝光霎时熄灭，腾起一股黑气。三藏心中不解，请教寺僧，寺僧也不知是何原因。众人议论纷纷，心中不免有些惶惑。

八戒道：“这里地势太低，待我爬到塔顶去看出了什么事。”

悟空道：“塔顶和这里相差多少？你别爬上去，上面的琉璃瓦太滑，小心摔下来，别说到不了对岸僧伽罗国，更回不了高老庄。待我上天去看看吧！”他说罢，不顾寺僧阻拦，一个跟头就轻轻翻上了天。

好大圣，一步纵上天空，踩住一朵夜云，将手搭了凉棚，朝远处望去。不看不打紧，一看吃了一惊。只见那里妖氛重重，弥漫一片黑雾，哪里还有佛塔宝珠光辉。他慧眼看得明白，彼处必有妖怪作祟。

他看清了，按下云头跳下来，对众人说：“不好，那里出了妖怪，佛塔想是被他吞下肚皮了。”

三藏一听，跌脚叹道：“似这样，我们怎么能到僧伽罗国？”引路寺僧也焦躁烦恼，为那里佛迹损坏连声叹息。

悟空见状，拱手对长老说：“师父休要烦恼，你但在此坐地休息，待我先去探看一番，查明情况再作计议。”八戒听见也要同行。

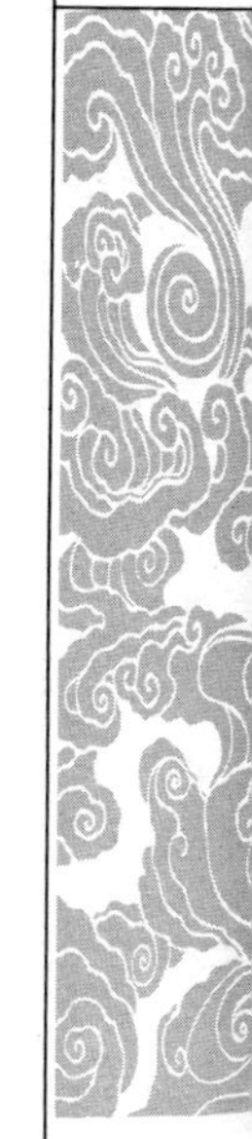

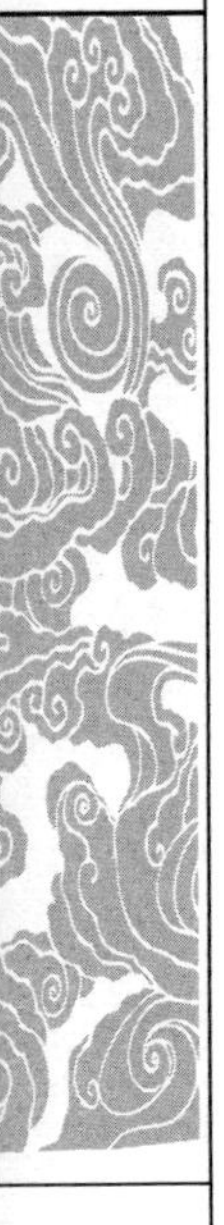

悟空说："我只探看一下，又不打架，去许多人作甚？你和沙师弟留在这里，保护师父要紧，何必跟我去。"言罢，拱别了众人，即抖擞精神纵身上天，转瞬消失了踪影。寺僧见他有这样本事，连忙翻身下拜，口诵真经，祝他一路平安，道是真仙下凡，嗟讶赞叹不已，更加小心侍奉长老不提。

这边转眼间，悟空已腾空来到二万余里海外宝渚。睁目看时，果见海边王宫旁有一佛塔，高数百尺，塔身上下饰满珠宝。塔顶置放一个红莲花色斗大宝石，散发出阵阵香气，却被一团黑雾罩裹，无有丝毫光芒。从乌荼国远远望见的宝光和黑气，想来就是这里了。

大圣慧眼看清，塔顶黑气中隐藏一个妖女，对着大海遥望，不知等待什么，心想："这个女子爬到高高塔顶上作甚，身边一团黑气，定是妖怪无疑。"

那妖女也在暗影中看见了大圣，将身一扭，收了黑气，化为一股香风，轻轻巧巧落在地上，却正好在大圣前面花树下。大圣抬头看时，只见她：

> 娉娉婷婷，羞羞答答，一个南国女娇娃。身似柳，貌如花，未语面已染红霞。不是心有一点犀，怎会暗自待月下？星星眼似醉，脉脉情可狎，半张小口欲说话，只不知是真是假。

那妖女看见悟空，扭扭捏捏走过来，娇声娇气呼唤道："猢狲哥哥，我等候你多时，怎么这时才来？"说着，她将衣袖一摇，泛出许多香气，使人迷迷怔怔，几乎站不住脚，却和塔身珍宝香味有些不同。悟空嗅了一下，已知其是妖精，且不说破她，故意问她："你怎么知道我会来这里？"

妖女媚眼一转，说道：“你我五百年前姻缘，乃是终身大事，我怎能不晓？”

悟空又带笑问道：“那你怎么知道今晚我必定来呢？”

妖女莞尔一笑说：“我盼你多时，瞧见你和几个和尚在乌荼国向这边望。有一个猪哥哥也要和你来，是你多情，不要他打扰，独自过海来了。”

悟空听了，心里一惊，心想：“这个妖怪真厉害，两万里外的乌荼国，也能在暗中看清楚。多亏呆子没有来，要不，准会着了她的道儿。我但看她有甚打算，准备怎样发落我。”

他打定主意，便也笑着对她说：“难得你这般多情。只是婚姻乃是大事，你对我说清楚了出身何处、姓甚名谁、家业有多大、你有甚本事，才好和你拜堂成亲不迟。”

妖女听了，心中喜欢，说道：“哥哥真是痛快人，我怎能不把实情相告。奴家姓罗，乃是本地人氏。姊妹五百人，住在此岛大铁城中，世代贵胄，家甚富有。我见哥哥可以腾云驾雾，我也有变化腾挪之功。你我才貌相当，何不在此安家立业，享受荣华富贵，比那吃素念经的和尚生涯强。”

悟空笑道：“要说才能，你我二人十分般配。说起相貌，我就不如你了。罢，罢，罢，既然要结姻缘，我也变一个俊俏样儿，免得你瞧着恶心，日后把我抛弃。”说着，他摇身一变，果然变成一个英俊后生，面如白玉，身似檀木，活生生宋玉、潘安再世。只是一根尾巴不好变，顺势变成一根玉腰带绕在腰间，显得无限倜傥风流。问她道：“娘子，你看这模样可好？”

妖女见了，极是欢喜，含情脉脉走过来，拉住他的手道：“妙人哥哥真知我心，我们便回家去拜堂成亲吧！”她牵了悟空便往回走。走了几

步，悟空回头看，那塔顶红宝石珠又腾起光焰，闪闪照亮半边天空了，心中更加明白这个妖怪非同一般，身上黑雾可以掩没宝光，如不弄清她的底细，除了这怪，师父怎能来僧伽罗国参拜佛迹？

好大圣，胆大心细，一路和妖女谈情说爱，一路观察地形，免得迷了路走不回来。妖女自以为得计，哪里得知他的心事！她带领他穿过一片怪石嵯岈、树木成荫的旷野，直向大铁城走去。悟空见这里道路复杂，黑雾沉沉，知是一个妖法迷宫，正是为了引诱外来人进得去出不来的处所。他虽然与凡人不同，但是不知妖法深浅，担心着了道儿，便假意说："娘子，你放开我。我夜来把茶喝多了，到那边僻静处小解了便过来。"妖女见他说得真诚，且是一副尿憋急了的模样，便放了他，自已转过身去，待他去小解。

悟空被她放了，瞅住一个盘陀道口，捞起衣服，在道边石头上撒了一泡尿。如此这般，走不多远见一岔路口便撒一泡尿，把所有路口都撒遍了。妖女说："哥哥怎么这样多尿？想是身体虚弱。待我回去后，给你熬几剂仙药，为你好好补养身子。"话说得恳切，并无半点怀疑。悟空见她糊涂中计，心中暗笑不已。

妖女领着他左旋右转，在迷宫中盘绕了好长一阵，估计他再也记不清来时道路，便带引他向铁城走去。

夜色中，这铁城果是雄伟。有诗为证：

黑压压，阴沉沉，天生一座镔铁城。直薄云天高百尺，横断原野重万钧。胜似亚夫细柳营，赛过诸葛八卦阵。城外一道深池，城头一团黑云。任你千军万马，也难进犯入侵。却怪的是墙无砖、城无门，都是生铁铸成，叫人如何进？

悟空抬头看这怪城，四周连缝隙也没有，犹如铁桶一般，端的十分险恶，心中不由一惊，问妖女道：“这座城连门也没有一扇，怎么进去呀？”

妖女拉住他的手说：“你别害怕，闭住眼，跟着我便进去了。”说也奇怪，这铁城虽然没有一条缝，悟空闭眼随在妖女身后，一下子便穿墙而过，轻轻松松进到城内。城内屋宇相连，座座金碧辉煌，所有房舍概用异形珍珠装饰，每个足有人头大小，不知产自什么珍珠贝，从什么海底捞来。

奇怪的是，城内行人无一个是男的，往来行走都是美艳妇人。见了他们，一个个喜笑颜开，对妖女祝贺说：“妹妹好福气，得了这个如意郎君。”

悟空问：“她们是谁？为什么没有一个男人？”

妖女道：“这都是我的姐妹。这里阴盛阳衰，不产男人，故此你见不着一个男的。”

悟空笑道：“照你这样说，我岂不成为宝贝了？”

妖女道：“哥哥说得不差。此刻这个铁城内，只有你一个活男人。”

悟空故意问：“活的只有一个，死的大概不少吧？”

妖女见说漏了嘴，连忙掩盖说：“哪有什么死的！今晚是我们的良缘佳期，说什么死不死的，多不吉利！”说着，她紧紧挽住悟空便往自己家门口走，不让他多看一下室外风光。

不多时，摆开喜宴，城内女妖都打扮得齐齐整整前来祝贺，纷纷把酒肉送到悟空面前请他品尝。悟空嗅那肉食有一种异味，不敢动一下。他急于查明城内情况，心生一计，趁众人不注意，拔了一根毛化作自己形影，陪同那些妖女周旋，真身却悄悄隐形，溜出室外到处查看。

他不从大门出去，拐到后院僻静处觅到一个角门，走出去来到一个荒

草蔓生的处所，迎面袭来一股阴风。他定睛看时，瞧见许多白骨散弃地上，情况十分凄惨。他正狐疑时，耳畔传来一阵隐隐哭泣声音。顺着那个声音找去，悟空发现一个地窖，门上装了一把大铁锁，哭声就是从里面传出来的。

悟空侧耳仔细一听，像是男人哭声，心里想："那个妖怪骗我，说什么城内没有别的活男人。既然不是活的，里面就是不死不活的人了。我倒要看看，里面哭的是谁。"

他定下主意，瞅见左右无人，抽出金箍棒轻轻一撬，就把锁打开，迈步走进地窖，大声喊道："里面有人吗？"

窖内阴风惨惨，囚了几个男子，听见悟空声音，连忙答应，高呼救命。

悟空走进去问他们："你们是什么人，缘何关在这里？"

地窖内的人答道："我们都是过路客商，被罗刹女引诱来，成婚三天，关在这里，待要给她做下酒菜。"

他们一五一十述说，悟空方才明白，原来这里是罗刹铁城，五百罗刹女居住城中，时常化为美女引诱海上客商。客商进城成亲三日便被关入地窖，当其尚未饥饿脱形，趁新鲜吃。因此需要随时招赘新郎，补充厨中食物。

悟空这才想起，酒席上的肉食有一种怪味，原来都是人肉，不由十分恶心，问他们："你们是男子汉，不知道逃跑吗？"

被囚的人说："罗刹女个个都是妖魔，能往哪里跑？即使出了地窖，不被她们看见，也出不了这个无门铁城。铁城外还有树林，怪石迷宫，怎么走得出去？"

悟空说："难道我们都只好在这里等死不成？"

众人道："命运如此，有什么说的。只怨我们不该迷恋女色，才有今日下场。”说罢，一个个悲从中来，又呜呜咽咽哭了起来。

悟空见他们只是哭，心里焦躁喝道：“你们都是男子汉，有什么可哭的！且都随我来，觅一条路出去，不能都在这里等死。”

众人听了，方才收住悲声，一个个战战兢兢跟他走出地窖，趁着夜色朦胧，四周无人，悄悄逃离樊笼。所幸城中罗刹女都在屋内聚会参加喜宴，城内空荡荡，无一人阻拦他们。

一行人东摸西撞，来到城边，被一道铁墙挡住，没法出去。悟空满不在乎，问他们：“你们会驾云吗？”

众人道：“大哥，还未逃出魔窟，你说什么笑话！若会腾云驾雾，我们都不会被关在这里了。”

悟空自知问错了，这才有些着急。铁城拦不了他，可是怎么才能带领这些凡夫俗子出去呢？

他心中一急，露出雷公脸本相，掣出金箍棒，对着铁墙一阵捣腾，没法撼动分毫。心里想：“我这金箍棒乃东海龙王镇海神铁，什么坚硬东西不能戳破，却捅不开这道墙，实在奇了！罢，罢，罢，我今天不打它的主意，从下面掘一条地道出去吧。”

他将棍迎风一晃，喝声“疾”，金箍棒变成了一把钢镐，使劲刨脚下地皮，希图掘出另一条逃生道路。可是那地皮竟也像铁浇钢铸似的，悟空照旧没法啄动一丁点儿泥土。

几个人在铁墙前手忙脚乱弄了老半天，也打不开一条出路。那边女妖在喜宴里向假行者劝酒，见他不饮不食、不言不笑，心里恼了，放下酒杯，一巴掌打去，却是一根猴毛，知道着了悟空的道儿。一群女妖都变了脸，披头散发，龇出钢牙，跟着追了出来。到后院见角门开了，地窖内的“人畜”也一个不剩，情知都是他干的好事。一个个气得咬牙切齿，追上来要把他撕成八瓣儿。女妖们追到铁墙前，正好看见这一群人。

那些逃出来的男人，瞧见追过来的罗刹女，吓得魂飞魄散，连忙恳求悟空救命。悟空欲要上前迎敌，又恐双拳不敌众手，独自抵挡不了五百罗刹女，万一顾不上招架，被她们伤了眼前这几个人，岂不有违初衷？

他急中生智，吩咐身边几个人在暗影中藏好，连忙拔了一把毛，变成众人形象往斜刺里跑去，引开了五百罗刹女。自己闪在暗处，抓住一个走得慢的，正好是那个欲要成亲的妖女。

悟空一把扼住她的咽喉道：“好娘子，快送你的郎君出城。若要说半个不字，就要你的命！”

那妖女欲要呼喊，却被悟空扼住发不出声，想逃也不可能。眼见悟空凶恶模样，只好自认晦气，战战兢兢地默念一声咒语，带领众人穿过铁墙来到外面。悟空见她已经无用，便放了她，手指着她喝斥道：“我见你还听话老实，这次放了你。以后如果你再伤生，定要了你的命！”

妖女得了性命，连忙唯唯诺诺地应承，抱头转身逃去，心里却想：“贼猢狲，前面是迷宫，你休想逃出去。待我寻得众姊妹，再来抓住你，烧烤了慢慢吃。”

众人见大圣放了妖女，奇怪问道：“猴大仙为何对她慈悲？妖怪怎能改吃人本性。杀了她，除去一害不好吗？”

悟空笑道：“你们只知其一，不知其二。我和妖怪打交道多了，难道不知他们的本性？你们看，她没有死，已经这样凶狠。杀了她，变成恶鬼，岂不更加厉害。一物必有一物治。对付这种妖精，必须寻出她的根源，才知如何震慑治理。先放了她，做一个顺水人情，有何不好。”众人听了连声称是，对他佩服得五体投地，放心跟着他往前走。

前面是怪石乱林迷宫，妖女以为悟空带领众人走不出去，返身带了五百罗刹姊妹又凶狠狠地从后追来。谁知悟空早就在迷宫里撒了几泡尿，此刻嗅着尿臊味就转弯，不费什么事，三转五转就把众人带了出来。悟空到海边觅了一只船，叫他们上了快走。待到五百罗刹女赶来，众人早已乘船漂进海心走得远远了。

悟空送走了众人，自己才腾云飞回乌茶国。三藏和八戒等人还在塔上等候，问他为甚此时才回来。悟空道：“说不得，差些儿被人蒸来吃了。”

悟空一五一十说知情况，三藏听了惊诧失色道：“似这般情况，我们怎么到得僧伽罗国？”

悟空说：“师父不必性急，我们继续往南前行。待我寻出一个法子，除了这些妖怪，你好好去参拜佛迹吧！”

三藏无奈，只好辞别了乌茶国寺僧，带领徒众向南走去。

欲知此去何方，有何异事，且听下回分解。

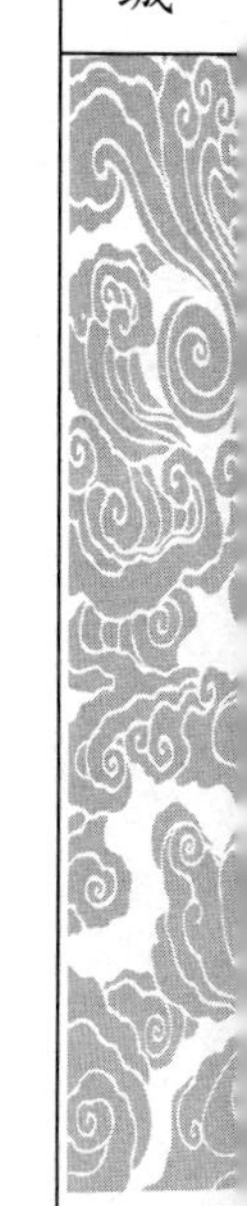

第二十七回　行者礼让恭御陀国　八戒智取五通大仙

唐僧师徒离了乌荼国，沿大路向西南走进一座茂密森林。在林中行走一千二百余里，到了恭御陀国[①]。

这里濒临海边，城池坚峻。居民形伟貌黑，风俗勇烈，崇敬外道，不信佛法，可是却粗有礼义，性格耿直，从无欺诈行为。如果不招惹他们，却还值得信任。

师徒四人在林中走了许久不见人迹，到此觉得腹饥难忍。三藏下马对悟空说："这里外道势盛，我们不进城去，就在这里休息。你在市上买些东西来充饥，快去快回。"

八戒见悟空领命要走，忙不迭说道："师父，为什么偏心，好地方都让猴头去，不让我也去开开眼界？"

三藏说："这里不信佛法，乌荼国寺僧已经说得清楚。你性喜贪玩，不如悟空精细，还是让他去好。"

八戒笑道："荡荡清平世界，有什么可怕的？东西买得多，他一人搬不了，我也可以做一个帮手，岂不更好？"

三藏见他执意要去，只好嘱咐几句，让他两人都去，自己留下沙僧侍候不提。

这八戒和悟空兴高采烈地走到城边，看见人头攒动、市廛繁华，果然是一个好去处。悟空掏出银子买了食物要走，八戒道："你忙什么？不如

① 见《大唐西域记》卷十，"恭御陀国"条："粗有礼义，不甚欺诈……国临海滨，多有奇宝，螺贝珠玑，斯为货用。"

我们在这里先吃些东西再回去，把买的都留给师父和沙师弟吃。再有多余的，带在身边好赶路。”悟空听他说得有几分道理，加以自己也是空腹，便点头同意了。两个人挑了一个路边食摊，坐下来便吃。

摊主见他二人坐下，喜滋滋搬出许多时鲜食品，滋味十分可口。两个人吃得舒畅，一下子便如风卷残云吃得精光。摊主见他们喜欢，又连忙搬出许多。两个人不问，只是埋头吃，桌上堆了一大叠空盘空碟。起身算账时，却差了一些银子没法付清。

悟空见花了许多钱，不便转回向师父再讨，心里有些踌躇。八戒暗暗扯了他一下说：“你别急，先坐在这里等候，我去一下，就带钱来赎你。”悟空不知他从何处弄钱，正待问，八戒使了一个眼色，便转身匆匆走了。悟空无奈，只好安心坐下来等他。

原来八戒早有心眼，觑见本地人没有零碎银子，用一些螺壳海贝也能当钱用。他想：“海边有的是这些劳什子，拾几个来把账清了，还能再捎些东西回去，岂不很好。”

他自以为得计，独自走到海边，胡乱捡了一些贝壳便往回走，付给摊主作欠下的饭费。

谁知，摊主见了这些贝壳，满面不悦，对他说：“客官，我们这里最重诚实，你怎么用这些东西来搪塞？”

八戒心中不服说道：“我亲眼见你收了贝壳。难道这些不行？你怎么欺侮外来人？”

摊主说：“你这人好不讲理！用假钱欺骗，还强词夺理。”说着，打开银柜让八戒看，原来可以当钱用的都是彩色奇异螺贝，和他拾来的粗陋贝壳大不相同。如果八戒拾的可以当钱用，岂不人人皆可拾钱做大富翁了。

两个人争论不打紧，恼了旁边一个汉子，手指着悟空、八戒骂道：“贱和尚，我早看你们猴形猪首，不是好东西，怎敢在我恭御陀国诈骗

人，可知道我们怎么对付骗子吗？”一声喊，便招来一群人，把他们团团围住，要拿他们到官府治罪。

八戒瞧着情况紧急，伸手要打，想趁乱冲出重围。悟空自知理亏，想起三摩呾吒国故事，担心再惹恼外道群众，引起宗教冲突，连忙按住八戒，拱手陪笑对众人说：“列位休要发怒，其实是我这个兄弟错了，不知贵国规矩，错把贝壳当作珍珠贝。我让他留在这里等候，我去再取些钱来清账如何？”

众人见他说得有理，方平息了怒气。八戒却有些慌了，扯住悟空道：“哥啊，你从哪里去弄钱？莫把我独自留在这里吃官司。”

悟空见他可怜，安慰了他便与众人拱手走去，见了师父一五一十说明情况。长老连忙吩咐沙僧再取些银子，交与悟空赎回八戒。

四众慌慌忙忙离开恭御陀国，再向西南，走入大荒野。只见到处深林巨木，干霄蔽日，比先前的林子更加稠密。好不容易走了一千四五百里，才走出森林，来到林外另一国度。

此国乃古时南天竺有名的强国，即伟大史诗《摩诃婆罗多》和早期佛经《岛史》等书所载，南方之强羯陵伽国是也。佛祖释迦牟尼降世后约一百余年，该国脱离难陀王朝独立，逐渐征服四方，独霸南天竺大海曲海滨。当其盛时，有步兵、骑兵和象军数万，周围国家莫不宾服，真是显赫一时。可是如今却人烟稀少，到处一片荒凉，不知是何原因。

四众晚间投宿一户人家，看见主人忧心忡忡。户主老翁端出饭菜让他们吃后道：“诸位客官快快熄灯睡觉，明日一早就走，不可在此久留。”

三藏不解问道：“老人有何忧愁，莫非你家中有事，我们冒犯了吗？”

老翁说：“说了无用，不干你们的事。你们还是早睡吧，勿让忧愁扰乱你们的心。”说话时，眼泪扑簌簌流下来，显出十分悲戚的模样。

悟空在旁听见，忍不住插嘴问道：“老人家，你到底有何难处？说与我们听，或许可以与你分忧。”

老翁看他一眼，叹气说：“小长老，你心虽好，却不能解除我们的忧愁。说出来，会吓死你，今夜睡不好觉。”

悟空笑道：“有什么会吓得人睡不了觉的？你且放心说来听听，不妨事的。”

八戒听了，也插嘴说：“莫非有妖怪？怕什么！妖怪见了我们都不敢来。”

老翁还有些疑虑，三藏启口安慰他说：“你别害怕。我这几个徒弟说得都不差，他们都有专门捉拿妖怪的本领，或许真能与你分忧也说不定。”

老翁这才定下心来，手指堂下一个痴呆孩儿对他们说：“这里确是有妖精，这个孩儿就是被妖术诅咒失去魂灵的，不久就会死去。”

原来这里有五通大仙作怪，时常用恶咒残害国人。受其诅咒者，全都丢魂失魄变得痴呆，然后不饮不食，直到死去。少长无遗，贤愚俱丧。因此使国内人烟断绝，十分荒凉。五通大仙昼眠夜出，看见何处有灯光，便飞来为怪。所以每到黄昏，人们都不敢外出，纷纷熄灯早躲上床，婴儿也不敢夜哭。

老翁说：“这个妖怪无人可挡。从前我们请来一位高明法师治他，没有治住，反被妖怪摄去了魂灵。你们要仔细掂量，如果没有办法对付他，趁早连夜走开，莫要自己送了命，又连累我们。”

悟空听了说：“我当是什么凶狠妖怪，原来是一个要嘴皮念咒的，有什么可怕的，我倒想把他拿住，看看是什么模样。老人家，你若害怕，先带着家里人躲到别处去，看我在这里为你们捉妖怪。”

老翁见他说得有信心，只好叮嘱一番，半信半疑地领着家里人仓惶躲开，留下唐僧师徒捉拿妖怪。

悟空见老翁一家走开，对三藏说：“师父，着八戒、沙兄弟保护你，

也往别处躲一下，我一个人在这里等待妖怪。”

八戒说：“让沙兄弟陪师父去，我留在这里帮你一把。”

三藏也说：“八戒说得有理，这个妖怪不知深浅，留他在此，多一个人也好。”

悟空摇手说：“不，这不是一个拼力气打的角色。他能收人魂魄，不是好玩的。八戒是凡胎，不如我是石头里出来的，又早在十殿阎王处除了名，不怕他念咒收魂。谅他没有别的武功，我一人对付足够了。”

三藏见他说得有理，便和八戒、沙僧一起，避到一边，静待悟空独自捉妖。

众人走后，天色渐渐转暗，悟空点燃灯，在屋内大咧咧坐下，专等五通大仙到来。看看斗转星移，已到半夜时分，还不见那怪出现，悟空心里不耐烦，跳到天井里，手指天空高声咒骂道：“五通妖怪，为什么还不来！如果怕老孙，就赶快躲开，休在这儿装神扮鬼吓唬人。”

话说那五通大仙住在城外高岩上，因为多喝了一些酒，不知黑夜到来，夜半还在昏睡。蒙眬中，他听见有人呼唤他的名字叫骂，不由心中大怒。睁眼看时，见山下一个院子里，明晃晃点燃了一盏灯，心头更加恼火，咬牙恨恨骂道：“谁这样大胆，还敢在夜间点灯？我这就去收了他的命！”

悟空还在指天指地高声咒骂，五通大仙已经从岩顶乘风轻轻飘下，落在他面前喝问道：“你是什么人？胆敢违禁点灯，喊我的名字，难道不怕死吗？”

悟空冷笑，反问他：“你就是五通妖怪吗？瞧你这副痨病鬼样子，也想在这里称大王，和我比试高低，让你知道你孙爷爷的厉害！”

五通大仙气往上撞，立时就要发作，悟空却唤住他道：“且慢！要打，先订一个规则，不要胡乱争斗，让你死得明白。你道如何？”

五通大仙说：“好！我也不用动手，叫你一声名字，就要你的命。”

悟空笑道："原来你是叫卖出身的，我道你有好大的本事！别说叫一声，就是让你叫十万声也不妨事。叫乏了，就吃你孙爷爷一棒，尝一下金箍棒的滋味。"

五通大仙胸有成竹，只见他闭目凝神，口里念念有词，忽然运足了气，睁目大叫一声："孙爷爷！"只道悟空会中魔变傻，慢慢不攻自死，谁知悟空却拄着棍子像没事似的，依旧十分机灵，不痴也不呆。

悟空坐在一张摇摇晃晃的破木凳上，翘着腿，笑嘻嘻答应说："好孙子，叫你爷爷做什么？"态度不慌不忙，哪像争斗比法的样子。

五通大仙慌了，不待悟空动作，抢先连声大叫，一直喊了十几声"孙爷爷"。悟空同样纹丝不动，没有丢失魂魄。

五通大仙感到奇怪，问他："孙爷爷，你为什么不傻呢？"

悟空乐了，笑得前仰后合说："你爷爷傻什么？你这不中用的灰孙子才傻呢！"

五通大仙被他骂得满面羞惭，心中却更加恼火，抬头问道："你别骗我，你果真是孙爷爷吗？"

悟空道："骗你是孙子！我不是孙爷爷，谁是孙爷爷？"

五通大仙满腹狐疑，启口又问："孙爷爷就是你的名字？"

悟空正在笑，顺口答道："好孙子，你听明白了，你爷爷是齐天大圣孙悟空，哪个不知、谁人不晓？"

五通大仙这才明白自己上当了，连忙厉声疾呼一声："齐天大圣孙悟空！"悟空正笑得乐不可支，不提防答应一声，魂灵立时出窍，晃悠悠被摄入五通大仙手中葫芦里。一个机灵出众的孙大圣，立时变得痴痴呆呆，像木头人一样。正是：

魔法无坚不能克，
石猴大意失魂魄。

眼见悟空变得这般模样，五通大仙才得意收起葫芦，走过来用手指戳着他的脑门骂道："猴妖，你还敢当我的爷爷，充齐天大圣不？只过三天，就叫你魂魄散尽，成为野鬼。"说罢，得意洋洋驾风胜利回山不提。

这边唐僧等人躲在外面，一直挨到半夜，不见里面动静，心想莫不是悟空降伏了妖魔，身子疲倦睡着了，又或许他们正争持不下，还在里面闷声比试气力。一行人心中疑惑不定，蹑手蹑脚走回来探看。

八戒手提钉耙走在前面，从门缝里张望了一眼，说道："妖怪不见了，猴哥坐在院子里打盹儿呢！"

大家放心，跟着进去看，只见悟空低头闭目，真似睡着一般。沙僧走上前轻声唤道："哥哥，莫在院子里睡，谨防着了凉。"

八戒也过去推他一把道："你倒卖乖睡得好，也不吱一声，害得我们在外面候得好苦。"

谁知，不管沙僧呼唤、八戒推搡，他都端坐在那里不动一下。跟在后面的那个老翁眼见不好，失声喊道："不好，这位猴长老的魂被妖怪摄走了！"

众人定睛仔细一看，可不是吗！只见他相貌痴呆，哪里是睡着了，分明中了魔法，生命危在旦夕。

三藏见了，跌脚叹道："他随我到西天取经，一路上受了许多辛苦。如今成了这般模样，怎么是好？"

老翁埋怨道："我早说过，五通大仙是惹不得的。这个猴长老既已如此，无法复生。你们趁早连夜逃走，莫要再在此处惹事遭殃，连累了我们都不好。"

三藏垂泪道："难道我们一走，撇了他不成？"

老翁道："事已如此，顾不得他了。这种事我见过许多，不出三天，他魂魄散尽，就一命归阴了。"

八戒和沙僧在旁见了，也心里着急。八戒心中气忿，揎拳伸臂喊道："师父，让我和沙兄弟去和那个妖怪拼了，为哥哥报仇！"沙僧也怒目圆睁，不肯输这口气。

三藏见他二人心情激动，定要前往复仇，挥手劝阻道："你们心情我岂不知，只是这个妖怪本领高强，悟空尚且不是他的对手，如果你们也被他摄去魂魄，该怎么办？"

听了三藏言语，沙僧虽然心急如火，也只好低头不语，静候师父处置。八戒却按捺不住大声嚷道："难道我们就不管大哥了？"

三藏道："救人一命，胜造七级浮屠，何况是悟空。我看他尚未气绝，为今之计，我与悟净将他带到安全处藏好，你火速上灵山，请来药王菩萨，必定神到病除。"

八戒听了，摇着两只大耳朵说："不妥，不妥！他不是遭瘟害病，是魂被那妖怪收去了，吃几颗丸药管什么用！要救他，只有向妖怪讨还魂魄。况且我们一走，妖怪依旧在此害人。除害须除根，莫不如趁势把他剪除了。"

他一席话，说得有情有理，众人听了无不点头称是。然而，如何除掉那妖怪呢，他却说不出半点主意。

三藏问他："那怪妖法厉害，你如何与他争斗？"

八戒道："我已问知，他呼喊名字时，如若应答便能摄人魂魄。大哥定是不小心，着了他的道儿。如果不让他知道姓名，他就没有戏唱了。"

沙僧见长老沉吟，也忍不住插嘴说道："二哥说得不差，如今只有这样干了。"

他二人去意坚决，三藏不再言语，只好仔细嘱咐他们几句，随着房主老翁提心吊胆再度避开不提。

这里八戒和沙僧打听了五通大仙住处，各自提了兵器，赶到洞门外叫骂讨战。八戒对沙僧说："这个妖怪咒法厉害，我们莫要和他耍嘴皮，抓

住他一阵打便是了。”沙僧应诺，二人就举起兵器，在洞门上乒乒乓乓一阵乱打，嘴里喊道：“瘟妖怪，快出来领死！”

五通大仙收了孙悟空的魂魄，正心满意足地躺在洞内石床上休息，听见外面吵闹，开门出来，瞧见两个相貌丑陋的和尚在外叫骂。他手指他们大喝一声：“何方野和尚，敢到这里骚扰？”正欲性情发作，不提防两个和尚左右围上来，闷头闷脑一阵乱打，连忙拔出腰间佩剑招架住，喝问道：“来者通名！怎能打得这样没有章法？”

八戒正杀得性起，哪里管他什么通名不通名。沙僧性情耿直不知是计，停住手中降魔宝杖答道：“妖怪听清了，叫你死得明白。你爷爷乃大唐天子御弟三藏法师门下徒弟，沙悟净是也！”

他话犹未完，五通大仙喝叫道：“沙悟净！”沙僧随口答应一声，立刻魂灵出窍，化为一缕轻烟，被吸入五通大仙手中葫芦，身子跌倒尘埃，变得痴呆，再不能动弹。

五通大仙手指八戒，得意问道：“丑和尚，你叫什么名字，也敢通名搦战吗？”

八戒一见，心中大惊，不敢继续恋战，连忙抢了地上沙僧身体，背起回头便走，气喘吁吁跑了七八里路，才敢回头看一眼。

三藏见他狼狈逃回，又看到沙僧人事不省，不由潸然泪下，责备他道：“都是你硬要和妖怪争斗，如今又折了悟净，怎生是好？”房东老翁也战战兢兢，害怕五通大仙怪他勾引外来和尚，降罪他一家和整个村庄，劝八戒休要再惹事，火速陪同师父离开。

八戒哽咽一阵，抬头对三藏说：“师父，你若害怕，骑着白马先走，我留在这里，若不除了这个妖怪，收回他们的魂魄，就和他们一起死！”

三藏问他：“只凭匹夫之勇不能取胜。你有什么办法可以治他，先说给我听？”

八戒收住眼泪道：“我已明白，他收魂方法是呼喊姓名，沙兄弟不小心着了他的道儿。如今我不报姓名，和他只打便是。”

三藏不放心问：“你可了解清楚？如果他还有别的法术，又收了你的魂，怎么办？”

八戒气忿忿道：“师父不必担心。我这番去，若不降伏他，就死在那里！”

三藏道：“我不要你死，只要你活。你实在要去，必须多加小心，瞧见势头不对就赶快回来。”

八戒应诺了，立刻抹干泪水，提耙直往山上走去。他来到五通大仙洞前，拳脚并施，把门捣得震天响，忿恨喊道：“妖怪，快出来！还我师兄、师弟魂魄。”

五通大仙在洞内听见，开门出来瞧见是他，呵呵冷笑道：“不知死活的蠢和尚，又来作甚？”

八戒抬头瞅见收魂葫芦正系在他的腰间，心中更加恼恨，把牙咬得咯嘣响，狠命扑上来，恨不得一耙把五通大仙筑得粉碎。

五通大仙见他来势凶猛，连忙用剑架住，喝道：“蠢和尚，留个姓名，我好把你写上阎王的账本。”

八戒心知这是他的计策，说道：“妖怪，别人中你的计，我可不中计。要打便打，休要套我的口风，收我的魂。”说着，他便舞开钉耙，上三路下三路，似一股风劈头盖脑打来，不让五通大仙喘一口气。

五通大仙不敢怠慢，连忙举剑相迎，心里想：“这个丑和尚看出了我的计谋，和他硬拼不是办法。待我别施巧计，诳出他的姓名，才能收魂取胜。”

他想定了主意，趁八戒不留神，虚晃一剑跳出圈子，连忙转身钻进山洞，用石头把门顶牢了，随八戒怎样叫骂敲打，只是不开门应战。

八戒得胜本该欢喜，却由于五通大仙闭门不肯再战，心中十心焦躁。他举耙对着洞门乱筑乱打一阵，看看天色已晚，有些手乏了，放下钉耙心里想："师兄和沙兄弟的灵魂被他收去，三天便会毙命。这个妖怪缩了乌龟头不出来，耽误了时间怎么好？这样打不是办法，要想一个计策把他引出来才好。"

好八戒，这番再不呆，收住钉耙对门内喝叫道："妖怪，你不敢出来就输了，从此再也别出来装神扮鬼，欺侮山下老百姓。"说罢，头也不回转身便走，等待五通大仙跟下山，再断了他的回山道路和他拼斗。

五通大仙在门缝里张见他果真走了，连忙开门出来登上山顶望，瞧见他走到唐僧身旁，心里有了主意。他将身一摇，变成唐僧模样，趁着天地一片昏暗悄悄走下山，和唐僧并身站在一起，笑嘻嘻待八戒辨认。他只等二人在慌乱中互相喊出姓名，便把他们一股脑儿都收了魂，做个一网打尽。

八戒回过头，瞧见灯影下有两个师父，心里吃了一惊。三藏转身也看见他和自己一模一样，情知是妖怪化身，吓得战战兢兢，忙走过来一把拉住八戒，呼唤他上前降妖。妖怪看见，也过来拉八戒，一人攥住八戒一只手，都是一副惊惶样子，使八戒真伪难分。

三藏刚张口喊了一声："八……"妖怪也同声喊了出来，喜滋滋只待长老喊出全名，便收了他的魂魄。

说时迟那时快，八戒心知其中有异，不待他们说笑，连忙用力挣脱手，捂住他们的嘴，喊道："师父，不要中计，喊不得我的名字。"

三藏心中省悟，忙闭了口，将眼瞅住妖怪，不知该怎样办才好。五通大仙也学他的模样，心里却想："这个胖和尚相貌粗蠢，肚内却有心计。我只不动声色，看他如何分辨真假。等他眼花认错，杀了自己的师父后，再慢慢收拾他不成迟。"正是：

一计不成生二计，
妖精还欲唱好戏。

两个唐僧站在八戒身边，都面如土色、手脚无措，真个是真伪难分。八戒虽然跟随唐僧一路上西天，朝夕相伴许多日子，也认不出哪个是真师父，哪个是假的。他心中焦躁，手指二人喝道："妖怪，你胆敢变成我的师父模样。我如认出来，就把你剁成肉泥！"

妖怪正待他这样说，连忙手指唐僧道："徒儿，你说得是。他是妖怪，快打杀了他。"

三藏听了，连忙摇手喊道："呆子，使不得，他才是真正妖精。"

八戒听见二人说话，已知谁是师父，谁是妖怪，手中掣耙直朝那假师父打来，喝道："妖怪，师父从来不叫我徒儿。叫你吃我一耙，到阴间做鬼去。"

五通大仙眼见已经败露，只好现形拔剑相迎，两人就在山下村里打将起来。一来一往，斗了数十个回合。五通大仙渐渐气力不济，虚晃一剑，回身便往山上走。

八戒早已提防他逃走，赶上一步截住退路，死死缠住他打斗不放。

一个是妖仙，慌张要逃走；一个是猪精，含忿欲复仇。妖仙但能作法念咒，怎是天蓬元帅对手？

五通大仙和八戒又斗了几个回合，无法取胜，将身一摇露出真身。原来是一只金头蜈蚣，口里喷出毒气，欲与八戒拼死争斗。好八戒，被毒气熏得头晕目眩，咬紧牙不待他喷出第二股毒气，便举起钉耙，将蜈蚣筑成几段。眼见妖怪动弹不了，八戒才上前取下他腰间葫芦，拔了塞子，放出悟空、沙僧的魂灵。

两股魂灵还身，悟空和沙僧慢悠悠醒来，睁眼问道："妖怪在哪里？我们去打杀了他。"

八戒手指地上蜈蚣，笑嘻嘻说道："不待你们动手，我已把他送到阎王处了，要不，就该你们去。"

三藏看见一切顺利，这才放下心，称赞八戒说："老天有眼，悟能也有计谋。多亏了他，要不，我们都过不了羯陵伽国。"

悟空、沙僧谢了八戒。村中居民也十分欢喜，纷纷上前向八戒顶礼膜拜，诚恳挽留众人住了几日，才欢天喜地奏起鼓乐，恭恭敬敬送唐僧师徒出境。

欲知他们离开羯陵伽国又去何处，且听下回分解。

第二十八回　龙猛[1]点石成黄金　悟空裤裆捉风怪[2]

且说唐僧师徒离了羯陵伽国，向当地父老探知，离此西北一千八百余里处，有憍萨罗国。国王乃刹帝利种，崇敬佛法，仁慈善良。国内有伽蓝百余座，僧徒近万人，尽皆习学大乘法教[3]。京城城南不远处，有一远古佛寺，旁有无忧王所建堵波。古时如来曾在此处现大神通，摧伏外道邪神。后来，龙猛菩萨到此讲法，提婆[4]菩萨也投其门下学习受业。因此，此地便成了天竺重要佛地，往来僧侣信徒莫不到此参拜。

三藏听后，在马上对众徒说："我在东土即久仰龙猛和提婆菩萨大名，深知二人乃是大乘中观派师祖，曾经宣讲佛法，辩论折服外道能人，名标佛门历史。如今灵迹近在咫尺，岂能不前往参拜。"于是传令改变方向，离开海岸，向西北憍萨罗国走去。

一路看不尽山岭起伏、林薮连接，慢慢行到此国境内。只见土壤膏腴，地利滋盛，邑里相望，人户殷实，居民形伟肤黑，多信佛法，三藏看了十分欢喜。

两位菩萨的灵迹在城南不远古庙处，旁有无忧王所建宝塔，龙猛、提婆均曾在此居住讲经。都城西南三百余里跋逻末罗耆厘山，亦有龙猛菩萨所居伽蓝。三藏率领众徒看了寺庙就来看这山，来到山前抬头看，只见它：

---

① 龙猛又称龙树，大乘佛教中观学派创始人。

② 见《大唐西域记》卷十，"憍萨罗国"条，龙猛、提婆与跋逻末罗耆厘山故事。

③ 大乘是公元1世纪左右形成的佛教教派，有别于原始佛教的小乘教派。

④ 提婆是龙猛的弟子，"学识渊博，才辩绝伦"，以智辩著称于世。

平地兀起高千尺，
无有山谷无有溪。
玲珑剔透多窍洞，
天生一座太湖石。

那伽蓝别无半砖寸瓦，开凿在山腹岩石间，有栈道天梯相通，与山浑然一体。其间长廊步檐、崇台重阁，建筑十分精妙。那阁有五层，层分四院，内外勾连，幽明相间。有的是天然洞穴，到处垂挂钟乳璎珞；有的是人造窟室，四面凿开雕花石窗。五层楼阁五重天，各铸黄金塑像，量等佛身，显出无限庄严法相。更加使人叹为观止的是，一股飞泉不知从何处流来，涌出山腰暗穴，周流上下楼阁，奔泻明暗廊庑。时而喷出阁内龙吻，时而流入廊侧筒沟，潺潺水声恰似佛语纶音，增添了许多神秘气象，好一派自然天籁。

三藏看了，赞叹不已。悟空等人也不由肃然起敬，想不到在此偏僻内陆山野，尚有如此精妙佛迹。这西天天竺国，真是佛天佛地。

众人走到山前，见一面石碣[①]嵌于一株古老榕树身内。原来这是当时凿建半山伽蓝的记载，飞鸟在此落下的一颗种子，萌发成为大树，将石碑包藏在树身中，藤萝掩映已生绿苔，不知其经历了多少岁月。

三藏下马虔诚敬礼后，用手小心拂去碑面苔藓，细细辨读碑文，转身讲与众徒听。

原来这是昔日娑多婆诃王[②]为龙猛菩萨建造栖身伽蓝时所留碑碣。文中盛赞龙猛菩萨道德坚固、学问无边，并且叙述了开山建寺经过，宣传龙猛菩萨法力。

当时娑多婆诃王发誓建寺，几年后人力疲竭、府库空虚，功犹未平，心甚忧戚。龙猛问他：“大王何故面有忧色？”国王据实以告。龙猛安慰

① 意为圆顶的石脾。
② 娑多婆诃王，唐人称之为引正王。

他说："你休要忧愁。崇福胜善，其利不穷，有兴弘愿，无忧不济。今日还宫，当极欢乐。明晨出游，必有所应。"

娑多婆诃王受诲回宫，吩咐排宴赏赐百工，自己却不敢享用，口中念佛暗暗祈祷，希望如龙猛菩萨所述，上天发神迹相助。次日重到山前，忽然看见山林中有许多黄金，巨如石，熠熠生光。国王诧异问左右道："昨日此处并无金银，这些是从何处来的？"有细心人认出，这原是当地石块，轮廓形态宛然如昔，不知什么原因都变成黄金。国王才知是龙猛菩萨法力所致，心中十分感激，连忙率众趋往菩萨面前致谢。

龙猛菩萨道："至诚所感，故有此金。宜时取用，济成胜业。"国王领旨，于是命令匠人再修工程，终于完成此山中石窟伽蓝。剩余黄金用于五层楼阁，各铸四尊金像，并召集千僧，居中礼诵。龙猛菩萨以释迦佛所宣教法，及诸菩萨所演述论，藏在其中。之后，此地便成为一方香火所集处，闻名遐迩，较王都附近诸伽蓝更加圣灵。

众人恭敬读毕碑文，起身朝山腹石窟寺走去。奇怪的是，这里寺门紧闭，无路可以上山。

八戒、沙僧大声呼唤，亦无人答应，和都城附近佛寺香火鼎盛情况大不相同。

三藏心中沉吟："为何眼前所见和树中石碑所述截然不同？其中必有蹊跷。"由于这里是神圣处所，石门封闭无计可施，只好低头感喟一番，叹息自己生不逢时，不能登临石窟参拜金像，并不想深究其中原因。

悟空在旁耐不住道："师父，你何必叹气。如果真要上去看，待我先去唤出一个惫赖和尚，开了门，你慢慢看便了。"

三藏问他："石门关闭，你如何上去？"

悟空哈哈笑道："石门可关亦可开。我真要它敞开，有何难处。"

三藏道："这里是礼佛神圣地方，你不要胡来。"

悟空早已等不得，不待长老再多说一句，道一声："师父放心！"说

完，他将身轻轻一纵，跳在山腹石窟寺栏杆上。他原以为寺内僧人贪睡，误了开门时间，唤醒一个下来即成。谁知从阁楼下面走到顶层，明暗窟室看遍，却无一个人影。更加奇怪的是，窟内许多巨大金像也如狂风刮去似的不见踪迹。

悟空想道："这可怪了，怎么连金身佛像也没有？如非盗贼所为，定是出了妖怪。待我请师父和八戒、沙兄弟上来仔细察看这是什么原因。"

他从窟内石梯来到山下，从里面打开门一看，面前一片旷地，哪有三藏等人。

悟空以为他们等不得，到附近地方休息，或是寻一个僻静处所方便去了，就转绕到山前山后到处寻找，也没有下落。最后，在草地上拾到一只僧鞋，他认得是长老的，心里想道："不好，这里必定有妖怪，师父和八戒、沙兄弟都被拿去了。"

好大圣，将僧鞋掖在腰间，连忙纵身跳到山顶，将手搭起凉棚朝远处一望。只见天边一股云柱，像龙吸水般将地面灰沙卷起，飞速旋转朝远方而去。

悟空心想："是了，必是这个旋风怪把他们摄走了。"心里想，脚下便动，翻身腾云向那股妖风赶去。

赶到近处，定睛一看，灰沙柱里有几个黑影，正是三藏、八戒、沙僧和驮经白马，他们都像走马灯般在沙雾里上上下下转来转去，没法稳住身子。

三藏在风中看见他，忙喊："悟空快来，救我出去。"八戒、沙僧也连声呼叫救命，指望悟空帮助，从风中脱身。

悟空不敢怠慢，连忙纵身赶去，伸手欲把三众和白马从风中拽出。

八戒见他过来，慌忙舒臂伸腿，尽力挣扎身子挨靠过来，嘴里喊道："猴哥，我体胖身重，快支持不住了，跌下去定会成为肉饼子，先拉我出去吧！"

沙僧在风中上下翻滚，也在奋力挣扎，听见呆子喊叫，说道："二哥，你是天蓬元帅出身，有些根基，休说这等没志气话，还是让大哥先救师父要紧。”

悟空心中称赞了沙僧，喊道：“二位兄弟且支撑住，待我救了师父，再来救你们。”说着，便踊身前来救三藏。不料这风十分迅疾，眼睁睁瞧见师父在面前，却挨不近身子，无法将他拽出。只见这股风：

内外寂寂，上下空空。说有却是无，说无却有踪。钻不进、戳不通，万钧魔力无形中。若是真正钻进去，只恐性命白断送。

悟空绕着旋风试了几次，没法伸手把三藏拖出来。他心想：“这风果真厉害，我须如此如此，方才救得师父和八戒、沙僧。”

他眉头一皱，已有主意。从耳里把金箍棒取出，迎风一晃，成为一根长杆，使劲捅进去，递与三藏道：“师父，接稳了，我这就拖你出去。”

三藏闻言，连忙双手抱住金箍棒，只待悟空用力拖拽。谁知，悟空运足了气力拉了几下，金箍棒却像被咬紧了似的，总也没法拉扯出来。

悟空焦躁了，用尽平生力量使劲一拉，不料那风飞快一阵旋转，反把他也卷了进去。正是：

历尽西天万千劫，
今日却坠虚无中。

冥冥中，悟空耳畔传来一阵呵呵笑声，那风怪笑道：“猴妖，你也不要走，随我入洞去耍子吧！”悟空抡起金箍棒左冲右突，哪里冲得出去。

悟空冲闯不出，又心生一计，手中持着棍子，喝声：“长！”手中金箍棒就呼的一下，直向半空中蹿去，要把围困众人的旋风捅破。

谁知，道高一尺，魔高一丈。身边这股旋风也升卷起来，始终把四

众、白马和金箍棒紧紧罩裹住，不留一丁点儿宽松。真个是：

棍随风长，风逐棍高，任你大圣本领可齐天，这番厄难怎能逃？妙、妙、妙，巧、巧、巧，耳畔一阵阵狂风咆哮。把圣僧、猴仙似球儿上上下下来回抛。哪管你天蓬元帅、卷帘大将，也同样在风中颠簸飘摇。这一份罪呵，怎生煎熬？

唐僧四众被旋风怪攫在掌中，不由分说投入一个岩洞绑住。众人抬头看，洞口镌着“葫芦洞”三个字，洞里金光灿烂，上面一个小穹窿，下面一个大穹窿，果真是天然葫芦形。奇怪的是，顺着墙根排开一溜金身佛像，地上丢了一堆风干的僧人秃头颅，不知是何原因。

悟空眼里看见，心中已经明白。原来这便是跋逻末罗耆厘山石室中失窃的金佛像。那些僧人头颅，想必就是被妖怪残酷杀害的寺僧了。今日他们被旋风怪投入洞中，想必和这些僧人一般，不会有甚好结果。只是不见这怪形影，不知他有何要求。

他刚想到此处，耳边就响起一个声音，喝道：“和尚，快说出点石成金术修炼之法。要不，这些头颅就是你们的下场！”

唐僧师徒听他发言，方知其目的，原来是一个贪财妖精，掳了许多金宝，还望多多益善。

三藏听了，心中惊惶，战战兢兢向空中致礼道：“大仙需要明察，我等是过路东土僧人，并不明白什么点石成金术。请高抬贵手，放我们去吧！”

旋风怪隐身在空中冷笑道：“我不管你是本土和尚，还是过路和尚，若不说出秘密，就别想活命。”

八戒在一边听见，忍不住大声喊道：“你这妖怪好没有道理。我们真的不知道，难道真要我们的性命吗？”

旋风怪呵呵一笑，朗声答道："让你们死得明白，我实话告诉你们吧！昔日龙猛法师帮助娑多婆诃王，点石成金，集资建寺。他还给国王仙药，寿逾数百，引起王子嫉妒，胁迫法师用干茅叶刎颈身亡，自己篡位夺权。可惜财力不足，未能完成功业。我得上天昭示，龙猛不忘旧事，灵魂转化为后世僧人。所以我才将汝等拿下，叫你们说出点石成金法术。"

众人听后，方知原因。沙僧气愤质问他："即使龙猛菩萨真正转世，也只能化为一人。你不问青红皂白，残杀许多无辜僧众，是何道理？"

旋风怪冷冷一笑说："俗话说，宁可错杀三千，不可放过一个。我要求龙猛法师真传，怎么饶得你们！"

妖怪这样一说，三藏心中更加惊惶不安，不由凄惨长叹一声，说道："罢、罢、罢，想不到在这里遇见这样一个贪心、不讲理的妖怪。今日我们师徒四人不能返回东土，就死在此处了。"

八戒见状也十分懊恼，低声对悟空说："难道我们就这样听凭他摆布不成？你可有什么妙法儿，解脱绳索和他拼了。"

悟空闻言，早已解意，微微一笑说："这却不难。"言罢，他悄悄拔了一根毛，嘴里念一句口诀，就变出一把铜凿，趁妖怪和长老说话不注意，先割断了自己手腕上的绳索，又割开缚住八戒和沙僧的麻绳。三人就势抄起身边武器，朝向空中打去。可是耳畔只听得那妖怪在空中说话，声音却忽上忽下、忽左忽右，飘忽不定，不知在何位置。三人乒乒乓乓一阵乱筑乱打，都扑了空。

妖怪见他们挣脱束缚，凶狠动武，不由恼了，立时作法，呼啦啦刮起一阵旋风，把悟空三人，连同长老与地上骷髅头骨都一股脑儿卷起来，在葫芦洞里上下乱转。

妖怪将他们任意吹卷一阵，见他们一个个被折腾得头昏脑涨，才收了风飞出洞，砰的一声关了洞门，对他们说："你们仔细想清楚，快交出点石成金术。要不，叫你们一个个都死在洞里。"

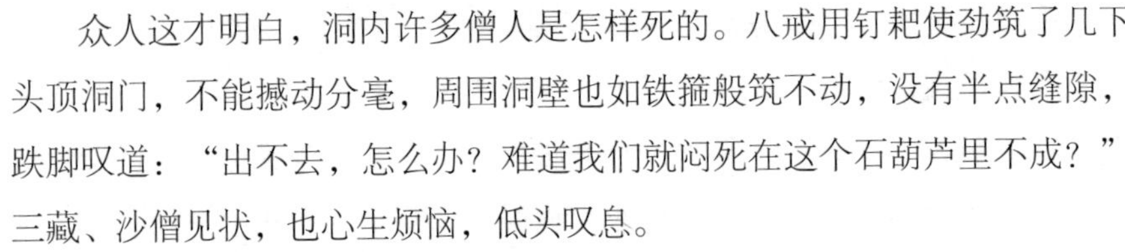

众人这才明白，洞内许多僧人是怎样死的。八戒用钉耙使劲筑了几下头顶洞门，不能撼动分毫，周围洞壁也如铁箍般筑不动，没有半点缝隙，跌脚叹道：“出不去，怎么办？难道我们就闷死在这个石葫芦里不成？”三藏、沙僧见状，也心生烦恼，低头叹息。

悟空却不叹气，定住神把周围形势仔细看清，心中已有主意，笑吟吟说道：“要出去也不难，只需借八戒一件东西。”

八戒道：“你要什么？若是不要我的性命，什么都成！”

悟空笑道：“呆子，你别害怕，汗毛也不会伤你一根，快把裤子脱下来吧！”

八戒认真听了，叫屈道：“哥啊！这是什么时候，你还取笑我。”

三藏也忍不住数说悟空道：“八戒说得不差，开玩笑须有分寸。他是憨厚人，你别欺侮他。”

悟空听了师父数落，敛息正色答道：“师父，我说的是正理。若要出洞，必须借八戒的裤子一用。”

三藏问：“你越说越离奇，他的裤子和出洞有什么关系？”

悟空道：“装妖怪呀！”

沙僧在旁听了，也不由插嘴说道：“大哥真会说笑话。我们打了老半天，也奈何不了这个妖怪，难道用一条裤子就能把他兜住？”

悟空说：“一物自有一物治。岂没有听说过，半天云里挂口袋，正好装风。”

他这一说，众人才恍然大悟。只是八戒还有些委屈，嘟囔道：“你要口袋装风，为何不脱你自己的裤子，却要拿我出丑？”

悟空安慰他说：“好兄弟，你别生气。这个洞里没有现成大口袋，只有你最肥胖。没奈何，借你的裤子一用。光屁股，总比丢了脑袋好。你自己斟酌吧！”

这一番话处处在理，八戒听后无话可说，只好背着众人含羞脱下裤

子，递给悟空道："我这条裤子尚未洗过，只恐有些肮脏不合用。"

悟空笑道："这才最好！让那个心狠手辣、贪财无厌的妖怪受用一下裤裆里的芬芳气味，方能抵消他把我们关在闷葫芦里的罪过。"说着，他便动手把两根裤管扎得死死的，只留下上面开口处，恰似一个分岔的大口袋。悟空将袋口堵住头顶洞门，喊道："妖怪，我服你了，快开门进来，我教你点石成金术吧！"

旋风怪守在洞外，听见里面发喊，便得意洋洋打开洞门，边往里钻边答道："我的儿，你今番也服了。只要你不骗我，就饶你性命。"

他守候许多年，杀了许多和尚，方才得到回应，心中欣喜，不曾提防，急匆匆地钻进葫芦洞，一脑袋扎进猪八戒的裤子里。悟空眼明手快，见裤子胀了，知道妖怪已经中计，连忙收紧袋口，把旋风怪装在里面。

旋风怪在裤内左冲右突不能出来，口里大叫："这是什么袋子？臭烘烘的，好难受！"他嘴里叫嚷，身子就用力作起法来，在裤内上下旋转。悟空没有抓牢，被他用力挣脱。旋风怪带着裤子满洞飞旋，想从裤内冲出来，众人见了不由哈哈大笑。

妖怪知道中了计，在裤内颤声哀求道："好和尚，放了我吧，要什么都依你。"

悟空见他这般狼狈模样，才舒了心头怨气，隔着裤子回答说："你且安心些，放你不得。裤内是我的师弟泄出的元气，你慢慢享受吧！"说完，悟空对他道一声聒噪，就任他翻滚不再理会。

四众得救脱险，三藏这才吩咐徒弟掩埋了从前僧众遗骨，念经超度了亡灵。再把妖怪所窃金身佛像一一搬出，送回跋逻末罗耆厘山石室。封好葫芦洞，不让妖怪再出外作祟。

悟空出外，给八戒另找了一条裤子，师徒四人重新抖擞精神往前走去。

欲知后事如何，且听下回分解。

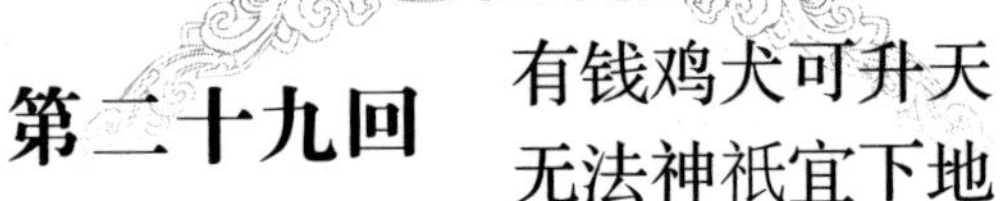

第二十九回 有钱鸡犬可升天 无法神祇宜下地

话说唐僧师徒离了憍萨罗国跋逻末罗耆厘山，沿大道向东南，经过案达罗国，向海滨驮那羯磔迦国走去。一路上山峦起伏，林木森森，处处均有灵迹。

三藏在案达罗国都城瓶耆罗郊外，参谒了罗汉伽蓝，再向前行二十余里至一孤山，又礼拜了陈那菩萨遗迹，对徒众说："昔日如来寂灭后，佛法衰微。陈那菩萨到此宣讲因明论，感动山神，升起的烟云捧住菩萨上升数百尺。谷内大放光明，照烛幽昧，佛法重新中兴。这里山神都知礼义，你们必须小心谨慎，不可轻易造次。"[①]三徒听了，各自称诺不提。

众人心中喜悦，渐渐穿林度野，来到前面驮那羯磔迦国。这里城东、城西各有一山，建两座寺庙，长廊步檐，枕岩接岫，气势十分不凡，乃是灵神护持、圣贤游息之所。从前自佛寂灭后，千年之内，每岁雨期三月[②]，均有千百凡夫、僧人入内坐禅安居[③]，不伤草木虫豸。因此积德，在罢安居日均证罗汉果，显示神通凌虚而去。正因如此，城内居民、僧侣尽都踊跃入寺参禅。许多年后，全城人众不分男女老幼，都分期分批腾云升天化为金身罗汉。有人难舍家中爱猫宠犬，牵入寺内伴坐，也一齐化为仙

① 见《大唐西域记》卷十，"案达罗国"条，陈那菩萨的故事。

② 从5月16日"雨时"开始，即室罗伐拿月、婆达罗钵陀月和頞湿缚庾阇月。

③ 又称"雨安居"或"夏安居"。此时万物繁茂，僧众被禁止外出，防止无意伤生，只能在寺内坐禅修学。结束时，称"罢安居日"。

灵。故而人烟渐少，留下一座空城[1]。

三藏长老引领弟子在城内各处细细看了，口内嗟讶不已，连声称赞菩萨法力，回头对弟子说："西天毕竟与东土不同，猫犬皆同教化皈佛。似这般福天福地，天下哪里能有第二处。"

沙僧牵着驮经白马紧随在后，听见师父言语，也虔诚点头赞颂，口中暗念南无阿弥陀佛。

不料八戒听了却悄声嘟囔道："这般升天却容易！早知如此，我们何必如此辛苦，披星戴月步行万里到西天取经，受了不少惊吓。莫不如直接来到这里，学那猫儿狗儿打坐三个月，就速成正果了。"

他在后面说话虽轻，长老在马上却早已听见，转身斥责道："你不要信口胡说，求道登仙，哪有轻率速成的？赶快祈祷悔过，不要得罪了天上菩萨。"

八戒受了责备心里不服，辩解道："师父，你忒老实。这里明明不合正规，在办速成。要不，为何鸡犬一齐升天，只留下一座空城？"

三藏怪他出言不逊，担心冲撞神佛，还要数说几句。悟空觉得不平，也帮腔道："师父，你好没主张。八戒说得不错，这里升天容易，其中必有文章。"

话犹未毕，道旁石室内闪出一个慈祥秃头老者。你看他：

童颜红，白须长，慈眉慈眼慈心肠。十分和善脸谱，一副道德模样。若非活神仙，定是大和尚。

这老者缓步走出，见了唐僧四众，拱手问道："圣僧从哪里来，到此

① 见《大唐西域记》卷十，"驮那羯磔迦国"条："城东据山有弗婆势罗僧伽蓝，城西据山有阿伐罗势罗僧伽蓝……千年之后，凡圣同居。自百余年，无复僧侣。而山神易形，或作豺狼，或为猿狖，惊恐行人，以故空荒，阒无僧众。"

有何事务？”

三藏看见，连忙施礼答道：“贫僧来自东土大唐，法名玄奘，别号三藏。这三个是小徒悟空、悟能、悟净。我们来到西天取经，路过此处参拜，别无他事。未知上仙何人，有何教诲？”

老者答道：“我乃此处山神，得到菩萨真传，专门在此普度众生。”

三藏听见是山神，心中更加钦敬，招呼众徒一齐上前敬礼问讯，恭敬听取教诲。

那老山神一见，已知情况，故意叹息道：“世间哪有你们这样忠厚人，如此千辛万苦求成正果。须知道路有远有近、有直有迂，何不另觅途径，轻轻松松上天做罗汉，岂不更好？”

三藏正待再问，八戒心痒，插嘴问道：“你说的可是真的，当真这样容易，立时升天就做罗汉吗？”

老山神正色答道：“我这样一大把年纪，难道还骗你不成？你看我已经剃度了，便知我也算是佛门中人，应该信得过。”

八戒还有些疑惑好奇，又问他：“照你说，这里真是升天速成班了。不知其中有何奥妙，为什么这样容易？”

说到得意处，老山神朝四下里看了一眼，见别无他人，压低声音悄悄对他说：“我看你信仰心诚，难得有一番真实心意，这里无人，好叫你知道，这是通了天的。天上若无灵通的菩萨接应，怎么能顺顺当当打开天门？”

一句话勾起八戒肚里心肠，也得意说道：“若说通天，我也有一条门道，地位必定比你的菩萨高。你听说过一位尊者吗？那是佛祖座前第一人，便是我的相识。”

老山神听他洋洋洒洒地说完，不由面色有些变暗，略为顿挫一下，又抬头滔滔说道：“地位不在高，在于紧要。俗话说，不怕官，只怕管，就是这个道理。我们这位菩萨最是灵验，凡是有求，没有不应的。”

八戒不再与他争论，顺口问他：“在你们这里，要求升天，怎么个求法？”

老山神见话说得投机，又露出一副清高有道德的样子，一板一眼宣讲道：“上天需要断尘缘。做了罗汉，就不能再想凡间事情了。”

他这话说得有情有理，八戒听得有劲了，再问道：“请问大仙，人间尘缘怎么个断法，才能断根？”

老山神做出不屑的样子，看他一眼道：“你枉做了许多日子和尚，连这个也不懂。登仙必须六根清净，断绝五欲，首先要抛弃人间福禄富贵，消除俗根，方能除去沉重欲气，轻身腾云升天。”

八戒似乎有些懂了，问他：“大仙说得太玄妙，可以简单通俗讲给我听吗？”

老山神道：“这个容易。”便耐心向他解释，说了四句偈语：“有官须抛官，有财须抛财。无有铜臭气，方可上清虚。”

“噢，原来如此。”八戒这才恍然大悟，说道，“升天不能带钱财。只有舍得花钱，就能买路上天。说穿了，岂不就是这个道理？”

老山神见他把话说得这样俗气，连忙皱眉摇头说道：“你怎么这样想，把好事都想歪了。须知金银沉浊之气，最能带累灵魂，增加其分量，怎么腾得了天空？弄得不好，坠下地狱也说不定。”

八戒听他这样一说，这才知道其中厉害，惊叹道：“阿也！想不到钱财如此害人。难怪有人发了财，要出钱修桥铺路。要不，多余钱财就会连累他落进地狱。”

悟空在旁细听多时不曾发言，此刻忍不住开口问那个道貌岸然的老山神道：“请问大仙，想升天的人把钱财交到什么地方呢？”

老山神见又有人探问，便转过身子回答他：“这个简单，把钱交给我就是了。”

悟空问他：“你不怕钱财的沉重浊气，连累你下地狱吗？”

老山神不动声色，做出悲天悯人的样子道：“你说得对，这事确有十分风险。然而佛法有言，我不下地狱，谁下地狱？为了超度苦难众生，我也顾不上自己性命了。”

听他一番表白，悟空有些忍俊不禁，好不容易才强忍住笑，问他：“如果没有钱，岂不早就一身轻快了，可以立刻上天吗？”

老山神略微一想，摇头说：“事情没有这样简单。不积佛财，怎结佛缘？人有三亲六戚、四朋九友，如果自己无财，求得亲友赞助也行。”

悟空假装做出为难样子道：“我想求您帮助升天，只是身为猴类，没有发财亲友怎么办？”

老山神道：“你这话差了。人生于世，岂无半点交往？只须心诚细想，定能想出三五个有钱亲友。对他晓谕道理，同结善缘，有何不可？”

悟空愁眉苦脸叹道：“你说得虽然有理，我一时想不起，怎么办？”

老山神道：“这个不难。我这里有静思室，只需进去闭门苦想，没有想不出的。从前也有人似你一时无法，进去不多时，就拍门喊叫，什么办法都有了。现今你想不出，也该进去想想，早日升天做罗汉岂不好吗？”

悟空想知道这个静思室是什么处所，点头应道：“这样最好，有烦你带我去吧！”

老山神见他中计，转身念咒手拍背后崖壁，山石忽然敞开，露出一扇天然洞门，对悟空说：“你进去吧，想出有钱亲友，就拍门喊我。”

悟空探头一望，里面漆黑无光，扑鼻一股腐烂气味，知道不是善处，便手拉他一起走进去道：“大仙，这里黑黝黝的看不清，有后门可以走吗？”

老山神被他死死拉住挣脱不得，只好强忍住气答道：“这是静思室，怎么可以开后门？石壁上连缝儿也没有一条。不从大门，是再也出不去的。你放开我，自己在这里好好参禅静思吧！”

悟空一只手抓住他，另一只手在身上拔了一根毛，轻轻喝一声：

“变！”猴毛变成本身模样，伸手抓紧老山神。自己却悄悄隐身走开，又拔了一把毛，变成千万钢针铁刺附在四面洞壁上。谅他没法穿壁逃遁了，才一溜烟走出洞，返身把石门关紧了。

老山神看见石门关闭，知道中了计，大声喊道：“贼猢狲，快放我出来！”

悟空在门外听见，捧住肚皮哈哈大笑道：“你别喊叫，好好静思，把贪赃钱财都交出来吧！我还要去找那个天上贪财菩萨，将他也关在里面好好静思悔过呢！”

三藏看见一切，责备他道：“你做事太没分寸了。他是一方山神，怎可如此无礼。”

悟空道：“师父，你心地太好，才没有善恶分寸。这厮霸占地方，勾结天上败类，在此枉法敛财，破坏了佛门规矩，难道不该关押在洞里思过，还要放他出来再做违法勾当吗？”

平素老实本分，少言寡语的沙僧也道：“大师兄说得是，百姓最恨这种凭借权力，贪赃枉法的恶土地神。不狠狠治他，不能平民愤。出家人虽以慈悲为本，这慈悲二字却不可泛用，应该体民情、顺人心才对。”

这一番话十分在理，三藏才不再言语，嗟叹一阵，带领众徒上马离去。正是：

山神有正亦有邪，
难保处处皆纯洁。
唯有治邪方见正，
才是慈悲真道德。

三藏一行离了驮那羯磔迦国再去何处，且听下回分解。

第三十回 猪猴妄言获灾 菩萨化身说道

话说三藏师徒在驮那羯磔伽国城边，见了山神凭借洞室骗人敛财，不由摇头嗟叹人心不古。

身为一方守土山神，居然也粉墨登场，干起如此卑贱勾当，不知上天是否知晓。真是天高皇帝远，正好拆烂污。勿怨下方小神恶，只怕上天也糊涂。

四众沉默无言，绕过都城行至城南不远，抬头看见一座大山岩。山上林木葱郁，岩谷清幽，极是一个参禅修道的好处所。长老在马上见了嗟叹道："如此幽静处所，可惜无有修行人。"

谁知，他语音方落，悟空就手指着那边岩下说道："看，那边有一个。"

众人看清，原来是一个衣衫褴褛、周身肮脏污秽的独眼老托钵僧，正面向石壁闭目趺坐，不知在等待什么。

八戒见了，手指他后背咧嘴笑道："嘻嘻，这里又有一个勾人上当，办速成升天学习班的主子。这个地方风气不同，到处都有这样的个体专业户。"

悟空也站在一旁叉手讪笑说："这厮必定瞧见我们过来，才装成这个模样。不知他的价格如何，是否比先前那个家伙更便宜。"

两个人你一言我一语，站在老托钵僧前议论不休。

三藏见他两个行为放肆，正要上前约束，二人忽然疼痛惊叫起来。

八戒喊道："哎呀！不好，我的手怎么变得这样沉重？"仔细看时，伸出的那只手臂已经化为石头，连着肩膀不能弯曲放下。

悟空的嘴里只呜呜作声，说不出话。原来他的一张嘴和腮帮一起也变成了石头。

三藏与沙僧一见大惊，心知这个独眼老托钵僧不是凡人。三藏长老连忙翻身下马，走过去作揖说道："大神息怒，都怨我管束徒弟不严，冒犯了大神。还望多多原谅，解除法术，令他们复原，随我上路去寻觅佛迹才好。"

那个独眼老托钵僧听了，缓缓转过身子，十分诧异地答道："我在这里面壁参禅，并未伤害他们，和我有甚关系？"

三藏和颜悦色，再次致礼谢罪，希望他原谅二人过失。他才开口说："这里是昔日婆毗吠伽[①]大师面壁等待九年，参见释迦牟尼佛之处，极为神圣洁净。我也意欲学习参禅。待我修行完毕，再请求菩萨降恩，解除对他们的禁咒吧。"

三藏问："大神修行，还有多少时辰方可完毕？"

独眼老托钵僧道："我不是大神，没有法力，不多不少也需九年。我今日才开始呢！如果等到明日，神志专一进入秘境，自己也不能随意开口说话了。"

八戒一旁听见，心里慌了，连声叫屈起来："天哪！我如何还等得九年？只怕到了那时，我已变成一头石猪，全身都不能动弹了。我的祖宗，快告诉我，有什么方便快速的解法没有？"

独眼老托钵僧佯作不解问道："在这里参禅必须耐心，我不明白有什么走捷径的方法。"言罢，他又转身过去，闭目参禅不理会众人了。

八戒心急，不由淌下眼泪，哀声请求道："我的祖宗，我看出不是石

① 又名清辩论师，6世纪时南印度佛学大师，有门人弟子千人。玄奘曾经翻译过他的经书带回中国。

壁里菩萨作法，是你自己施的法力。我说错了，再不敢胡言乱语。请你多多包涵，早早解脱我与师兄的痛苦吧！”

那独眼老托钵僧仔细听了，这才作出不耐烦样子，转身回来对他说：“你这猪头和尚十分啰唆，吵嚷得我不能安心参禅。罢，罢，罢，我就答应你。我身上许多疥疮流脓，极不舒适，你如能为我吸吮干净，使我安心面壁参禅，我便祈祷菩萨开恩，同样解除你身上的痛苦好了。”

他说罢，便伸手撩起衣衫，露出干瘦身体上许多恶疮，个个积满脓血，发出阵阵恶臭。八戒见了止不住一阵恶心，呕吐了一地，对他说：“除了这个法子，还有无别的方便道路？与人方便，大家方便，你我都可以有好处。”

独眼老托钵僧一听，便放下衫子，面露不悦，嘴里说：“什么方便不方便，你不干就算了。待我九年后大功告成，再办你这件事吧！”

八戒见他不理睬，不由又慌了神，心里想：“这个老托钵僧说得到做得出。如果真的再等九年，怎么是好？事已至此，没有别的话好说，只好硬着头皮答应下来再说。”

他打定主意，只好厚着面皮，哭丧着脸再赔小心说：“老祖宗，我就依你的条件。只是你身上的疮太多，我只吸吮一个，余下的叫我的师兄解决如何？”

独眼老托钵僧道：“这是你求我，不是上市场买菜做生意，哪有讨价还价的道理。”

八戒赔笑说：“本来我全吸吮了也没有什么关系。只是刚才过了一个村子，众人因我心地善良，定要拉我吃斋。吃了东家，西家不肯，足足吃遍了一条街才放我走，肚皮里早已撑满。那个猴子人缘不好，不得饮食，正空着肚子，多的脓疮就让他去吸吧！”

独眼老托钵僧微微一笑说：“看不出你貌似憨厚，还有这样多狡猾心肠。也罢，我不与你计较，你只把我肚皮上这个最大的脓疮吸干净，我就代你请求菩萨好了。”

八戒再没有话可说，只好低下头，用那只没有变成石头的手捏住鼻子，慢慢凑过来给他吸吮脓血。谁知，刚凑到跟前，疮内发出一股奇臭，熏得他头晕目眩，险些翻倒出胃来。

独眼老托钵僧见他这番模样，不耐烦问他：“你到底吸不吸？我可等不得你了。”说完，他放下衣衫，要转身不再理会他。

八戒横了一条心，连忙说：“我没说不干，只是你别使出圈套整我，我吸了你的脓疮，你变卦不解除我的痛苦了。”

到了这时，独眼老托钵僧才再点头，又撩起衣衫，让他凑身过来吸吮疮内脓血。八戒莫奈何闭住眼睛，屏了呼吸，伸出舌尖先尝试着舐了一下。

说也奇怪，方才还散出阵阵恶臭的脓血，舌尖一碰到，顿时化为芳香乳汁。八戒尝了滋味，一口气咕噜噜把那个疮里的脓血吸干，又让悟空上前，抹了一些脓血到他变成石头的口中。两个人顿时恢复原状，身上痛苦完全消除。

四众连忙回头看，哪还有那个独眼老托钵僧的影子？只见一朵白云冉冉上升，云团上安然坐着一尊慈祥菩萨，渐渐升入空中，隐进万道灿亮阳光，消失了踪迹。

唐僧师徒见了，慌张下拜祈祷，直到那朵祥云飘散不见，才敢站起身。

三藏长老起身训诫悟空、八戒两个道：“这里是西天世界，不同东土。虽然也有妖有魔，有贪婪私欲，却处处有神有佛。神灵活动其间，才能消除邪恶，造就西天乐土。切不可再只见一端，便推此及彼，将神圣菩萨也看成是贪狡之徒。”

悟空、八戒吃了苦头，不敢多言，只好唯唯诺诺答应，再也不敢轻举妄动。

八戒问长老：“适才那位菩萨说起婆毗吠伽大师，是什么故事？”

三藏道："从前婆毗吠伽大师仰慕释迦牟尼佛，因无缘相见，便在观世音菩萨像前绝食饮水，诵念《随心陀罗尼经》，请求帮助。心诚意正，历时三年，观世音菩萨忽然从画像中走出，指示他来到这里。他在这里面壁诵经三年，守山执金刚大神破壁而出问明情况，指示他在壁外等待。他在这里又念三年经，而后轻轻拍打石壁，石壁豁然而开。他从容走进壁后洞穴，终于如愿以偿，见到佛祖释迦牟尼，立时肉身成佛。"

悟空、八戒、沙僧听了，尽都咋舌称奇，方知真正成佛需要十分功夫，更见那贪财山神行为极其可笑。小小一个驮那羯磔迦都城周围真伪纷陈，有许多故事，假者常常傍真，迷人眼目使其真假难分，真却不必避假，假者虽然假，真者自然真。欲学会在世间区别真假的眼力，真不是一件易事。

唐僧师徒由此前行，又有何经历，请听下回分解。

第三十一回　唐三藏一心探仙洲　盘蛇城尊者授锦囊

话说三藏师徒平安过了驮那羯磔迦国，前面已是南海边。长老在马上看大海，只见那：

> 波重重，暖溶溶，极目海天无限空。云阵一百零八盘，水域九亿六千亩。掠波白鸟处处飞，腾浪长鲸在在涌。浴金阳，沐薰风，海天佛国想象中，叫人好心动。

这里往前，一路皆傍大海，比当初乌茶国距离海外僧伽罗国近了许多，处处均能打听到那里消息。有人说，那里的确曾是佛国乐土，修行人不能不去。有人说，那里是真正的海外宝洲，探险者非去不可。有人又说，那里现时是妖魔巢穴，无论寻觅佛迹、探求珍宝均不相宜。万一遭遇妖魔，丢了性命不是儿戏。

众人口里叙述不一，沙僧听了担忧，八戒又喜又怕，三藏却不变初衷，执意要去那里。

悟空禀告说："人们说得不差，那里有五百罗刹女妖，专门蛊惑过往客人，啖食人肉，我亲眼所见，并非虚言。师父必须三思，不去为好。"

三藏长老听了，却不以为然，摇头回答说："这僧伽罗岛有许多珍奇佛迹，我等千辛万苦来西天不易，岂有走到近旁不去之理。"

悟空说："师父，你不怕妖怪吗？"

三藏正色道："从来邪不胜正，只要佛在心中，便无往不胜，可以转

危为安。我们来西天路上不知遭遇多少妖怪，都一一安然度过，岂不都是佛力无边的证据。你休要阻拦我，这次我是去定了。”

悟空听了笑道：“师父如何这样主观，一路上若非我等拼命保驾，你只念佛，如何过得妖魔关？只怕早已被切碎蒸熟，让妖怪快活吃够唐僧肉了。”

三藏不待他说完，便恼怒责备道：“泼猴怎么这般无礼！你轻慢我事小，侮辱佛法事大。倘若再胡言乱语，我便念咒叫你好受。”

悟空见他生气，连忙赔笑认错，忙说不敢，退到马后。他见长老不回头顾看，却悄悄对沙僧说：“师父说什么心中有佛，恐是心中着魔了。那里罗刹女妖的确厉害。况要过海，他是凡身不能腾云，万一遇着风浪葬身鱼腹，岂不前功尽弃。我等必须齐心协力，阻拦他去那里才好。”

沙僧点头称是道：“师兄言之有理，此事不必过急，待我等一路寻机设法，慢慢劝说便是。”

两个计议已定，不再多言，低头跟在长老马后继续前进不提。好在沿途风光奇异，其间尚有许多佛迹，三藏处处下马专诚参拜，并不立时提及渡海寻觅僧伽罗佛国仙洲，暂时平安无事。悟空与沙僧也放下心，侍立左右曲意奉承，要长老迷了眼前乐土，忘却海外彼邦魔窟，费煞了重重心机。

虽然悟空与沙僧交口游说，要长老沿途多多盘桓，改变原来想法。可是往南路途越来越短，不多几日就又过了珠利耶和达罗毗荼两国，一直来到南天竺海角极端秣罗矩吒国[①]。由此渡海，便是三藏长老魂牵梦萦的僧伽罗海上佛土了。

三藏急欲打探海外彼邦消息，入城即询问土人，打听得该国耆宿白眉

---

① 见《大唐西域记》卷十，“秣罗矩吒国”条；另见《印度名邦历史文化》，泰米尔纳德邦，“马杜赖是泰米尔纳德邦的古城之一……据泰米尔的文献记载，这座城市的形状像一条头尾盘在一起的蛇，在印度称这样的城市为盘蛇城”。

尊者住所，虔诚前往拜谒。这座都城与众不同，既非四向平稳，街巷纵横交叉如棋盘，亦不是自中心辐射有如蛛网，却团团转转、弯来绕去，好似一团乱绳，使人不辨东西南北[①]。三藏师徒一路到过许多国家，却未见识过这样的城市。

八戒跟在长老马后转来转去，头转昏了，嘴里嚷道："这是什么城市，简直是一个迷魂阵，我们中了那人的道儿。似这般走法，走一两个月，也休想找出门道。把我的腿走断了，谁来赔偿？"

悟空也焦躁说道："八戒说得对，我们转身回去吧，何必去找那个鸟白眉毛老头儿。"

长老听见，在马上叱喝他们道："你们休得胡言乱语。入境问俗，理所当然。这个白眉尊者，乃是此国德高望重、大智大慧之人，熟知四方一切消息。我们欲去僧伽罗国，不向他讨教怎么行？且顺着道路耐心走下去，无有虔诚忍耐精神，怎能见着真人？"

八戒抚着走疼的两腿说："师父虽然说得有理，也要再仔细问一下路，这样闷头走下去总不是办法。"

悟空一旁听了说："这里人心不知深浅，向他们打听，不如自己探查清楚。"

好大圣，不待长老发话，即撩起虎皮短裙，轻轻将身一纵跳上云端。他用手搭起凉棚朝下仔细一看，早把这座城池看得清楚。只见它：

弯弯转，盘盘旋，道路一圈又一圈，好似螺蛳卷，有如乱绳团。倘不仔细辨，定在阵中陷。叫你走够十年八年，休想出城返家园。

① 泰米尔纳德邦古城马杜赖，建筑特殊，号称"盘蛇城"。

悟空一看，心里暗暗吃惊，想不到这座城如此复杂。多亏上天看清底细，否则不知何年何月方能找到那个白眉尊者，再从原路回去。

他在空中俯瞰，看清了什么？原来这座城市形状宛如一条首尾相缠，盘在地上的大蛇。不知其中规律，自然难辨路径了。

悟空看清道路，再轻轻跳下云端，向长老禀报情况，引着众人在“蛇圈”中心找到白眉尊者住所。

三藏率领众徒见了白眉尊者，分宾主坐下后，起身询问这座城市为何修砌得如此模样。

白眉尊者不慌不忙叠指答道：“你们有所不知，这里乃是南天有名盘蛇城。修成这番形状，才能吓退妖魔，使其不知道路，不能随意入城摄捉善良居民充作粮食。”

三藏听了，心中一惊，问道：“这里地接天竺佛土，乃是圣贤教化之所，受佛光照耀，怎么妖怪如此厉害？”

白眉尊者道：“你们从东土来，不知西天情况。常言道，善中藏恶，恶里有善。自从天地开辟以来，善恶从来相互增长。恶种随意滋生，世间何尝有一片净土？如果这里十分洁净，早已是天国乐园模样，菩萨何必在此苦口婆心布道，超度罪孽灵魂升天追求正果呢？”

“妙呀！”悟空站在旁边听见，忍不住拍手称赞道，“这位老师父说得痛快，我早就看清这个西天有佛有魔，不是想象的极乐世界了。”

三藏见他插嘴，心中不悦，转身喝道：“泼猴无理，怎么胡乱议论西天？如果叫菩萨知道了，怎么了得！”

悟空不服道：“师父好没道理。他也这样讲，为何不准我说。难道只有装疯卖傻，不能把事说破才是虔诚信徒？”

他心中忿忿不平还待多言，沙僧轻轻拉了下他的衣服，才低头忍气住了口。三藏再拱手问白眉尊者：“我们远道来，欲去对岸僧伽罗国，不知如何走法？”

白眉尊者听了皱眉言道：“来此问路者，都为了僧伽罗国。那里有五百吃人的罗刹女魔盘踞，去者难有生还，何必非去不可？”

三藏道：“那里有许多有名佛迹，岂有来此不去之理？我心中禀承一点至诚信念，必可辟邪去魔、转危为安，和其他人不同。”

白眉尊者见他执意要去，摇头叹息道：“去那里的人，都道自己与众不同，结果都十分悲惨，落得惨死他乡的下场。不知妖魔谙熟不同人性，善能投人以好，神圣言词和美色钱财，俱是惑人手法。你等实在要去，我有三个锦囊，付与这个猴长老保存。我看他火眼金睛，出语不凡，更兼来时能腾空上天，必定身怀绝技。长老有他保护，可望平安无虞。”

言罢，他从怀中取出三个锦囊，交与悟空收藏好，便瞑目垂眉不再多言了。

未知三藏师徒前行遭遇如何，锦囊有何妙计，且听下回分解。

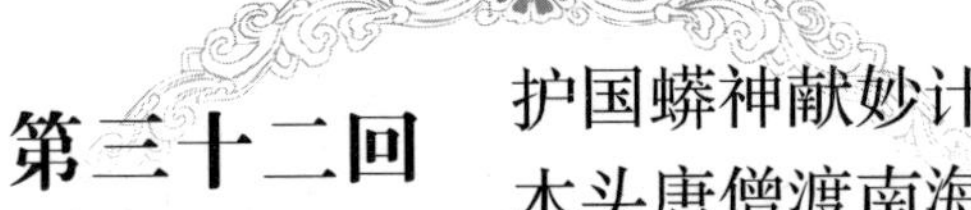

第三十二回 护国蟒神献妙计 木头唐僧渡南海

话说三藏师徒辞别白眉尊者，出了盘蛇城，拔步向海边渡口走去。极目所见，到处都是山丘，与别处不同。重叠山岗障碍，不知渡口还有多远。

原来此国名称，当地土语乃“山丘地带”之义，故此境内山峦起伏宛如波涛，是南天竺海天极处第一山国。这里地处南国，连接海域，因此阳光、雨水均十分充足，草木生长茂盛。山上密布藤萝，通行极其困难。

三藏在马上观看，虽然眼前山丘一片葱葱郁郁，却难得看见几个农夫、几块田地。原来这里山石暴露，土地贫瘠，加以气候炎热难熬，到处蛇蝎为害，因此土人无斩荆开辟、勤垦耕植意向，纷纷聚集海滨，但求出海贸易，追逐天赐暴利。虽然波涛险恶，并有诸多妖魔传说，亦在所不惜。

四众踏着山径走走行行、行行走走，忽然看见前面一座大山[①]。一条小径盘旋直上引至山顶，上面有一宽阔水池。池水清澄有如明镜，从缺口处滚滚泻出，形成一条山涧，绕山环流二十圈，好似一条雪白巨蟒，昂首怒吼，直朝前面茫茫大海流去。

三藏勒马立在山上看呆了，不意这里城如盘蛇，山涧也似盘蛇，不知此处有多少蛇蝎，所幸前面已是海边，立时就可下山觅船渡海，离开这个

---

① 见《大唐西域记》卷十，“秣罗矩吒国”条：“国南滨海有秣剌耶山，崇崖峻岭，洞谷深涧。其中则有白檀香树，栴檀你婆树。树类白檀，不可以别。唯于盛夏登高远瞩，其有大蛇萦者，于是知之。犹其木性凉冷，故蛇盘也。”

蛇国，前往向往中的僧伽罗佛土仙洲了。三藏不由眉飞色舞，催促众徒就要动身。正是：

行遍千万里，辛苦来这里，海上佛土只咫尺。将遂平生愿，怎不喜滋滋？

沙僧看见长老欲要下山渡海，不知应该如何阻拦，慌忙低声向悟空问讯。

悟空道：“白眉尊者有锦囊在此，我等休要慌忙，看他说些什么。”

言罢，他从怀中取出第一个绿色锦囊，拆开一看，只见上面写了四句偈语：

护国蛇神，
志诚意真。
谨记箴言，
佑汝凡身。

悟空递与沙僧看了，不知蛇神藏在何处。二人轻轻呼唤一声，脚下大山忽然动了。原来这山便是两条大蟒盘旋而成。山石为陆蟒，山涧为水蟒，弯弯曲曲缠成一团，上面又长了树木和苔藓，远看就是山了。这是秣罗矩吒国临海第一要处，出入国门皆要由此经过。倘若有妖魔混迹入境，难过这一关隘。少数侥幸过关者，潜入国都又有环城盘蛇保护，使妖魔难以得逞。所以在此国内，无处不在的灵蛇是万民崇敬的第一护国神。

当下水陆二蟒昂首举身，将三藏师徒卷在蟒圈内，不放众人前行。

二蟒张口讯问三藏道：“圣僧带领众徒，欲往何处去？”

三藏举手致礼答道：“贫僧来自东土大唐，意欲渡海拜谒彼岸佛洲。

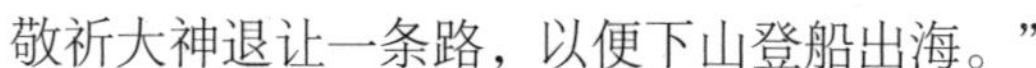

敬祈大神退让一条路，以便下山登船出海。”

二蟒齐声道：“僧伽罗国现有妖魔盘踞，伤人不计其数。加以风恶浪险，海中水怪亦多，经常颠翻船舶，取人性命。圣僧不知那里深浅，切不可冒昧前行，平白送了性命。”

三藏道：“昔日我在东土即知此处，心中渴慕已久，离开灵山即取道往这里而来，岂有到此不去之理。”

听他这样说，两个蟒神把身子卷得更紧，不放他离开，对他说：“你从外地来，不知妖怪厉害。我等镇守在此，即为镇邪防妖，兼管出境客商。凡未经特别许可者，都不能冒险出海，这是为了大家好。”

三藏师徒被两条巨蟒紧紧缠住，动弹不得。悟空、沙僧心知是计，反倒乐得不动。八戒不知就里，挣扎着肥胖身子大声嚷道：“你这两条瘟蛇，好没有道理。我憋不住，要撒尿了。再不放我，就朝你们的身子淋去。”

三藏也心中焦急，连连拱手施礼，乞求两个蟒神通融，放他带领徒众下山。

陆蟒听了他的请求，点头道：“既然你一心要去，有一个两全计策，不知你肯听否？”

三藏正奈何不得，如闻纶旨清音，急忙作揖，请他说个明白。

陆蟒不慌不忙对他说：“高僧放心留在此处安睡，派你的徒弟从我的身上砍一根龙脑香，做成你的模样，护送出海。你在梦中自然可以凭借假身躯感受一切，和亲自观看一模一样。这是一种梦游法，最为安全稳妥。”

三藏听了，半信半疑。悟空、沙僧都交口劝说，三藏无计可施，低首沉吟一阵，只好点头答应了。

陆蟒见他应允，便放了悟空、八戒、沙僧和白马，只留下三藏在蟒圈中，让三个徒弟去找龙脑香。

八戒挣脱蟒圈，伸手伸腿舒动了筋骨，转身向陆蟒道：“你把龙脑香藏在什么地方？快说了，我们好去寻找。”

陆蟒道：“这树异花异叶，木性凉冷，我的儿郎喜欢萦盘其上。你们仔细寻找，必定可以找到。”

言罢，他轻轻耸动身子，满身的泥土和树木都一齐随身蠕动。三人放眼看去，早看见许多怪树上有大小蛇类盘缠，想来那些树就是龙脑香了。

猪八戒取出钉耙，拣大的砍倒一株，立时异香扑鼻，气味与凡俗不同。

陆蟒见他砍倒龙脑香树，吩咐三人按三藏身长取了一段，吹一口气，便变成他的模样，睁目开口与一般无异，三藏自己见了也暗自称奇。这边再命众人将碎木研成粉末，引火点起一缕香，送到三藏鼻前一嗅，三藏立时就躺倒昏昏睡去，任凭两个守山蟒神摆布了。

水蟒见一切安排就绪，吩咐众人扶定龙脑香木假唐僧，登上一根腐树，也吹一口气，将腐树化为一只大船。大船顺着山涧冲泻，一下子进入山下海里。

八戒坐上船，心中高兴喊道：“妙啊！带一个木头师父，不怕妖怪吃掉。就这样漂洋过海，还有什么可怕的？”

他在船上手舞足蹈，得意忘形，伸手在木头师父鼻子上弹了一下道：“往日我听你的，今天你该听我的。取经路上十万八千里，没有今日这样自由自在、无拘无束。”

悟空也舒了一口气，手指着它说道：“好师父，看你还能念紧箍咒治我吗？”

两个话犹未了，想不到那个龙脑香木假长老忽然睁目喝斥道：“你们休要无法无天，看我回到灵山启奏，叫你们坠落地狱永为畜类，得不了正果。”

说罢，他心中不解恨，又唠唠叨叨念了一遍紧箍咒，把悟空疼得竖蜻

蜓、横扁担，嘴里连连讨饶，方才忿忿住了口。八戒见悟空被整治得这般模样，吓得面如土色，连忙央求沙僧上前说情，垂下大耳、收起长嘴，做得异常乖，再也不敢迸出半个不字。由此众人方知，龙脑香梦游法不同寻常，一个个循规蹈矩，不敢惹船上的木头师父不高兴了。正是：

师者永为师，即使木头亦是师。
徒弟终是徒，纵成神仙也为徒。

当下众人操纵座船，小心护佑木头师父破浪过海不提。

这只孤舟在海上不知航行多少里程，眼看就要到达对岸僧伽罗国。忽然一阵大风吹来，把船刮向南方远海，一片水天茫茫处。那风浪越来越猛，卷起一座座透明波山。这船虽然不小，在大海中却像一片树叶似的，被浪头簸来簸去，没法操纵方向，只能任凭水流推搡，在海上越漂越远，来到一个不知名处。

众人转身看木头师父，他却真如一段木头，盘脚端坐在船上，闭目纹丝不动，只是脸色变得煞白，透露了惶恐心情。想那真长老此刻睡卧在蟒圈里，梦中必定感应到此处风浪，睡得极不安稳。

那八戒本是上界天蓬元帅管辖天河水军，沙僧曾是流沙河水怪，白马是龙王三太子化身，悟空也曾遨游海底龙宫，都不惧风浪。若依他们的性子，干脆丢开这条破船，跳进海水还自在些。只因船上有这尊木头假师父，不得不像落魄船夫般，用棍、耙胡乱划水，行动十分缓慢笨拙。

众人正艰难划行时，一个大浪打来，把立在船头的八戒淋得周身水湿。他忍耐不住，嘟囔说道："我们都会水，还留在这只鸟船上作甚？师父现在是木头，也能漂浮在水上。莫不如干脆一起赴海，还自在些。"

说来也真巧，他话犹未说完，侧面一个小山样大浪打来，果真把船打翻，一行人连人带马都翻落在水中。

八戒施展开手脚，痛痛快快在水里划了一个圈子，从水上探头出来一看，悟空、沙僧和白马都在，水波上漂浮着许多经卷、衣物，唯独不见了木头长老。

沙僧着急问："师父到哪里去了？"

八戒道："他是木头，不会沉水，想必随波逐流漂得远了，休要管他，不妨事的。"

话虽是这样说，沙僧毕竟有些不放心，招呼众人收拾水上经书，自己挥开双臂朝前游去，寻找失踪的木头师父。

想不到待悟空与八戒把底朝天的船翻转来，收完落水的经书行李，沙僧在周围巡游一圈，还不见木头师父的踪影。

这可奇怪了，一段木头还会漂浮到哪里去？

沙僧心里慌了，说道："莫非这里有水怪，师父被摄去了不成？"

悟空、八戒闻言，不敢怠慢，急忙掣出兵器，齐齐跳下海，来寻水中妖怪。众人睁目朝四下打量，水中空荡荡，只有一些鱼虾龟鳖，见了他们凶神恶煞模样，都一齐朝四方逃散。虽然水上风浪不息，这里却十分平静，哪有什么妖魔。

众人再仔细一看，这才看清楚了。原来那段龙脑香木变化的假长老正陷在海底淤泥里，翻着两只白眼，眼看就要不济。众人再晚一步，他就被淹死了。兄弟三人无暇详问，连忙动手把他抬出水面，假长老长长吸了一口气，才悠悠还阳过来。

三个人手忙脚乱，在他肚腹上一阵鼓捣，使得假长老的嘴缝和眼耳鼻孔内流出许多黄水，慢慢恢复了元气。

八戒关心问他："师父，你今是木头，怎么会沉水？"

假长老缓缓转过一口气，开口道："我也不知是何原因。想是身体内的浊气灌入木头孔隙，增添了重量吧！"

众人一想，此话似乎有理。这才明白长老乃是凡胎俗躯，即使变化为

木，真身不受损害，这个浊气浸染的木头也极难侍候。这是蟒神用此法考验他们忠诚，还是别的什么原因，谁也说不清。

当下众人明白此理，不敢再把木头假长老视为自然之物，对他百般小心，当作真师父用心侍候不提。

沙僧眼见满船湿淋淋经书和水湿的木头师父，心里焦躁道："我们被水弄得如此狼狈，若不找到一个地方歇息，怎么好？"

话虽是这样说，举目一看，四处迷迷茫茫，风浪滚滚不息，哪有一个歇脚处。

八戒心里慌了，说道："平素我们看陆地多了，这里想必都是水国。如今带着这个木头师父，没法自在腾云驾浪，该怎么办才好？"

悟空道："你们休慌，待我上天去打探一下道路再说。"

好大圣，轻轻抖掉猴毛上的水珠，将身一纵就登上云端。放眼朝四下里仔细一看，果真到处都是一片海水，没有一片干燥处。悟空心里想："这里果然是海角天涯，水龙王的老家，容不了我等安身。"

他看了一眼，正待转身回去，忽然前面海上一朵低云开处，显出一座环形小岛，恰似一个绿色玉环浮在水上。刚才由于云雾裹罩和波涛遮掩，大圣才未在天上看清它。

"妙啊！这里就有一个天然歇脚处。"悟空高兴叫喊，立即从云头跳下，指引众人将船朝那里划去。

众人奋力把船划到那里，才看清那是一个珊瑚环礁。岛上居民身材矮小，仅有三尺，人身鸟喙，形状怪异[①]。

八戒看见他们，心中好生奇怪，问道："你们同是人类，为何长得这般模样？"

① 见《大唐西域记》卷十一，僧伽罗国"那罗稽罗洲"条："洲人卑小，长余三尺，人身鸟喙。既五谷稼，唯食椰子。那罗稽罗洲西浮海数千里，孤岛东崖有石佛像，高百余尺，东面坐……"

鸟喙人说："我等祖辈本也是正常人类，被狂风吹到此地。这里无有五谷粮食，只有椰子、贝壳，吃得多了，就慢慢变成了这个样子。你们在这里住几个月，要啄破椰壳、吸吮贝壳，没准也会变为同一模样，到时我们就是同类啦！"

八戒一听，心里着慌说道："糟了！如果我变成一只尖嘴猪，回家老婆也不认识，怎么才好？"

悟空听了，觉得好笑，安慰他说："呆子休要担心，我们只在这里歇息一会儿，还会像他们一样定居不成。"

话虽这样说，他们拖着一个不能飞、不能浮的木头师父，还有许多水湿经本，对该怎样离开此处，心中没有半点谱。没奈何，只好在沙滩上晒干了经书和龙脑香木师父，慢慢等待风向转变，再驾船返回原来航线。不料大风接连刮了几天，竟没有丝毫改变的迹象，使众人焦躁不安。

照说这里阳光充裕、水产丰富，更兼环境平和，无有世间奸狡之徒，亦无化外妖魔鬼怪，如若抛却种种烦恼，住上一年半载，也没有什么坏处。可是这里虽有种种好处，却只缺了一种说起来极为平常，但至关紧要的东西。

你道那是什么？原来是每天必须饮用的香甜淡水。岛上鸟喙人在这里生活惯了，常年不喝水，只吸吮一些椰子汁也能活命。可这却苦了众人干渴难忍，不知该怎样才好。

八戒抬头看天，一派晴空丽日，连乌云也没有一朵，不由唉声叹气道："这个地方整天红日高照，不知什么时候才会下雨。"

鸟喙人听见后，说："这是南海的无雨地带。你要下雨，再等半年或许会有几滴。"

八戒一听，更加着慌了，嚷道："等半年，我早渴死，成风干猪了。罢，罢，罢，性命快要没有，还侍候这个木头师父干什么？干脆各奔东西逃命算了。"

悟空道："呆子休要胡说。我等千辛万苦，从东土大唐保护师父到西天来，不知经历多少磨难，都处处转危为安，怎么说这样没志气的话？这个木头师父，好歹也是师父化身，岂能这样无情无义，抛掉他苟且逃生？"

沙僧也说："这种珊瑚礁大多成串生长，我不信附近就没有第二个。换一个地方，也许能够找到活命淡水。"

悟空又腾云侦察，果然前面不远处还有一个小岛。鸟喙人见他们要走，纷纷上前劝说道："那里全是石头，椰树也没有一株，比这里还不如，何必去冒险？"

八戒耐不住渴，悟空、沙僧也想找水喝。三人计议一番，不听鸟喙人劝告，自顾自把木头师父和经书搬上船，径直朝远方小岛驶去。

不料那里果真如鸟喙人所说，巴掌大的礁石上寸草不生，哪有什么活命泉水？三人互相埋怨，要回先前那个岛上去，却风回浪转，再也没法去了。

此刻众人唇焦口燥，看木头师父也焦干得嘴缝裂开，似乎无法忍耐了。眼看红日当顶，晒得众人没有躲藏处。倘若一般凡人在此，必定干渴晒死无疑。

悟空安慰众人道："大家别性急，我再去岛上各处仔细察看有无隐蔽泉眼。"言罢，他命八戒、沙僧在原处看好木头师父，自己起身到岛上各处巡查。

不看不知道，仔细一看，却在东边临海陡崖上，找到一座巨大佛像。因为它顺着崖壁雕刻，从岸上不易发现，所以先前才没有看见。他急忙报知众人，聚集此处祈祷石佛保护。正是：

落魄天涯无限苦，
但求佛灵来庇护。

其实，悟空等人皆有神通灵性，区区小岛何能困住他们？只因要保护那个木头师父，才苦苦聚守在这里，一心盼望天降一场甘霖，解脱眼前痛苦。

众人垂头丧气地坐在佛像脚前，眼巴巴又过了三天，依旧得不了一滴水沾唇。

八戒耐不住了，对悟空说："我们都守在这里干什么？你不出去，我就去找水饮痛快了，再给你们带回来。"

谁知，悟空和沙僧都傍着木头师父坐在一起，连身子也不肯动一下。

悟空对他说："呆子，你怎么这样不坚定？师父在这里耐得，偏你就不能忍耐？"

沙僧也说："我们保护师父出来，师父不发话，我们怎能行动？"

八戒觑着他们两个，忍不住嚷道："你们装疯卖傻捣什么鬼？哪一次出外缺水缺食，不着一个人去寻找？难道这次非要饿死、渴死我们不成？！"

这呆子被蒙在鼓里，哪知道二人早已计议好，要叫师父吃尽苦头，打消渡海去僧伽罗国计划。尽管这只是一段木头，也会使他在梦游中受尽惊吓，达到改变意愿的目的。

八戒急了，双手握住木头师父喊道："师父，如果你真有灵性，请开口发话。该不该派人出外找水，解脱眼下困苦？"

不料现在这个师父真如木头一样，干焦得出不了半点声息，和起初显灵责怪他和悟空时大不相同。八戒心中失望，悟空、沙僧又不放他离开，只好没精打采叹一声气，也坐在众人面前不再动一下了。

那一天，红日渐渐沉落，一轮明月冉冉上升。说也奇怪，当月上中天时，一缕月光穿过云窗，直射石佛头顶，忽然化为汩汩清泉，从佛头上飞洒下来。众人争相掬饮，立时恢复了精神。

想不到那段木头沾了水，忽然恢复了灵性，开口说道："想不到海上航行这样困苦，这个梦我暂且不做了，先回秣罗矩吒国蟒山去罢。”说完这话，即寂静无声，再怎样呼唤也不回答了。

悟空见他这样，方才笑道：“好了，好了，师父梦里耐不了痛苦，我们何必还守在这里？现在都可以回去了。”

他提起那段龙脑香木轻轻敲打，发出一阵咚咚声，再也没有反应了。这才招呼八戒、沙僧，带了龙马和经书，一个个作法腾云赶回去。

欲知他们见了唐僧真身后事如何，且听下回分解。

第三十三回 逆子无情弑狮父[1] 兽王有意托圣僧

话说悟空兄弟三人从南海腾云归来，看见三藏长老睡在蟒圈内，已经悠悠醒来。悟空轻轻跳下，垂手问他："师父，这个梦做得可好吗？"

三藏睁眼缓过气来，开口说道："想不到海上如此不平静，去僧伽罗国这般艰难，即使在梦里也险些丢了性命。"

悟空听了，嘻嘻说道："这个滋味不好受吧？既然如此，就打消念头，转往别处去吧！"

沙僧也在一旁拱手相劝道："大师兄所言极是。听说那里有妖魔盘踞，登上彼岸恐怕更加不好。"

谁知长老沉吟一阵又开口说："我在梦中虽然饱受波涛之苦，却又梦见另一异物，乃是一只能言狮子。其周身血污，垂泪对我说，若能觅得一种药草，复它性命，或许可以助我渡海，成全志愿。"

悟空、沙僧闻言，面面相觑，不料长老在梦中还有这般感受，转身悄悄向缠绕他的水、陆二蟒道："你们让他托梦一根木头，怎么又节外生枝，钻出了别的梦来？"

二蟒齐声道："天要下雨，人要做梦，我们怎么管得了这样多。"

悟空道："这梦有些蹊跷，怎么会无缘无故梦见一只奇怪狮子？"

二蟒道："你们从远方来，有所不知。这狮子原本是此间兽王，它含冤致死，时常在此显灵。这番必定向圣僧托梦，期望还阳了其夙愿。"

正是：

① 见《大唐西域记》卷十一，"僧伽罗国"宝诸传说中狮王故事。

狮子含冤心不死，

欲求圣僧复命来。

当下众人觉得好奇，听水、陆二蟒交口讲述了狮王一生的奇异故事。

原来这里地属南印度，林中猛兽极多。昔日有一国王，膝下仅有一女，长得花容玉貌，极其美丽。不仅世间人人称羡，天上神灵、地底鬼怪也无不垂涎三尺，希望能够一亲芳泽，结成美满姻缘。

国王为求治下平安，婉言谢绝了远近一切求婚者，将女儿许配给邻国王子，希求两国和好，保护一方安康。从此国到彼国，必须经过一片丛林。林中阴暗潮湿，藏有无数毒蛇猛兽。为了保护公主安全，国王特地安排一乘象轿，选派众多兵丁跟随，一路吹吹打打，直往丛林而来。

不料队伍行到林中，忽然从路边跃出一只狮子，张牙舞爪，直扑公主所乘象轿。这狮子威武无比，乃是林中兽王。众人叫声不好，正待前往救助公主，那狮子发了威，转身攻击众人。兵丁们抵御不过，纷纷抛弃象轿四散逃命，只望驮轿白象能够击退狮子，保住公主安全。

谁知，白象也不是狮王对手。狮子纵身跳上象背，衔住公主窜入林中，转眼便不见了踪影。

那狮子把公主带到人迹罕至的深山幽谷后，化身为一雄伟男子与她成亲，每日捕鹿采果供给饮食。时日既久，公主产下一子一女，虽然形貌似人，却性情暴烈，如同猛兽。

其子长大后，懂得人事，对母亲说：“为何我们父是野兽，母是人类，你们是怎样配偶的？”

母亲闻言，不由潸然垂泪，对其细述从前事情。

其子道：“人畜殊途，何以能够共居，应该早早逃离才好。”

母亲摇头叹息道：“我已经设法逃过几次，无奈这里山高林密，难以

觅路逃出，只好在这里忍辱偷生。”

其子闻言，便尾随狮父，登山逾岭，访得出山秘径，携带母妹逃回人间。母亲满怀希望，本想返京城访亲，重享富贵，谁知时日既久，因老国王悲伤辞世后，王国早已变换，已经无处可投。莫奈何，她只好隐姓埋名，乞求乡里父老怜悯，寻觅一间破草房居住度日不提。

当她母子去后，狮王返回不见娇妻爱子，十分悲伤愤怒，便出山谷，来到村镇，到处咆哮呼号，寻觅亲人。当其愤恨至极时，不免伤害人畜，使人人自危不敢外出。

新国王闻讯后，亲自率领兵丁、猎户，击鼓吹贝，负弩持矛，进山捕猎暴躁狮王。不料他在林中迷路，不仅没有觅得狮巢，反而伤了不少人。国王因而下令，有能除去狮子消除国患者，奖赏黄金百锭。

其子闻讯，对母亲说：“我们贫穷到这般地步，不如前往应征。倘若得手，领了重奖也好改善生活。”

母亲闻言大惊道：“它虽是畜类，却是你生身之父，怎么能够这样做？”

其子答道：“母亲此言差矣，我等与它人畜异类，有什么礼义可讲？除了它，也免得它成日悲伤吼叫。利在国家与自己，有什么做不得！”

言罢，他不顾母亲阻拦，便身藏利刃前往报名应征。

当时，狮子已被众人包围在林中。四周千众万骑，荷刀持枪，面对愤怒狮王，却没有一个人敢挺身走向前。其子看清楚了，慢步走过去，直到它的身边。

狮子思亲，寻觅多日，忽见儿子过来，不由心中欢喜，站起身呜呜诉说传情，伸出舌头轻轻舐吮其子面颊，使周围众人都看得呆了。

其子等待的正是这个机会，连忙抽出尖刀，趁其不备，对准心窝刺去。狮子大叫一声，转身看了其子一眼，流血踉跄走了几步，立时倒地身亡。

其子弑了狮父，便来国王马前讨赏。国王问他有何奇能，狮子至死竟

不伤他？其子一一叙述，众人方知原因。

国王听了摇头叹息道："你人形兽心，反不如狮父兽形人心可爱可钦。留你在我国内，有何用处？"

其子一听，大惊变色道："陛下此言，莫非要食言，加害于我吗？"

国王道："匹夫一言既出，驷马难追，何况我身为一国之主，岂有食言之理。如今你除民之害，功劳极大，应该重赏。但是你有弑父之罪，天理不容。我不杀你，放逐你往海外异方去好了。"

言罢，国王便命从人如数将黄金奖给其子，然后将其兄妹二人各置一舟，随波逐流放逐于海上，只留其母在国内多加照顾，度过人间余年。

其女顺波漂往西方，受神鬼所魅，产育群女，成为西方女国首领，留下许多故事，乃是后话暂且不表。其子则漂过东方海峡，到达僧伽罗国，成为一方邦主。

说来奇怪，那只狮子死后，虽然天气炎热，历经多年，尸身竟未腐坏。人们传说，这是它慈爱亲子，感动上天所致。现在三藏梦见狮王嘱托，必是它思念子女，还想还阳复生前往寻找所致。

三藏与徒弟们听了水、陆二蟒叙述狮王故事，莫不感慨叹息。正是：

山深深、林深深，不及狮王情意深。
海沉沉、浪沉沉，莫过逆子罪孽沉。

沙僧气愤道："天下竟有这种人，不如死了好。"

八戒说："那个狮王好比我等，虽然模样不中看，却有一颗好良心。它的儿子像世间许多坏人，都不是好东西。"

悟空本欲阻止长老冒险去僧伽罗国，听了这个故事也改变主意，说道："狮王死得太冤，必定还有什么隐情未了。我等若不救它还阳，也枉自闯荡四海侠义一生。"

长老说：“拯死救生本是佛门宗义。这个慈爱兽王托梦于我，岂有坐视不管之理。救了它，我等也能借彼之力，到僧伽罗国去了。”

四众各怀目的计议已定，便来寻找药草搭救狮王。

陆蟒道：“其实这药草也不难找。在我身躯所在的山坳处，有一种九叶异香还魂草，将其捣碎，噙入口中，只要尸身不坏，立时可以还阳复生。”

众人听了，在山坳处果然找到这种药草。连忙转身找到躺卧在林中的狮王，如法捣碎敷入其口中。说也奇怪，它忽然四肢蠕动，慢悠悠睁开眼睛，拱爪谢了四众，张口吐出人言道：“多谢圣僧救助，拯我于死亡之中。我也欲往海外寻找子女，便与圣僧师徒同行。今后但有用得我处，必定万死不辞。”

欲知狮王如何帮助唐僧师徒，渡海前往僧伽罗国，请看下回分解。

第三十四回　狮王过海寻子　大圣再探铁城

狮王苏醒后，对唐僧师徒说："我受伤身亡后，上天怜悯我命不该绝，还给我留有一丝游气。每日有狐兔熊猴看望守候，常衔药草灵泉供给，因此得以尸身不坏。冥冥中我别无所念，只是思恋妻子，并对当时暴躁，无故伤害生灵惭愧，心中不安。待我看望了他们，便伴随你们，渡海前往僧伽罗国。"

长老听了，举掌念了一声阿弥陀佛，开口赞叹道："难得你有如此深厚亲情，且能忏悔从前过失，这便是好！常言道，放下屠刀，立地成佛，你有这般心肠，亡灵也得安慰，胜过诵十万卷经了。"正是：

有过知改非为过，
造孽无悔方是孽。

当下狮王和众人一起，来到山下访问公主踪迹，方知她因子女流放海外，日夜思念成疾，早已含怨辞世。狮王来到坟前，垂泪祭奠了，又到当时失去理智，误伤诸多人众处，一一忏悔谢罪后，方才依依不舍，转身与众人计议渡海去僧伽罗国事宜。

狮王道："我瞑目后，有群兽来报，儿子渡海，已到僧伽罗国为王。我恐他旧性复发，残暴生灵，意欲前往戒谕，就和圣僧师徒同行好了。圣僧行走不便，我驮你去。"

三藏听了，心中喜欢，说道："如果这样最好。那边有令郎照顾，我等定不虚此行也。"

悟空见长老真要和狮王同行，心中着慌，向沙僧递了一个眼色，便从怀中取出白眉尊者交付的黄色锦囊观看，原来如此如此。

他让沙僧绊住长老，自己扯着狮王到旁边悄声说："狮王，你勇猛有余，好没计较。常言道，皇帝不认穷亲戚。你的儿子现为九五之尊，知你已经死了，并不知还魂事情，倘若翻脸不认人，你便有诈骗皇亲大罪。那时莫非你还要拉我的师父一起去坐牢不成？"

狮王心中无计，问他道："我已答应圣僧，再说不去，怎么好？"

悟空道："谁说不让他去？叫我的两个师弟陪伴他在此等候，我们先去探路。如果你的儿子悔过认亲，再叫他派遣龙船前来迎接好了。"

狮王点头说："这样最好！"

狮王辞别三藏，立时与悟空一同起身，渡海前往僧伽罗国。

悟空道："你不会上天，不能下海，我助你一臂之力，飞过去吧！"

好大圣，伸手向空中一招，招来一片彩云，让狮王踏上去站定了，吹一口气，就飘飘悠悠升上了天。

那道隔断南印度与僧伽罗国的海峡，说时甚宽，去时却窄，不一会儿已经远远可以望见。从天上看那方国土与这边不同，只见：

> 波涛翻滚处，隐隐现平陆。有山、有阜，有草、有木，算得上海外仙洲，极乐国土。却不知为何妖氛沉沉，漫天一片黑雾，遮住了铁城王都，难觅坐朝国主？更仔细听、定睛看，到处有鬼哭，荧荧显白骨。切莫冒昧入，谨防是魔窟。

狮王起死回生后觅子心切，本来兴致冲冲，至此低头看了，不由心生疑惑，对悟空道："昔日我在林中，尽都传说这里是海外乐土。怎么是这

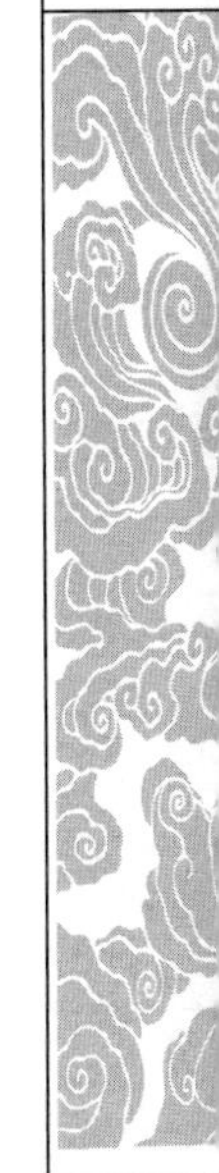

般模样，莫非人言有误？”

悟空道：“我的师父听了传说，也像你从前那样想。我到这里来过，方知今日情况，和过去乐土时代大不相同。”

狮王问：“这里气色不正，莫非有妖怪吗？”

悟空笑道：“这句话算你说对了。这里有五百罗刹魔女，占据王都铁城，专门引诱过往客人，将其做成人肉包子吃。亏我当时走得快，要不也成了她们的腹中物。你还要带我的师父来，有了他累赘，更施展不开手脚。”

狮王闻言大惊，说道：“如果这是真的，吾儿必定是被她们吃了。我要报仇雪恨，叫她们也断子绝孙不得好死！”说着，就要从空中跳下云去。

悟空见它如此性急，连忙一把拉住，安慰它道：“我在这里看见地牢里关有许多人畜，留给那些妖女慢慢吃。你的儿子是死是活还不知道，何必这样焦急？这样高跌下去，变成狮子酱，岂不便宜了这些妖怪？”

狮王闻言，只好耐住性子，和悟空一起降下云头落在地上。抬头一看，前面一座铁城，四周皆无门户，透出一股阴气，使人不寒而栗。

狮王看了一眼道：“这城这样高，没有门，也没法纵跳进去，怎么才能进城？”

悟空笑道：“你不用急，自然有人请我们进去。”

狮王惊奇问道：“这里有人认识你吗？”

悟空道：“熟人倒有，就怕她们认识我。”言罢，便轻轻将身一摇，变成一个粉面郎君。又对狮王吹一口气，将它变成一个魁伟男子，相对坐在路边，只等有人来认。

说来也巧，他两个刚变化成形，前面就闪出两个美貌魔女，打扮得妖妖娆娆、娉娉婷婷，笑吟吟地朝二人走来。

悟空抬头看，其中一个正是上次要和他拜堂，存心吃了他的那个妖

精。她却没有认出悟空，上前一把拉住他道：“好哥哥，你从哪里来？跟我进城去，有你的好处。”

悟空佯装喜悦道：“我们正要进城，只是不知有什么好处？”

魔女做出媚态说：“难道你没有看出，我在这里望郎，要和你拜堂成亲呀！”

悟空笑道：“要拜堂可以，但是不知你是不是二婚婆，会不会拜了堂就吃掉老公？”

魔女不高兴，娇嗔说道：“奴家是黄花闺女，从前还没有见过大男人，怎么对我这样胡乱猜疑？坏了名声怎么好？若说是吃你，只是心中怜爱，恨不得把你身上的肉一片片都撕下来，吞进肚皮才好。”

悟空点头道：“如果这样便好。只是我的肉太韧太硬，别磕掉了你的牙。”他怕魔女溜掉，也一把紧紧揽住她的腰。

魔女见他中计，便喜滋滋地挽住他，念一句口诀，穿过铁墙走进城内。另一个魔女也挽住狮王，一同走了进来。

魔女急欲成功，拉住悟空道：“快走！我们就拜堂去。”

悟空已经达到目的，这才伸手将脸一抹，露出本来面目，厉声对她说：“好老婆，还认得从前老公吗？若不老实，我就一棍打死你。”

那边狮王也现了本相，张开血盆大口，一口吞了身边那个魔女。

悟空手指着地上留下的一滩血迹，转身问魔女道：“快告诉我们，从前岛上国王在何处？若有半点不老实，就和她一般下场。”

魔女见狮子做出凶狠样子，吓得上下牙齿止不住震颤磕打，连忙交代说：“我们到这个岛国时，拿住国王，将他关在牢内，还没有吃掉呢！”

狮王一听，急忙催促她带路前往。魔女战战兢兢带领他们左旋右绕，来到铁城中心，在从前王宫的一个地下室面前停下，手指着里面说：“国王就关在里面。你们放了我，自己进去吧。”

悟空道：“放了你，好去报信吗？你还要送我们出城，才算功德圆

满。”说完，悟空便一手钳住了她，让狮王开门去见儿子。

狮王念子心切，一爪击碎了门锁，纵身钻了进去，抬头看见其子躺在屋内，已经饿得皮肉萎缩变了形。

狮王惜疼他，走过去轻轻舐吮，呼唤他道：“吾儿受苦了，还认得我吗？”

其子抬头看见是它，惊恐大声喊道：“父亲，你莫非是鬼，来要我的命？”

狮王安慰他说：“你休要害怕，我已经还阳复生，是来救你出去的。”

其子这才半信半疑地站起来，卑声对父亲说：“当时我刺杀你是不得已，受了逼迫，不得不这样做。要不，妹妹、母亲和我都没有性命。”

狮王说：“过去的事不用讲了，只要改了就好。救了你，我还要去寻找你的妹妹。一家团聚，重返林中快活。”

狮王见儿子虚弱，便驮着他出了狱。几个人不再多言，悟空押着魔女，一行人便往城边走去。出了城，便可返回故土。

谁知其子在牢内一声叫喊，早已惊动了城中众罗刹女。她们一个个手持兵器赶了来，把他们团团围住不能出城。

为首一个女妖厉声喝道：“你们不要走，今天我们就做猴子加狮子宴吃。”

言罢，她又转身手指狮王儿子叱责道：“你好大胆，敢逃跑出来。今日也是你的死期，绝不再留了。”

狮王儿子看见周围罗刹女妖，一个个凶神恶煞，像催命母夜叉一样，料想无计脱逃，吓得连忙跪倒叩头求饶说：“大仙饶命！我本不要逃跑，是他们裹胁我跑出来的。你们想吃狮肉猴肉，我抓住他们，立功赎罪好了。”说着，他便伸手紧紧揪住狮王脖项不松手。狮王猝不及防，被周围魔女拥上来，乱棒打倒，揪尾扯鬃倒拖了回去。

悟空眼看大事不好，急忙掏出金箍棒，迎风一晃，变成酒杯般粗，顺

势向四周一扫，打翻几个魔女，把那个不义儿子也打倒在地上，手指着他骂道：“你这个人形兽心的逆子，留在世上有何用处？我为你的父亲报仇，除了你吧！”悟空赶上去，一棍打得他脑浆迸流，结果了性命。

众魔女见他如此，发一声喊，从四面反扑过来。悟空不敢恋战，虚晃一棍跳出圈子，用力翻一个跟头，就纵上天空，倒拖着棍逃回海峡对岸秣罗矩吒国去了。

欲知他返回还有何计议，三藏长老还想来僧伽罗国否，请看下回分解。

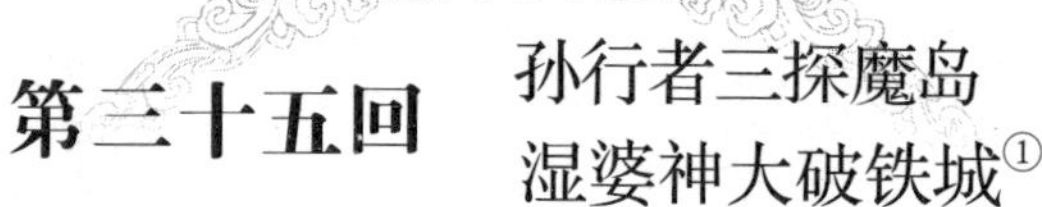

第三十五回 孙行者三探魔岛 湿婆神大破铁城[1]

话说悟空逃回对岸，见了众人诉说遭遇。当其说到狮王为其子所卖，被罗刹女妖擒住，众人听了无不义愤填膺，谴责那个不孝逆子，对狮王命运十分关切。

悟空道：“我和它同去铁城，如今只我一人回来，留它在那里危在旦夕，必须想一个法子，赶快把它救出才好。”

八戒、沙僧齐声道：“罗刹女妖这般可恶，我们和你一起去，务必要踏平铁城，救出狮王，把那些女妖都杀光。”

三个人救狮王心切，告别了长老，立即腾云上天，朝大海那边罗刹女铁城而去。这一去有分教：

神魔大战血成河，
善恶斗争尸积山。

悟空带领八戒、沙僧轻车熟道来到铁城面前，本想腾空越墙进去，抬头一看，那里又变了模样。只见：

黑城上，罩一团黑气。说它是雾，却又风吹不散、雷劈不去。好似一顶头盔，把城头盖得紧紧的。铁城高高耸起，显得天低、云低、地也低。你想进去吗？上上下下也没有一点缝隙。

① 印度神话中的湿婆神大破三连城的传说。

八戒手指城上那一团黑雾道：“那是什么，好像一朵黑蘑菇？莫非城里有蘑菇房？”

悟空也觉得奇怪，说道：“我前两次来，没有这个东西，不知是做什么用的。”

沙僧道：“管它是什么，我们弟兄穿云破雾还少了吗？钻进去看一下再说。”

悟空、八戒都点头称是。三人不再多言，腾空跃起就往那黑雾里钻。谁知这雾与平常云雾不同，看似一团烟气，表面软软的，实则却比钢铁还坚硬，根本就钻不进去。

悟空拍了一下脑门道：“我明白了，这必定是妖怪的一种防御设施。她们见我腾云从城内逃出，就架起了这个法宝，免得外面有人从空中钻进去。”

他猜对了，这正是罗刹妖女布的天网。有了它，铁城就如硬胡桃般从上到下被包裹得紧紧的，谁也别想随意闯进城了。

三人没法从空中闯进去，就各自掣出兵器，对着城墙乒乒乓乓一阵乱筑乱打，嘴里骂道：“瘟妖精，有本事就出来比试一下，分个高低，躲在乌龟壳里，算什么英雄？”

正攻打时，城头黑雾里现出一个魔女，一副青面獠牙，再不是从前蛊惑人那种妖媚样子。她厉声喝问道：“你们是什么人，敢攻打罗刹铁城？”

悟空道：“你不认识来过两次的齐天大圣孙爷爷吗？快把狮王放出来！倘有半个不字，就把这里踏平。”

魔女哈哈笑道：“狮子已被我们吃了，味道十分鲜美。”说着，魔女将手一挥，旁边就有人把狮子头扔出来。众人接住辨认，才确信狮王已遭谋害。

悟空心中大怒，气得把牙齿咬得轧轧直响，抡起手中金箍棒，就朝城头魔女打去。不料魔女今番和前次不同，再不搔首弄姿，做得温情脉脉，

她将手一扬，抛出一个飞锤，正击落在棒上，使悟空手心一震，差些挡不住。悟空再要打时，她已隐身进城头黑雾中，不见了踪影，任随三人在外跳跃叫骂，只是不睬不理。

八戒见魔女这样，对悟空说："你们在这里攻打，我悄悄绕到上面去，或许那里软一些，可以打进城。"

言罢，他便提起九齿钉耙，腾空跳上天，运足气力，对准黑气罩使劲筑去。谁知，那团黑雾好似胶水做成的，八戒一耙筑在上面，就被紧紧粘住，再也拔不出来。他急了，伸手去拨黑雾，竟连手也被粘得牢牢的。这一来，他更加焦急，用尽全身气力往外拔。不料黑雾一下子漫了出来，把他全身也裹住了，再也别想脱身。

呆子害怕了，放声大叫："快来救我！"

沙僧听见喊声，顾不得多想一下赶了过去，拉住他露在黑雾外面的一条腿，不料也被黑雾一下子吞没了。

悟空看见两个师弟都被黑雾裹去，心知这物厉害，不敢冒昧冲撞，急得在外直跺脚。魔女躲在雾内看见，笑道："贼猢狲，你跳脚干什么？有胆量也进来，好让我将你和你的两个师弟一锅煮了吃。"

此时城头上黑雾翻滚弥漫，雾中传来罗刹女妖阵阵笑声。悟空此时更加焦躁难忍，恨不得也冲杀进去，救出师弟，拿住那些女妖，方解心头之忿。

好猴王，正要腾身抡棍攻打，转又冷静下来耐住性子，心里想："小不忍则乱大谋。我如果也陷进去，就真是连报信的也没有了。不如取出白眉尊者给的锦囊看，或许有解救妙计。"

他急忙取出怀中最后一个黑色锦囊，拆开一看，想不到白眉尊者早已知悉此间情况，留下四句箴言：

欲破铁城，
湿婆一箭。

罗刹毙命，

云开雾散。

在天竺游历多时，悟空知道这湿婆乃是当地土人尊崇的毁灭之神，与创造之神大梵天、保护之神毗湿奴，共为最高三大主神。他有降魔除妖无比法力，额上第三只神眼能够射出火焰，烧毁一切山岗、树林和妖物。佛教尊称他为大自在天，住在超离世间众生杂居的欲界之上，清净无欲的色界之顶，为宇宙三千界之主，地位十分高贵。

当下悟空领会意思，奋力一个跟头跳上高空，穿过众生痛苦呻吟、懵懂寻欢的污浊欲界，直达色界门口。他通报了姓名，进门谒见湿婆大神。

这位神怎生模样？有词为证：

红面膛，青脖项。额上一眼常闭，头项一道瀑布长流。浑身赤膊涂灰，肩上四手如翅。紧握三股叉、神螺、水罐、手鼓，不知有何用途。头饰弯月，腰系兽皮。加一条人头骨项链，缠着咝咝吐须眼镜蛇。这番相貌真稀奇。

湿婆神端坐在殿上，问明了悟空来意，对他说：“那罗刹妖女残害生灵，我早已知道。几次要兴兵剿灭，都不得闲。今日你来求助，就立时发兵好了。如果拖延时日，只怕你的两个师弟性命难保。”

他性如烈火，嫉恶如仇，言罢立时起身，下令整顿麾下三军，到下界征讨五百罗刹女妖。

悟空看他的神兵的确威风。

湿婆神睁眼一声呼喊，大地化为战车，神圣须弥山化为坐骑。曼多罗山压扁成车轴，高高的天门是车辕，太阳、月亮配为左右金轮与银轮。四部神秘吠陀经变成套车的四匹战马，过去和现在金、银、铜、铁时代成为四马拉车的挽具。

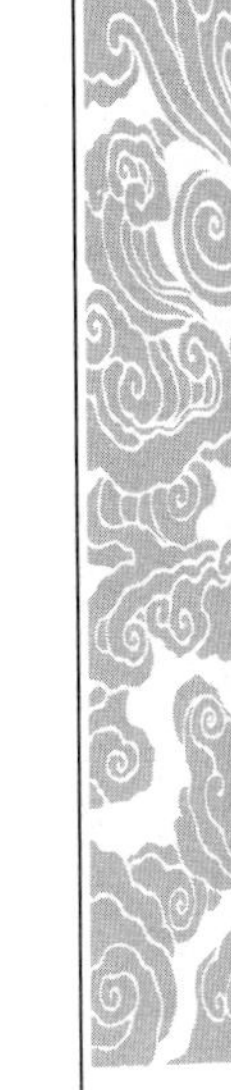

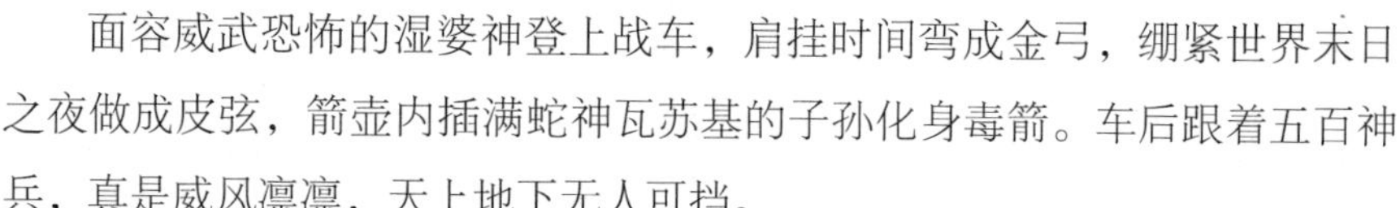

面容威武恐怖的湿婆神登上战车，肩挂时间弯成金弓，绷紧世界末日之夜做成皮弦，箭壶内插满蛇神瓦苏基的子孙化身毒箭。车后跟着五百神兵，真是威风凛凛，天上地下无人可挡。

这支大军浩浩荡荡地杀到罗刹妖女铁城，将其团团围住，一齐拼命攻打。城内妖女不敢轻敌，也各自露出凶恶本相，手持兵器披挂上阵，分成四队与神兵厮杀。

悟空跟住湿婆神战车，挥开金箍棒，横竖一阵乱扫，打倒许多魔女。湿婆神指挥手下神兵也杀死不少。只听见耳畔两军呼喊、战鼓轰鸣，有如霹雳雷声。空中穿梭箭雨织成一片，遮住晴空烈日，变成暗沉沉阴天。双方舍生忘死拼命冲突，杀得血流成河、尸横遍野。未死的人马呻吟嘶鸣，十分悲惨恐怖，宛然一副地狱景象。

湿婆神不动声色，稳稳站在四马拖拉的战车上，觑准了人丛中凶猛魔头，一箭射倒一个，霎时间就射杀了几十个。两军杀来杀去，人数越来越少，最后只剩下这边湿婆神与悟空，那边四个女魔头。她们不再恋战，呜呜吹起罢战海螺，慌忙拖住地下死尸，狼狈败进城去。

悟空也打累了，傍着湿婆神战车席地坐下，不住喘息。

谁知，正歇息时，城内忽然金鼓大振，又穿墙拥出五百罗刹女妖。一个个精神抖擞，全无疲惫模样。

悟空一见，大吃一惊，心里想：“这座城里有多少女妖，怎么斩杀不尽？”

悟空仔细定睛看，更加惊诧得说不出话。只见其中有的脸向背后，肩生单手或三手，身上血污未除，活像是从死人堆里拖出来的。有一个舞刀冲到悟空面前，这才看清楚了，原来是上一阵被他一棍打扁了的女妖，不知怎么回事，又气势汹汹杀出阵来。

悟空陡然想起，从前听人说过，西天世界有一处生命泉，无论什么伤者，只需沾上一滴，立刻就能愈合复原，起死回生。莫非生命泉出在此处，魔女们将尸首拖回，一时匆忙，有的接反了，才造成这些异形妖怪？

当下复生的魔女们狂呼乱喊，从四面冲扑上来，把湿婆神和悟空困在垓心，恶狠狠地要置他们于死地。

眼看情况危急，双拳不敌众手，悟空正不知如何是好，湿婆神却不慌不忙，一只手握住神奇海螺呜呜一吹。说也奇怪，随着螺号声响过，那些已经战死的神兵忽然又翻身跳起，挥舞兵器和罗刹女妖砍杀起来。

不一会儿，双方武士又被杀光，地上又流了一大滩鲜血。那些未死魔女连忙收回同伴尸体，在城内生命泉中浸泡一下，再出城和复生的神兵拼斗。两边冲冲杀杀，从天明杀到日暮，再从日暮杀到次日清晨，不知拼杀了多少回合，双方武士死过多少次，活了多少回，分不出高低胜负。

悟空心里急了，对湿婆神说："似这般厮杀，如同儿戏，怎么有个结局？你该想一个办法才好。"

湿婆神说："我和她们这样打，正是退敌的消耗战法。生命泉有竭尽时，海螺号音却无穷无尽，待她们的生命泉用完后，就可直捣老巢，把这些女妖斩尽杀绝了。"

悟空这才明白，湿婆神迟迟不施无敌杀招，乃是魔女生命泉水还未消耗干净。到时候自会手到魔除，平息一方妖氛了。

双方越斗越狠，数不清杀光再复活了几多次，罗刹女妖渐渐少了。看来城中生命泉已经使用干涸，魔女们再也没有起死回生能力了。

湿婆神眼见时候已到，从箭壶中抽出最后一支红色毒箭，对准铁城用力一射，城墙立即连同上面雾障一起迸开。他欣喜高呼一声，驱赶脚下战车，带领麾下神兵，与悟空一起冲杀进去，见着罗刹女妖就杀，女妖们再也不能复活逞凶了。

悟空在地牢内救出八戒和沙僧。多亏湿婆神率领神兵来得快，女妖没有吃掉他们。三人谢了大智大勇的湿婆神，起身过海寻找三藏长老。

欲知他们随同长老还往何处去，请看本书下卷分解。

西天游记

刘兴诗 著

成都地图出版社

图书在版编目 (CIP) 数据

西天游记 . 下 / 刘兴诗著 . — 成都 : 成都地图出版社有限公司 , 2023.12

ISBN 978-7-5557-2250-2

Ⅰ. ①西… Ⅱ. ①刘… Ⅲ. ①章回小说—中国—当代 Ⅳ. ① I247.4

中国国家版本馆 CIP 数据核字（2023）第 216046 号

西天游记 · 下

XITIAN YOUJI · XIA

出 版 人 鄢来勇
策　　划 李继勇
责任编辑 陈　红
排　　版 书香文雅
出版发行 成都地图出版社有限公司
地　　址 成都市龙泉驿区建设路 2 号
印　　刷 三河市祥宏印务有限公司
开　　本 880 mm × 1300 mm　　1/32
总 印 张 17
总 字 数 450 千
版　　次 2023 年 12 月第 1 版
印　　次 2023 年 12 月第 1 次印刷
书　　号 ISBN 978-7-5557-2250-2
定　　价 49.80 元（全 2 册）

下卷目录

第三十六回　多罗林奸徒售假经　月明夜悟空识妖迹　二九五

第三十七回　猪猴力退强暴兵　石佛严惩侵略主　三〇五

第三十八回　仁主爱物兽狎人　妖魔欺善遇大圣　三一六

第三十九回　八戒梦传《糊涂经》　三藏陋巷遇真人　三二四

第 四 十 回　魔头感染郐阇王　四僧误中铁匣计　三三七

第四十一回　岛国花香醉大圣　狮女知非指迷津　三四五

第四十二回　悟空巧施驱风计　石佛口占忍字经　三五三

第四十三回　假佛徒诡辩善恶　孙行者分身诱妖　三五九

第四十四回　正邪杂居石室山　神猴勇探妖魔洞　三六八

第四十五回　美猴王攀崖取蜜　独脚佛幻身施恩　三七五

第四十六回　孙悟空智访妖法术　霹雳果火烧魔树林　三七九

第四十七回　猴行者大战众鳄怪　圣河水开匣放三僧　三八六

第四十八回　世俗择夫唯重实　东国女王恋猪郎　三九四

第四十九回　众人唯求现时乐　菩萨显示未来景　四〇四

第 五 十 回　唐三藏登天拜佛　阿修罗化身诱敌　四一一

第五十一回　恶咒众女尽曲背　巧扮新娘除妖仙　四二〇

第五十二回　戒日王聚会曲女城　唐三藏说法退鬼魂　四三五

第五十三回　贼方丈借宝敛财　孙大圣设计掉包　四四四
第五十四回　八戒偷懒骑白马　长老水上遇强贼　四五一
第五十五回　僧官指点多烧香　悟空一怒治灯神　四五八
第五十六回　国主挟威撼木像　世祖舍身伏毒龙　四六五
第五十七回　唐僧费力觅佛踪　如来轻易除逆子　四七三
第五十八回　太子恃力掷巨象　悟空巧计驱邪根　四七八
第五十九回　四众参观鹿野伽蓝　魔头施展水火毒计　四八八
第 六 十 回　齐天大圣遇对手　西天猴来制悟空　四九六
第六十一回　罗摩王子显灵通　东西猴王结金兰　五〇一
第六十二回　因陀罗纵雷平妖　大梵天秉义灭亲　五〇八
第六十三回　佛祖换经惩贪僧　四众功成返东土　五一七
主要参考文献　五二三
后　记　五二四

第三十六回　多罗林奸徒售假经　月明夜悟空识妖迹

风波过后又一程，铁马金戈渐不闻。
春风十里天竺路，荔枝槟榔照眼明。
佛国自然多佛事，处处笙歌皆和平。
香烟散尽回头处，妖魔旧事了无痕。

说话悟空、八戒、沙僧，跟随湿婆神与五百神兵，在僧伽罗国大破铁城，将罗刹妖女斩杀干净后辞别尊神，过海与三藏师父聚会，牵马挑担，继续沿路前行。

四众此时已走到天竺大陆南方海角。在陆地尽头祭了天地海三界神明，即刻转身，复又转向西北。经人指点，一行人渐渐进入大陆深处，来到天竺南方西海岸第一大邦——恭建那补罗国①。此国历史悠久，土地肥沃，气候湿热，物产丰富，周围五千余里，真乃泱泱大国也。

三藏带领徒众，缓步走进都城，忽然见一奇异景象：这里人不分男女老幼，尽都手持念珠，面带虔诚，成群结队向城外一个方向踊跃前行。不知那边有何灵异，能够吸引这样多人。

三藏连忙下马，举手向旁边一人问讯。那人走得匆忙，随口答道："我们都去拾经。去晚了，便得掏钱。"说着，那人不顾唐僧师徒，挤进

① 见《大唐西域记》卷十一，"恭建那补罗国"条："城北不远有多罗树林，周三十余里。其叶长广，其色光润，诸国书写，莫不采用。"在今天的印度西南部卡纳塔克邦境内。

人群拔步又走。

这可奇了，经乃佛传，怎么可以随手拾得？晚到一步，为什么还要钱？

悟空心里纳闷，一把拉住那人，又问道：“你这人说得没头没脑。到底是怎么一回事，说清楚再走。”

那人用力挣扎不脱，本欲嗔恼，回头见悟空一副雷公嘴模样，想来定非善类，只好叹一口气对他说：“你们从远处来，必定不知。这里有一座多罗树林①，从前乃是佛祖说法处。此树根植佛土，叶沃神光，周身上下无一不沾灵气，全都积聚在树叶上。有运气的，拾到一张灵叶，上现经文，乃是佛祖指示。积得多了，便是一本好经书，可以一生受用不尽，所以大家都去抢树叶。去迟了，只好向人买，便要破费了。”

原来是这样一回事。八戒忍不住叫嚷道：“我们走了十万八千里，险些把命丢掉，千辛万苦才求得几部经书。想不到这里这般容易，像清扫夫，只消拾树叶就行了。”

悟空也感到奇怪，对沙僧说：“你保住师父在这里坐定，我和八戒去看到底是怎么一回事。有好经文，也带几张回来，让你们都看看。”

沙僧应诺了，悟空扯住八戒便走。二人顺着人流不知不觉走到郊外，抬头看见一座树林，果然极有灵气。人群走到这里便止步不前了。林内林外人头攒动，比城内市廛中心还热闹。二人抬头看那林子是怎生模样？只见：

浓密密、郁苍苍，一座树林好风光。不是神圣菩提树，胜似菩提别样香。鸟投林中忘举翅，游人沉醉不思乡。

最奇最妙枝头叶，人尽喜欢最难忘。色似铜、形若掌，上下韧如草，张张俱放光。脉中现出盘陀经，保佑平安福寿长。

---

① 多罗树，一种形似棕榈的高大热带乔木。

这时一阵罡风吹来，林中树叶纷纷飞坠，引得人群东争西抢。到手者得意欢呼，其他人啧啧羡叹，比过年过节还热闹。悟空和八戒来迟了，哪里挤得进去，只好在外旁观，指望风把一张树叶吹到这里便好。

正看时，有一个人满头大汗，手捧一叠树叶，喜滋滋地从人堆里挤出。悟空连忙抢先一步拦住，做出笑脸问道："你得了好彩头，给我们开一下眼界如何？"

那人瞧见悟空、八戒长得猴头猪脑，有些不放心。悟空将手藏到身后道："你怕什么。我的手在后面，没有第三只，不会抢你的。"

那人见他十分诚恳，才松开手，将树叶一张张揭开，和他们一起检看。悟空和八戒看了，不由失声赞叹，世间哪有如此奇异树叶？正是：

叶脉皆成文，
宛然现佛经。

二人看一张树叶，上面金色叶脉左盘右绕，组成一句清晰梵文"佛说：无欲至乐"，真奇怪极了。

再看下面的，每张叶心皆有一句箴言，果然都是佛经经文。

那人欢喜道："我每日到这里拾叶学经，仔细研习，的确可以清心养性，有大大好处。"

悟空、八戒看了，这才相信是真的。

八戒心痒痒说："想不到有这种奇事，我如能得到一张也好。"

悟空道："想要树叶还不容易。待老孙纵身上树，一棍子打下来，你只需在下面捡就是了。"

那人听见他这样说，连忙摇手道："使不得！灵叶不可强求。如果硬搞下来，不仅叶上无字，还会得罪菩萨，遭瘟三个月。"

听他这样一说，悟空便不言语了。二人正急时，旁边忽然钻出一个驼背矮汉，满面堆笑对他们说："你们喜欢经文树叶，不用发愁，我这里有全套一百二十八张，价格不贵，包你满意。"

八戒怀疑，问他："你有何神通，能够弄到这样多树叶？"

驼背矮汉道："这很简单。我是本地人，夜间游人散尽，只顾去拾就行了。"

八戒又问："随意拾来的，怎么凑得齐一本经书？"

驼背矮汉道："收得多，自然凑得齐。别说一套，十套百套也有。客官如有好友想要，都引来，还有回扣可拿。"

八戒依旧心存怀疑，问他："你这样大口气，是真货还是假货？"

驼背矮汉一听立刻变色，手指身边一块招牌道："你不买，怎么这样说话？也不睁眼看看，我这里是什么店铺。"

他这一说，八戒这才抬头看见，原来他在道边搭了一个棚子，挂了一块金字匾牌，上书"老号真经灵叶，童叟妇女无欺"一行大字。店内堆着成捆树叶，有许多人围住翻看，生意十分兴隆。

八戒有些心动了，问他："你的经文树叶，多少钱一张？"

驼背矮汉道："八十八个铜板一张，一文钱也不能少。"

八戒道："拾来的树叶，怎么这样贵？"

驼背矮汉叹气道："你道那样好拾？我的背都拾弯了，只赚一点辛苦钱，算得了什么。何况'八八'乃是吉利数字，好处都让你占尽了，还说什么！"

八戒低声问悟空："你看这个价钱，是否买得？"

悟空道："你自己买东西，最好自己拿主意。别买了后悔，好来怨我。"

八戒瞅着那一张张亮闪闪的奇异树叶，心中着实想要，咬了一下牙还价说："我只有四十四个铜钱，是一路上辛辛苦苦攒下来的。再多，就没

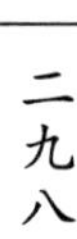

有了。”

驼背矮汉做出不得已的样子，说：“罢、罢、罢，我这人最能吃亏。瞧你心诚，就让你一半好了。只是‘四’字的意思不太好，你若因此出了事，莫要怨我。”

悟空笑道：“那‘八’与‘四’吉利不吉利，乃是东土迷信，怎么在你们这里也流行？”

驼背矮汉道：“见人说话，随缘结喜，乃是生意心理学至要秘诀。二位从东土来，自然要用东土习惯，我这生意才好做。”

悟空听了，心中已有看法，对八戒说：“这人会说话。买不买，就看你自己了。”说完，悟空向八戒递了一个眼色，他却没有看见。

八戒道：“我不管说话好听不好听，只要货色好，买一张做护身符，又有何不可？只要有好处就行。”说着他就掏出钱要买。驼背矮汉急忙卷了一张古铜色树叶，用红线拴好，递给八戒要取钱。

两人各自高兴，正要互相交接。悟空提醒八戒道：“呆子，急什么？货也不看一下，怎么就交钱？”

一句话提醒了八戒，他先把钱收起，展开那张树叶仔细看了一眼，心里忽然产生疑惑，问道：“这张树叶上显的字，怎么有些不对？”

驼背矮汉狠狠瞪了悟空一眼，回答道：“字便是字，有什么不对的？”

八戒指着叶面上一个字说：“别人的树叶，显的是‘无欲至乐’，为什么这里是‘有欲至乐’？”

驼背矮汉听了松了一口气说：“我还以为有什么大不了的问题，原来是这等小事。这是佛经上不同句子，当然不同啰。”

八戒问：“同是佛经，为什么两个意思完全不一样？”

驼背矮汉道：“佛经是佛祖说的话。佛祖一生要说许多话，说了前句，记不起后句，有时有些不一样，也不用大惊小怪。这岂不正好证明了

佛法变化万千，使人无法捉摸吗？”

八戒摇头道：“你这样说，我心里总有些不踏实，其中必定有假。”

驼背矮汉急了，辩解道：“若是有假，他们手中的树叶是假的，我的是真的。”

悟空在旁听见，忍不住问他：“你给我们说说，为什么说别人是假的，你是真的。”

驼背矮汉面不改色地解释：“你们不动脑筋好好想一下，人若无有半点欲望，便是木头，还有什么快乐而言？你看世间那些有权有势、有钱有财之人，有了一点欲望，便如蓬勃烈焰，燃起无穷欲火，享尽荣华富贵，无人可以拘束，岂不是欢乐之至吗？”

他说得口沫横飞，还要趁兴说下去，悟空将八戒拉了一把，指着叶上一个字说：“你再仔细看清楚，上面还有一个字也有些不一样。”

八戒忙低头看，原来叶上显的不是“佛说”而是“胡说”，便揪住驼背矮汉质问道：“这是怎么一回事，你能够说清楚吗？”

驼背矮汉一看，自己也有些慌了，却不肯认输，眼球一转，已有主意，急忙辩解道：“这是给念经和尚用的。只要念出声来，‘佛说’‘胡说’都是一样的。你们带回去将就用，没什么大不了的关系。”

八戒一听恼了，喝道：“我就是和尚。如果念你这种歪经，往后谁还会到庙里来烧香？”

他正要负气起身走开，悟空却把他拉住，笑嘻嘻说：“和气不伤神。这个老板说得也有几分道理，何必和他斗气。胡说就胡说，买一张回去念，也不妨事。”说着，他就伸手从裤子里掏出一把铜钱，递给驼背矮汉道：“你数好，这钱够不够，我买一张回去自己念。”

驼背矮汉满面堆笑道：“这个猴客官有眼力。我这人最不讲利益，重的是义气。给你挑一张上好的，回去念了，必定变罗汉。以后还要，再

来呀！”

悟空连声应承：“你这里，我记得住，一定还要再来。你好好等着吧！”随后，悟空道了一声聒噪，取了一张树叶，拉着八戒就走。

八戒感到奇怪，出了店悄声问他：“你明知有假还买，岂不白花了钱？”

悟空笑道：“我给的哪是钱，只在屁股上拔了一撮毛，亏不了本的。”

八戒还不明白，对他说：“你这猴精，只知道占人便宜，假货买回去，还不是害了自己。”

八戒还在嘟囔，旁边又有几个汉子跟上来，争先恐后要拉他们过去，看自己的店铺。悟空捏他一把，低声说：“呆子，还咕噜什么，过去看看，开一下眼界多好。”

二人转身一看，瞧见两边店铺一字排开，都有同样金字招牌，只是上面的字略有差别。有的是“真正老号真经灵叶”，有的是“最真老号真经灵叶”，还有“最最真老号”“真正最真老号”“最真正最真老号”，弄不清谁最老、最真。

二人看了一遭，像是掉进迷魂阵里。八戒指着一个店说道：“你看哪个牌子上的‘最’字最多，就看哪家吧。”

悟空看那个招牌上写着“最最最真正最真老号”，果然“最”字成串，店铺也较其他各家宽敞，便点头同他一起走进去。店主十分得意，对其他店铺露出不屑脸色道：“二位是行家，看出了这里才是真正老号。请随便选择，保证张张如意，都是佛家至理名言。如果信得过小店，付了钱，就取货。”

八戒上过一次当，心中已有主见，说道：“看了货，再给钱。你先拿一张来看了再说。”

店主有些不悦，只好双手捧了一张给他看，嘴里说：“这是月明时。我祈祷了神明，方才得到的一张最最神圣灵叶。你看上面有些银色，就是

月光痕迹，最最珍贵无比。换了别人，我连看也不给看的。”

八戒看叶面，上书“饱食即福”四字，心中不解，要他解释。

店主道：“人生世上，吃饭第一。吃饱了，不必再求别的，岂不是幸福无比吗？”

他这一说，八戒听懂了，不由冷笑一声，对他说：“似你这样解释，从前我在猪圈里就最幸福。人不是猪，幸福怎么这样简单！”

再一看，前面也不是“佛说”，而是“狐说”。八戒指着这二字，给店主看。店主有些尴尬，连忙说：“狐也是仙，说话照旧顶用。思想开放些，何必都听阿弥陀佛的？”

八戒生气，不看了。谁知悟空却笑嘻嘻地对八戒道：“莫生气。你不买，我买就是。”又从屁股上拔了一撮猴毛，把这张树叶买下，说道：“我先带回去好好研究，明天再来照顾你。”

二人出店后，八戒问他：“你买这些假货，到底想做什么？”

悟空指着拥在店铺内争买树叶的人群说：“你看买假货的人这样多，不断了货源，流毒会更广。”

八戒不解，问道：“你买了两张假灵叶，就断了假货货源吗？只怕拔光了你身上的猴毛，也绝不了这里的假货。”

悟空道：“谁说我要买完它们的？看一下他们怎么作假，就有办法了。”

言罢，他便走到一处泉边，用水拭洗第一张树叶。想不到这张树叶一点也不经洗，沾了水后，上面的字便逐渐退色，霎时间被冲洗得干干净净。

悟空笑道：“那个驼背矮汉是一个笨贼，这种低级手法也敢拿出来鱼目混珠，迟早会被上当的顾客打死。看他有欲，会不会至乐。”

再拿出第二张树叶看。说也奇怪，不管怎样用力拭洗，也退不了上面

的字迹。悟空用茶、用酒，撒一泡猴尿来试，全都不管用。

八戒说："看样子，这是天生的也说不定。"

悟空摇头道："是不是天生不好讲。那厮说过，月明时敬了神，就能得到这种树叶。今晚我去看，他怎么敬神。"

两个人耐心等待，好不容易等到金乌西坠，夜色升起。城外多罗树林内外人已散尽，周围店铺也都歇业关门，正是侦察好时机。悟空对八戒说："你等着，我去看了就回来，告诉你消息。"

好大圣，早已盯紧了那个"最最最真正最真老号"店主。看他关了店门，自己便将身一摇，化成一只小虫，紧跟着他飞去。不出悟空所料，那个店主并未趁黑到林中拾叶，却朝另一僻静方向疾步走去，左右张望无人，一头钻进一个高墙大院，立即将门顶住关紧，便开始念咒求神。悟空躲在一旁，将一切看得清清楚楚。

悟空抬头看，只见月影下闪出一股黑气，飘飘忽忽，落入院中。待黑气在满地落叶上一扫，荧荧大字便在这些落叶上显现。悟空悄悄飞过去看，均是"狐说""浮说""胡说"，无一是正经"佛说"，心知乃妖孽所为。待要起身去追，那股黑气已倏忽不见。他只好转身回来，一抹脸露出本相，站在院中，手指那个店主冷笑道："我说过，还要再来，你等着了吧！"

店主不料悟空在这里出现，心里吃了一惊，手指他骂道："妖精，你偷看了我的秘密，叫你不能活着从这里出去。"说着，操起一把砍刀，恶狠狠地朝悟空劈来。

悟空笑道："好儿子，你要打架，还嫩了些。谁是妖精，你自己心里明白。我不打死你，叫你给你的妖精祖宗带话。什么时候我抓住他，要问他一个放毒罪，活活剥了他的皮。"

那个店主不知悟空的厉害，又急又气，举起手中砍刀就朝他砍来。悟

空不还手，伸长脖子道：“你砍吧，砍疼了手，别怨我。”

店主不理悟空，使足气力举刀便砍。“当、当、当”，连砍三刀，悟空头上连毫毛也没有损伤一根，反倒砍缺了刃口，震得店主手臂发麻，没法再举起刀来。

悟空将手抹了一下头顶道：“你不砍，就看我的了。我的手重，弄疼你，别说我没有先打招呼。”

对付这样的脓包，悟空何须多使力。悟空伸出手指朝他肚皮轻轻一戳，他便倒在地上，像杀猪般乱嚎乱滚。悟空这才得空，捞起一把扫帚，把院中树叶扫在一起，点一把火烧得精光。身子轻轻一纵，跳出院墙径自走了。

那个店主扑救不及，眼见自己好不容易积存的树叶，尽都化成一堆灰烬，气得擂胸跺足，手指着悟空背影骂道：“你别得意，往后撞着我的祖师，叫你不得好死！”

悟空回来，对八戒讲了处置情形。二人便又趁着黑糊糊的夜色，提笔将售假店铺招牌上的“真”字，全都改成“假”字，又加写一行字：“水洗即净，用尿最宜。”待到明日开市，四方顾客自然看得清楚。

做完了这件事，二人才去寻找师父和沙僧。不料走到半路正好遇见沙僧，一把拉住他们道：“你们还不快回来，叫我好找。师父在王宫里与国王一起，正有紧急大事要找你们。”

欲知是何大事，且看下回分解。

第三十七回　猪猴力退强暴兵　石佛严惩侵略主

话说沙僧找到悟空、八戒，急忙带入王宫，去见恭建那补罗国王与师父。

三藏道："这就是我的两个徒弟，陛下有什么吩咐，就叫他们去做。"

国王见了，急忙起身，伸手握住他们不放，垂泪言道："两位小长老来得好。敝国有了大难，正欲请求你们解救。"

八戒见国王这样器重他们，心中欢喜，拍着肚皮说："你有什么困难，尽管说。俺老猪最讲义气，你说了，保证给你办到。"

悟空也安慰他道："陛下不用着急，世间没有过不了的独木桥，只要有用我们弟兄处，我们去做是了。"

国王见他们应允了，才放了心，一五一十对他们说出心中忧虑。

原来，这里北边有一个摩诃剌侘国[①]。人民体形魁伟，性情刚强。有恩必报，有怨必复。男儿皆以习武为风尚，以懦弱为耻辱。其国有如此勇烈臣民，从来以强盛著称于世，无一国家敢正眼觑它。即使戒日王[②]东征西讨，降伏五印度四方诸国，此国亦不俯首称臣。戒日王曾亲率五印度精

① 见《大唐西域记》卷十一，"摩诃剌侘国"条："兵将失利，无所刑罚，赐之女服，感激自死。国养勇士，有数百人。每将决战，饮酒酣醉，一人摧锋，万夫挫锐……复饲暴象，凡数百头。将欲阵战，亦先饮酒，群驰蹈践，前无坚敌。其王恃此人象，轻陵邻国。"大致位于今天印度西海岸的马哈拉施特拉邦。

② 戒日王是印度曷利沙帝国创立者，公元606—647年在位，曾经基本统一北印度。

锐甲兵，募召诸国勇武名将，前往讨伐问罪，亦无法取胜，其国之强劲可想而知。

这样的风俗和保家卫国精神本来很好，不料现时在位的国王却自恃强悍，肆意欺凌邻国，独霸西印度，称雄一方。他豢养敢死甲士万人，每将决战，饮酒酣醉，一人拼命，万夫难敌。又有暴象数百，编成队伍，征战时亦灌饮烈酒，醉后发力，成群冲闯，无坚不摧。这位国王对邻国索取无度，稍不如意，即驱使象队甲士进行挞伐。不烧杀干净决不收兵。如今发兵侵入恭建那补罗国境内，所过之处，村镇焚掠一空。眼看就要杀到都城，国王如何不焦急发慌？

国王悲泣道："我国崇尚佛法，以和平慈爱为立国之本。国无坚兵，民无利器，如何抵挡这样强敌？闻知二位小长老法术无边，曾经大破罗刹妖女铁城。万望再施神威，退此敌兵，免除敝国亡国大难，所有臣民均将没齿难忘。"国王言罢，又向二人施礼，表现十分恭敬。

八戒听了，又将肚皮一拍道："我道什么大事，原来只是一些蛮横匹夫撒野，又不是妖怪，怕他做什么？不是老猪夸口，这些脓包来一个，杀一个，来两个，斩一双。叫他们有来无回，包你不损一根毫毛。"

悟空也道："请陛下放心，有我弟兄在，不会放他进城。"

国王问："两位小长老作法，需要什么协助尽管说，我们好动员民众准备。"

悟空道："什么也不用，你只通知大家关好城门，在家安静生活。陛下可与我师父上城品茶观战，看我们怎么惩治这些凶顽狂徒。"

言未毕，探子飞步来报，敌军已经攻到城下，指名要国王出城答话。悟空说："陛下休要慌张，看我与师弟下城退敌。"

二人开城走到阵前，抬头看敌阵，果然十分威风。只见那：

旗如云、戈似林，个个兵将皆神勇，队队战士都凶狠。更兼醉象动地吼，挥舞长牙利如刃，亘古何曾闻。如今气势汹汹来，欲为大王逞霸业。谁敢不归顺？

那边门旗开处，拥出一将，乃是摩诃剌佗国国主御弟，手指悟空、八戒喝道：“汝等奇形怪状，是何妖物？那国王为什么不出来迎接？看我打破了城，在城门上吊死他。”悟空还不及回答，八戒便抢先喝一声，大声答道：“叫你认清楚，俺是天蓬元帅猪八戒。国王命我来捉拿你们，也一个个用绳子吊死！”

御弟大王闻言大怒，手指着八戒厉声喊道：“儿郎们，快上前！拿住这一猪一猴祭旗，好踏平这个鸟城。”

他手下兵将均已喝醉，千军万马尚不在眼中，何况这两个孤零零的对手。众兵将听见命令，都发一声喊冲杀过来。莫说手中兵器，只用脚也能将二人踏成肉饼。国王在城头看见，心中害怕，对三藏说：“令徒为何还不作法施威，如果大意失了手，怎么办？”

三藏安慰他道：“陛下不用为他们着急。他们处变不惊惯了，自有破敌良策。”

国王正惊疑时，敌军已到城下。得到御弟大王指挥，敌兵先拿了悟空，再向八戒扑来，把他逼到护城河边，往后再退半步，就会翻身落入水中。国王在城头观战，不由吓出一身冷汗。

御弟大王十分得意，在马背上号令道：“先斩了那个猴头，再捉猪妖。”手下兵将得令，立刻举起手中兵器，朝悟空身上乱剁乱砍，打得乒乓乱响，谁知却不能伤害他分毫。

悟空耐心让他们砍杀一阵，抬头向那御弟大王道：“你们砍够了吗？现在该我还手了吧。”

只见他蹬脚挥臂一使劲，轻轻挣脱了众人，顺势从耳轮里掏出一根钢针。迎风一晃，钢针便化成碗口粗的金箍棒，顺势打死几个不晓事的敌兵。待悟空再喝一声“长”，金箍棒变得更粗更长。悟空双手举起金箍棒横扫过去，一下子把敌人兵马扫倒一大片，叫那御弟大王吃了一惊，忙叫：“快把战象放出来，踏死这两个妖贼。”

说时迟那时快，八戒看见对面醉象冲来，将两只大耳朵一摆，霎时变成一只巨猪，不用手中钉耙，只伸出肥胖长嘴往前乱拱，把群象都拱翻在地，休想伤害他分毫。正是：

虽有凡间强兵马，
怎及神勇猪猴精。

御弟大王眼见手下兵马损伤过半，无法如愿取胜，手指城头气愤骂道：“驴耳国王听着，今番中了汝等奸计。不出十日，必定报仇，杀尽你国中男女老幼，不留一个活口。”说完，他含恨挥手退兵，准备集积力量再来复仇雪恨。

这边国王与众百姓看见悟空、八戒取胜，心中无限高兴。国王举杯向他们祝贺了，又不由潸然泪下。

三藏见他流泪，问道：“如今强敌已退，陛下应该庆贺才对，为何反而伤心流泪？”

国王见他动问，手指城下战场道：“你看这里伏尸遍野，虽是仇敌，亦系生灵。远处尚有许多村镇，均是寡人子民，无辜流血，涂炭尘埃。这一场争斗，死伤这样多人，寡人如何不伤心？”

三藏动容，叹息道：“陛下有这样慈爱恻隐之心，真仁君也。往者已矣，尚望保重圣躬，一切着眼未来为上。”

国王道：“常言道，仇如树上藤，解不开，断不了。如今与他结下冤仇，早晚再来报复，怎么办？”

八戒见他吐露这般衷肠，插嘴说：“有我弟兄在，你怕什么？！他敢再来，再杀他一个片甲不留。”

国王仔细听了，苦笑道：“猪长老说得虽是，只是你们有重任在身，不能在此久留。一天过去，他又杀来，敝国如何抵挡？冤冤相结不可解，此仇此恨永世不得化开了。”

他一番话说得实在，众人听了均低头不语。三藏思忖良久，徐徐启口道：“陛下不必担忧。这场冤仇既是小徒所结，我便立刻起身前往彼邦。动以情理，晓以利害，劝他休兵罢战，永结友好。我等去做解铃人，陛下以为如何？”

国王听后，连连摇手道：“这个主意千万使不得。你不知他有狼虎之心，又兼与你们有破军之仇。如果被他无端残害，反而不美。”

三藏道：“劝恶从善，正是佛门教义。只有这个办法，才能尝试解除两国冤仇于万一。我意已决，只一个人去，陛下不必阻挡。”

国王见挡不住他，不放心问道：“长老孤身前往，倘有闪失怎么办？”

听他们说到这里，悟空在旁插话说：“我陪师父去，管保不伤一根毛。这里留下两个师弟，给陛下保驾，二人乃是天上天蓬元帅和卷帘大将下凡。即使千军万马偷袭来，也可以抵挡住。”

国王还有些不放心，问他：“你是他们的仇人，怎么可以在那里露面？”

悟空笑道：“陛下不必担心，我自有办法藏身，叫他看不见。”言罢，悟空将身一摇，忽然化为一只小虫，伏在三藏衣领上，再对国王说：“你能看见我吗？那些凡夫俗子，焉知我躲藏在这里。”

国王不料他有这样身手，不由赞叹不已，这才放了心，让三藏动身，

并对他说：“令徒有这等变化神功，乃是吉兆。圣僧执意要去，我也放心了。”

三藏嘱咐八戒、沙僧跟随国王小心行事，便骑了白马，沿着大路取道向北，直朝摩诃剌侘国走去。渐渐走到都城，三藏大胆走了进去。多亏那里无人识他，顺利无阻进入城内。他抬头看两边，感到十分奇怪。只见那：

家家门前悬黑幡，
户户人丁皆哀戚。

三藏向道边一个老者作揖问道：“这里出了什么事，莫不是每家都死了人？”

老者叹气道：“如果都死了倒好。只叹没有死完，所以挂旗遮羞。”

这话从哪里说起，人未死完，怎么反而还气恼？三藏不解，仔细询问，老者方诉出胸中闷气。

老者说：“我家有三个儿郎，自幼习武，我只盼他们日后在沙场一刀一枪，为家国争光。谁知此次跟随御弟大王讨伐南方恭建那补罗国，两个慷慨战死，一个幼子竟偷生回国，使祖宗脸上无光，比懦弱蛆虫不如。如今国王恩赐战败回国者女衣一件，叫他们自知羞耻。日落时即齐集宫门外广场，跟随御弟大王者自己自杀谢罪。家门出此丑事，我如何不伤心叹息。”

三藏闻言大惊，不料此邦风俗如此绝情。他的两个儿子，想是被悟空、八戒打死。倘若最后这个幼子也因此殒命，扪心自问，只会更加不得安宁。于是三藏连忙滚鞍下马，执着他的手掌，耐心晓喻劝解，望他改变初衷，切勿将幼子逼上死路。

老者摇头道："非是我绝情寡义，祖宗留下风俗如此。除非王上和石佛开口，否则今晚他们必定都死。"

三藏抬头看，日已当顶。谅来与他多言无益，时间紧迫，他急忙告辞老者，快步朝王宫走去。走到宫前广场一看，不由怔住了。只见这里黑压压跪着一大片人，为首一个正是曾经见过的御弟大王。他们一个个垂头丧气，身披花绿女衣，全无当时剽悍模样。旁边围绕许多百姓，十分气愤，朝他们诟骂指责，扔石子、吐口水，他们不还口也不还手，真是待死囚徒样子。

三藏见左右无人，低声责备藏在身边的悟空道："看你和八戒做的好事，如今连累死这许多人。"

悟空嘤嘤答道："师父太心善。当时不打杀他们，满城老百姓都遭殃。他们自取灭亡，怨得了谁？"

三藏道："虽然他们那时如此，但现在已经放下屠刀，也该拯救他们性命才对。"

好悟空，知情达理，见这些人一副可怜模样，也动了恻隐心，对三藏说："此邦情形我已明白。救下他们性命，乃一时之计。只有改变这里人的思想，才是根本问题。既然国王权威无上，我们就去找他。"

听他这样说，三藏点头称是道："你到天竺佛国，性情改多了，比八戒知理，必定先得正果。现在我们就进宫，去说服那个国王。"

悟空道："先不必忙着找他。俗话说，毒蛇不改性。我们若被他咬一口反而不美。既然百姓除了他，还听石佛的，我们就去先找那个石佛。"

三藏闻言，觉得有理，就向人问讯，来到城外山下一座古寺面前。抬头看这寺庙十分稀奇：

山作墙，石为门，藤萝掩映阴森森。远看疑为假，近现才

是真。怪的是抬头不见神佛影，却如坐云悬在半空中，叫人好纳闷。

原来这座古寺，乃是因循一个天然石窟建成。若非门外踞伏两尊巨大石象，走过这里也不知道。

二人看那石佛，体躯巨大，形容精妙，只怕比一座小山还重。怪的是，石佛四面悬空，仅伸出一指与壁相连，如一朵云般虚悬在空中也不坠下。背后石壁上镌刻着三个梵文大字，原来叫作"飞来佛"。

三藏见状，立刻合十祈祷敬礼。谁知不待他请求，石佛忽然开口说道："唐三藏，汝不用多言，我已尽知。此事你办不好，叫你衣领上的悟空过来，我授予他秘计。"

噫，佛眼观三界，佛心知一切。倘不见我心，怎地是真佛。

三藏听见石佛开口，不由吃了一惊，连忙跪伏下地，赞颂祈祷。悟空应声而出，腾空飞升到石佛身边。听他如此如此，这般这般，说清楚计策，悟空才翻身纵跳下来，对师父说："石佛说你性格懦弱迂腐，办不了这件事，叫你坐在这里休息，由我化身成师父的模样去见国王，保证令他中计。"

言罢，悟空便辞别石佛与三藏，将身化成师父模样，骑马入城，来到王宫门外，径直入内，去见那强横国王。

举目看，那国主正坐在殿上暴跳如雷。一跺脚，把许多珍宝古玩砸得粉碎，怒骂道："养兵千日，用在一朝。这样多精兵强将，打不过一只猴子和一只猪。明日我亲自带领禁卫军前往征讨，不踏平那个恭建那补罗国，誓不重回朝廷。"

猛然间，他抬头看见悟空变化的三藏，没好气喝问道："和尚，你想找死？怎么乱闯到这里来？"

悟空道："我只听见你要那个猴子的命，没有听说要杀我，我就来了。"

国主道："你来干什么？有话就说，说得不好，把你像那个猴子和瘟猪一样宰掉。"

悟空也不生气，笑嘻嘻道："你先别说大话，没有见面，就要预先杀猴子。现在我只对你说三句话，看你觉得中听不中听。真的不中听，杀了我也不后悔。"

国主忍不住抬头重新看他一眼，奇怪道："你这和尚莫非吃了迷心药变疯了，真的不怕死吗？你要说，就快说吧！说慢了，叫我不耐烦，也杀你。"

悟空不慌不忙道："依你口气，我左右都是一个死。你就耐下心，仔细听我说吧！"

他见国王坐着不动，对他说了第一句，指责这国王："你作孽太多。放下屠刀还来得及。要不，不会有好死。"

国王一听，气得七窍生烟，"腾"地从象牙椅上跳起来。背后几个禁卫军武士立即拔出腰刀，寒光闪闪架在悟空脖子上要杀他。

不料悟空不怕他们威胁，正色道："你这人好没信用，说好听我讲三句，为什么只听一句就要杀人？"

一句话问得那国王语塞，只好挥手喝退武士，嘿嘿冷笑一声道："好吧，就听你再说。如果没有好话，还怕你能够跑了不成？"

悟空见他这样，又依石佛吩咐，点悟他第二句话："胜败乃兵家常事。你的兄弟和手下兵将为你征战，打一场败仗，就逼他们死，以后谁还为你卖命？快放了他们，才是道理。"

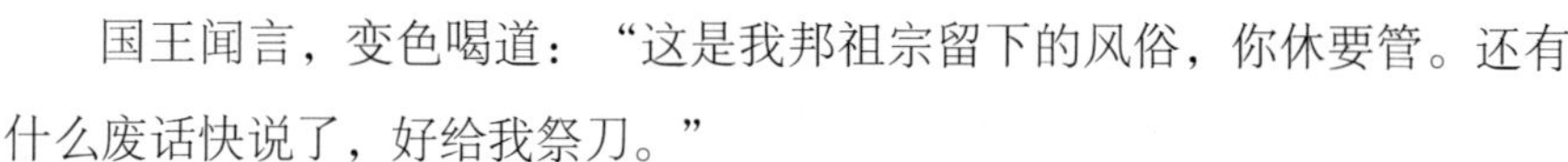

国王闻言，变色喝道：“这是我邦祖宗留下的风俗，你休要管。还有什么废话快说了，好给我祭刀。”

悟空见他还不肯听，觉得有些惋惜，又试探再问他一句：“我说的话，你好好再想一下，不要逼我把三句话都说完。”

国王暴躁叫吼道：“我不听你的！少啰唆，浪费时间。快把最后一句话说完，我先宰了你，再去剥那只猴子的皮。”

悟空看他铁石心肠，叹息一声道：“猴子皮不需你剥，先想你自己的下场吧。”

国王怒声道：“我有什么下场好想，难道谁还敢把我踏在脚下不成。快说吧！不说也杀你。”

事已至此，悟空只好按计对他说：“前面讲的，都是试你的心。我从石佛那里来，他有一卷破敌兵书，还有惩治不听话的国王的办法，叫你自己去听。”

国王一听，顿时转嗔为善，问他：“这倒算是中听的话。只奇怪石佛怎么会开口，莫非你骗我？”

悟空道：“我骗你，就是那个你要剥皮的猴子。不信，我们一起去。”

国王道：“去就去，不怕你会趁机溜掉。”他立即下殿，带领一队禁卫兵，押着悟空一起出城，去见那个说话的石佛。

来到古寺，国王随悟空进到殿内，抬头见着三藏，国王怀疑问道：“这是谁，怎么长得和你一模一样？”

悟空道：“他是我的孪生大哥，哑了不会说话，所以没有和我一起来见你。”

国王还怀疑，头顶上的石佛忽然开口说话，问他道：“我派人来，对你传言，你是否都愿听？”

那声音十分洪亮，震荡石室。国王这才相信悟空所言是真的，亢声回答道：“前面两句我都不听。你如真正有灵，快把兵书给我，告诉我如何处置不肯降服的仇敌吧！”

石佛沉默多时，方才重新发声唤他道：“既然这样，你就过来，教你一个办法。”

国王欣喜，连忙移步走到石佛身下，聚精凝神，欲听他有何妙计。说时迟那时快，空中石佛忽然放下触壁的手指，从国王头顶轰然落下。可怜那国王还来不及发声喊，便被石佛身躯压成肉泥。满腔霸主壮志，化作一场春梦。

寺外禁卫军见国王多时不出，心知有异。带队将官一声令下，驱赶战象朝寺内冲来，要抓住化为圣僧的悟空，救出国王。不料刚到山门口，门边两尊石象忽然跃起，举鼻摇牙怪声咆哮着向他们扑来，把这支队伍冲得七零八落。带队将官还要指挥手下兵丁反扑，只见寺内石佛大步走出，露出无限庄严模样对他们说：“你们国王残暴蛮横，不知悔改，已经遭受天谴。汝等立刻返回，从此不可欺凌邻国。战败官兵都回家，静思侵略罪过，永不可再续旧路。”

石佛乃此邦偶像，开口这样说，众人不敢不服，这才纷纷觉悟，从前事事皆非。众人动手化干戈为犁铧，改变民风不再逞强言战。御弟大王和待死兵将心中醒悟，感激至神至圣石佛不提。三藏也拜谢了石佛，着悟空速返恭建那补罗国报告佳音，顺带八戒、沙僧同来。

欲知他们再去何处，且听下回分解。

第三十八回　仁主爱物兽狎人[1]　妖魔欺善遇大圣

话说三藏师徒在摩诃剌侘国，眼见悬空石佛作法，压杀嗜战恶主，嗟讶惊叹不已。离开此国，众人缓缓前行，过了西北面海滨跋禄羯呫婆国，渐渐步入摩腊婆国境内。这里土地膏腴，稼穑殷盛，草木荣茂，花果繁实，十分富饶繁华。举目四望，处处有水井、池塘、湖泊，无数庙宇、灵塔点缀其间，真是个洞天福地、敬神礼佛的好处所。三藏见了，甚是喜欢。

更加令人惊讶的是，园林池沼间到处鸟兽成群，自由飞鸣奔走，毫不回避行人。众人走不多远，便有几只灵鹿奔来，和驮经白马相狎，全不畏惧他们手中的宝杵钉耙。八戒肩上也落下一只五色异鸟，喜得他手舞足蹈，对大家说："鸟近身，有大运。这只鸟偏偏选中我，那我在这里必定有好运气。"

话音未落，脚下突然土陷沙沉，露出一个陷坑。八戒未及提防，翻身落入坑底，只有肩上那只五色鸟及时鼓翼飞逃出来。众人十分着急，看那坑中黑漆漆，不知深浅。八戒不知是死是活，早已不见身影。

沙僧感到奇怪，说道："这是怎么一回事，怎会忽然露出这个洞？"

三藏道："你们还议论什么，赶紧救人要紧。"

一句话点醒了沙僧，连忙解开捆扎经书的绳子，从洞口放下去，边放

---

① 见《大唐西域记》卷十一，"摩腊婆国"条，戒日王遗事。在今天印度西海岸的古吉拉特邦境内。

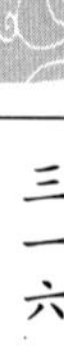

边喊道："二师兄，你在哪里？快抓住绳子，拉你上来。"不料绳子放完，下面也无丝毫反应。这时，地皮忽然慢慢围合过来，把绳子夹住，依旧完好如初，想把那根绳子抽出来也不行了。

沙僧大吃一惊，放了手中半截绳子说："这是怎么一回事？地里必定有机关！"

悟空在一旁看了，抓住从地穴内透出的一股气嗅了一下，说道："不好了，地下有一股妖气，八戒必定被暗藏的妖怪吃了。"

三藏见状，早已急得六神无主，闻听此言，连忙催促他们："你们还在这里说什么，还不赶快救八戒。"

不待他说，悟空、沙僧早已抡起手中兵器，对脚下地皮一阵乱筑乱打，想捅一个窟窿眼儿钻进去，捉住妖怪，把八戒救出来。谁知那地皮竟如钢铸铁浇般，沉重兵器也没法撼动它分毫。

三藏垂泪道："八戒虽然有些小过失，却忠厚老实胜过许多人。一路上历尽艰辛，方才到达西天，不料竟会这样不明不白地送了性命，落得葬身此处。平地无坟，连一块墓碑也没有，怎不叫人悲戚在心。"

沙僧也十分伤心，说道："师父，你不要难过了，人生百年，不免一死。如说无坟无碑，我就给他出力修造，也算我们患难兄弟一场情谊。"

二人伤心难过，悟空插话道："八戒沾了五彩异鸟福气，是活是死尚不清楚，你们何必说这些丧气话。如今最紧要的是弄清这个妖怪的来路。一物自有一物治，急什么！"

悟空言罢，将手中金箍棒朝地上一筑，意欲拘起土地神问讯，不料他吆喝了许多次，也不见半个人影冒出来，心里感到奇怪，说道："这可怪了，莫非土地神也都被那个看不见的妖怪撕碎吃了？"

沙僧道："没有土地神，我们就赶快回灵山，查对鬼神簿，弄清这里妖怪来历。"

悟空道："灵山路太远，救不了眼前紧急。何况我在那里大闹一场，结了许多怨恨。既然脚下土地神拘唤不到，我们就找人间"总土地神"，叫这里国王说个子丑寅卯。"

当下众人计议定了，无心再观赏风景，急急催步进城，向此处国王问讯。走到宫门，即被一个白须白发宰相挡住道："王上有疾，已卧床三月不起。列位有什么事，和我说也一样。"

三藏施礼后，便把来此遭遇情形一一告知，问道："不知上国地下有何妖精？小徒不慎陷入地中，是否还有解救办法？"

白须宰相仔细听了，叹息道："敝国王上正为此焦虑，寝食难安，才得了病。如果知道那妖底细，有了捉妖办法，也不用着急了。"众人听他细细讲述，方才明白前因后果。

原来这里的国王崇敬三宝[①]，爱护众生，和气待人，从不作势作态。国内倘有凶顽之徒，必定亲往说法，劝其感悟从善，乃是世间第一仁德君主。在其教化下，国人尽皆温顺平和，手不伤生。因此飞鸟归心，野兽狎人，正如三藏师徒途中所见。若云何处有西天极乐世界，这里便是活生生标本。国人在此与世无争，安居乐业，不料忽然地下出现妖孽，向国王索要童男童女，每天定时供奉，倘若不从，便要作怪残害国人。这国王连蚁虫也不伤害，怎么会答应这个条件？许金许银，祈求自身替代，妖怪一律不许，只要吃肥胖童男童女肉。他随时破土而出，不知掳去多少无辜儿童，国王怎不焦急生病？

悟空听了，问道："这个妖怪嘴太刁。除了吃童男童女，还吃过别的什么没有？"

白须宰相道："正是因为他专吃童男童女，随意出土，无法防范。所以有儿童的人家均忍痛将子女送往远处避难，昨日才疏散完毕，至今还未

① 佛教以佛、法、僧为三宝。

听说他吃过别的代替物品。”

悟空这才明白，说道：“原来是那个妖怪断了粮，才抓八戒顶缸。八戒身上有股猪臊味，他不一定喜欢吃，赶快去还有救。”

言罢，他已计上心来，附耳对沙僧如此如此、这般这般讲述一遍，沙僧点头称是。两个上前对三藏说：“师父，你在这里坐好，我们去擒了妖，救了八戒就回来。”

两人道一声“疾”，将身一摇，变成一对童男童女。沙僧变成一个憨头憨脑胖男孩；悟空胖不了，化为一个瘦小丫头，两人笑嘻嘻地手牵手跑了出去。

白须宰相又惊又喜，举手加额赞叹，对三藏说：“不料令徒有这般神通，敝国和王上都有救了。只是他们化身为儿童，手无寸铁，怎么和那个妖怪为敌？”

三藏安慰说：“他们都有捉妖怪本领，你不用为他们着急。我们安坐这里，等候消息，再作计议。”白须宰相半信半疑，只好听从意见，坐在朝中等候不提。

这边悟空、沙僧出城，沙僧问悟空：“我们不知道路，下地无有门，怎么去找那个妖精？”

悟空道：“如今我们身子便是开门钥匙。安心坐下不动，他自然会请我们进去。”

二人出城后，正在路口坐定，身下突然陷落。二人翻身一个跟头，仰面跌了下去，似落在一个深井中，晃悠悠不知有多久，才晕头晕脑落入穴底，发现这原来是一个石窟。抬头看，好一副狰狞景象：

洞窟黑、枯骨白，多少骷髅两边列。无有半点温馨意，但见上下尽染血。来者必须认明白，这里便是人见人怕的阴曹国。

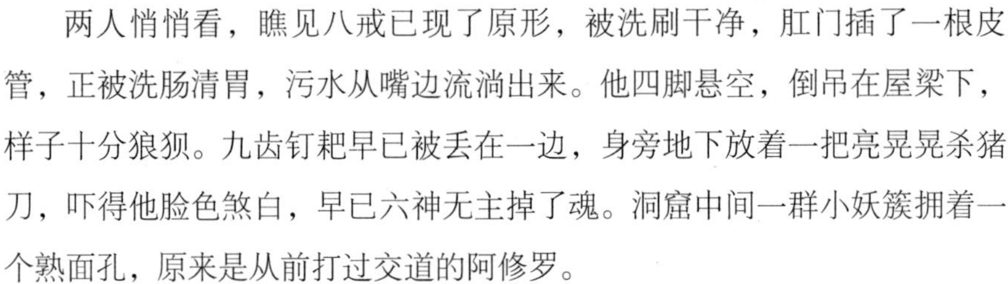

两人悄悄看，瞧见八戒已现了原形，被洗刷干净，肛门插了一根皮管，正被洗肠清胃，污水从嘴边流淌出来。他四脚悬空，倒吊在屋梁下，样子十分狼狈。九齿钉耙早已被丢在一边，身旁地下放着一把亮晃晃杀猪刀，吓得他脸色煞白，早已六神无主掉了魂。洞窟中间一群小妖簇拥着一个熟面孔，原来是从前打过交道的阿修罗。

沙僧看准了，低声问悟空："我们就杀过去吗？"

悟空道："慌什么！来者是客，看主人怎么款待，再动作也不迟。"

话刚说完，就有两个小妖过来，拿住他们，提臂捉腰检视一遍，对阿修罗禀报道："这个小子胖虽是胖，却有些憨，莫不是害过小儿痴呆症，吃了会传染我们。小丫头又瘦得像只猴，没有半点油水，怎么办？"

阿修罗还未开口，旁边一个女妖耐不住插嘴说："把这两个毛孩子先关起来，喂肥了那个丫头再说。吊的这只猪已经洗净臊味了，先拿他开刀吧！"说着，她便抬步朝吊在空中的八戒走去。

悟空偷眼一看，想不到这个女妖也是旧相识，是在铁城见过的那个罗刹女。不知她怎么会逃了出来，还在这儿和阿修罗混在一起。且不动声色，看她如何动作。

那女妖走到八戒跟前，拾起地上杀猪刀，拍了拍他灌满水的肚腹和胸脯，想挑一块肥肉先割下来。八戒慌了，顾不得嘴里还在滴流污水，便挣扎着大声喊叫道："我身上有臊味是娘生的，冲洗不干净。你们又给我灌了这样多水，注水猪肉也不能吃，还是去吃那两个小孩吧！"

女妖道："我不吃那没盐没味的童子肉，今天偏要吃你。少啰唣，让我先割一块肉下来，看臊味除尽了没有。"

八戒没法了，只好哀声叹一口气，哭丧着脸央求道："好姑奶奶，你要割，就割一块屁股肉吧。那里膘肥脂厚，有油水，千万别挖我的肚皮。抽了脚筋，以后走路成跛子也不好。"

女妖冷笑一声道："你护肚皮，莫非里面藏着什么鬼胎？我喜欢吃胎盘，可以延年益寿，就从这里下手。"说着，她就伸手来摸八戒肚皮，寻找胎位下刀。

她动手一摸，八戒更加慌了神，尖声乱号叫屈道："你吃胎盘，别看走了眼，连公猪母猪也不分。我是公的，娶过老婆，哪有什么胎盘给你。"

女妖恶狠狠道："你这只猪真讨厌！我见屠户宰过许多猪，从来没有像你这样临死还讨价还价的。管你是公是母，今天我剖定你的肚皮了。如果皮厚不中吃，扯一截肠子出来灌腊肠也可以。"言罢，她手执杀猪刀就要真动手了。

悟空瞧见情况紧急，不能再旁观不管，对沙僧递一个眼色，将脸一抹，各自抄起兵器露出本相，手指那个女妖大喝道："贼婆娘，还认得我吗？"

女妖回头一看，吓得魂飞天外，丢了杀猪刀就跑，口里叫道："不好了，这个破我铁城的猴子，从哪里又钻了出来！"

端坐在交椅上的阿修罗也认出了他，连忙一脚踢开椅子，拿起钢叉上前迎敌，心里发急叫道："孙悟空，我与你前世无冤，今日无仇，为什么专来破坏我的好事？"

悟空舞棍敌住钢叉，让沙僧解开八戒身上绳子，双目圆睁叱喝道："你做坏事，我就要管。孙爷爷管定了天下不平事情，难道你不知道？"

阿修罗知道他厉害，还想讲和，忍气吞声对他说："你管别人，与我无干。为什么一而再，再而三地和我找麻烦，难道我是好欺侮的？"

悟空见他话中有话，停住手中金箍棒问道："你把话说清楚，我什么时候一再找过你的麻烦？"

阿修罗叠起手指数说道："你破我温泉居室是一，坏我灵叶符咒生意

是二。手下伙计都告诉我了，怎么不是处处和我过不去？”

他不这般说尚好，悟空闻听此言，不由两眉倒竖怒喝道：“我正找不到作假的后台，原来又是你。今天和你老账新账一起算，为受害的黎民百姓报仇。”他嘴里这样说，手里金箍棒便如风车般旋转着打来。八戒、沙僧也在一旁气愤夹攻。阿修罗抵挡不住，只好“唿哨”一声，带领众小妖隐身遁入洞壁，留下一串冷笑在洞中，叫悟空无处寻觅。

悟空抬头看，头顶来时的路不知何时已经闭拢。这石窟四面围合，犹如钢铸铁打般，把他们紧紧关在里面，休想找到半点缝隙钻出去。那妖怪隔着石壁呵呵笑道：“孙悟空，你是水精猴子，今番也着了我的道儿，你们在里面慢慢消磨吧。我已将猪八戒内外冲洗干净，饿了先吃他，再吃沙和尚。我只等你也困死了，取出来做猴肉干下酒吃。”

听了他的讥诮，八戒、沙僧气得跺脚怒骂。悟空也没有好气，大声问那妖怪：“你要吃我们，这都好商量。我只问你一句，这里国王十分仁慈，乃是人间和平典范，为什么你连这里也不放过，要吃童男童女？”

阿修罗道：“我见不得的便是和善。善人也好欺侮，所以就来这里了。”

闻听此言，悟空这才明白。俗话说，人善被人欺，马善被人骑。果然不假。对这邪恶妖魔无理可讲，只有以暴制暴，叫他知道善者亦有人扶持，不能任意欺凌。

他心里愤怒，手舞金箍棒对着石壁乒乒乓乓地一阵乱打。不料那石壁硬似钢铁，手臂打酸了，也没有砸下一丁点石碴儿。悟空灰心丧气，跌坐在地上，不知该怎么才好。

阿修罗见他住了手，从石壁那边又嘲讽说：“贼猢狲，现在可知道我的厉害了？顺便告诉你，洞里空气不多，你越使劲便越费宝贵空气。过一阵你们都闷死了，我好来收尸。”

悟空一听，心中已有计谋，对八戒、沙僧一眨眼，便装作闷气身亡，

带头翻身躺倒在地。八戒、沙僧也一齐仿效。八戒且作抠心抽筋惨状，一副立刻要气绝身亡模样。阿修罗与众妖隔墙，不知从什么孔隙窥见，一个个笑逐颜开，拊掌推墙走过来，伸手便欲来捉拿他们。

悟空三人等的正是这个时候。说时迟那时快，三个人立刻翻身坐起，抓住面前小妖不放。被惊走的阿修罗和那个罗刹女妖，慌乱中未关好石壁，被悟空抢先一步赶过去。二妖无法抵挡，只恨少生了两只脚，逃得无踪无影。悟空待要追赶，二人早已不知去向，只听见空荡荡的洞中传来阿修罗一句话："孙悟空，你不要欺人太甚！往后自有机会再会你。"

眼下管不了他往后如何动作。悟空不再追赶，返身和八戒、沙僧一起，押着几个小妖，着他们带路出来。进城见了师父和白须宰相，一起入宫参见病中国王。

国王看见他们拿了奇形怪状小妖，听说地下战斗故事，心事解除，疾病霍然而愈，连忙坐起，向三藏师徒致礼称谢不迭。

悟空这才劝喻他说："仁慈和善是好事，只是当今妖魔未尽，你还要修整武器。对待坏人，该出手时要出手，才能镇邪扶正，保护一国和平安宁。"

国王称谢领悟了，连同国中百姓，苦苦挽留他们盘桓了一些日子，才依依不舍送别至官道长亭，洒泪分手不提。

三藏师徒还去何处，且听下回分解。

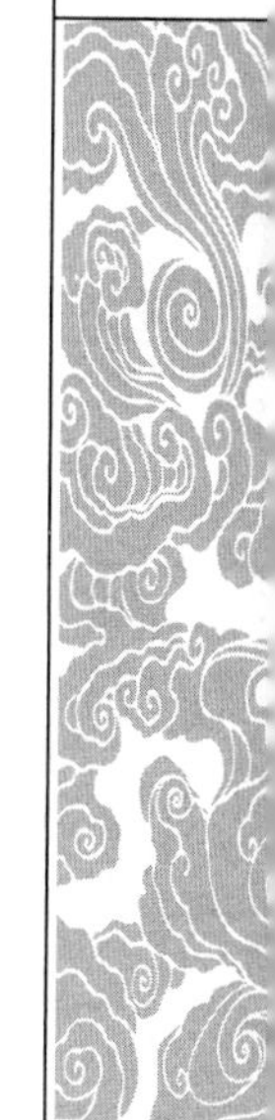

第三十九回 八戒梦传《糊涂经》 三藏陋巷遇真人

话说三藏一行别了摩腊婆国王，一路无话。经过阿吒厘国本欲停留，只因这里气候炎热，时有旋风，卷起阵阵尘埃，叫人好不难受。三藏长老途中染了风寒，只好继续骑马前行。再前面是契吒国，不信佛法，外道众多，也不宜病中居留，直到伐腊毗国[①]方收住脚，问讯一处旅舍住下。悟空外出打点饮食，沙僧下伙房煎熬汤药，只留八戒在房中陪伴病中长老。

八戒十分孝敬师父，不时嘘寒问暖、捶背揉腿，在床前皱眉，口中埋怨道："那猢狲和沙和尚到哪里去了？只顾在外面看新奇，全不顾师父生病在床，尚无一粒饭下肚，药也未吃。叫人等得好焦急。"

三藏在枕上呻吟道："难得你有这片孝敬心，日后必有好报。悟空、悟净不是贪玩之人，必有事情羁身，不要背后议论他们，到时候他们自会回来。"

师徒二人正谈论间，外面忽然人声鼎沸，有人大声道："外国法师在哪里？王上立刻要见。"

声音越来越近，渐渐来到门边，推开门拥进一行锦衣绣袍官员，见着床上唐僧，连忙献上财礼，施礼说道："长老从外国来，怎么不早说一声，我们好到边界迎接。敝国王上最敬佛法，凡有远方高僧到来，必特别礼敬，请至宫内说法，并调集文士，将外来高僧说法道理恭敬誊写，作为

① 阿吒厘国、契吒国、伐腊毗国，均在今天印度西海岸的古吉拉特邦的卡提阿瓦半岛上。

新经，时时学习，全国发行，永垂不朽[1]。未知长老可否立刻起驾，随我等进宫谒见王上？”

三藏在枕上答谢道：“贫僧才疏学浅，无足挂齿。此次不远万里来到西天，遍历各国，为的是取经学习。到上国来，尚未访师聆教，怎敢随便托大说法。”

众官员道：“长老不必客气。俗话说，满瓶水不响，半瓶水响叮当。长老必是学富五车，方这样谦逊。请不必推托了，就随我们启步走吧！”

三藏道：“上国既然如此提倡佛法，岂无一个高士，还要我这个病和尚说什么经？”

众官员正色道：“长老此言差矣，岂不闻远方和尚会念经？你既从远方来，必定会念一口好经，何必这样客气，叫我们不好回去交差呢！”

三藏还要推托，八戒在旁已听了多时，扭捏作态走过来说：“我的师父委实体病，不能动。我也从远方来，会念几句经。如果你们看得起，我就代替师父走一趟吧。”

众官员回头一看，见他肥头大耳，身披一件粗布老衲僧衣，也是一个和尚，心中喜悦，说道：“这位小师父长嘴大耳，必定能说善听。凸肚挺胸，定是满腹经纶。远方来的都会念经，分什么老少尊卑。如果长老有病不能去，就请你去也行。”

八戒听了这番恭维话，越发心痒难熬，转身对三藏说：“看他们这般诚意，不去也不好。师父你先在床上躺着，等候他们两个找食熬药回来。我就为了师父走一趟，你看可好？”

三藏低声呻吟道：“你想去，就去吧。不要惦记我，我躺在床上自然

① 见《大唐西域记》卷十一，“伐腊毗国”条：“情性躁急，智谋浅近。然而淳信三宝，岁设大会七日，以殊珍上味，供养僧众……贵德尚贤，尊道重学。远方高僧，特加礼敬。”

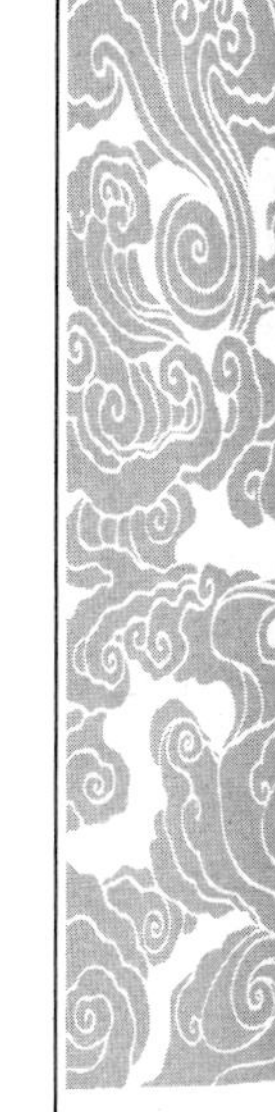

会慢慢好的。”

八戒领了师父这句话，立刻由官员簇拥出门，上了早已准备好的八人大轿。香水净道，鼓乐前行，一路吹吹打打，好不风光。国王早已沐浴更衣，率领文武百官，老少僧众，站在宫门等候。

国王瞧见八戒异相，与本地种族不同，便知来自远方，连忙趋前一步扶他下轿，施礼问讯道：“大师从东洋来，还是西洋来？小王无礼，未及远迎，祈请原谅。”

八戒说：“我不是东西洋人，是走沙漠、翻雪山，从东土大唐来。”

国王点头道：“东土也是外国。只要不是这里人，便统统是洋人。洋人见多识广，有真才实学，应该得到尊敬。”言罢，国王将手一挥，百官僧众一齐俯伏尘埃，行五体投地礼，对八戒赞颂不绝。

八戒故作谦虚，扶起身边一个白发大臣道：“免了，不用这样行礼，有什么话，就进去说吧！”

国王称赞道：“大师见多识广，好干脆。小王正要听大师说法，就请移步进宫。”他一招手，早有几个香喷喷美貌宫女，娉娉婷婷走过来，两边扶住八戒，踩着绣花红地毯笔直走进宫内。

分宾主坐定后，国王拱手言道：“敝国礼佛，最喜新经。可惜本国人生性愚钝，无有智慧高手。所以小王每年派人往四方征稿，花费盘缠礼品不少。今日大师从远方来，千万不用客气，有什么就说，我命人统统记录下来，收集成册，就是好经。初版发行十万册，再版百万册，必定风行五天竺，使大师名传千古而不朽也。”

八戒回头看，果然有几个书记员，正执笔拂笺，跟在后面小心翼翼地侍候。有人奋笔疾书，似乎已把什么话语记下来了。他心中又喜又慌，问国王道：“什么话都记，我现在问你这句话也记吗？”

国王道：“大师字字珠玑，统统要记的。就请你说法，让书记员都记

下吧！”

八戒再问：“记了我的话，印成经书，不知叫何书名？”

国王拱手道：“这是大师著作，旁人何得干预。大师先说书名，乃是提纲醒目高见，就请先说吧。小王也可命手下人先作宣传，叫远近读者先知道。”

八戒本是随口问讯，不料国王反要他取书名。平时他读书少，胸中并无点墨。沉吟半晌，他嗫嚅张口试探问道：“我是猪八戒，就叫《猪八戒经》如何？”

国王拍案叫绝，赞道：“好！这书名惊世骇俗，破除陈旧规章，有创新思路，且有深刻含意。猪尚有八戒，人更应九戒、十戒了。教育意义何其深奥广阔！非有大见识、大才学者不能道出。猪大师乃东土洋人，真不愧为喝过洋墨水的大师呀！”

在这国内，国王言语便是圣旨。他这一说，犹如拨云见日，众人这才悟得八戒言语精妙处，尽都引颈相向，期盼聆听高论。那国王更加性急，吩咐身后一排书记员作好准备，便请八戒开口说法。

八戒踌躇半天，实在无法可说，又嗫嚅问道：“我先说自己是否可以？”

国王道：“这就好！我曾闻东土圣人有言：修身，齐家，治国，平天下。有志天下者，必从自身作起。猪大师必得圣人真传。就请先说吧！”

八戒想了一下，开口说：“我肚大，啥都能吃。”

国王击节赞妙，立刻吩咐身后书记员译为本国文字，记录入册。

那几个书记员交头接耳，商量定妥后，译为“肚大能容万物”。看这文字富有哲理，且有强体健身含意，如何不妙？

再看其中一个书记员译文，别出心裁书写为“度大能容万物”。仅一字之易，便传出无限心机，更加妙不可言。众人看八戒肚皮，果真胀胀然

如同七月怀胎孕妇，不知其中包藏多少学问，尽都渴望他快快都说出来，好写完这本不同凡响的《猪八戒经》。

国王举手，示意众人安静，又带笑躬身恭请猪大师继续说法讲道。

八戒见说法这样容易，又开口吐出一句道：“我爱睡，睡了啥都不知道。”

国王聚精会神听了，又一巴掌拍在茶几上，大声赞道：“妙呀！赶快记下来。”

看那些书记员译文，写的是“一睡能忘百忧”。何等洒脱大方，真乃是大彻大悟之大哲人所言。如此妙句不入经书，什么才能进经书？

众人还想多听，八戒劳神过度，无法再讲。加以方才说到睡觉，言制心，心制体，不知不觉呵欠连天，便迷迷糊糊产生睡意了。

国王道：“猪大师要睡，就暂且停住休息吧！”

话毕，几个宫女便走上来，搀扶八戒入内，叠被铺床让他休息。国王挥退众人后，那几个书记员却不得闲。国王正色吩咐他们道：“猪大师非寻常人。如今他正神游天外，倘有片言只语透出，皆是绝妙天机，汝等必须一一实录勿误。”

众书记员领命后都屏息危坐，团团簇拥在室外，耳贴门窗，期望捕捉到八戒在梦中一丝半点声息。

那边八戒扯上被子蒙头大睡，早已入梦，进入了爪哇国外黑甜乡。他体胖善鼾，加以在被盖内呼吸不畅，立刻发出阵阵响声，“呼噜，呼噜，呼噜噜”响个不停。再加鼻涕口痰在腔内来回抽送，又有“稀里呼噜，呼里稀噜”声音伴奏，就更复杂精彩了。由于日夜饱食过度，最后放了一个连屎屁，“扑……叭”，达到了声韵合一最高峰。

他在屋内酣睡丝毫不知，忙坏了屋外众书记员。他们互相对照整理出来，又成一篇经句。文曰：“糊涂，糊涂，糊涂涂。稀里糊涂，糊里稀

涂。不怕！”

书记长录完，双手捧送国王。国王一看，免不了又一番连声叫绝。

国王称赞道：“人生最难得是糊涂。猪大师这篇《糊涂经》，道破一切玄妙天机。最关键是那结尾‘不怕’二字。我自糊涂，有甚好怕的？真乃哲人说理，千金难求呀！就把这一篇和先前大师所言修身养性的《猪八戒经》，出两本书，火速印行，分发各处不得有误。”

书记长领命返回后，和众书记员商议：“眼下时兴套书。出两本，不如出三本。怎么想一个好点子，再出一本有看头的、更出色的。”

一个年少书记员道：“大师至神至圣，亦应返还人间，方见本性。待我等采访采访他有无七情六欲瓜葛，岂不有更好看相。”

众书记员闻言，齐声称妙，便公推他隔窗与猪八戒搭话，刺探其胸中情欲深浅。

少年书记员发出女声，故意娇滴滴问八戒：“大师从前有无情欲？说与小女子听听。”

说也奇怪，那八戒虽然倒头能睡，但有半点可以入耳如意声响，却随时可以惊醒。在半睡半醒中应答，亦是人生一绝也。

当下他在梦中听见一个女子问讯，睡意便立时消了大半，稀里糊涂回答：“从前恋一个，如今是博爱。”

他半睡半醒中还要说，忽然嗅见被盖里刚才放的屁味，便改口呼唤道：“我闻见哪里来的一股屎气，快拿火来。”

由于在被底梦中，人声音粗细不一。这句话传到户外，只剩下“我闻……里……屎气……火来”。少年书记员连忙振笔记下，乃是‘我为你死去活来’，一段绝对隐私话语。他急忙连同前面“博爱”语句，一起录为一篇文章，对众人说：“你们看，这才是有血有肉活圣贤。这本新书就叫《猪大师绝对隐私情爱经》如何？”

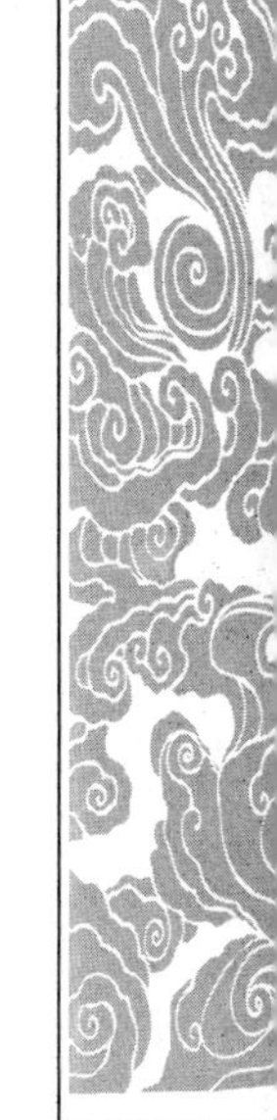

众人齐赞道：“好！只要是明星的事，不管说话放屁，还是吃饭拉屎，只要记于书中都有人爱看。这样的书都是畅销好书。这本书必定倍受欢迎。”

国王走过来，皱眉说：“汝等不可以己之见，随意亵渎大师。此言必须正确理解，岂仅是儿女情爱！你看他从单一走向博爱，对人对事，执着精诚，以至死去活来。如此博大用心的精神，需要好好学习钻研，一生都会受用无穷。这段话是一本好经书，怎么可用‘情爱’二字浅薄蔽之。”

国王一锤定音，不待八戒醒来，三本经书早已印出，送往坊间发售。那广告牌上煌煌大字写着：

《猪八戒经》

《八戒糊涂经》

《猪大师绝对隐私情爱经》

看东土圣僧猪八戒谈人生，谈哲理，谈阴阳情爱真谛。绝对高妙，绝对新颖，绝对隐私。启迪智慧，点悟灵性。老少咸宜，不可不读。

原来这个古国，虽然国王笃信佛法，人民却沉溺世俗生活。王权虽尊，但不能强迫大众接受佛法。所以只能用这变通宣传的方法，寓佛理于常情中，方可逐渐引导，化芸芸俗世为理想佛国圣土，以实现国王普度众生的宏愿。这样处置，亦属不得已也。

此乃闲言絮语，不必多表。话分两头，且说悟空出外觅食，来到一条僻静陋巷，见一老者盘足趺坐在道边一棵枯树下，低眉闭目，轻轻翕动嘴唇，不知在念叨什么。背后枯树残墙，与他身形融为一体。若非留意观察，定会以为他是一尊远古泥雕，无有半点生命气息。

悟空好奇，悄悄走到老者旁边侧耳一听，不由心中一惊。想不到这个貌不惊人的老者，口中呢喃念诵的竟是天竺原始《十七地论》[①]经书，这正是自己师父遍历西天觅求未得的一部至珍至贵经书。他饭也不找了，急忙返身赶回旅舍，将所见情形一五一十向三藏长老报告。

三藏一听，精神振奋，也不顾自己疾病缠身，立时要悟空陪伴他前往参谒。走到那里，三藏躬身下拜道："大师在上，弟子唐三藏参见。"

老者见有人前来，徐徐启目，低声答道："吾乃人间废翁，犹如身后朽木，算得了什么大师？别认错了人。"

三藏尚未及回答，悟空抢先说："老仙翁不必客气。你若是没用的老头儿，怎么诵得十分深奥的《十七地论》经书？"

三藏也说："弟子从东土来，誓游西方，正是想求得这部经书全本。心有所惑，欲求解释。大师既然能够诵念，何不传与弟子，带回东土超度众生，岂不是很好。"

那老者闻言，沉吟良久，方才开口说："人生知音难得。既然法师如此看重，我便把记得的诵念给你听。你要记，也请便。"

言罢，老者便振声念诵，不多时便把一部《十七地论》从头诵完。三藏取笺录完，十分欢喜说道："弟子走遍西土许多国家，连灵山亦无这本经书足本。今日有幸得见，真个是踏破铁鞋无觅处，得来全不费功夫，是一生最痛快事情。只是弟子愚鲁，不知方才记错了没有。倘有误传，便有伤本意，罪过不浅了。"说着，三藏便展开记录，欲复读一遍以求对证。

他舒开手里一叠纸，朗声念了几段。悟空不耐烦，问那老者道："你诵得这样好经书，何不印出来在坊间发行，还要靠嘴巴念？"

老者淡然一笑道："我是本地和尚，会念什么经？谁会找我印书？"

① 《十七地论》，即《瑜珈师地论》，乃玄奘远赴印度，觅求原本及解释的主要对象。

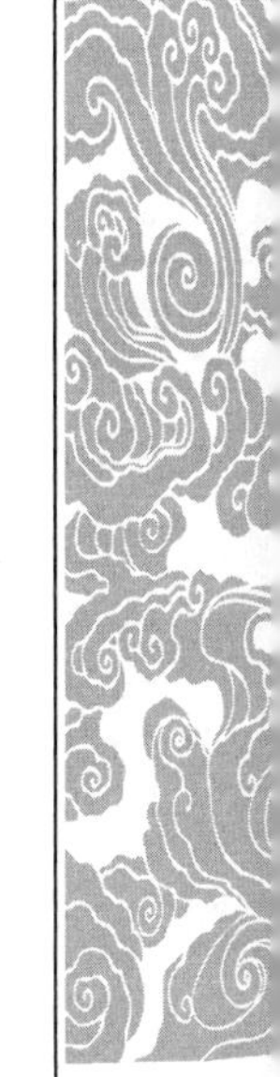

悟空说："这就是你们这里主事者不明情况了。我若遇见他们，必定对他们说。"

三藏知情，亦嗟讶不已，又就心中所惑，对经中"现常"与"当常"[1]疑义，向这老者求教。他越发不忍离去，吩咐悟空返回告诉沙僧，不必苦苦等候。

悟空领命返回途中路过市场，忽然瞧见人头攒动，许多人拥在一家书肆门首观看。他感到奇怪，也挤进去看是什么事情。

不看则已，一看便感到奇怪。悟空见那里恭恭敬敬放着三本新印经书，上有猪八戒的名字，便说道："这个猪八戒没有半点学问，怎么在这里冒充大师？"

悟空一头雾水，更加不明白，上前各取一本翻看，忍俊不禁，呵呵笑疼了肚皮，嘴里说："这算什么经书。说自已肚皮大，又是死去活来，还满篇的稀里糊涂。呆子准是吃了迷幻药，才这样信口开河。"

他说话无意，谁知旁边有人听得清楚。当下即有公差上前，朝他上下打量，见他也身着僧服，面带异相，定是外国来的和尚。他连忙招呼同伴，带笑趋前对悟空施礼说道："先生出言不凡，必定也是大师级人物。快随我们进宫去见王上，我们也好得赏金。"

话毕，他依样招来轿子，连劝带求，兴冲冲地抬着悟空进宫。悟空正欲去看八戒在那里做什么，也不推辞就去了。

入宫后互通姓名，国王心中大喜，举手加额道："小王有幸，今日得到两位东土高僧降临。猴大师是猪大师师兄，必定道行、法理更加高妙，就请不吝说法，也出一本《孙悟空经》如何？"

悟空拱手谢过道："《孙悟空经》不必出了。我算不了高僧，猪八戒

① 这是佛学两个基本观念。"现常"为佛性与生俱来，是先天所有的；"当常"认为佛性是后天修悟方可得到。

也不是大师。你叫他出来，我问他胡说了些什么。”

国王笑道：“猴大师性格幽默，好会开玩笑。如欲见你师弟，需要稍候片刻。眼下他正在寝宫高卧，不知是否梦醒。我等不敢惊动，待他自己出来吧。”

悟空说：“我知道他的毛病，有一个安乐窝，就能睡到日上三竿不睁眼，怎么等得他！你们不敢去，我自己去找他。”

国王见他执意要去，不好再阻拦，也想看他们师兄弟见面说些什么，便起身抬步，亲自为悟空引路，朝后面寝宫走去。

走到地点，悟空侧耳一听，听见八戒还在里面打呼噜，睡得正香甜。随着高低起伏鼾声，外面一群书记员飞快记录不停。悟空好奇，走过去一看，尽都恭敬写着“糊涂，糊涂，糊里糊涂”，大串稀里糊涂、糊里稀涂文字。想起在外面书肆见过的《八戒糊涂经》，这才明白是怎么一回事。

又见众人十分严肃认真，悟空忍不住捂嘴笑了，对他们说：“他不糊涂，你们才糊涂！你们也不仔细听清楚，他在打呼噜，哪是在讲什么糊涂经书。”

见悟空这样说，领头记录的书记长正色道：“猴长老此言差矣。猪大师正在神游天外，在梦里透露玄妙天机，怎么能说是打呼噜？”

悟空问他：“你没有听过打呼噜吗？”

书记长道：“听是听过，但是此呼噜与彼呼噜不同。猪大师的呼噜掺入玄机，确实是在念叨‘糊涂’二字。”

悟空笑道：“什么玄机不玄机，必定是捂着被子，才发出这种声音。他是我的师弟，难道我还不知他的底细不成。不信，我们一起进去看。”

当下悟空便推开门，带领众人走进去。抬头一看，八戒果然蒙头盖脑，蜷在被子里睡得正香。这里没有隔着墙，听得十分真切，从被底发出的声音果然不是“糊涂”，而是连声不断的呼噜。众人面面相觑，一时作

声不得。

悟空见八戒睡得不知醒，走过去掀开被子，扯着他的大耳朵，拖起来喝问道："呆子，我们到处找你，你好意思在这儿睡大觉。老实说，在这里干了些什么勾当？"

八戒见是悟空，不敢发火，低声说道："我什么事情也没有做。只是见这里床铺软和，闭眼睡了一觉。"

悟空喝道："打杀你这个不老实的猪精！你在这里冒充大师，流毒社会，不怕有罪过？"

八戒辩解道："我说自己是猪八戒，他们偏要叫我是大师，用轿子把我抬过来。我有什么错呢？"

悟空说："我不和你扳嘴劲。有话，你自己对这里的国王说吧！"悟空将他一把揪到国王面前，要他招供，信口胡说了些什么。

八戒哭丧着脸，叫起撞天屈来，指天诅咒道："天老爷做证明，我只讲了能吃贪睡两句话，别的什么也没有讲。如果有假，叫我嘴巴长疮，流脓流血，一辈子也不好。"

悟空见他说得认真，翻开《猪八戒经》对照，果然说得不差，点头说道："这两句话落实了。你打呼噜我也听见了，《八戒糊涂经》不算在你的账上。还有一本《猪大师绝对隐私情爱经》，讲什么'博爱'和'死去活来'，又是什么意思？赶快对大家交代清楚。"

八戒不敢违抗，皱眉仔细回想，方记得梦中依稀有人和他对话，一一从实道出。悟空叫他抱出方才盖过的被子抖开，果然有一股难闻屎气，忍住笑对众人说："你们看，这就是'死去活来'的由来。他本是贪吃多了，放了一个臭屁，哪有什么执着追求精神。"

眼见这样情况，众书记员低下头。国王也张口结舌，说不出半句话。悟空这才转身慢慢对他说："我这个师弟爱听奉承话，这件事有一半不

能怨他。王上圣明识广，怎么会把这样一个粗蠢东西当成惊世骇俗的大师？”

国王经不住他一问，只好嗫嚅着说：“我们见他身着僧服，来自异方，定是远方和尚，所以才请他来讲经。”

悟空道：“‘远方和尚会念经’这句话，本来就不对。我看你们这里也有贤人，何不请来说法论道，偏要把眼睛望到远处。”

国王道：“本地和尚天天看见，没有什么圣洁光辉，会念什么经？”

他这一说，旁边众人都点头称是，纷纷发言道：“本地和尚有三不宜。第一是时刻见面，太平凡了，做不得圣人。第二是本地和尚不是外乡腔调，念经不好听。第三是本地和尚太近，不如去外地请大和尚。路途远，才值价，也显得虔诚。”

悟空道：“你们说了半天，也是‘外地和尚会念经’这一句话。眼中没有本地和尚，也看不起自己，我说得不错吧！”

那书记长见国王未表态，还要争表现嘴犟。悟空解说道：“你们说本地和尚有三不宜，我看眼睛只盯住外地和尚亦有不宜处。有的外地和尚虽然有名气，你们花了许多钱，受了许多累去求他，别人未必肯把好经书给你。不如自己念经，把本地名气弄大起来，大家都有好处。”

国王在旁听了，沉吟半晌道：“猴长老虽然言之在理，无奈这里位置偏僻，无有会念经和尚也是枉然。”

悟空道：“十步之内，必有芳草。王上住在深宫不明白，在这座城内即有饱学高僧，不比远方和尚差。”

国王听见他话中有话，连忙问他：“你说这里也有会念经和尚，在哪里，是否也和外地和尚念经一样好？”

悟空见他认真探讯，方把自己在陋巷所见那个老者情况一一说给他听，对他说：“他知晓《十七地论》，连我师父也佩服，对他行弟子礼，

怎么不行！”

国王如梦方醒，好半晌说不出话来，嗫嚅半天，才缓缓吐出一句话：“难道真有此事！请猴长老引路，我这就去看，他是不是真比远方和尚还好。”

话不絮聒。悟空引着国王一行人来到那里，只见三藏还在与那老者谈经说道。蔽衣老者无足道，三藏却是真正外邦洋人。既是洋人，又是长老，这样尊敬那个貌不惊人老者，想其必有真正道学。国王连忙带领众人上前，先向三藏施礼，转身对那老者说：“你会什么经书，明日来宫中应试。说得好，也和外地和尚一体对待。”

老者闻言不悦。三藏连忙把自己手录一份《十七地论》奉上，解释说：“这就是眼前大师所传之经。贫僧早在东土听说，遍历西天亦未见全本。倘能刊出，乃是莫大功德。”

国王听了，才点头对随侍众人说：“既然东土高僧也这样讲，就免试了吧。立刻将此经印出上市，注明是大唐高僧三藏法师亲录。”

这一桩公案就这样了结。当下国王邀请三藏带领众徒入宫吃斋饭，叫那老者换了衣服作陪。饭毕，三藏与老者依依相揖告别，也辞别了国王，一路嗟叹自投别处去。

欲知他们还去何处，且听下回分解。

第四十回　魔头感染邬阇王　四僧误中铁匣计

话说八戒在伐腊毗国风光一时后，恋恋不舍地随同众人离开。一路行行复行行，经过伐腊毗国王治下两个附属小国。眼见沿途气象平和，风景幽丽，处处林树郁茂、泉流交汇，真乃圣贤灵仙聚栖游乐处所，众人无不高兴。更兼这里风俗与伐腊毗国相同，人人敬佛、户户焚香，举国上下都虔信佛法。此国人民早已闻得有外国高僧到来，沿途洒扫干净，倾城恭敬迎接。有人还预备好八戒三本经书，拦路要他签名留念，八戒心里乐滋滋。三藏长老也禁不住在马上赞叹道："到底是西天，与别处不同。我们千辛万苦来到这里，真不虚此行。"

沙僧挑担，八戒左右应接不暇，都不说话。悟空听了，在后面冷冷说："师父这话差了。好花不长，好景不常。我们在西天也吃过苦头，谁知往后还有没有苦头吃。"

八戒正在兴头上，不待师父开口便说："你这猴嘴不干不净，好不吉利。你看这里多好，这才是真正西天，从前那些统统算不了数。"

悟空冷笑道："你在梦中《糊涂经》念多了，还说糊涂话。我早已看清了这个'西天'和别处没有两样，正邪好坏各有一半。这里风光够了，往后必无好事。不信我的话，就走着瞧吧！"

他没有说错。往前又过了一个瞿折罗国[1]，人们脸色渐渐改变。再往

① 见《大唐西域记》卷十一，"瞿折罗国"条："多事外道，少信佛法。"

东南内地，进入邬阇衍那国[①]，更觉这里人们更加冷脸相对。托钵化缘许多家，乞不到些许食品，连投宿也闭门相迎。

八戒自告奋勇道：“这里百姓不省事。我去找国王，他必定会好好招待我们。”正是：

曾与帝王握手亲，
便觉处处皆此心。

八戒告别众人，昂首阔步来到宫前，不经通报，便闯了进去。他见国王坐在殿上，上前一揖言道：“陛下在这里好自在，认得我老猪吗？”

国王抬头一看，说道：“你是猪，我如何不认识。”

八戒见他有反应，便眉开眼笑道：“认识了便好，我有事要找你。”

谁知，国王将脸一沉道：“一只猪，找我干什么！”转身叱喝侍卫到：“你们不关好门，放这只猪上殿乱闯。还不赶快揪回圈里，不准它再出来。”

两边侍卫得令，便一窝蜂拥上来，揪住八戒往回扯。八戒顾不得疼痛，大声喊叫道：“你们别弄错了。我不是无用的凡猪，是外国来的东土洋和尚，会念经。梦里也传过《糊涂经》，难道你们没有听说过！”

他不说还好，说了被国王听见，国王更加生气，吼道：“是猪还能饶，是和尚就饶不了。你提什么《佛徒经》，不知我最恨的便是佛徒吗？”

八戒还要争辩，挣脱侍卫，从怀里掏出剩下的一本新印经书，递过去说道：“你先别下结论，看了这本书，就明白我的功底和来历了。”

① 见《大唐西域记》卷十一，“邬阇衍那国”条：“天祠数十，异道杂居。王，婆罗门种也，博览邪书，不信正法。去城不远有窣堵波，无忧王作地狱之处。”在今天的印度中央邦一带。

国王接过一看，冷笑一声，将书抛在地上，道："你要说的原来是糊涂。你糊涂，我不糊涂。也不看这是什么地方，我念的是什么经，便来大胆问讯。"

随着他手指的方向，八戒这才看清殿上高悬一幅魔头画像，旁边一大摞经书，乃是《灭佛经》《食人经》《邪必胜正经》等许多邪教经书。八戒不由叫声苦也！正是：

佛徒糊涂，不是佛徒不糊涂。这佛徒糊里糊涂来到糊涂处，方此处专门治佛徒。咦，这个佛徒实在太糊涂。如今要念《糊涂经》，也没个可容他糊糊涂涂，能够蒙混过关处。

原来，这个国王和伐腊毗国国王大不相同。虽是人间高贵婆罗门种，却一心向邪，博览邪书，不信正法。八戒稀里糊涂地撞进他的手里，哪有好果子吃！

国王道："你这个大胆猪和尚，竟敢在我面前宣讲佛徒《糊涂经》。不送猪圈，送进无忧王地狱死牢。请来大法师再作处理。"

八戒被两边侍卫死死抓住，听见他提起无忧王，便觉得有一线希望，大声喊道："你说无忧王，他最信佛，到处修造佛塔，功德无量。看在他面上，放了我吧。"

国王没好脸色，喝道："我敬的无忧王，是放下屠刀前的那个王。后来的无忧王信佛念经少了霸气恶念，我才不买账。"

听他这样说，八戒还有啥好讲的，只好低头垂耳，灰溜溜任随那些如狼似虎的侍卫拉走，兜屁股踢进地牢，再也没法作声了。

不多时，国王请来大法师，此人揪住八戒迎面一看，不由呵呵笑道："这是一位老朋友，打过多次交道，怎么又到这里来了？"

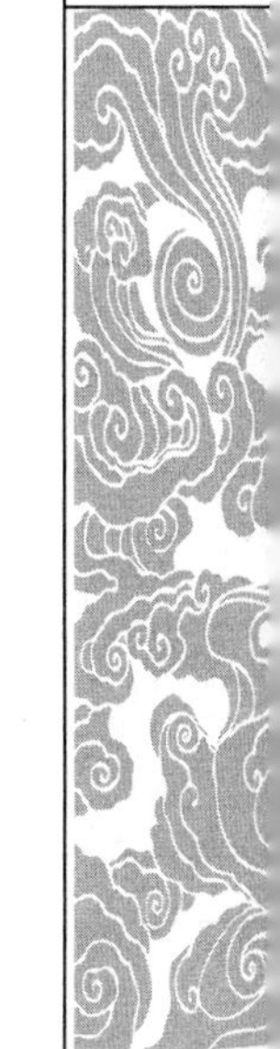

他对众人说了，又转身奚落八戒道："想当时在摩揭陀国，你和那个沙和尚到我的洞里来，我好心劝你等随我反神，夺取天国后同享富贵，你们执迷不悟。后来你们又听那个瘟猴子的话，处处和我作对。如今转来转去又落在我手里，今天你还有什么好说的？"

在昏沉沉幽光下，八戒也认出了此人正是老对头阿修罗，心里直叫苦，嘴里却硬着回答道："妖怪，你是我们的手下败将，快放了我。要不，待我师兄赶来，没有你的好处。"

阿修罗狞笑道："你死到临头还嘴硬。我正要找你的师兄，剥了他的皮，风干了做猴肉干吃。你老老实实在这里等着，待我抓住他，将他和你一起处理。"

到了此时，八戒只好垂头丧气任他发落。但盼悟空施威，拿了这个魔头，自己就能重获自由了。

话分两头，且说阿修罗转身与邪教国王计议，如此如此，这般这般。二人定下计谋后，便派人假意殷勤对候在宫外的唐僧师徒说："猪师父正在宫中与国王论经，请你们都去。"

三藏不知是计，喜滋滋地对悟空、沙僧说："从前道八戒粗笨，没料到他也会办外交，一去就灵。今后有事多找他出面，必定都会办好。"

沙僧事事言听计从，悟空独自拗不过，只好跟随一起进宫。

众人进宫坐定后，三藏便问："怎么不见国王，也没有看见我的徒弟八戒？叫他来，我先问问他。"

带他进来的人说："猪师父和国王在后花园讲经，兴致正浓分不了身。请长老也去，和他们一起谈话。"

听了这话，悟空、沙僧也要去，被那人挡住。他假意说："国王不知长老还有随从。二位师父先在这里等一下，待我进去禀报了，再请你们也不迟。"

悟空还要说，三藏挥手止住他，说道："入境从俗，客随主便。我也走不了多远，叫你们等候，就稍等片刻吧。”沙僧也劝悟空，悟空无言可对，只好耐下性子先坐下来，看往后如何发展不提。

这边三藏跟随那人，在宫内左转右转，好不容易才进入一处殿内，抬头不见八戒，却见国王和一个异服魔头坐在殿上等候他。

三藏吃惊问：“八戒在哪里，为何不见他？”

国王一声不语，身边的阿修罗满面堆笑开口说：“他已认同我们，在里面洗心重学邪经，请长老也改变初衷入伙。”说着，他便把那一套从前曾对八戒说过，自称梵天大神后裔，遭受排挤被逐出天国，要他弃佛从邪，共襄大举的陈词滥调重弹一遍。最后他又对三藏说：“你看这位至尊国王陛下，听我主张便兴邪灭佛，将此国打造成了一块好根据地。倘若有你这样外国道德高僧带领徒众加入，必定更有号召力。即使不能上天称王称霸，就留在这里做国师，大碗酒肉、宫娥美女随意享乐，也比你整年到处奔波，啖白水萝卜汤，做守什么清规八戒九戒的穷酸和尚好。”

三藏闻言大惊，正色道：“你说其他尚可，此事万万不能。我一心向佛，千辛万苦到西天来取经，岂能听你这一派邪说反话，坏了根本道行。”

阿修罗料到他会这样说，毫不生气，轻蔑言道：“我看你思想迂腐，中毒太深。你向那些菩萨老爷取经，还不如学眼前这个国王，跟从我取一部邪经回去管用。”

三藏听他这样说，便闭目诵佛，要他放自己出去。阿修罗冷笑道：“你这秃驴好不晓事。好言对你说，你不听。今天就把你和你的徒弟一起灭了，才知我的厉害。”言罢，他便翻了脸，派人把三藏也关进地牢，转身再来捉拿悟空、沙僧。

且说悟空等二人在外，见长老久久不出，便觉有异。悟空对沙僧说：“坏了，我们中了道儿，赶快进去把师父和八戒接出来，趁早离开这个地方。”

二人急匆匆往外走，这才发觉通往外面的大门已经被下了铁闸紧紧关闭了，返身想捅开屋顶出去，那里也盖着一块生铁铸成的厚铁板。隔墙传来一个声音道："孙悟空、沙和尚，你们仔细听着，倘若不乖乖归顺我，今日就叫你们都死在里面，休想活着出来。"

沙僧着急怒喝道："你是什么人？快放我们出去！"

外面那个声音呵呵怪笑道："叫你死得明白，听清楚了，我是阿修罗，从前见过面，难道不记得？"

沙僧问他："你为什么暗害我们，把我的师父和二师兄弄到哪里去了？"

阿修罗道："你已经没戏唱了，还管他们作甚？他们也在同样铁匣子里，和你享受同等待遇。"

沙僧又问："这是什么铁匣子，把我们诳进来，出不去？"

阿修罗说："你想知道，就告诉你。这乃是当年无忧王皈依佛法前，在这里建造地狱时，留下的两个阴阳铁匣子。将不驯服者都关进去，让其休想再见一线天光。"

沙僧还要问，阿修罗不耐烦道："谁有闲工夫和你啰唆，先尝一下里面的滋味吧。"

说着，他在外面举手一拍铁墙壁，墙内便渗出一股恶臭，夹杂着从前匣内许多冤魂的血腥味，几乎熏得二人昏死过去。这股气味过后，墙壁便被邪火烧得红透，冒出一股股火焰，烤得二人皮发烫、头发晕，若无平时功底，必定被烧死无疑。这番烈火一过，四周又变得冰凉，好似掉进了冰窟窿，冻得二人瑟瑟发抖。

沙僧忍着身体痛苦，问悟空道："哥啊，难道我们就这样任他摆布，不能出去吗？"

悟空安慰他说："凡事总有一个尽头。既然落到这个地步，便随遇而

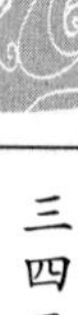

安，看他还有什么花招使出来。”

沙僧道：“我们还好，师父是凡夫肉体，如何经得住这番折磨？”

悟空心里也惦记这件事，莫奈何只好胡乱猜测说：“他说是阴阳铁匣，那个或许和这个不同。现在我们不想这样多，先设法钻出去，才有办法搭救他们。”

他嘴里这样说，便伸手掏出金箍棒，使劲撬门。说也奇怪，那原来的大门处竟紧紧闭合住，连一条缝隙也没有，如何能够拨动。他吹一口气，又把金箍棒化为槌子和凿子，用力刻凿，也没法钻动铁壁分毫。他叹一口气说：“坏了，这个妖怪铁匣子比太上老君炼丹炉还厉害，只好闷在里面听天由命了。”

二人正丧气叹息时，外面妖怪又作法了。他手扣墙壁，道一声：“小！小！小！”说也奇怪，那上下四周铁壁竟像有灵性般，听了口令便不住向里收缩。起初二人还能在里面自由活动，渐渐地，铁匣越来越小，上面铁板压住头颅，使他们不能直起身子站立，只好弯腰蜷曲，手脚也不能活动一下了。

沙僧身躯肥大，硬撑住身子，喘着气对悟空说：“它再压下来，我就受不了啦。似这样挤压，必定会把我们压成肉饼。”

悟空道：“能屈能伸大丈夫，有什么好怕的？如果再压下来，你我缩成灰尘，就不怕他挤压了。”

沙僧道：“哥啊，你有七十二变神功，自然奈何不了你。从前我在流沙河边只练力气，不会缩身术，怎么办？”

悟空道：“这不妨事，我来教你，临时抱佛脚也来得及。”

沙僧问他：“这是什么时候，你别说笑话诳我，法术有这样好学的吗？”

悟空正色道：“生死关头，谁还骗你不成？俗话说，狗急还能跳墙。人到危难处，身体自有一番潜在功能被激发出来。你只要诚心诚意，逼急

了就能立时学会。”

言罢，悟空便如此如此口授他一道秘诀，沙僧诚恳领受了。他自有天将功底，加以命不该绝，心中一急，一学就会，一会就用。四周铁壁无情收缩过来，悟空猛力一拍他肩膀，喝声：“疾！”沙僧闭目缩身，果真和悟空一起随着铁壁挤压变化，也缩小身形应付，不伤半根毫毛，一点也不痛苦。

这铁匣越缩越小，不多时便如核桃般大，握在阿修罗掌心不再动了。阿修罗对那个信仰邪教的国王说：“现在他们跑不脱了，交给你收好，千万不要打开。我回海岛歇息，有事再来。”言罢，他将身一摇，轻轻松松随风飞离王宫。正是：

铁匣锁住死对头，
妖怪今日方报仇。
谁道邪术难压正？
从此翻天不用愁。

欲知三藏师徒是死是活，将在匣内幽闭至何时，且看下回分解。

第四十一回 岛国花香醉大圣 狮女知非指迷津

话说阿修罗将唐僧师徒四人关入阴阳铁匣之后，守匣的邬阇衍那国王耐不住，心里想："匣子缩得这样小，里面的人必定早死了，待我悄悄打开看一下也不妨事。"国王心里这样想，便取出钥匙开锁。谁知这锁十分刁钻，他用尽气力也打不开。最后他使劲猛地一扭，虽然打开一条缝，却把钥匙扭断了，再也没法使用。

说时迟那时快，只见铁匣张开时，一个米粒黑影"嗖"地从匣内飞出，迎风一晃，便化成火眼金睛美猴王，龇牙咧嘴揪住国王不放，厉声喝道："奸贼！我的师父和师弟在哪里，害我们的妖怪躲在何处？"

国王措手不及，吓得战战兢兢，连忙命人取出另一铁匣，手指着对悟空说："他们就在里面，不曾放出来。"

这样小的铁匣，师父没有缩身术，不知是死是活。悟空慌忙捧起铁匣大声喊叫师父和八戒名字，想不到里面竟传出微弱应声。

三藏声如蝇鸣，在里面呻吟道："我还活着，快救我出来。"八戒也尖声号叫救命。两个人都还活着。

这可奇了，经过这番痛苦折磨，他们怎么还能活下来？悟空不及细想，紧紧抓住国王，命他赶快打开铁匣救人。可惜钥匙已经折断，再无第二把备用，不管悟空怎么撬拨捶打，也无计开锁。令他更加气恼的是，当他飞身跳出来时，不小心碰了匣盖，关他那个铁匣"砰"地又合上，把沙僧困在里面不能出来。

悟空十分气恼，扭住那个国王不放，要他赶快设法解救被困诸人，要不就砸碎他的脑袋。

此时国王已全无平时威风。身边侍卫投鼠忌器，也不敢上前营救，只好眼睁睁看着，躲得远远的。

悟空生气问那国王："快说，还有无开匣钥匙？"

国王挣扎不了，哭丧着脸回答道："阿修罗真的只留下这一把，再没有多的了。除了他，谁也开不了这两个阴阳铁匣。"

悟空料他说的是实情，不再追逼他，圆睁双目问道："阿修罗躲在何处？老实对我说明白。"

国王不敢违抗，只好和盘托出："他行踪飘忽不定，到处皆有住所。这次说到西北方海内西女国[①]去，不知是否还在那里。"

悟空得知地点，不再和他纠缠，黑着脸手指他喝道："如果你不老实哄了我，回来再和你算账。"言罢，悟空掖起两个缩形铁匣，找到白马经书，赶着离城就往西北方走。他找到一个老成人家，寄存了白马经书，便急如火燎腾空跃起，半空中手搭凉棚，早已望见西边海中果真有一小岛。跳下一看，来往均是女子，无有一个男人，想来就是西女国了。

他急于打听阿修罗下落，一把抓住一个过路女子，转身打一个照面，只见她：

团团脸，髻高盘。柳眉别样描，朱唇红一点，着一件春风姐儿衫。旧时妖气未全泯，今朝依样又再现。原来从前曾见面。

悟空定睛一看，竟是一个旧相识，铁城见过的那个罗刹女妖，不知怎

① 见《大唐西域记》卷十一，"波剌斯等三国"条："拂懔国西南海岛有西女国，皆是女人，略无男子。"

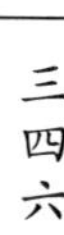

么逃脱劫杀，又在这里钻出来。

悟空揪住她，喝问道：“好娘子，和我拜堂时，见吃我的肉不成，你便逃了。怎么有缘又在这里相会？”

罗刹女妖也认出了悟空，心中恐惧，眼里便挤出几滴泪水，似断线珍珠般落在腮边，像是委屈万分对他诉说：“猴哥哥，你错怪了我。要害你的是我那些没见识的姊妹。她们带来一场劫难，招得湿婆大神亲自下凡征战。大神见我和她们不同，才放了我一条生路，来到这里安身。你看这里四面是海，岛上花草遍地，乃是世外桃源，和那个凶恶铁城不同，像我这般性情，你怎么把我和那些女妖混为一谈？”

悟空正窝了一肚皮气，本想一棍打杀这个女妖，转念一想，物以类聚，人以群分。自己初到这里，不明情况，抓住妖精这条线索，才能找到阿修罗的踪迹。他忍住气，干脆利落地对她说：“你休要花言巧语，只要带我找到阿修罗，从前的事就一笔勾销。如果和我玩花招，不会让你再溜掉第二次。”

罗刹女妖心知他找阿修罗决无好事，可那边也不是好惹的主。阿修罗助她逃出铁城，收留她在这西女国。倘若她背叛了阿修罗，也不会有好下场。好汉不吃眼前亏，先应付了身边这个不讲情面的猴爷爷再说。

她眼珠一转，已计上心来。她假惺惺地对悟空说：“我也恨透了阿修罗，做事霸道，哥哥来了正好为我出气。我知道一个地方，他每日必去。只要在那里等候，就能见着他。”

悟空明白她一派虚情假意，但只要她在自己手心里就不怕，先答应了她，看她往下怎么表演。

他点头答应，就跟着女妖往前走。一条小路弯弯曲曲，将他渐渐引入海岛深处，女妖对他说：“我们就在这里等候，阿修罗自己会来。”只见这里：

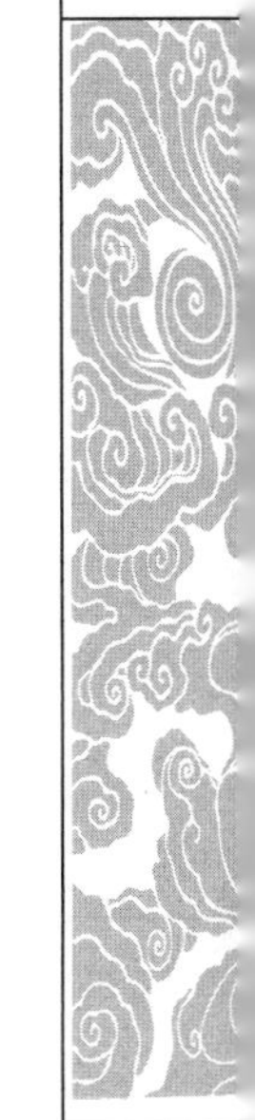

> 行行柳、处处花，在在枝头吐春芽，风景美如画。更兼阵阵香风浓郁郁，真个是走遍了天涯，也难觅这样世外桃源无双无价。只不知其中有何玄机，何处是真、何处是假？叫人一颗心，忐忐忑忑难放下。

悟空左顾右盼，发现这里无比开阔，除了花就是草，无有暗藏恶徒与杀机，便放心坐下来，一只手抓住女妖不放，以防她跑掉。俗话说，百密一疏。虽然他这样精细，却未留心那女妖趁他不注意，悄悄摘下两片草叶塞进鼻孔，而后又虚情假意般笑眯眯地对他说："我们就在这里等他。我早就恨死了他，今天就把他除掉。"

这番假话谁会相信？悟空只当是苍蝇"嗡嗡"不理会，一心护好锁闭师父三人的阴阳铁匣，在这周围香花丛中，耐心等候阿修罗前来。不多时，悟空只觉一阵阵浓郁香气袭人，渐渐头晕目眩，身子似醉酒般变得软绵绵。虽然还能勉强抬动手臂，头脑中尚有一丝意念，却不能抬腿挪动一步。他心里情知中了道儿，暗暗叫一声苦，赶忙趁女妖不留神，咬紧牙关使尽千钧力，将两个核桃大的阴阳铁匣塞进嘴巴，紧紧闭住不说一句话。

罗刹女妖心里有数，不把躺坐在花丛中的悟空放在心上，只一眼瞟着前面小路，等待阿修罗来。不一阵，阿修罗果然到来，瞅见悟空软瘫在地上，得意洋洋地用力踢他一脚，狞笑道："老朋友，我们怎么又在这里见面了？你有本领钻出铁匣子，还能走出这个香喷喷、甜蜜蜜的花香阵吗？"

他叫骂了一阵，见悟空不说话，又问他："你逃出来，你师父他们在什么地方？"低头看时，悟空还是不说话。

站在旁边的女妖也变了脸，手指着悟空骂道："贼猢狲，在铁城坏了我们的事，还想在这里再做我的郎君。今天新账旧账一起算，叫你给我的姊妹偿命！”说着女妖一抹脸，露出獠牙本相，扑上去要活活掐死悟空。

阿修罗一把将她挡住说：“且慢！从前我也想弄死他，现在转念一想，他在东土闹过天宫，在西天闹过灵山，神通广大，武艺高强，是一块造反的好料。那凡夫俗子唐僧尚能用紧箍咒制服他，难道我不能？我今正欲反抗天上诸神，倘能收他和他那两个师弟入伙，岂不大事成矣。”

如今他既有了这个心，便和从前手法不同。他将悟空好好带到岛上一个密室幽闭。这里堆满毒花，不住泛出惑人香气。虽无铁壁合围，却也不用担心悟空会逃走。在此慢慢折磨他的意志，不怕这肉做的外来猴子，不乖乖低头归顺。

阿修罗将悟空身上仔细搜查一遍，未见丝毫疑惑。耐心和他谈论几次不见效果，便把他抛在此处，叫罗刹女妖看管。他自己赶回邬阇衍那国，查看囚禁唐僧三人的阴阳铁匣是否完好如初。

话分两头，如今有闲且说西女国来历及与阿修罗的关系。

原来昔日在南印度，狮王觅子，竟被其子谋弑邀功。当地国王鄙其子不孝不义，将其子女各置一舟逐出海外。其子渡海至僧伽罗国为王，其女漂流遥远，到这西方海岛，为神鬼所魅，产育群女，成为西女国主。

当时此女年幼，被逐出海，饱经风浪折磨、鱼龙恐吓，号哭不休。多亏神鬼暗中护佑，才平安抵达这岛。后来繁衍众多女儿，便做了岛上国王。她记恨人间，誓与世人为敌。阿修罗意欲寻觅一处基地，来到这里一番花言巧语，更加激起狮女仇恨，对阿修罗言听计从。纵使是阿修罗收罗来的铁城漏网女妖，狮女一概庇护。所以阿修罗才放心把俘虏来的悟空留在此处，不怕他会从惑人花香中醒来，再次逃走。

狮女听说大破铁城，伤害其兄的悟空被抓住，恨得牙痒痒，急忙赶来，喝开守在旁边的罗刹女妖，拔剑便要刺杀悟空。

此刻悟空头脑清晰，也能说话，只是不能动弹。见她动刀动剑这样凶

恶，悟空便悄悄把嘴里两个核桃大的铁匣吐出，用身子遮住，声音软软对她说："你这样的妖怪我见多了，不怕你杀。不过，容我先讲一个故事给你听，听了不中意再杀我也不迟。"

狮女道："你这猴子太古怪，死到临头，还讲什么故事？留着你的故事到阴间去，讲给阎摩[1]听吧。"

悟空说："我的故事，阎摩不爱听，只讲给你一人听。"

狮女怀疑说："从前阿拉伯有一狡黠女子，欲哄骗国王不杀她，编了一千零一个离奇故事。莫非你也想讲一千零一个故事给我听，妄想我免你一死吗？"

悟空身子疲软乏力，淡淡一笑，说："我没有那样多故事，只有一个，你想听就听。不想听，杀了我以后别后悔。"

他这一说，狮女更觉奇怪了，反倒放下手中宝剑，要悟空说给她听。

悟空瞧见室内人多，阿修罗留下的那个罗刹女妖也混在中间，便对狮女说："我已经说过，这个故事是专讲给你一个人听的。你叫她们都走开，我就讲。"

狮女疑心道："你这猴子鬼头鬼脑，莫非是想把人都支开了再害我？"

悟空笑道："你的心眼像狐狸，哪有半点雄狮后代的意味。如果害怕，就捆住我手脚，听我讲也无妨。"

狮女点头道："这样最好！"随即命手下人取出粗麻绳把悟空捆紧，叫大家都离开。自己搬一张椅子，坐在悟空面前，细细听他到底要讲什么有趣故事。正是：

猴精仔细说从头，

狮女方从梦中醒。

① 阎摩是印度神话中的死神。

悟空见她坐下，便不慌不忙将其父狮王故事原原本本地对她讲明，末了义正词严对她说："出卖你父亲的，正是你的不义哥哥，那时你还年幼，什么都不知道。这样没心肝的哥哥留下来有甚好处？我宰了他，代你为父报仇有什么不好？"

听他这样说，狮女方如梦觉醒，只是事出突然，还有些不信，迟迟疑疑问他："你说的是真的，没有骗我？"

悟空说："我堂堂正正，为什么编谎话骗你？"

狮女问她："你这样说，有什么证据？"

悟空提醒她道："你好好想，当初那国王驱逐你和哥哥出海，说了些什么？"

狮女仔细回想，渐渐想起当时那个国王的确曾义愤填膺地指责她哥哥天理不容，又道畜种难驯、凶情易动，连她也一起驱逐出境。当时她只知啼哭叫喊，并不了解话中深意，如今回头仔细琢磨，悟空所言的确不错。她心存羞愧，对悟空说："我错怪了你，不要介意。你怎么来到这里，被阿修罗捉住，你们之间到底有什么冤仇纠葛？"

悟空见她问，便从头细细说起。何者是正，何者是邪，对她解说清楚。狮女听了，心中更加如同拨云见日，彻底醒悟。她连忙给悟空解开绳索，取来仙草解除了花香迷幻魔力，恭敬谢罪道："多谢大圣对我点拨。我虽身为兽种，却不似一些恶人兽心。从此必定改邪归正，不与阿修罗辈为伍。你来这岛必有缘故，告诉我，我就为你去做。"

她这番话说得诚恳，悟空点头称道，又把要找阿修罗，叫他说出开启阴阳铁匣秘诀，救出被困师父与八戒、沙僧之事讲了。

狮女说："他的邪术，怎么会告诉你。这里有他许多耳目，知道你已解除花香魔气困扰，他必定不会再回来，你且从别处寻找破谜方法吧。"

悟空听了，着急道："自古道，解铃还需系铃人。不找他，找谁？"

狮女说：“树有根，水有源。只要找到他学习的邪经，就能知道一切邪术秘密了。”

悟空关切问她：“这本书在哪里？快对我说。”

狮女皱眉说：“此事我也不知。这附近的阿耷荼国[①]，有一石佛时时放光。你去那里问讯，或许可以知道底细。”

悟空打听清楚，道一声多谢，掖起阴阳铁匣，立即腾空跃起，过海去寻找放光石佛。

欲知后事如何，且听下回分解。

① 见《大唐西域记》卷十一，“阿耷荼国”条：“城东北不远，大竹林中伽蓝余趾……有青石立佛像。每至斋日，或放神光。”

第四十二回　悟空巧施驱风计　石佛口占忍字经

话说悟空告别狮女，一个跟头翻入云端，离了西女国，直往大陆赶去。行不多时，就到达东北面的阿夤荼国。悟空贴着两个小铁匣，安慰困在里面的三藏、八戒和沙僧说："你们不用急，待我找到放光石佛，知道消息便有解法了。"

他举目一看，只见这里地多沙砾，草木稀疏，和别处大不相同。更令他苦恼的是，这里人迹稀少，走了老远才遇见一个聋者、一个盲者和一个小孩，却无法打听放光石佛在何处。

悟空啐一口道："呸！想不到西天还有这样荒凉地方，和从前我们在取经路上见过的沙漠差不多。周围没有人，我向何处去问？"

他转念一想，无人就无人，等到天黑，上下无光，必定就能瞧见那个放光石佛。可是抬头一看，顶上日头正高，天空明净如洗，没有一丝云彩，等天黑需要多少时辰？他心急如焚，哪里能忍耐到那个时间。正是：

急惊风偏遇慢郎中，
盼天黑恰逢日当空。

悟空生气，手指头顶太阳怒骂道："你这日头怎么这样懒惰懈怠，蹲在空中老半天，连身子也懒得挪一下。我数一、二、三，你还不动，就莫怪我不留情了。"

他心里着急，嘴里说了就开始念数，大声喊了一声："一！"

看那太阳依旧亮堂堂留在原来位置，没有一点动静。

他再喊一声："二！"

再看头顶太阳，还在原处不动。

悟空用尽气力，大喊一声："三！"

抬头看那太阳，依然丝毫没有动静。

他气恼了，从耳孔里掏出金箍棒，喝一声："长！"

一声喊过，手中金箍棒就像有灵性一般，直朝空中太阳戳去，一下子便顶住了那火辣辣的太阳。

他又喊一声："长！"

金箍棒使劲又往上顶，太阳被推退了几步，却仍旧踞坐在空中，未见多大效果。

悟空见金箍棒拨不开那讨厌的日头，圆睁双目，又大吼一声："长！"

这一声如同惊雷，已经变得又粗又大的金箍棒得了势，更加往上疯长。悟空耐不住，干脆自己握住棒，像用竹竿捅马蜂窝似的，使劲往上乱捣乱戳，果真把红通通的火炭球儿拨弄开，只消再加一把力，就能赶走它，迎来一片黑沉沉的天空了。

他正拨弄得起劲，忽然从头顶传来一声怒吼。日神毗婆娑被他捣弄得不耐烦，在空中现出金身，瞪目大喝道："何方来的大胆泼猴，瞎了眼睛，竟敢把吾神当成枝头果子乱捣。倘若再不收手，就喷火烧死你！"

悟空见日神现形，笑嘻嘻对他说："我是东土来的孙悟空，没有别的意思。只请你在空中隐一下身子，我才好趁黑寻找放光石佛。"

日神毗婆娑道："你这猴子好不晓事。我在空中巡行值勤，每跨一步都是事先精确测定的，关系到人间生活秩序，万物生长规律。倘若随意变动，岂不乱了套？怎能听你要求胡来！"

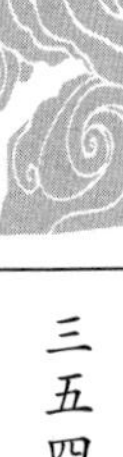

悟空见他不肯，涎脸求道："我求你做了这件好事。就破一次例，方便一下吧！"

毗婆娑变脸道："你好大胆！天理昭昭，人神共见，怎么能徇私情行方便？我公务在身，哪有时间和你多啰唆。如果再纠缠，就不客气了。"言罢，他便卷起金袍，在一片光华中隐身不见。

悟空还想和他多说，掣起手中金箍棒，便朝他化成的那个空中火团再捅几下，希望他重新现形对话。这一捅不打紧，一下子惹恼了日神毗婆娑。只见空中迸出一团烈火，烧红了伸到太阳边的金箍棒。一股滚烫热气飞快传下来，烫坏了悟空手掌，他慌忙抛开，不敢轻易再碰一下。

咦，堪赞日天[1]真无私。

唉，再看心猿施何计？

悟空无法拨动空中日头，心里想，他按部就班进行，不肯通融半点，如果有一层层乌云遮蔽天空也好。可是天上晴空如洗，哪有半点云气。

他性情暴躁，生气怒骂道："这里没人没树，怎么连云也没有一朵。平时天上那些云，都到哪里去了？太阳欺侮我，连云也欺我，真气杀人也！"

云究竟在哪里？他跳上天，伸手在额边搭起凉棚一看，原来所有云朵都远远堵在天边。一边阴一边晴，两下对比分明。他心里纳闷，那边云多，为什么一朵也不飘过来，难道云也真的存心和他作对？

站在这边看不清，他纵身腾空跳过去，这才看清楚了。原来这时风总往那边吹，所以云就飘不过来。和他作对的不是云，是那无形无影、在空

① 日天，就是太阳神。印度神话中名叫苏利那，佛经里称毗婆娑。

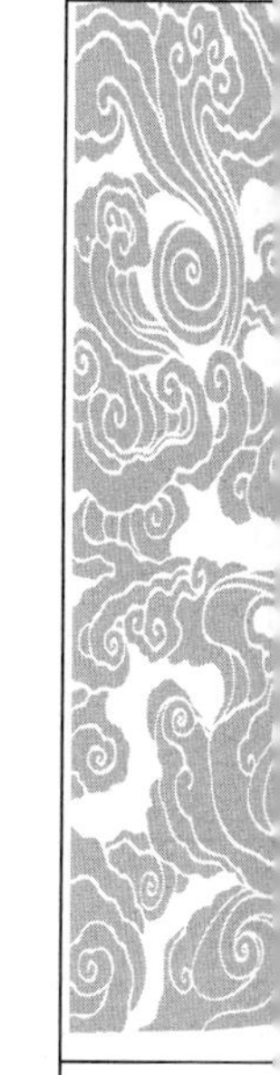

中自由浪荡的风。既然和太阳无法对话，这次就找风吧！

找风，应找风神。常言道，一方水土一方神祇。从前悟空在天宫做弼马温时，虽然在王母娘娘瑶池蟠桃会上认识风师雨伯，却是东方天神，管不了这里天空。他心里着急，伸手抓住一股风尾问道：“你们为什么总往一边吹，不肯转变一下方向？”

那股风里蹦出风神瓦尤，十分傲气地说：“我想怎么吹，就怎么吹，有什么好说的。”

悟空和他商量道：“既然这样，你转一个方向，把云赶到那边去如何？”

瓦尤道：“你要赶，自己赶。但有一个条件，必须在天上和我角力，胜过我才行。”

悟空别无他法，只好硬着头皮点头答应道：“好便好，只是你也要答应我一个条件才公平。”

瓦尤道：“我在天上闯荡无对手。别说一个条件，十个也答应你。你心里怯了，莫非要请帮手？”

悟空道：“有你这句话就好。我什么帮手也不要，只用一张手巾蒙住你的眼睛。”

瓦尤说：“这有什么不可以。我闭着眼睛也能胜过你。”

悟空见他点头答应，就解下自己皮裙，将他的眼睛蒙住，对他说：“好呀，我们这就比试吹气功夫。”说着，悟空顺口朝他脸上吹一口气，激起他用力吹云。自己却悄悄转到他背后，轻轻推着他的身子，转了一个圈。

瓦尤不知是计，运足丹田气力，闭眼猛吹，半空中卷起一场大风，吹得面前乌云翻翻滚滚，是一幅什么景象？

那风啊，在空中飘飘扬扬，似摩天狂浪，似万马冲闯，无有

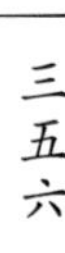

力量可抵挡。驱赶着漫天云阵，好似草滩赶群羊。蒙眼风神猛力吹，却不知钻进套儿还不知，笑坏了多才多智美猴王。

鲁莽的风神猛吹一气，自以为这一吹，就能把对手吹到南海爪哇国。谁知他吹了一阵，歇下来喊了一声。那个猴子还在近旁，十分自在地答道："我和你对吹，你喊什么，莫非气力不济了？"

瓦尤心中吃了一惊，暗想道："我的吹气本领盖世无双，那个干瘦猴子有什么本领，竟和我打个平手？"

他心里不平，鼓起气力又吹。在悟空的暗中操纵下，不多时，乌云便被吹到阿耄荼国都上空，层层叠叠铺开，把天空塞得满满的，果真挡住日神毗婆娑光芒，使大地忽然晦如黄昏。悟空等待的正是这个时刻，他急忙拭目朝下面看，果然瞧见一点亮光，纵身跳下去一看，正是那尊放光石佛，隐藏在竹林中，所以从外面不易发现。

悟空心中欢喜，急忙向前敬礼，说明来意。

这尊石佛不知历经了多少岁月，面容已经风化，模糊不清，身体泛出淡淡荧光，显得十分奇异。石佛听了悟空陈说，叹一口气说："那阿修罗与神为敌，不会走漏消息与我知道，我怎么知晓破阴阳铁匣的秘密？"

悟空失望道："我费了好大气力才找到你，难道连一点消息也不能透露？"

石佛安慰他说："你不用着急。从这里沿信度河[①]往东北，经过几个国家后，有一个屈露多国[②]。那里山岭重叠，仙人与异道杂居一处。找到

① 见《大唐西域记》卷十一，"信度国"条："信度河侧千余里陂泽间，有数百千户，于此宅居，其性刚烈，唯杀是务……"信度河就是现在的印度河。

② 见《大唐西域记》卷四，"屈露多国"条："天祠十五，异道杂居。依岩据岭，石室相距，或罗汉所居，或仙人所止。"在今天印度西北部的喜马偕尔邦境内。

知晓异道秘密的仙人，或许就能解谜了。”

悟空还有些懊恼，石佛口占四句偈语道：

无难不成事，
耐磨方为真。
世间无捷径，
万机在一忍。

念罢四句，他便垂眉闭目，收敛身上光芒，宛如一块顽石，不再出声言语了。悟空何等聪明，心中豁然贯通，谢了石佛，即刻动身，朝他指示方向飞去。

欲知他此去后事如何，且听下回分解。

第四十三回　假佛徒诡辩善恶　孙行者分身诱妖

话说悟空朝石佛指点方向，顺着信度河向东北走去。他还有些不放心，隔着铁壳向匣内的师父、八戒和沙僧说明情况，关心问讯里面情况可好，是否饥渴。

三藏在里面嘤嘤细声道："这里还好，不必记挂。你依石佛指点慢慢去做，切勿再招惹鬼神，性急坏事。"

沙僧道："不知这个铁匣有什么奥秘，在里面不饿也不渴。你安心去办事，不要管我们。"

八戒也说："我不管吃喝，在这里面昏天黑地正好睡觉，我睡得舒服，做了许多好梦，一点也不劳累。"

听了他们这样说，悟空才心安了，放心赶路往前走去。走不多远，悟空顺河来到信度国[①]，觉得肚内有些饥饿，便去附近觅食。只见河边一片水洼间有许多住户，来往行人不分男女贵贱，都身披袈裟，剃除须发，似僧非僧，装束十分奇异。

悟空心中欢喜想道："他们是僧，我也是僧，定会照顾我，讨得饮食，给我指示道路。"

他这样想，便移步走过去，叩开一户的大门。主人迎接他进去，又连忙入厨烹食。悟空得闲，起身到屋内屋外，到处好奇观看。渐渐行到屋后

① 见《大唐西域记》卷十一，"信度国"条："多出赤盐，色如赤石……异域远方以之为药。"在现在的巴基斯坦的旁遮普省南部。

偏僻处，忽然听见一阵奇怪哼唧声音，似是八戒平时鼻息。他心想：“八戒缩形困在铁匣内，怎么会发出这样大声音？”于是侧耳再仔细听，声音发自后面一处低矮木棚内。走过去一看，原来是一只肥猪，正躺在食槽边打鼾睡觉，和八戒没有半点关系。

悟空心中纳闷，出外问主人道：“你是信佛人家，怎么还豢养这种畜牲？”

主人漫不经心答道：“头脑和肚腹都有需要，各应分别处理。信仰归信仰，营养归营养嘛！”

悟空忍俊不禁，笑道：“你顾了肚皮讲究营养，嘴里的信仰还值什么价钱？”

主人听了不高兴，正色解释道：“肚腹乃头脑之根本，营养为信仰的基础。如果不讲营养，躯体性命也不存在，还有什么信仰好说？”

悟空乍一听，这话似乎也有几分歪理，产生兴趣还要和他说下去。三藏忽然在腰间铁匣内插话，声音虽小，却听得清楚。

三藏告诫道：“这个人心不诚，勿服他的饮食。倘若沾了不洁荤腥，坏了道行，会坠入十八层地狱。”

悟空听了不敢违拗，只好出门另觅人家求食。走不多远，他听见墙内传来木鱼声，间或还有几句念经声音，低头向匣内师父道：“这个人家可以进去吗？”

三藏在匣内答道：“我虽看不见却也听见了动静。他时刻念经，定是虔诚佛门弟子。你进去化缘觅食，打听了道路，还能讨论佛法，这样最好！”

悟空领命，便走进这户人家。主人正独自饮酒，看见他来，连忙请入内室，分宾主坐下。悟空抬头看，只见这里有香炉和烛台，经书整齐列，一字都排开，窗明几净无尘埃，木鱼声声入耳来，佛门人家好气派。只是这主人有几分奇怪，举杯饮酒不参禅，叫人好难猜。

悟空走过去看，架上整整齐齐陈放着《涅槃经》《菩萨经》《虚空藏经》《首楞严经》……许许多多堆在一起，一时也看不完名目。世间的经书，这里全都有。更加使人惊奇的是，书面上一尘不染，本本都崭新如故。可见这主人十分爱护，是忠实佛徒无疑。

见了这许多经书，悟空叹一口气道：“早知这里经书齐备，我们何必上灵山乞讨，招惹了一场不痛快，至今也没有消除干净。”

他心中这样想，便走上前取一本翻看。不看不明白，一看便满怀疑惑，问那个主人道：“怎么这些书里都没有一个字，难道也是白本经书？”

主人大咧咧道：“管他白本黑本，只要封皮上有字，表明是佛经就行。”

他这一说，悟空心中有数了。原来这和神圣无字真经不同，乃是一批假货，摆着装样子的。经书是假的，这个佛门弟子是否也假？悟空拐进里面经堂一看，不由瞠目结舌，惊得说不出一句话。只见那里面缚了一只羊，挂着一只鹦鹉。那羊两只前蹄高悬，站不住了，便将蹄在面前木鱼上乱敲乱打，发出声响。架上鹦鹉即使无人睬它，也“南无阿弥陀佛”叫个不停，宛若里面真有人敲木鱼念经一样。

悟空看了，问那主人：“你这样装假为什么？”

主人道：“这是信佛呀，有什么好问的？”

悟空问他：“信佛，有这样做的吗？”

主人做出无奈样子说：“你看我这样忙，哪有时间敲木鱼念经？只要这屋里时时传出敬佛声音，便是我一番心意。天上神佛听了，怎么不喜欢？”

悟空责备他说：“敲木鱼念经可以请人代替，每天吃饭也要人代替吗？”

那主人正色言道：“吃饭和念经是两码事，怎么能扯在一起？你连这个也分不清，难怪是只猴子。”

悟空还要和他理论，三藏在匣内发话道：“这人也是假佛徒，休与他

理论，食他水饭。你再走一家，看这里有无真正虔诚佛门弟子。”

那人见悟空领命欲走，哼了一声，冷笑道：“你莫嫌我信佛不诚。这里还有很多两面三刀厉害人家，你自己慢慢领受吧！”

悟空不听他话，走不多远，天色渐渐近晚，又入一户人家。只见这里也供奉佛像，主人身着僧衣，连主妇也同样装束。他心中想：“凡事不过三。看这家模样，难道也假了不成？”

他打定主意，笑嘻嘻地向前问讯，化缘讨食。主人和主妇不多言语，转身便搬出饭食。主人冷脸对他说：“趁外面还有一些天光，你吃了就走，不要在此停留。”

悟空感到奇怪，问道：“你们请我吃饭是好心意，为什么这样说话？”

那冷面主人道：“你埋头吃饭，不要多问。”

悟空扒饭时，瞅见桌上一碟盐是红的，抬头又问：“这盐有些古怪，为什么是这个颜色？”

主人不悦道：“你这猴和尚少见多怪，难道没有听说过这里出产赤盐？”

悟空不理睬他，用鼻一嗅，隐隐嗅出盐里泛出一股血腥气，怀疑问道：“这盐为何有这种气味，莫非是人血染成的？”

主人恼了，和站在旁边的主妇交换一下眼色，厉声喝道：“叫你别问就别问，问多了对你没有好处。”

他这样一说，悟空不吃了，将饭菜推在一边，也没好气说：“你们身着袈裟，应该明白佛理，怎么没有一句善言善语。”

那主人理直气壮道：“慈善有尽头，和气有分寸。我和你素昧平生，请你吃喝，如何不善？叫你吃了快走，少惹闲事，不也是善？我已仁至义尽了，你再多嘴多舌，就莫怨我不讲情面了。”

悟空还要争辩，主妇立在一边忍不住，也对他说：“你这过路猴和尚

好不明道理。入境须要问俗，难道不知昼夜交替，善恶也同样东升西落吗？你来得不是时候，如今白昼将尽，所以才叫你吃了快走。”

这话更加出奇了。善恶不是日月星辰，难道也会如她所说昼夜交替？悟空肚内已有算计，偏在这里不走，看有什么怪事发生。好大圣，将身子一晃，已经隐住真身，留下一根猴毛代替自己。那主人夫妻肉眼凡胎，怎么能够参透其中玄机，连推带搡赶不走面前假悟空，就变了脸咬牙切齿诟骂他道：“你这猴和尚好不晓事。趁白昼天光未泯，我们还有半点禅情善念，给你指点生机不快走，偏要留下来自寻死路，就莫怪我们到时无情了。”

假悟空不理不睬，也不管天色渐渐发黑，那夫妻俩脸色也越难看，照旧端坐不动，等待事情发生。

不多时，最后一线天光褪尽，天地忽然一团黑暗。一个黑影乘风而来，进入空中现了形。悟空躲在暗中看，只见他：

青面赤发獠牙长，凹鼻凸睛怪模样。
腰系花斑兽皮裙，手持一根狼牙棒。
若非阴曹食人鬼，定是混世一魔王。
今番显形凡尘里，谁人见了谁遭殃。

悟空从暗处看清，原来是一个妖怪。转回头，见室内陈设和主人夫妻也变了样。原来神龛上佛像背面刻的是妖神相貌，他二人袈裟下另藏邪服，只要将佛像转过来，脱去身上袈裟，就变成另一番模样了。

二人看见妖怪降临，战战兢兢跪地迎接。妖怪指着坐在桌边不动的假悟空，皱眉问道：“这人是谁？好大胆子，敢闯到这里来！”

房主夫妻二人见他发怒，连忙颤声回答道：“这是一个不晓事的过路

猴和尚。我们特地将他留下来，给大王做醒酒汤。”说着二人就献殷勤，拥上去捉假悟空。那猴毛变的假悟空也不动，任他们拿住，乖乖推送到妖怪面前听候发落。

妖怪一把抓住假悟空，在手心里掂了一下说：“这个猴和尚定是饿瘪了，怎么身子这样轻。”

那夫妻俩连忙接口说：“大王说对了，这个饿痨鬼进门就讨东西吃，和叫化子没有两样。”

妖怪皱眉，又说：“看他瘦得这副模样，没有一点油水，怎么吃？你们出去给我再抓一个来吧。”

这对夫妻为难地说：“天色晚了，我们到哪里去抓人？这是现成送来的，就凑合拿他吃一顿吧！”

那主妇怕妖怪不答应，又凑上前巴结说：“别瞧他不中看，我会烹调料理，将其做成猴肉干给大王下酒，比你平时吃惯的人肉更好吃。”

这一说，妖怪才转嗔为喜，坐在堂上发话道：“就依你的。先放了他的血，渍成血盐给我尝一下。”

房主夫妻听命，连忙一个拿刀，一个端出一碗白花花食盐，就来杀假悟空。房主觑准悟空的颈项一刀剁下去，却没有半点血流出来，再朝肚皮戳一刀，依旧不见红，慌得叫了起来。妖怪也感到奇怪，起身来看，哪里还有猴和尚？只在地上拾了一根猴毛。

妖怪上了当，气得大声喊叫：“这是一个泼皮妖精，骗了我！”

话声未绝，悟空就忍不住从暗影中闪出，手指妖怪厉声喝道：“谁是妖精？自己不照一下镜子，反而倒打一耙。”

妖怪看见悟空吃了一惊，瞪目吼叫：“妖怪，你叫什么名字，从哪个洞来？老实报给我听！”

悟空也不客气，手指他喝道：“你爷爷是东土花果山美猴王，你是什

么怪物，快报给我听。”

妖怪呵呵狂笑道：“我道是什么东西，原来是一只臭猴子。你要听我的名字？可以，你好好站稳了，不要吓得跌倒。吾乃魔王阿修罗麾下大魔头，每晚要食生灵肉，今天就是你的末日了。”

悟空冷笑道：“谁的末日还说不清。我正要捉拿阿修罗，就先用你开刀。”

妖怪不知他厉害，气愤喝道：“贼猴头，休得胡言，先吃我一棒。”

言罢，他手舞狼牙棒，就朝悟空天灵盖恶狠狠劈来。悟空轻轻闪身躲过了，也掣出金箍棒挥舞迎敌。两个毫不客气，就在那房主堂屋内一来一往狠命厮打，把屋内器物砸得稀巴烂。房主夫妻不敢上前，暗自叫一声苦，躲在角落里瑟瑟发抖，只求他们早些打完才好。

悟空和妖怪打成一团，没有几个回合，妖怪就气喘吁吁，招架不住，只好咬牙逼住金箍棒，大吼一声：“猴精，今日便宜了你，待我禀报了阿修罗大王，再来取你性命。”

话毕，他虚晃一下手中狼牙棒，就一溜烟窜出窗户，逃得无踪无影。悟空腾空追赶，却不见这妖怪去处，莫奈何只好返身回到屋内，拿住黑心烂肺的房主夫妻逼问。

举目一看，刹那间这屋里又变了样。这一对夫妻眼见悟空得手，顾不上收拾屋内，连忙将神龛上神像又翻过来，露出佛主慈容。自己也慌忙重新披上袈裟，做出一副虔诚佛徒可怜相。

悟空怒目圆睁拿住他们，他二人连忙跪倒尘埃，叩头如捣蒜般哀求道：“大仙饶命，这事委实不能怪罪小人，都是妖怪逼迫的。”

悟空喝问道：“受了逼迫，你们就干？”

两个人装可怜，争辩道：“妖怪吃人不客气。不听他的，我们就没有命了。”

悟空手指他们怒骂道："你们白日敬佛，夜里装鬼，两面三刀，害死了多少人！"说着他就做出势子，要打杀他们。

房主夫妻被吓得面无人色，边叩头边喊冤，一把鼻涕一把眼泪地哭诉道："这都是妖怪逼我们做的。住在这里，妖怪时常来，不这样应付怎么行？"

见悟空不信，房主又指天指地赌咒发誓说："老天可以做证，我们是身在妖营心在佛。倘若有半点假话，舌头生疮不得好死。"

那妇人也帮腔说："我们确实信佛，没有做过一件坏事。不信，你去打听。"

悟空冷笑一声道："你们信佛不信佛，自己心里明白，我到何处去打听？难道刚才要把我做醒酒汤、猴肉干、血盐，也是好事？"

一句话说得房主夫妻面面相觑张不了口，只好低头认罪，又把一切责任往妖怪身上推。

房主费劲挤出几滴眼泪，捶胸哭诉道："我们的道行被妖怪拖累败坏，也是不幸受害者。要算账，该算在妖怪身上。"

妇人也分辩说："大仙应该记得，你一进门，我们就叫你吃了快走，难道不是善事？"

房主见悟空还不信，又变了一个法子解释说："大仙从东土来，不知这里情形。有人说过，太阳主善，月亮主恶。太阳越亮，人心越善良。大仙傍晚来，日光微弱，我们身体内的善念已不多了。这是昼夜日月影响，我们有什么办法？"

两个人说破嘴皮，悟空总也不信，皱着眉毛不耐烦地说："你们别花言巧语为自己洗刷了。像你们这种变色小爬虫，留在世上有什么用，不如早些除掉，免得后来再害人。"说着他做出势子，抡起金箍棒要打，吓得二人丢魂失魄，不住呼喊爷爷哀求饶命。

悟空本是吓唬他们，收起棍子道：“不打杀你们也行，需要答应一个条件，对我说实话。”

房主夫妻闻言，犹如聆听圣旨纶音，连忙点头应承道：“别说一个条件，千个万个都可以。”

悟空说：“我只说一条，从此断绝邪念，专心信佛，可以做到吗？”

两个人一听，连忙应承说：“可以的，这还有什么好说。倘若今后再干半件邪恶事情，大神回来就扭断我们的脖子。”说完房主就爬起来，抡起斧头把佛像背后妖像砍得粉碎，还用脚踩几下，吐一口唾沫，表示自己的决心，忙不迭又问：“大神还有什么吩咐，尽管都说。”

悟空吓唬了他们一阵，这才开口问：“那妖怪住在什么地方？快对我说！”

两人一听，原来问的是这个，连忙争相告诉：“他在这里东北面的河源处，那里山中崖上有许多石室，有神有妖，阿修罗也住在那里。你不要走错门，枉送了性命。”

悟空听了问道：“这是实话吗？”

店主夫妻起誓说：“这确是真的。如有半点搀假，大神回来，随便处置我们。”

悟空斜眼瞅住他们说：“是真是假，看了便知。如果你们又说假话，回来就把你们捣成肉泥。”言罢，悟空便腾空跃起，将二人撇在后面不顾。

欲知悟空此去是吉是凶，请听下回分解。

第四十四回　正邪杂居石室山　神猴勇探妖魔洞

且说悟空穿云度日，一个跟头翻到东北面山中屈露多国。抬头看，到处崇山峻岭，已是天竺北境地方。这里山岭重叠，不计其数，更兼云雾缭绕难见真容。悟空不知那神道与妖邪共处的石窟群在何处，心中十分烦恼。

他看山不成又看云，猛然瞥见不远处，笼罩一团异样云气和别处不同。说它是普通云雾，却透出一派不祥黑气。说它都黑沉沉，又泛出几股微弱白光。混混沌沌，搅成一团，分不清其中底细。

好大圣，略为一看，心中已经有数。觑准了腾身跳过去，分开云雾看清楚。只见那里：

> 山崖上、云雾中，隐隐约约有多少窟洞。高高低低，大大小小，无一不是鬼斧神工。非猿穴、非蜂孔，有鬼有神在其中。只不知何者是神宅，何者为鬼宫。站在面前费猜测，倘若要进去，难判生死道，不知吉与凶。

悟空仔细端详一阵，暗自思忖道："这里情况复杂，难辨善恶。我若冒失进去，必定会中道儿，必须想法探明何处无妖，找人打听清楚才行。"

他眼珠一转，想出一条妙计，随手拔了一撮毛，托在手心里轻轻一吹，就变成许多化身，随风纷纷扬扬，分散开，钻进面前一个个山洞。是吉是凶，自然可以霎时判断分明。他先挑一个善洞进去，打听清楚情况再

作计议。

不多时，一个化身出来向他报告说："里面有一个大和尚在参禅，对着墙壁不说一句话。"

悟空想，这必定是一个同道，会对他说妖怪情况。

他打定主意，便抬步朝这洞里走去，只觉里面幽香阵阵、瑞气霭霭，一片祥和气氛。洞内一个僧服尊者盘腿坐在蒲团上，面对石壁参禅念经，全然不顾周围情况。

悟空喊他一声："师父！"他不理不睬。

再喊一声"大师父！"他仍旧不理睬。

悟空心想，这人莫非是聋子？走到身边，贴着耳朵大喊一声："活佛菩萨！"他才慢慢睁开眼睛，缓缓转过身子，寻找谁在身边大呼小叫，看清了是一个外来猴子。

那尊者满脸不高兴，低声嗔怪道："你这猴子好不讨厌，为何三番两次来此纠缠，扰乱我参禅？"

悟空笑嘻嘻说："你看清楚了，我和先前那个不同，是新来的，何曾打扰了你几次？"

尊者说："先前那个猴子，我摸一下，忽然变成一团空气，只剩下一根毛，在眼前飘来飘去。莫非你也是这个样子？"

悟空伸手让他摸一下，对他说："你使劲捏吧，看是真的，还是假的。"

尊者抓住他的手，果真感到沉甸甸的，有些分量，心里吃了一惊，却还迷迷怔怔地有些不相信，看着他不知该说什么话。正是：

空生有、有生空，变化无穷大千功。佛眼不辨真与幻，还道置身迷界中。

悟空见他这样，笑问他：“你不相信我，是疑心我是假货吗？”

尊者隔了好半晌，方转过身，问道：“你这样鲁莽闯进我的洞府，有什么事？”

悟空见他清醒了，连忙重新施礼，说明前因后果，向他打听妖怪开启阴阳铁匣的秘密。

尊者道：“正邪两分，互不关联。我习佛法，怎么知道妖术？”

悟空问他：“这山上有神有妖，难道你真的不知一点风声？”

尊者道：“天理昭昭，石壁深深。非礼不问，非故不闻。我在这里参禅入定，一心不问身外事，哪管什么妖精事情。”

悟空听了，忍不住皱眉问他：“人妖共处，互不过问，这算什么规矩？”

尊者耐心解释道：“国有国法，山有山规。这里约定俗成，不问他人秘密，俗话称作隐私权。倘若违规侵犯，就不能在此长久居留了。”正是：

各人自扫门前雪，
休管他家瓦上霜。
你要放火便放火，
我自端坐保安康。

悟空一听便恼了，大声问他：“说了半天，原来你是这等心性。我问你，什么是善恶，应该怎么对待？”

尊者不慌不忙，老练答道：“善者善，恶者恶；善自有好报，恶必遭报应。因果两分明，不必多操心。”

悟空越听越觉不是味，再激愤发问：“你是佛门中人，能否告诉我，

到此参禅到底为了什么？”

尊者道：“静心养性，成佛升天，不坠轮回之苦，乃吾学道修行目的。连你在内，其他事物皆是身外幻影，不能使我受惑分心，何必多问。”

悟空生气道：“除恶扶善，博爱众生，才是佛学真谛。你只顾自己利益，见邪不问，心安理得，算什么真正佛徒。难怪隔壁妖怪喜欢和你做邻居，使得这山人妖混杂，成了害人窝！”

那尊者被他数说得面色煞白、浑身冰冷，噎住气好半晌说不出话，只用手颤抖指点着洞门说：“妖孽，快出去！”他连说几遍，没有别的言语。

悟空心中有事，不和他多纠缠，气冲冲径自出门去找别的洞窟。到外面一抖身子，收回化身猴毛，仔细清点还少一根，心知它必定遇着凶狠妖怪脱不了身。

他心想：“这里学佛的都只顾自身，打听不了消息。不如干脆去找魔头，叫他吐出自己秘密。”

主意已定，他便昂首阔步走向那个洞穴。正是：

龙潭虎穴也敢闯，
好个英雄美猴王。

悟空空着两手，大摇大摆走进洞，早被洞里小妖看见，小妖扭回头向洞中魔头报告：“外面又来了一个瘦猴子。”

洞里坐着两个魔头。悟空认得，一个就是在信度国见过的手下败将，另一个大咧咧坐在中央，想来就是这里的大王了。

悟空转眼朝另一边看，不声不响，吊着一个轻飘飘的毛猴子，瞧着悟空进来，眨了一下眼睛。悟空已经明白，这里有文章可做，便更加胸有成竹，走到两个魔头面前，且看他们怎么动作。

中间那个魔头见他这样沉着，有些摸不着头脑，转身向旁边的魔头说：“你看他这个样子，也是一根猴毛吗？”

那个魔头道：“这个猴妖诡计多端，是真是假，还需试一下。”

大魔头说：“我先吹一口气，他如果飘起来就是假货。”

他两个计议，悟空听得一清二楚。待大魔头张口一吹，他就使出轻身法，故意装得手脚无措，随着那股气，在洞顶飘飘荡荡团团乱转。

大魔头看了，松了一口气说：“这个也是一根毛，没有什么用处，也吊起来吧！如果猴毛多了，做一根猴毛帚，比鸡毛帚更好。”

身边小妖听令，就来动手捉悟空，连推带搡也抬不动，叫嚷道：“这个比先前那个重，像是一个秤砣。”

大魔头听了感到奇怪，说道：“都是一根毛，怎么会重些，莫非你们弄错了。”

坐在旁边吃过悟空苦头的二魔头道：“这事情有些蹊跷。是真是假，待我咬一口就知道了。”

言罢，他就离座走过来，张口露出尖利獠牙要来咬悟空。

悟空本来打算装疯卖傻，设法留在洞内，等待机会再作理会。不料这个妖怪心眼多，偏要咬他一口才放心，这怎么行！眼看妖怪一步步走近，张口就要咬，他再也按捺不住，挣开两边小妖站起来抹脸大喝一声道：“妖怪，你还认得孙爷爷吗？！”

这一声吼惊得妖怪一个趔趄，险些跌倒，扭转身子就往回跑，嘴里大声喊叫：“不好，这个猴妖是真的！”

喊声起时，洞内顿时乱成一团，众妖慌忙取武器向悟空扑来。大魔头一脚踢翻交椅，抄起一把三齿钢叉直取悟空。二魔头壮起胆子，也提自家狼牙棒助阵。眼见这番阵势，悟空毫不畏惧，舞动金箍棒上前迎敌，在洞内乒乒乓乓一阵乱打，打死小妖一大片，将所有物件打得粉碎。

眼见悟空这样了得，大魔头急了，大喊一声："快关闸门！把这猴妖关在里面打。"后面小妖听见，连忙奔过去关门。

洞内狭窄，悟空本来就使不开架势，瞧见妖怪要关门，更觉此处非久恋之地，便踢翻门边小妖，迎面虚晃一棒转身就走，抢先赶到外面，选一处平地中央站好了，等待妖怪出来再厮杀。

那大魔头见关不住悟空，十分气恼，带领众妖外出追赶，瞧见他还未走，嘴里"唿哨"一声。刹那间，山上山下各处洞窟钻出许多妖怪，一个个奇形怪状，手持武器将悟空团团围住，不给半点宽松。悟空看他们：

有的青头靛脸，有的赤发血吻；有的人面兽身，有的兽首人形。日月刀，水火棍，催命索，迷魂镜，万般神通各逞能，一个更比一个狠。围住猴子不放松，定要将他活剥生吞。看谁还敢来此大胆行。

悟空转身再看，山上其他佛徒居住洞室尽都紧闭，无一个出来助他，连喝叫一声伸张正义的也没有。他只好回转身体，孤身横棍上前抵挡。

出洞群妖看见眼前只有一个精瘦猴子，全不放在眼里，一个个大呼小叫，定要打杀了他才甘心。悟空不敢怠慢，左一棍右一棍，虽然打退了前后左右几番进攻，却也无奈妖怪越来越多，两个魔头的钢叉、狼牙棒更加厉害。悟空虽然打杀了不少妖怪，却也被死死缠住不能脱身。他打一阵，心里想："我来这里是为了探听开启铁匣秘密，救师父、八戒和沙兄弟性命。如果费力把这些妖怪都打杀了，没有一个活口也不好。不如想个法子拖住他们，去抄他们的老窝。"

他打定主意，从肚脐眼边拔一根粗毛，趁着混乱变成自己样子，顶住众妖厮杀，自己却化成一股风，轻轻跳出圈子，直奔先前那个妖洞。

走到跟前一看，两扇洞门大开，里面空空荡荡，无有一个妖怪。悟空心中暗喜道："这样最好！他们围住我的一根毛，我正好在这里慢慢翻找。"

他大摇大摆地走进去，打开箱柜东翻西找，把里面物件抛撒一地。虽然找到几把钥匙，却都捅不开铁匣锁孔。翻出几个本子，记的都是食人记录和鸡毛蒜皮流水账，也没有用处。

正烦恼时，外面忽然闯进来一个小妖，瞧见悟空这番模样，喝问道："你是谁？躲在这里偷偷摸摸干什么？"

悟空见他发现自己，连忙将身一摇，变成魔头样子，反喝一声道："你瞎了眼，连我也不认识。"

小妖用力拭眼一看，果然是这里洞主，觉得自己看花了眼，心中却还有些迷惑，吞吞吐吐问他："刚才还见你在外面和那个猴妖对打，怎么到这里来了？"

悟空喝他道："打累了，我就不能回来休息吗？我忘记了开阴阳铁匣的秘诀，你知道我把钥匙和密码本放到何处去了吗？"

小妖感到奇怪，说道："大王不是打累，是打昏了吧。你时常说起，一切幻术都记在萨他泥湿伐罗国树内法书上，怎么自己反而忘了？"

悟空假装糊涂，拍了拍脑瓜说："我果真昏了头，连萨他泥湿伐罗国也记不起了。快告诉我，到那里怎么走？"

小妖毫无防范，手指南方道："从这里走，经过三个小国，就到萨他泥湿伐罗国了。"

悟空听明白了，才现出本相，一棍将小妖打死道："多承你指点。留你没用，除一个妖孽也是功德。"

言罢，不顾洞外群妖还围住那根猴毛厮杀，将身腾起，穿云纵跳到南方远处。

欲知后事如何，且听下回分解。

第四十五回 美猴王攀崖取蜜 独脚佛幻身施恩

话说悟空探得消息，只身来到一个陌生地方，心想这里便是萨他泥湿伐罗国。正待打听路途，举目一看，甚是奇怪，只见这里道路空荡，无有一个行人。两边屋舍也关门闭户，没有半点声息，不知这里居民都到什么地方去了，一个也不留下。

悟空抓脑搔腮，想了一阵，无意中低头看见地皮，心中豁然开朗。沙土地上留下许多重重叠叠脚印，都朝一个方向走去，他感到好奇，也循着脚印往前走，看那边出了什么事，引得所有人都去。

往前走不多远来到山边，抬头望见半崖上有一座悬空寺庙。此庙凿崖为室，以谷为门，祥云香雾缭绕庇护，必是一处神佛灵迹。崖下挤满人群，尽皆跪倒，顶礼膜拜，各自陈述心愿，祈求神灵保佑。原来周围居民都在这里，难怪别处不见一个人。

悟空问身边一人："那半山石窟里有什么菩萨，引得你们都来参拜？"

那人上下看他一眼道："你从远处来不知。这是如来佛弟子邬波毱多尊者所建，内中供奉如来佛指甲。每至斋日，指甲放光，来祈祷者都能如愿。今日正是放光吉时，你有什么心事，也只管说，管保你有好处。"

悟空听他说，再抬头仔细看，没有瞧见什么不寻常处，却瞧见石室外面挂着一个大蜂窝，信口说："你们别磕错了头，把那个蜂窝当成如来佛指甲。"

那人生气道："你这猴头猴脑的和尚好不晓事，不看这是什么地方，

出口亵渎神佛，莫连累大家都遭罪过。”

悟空自知失言，连忙赔礼道歉，转身躲开，不敢再在此停留。走了几步，来到一个干涸池塘处，他看见一个独腿患病老者，躺在池边泥地上低声喘息呻吟，样子十分痛苦。悟空不由动了恻隐心，走上前问他：“你从何处来，怎么无人侍护，需要我怎么帮助？”

独腿老者道：“我也来求福，不敢过多奢求，只要那崖上蜂窝里一滴蜜汁，就可以治好我的病。”

悟空道：“这有何难！你要蜂蜜，我就去取。”

独腿老者说：“你说话需要仔细考虑周全。你看那陡崖多么险峻，没有路上去，跌死了莫怪我。”

悟空呵呵笑道：“这样山头算得了什么，你别小看了人。我如取不来蜂蜜，你再笑话我也不迟。”

独腿老者道：“好！好！好！难得你有这番心意。你试一下，不行就回头，我也不怨你。”

悟空哪是那种见难就回头的人，拍了拍胸脯说：“大丈夫一言既出，驷马难追。你躺在这里别动，我一眨眼就把蜂蜜取来。”

他安慰了独腿老者，言罢就做出势子，纵身朝崖上蜂窝跳去。悟空自以为不费吹灰之力就能将整个蜂窝都掰下来，谁知他连蹦几下，也蹦不了三尺高，好像头顶有一只无形大手把他紧紧压住，半点功夫也施展不出来。

他心中想：“咦，这才怪了。从前我一个跟头翻十万八千里，腾云驾雾、上下南天门全不费功夫，怎么在这里施展不开，莫非所有法术都退了灵光不成？”

到底是真是假，一试便知分晓。他晃了晃身子，喝一声“变”，变虫、变兽、变石、变树，样样都照旧变化自如，七十二变本领还和从前

一样。再拔一根毛试验，吹一口气，也能随心变化自如，将身一抖又收回来，这个本领也没有失去。试来试去，只有腾云功夫没有了，成为一只离不了地皮的平凡猴子。

悟空耳畔听着那独腿老者哀伤呻吟，眼巴巴地望着崖上蜂窝，不能腾空跳起怎么办？他口问心、心问口，罢！罢！罢！说话要算数。跳不上去就爬上去，不能伤了那个残疾老人心。

好大圣，大步走过去，抬头看那石壁，究竟怎生模样？

光秃秃、滑溜溜，无有藤萝可援手，上下高耸不见头。鬼神难、仙人愁，从来灵猿只攀树，哪有这般爬山猴。倘若不小心，性命立时休。

悟空十分精细，看见上面虽然无路，却有许多宽窄不一石棱，可以勉强落脚。他便大着胆子，像壁虎般紧贴石壁，手攀脚蹬，一步步攀升。费了一阵力气，悟空终于攀到崖顶，够着了蜂窝。取了蜜，他依原路小心退回，谁知上时容易下时难，一不小心踩空了脚，仰面从半空中跌下。眼看就要落地，半崖上忽然伸出一只大手接住他，轻轻放下地，不损半根毫毛。崖下众人见了无不惊奇。悟空心知是神佛显灵，连忙向空中谢了，这才转身将蜂蜜奉给池边独腿老者。

独腿老者见他过来，点头微微一笑道："难得你有一番诚心，能够不避艰难办好这件事。只是这里人多，都有各自心愿，你只把蜂蜜给我，他们怎么办？"

悟空面有难色，问他："这样说，还要我上去取蜜吗？"

独腿老者摇手道："不必了，再上去取了也不够。你把这蜜和了水，分给他们就行。"

悟空搔了搔脑袋说："这样多人，要多少水才够，我从哪里去找？如果必须如此，叫他们等候，我去附近河里挑了来。"

独腿老者听了又微微一笑，随手朝身边那个干涸水池一指说："何必舍近求远，就用这里池水就行。"

悟空顺着他手指方向一看，不料原来干涸池塘忽然灌满清泉。再回头一看，那个患病独腿老者如清风化去，已经不见踪影。悟空吃了一惊，连忙依嘱将手中蜂蜜化入池水，招呼众人前来啜饮。说也奇怪，众人喝了，个个精神百倍。盲者能视，聋者能闻，病者均霍然而愈。一个个感恩戴德，只怨自己有眼无珠，枉自向崖上石窟寺庙祈祷多时，不识真佛就在身边。众人连忙跪倒尘埃，齐声赞颂佛法无边不提。

悟空也顶礼参拜了，正要走，空中忽然晃悠悠飘下一片树叶，落下一个果子。悟空听见那独腿老者声音说道："孙悟空，你要去什么地方，我尽都知道。带好这两个物件，可以保你消灾除难，不必害怕、担心。"

悟空收好了，再次拜谢，向周围众人问清路途，方知这里是北印度秣菟罗国[①]，离萨他泥湿伐罗国还有一段路程。告别了众人，悟空独自继续向前走去。

未知后事如何，请听下回分解。

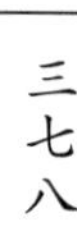

① 秣菟罗国和萨他泥湿伐罗国都在现在的印度北方邦境内。

第四十六回　孙悟空智访妖法术　霹雳果火烧魔树林

且说悟空着急寻找开启阴阳铁匣方法，急匆匆地离开秣菟罗国，赶到旁边萨他泥湿伐罗国。两地虽然近在咫尺，风俗人情却大不一样。萨他泥湿伐罗国无人皈佛从善，却竞相崇尚邪说幻术，多逐利、少务农，谈论的都是魔法。想不到极乐西天，竟还有这样地方。

悟空见了，先不叹息，心中却想，不到邪地，怎得解谜邪书。眼下打听那本邪书事大，先不和这些人纠缠。

好个聪明透顶的美猴王，心知一身僧服打扮在此会遭白眼，干脆脱下衣衫，露出从前猴形。他再念一声咒，头上长出两只角，变得人不人、鬼不鬼，猴不猴、妖不妖的，大摇大摆朝有人群处走去。

他料得不错。走近了，众人便齐声称赞稀奇，将他团团围住，上下前后看个不停。悟空见他们中计了，索性继续变化，叫他们看个够。他先把角变得尖尖的，又变得弯弯的，最后在鼻梁上冒出一根异样犀角，看得众人目瞪口呆。

有人羡慕，问他：“你从哪里来，怎么懂得这样多幻术，我们都不会？”

有人说：“你必定也是法师。不要走，就留在这里教我们吧！”

悟空拱手谦逊道：“我只会这两招，算得了什么法师。到这里来，是为了寻找一本魔法书，你们知道在哪里吗？”

众人闻言，尽都面面相觑，为难道：“这是阿修罗大王宝书，留在这

里交给本地魔主保管。许多人曾经打听过，谁也不知在何处，也有人去找过，一去就没回来。不知是被魔主摄走，还是得了道法远走他乡，或者碰了壁无颜转回，从此再无人去寻找。”

悟空仔细听了，笑嘻嘻道：“依你们说，也不难找。只要知道本地魔主在何处，就好办了。”

众人问他：“你不怕死，也要去找那本书吗？”

有人怀疑质问：“这是宝书，莫非你想偷走？”

悟空笑道：“你们别东想西想，我要那本书有什么用？弄不好会被别人追杀，终生也不安宁。我只想学一招，看一看就完事。”

众人听他这样说才放了心，有人给他指示说：“从这边走，到城外一片树林，就是本地魔主住处。平时很少有人往那里去，你可要小心。”

也有人对他说：“学了什么本领，别悄悄走了，回来再教我们。”

悟空一一应承了，告别众人，便迈开脚步朝那里走去。出城不远，果然看见一片树林，甚是茂密，和别处不同。

> 浓郁郁，绿碧碧，遮天蔽地枝叶密。远看万般好，近看令人疑。不知是怎的，这里冉冉浮起一股妖气，明明白白不是福祉地。来此处处须小心，进去步步应警惕。切莫糊涂送进虎口里，后悔也来不及。

悟空一看，心中已经有数，放开步子大踏步走进去，东张西望，寻找那魔主住处。看来看去到处都是树，无有什么特异。莫说是人，连半个鬼影也不见。他心里焦躁了，在树丛中乱翻乱找，忽然瞧见一棵大树，腹上有一条裂缝，心里想：“那本书是否藏在这里？”心中这样想，他便动手去掰那条树缝。

正拨拉时，头顶忽然传来一个声音，恶狠狠地问他："你是谁，为什么扒我肚皮？"

悟空心知其中有异，抬头问他："你盘问我，我还要问你呢！你是什么妖怪，莫非就是本地魔主？"

那树摆动头顶绿发，呵呵笑道："你既然知道，还问我干什么？"

悟空道："我找你，要看那本魔法书。"

树怪问他："你想看，不会后悔？"

悟空道："我早打定主意，有什么好后悔的。"

树怪狞笑道："你不后悔就好。要看书，到我肚皮里来吧！"

言罢，不待悟空动手，树怪便自己张开腹上裂缝，露出一个黑黢黢树洞。正是：

不知深与浅，
里面必不善。

悟空探头一望，看见一股黑气，必是那本邪书无疑。历尽千辛万苦来到这里，他哪里还会计较许多，紧紧盯住里面，将身一跃就钻了进去。拭眼一看，里面果真有一本书，他连忙抢在手里，正待转身退出，不料身后进口忽然闭合，不留一丝缝隙。外面传来那个树怪声音，透出一股杀气。

树怪冷笑道："猴妖，你要看书，就在里面看吧，只是别想再出来。"

悟空心知中计，这才急了，揣了那本书想往外闯，哪里闯得出去。拳打脚踢，拽出金箍棒变成一根钢钻，也未能打开一条通路。这树身不像是木头，倒像是钢铸铁浇般坚硬，太上老君的炼丹炉也没这般坚固。

他性急踢打一阵没有结果，只好坐下来静静歇一阵，将手在黑暗中一

摸，摸着几个光溜溜骷髅头颅，知道这便是从前来寻书的人。难怪众人传说，一个也没有回去。自己落到这个地步，莫非也是同一下场？

他心里正这样想，便觉一阵异样闷气袭来，差些使他窒息昏晕过去。悟空道声不好，心中想道："我从东土来到西天，十万八千里，战胜许多妖魔，想不到今日死在这个瘟树肚皮里。"

再一想，自己死了不打紧，救不了师父、八戒和沙僧，取不了真经回去就事大了。他低头侧耳听悬在腰间的阴阳铁匣里气息，传出阵阵鼾声。原来三人不知阴晴日夜，都在里面睡着了，丝毫不知外面危险。弄得不好，都会一起死去。

悟空见状，心中更加着急，昏昏沉沉中将手一摸，忽然摸着从秣菟罗国带来的那片树叶，拿在手中，沁出一股清香，想起赐他此叶的那个独腿老者话语，心中豁然开朗，连忙将叶噙在口中。说也奇怪，口中含了这树叶，他便顿时头脑清醒，再也不受那股阴沉闷气侵袭，侧耳一听，外面有了不寻常的动静。一阵沉重脚步声从四面围拢来，像是有许多巨人聚集在这大树身边，不知干什么。

不多久，他觉得这棵树也动了起来，听见树怪对身边的妖魔们说："这个猴妖已经没有声响，在我肚皮里不动了。想来偷宝书的，都是这般下场。"

一个妖魔说："我们正为这事来。往常吃的是人肉，现在吃猴肉，换一个口味正好。"

另一个妖魔说："再等一下，只怕他还没有死。"

肚里藏着悟空的树怪摇了摇头，大咧咧地说："我这肚皮不透一丝风，不管是人是兽，凡靠呼吸活命的，不到片刻都必定闷死。这个猴妖有多大能耐，能够逃过这一关？"

一个妖魔说："不怕一万，只怕万一。让我仔细听一下，是不是里面真没有声息。”

另一个妖魔嘲笑他：“没有断气又怎么样？即使他是活的，也会被我的弟兄打成肉泥。”

其他妖魔都说：“说得是！那猴妖也不看这是什么地方，竟敢来惹是生非。管他是死是活，揪出来活活烹了也好。”

先前那个妖魔说：“鸡被逼急了，还要啄人。你们别大意，还是让我听一下好。”言罢，他便迈步走过来，弯腰贴耳在树怪肚腹上倾听。

他们在外面说话，悟空在里面听得一清二楚，听闻那妖魔走过来，就屏住呼吸不出气，不让他听见半点动静。

那妖魔听了一阵，无有半点声响，这才放心说：“大哥说得不差，这个猴妖已经死了。放出来，让我们看看吧！”

那个被叫作大哥的树怪狞笑说：“我说得不错吧！关进我的肚皮，哪有不死的。”

言罢，他拍了拍肚皮，便打开上面树缝，要把悟空掏出来。说时迟那时快，只见一道黑影闪出，正是东土美猴王孙悟空，手里拖着金箍棒，掖着那本书，跳落平地就和身边妖魔面对面站在一起。两边互看一眼，不由都吃了一惊。

妖魔们惊的是，这个猴子与众不同，闷在树中许久不仅没有死，反而比进去时更加精神。

悟空惊的是，想不到眼前妖魔都是枝叶扶苏大树。拔起脚下树根，居然能够挪步行走。

树怪们瞧见这般情形，不由气破肚皮，纷纷舞动身上枝丫藤萝，变成万般兵器，恶狠狠地朝悟空打来。悟空也不畏惧，舞动手中金箍棒，勇猛冲上迎敌。左推右挡，好一番凶狠厮杀。

> 看树妖，个个身高七八丈。抛起千条藤萝如恶蟒，伸出无数枝丫似刀枪。劈头盖脑张开天罗网，四面围住美猴王，气势汹汹各逞强。倘若一念差，必定把命丧。

那个失了妖书的老树怪十分气恼，暴跳如雷，喊叫道：“别放走这个偷书贼，把他千刀万剐！”

他一面怪声吼叫，一面将身上一根树藤化为毒蛇，咻咻出声，张口便咬，却被悟空一棍打扁。他又把两根树枝变成锋利钢叉，从左右两边刺向悟空胸脯，也被打断，渗出一滴滴殷红鲜血。

好大圣，施展出平生武艺，将手中金箍棒舞弄得似风车般飞转，乒乒乓乓挡住四面各种兵器，又打倒几个巨大树妖，叫他们不敢近身。悟空忙中偷眼一看，在老树怪叫喊声中，远远近近、大大小小树木都变成妖怪，一齐开步围过来，把他层层叠叠围住，密不透风。悟空想，怎么能把这些妖怪全都打杀？

这里不是久留之地，他已得妖书，何必在此苦苦恋战。虚晃一棍，意欲腾空跃起，想不到却被头顶无数钢枝铁叶紧紧罩定，休想冲破这魔法天网远走高飞。一跺脚想钻进地皮土遁，也被下面密密树根绊住无法脱身。这样打来打去，树妖越来越多，更加不易冲出重围。

他心中暗想，这样不是办法，应该别施巧计才是道理。他将手在怀里一摸，掏出从秣菟罗国带来的那个果子，顺手抛出去，忽然一声巨响，迸出一道火光，点燃了面前一棵树。烈火熊熊燃烧，刹那间就把周围挤在一起的树妖全都烧着，众树妖发出尖声惨叫。有几个转身想逃跑，无奈脚步不灵活，走得不快，被悟空拾起一根着火树枝赶上，一一点燃，没有一个能走脱。

烧光了妖魔树林，悟空才得空翻开妖书，查出开启阴阳铁匣办法。悟空已得开匣之法，心中想道："留这鸟书有什么好处，不如也一把火烧了，省得在人间作孽。"他随手将书往火中一抛，也化成一堆灰烬。

悟空谢过了空中神明，拔步离开此处。正是：

魔力岂有佛法高，
烈焰克木照天烧。

欲知他用何办法打开阴阳铁匣，救出三藏长老、八戒和沙僧，且听下回分解。

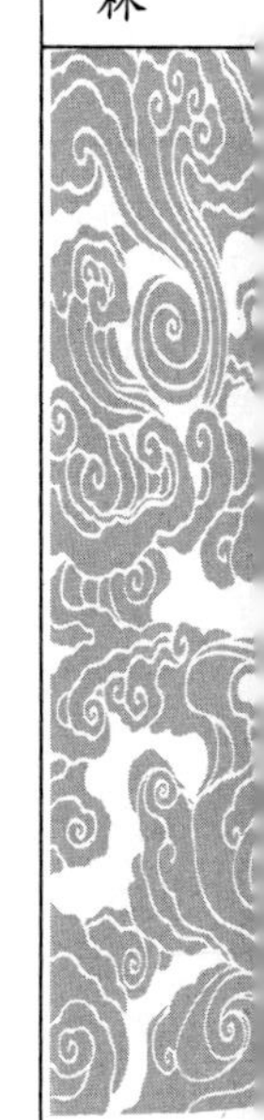

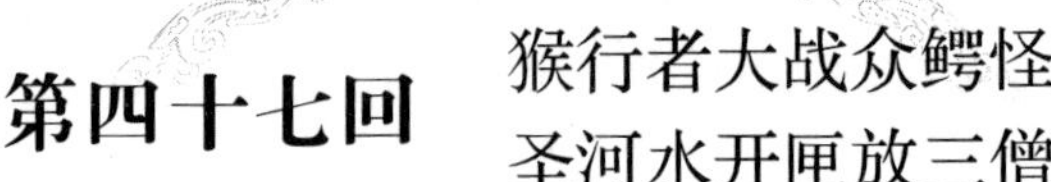

第四十七回 猴行者大战众鳄怪 圣河水开匣放三僧

且说悟空看了妖书，方知开启阴阳铁匣十分简单：只需洒一点殑伽河[①]圣水，匣盖便可自然打开。他连忙打听了殑伽河的方位，得知距此不远窣禄勤那国[②]即在殑伽河上游，立刻动身赶去。行不多久，便到河边。抬头看那河：

波涌涌，水汪汪，一派大河好风光。来自雪山圣洁处，流向天竺旃檀乡。昔日如来曾渡水，今朝流波犹自香。沐浴可祛邪，祈祷福寿长。人道它至神至圣、至清至洁，庇护南天靖四方。只不知水底鱼龙有多少，有无恶物波中藏？来此还须多提防。

这里北依高山，南临平原。虽是上游，波涛浩瀚，亦有三四里宽阔。细沙随流，水色朦胧，不知几多深浅。放眼一看，河边拥挤无数善男信女，有的在浅处沐浴，有的在岸边等候，还有的手提瓷壶、头顶瓦罐，汲了水便往回走，态度十分虔诚恭敬。

悟空见了心中喜欢，捧起两个小铁匣，兴高采烈地对匣中师父和师弟说："你们不要着急，立刻就见天日了。"

---

① 见《大唐西域记》卷四，"窣禄勤那国"条："至殑伽河河源，广三四里，东南流入海处广十余里。水色沧浪，波涛浩汗，灵怪虽多，不为物害……扬波激流，亡魂获济。"殑伽河就是印度的"圣河"——恒河。

② 窣禄勤那国，在现在的印度哈里亚纳邦境内。

听了他的话，匣中众人都十分激动。三藏传出微弱声音问：“你独自带着我们东奔西走也不容易，不知白马和经书是否还在？”

悟空安慰他道：“师父放心，我已将白马和经书寄存在可靠人家，等你们出来就去取。”

八戒嘟囔问道：“在这鸟盒子里闷了这样久，没吃没喝好难受，不知外面有什么好吃的？”

悟空也安慰他说：“好兄弟，你放心。这里有的是时鲜蔬菜香果子，只怕你一口吃不完。”

末了，沙僧也问：“这是什么地方，离我们中计被关处有多远？”

悟空道：“这里是北方窣禄勤那国，离从前那个郢阁衍那国已经很远，中间隔了许多国家。”

沙僧问：“我听见外面水声，是否在海边？”

悟空道：“这不是海，是天竺圣河殑伽河上游。从前我们在这河下游小孤山降服过大脚怪，河心岛上揭露过假仙翁真面目，你可还记得？”

沙僧说：“我如何不记得那两个地方。如是河流上游，必定比下游更洁净。快放我出来，在里面不漱不洗，闷久了，周身都是污垢，下河尽情洗一个澡才痛快。”

悟空对他说：“兄弟，你不用急，立刻就到河边，打开匣子，让你、八戒和师父都洗澡。”

他安慰了师父和两个师弟，便携带阴阳铁匣，迈步向殑伽河边走去。看那里人群熙攘，许多人在水中洗得正痛快，他也要走下水，却被一个矮胖汉子伸手拦住。

那矮汉喝问道：“你大模大样，往哪里去？”

悟空也瞪眼反问他：“我下河洗澡，关你鸟事？”说着他抬步又要往水里走。

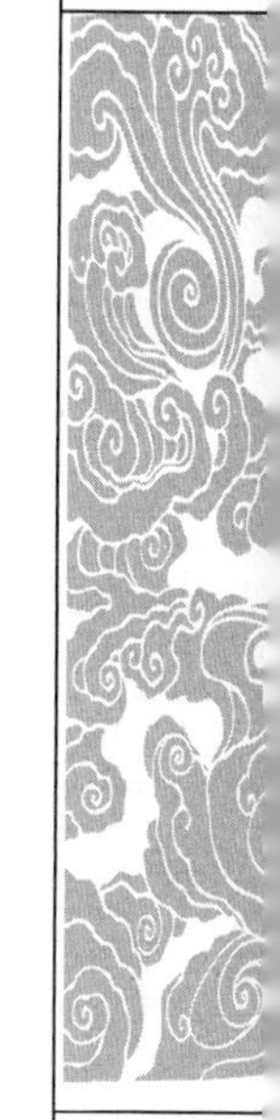

矮汉见他不听，赶上一步扯住他说：“你这瘦猴怎么这样不听招呼，叫你站住，为什么还往前走？”

悟空道：“我要下河，站在这里干什么？”

矮汉道：“要下去可以，该懂这里规矩。”

悟空感到奇怪，问他：“这可古怪了，下河洗澡也要你来管？”

矮汉说：“入境需问俗。你到这里下河，就要守这里立的规矩。”

悟空斜眼问他：“有什么鸟规矩？你说给我听。”

矮汉一字一句认真说：“规矩非常简单。交了钱，就让你下去。”

悟空手指着水里沐浴人群问他：“那些人都交过钱吗？”

矮汉说：“他们人人都交了，不必多问！”

悟空不以为然道：“你莫唬我，我走过千条万条河，也没听说过下河要收钱。”

矮汉傲气说：“这河与别处不同。说交钱，就得交，少一文也不行！”

悟空问他：“大河都是天生的，好比天上风、地上泥土一样，归天下人共有，为什么非交钱不可？”

矮汉朝他上下看一眼，说道：“看你是外地乡巴佬，不明白这里情况。告诉你，这是西天第一圣河，洗一个澡就可以把你从娘胎里带出来所有罪恶都洗涤干净。即使曾杀人放火，以后也不下地狱。你看，交一点钱值不值？”

悟空大咧咧地问他：“如果我不交呢？”

矮汉伸手拦住他，沉下脸说：“你别耍无赖。不拿钱，休想下去！”

悟空哪会把他放在眼里，一掌推开他，拔步就往前走。那矮汉急了，一把拉住悟空叫嚷道：“你往哪里走？从未见过你这等无赖，好没道理！”

悟空也火了，顺手将他推倒在地，手指着他没好气地质问："谁是无赖？谁没道理？你说清楚！"

矮汉倒在地还不口软，一骨碌翻身坐起来，嘴里还不干不净地叫骂着："不给我钱就是无赖，蛮横不讲道理！今天如果放过了你，往后还立得起什么规矩？"说着他又顺势在地上一滚，扑上来紧紧抱住悟空的腿，不让他走。

悟空拔腿一踢，就叫他连翻了十几个跟头，跌翻在地上，磕掉门牙，啃了一嘴泥。

这一来，矮汉闹腾得更加厉害了，嘴上染满污血泥土，撞天冤屈般捶胸尖声喊叫道："杀人了！老天睁眼呀，世上还有没有公理？"

周围人群见这里出事，纷纷围上来探听，他又趁势叫屈，对众人说："这个蛮子光天化日下行凶，你们都看见了。开天辟地来，哪有这样不讲公德、不通道理的人。"

这边闹成一锅粥，那边悟空不理不睬已快走到水边。挨打矮汉瞧见，狠狠咒骂道："你这蛮子欺侮我，还惹得过大王不成。再走一步，就叫你不得好死！"

这句话被悟空听见了，转过身子问他："你说什么鸟大王，是否和你是一路货色？叫他出来见我，照样打得他嘴啃泥。"

话未毕，河水里就钻出一个铁塔般方颚大嘴妖怪，身后齐刷刷排开八个同样怪物，吓得沐浴的人群喊爹叫娘，四散奔逃。定神看那妖怪：

身披铁甲利齿森，
原来一群鳄鱼精。

领头大鳄怪龇牙咧嘴地对悟空喝叫道："你们吵闹，我早已听见。今

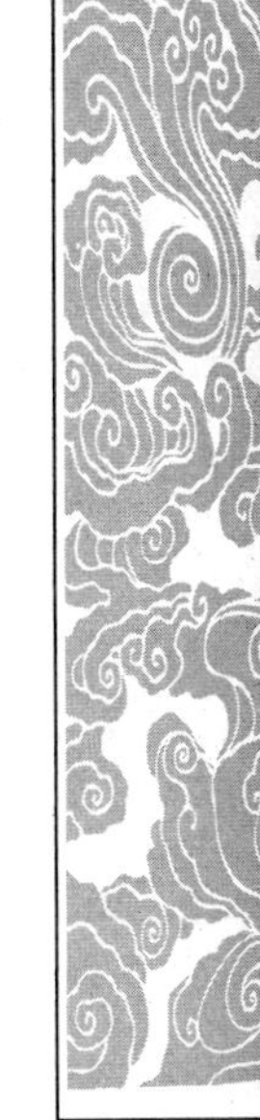

天不当众灭了你，就算不了本事。”说着，他招呼身后众兄弟，就要冲扑上来。

悟空忍住气对他们说：“要打，奉陪你们。只是先要把话说明，天生这河，属于公众，你们凭什么霸占诈钱？”

大鳄怪道：“我到这里，就是我的。想干什么，你管不着。”

悟空道：“照这样说，你们自招是强盗了。让大家都听见，打杀你们不算罪过，佛祖也会原谅。”

众鳄怪听见，一个个气得脸发绿，怪声叫嚷道：“强要下水不给钱才是强盗！你这厮颠倒黑白，自己不要脸，莫怪我们不给你脸面了。”

一个要下水，这几个凶神恶煞妖怪不要他下水，你骂我是强盗，我骂你是厚脸皮，全都理直气壮、怒火填膺，双方便在河边争吵打斗起来。鳄怪也不使用兵器，只凭自身力量，就和悟空搏斗。

大鳄怪还未动手，后面一个鳄怪气势汹汹地扑上来，张开巨口恶狠狠一咬，想把悟空拦腰咬断。悟空轻轻一跳闪过去，不提防侧面又有一个鳄怪张口咬他。这一次悟空不躲闪，顺手在河滩拾起一根树棍，撑住他嘴巴，叫他闭合不得。

刚躲过这两个鳄怪，又有几个“哇哇”乱叫着四面扑来，伸出锋利铁爪要抓悟空。看那爪尖犹如能分能合五股钢叉，被他抓住绝没有好结果。悟空不敢怠慢，抽出金箍棒横扫过去，打得他们纷纷缩回脚爪才罢了手。

鳄怪两番攻击不成，一齐咆哮起来，转过身子使出拿手一招。只见他们将悟空团团围住，运足气力将长尾贴地横扫过来，像是一条条粗大钢鞭势不可挡。若不能将对手立即打死，也会打得折腿断腰头发晕，休想再爬起来。

悟空一见，毫不惊慌，觑准了扫来扫去的钢铁鳄尾，踮起脚步蹦蹦跳跳，像跳绳般轻松躲过了一次次攻击，只当作没事闲耍一样。

大鳄怪本不把这个瘦猴子放在眼里，眼看众弟兄使尽全身本领也治不住他，在岸上岸下沐浴人群面前丢尽了颜面，不由气得哇哇大叫，亲自出马来拿他，厉声喝道：“厚脸皮猴精，躲躲闪闪算什么本领。有种的不要走，吃我一下扫堂尾。”

说着，他用力摆动铁尾朝悟空袭来。悟空知道他这一下厉害，不退不行，退也不行，忽然心生一计，将手里金箍棒化成自己身子，真身隐在后面察看动静。那鳄怪不知是计，用尽周身气力狠命打来，却不料打在金箍棒上，险些折断了尾巴。

大鳄怪疼得钻心，正迟疑间，悟空已收起金箍棒，转身朝他打来。只听“咚”的一声，一棒打在大鳄怪背脊上，没有将他打伤，自己也吃了一惊。这如意金箍棒重一万三千五百斤，乃是东海龙宫定海神针，连坚固山石也受不了，他却皮肉未损分毫，真乃天下第一厚皮动物也。

悟空手指受惊大鳄怪说道：“你说别人脸皮厚，自己更厚一万倍。难怪你们霸占河流敛财，还振振有词，真是恬不知耻！”

大鳄怪没有扫倒他，还无端挨了一棒，心知这瘦猴不是好对付的，在岸上奈何不了他，下水再擒拿他报仇雪恨。

他打定主意，对悟空招手道：“贼猢狲，有本事不要在这里逞能，到水里来再一决雌雄。”正是：

谁道蠢鳄无计谋，
今日欲取水中猴。

悟空见他带领众鳄怪后退，明白他们心怀不善。悟空这边也有算计，只要下水开了阴阳铁匣就好，往后要打要杀，先不管那么多。见他们退到水中闪开一条路，悟空便大踏步踩着水往河里走去。走了几步，水刚漫到

肚腹，便欲解开腰间铁匣。说时迟那时快，众鳄怪等待的正是这个时候，大鳄怪一挥手，便一起冲扑过来。果真应了“如鱼得水”这句话，个个更加精神，在水里把悟空团团围住，不放他走开。

大鳄怪狞笑道：“你死到临头，还能像岸上一样神气吗？”

身陷水中，面对鳄怪袭击，悟空不敢怠慢。他无法立刻取水开匣，只好硬着头皮挥棍迎敌，打退眼前妖物攻击再作计议。心里虽然这样想，在水里却不如鳄怪动作灵活，处处拖泥带水，不能施展出十分本领。左推右挡，只有招架之功，全无先前威风。进不得，也退不了，恰如一句古话说：

龙游浅水遭虾戏，
虎落平原被犬欺。

此时此刻，悟空像换了一个人，顾了前，顾不了后，渐渐被逼入困境。正要抵挡前面对手，不提防水里忽然冒出两个鳄怪，悄悄潜行到脚下，一下子把他打翻。悟空仰面跌在水中，眼看就要丢掉性命。

不料正在此时，情况忽然变化。他翻倒在水里，腰间铁匣沾了殑伽河水，匣盖立刻敞开，放出久闭匣内的三藏长老、八戒和沙僧。说也奇怪，浸在这至神至圣水中，三人身上魔法统统解除，都恢复了原形，还如从前一样大小。

八戒、沙僧在匣内，早已听见外面打斗声响，摩拳擦掌无法施展。此刻出来得正是时候，二人憋了一肚皮气，就在这些鳄怪身上出。

他们一个曾是天国水军统领，一个原在流沙河里为怪，全都水性了得，胜过悟空百倍。二人连忙扶起悟空，对他说：“哥啊，你保护好师父，这些妖怪让我们来收拾。”

好个八戒和沙僧，抖擞起精神，在水中大战众鳄怪。鳄怪不料平地冒出两个恶煞凶神，被八戒和沙僧挥耙舞杖，打得随波逐流，四散奔逃。他们哪里跑得过这两个水中神将，被一个个揪鼻拽尾倒拖回来，用一根绳索拴牢，同先前在岸上收钱的矮胖汉子拴在一起。矮胖子现了原形，原来是一只硬壳乌龟，缩住脑袋再也不敢伸出来哼一声。周围群众看见，齐声拍手叫好。

这边三藏师徒相会，有诉说不完话语。欲知他们庆贺重见光明，见面后去向如何，且听下回分解。

第四十八回 世俗择夫唯重实 东国女王恋猪郎

话说悟空依靠八戒和沙僧，擒住九个鳄怪，连那个仗势收钱的乌龟都拴在一起，绑在一个巨大水车上。他们既然有蛮力，就命其抽水浇灌田地，以赎自身罪恶。让旁人看清楚，谁若再步后尘，蛮横设卡敛财，必定会落得同样下场。

悟空安排了这边，才转身询问长老和两个师弟：“匣内生活可好？”

沙僧皱眉说：“里面黑咕隆咚，一丝风也没有，有什么可好的。”

八戒也嘟囔道：“最难受是没有吃喝。虽然肚里不饿，却解不了嘴中馋痨。”

三藏最后缓缓说：“出家人随遇而安，倒也没有什么。我安坐其中诵佛念经，感应了佛祖慈力庇护，方得以缩身避祸，且不知饥渴，逃过这一劫。事已过去，何必多言。”

听了他们诉说，悟空方知匣里情形，感到奇怪，嗟讶不已。三藏舒了一口气，带领众徒诚心祈祷，遥拜了空中佛祖，最后启声问悟空：“你在外面独力支撑也不容易。不知白马和经书现在何处，是否都好？”

悟空知他惦念这事，连忙禀报道：“师父放心，我将白马和经书寄存在鄢阇衍那国妥善人家，不会有半点闪失。”

悟空言毕，叫八戒和沙僧照料好师父，自己立刻腾云起身，一个跟头翻跳至南边远处鄢阇衍那国。不多时，他便牵着白马驮经从空中返回。白马与众人久别，见了长老也快活嘶鸣，依恋亲昵不提。

有了白马和经书，长老才放下心。众徒扶他上马，离了殑伽河，继续向前走去。渐渐行往东北，来到山中婆罗吸摩补罗国[①]境内。这里风俗和先前殑伽河边窣禄勤那国不同，僧徒寡少，异道杂居。道路上一个个邪教徒来往，没有好颜色看着他们。长老见了心中不免有些发怵，对马前众徒说："我们刚吃了邪术亏，此地不宜久留，赶快离开为好。"

八戒想起铁匣内滋味，也心存畏惧，撺掇众人快走，不要在此惹是生非。既然大家都这样想，便拣人少处胡乱前行，不知不觉走到北边雪山深处。抬头看这里：

山势巉峻积霜雪，
无有西天丽日情。

悟空看了，对众人说："我看这里和走过的西天别处都不一样，是不是走错了路。你们留在这里不要动，我去前方探路。"

言罢，他独自起身出去探路。他走了不久，天上忽然飘起雪花，众人衣着单薄，感到有些寒冷。

八戒有些受不了，对长老和沙僧说："这里是一道峡谷，迎着穿堂风。我们挪一个地方，躲避一下风雪才好。"

三藏摇头说："不好！我们和悟空约定在这里等候。如果走开，大山茫茫，他回来怎么寻找？"

八戒不甘心，嘴里嘟囔道："他这一去，不知何时回来。如果我们在这里老实等他，都冻僵死了，有什么好处？"

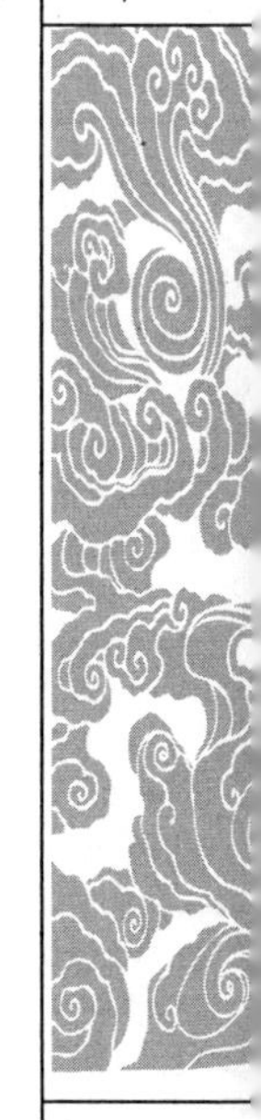

① 见《大唐西域记》卷四，"婆罗吸摩补罗国"条："婆罗吸摩补罗国周四千余里，山周四境。国大都城周二十余里。居人殷盛，家室富饶。土地沃壤，稼穑时播……天祠十余所，异道杂居。"

他还要说，沙僧忍不住数说他："师父也不怕冷，你叫嚷什么？"

八戒犟嘴辩解道："人和人不同。我的体质虚弱，最怕冷，找一个地方暖和一下也不算过错。"

二人你一句我一句争论不休。长老在旁听见，对沙僧说："你莫和他吵，他在铁匣里关闭久了，身子变得单薄。让他找个地方休息，我们就在这里等候吧。"

长老这样说了，沙僧才不言语，让八戒独自离去。临走时，长老对他说："你找一个避风处好好休息，不要走远了，悟空回来才好找你。"

八戒只想快些躲过这股冷风，一一承诺后，便往旁边一条路走去。谁知他越走越远，也没有一个理想处。好不容易在路边发现一个天然石龛，侧身钻进去，正好可以容下他，不受外面风雪影响。

看官须知，这八戒有一积年不改老毛病，但凡在一处静心躺下，立即入睡，所以才养得这样肥胖发福的身躯。眼下他行路疲倦，蜷卧在石龛内，不觉也呼呼入睡，浑然不知身外事情。

正睡得香时，忽然被一阵"吱吱"的鸟叫声惊醒。他拭眼一看，这才发觉外面风雪已经停了，不知从何处飞来两只喜鹊，对着他不住欢快鸣叫。

这可奇了，大山深处哪里来的喜鹊？

八戒自言自语道："喜鹊叫，喜事到。莫非我在这山里，还有什么喜事不成？"

正思量间，耳畔忽然传来一阵莺声燕语："猪官人在哪里？"声音自远而近，直向这边过来。山里没有别的猪，这声声接连呼唤，岂不正是招呼他。

八戒听见，不由精神一振，连忙答应了，喜滋滋地走出来，察看究竟是什么事情。

他抬头一看，只见一群花枝招展的女娘，抬着一顶空花轿，边喊边朝四面寻找，迎面走了过来。女娘们看见他，个个笑逐颜开，像得了金宝。

为首一个妇人手指着他说："大家看，这就是王上朝思暮想的猪大官人。"

其中一妇人似有些不放心，走过来问他："你就是东土大唐国来的和尚，法号悟能，别号八戒的那位官人吗？"

八戒摸不着头脑，连忙满脸堆笑，点头答应："猪八戒就是我，我就是猪八戒，不会有错的。"

众女见他证实了自己身份，放下轿子，一齐拍手欢呼，围着他上上下下看够了，称赞说："王上好眼力，真是一个妙人儿。不仅长相耐看，风度气质也是绝妙。"说着就有人过来，要扶着他上轿。

八戒摸不着头脑，问她们："你们的王上是谁？请我去做国师，还是宰相？"

为首的那个妇人笑眯眯地说："都不是的。王上命我等来，是请官人拜堂成亲。"

八戒闻言，吓了一跳，说："你们看清楚些，我是公的，不是母猪，怎么和你家王上成亲？"

妇人道："我们没有弄错。我国王上乃是一方女王，选中的正是猪官人。"

她这一说，八戒才明白了。想不到自己竟有这样福气，居然受到一国至尊女王的青睐，高兴得真不知手脚该怎样放。只恨天上主管命运神祇不早打招呼，如今令他有些尴尬，不知该怎么说才好。

面对花轿和众妇人，他涨红了脸皮，摇手推托道："这事千万使不得。我已皈依佛门为僧，法号八戒。不近女色就是其中一戒，怎么拜得堂成得亲。"

为首妇人听罢，不以为然道："官人何其迂腐。佛门可入亦可出，你不见许多高僧见了好处也脱袈裟吗？别人能做，为何你不能做？如云法号有碍，就去掉这一戒，改名叫作七戒也可以。"

八戒被她说得语塞，又踌躇着别换一词，吞吞吐吐道："还有一件尴尬事，我不好说出口。"

妇人道："既然王上选中你，就是一家人，以后还要长久过日子，有什么事情不能说？"

他吞吐半天，才低着头，声如鸣蚊，嘤嘤说道："从前我没有眼力，曾在高老庄成过亲，不知你家女王是否忌讳？"

妇人们凝神听了，都放声大笑。其中一妇人道："我道是什么了不起大事，这样的事情还值得提起？世间大人物有几个没有这种故事，转运成道正好另换鲜亮衣衫。那个乡下黄脸婆还不好安置吗？给她几个钱，叫她改嫁，或是自己守活寡。如果不知趣找来，要了她的命，也和捏死只苍蝇没有差别。"

八戒还要说。众妇人哪容他推托辩解，一窝蜂拥上来，推推拉拉地就要拖他上轿。八戒急了，用力挣脱道："我的师父还在这里，难道招呼也不和他打一个就走？"

众妇人道："你既是我家王上意中人，和他还有什么关系？若有话要说，我们代你去传话也行。"

八戒还不肯走，心中狐疑："这些妇人来历不明，只催着哄我上轿，会不会把我抬到僻静处宰了，做成菜肴，她们好去办真正喜事？"

想到这里，他便立定脚跟，像连珠炮般向这些妇人道："你们说的话是真的？你们来自什么国度，女王叫甚名号？"

妇人们解释说："我们从山北苏伐刺拿瞿呾罗国[①]来，世代以女为王，号称东女国。当今女王登基不久，四方选择男后，又听说你们到西天来，才命我等半途相迎。"

八戒听了还有些不信，扭捏着问道："既如此，为何不选我们师父？他长得白净，满腹经纶，取经路上走到一个女国，也要拦他和女王成亲。"

为首的那个妇人十分鄙夷地说："取经路上的那个女王瞎了眼睛，才选上了他。"

八戒问："我的师父样样好，你怎么这样口气议论。"

妇人道："你说他好，只做得和尚，不可做夫君。他的故事流传四方，谁不知晓。他有六大缺点，听我一一道来。"

大唐御弟三藏长老有什么缺点？那妇人扳着手指细数给八戒听：

"第一条，除了念经，没有别的本事。选个丈夫天天在家中念经，有什么用处？还不如买只公鸡打鸣好。

"第二条，自私懒惰。自己骑马，叫别人走路。成了亲以后，对妻子会不会也这样？

"第三条，做事不果断。处事待人哼哼唧唧，外貌长相和举止态度都不阴不阳，全无大丈夫气概。

"第四条，欺软怕硬。只会对徒弟耍威风，见了妖怪就被吓成一摊泥。倘若家里出点事，也这般两副面孔？

"第五条，不明是非。看不清白骨精真实面目，还不如猴子。

"第六条，忘恩负义。孙悟空不知救了他多少次性命，他却动不动就

① 见《大唐西域记》卷四，"婆罗吸摩补罗国"条："此国境北大雪山中，有苏伐刺拿瞿呾罗国，出土黄金，故以名焉。东西长，南北狭，即东女国也。世以女为王，因以女称国……东接吐蕃国，北接于阗国，西接三波诃国。"

念紧箍咒治他。对待妻子，如果也这样翻脸无情，谁受得了！”

八戒仔细听了，口里不说，心里自忖这话也有几分道理，话锋一转：“你说我师父不行，我的大师兄孙悟空神通广大，曾经在这里西天大闹灵山、三打铁城，难道你家女王也看不上？”

妇人道：“他到这里，威名远扬五印度，秉性为人谁不知晓。这样硬汉无半点柔情蜜意，只能做朋友，充当天下第一仗义的铁哥们儿，要做体贴丈夫就不行了。”

八戒见她说悟空也不如自己，心中有些高兴，接着又问：“大师兄就罢了。我那兄弟沙和尚诚恳忠厚，难道也选不上？”

妇人道：“他稳重憨厚是事实，可是做人过于老实就没了情趣。要这样平平凡凡、没有主见、处处看别人脸色行事的汉子，岂不辱没了好强女人的虚荣心。”

说来说去，人人都有缺陷，八戒心中不免喜滋滋，故意谦逊地说：“他们都这样，我更加不行了。”

此言一出，众妇人都不答应，争先恐后地抢着说他好处。

一人说：“猪官人，谁比得你性情随和、感情丰富，最能怜香惜玉体贴女人？打着灯笼走遍天下，哪有这样温柔多情好郎君？”

另一人说：“你会吃会玩会享受，懂得及时行乐的真道理，加以乐天性格，幽默风趣，整日嘻嘻哈哈不发愁。只有和你这样风流潇洒如意郎过日子，才不枉度人生。”

再一人说：“你没有令人讨厌的假道学气，金钱观念强，善能理财，最精算计。有你这样精明人做伴侣，一辈子金山银山也用不完。”

八戒不料她们这样称道自己，禁不住心花怒放，却还有些不踏实，腼腆着低声说：“承蒙诸位姐姐夸奖，只是我身材肥胖，怕你家女王看了不中意。”

领头那个妇人听了，不以为然道："猪官人此言差矣，不同社会审美观念不一样。当今我国民众爱的正是体胖大腹郎君，无人再喜无福无禄小白脸。官人身为上上极品美男子还不自知，不知世间有多少妙龄女郎恋慕你。"

旁边众女郎一个个含情脉脉，用眼瞅住他，齐声叹息道："想不到这个猪官人百般好千般妙，还这样随和谦虚。若不是女王陛下早看中了，我们立刻就抬回家去。"这正是：

嫁夫要嫁猪八戒。

那八戒和别人不同，挨骂还可以，却听不得半句称道，更加经不住女人赞颂。如今听了这些女郎娇声媚气地争相夸奖他，他不由有些轻飘飘，十分得意地扭一下腰肢露齿一笑，更加博得她们欢心，恨不得一口吞了化在嘴里，不让别人染指。

几个妇人随即上来，伸出纤纤玉手，从左右扶住他道："妙人儿，快上花轿。我们没福分与你相伴今生，把你抬在肩上也心甘。"

八戒此刻已经完全乱了方寸，口里虽推托："使不得！这样大事不禀报师父怎么行。"但却经不住众女郎一阵拖拉和百般劝说，脚下慢慢移动步子，半推半就上了花轿，被众人抬着往前行进。

回头再说悟空探明道路，返身找到长老、沙僧，却不见八戒。

长老道："他避风雪，就在这附近，唤他就会过来。"

谁知众人齐声呼喊一阵，山谷空寂无声，哪有他的回应。

悟空道："这个惫懒家伙，必定躲在什么地方睡着了。你们等一下，我去揪他回来。"

说着，他便告别长老、沙僧，沿路去四处寻找。走到一个石龛处，嗅

着一股猪臊味，还混杂着阵阵脂粉气，心知必有情况。他掏出金箍棒对着山石一筑，拘出本地山神厉声喝问。山神哪里敢隐瞒，连忙战战兢兢地说出原委。

悟空一听，吃了一惊，来不及转身禀报师父，便立刻拔腿追赶。虽然他快步如飞，却路途不熟，那一群迎亲女娘早已抄捷径，将八戒抬至山北苏伐剌拿瞿呾罗国女王宫中。香花鼓乐声中，女王娉娉婷婷走到花轿前，揭开绣帘，牵出八戒，对他说：“猪郎不要害羞，从今日我就与你做夫妻，在这山中王国同享富贵，白头偕老。岂不比整年在风沙烈日下奔走，当清苦行脚僧好。”

八戒举目一看，这宫中富丽堂皇，左右无有一个男子，果然是女儿国。再看这女王相貌似花，胜过高老庄小姐百倍。回溯从前，宛若一梦，禁不住满面羞惭，对那多情女王说：“承蒙陛下看得起我，可惜吾乃一介猪身，怎么攀配得上金枝玉叶。”

女王道：“猪有什么不好！郎君可曾听说，情人眼里出西施。我就喜欢你这猪头猪样猪性情，换了别的都不要。”正是：

众里寻他千百度，
女王偏爱一只猪。

听女王这般说，八戒十分感动，叹一口气道：“罢！罢！罢！一腔热血只交付知己。陛下既然这样说，我就脱下僧服，对不起高小姐，也对不起师父了。”

他这样说完，便要解衣。就在此时，悟空赶到一把揪住他，用力左右扇了他两个响亮耳光道：“呆子，你在这里胡说什么？还不赶快跟我回去见师父。若是慢了，小心打断你的孤拐。”

八戒见了悟空，又羞又怕，恨不得找一条地缝钻进去才好。莫奈何只好撇了女王，低头跟悟空往回走。

那女王做好准备，正喜滋滋地要和八戒拜堂，不料平地钻出一个孙猴子，迎头浇了她一盆冷水，把一切弄得一团糟，破坏了她如意美梦。她不由气急败坏，手指着悟空，双脚跳骂道："你这猢狲好不晓事，快把猪郎还给我。要不，就不准你走！"说着，她便指挥手下女兵女将，前来抢夺八戒，拦截悟空。

悟空见她们围上来，将手在脸上一抹，龇牙咧嘴，露出凶恶模样，吓退柔弱女兵，再对女王拱手敬礼道："好男不和女斗，我不施展力量欺侮你们。劝你不要痴情，何必留恋这只膘猪？天下好儿郎有的是，慢慢再选别的吧！"

言罢，他带着八戒腾空跃起，撇下目瞪口呆东女国君臣，转眼便不见了踪影。

欲知后事如何，且听下回分解。

第四十九回 众人唯求现时乐 菩萨显示未来景

话说悟空将八戒带出东女国，跟随师父继续前行，向东南来到瞿毗霜那国[①]。这里城池崇峻险固，生活殷富兴盛，处处花林池沼相间，真乃一方乐土也。

八戒看了羡慕地说："我被拽着从东女国走到这里累了，多休息一会儿吧！"

三藏点头道："我们都疲乏，歇一下也好。我就此驻马，你们自去宽松，不要走远了。"得了这句话，八戒欢喜地走了。悟空托钵去化缘，只留下沙僧陪伴师父，将马牵到一大树下休息。

不说八戒去向，且言悟空托钵入城，打算化得饮食清水，给众人及自己充饥解渴。他抬头却看见城内无分大街小巷、高楼深院，所有男女老少皆衣着华丽，当街临户欢笑歌舞，饮酒啖食作乐。一个醉醺醺男子见悟空过来，拉着他道："来，来，来，你这猴和尚不要走，也饮一杯快活。"说着他便把酒杯递过来，手中拿不稳，香喷喷的酒水溅了悟空一身。

悟空皱眉说："施主怎么这样不小心，这恶水沾湿了我的僧服，岂不是罪过！"

那人醉眼惺忪，手舞足蹈，似歌非歌，似对悟空又对自己，边唱边说道：

① 见《大唐西域记》卷四，"瞿毗霜那国"条："崇峻险固，居人殷盛。花林池沼，往往相间……多信外道，求现在乐。"

你说得不对，这是快活汁、神仙水。沾一滴，舞蹁跹；沾两滴，可登天；沾三滴，就成仙。七滴、八滴、九十滴，进入幻界永不还。人生如梦何足惜，不如饮酒且贪欢。你看我，多快乐，杯中天地自在过。道什么可惜不可惜，有什么罪过不罪过？

悟空皱眉说："你醉了，应该浇一盆冷水清醒一下。"

那人颠颠倒倒、口吐白沫没有回答，另一个人又拿一块油汁满满的肥牛蹄走过来，自己啃一口，还要送给悟空啃。悟空厌恶地将他推开，他满口喷着酒气也且唱且劝道：

大米饭、玉米糕，不如啖肉滋味妙。咬一口，油直冒；咬两口，心里笑；咬三口，乐得跳。吃素菩萨有甚好？清汤浇得胃肠痨。不如随意都开荤，鳞毛虫豸一锅炒。说什么伤生不伤生？只要吃了就是好。

悟空不听他胡言乱语，带着空钵转身就走，不和这伙狂徒纠缠。他也不想在城内久留，立刻出城向师父禀报。

见了师父，悟空便说："这里非久留之地，我们走吧！到别处再休息。"

三藏道："既然如此，我们就走。只是八戒尚未回来，须等他一下。"

师父这样说，悟空还有什么好说的，只好捺下性子在树下一起守候。不料等了一阵又一阵，依旧不见八戒影子。

悟空对长老说："这座城里街道复杂，呆子莫非迷了路？我去找他回来。"

长老点头答应，悟空便返回城内去找八戒。此刻已经夜色升起，大地黑暗茫茫，城内却灯火辉煌，照耀如同白昼。街头巷尾依旧人头攒动，狂歌劲舞饮酒作乐，丝毫未有阑珊意。正是：

灯火繁，不夜天，弦歌不绝笙鼓喧。此地无有黑暗处，遍地光烂漫。不是天公偏作美，原是人间故，恣意求贪欢，才装点得上上下下亮闪闪。

悟空冷眼看这里，无一个人是清醒的。他问旁边一个人：“你们为何这样寻欢作乐，无有半点休息？”

那人说：“这是祖师指点的至真至上的道理，你要问明白，就看这本经书。”说着那人便从怀里取出一本书，递给悟空观看。

悟空接过来，不料却是从未见过的《阿修罗经》。上面写着：

乐乐乐，今日能乐就作乐，别管明天怎么过。
乐乐乐，白日苦短秉烛游，连夜寻欢加倍乐。
乐乐乐，千金散尽还复来，食空杯盘照样活。
乐乐乐，有福不享白白过，能乐就乐方极乐。

悟空咬牙恨恨道：“这是什么乱七八糟的害人经，把这里人折磨得不成样子，不除了这毒根怎么行？！”

他对那人说：“阿修罗是妖魔，我正要捉拿他，你们别信他的邪说。”言罢，他便将书撕得粉碎。

那人见悟空撕书，却并不气恼，随手又摸出一本，借着酒气，洋洋得意笑道：“这书有的是，一人有十本。你撕得了一本，还能撕得完所有经书吗？”

悟空听他这样说，心里明白阿修罗邪说影响太深，倘不别施良策，无法除得这里社会积习。他本来只为寻找八戒，得知这个情况，不管怎么行?

思忖间，忽然近旁一阵欢呼喝彩，把他和那人的注意都引住。悟空不看则已，一看几乎把肚皮气破。只见人丛中围着一个肥胖和尚疯狂劲舞，正是他要找的八戒。

八戒也醉了，和着众人吆喝和节拍，施展出周身本领，借着酒势扭动着肥胖身躯飞速旋转，嘴里哼哼哈哈低吟浅唱，叫众人看得目不转睛。一个个七歪八倒，随着他的疯狂舞步齐声嚎歌：

醉了好！醉了好！一醉百事了。壶底乾坤多乐趣，杯中日月无烦恼。管他恩仇与祸福，借酒趁力一起抛。你说醉了好不好，你说醉了妙不妙?

八戒在这样境地中怎么还有感觉。悟空大叫一声，八戒也没有听见，还扇着大耳朵，两只脚用力踢踏蹦跳个不停，把地皮震得咚咚响。此情此景，仿佛周围世界全都塌陷崩解，熔化得不留半点痕迹，连身边喝彩人群也不存在，只有他独自在一片空冥中，尽情地发泄自我冲动的感情。天地扭曲了，伦理也早已扭曲，他自己的身心也紊乱扭曲，所以舞步歌声才这样凌乱放纵。身子急速俯仰，头颅似鼓槌般乱摇乱点，时而高昂触天，时而向下猛击几乎触地，如人魔界幻境，无有半点规律可得。似这样他还怎么记得起身外世界，听得见悟空的呼唤?

噫，意念可成亦可毁，变化全系七窍中。千夫朝夕能易性，何必苛求一猪疯。

悟空瞧着八戒越看越气，呼唤几声不应，走过去左右开弓掴了他两下响亮耳光，高声怒喝道："呆子，你在这里胡闹什么？还不赶快跟我回去！"

这呆子正在兴头上，被悟空打得晕头转向，瞪着两只眼睛望着他，似是不认识。悟空喊他一声"八戒"，他不答应，使劲扯一下他耳朵，也没有反应。悟空一股劲拧着他的耳朵，走回到师父面前，他依旧痴痴呆呆，还伸手动脚想接着跳舞。

三藏看了叹口气道："好好一个人，怎么变成这副模样？"

沙僧也摇头叹息说："他似是患了失心疯，应该找个好郎中诊治才好。"

悟空道："似这般模样的人，城里还多。寻常郎中不顶用，这病必须对症下药才能根除。你在这里守好，我就去寻找。"

好大圣，嘱咐沙僧用心看护师父和八戒，自己发力腾跳空中，寻觅方向去求帮助。他本想返回灵山见药师佛，又寻思这老头儿无用，翻身向南海纵跳过去，找到观世音菩萨，请求指点迷津破除妖术。

观世音菩萨坐在莲台上，见悟空急匆匆赶来，慧眼一看，已知分晓，从座前净瓶里取出一颗透明琉璃水晶珠，取几根杨柳枝，十分平和地对悟空说："你求何事，我已知晓。把这些物件带回去，如此如此，对他们自有妙用。"

悟空领受拜谢后，即刻起身赶回瞿毗霜那国。悟空先按菩萨嘱咐方法，用杨柳枝沾水洒在八戒面上，使他苏醒过来，责备了几句，又立即进城，用同样办法唤醒城内疯狂寻欢作乐的众人。

那些人从酒醉中醒来，心中不服，质问悟空道："我们快乐是自己事情，你为何要来多管闲事。"

悟空耐心开导说："你们整日醉生梦死，只顾眼前快乐，不想明天怎么过，难道没有一点担忧？"

其中一人亢声道："这是阿修罗大师在经书上说的，难道还会有错？"

悟空道："阿修罗不是好人，是妖魔！不能信他的话。"

他这一说，众人更加气愤，一窝蜂拥上来，要和他理论。悟空记起观世音菩萨嘱咐，掏出那颗琉璃水晶珠，笑嘻嘻地对他们说："我这珠子能够照出过去、现在、未来。谁不信，就来试一下。"

众人还在生气，悟空手指面前一人道："他们不信，你就来试。"

那人虽气冲冲，却经不住好奇心的诱引，不经意举目朝亮晶晶珠子里一看，一下子惊呼起来，一把揪住悟空，问道："你用什么邪术，把我幼时灵魂勾引来？"众人看后，有人认出这果真是他幼年模样，也跟着起哄吵闹，要悟空说个明白。

悟空说："这不是妖法，是观世音菩萨的神功。不信，再看一眼又有变化。"

那人不相信，再看一眼，珠中忽然幻出他现时情形。只见他举杯狂饮、纵情欢歌，和刚才未酒醒时一模一样。

见了自己影像，他更加揪住悟空不放道："你把我现在灵魂也拘进这妖珠中，该当何罪！"

悟空不生气，反问他："若说我把你灵魂统统都拘走，眼下的你就没有灵魂了，像一段木头，怎么动得脑筋，还和我争论？"

一句话问得那人语塞。悟空趁势问他："你看了自己过去和现在的情形，该知道这不是假的，那你还想不想了解自己的未来？"

那人再也无话说，好奇点头道："如果你不诳人，就给我看。"

悟空胸有成竹，叫他凝神朝珠中再看一眼。珠中忽然现出他一副骨瘦如柴模样，形同骷髅，端着一个空碗，连路也走不动。

那人大惊失色道："我富同王侯，怎么会落魄成这个样子？"

悟空道："金山银山亦有耗尽时，你坐吃山空，这是必然结果。"

那人不相信。

悟空又说："你不信就去金库粮仓察看，便知是何结果。"

那人听了，心中半信半疑，急忙转身回家察看，只见金已罄、粮已尽。悟空说得果然不错。他想起珠里显示的明日情形，不由毛骨悚然，连忙回到悟空身前，俯伏在地，请悟空指点迷津，怎样才能改变未来命运。众人围在旁边看见，也各自心惊胆战，纷纷拥上来察看自己的未来，不料也是同样结果，这才如梦方觉，恨恨地将随身携带的《阿修罗经》撕碎，再踏上一脚，也乞求悟空解救。

悟空说："我带来观世音菩萨恩赐的杨柳枝，你们各分一段，就能脱离眼前困境。"

他一面说，一面将杨柳枝掰断分给众人。说也奇怪，那细细杨柳枝竟生生不灭，一分二、二分四，众人手中都分得一枝。更加奇妙的是，所有树枝转眼都化成锄镐锤斧，带动众人奔至各处。有人在工场锤炼，有人在田地挖掘个不停，有人想自己住手也不行，全无从前懒惰浮华模样。

三藏见了不由称赞道："善哉！善哉！这才是人人应尽的本分。"

八戒问悟空："他们这样劳作，何时才能休息？"

悟空道："观世音菩萨说过，待他们驱散恶习、抽尽懒筋，自然会叫他们住手。先前你和他们一样，若不知悔改，也叫你尝同样滋味。"

八戒听见，不敢多言，连忙低头敛息，跟在师父马后老老实实往前走。

欲知他们再去何处，且听下回分解。

第五十回 唐三藏登天拜佛 阿修罗化身诱敌

话说唐僧四众离了瞿毗霜那国，迤逦东南行，经过垩醯掣呾逻①、毗罗删拿②二国，涂灰异道③众多，崇信外道，少敬佛法。三藏无欲在此停留惹事，督促众徒急速通过，渐渐来到东南劫比他国④。

这里风俗淳和。虽有少数异道杂居，供奉大自在天⑤，但大多数人习学佛法。处处有伽蓝佛舍，在在不乏吉祥景象。三藏甚是喜欢，到此方舒了一口气。

正行走间，忽然抬头望见天际一道彩虹，起自东方日出处，纵贯南北，直薄云天，光彩陆离，极其壮观。只见：

> 光闪闪，红彤彤，一道天桥架空中。下起尘世八万里，上接神界三千重。天人合一唯此途，无限玄机两相通。攀天梯，觅仙踪，谁不兴冲冲。只恐高处不胜寒，各自小心须珍重。

四众停步仰望，心中暗暗称奇。仔细看，又有许多疑惑。

---

① 见《大唐西域记》卷四，“垩醯掣呾逻国”条：“异道三百余人，事自在天，涂灰之侣也。”

② 见《大唐西域记》卷四，“毗罗删拿国”条：“崇信外道，少敬佛法。”

③ 涂灰异道，指主要敬奉毁灭之神湿婆的湿婆教，是印度教的三大教派之一。

④ 见《大唐西域记》卷四，“劫比他国”条，大伽蓝三宝阶和莲花色尼见佛处，及其传说。

⑤ 大自在天，即湿婆神。

八戒说："好一座虹桥，为甚只有一半，难道被太阳晒化了？"

悟空道："从来雨后才生虹，现今多日连晴，这是怎么生成的？"

三藏仔细看了说："我看这道彩虹与众不同，必定是神迹。向这里人打听明白，便知分晓。"

说完他向路边一个白髯老叟问讯。

老叟道："你们从远处来，不知这里情形。此乃昔日如来佛祖从天宫返回人间，因陀罗大神[①]为其修建的通天宝阶，不是水汽成彩虹，自然只有一半。"

众人听他细细述说，方知这个通天宝阶来历非凡。原来昔日佛祖曾从中印度舍卫国逝多太子庭园胜林给孤独园中飞升天宫。至须弥山顶，欲界第二天[②]，诸天神居住处所，为母论道说法。三月后，欲返回尘世。须弥山上因陀罗乃施展神力，当空霹雳雷声一震，电光起处生成一道通天宝阶。这阶梯怎生模样？

黄金铺就亮莹莹，
水晶白银了无尘。
佛光沐浴无限好，
余香犹在有遗痕。

这个通天宝阶乃是鬼斧神工，由闪电织成，自然焕发奇光异彩。中央一道阶梯，乃由电光析出的纯金铺砌。左右两边阶梯，亦是空中雷电凝成

---

① 因陀罗，印度神话中的雷雨神，是印度最早的大神之一。佛教以其为护法神，又名帝释天。

② 佛教认为宇宙世界分为三界。最下面是世间众生居住的欲界，也有不同层次。其上是逐渐超脱尘世的色界和深妙无极、一无所有的无色界。

神圣矿物，以白银、水晶建造，光华灿烂无比，人间何曾有这样富丽堂皇的建筑。

当佛祖返回时，步履中阶而下，在黄金地上留下许多莲花脚印。右边的大梵天①手执白拂，沿银阶而下，为其拂尘祛氲。左边的因陀罗高持宝盖，顺水晶阶而下，为其蔽日遮阴。上下左右更有诸神天众凌空蹈虚相随，抛撒五色香花，赞颂无量功德。地下鼓乐齐作，万民翘望，十分庄严隆重，从此留下的圣迹受人景仰。

此后数百年间，各国君王为表示虔诚，纷纷到此祈祷朝拜，在阶顶通天处修造一座庙宇。其中有玉石雕刻佛像，左右侍立因陀罗和大梵天，皆如当时缓步下阶模样，形象栩栩如生，使人望而生敬。各邦又用本国土产各种奇珍异宝缀饰阶梯，其华丽胜过从前万分。前面还有一根四方石柱，柱顶踞坐一尊石刻狮子，显示无限威仪。有诚心者来此许愿祈祷，无不有奇效灵应。

听了他这样介绍，三藏十分神往，不敢骑马，连忙下鞍，俯伏在地诚心祷告道："弟子玄奘，别号三藏，从东土奉大唐天子圣旨到西天来，为求真经。祈求佛祖与诸天神众保护，令我等早早平安归去，不受妖魔侵扰。"

他礼拜毕，转身对众徒说："来此不易，我欲登此通天宝阶，至极顶佛寺再参拜，汝等意下如何？"

沙僧道："师父此念乃积德善举，有什么不可以？如果上去，我等都随行，也可在高处搀扶，不要有闪失。"

八戒也踊跃道："这主意最好！我也想走到天地交接处，看上面和下面有什么不同。"

① 大梵天是印度教的创造之神，印度教主神之一。佛教以其为护法神祇。

悟空抬头看了一眼说："师父要去就去，何必多问。最好让我先去探路，无有差池再上去。"说着，他起身就要往上走。

三藏见他这样，连忙唤住道："这是什么地方，还容你侦察探路。你就跟随在后面，和我们一起上便了。切勿轻举妄动，怠慢了神灵。"

吩咐了众徒，三藏才转过身子，准备择路攀登。八戒看见金阶闪亮，欲从中间走。三藏看见，连忙喝住道："你好大胆，敢走佛祖步履过的阶梯，不怕亵渎圣迹有罪过。"

八戒说："中间不能走，我就走右边白银路吧。"

三藏皱眉说："这也不行。这是梵天大神走过道路，玷污了也不行。"

中间金阶不能走，右边银阶也不能走，剩下还有左边一道水晶阶梯，八戒无奈只有走这边了。不料三藏依旧迟疑不决，手指阶梯道："你看这水晶洁净透明，一尘不染，如果在上面走路，岂不会弄脏了？"

听他这么一说，八戒叫起了撞天屈："这也不准，那也不准，就没有路走了。"

悟空也忍不住说："师父，你也太小心了。从前千万人走过，难道都冒犯了圣灵？"

二个你一言，我一语，都不服气。只有沙僧跟在后面缓缓说："别人归别人，我们是我们。师父所言有道理。干脆在下面看看，不上去了吧。"

众人眼望着三藏，看他如何拿定主意。他低头沉吟一阵，下了决心说："来此不上去参拜怎么行。我们就走这左边水晶阶梯，请因陀罗大神恕罪吧！"

当下他静心敛息，心中默默向天上因陀罗大神禀告，洁净了自己鞋底，便一步一参拜，顺着左边阶梯慢慢上行。这水晶台阶十分滑溜，三藏好几次站不住身子险些跌倒，多亏众徒左右搀扶，才没有顺坡翻滚下去。

这样慢慢行到阶顶，抬头一看，上面果然有一座精致庙宇连接空中云霞，举步便可进入欲界第二天，真不愧是天下第一攀天梯。

那白髯老叟说得不差，庙前真有三尊石刻神祇。中间如来佛祖，左右因陀罗与太梵天两位尊神，举步欲下台阶，形容惟妙惟肖。

三藏看见，来不及稽首问讯，就听见中央佛祖沉着脸，开口道："唐僧，我们算定了你要来，已在这里等候多时。"

三藏听见不由吃了一惊，连忙俯身下拜道："弟子参见来迟，望乞恕罪。"

那佛祖冷笑道："来迟来早都一样。你先自己说，知罪了吗？"

三藏被他劈头盖脸一问，摸不着头脑。

三藏一时还未想清有何错误，左边因陀罗就不耐烦，大声喝道："叫你认罪，为什么吞吞吐吐不作声？"

这位尊神怒目圆睁，声如雷震，三藏吓得不敢言语，连忙应承道："弟子死罪、死罪，请大神息怒。"

话未毕，右边大梵天又不耐烦喝道："你这贼和尚不老实，只空口认罪，不说具体事实，难道想这样搪塞过去？"

三藏见面前三位尊神都没好脸色，早已吓得丢了魂，只好从到西天说起，一一承认自己罪过，最后顿首说："弟子管教不严，放任徒弟怀疑经书真伪，大闹灵山，就是第一大罪。"

那中央佛祖点头道："你知罪就好。既然知道弟子有罪，还不把他交出来处治。"

话说到此，三藏不由回头，怯生生地望向身后悟空，低声对他说："你还不赶快上前认罪，恼了神祇更不好办。"

悟空在后早已听了多时，见话说到自己身上，忍不住叫嚷道："师父别听他们说，自己要拿定主意。我们有什么罪过，为甚要低头承认？"

他这一嚷，三位尊神更加生气了。佛祖收起慈容，怒目喝道："大胆泼猴，不看这是什么地方，还敢像大闹灵山般在这里撒野吗？"

悟空也不是好欺侮的，照样一手叉腰，睁圆了眼答道："要闹就闹，不怕你再调四大天王和鸡脚仙来打斗。"

说着，他就抽出金箍棒，抢先一步要来斗那三个仗势欺人的石头神祇。八戒和沙僧为他不平，但是面对至尊佛祖，却一时不知该怎么办才好，只好上前挡住他。

沙僧一把抱住他腰劝说道："使不得！有话好说，不要再闹出乱子。"八戒也拦在中间，为的却是不让三个咄咄逼人的神祇伸手够着悟空。

这三位尊神却不含糊，见悟空反抗，且不理睬他，只顾对为首唐僧施压，手指着暴跳悟空对他说："你都亲眼看见了，他在这里还要撒野。若不治住他，今后还了得！"强逼唐僧自己下手，治治这个桀骜不驯的徒弟。

悟空哪里受得这样的窝囊气，大声呼嚷道："师父，别听他们的。有理无理，我自己心里明白！"

他一使力，挣扎出来，大步迎面扑上那三尊石头神像，指着佛祖鼻子质问道："你说，我到底有什么错？"

那佛祖不与他理论，大声叫嚷："反了！反了！开天辟地以来没有见过这样大胆叛逆的。"

旁边大梵天也发言道："唐僧，你纵容徒弟闹了灵山，现在又闹这里。还不赶快管住他，免得你也罪上加罪。"

三藏见悟空气势汹汹又喝叫不住，担心他性情发作伤了菩萨，连忙念起紧箍咒。悟空不提防，头脑被箍得几乎爆裂，疼痛难忍，就地倒在阶梯上来回翻滚，无法挣起身子再上前争论，一场风波才硬生生地平息下去。

上面那三尊石头神像等待的正是这个时刻。说时迟那时快，三人将手一抹脸，一齐现形，露出各自狰狞面容。

不是西天慈悲主，
原来地下鬼一窟。

三藏定睛看，叫声不好。这哪里是如来佛祖和左右尊神，分明是从前认得的妖魔阿修罗，带领两个魔头化成神祇模样，守候在此诱骗他们上当。

阿修罗抛起一条蛇化成绳索，先把地上悟空缚牢，不让他动弹，再动手对付余下三众。

妖魔自有厉害妖术，且看他们如何作法。

霎时间，左边那个魔头放下手中宝盖，从怀里掏出一面镜子，迎面晃一下，闪烁出一片斑斓亮光，照耀着黄金、白银、水晶阶梯，激发起熊熊光焰，宛如一道燃烧的彩虹，使唐僧师徒头晕目眩，分不清东西南北。

右边魔头也不闲着，将手里白拂用力一挥，忽然卷起一股强旋风，贴着滑溜溜阶面吹来，叫他们立不住脚跟。一旦稳不住身子，从半天云中滚落下去，他们必定会跌成肉泥。

阿修罗叉手站在旋风和光焰里，望着摇摇晃晃的唐僧师徒，呵呵怪笑道："唐僧，叫你们死得明白。你的三个徒弟坏了我许多好事，今天就是你们的死期，没有再活命机会了。"

这狂风如雷呜呜旋转，五彩光焰似闪电飞动，无功底凡人早就坠落下去没命了。阿修罗不用费力出手，就这样轻松结果仇人。

妖怪这一招果然十分毒辣。悟空头疼未消，又被蛇绳紧紧缚成一团，一时猝不及防，被风一吹，就像皮球般沿着光滑阶梯往下翻滚。阿修罗谅

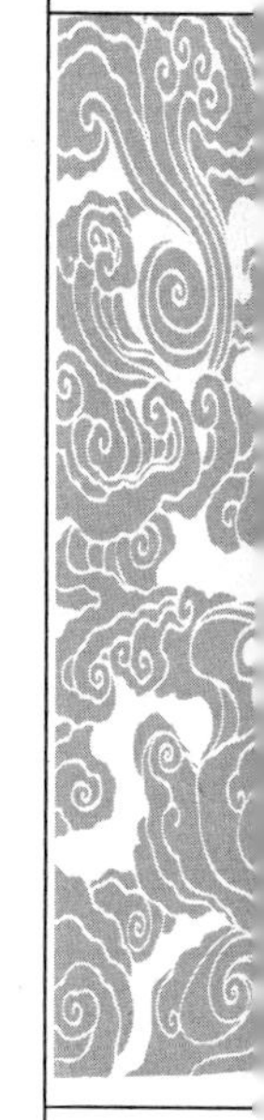

他必死无疑，长长松了一口气，得意洋洋看着唐僧众人，看他们还有什么出路。正是：

何须出手动干戈。

妖风自然遂心意。

且不说这里唐僧遭遇，再看悟空结果如何。他被蛇绳缚住，一时施展不出手脚。那蛇秉承妖意，缠着他不放半点宽松。风也步步相随，推动蛇团飞快滚动，不容他得到片刻喘息。风势和蛇力紧紧相逼，必欲置之死地方快心怀。可怜美猴王英雄一世，眼看就要在这里殒命。

悟空向下翻滚时，其实头脑还清醒，只是被念了紧箍咒，周身还无力气，一时无法脱身。眼看已经快到基脚，就要坠落到蛮石地面遭受致命一击，抬头忽然瞥见旁边石柱上狮子，悟空大喊一声：“狮仙救我！”

这狮子本是此间警卫，听见有人呼唤，立即支起身子，耸起鬃毛，大吼一声：“谁在这里打闹，快住了手！”

这一声狮子吼正好。蛇受到惊吓，稍有迟疑，悟空忍着疼痛，就势将身一缩，从蛇圈里钻出来，飞快返身回到阶梯上面。

他到那里一看，只见八戒、沙僧护着师父前后受敌，只有招架之功，渐渐落到下风。

正苦斗时，八戒转身看见悟空赶来，不由心中大喜，高声呼喊道：“师兄，你来得好！快帮我们打灭这伙妖怪。”

阿修罗也看见了悟空，心中吃了一惊，自忖道：“这个猴子真诡诈，怎么会从蛇箍里逃脱性命赶到这里？”

他吃过悟空的亏，知道这猴头厉害，不敢恋战。口中“唿哨”一声，和手下两个魔头一齐变化。左右两个魔头变成八戒和沙僧模样，和真八

戒、沙僧厮拼。自己化为白面肉身长老，紧紧依傍着惊惶失措的三藏，叫悟空分不清真伪，高举金箍棒无法下手。

那边八戒喊叫：“哥哥，快来助我！”

假八戒也喊：“快帮我打杀了这个假冒我的妖怪。”

这边三藏颤声叫喊：“悟空，保护我！”

扮他的阿修罗也呼唤：“莫听他的，我才是你的真师父。”

悟空听了这边又听那边，不知该拿谁才好。一拍脑门，隐隐还疼，忽然想起一个主意，对面前两个三藏道：“快念紧箍咒。谁会念，谁就是真的。”

三藏听见说：“我先前念咒伤了你，怎么忍心再念。”

阿修罗不会念咒，也故意说：“你是我徒弟，怎么能念咒再害你。”

两个三藏紧紧依偎在一起，谁也不开口念紧箍咒。悟空急了，跳起双脚嚷道：“师父，你好没主张，不该念咒时偏要念，应该念时又不念，叫我怎么分得清楚，下得了手？”

正在相持疑难间，忽然听见身边一声震天动地狮子吼。只见阶下那根石柱呼地升起来，像是一座擎天石碑耸立在面前。柱顶狮子瞪目喝叫道：“你们都不要走，是真是假立时就明白。”

说也奇怪，狮子吼时，座下石柱柱面忽然大放光明，像是一面巨大晶莹石镜，照映出周围景象。阿修罗和两个魔头立时现形，再也不能变化隐身。悟空看清，举棍就打，阿修罗不敢迎战，只好带领手下魔头化成一股风遁去，在空中留下一句恨恨话语：“孙悟空，你不要得意，我们后会有期！”

悟空自己头疼不再追赶，转身和师父一行谢了护法石狮，搀扶师父慢慢走向阶梯。

欲知他们还去何处，且听下回分解。

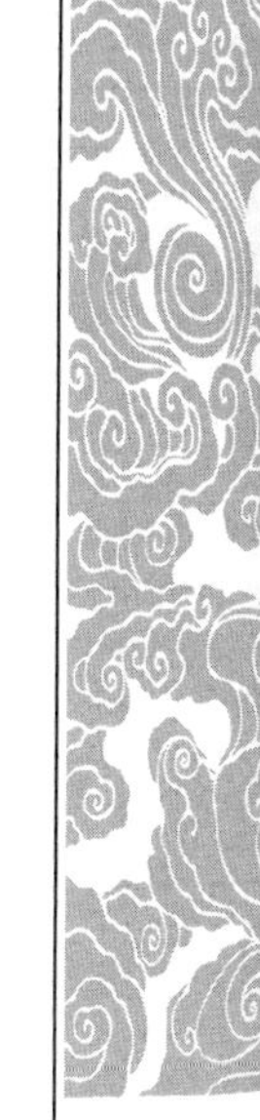

第五十一回　恶咒众女尽曲背　巧扮新娘除妖仙

话说唐僧师徒离了那光怪陆离通天宝阶，沿殑伽河继续赶路，又到一个国度[1]。这里都城西临大河，城廓高耸，到处台阁相望，花树掩映，真乃一方福地也。

三藏在马上看了，心中喜欢道：“和先前地方不同，这里气象十分和平。我们一路受惊，身体劳累，就在这里好好休息。”

众徒闻言，都十分欣喜，跟随师父缓缓步入都城观看。只见这里无院不有木，无树不有花，不知是城还是花园，果然极其祥和美丽。

三藏问这里人，此城唤作什么名字。

那人反问他：“你问从前，还是今日名称？问吉，还是凶？”

三藏感到奇怪，问：“难道古今名称还分吉凶不同吗？”

那人点头道：“正是这样。从前的吉祥，如今的名字不好听。”

三藏听了，越发好奇，问：“从前和现在有什么不同，麻烦请您说给我听。”

那人道：“从前这城比现时还美丽，称作拘苏摩补罗，就是花宫之意。现在名叫堪雅拘布甲，意为曲女城[2]，丑陋难听无比，这里人多不愿提起。”

三藏道：“花宫意思明白。曲女何意，令你们这般不高兴？”

---

① 此国即中印度有名的羯若鞠阇国，位于现在的印度北方邦境内。

② 见《大唐西域记》卷五，“曲女城”条，大树仙人的故事。

那人手指街上过往妇女道："你想知道，自己看就明白了。"

三藏闻言，与众徒举目细看，这才看见城内妇女无论美丑，个个都腰曲背驼，难怪有这个丑陋名字。正是：

名城处处缀香花。
美女个个都驼背。
莫非芬芳遭人妒。
天公难以说是非。

三藏看见，不知原因，请他解释明白。那人才从头叙述了本城一个伤心故事。

原来古时这里有一个梵授王，福寿兼备，声震四方。其膝下有千子，个个成材，又有百女，人人艳丽。仅最小女儿容貌丑陋，却聪颖非常，非他女可比。这国王日日在宫中享受天伦之乐，生活十分美满。百姓得其福荫，家家户户吉祥安康，日子过得平平顺顺，犹如蜜糖香甜。

俗话说："富贵生祸，平安有波。"梵授王与子女无忧无虑生活，不料忽然飞来横祸；国中百姓受此影响，代代相传，一直遗留到今天。

这场祸事来自何处？若论是外敌侵凌，妖魔肆虐，天时不利，瘟疫流行，种种邪恶势力破坏，自然灾害威胁倒也罢了。不料却由一个十分仁爱的老神仙引起，叫人大吃一惊，摇头深深叹息。

那个令人遗憾的老神仙是谁？无人知其姓名、年龄。有人说他生自创世初，不仅没有一个人知道他确切生辰，连他自己也说不清楚。只道他与天地同寿、日月同辉，乃是老前辈中的老前辈。只凭这一点，就足可证明其道行高深，资望非常了。何人敢再问他家居何处，姓甚名谁。

前人相传，他销声敛息，居住在殑伽河边林中，参禅入定，不饮不食，

经数万岁，逐渐形如枯木，不动分毫。每岁冬夏，南来北往的游禽飞临此处，往往在空中误认他是真正老树，成群栖集在他身上。不知何时遗留一粒榕树种子在其肩头，沾染雨露，渐渐发芽成长。最后枝干横生，垂荫合拱，遮蔽他头肩身体。以至人树合一，难分主次，与林中老树无异。因为有此一奇，禽鸟都视其为平常树木，安然在树顶构筑巢穴，孵化幼禽不思离去。

他参禅完毕恢复精神，忽然发现肩上有大树，已垂几百年，负担十分沉重。听见幼鸟吱啾声音，方知上面还有禽鸟栖息。欲去其树，恐覆鸟巢，乃忍让负重，留在原处不动，只当自己肩上长了一个大肿瘤。

这个老神仙如此通禅知理，仁爱施于禽鸟，大众十分尊敬，称他大树仙人。凡朝夕礼拜，乞求赐福，都能得到回应，胜过木雕泥塑菩萨千万倍。

如此时日冉冉流逝，神人相安无事，生活十分平静。不料他后来感染尘念，一时邪意萌生，坏了眼前的平和景象。

既然他已得道，便不再长久趺坐参禅。每日在林中散步游玩，见到国王诸女在树下嬉戏，忽然欲心迸发，爱念顿生。由目及意，由意染心，宛如烈焰燃烧，竟把一颗几万年修道参禅炼就的枯情寡欲心脏，扰乱得日夜不得安宁。噫，这正是：

闭壁苦炼千载功，
不及魔念一朝生。

这老神仙已走火入邪，无法再克制，管不住自己脚步，便起身进城求亲。民众见他离开，纷纷焚香燃烛，夹道顶礼膜拜。不料他却不理不睬，径直迈步走到城门面前。门洞低矮无法进入，忽然从上至下两边分开，让他穿墙而过。如此穿过王城三重，直抵国王殿前立定。

梵授王正在殿上与群臣议事，看见大树仙人光临，慌忙下殿迎接，问道："老神仙住在圣河边，今日有何事，亲自下顾小王？"

大树仙人道："无他，唯求陛下一女匹配，慰我生活寂寞。"

梵授王闻言大惊，左右群臣相顾失色。梵授王踌躇许久，方嗫嚅陈言道："大仙寿与天齐，道德高尚，怎么今日产生这样尴尬俗念？"

大树仙人答道："有了念头不吐，方为真尴尬。我今日决定了便不更改。陛下有百女，早晚都要配人，为何如此悭吝，不赐一女与我为婚，难道我及不上世间平凡男儿？"

梵授王连忙说："老神仙千万别误会。非是我不应允，皆因小女都年幼顽愚，只恐不懂事，坏了仙人道行。"

大树仙人不管他说许多，打断他话道："只要你答应就好。伤不伤我道行，是我自己的事。"

梵授王眼望群臣求援，可群臣皆惊怖失色，噤不作声，莫奈何只好点头答应道："你既有这样美意，小王也不敢阻拦。待我入宫和她们商议，看谁愿前来侍奉仙人，再禀报你如何？"

大树仙人这才面有喜色说："你早有这个主意就好。我先回去候到黄昏，倘若届时不送来，你们莫要后悔。"言罢，他才慢慢转过身子，照样穿墙回去。

梵授王见他走后，哪里还有心思坐朝听政，连忙返回后宫，召集千子百女商议如何处理。

他先问众子："你们已经成长，修文习武，都有一身本领。今日遇此尴尬事，谁能出头为我分忧？"众子却面面相觑，无一个敢挺身站起，说出半点主意。

他叹息一声，说："你们平时议论韬略，演习武艺，个个雄姿英发。

想不到都是银样镴枪头，紧急时刻保护不了自己姊妹。真白养了你们，没有一个有出息。”

梵授王十分无奈，只好转身再问膝前如花似玉一百个女儿道：“事情已到这个地步，倘不答应他，必定遭毒手。你们谁能牺牲自己，为国解难，为父分忧？”

他连问三遍，众女都低垂粉颈，没有一个愿配给这个头顶大树的老怪物。

可怜梵授王无计可施，只好流泪叹息道：“罢！罢！罢！你们都不去，今日我就自己去，拼着这性命和社稷都不要，看他如何发落便了。”

话未毕，身边忽然闪出那个最小女儿，仰面颤声对他说：“父王休要忧虑。女儿不才，就去应承他好了。”

梵授王见她说话时泪眼涟涟，知她心中矛盾痛苦，不由悲从中来，执着她的手哭道：“难得吾儿这般孝顺心。只是你尚年幼，没有度过欢愉童稚时光，为父怎么舍得叫你去？”

小公主拭泪答道：“父母生我，恩德如山。有难不为亲分忧，何以为人？父王休要顾惜我，只当我不幸夭折，送我去见他便了。”

梵授王伤心一阵，没有其他办法，只好强打起精神，给她梳洗装扮了，率领乐队吹吹打打，将小公主送到殑伽河边大树仙人处，指望他接纳这个女儿，平息这场祸事便好。

不料那老神仙拂开面前遮目枝叶，看了一眼，不由勃然大怒，指着梵授王诟骂道：“你太无礼，宫中有九十九个美丽如花女儿不选一个给我，却把这个丑陋幼女送来。如此奇耻大辱，怎么能忍受！”说着老神仙就手执树枝，要抽打面前的梵授王。

梵授王可怜巴巴地等待处罚，小公主挺身上前护住他，对怒气冲冲大树仙人说：“你不要生我父王气，要罚就罚我吧。”

大树仙人对她也没有好气地说："你怎么来，怎么回去！我不想再见你。"

小公主抗声答道："我敢来，就不走。你休想再设计伤害我父王和不情愿见你的姐姐们。即使你把她们抢到手，也得不到快乐。"

大树仙人皱眉一想，勉强点头应允说："好，就用你代替她们。既然她们看不起我，就让她们和国中的妇女都变成丑陋的驼背，不送一个鲜妍女子来替代你，休想恢复原形。"

说也奇怪，他口中咒语一出，宫中九十九个公主和国内女子都一齐变成驼背，再也伸不起腰。从此，这座城也就成了曲女城。

三藏师徒听了，尽都摇头嗟讶。

悟空愤愤不平道："事情过了许多年，你们这里没有一个人出头，和那个无道老贼理论吗？"

那人摇头叹息说："他是神仙，有道德资望和通天本领。我等凡人，怎么敢和他争？"

悟空生气道："不管他有一万条道德理论，还是有一千回仁爱表现，做了这件事就是不道德，怕他作甚！"

那人听了低头道："话虽是这样说，可人神殊途，谁又能奈何他半分？只得家家户户养着驼背女子，自认晦气了。"

悟空见他这样，心中愈加气愤道："你们害怕，我来管！不惩治这个老贼，叫受屈女子都直起腰来，我就不离开这里。"

好大圣，说了就做。他转身对沙僧说："兄弟，你照顾好师父，我和八戒去看看就回来。"

八戒听他招呼，手持钉耙，卷起袖子踊跃叫嚷道："要打那厮吗？我两耙就锄倒他肩上大树，退了他神光。"

悟空说："凡事不用急，先收起你的掘土家伙。我叫你去不是打架。

对付这种有几分道行老贼，只宜智取，不可力敌。”

八戒问他：“你有什么计策？先告诉我，好做个准备。”

悟空道：“这事需要随机应变，怎么能够事先决定。你跟我走，叫你做什么，到时候准备也来得及。”

两个不再多言，顺着那个当地人指点方向，出城笔直地朝殑伽河边走去，找着一片树林，果然远远望见那个神奇古怪大树仙人。只见他：

身躯瘦，形容枯，宛如一根腐朽木。头顶一个巢，肩上一棵树，藤萝萦绕周身绿，隐在林中深深处。分不清是人还是树，叫人好糊涂！

皮肤皱，相貌酷，胡髭凌乱真恐怖。历尽万千劫，来自宇宙初，曾有仁爱好记录，可惜因邪一念误。不知他经书怎么读，能否有觉悟！

八戒远远见了，问悟空：“我们要找的，就是这个丑八怪吗？有什么好怕，只我一个人上去，就把他打翻。”说着，他便要大步上前。

悟空又止住他道：“你不要轻举妄动。莫叫他也咒你驼背，不好回去见高小姐。”

听悟空这样一说，八戒有些怵了，问道：“似你这般讲，就没法对付他了吗？”

悟空道：“一物自有一物治。我先去探他有何弱点，再想治他的办法。你在这里等候，需要时就来叫你。”

八戒承诺，在对面林中藏好，悟空独自朝大树仙人走去。悟空看见一些人携带香烛在此祈祷，却不是欢喜求福，而是面露惧色，跪得远远的，央告勿降殃祸。大树仙人闭目养神，不理不睬，端坐不动，似乎对这已司

空见惯，感到厌烦，不搭理他们。悟空一见，心中已明白了两三分。

他不顾约束，径直走到大树前。那老神仙才警觉，睁开眼睛喝问道：“你这猴子从哪里来，到此作甚？”

悟空嬉皮笑脸，边走边答道：“你头顶上一株大树好乘风凉。我瞧着稀罕，过来爬一爬。”

大树仙人挥手驱赶他，说：“你不长眼睛。我是人，不是树，怎么可以让你胡乱攀爬。”

悟空手指着他头顶树丫道：“那不是树枝吗？你别骗我。”

大树仙人道：“你看差了眼。那不是树，是我的头发。”

悟空嘻嘻说：“你莫小看我，我怎能连头发和树枝都分不清！如果头发真长得和乱树丫一样，更加值得看了。”说着，他做出势子要往上爬。

大树仙人恼怒道：“你这猴子好惫赖！为什么不去别处爬树，偏来缠我？”

悟空道：“我只喜欢你，有什么爬不得？”

大树仙人怀疑问他：“你纠缠住我不放，莫非要偷东西？”

悟空喊冤叫屈道：“捉贼捉赃，你别诬赖好人！”

大树仙人不放心说：“我的树上有宝贝，你别偷走了。”

听他这样说，悟空又领略了六七分，佯装不解道：“我只吃果子，不要别的。如果没有果子就捉虫，好不好？”

大树仙人被他缠不过，拦不住这个死乞白赖的猴子，只好放他爬上自己身上说：“我身上不是寻常树木。你不要啰唆，捉了虫就快些走。”

悟空要的就是他这句话，朝他唱了一个诺，立刻轻身攀援，从他肩头跃上大树。这树藤牵萝绕，长得十分茂密，上面有个鸟巢。几只雏鸟见他过来，吓得“吱吱”乱扑乱叫。母鸟受了惊吓飞起来，拼命对他啄咬，使他不得安定。

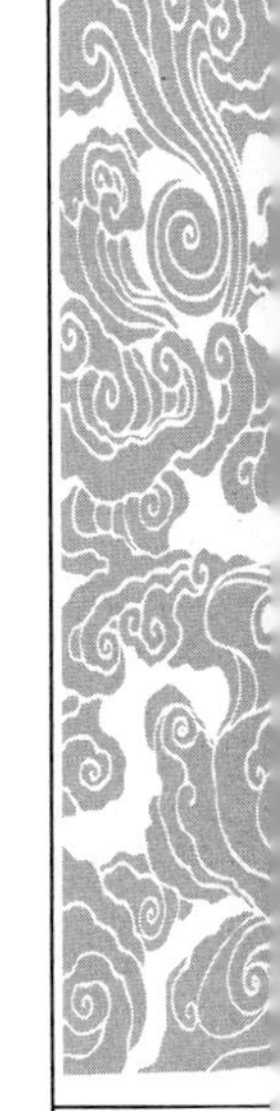

悟空并不还手，好好对它说：“你莫要啄我，我不伤你孩子。”

他闪过鸟巢，拂开面前树枝仔细寻找，忽然看见一个稀奇景象。想不到在那老树身中，还裹藏着一株人形小树。乍看像是一个女子，却不知经历多少岁月，头上乱发成草，身体肌肤早已化为薄薄树皮，布满青苔，更无活人形状。可怜她被老树藤萝紧紧缠住，不能动弹半分，宛若一个囚徒。悟空一看，心中已经拿定十分了。正是：

树中更有一株树，
瘦弱孤单多凄楚。
不知何人囚在此，
岁月悠悠不可数。

悟空胸有成竹，蹑手蹑脚地溜过去，贴着那小树低声探问：“你不是树，而是梵授王膝前的小公主吧？”

他猜得果然不错。那株小树真是从前梵授王幼女，被幽禁在此，日积月累变化成这般可怜模样。

这公主久不与人世接触，听他呼唤，不由悲从中来，潸然泪下说：“你说得不错，已多年未曾有人这样称呼我了。”

悟空安慰她说：“你莫哭，我来救你出去。”

公主惊怖战栗道：“轻轻说，不要被下面老贼听见。他不准我和别人说话，命我见人就装成树木不动。如果被他知道，我们都没有好处。”

悟空知道她说的不是耍的，悄声问她：“你在这里多年，知道他怕什么？”

公主见左右没有动静，压低声音说：“他的命根就是肩上这株树。没有树，他也就没有灵通了。”

悟空一听，心中已有计策。本想一棍打倒那树，瞅见公主忽然改了主意。先不说破，以免招惹奸狡老贼。悟空叫公主耐心等候，就抽身走下来，伸开两手给大树仙人看，说道："你看清楚，我连一张树叶也没有摘，你该放心吧！"

大树仙人问他："你未偷东西是不差，可你看见我秘密没有？"

悟空故意说："秘密倒有一个，正好被我看见了。"

大树仙人紧张地问他："你看见了什么？快说！"

悟空道："树上有一个鸟巢，我正要掏蛋，却被那可恶母鸟啄了一口。"

大树仙人听了，这才松一口气道："你这猴子不老实，吓了我一跳，还不赶快滚开！"

悟空戏耍了他一番，也不多纠缠，道一声聒噪，转身便走了。

悟空走到远处林中，找到八戒对他说："我已有破除这老贼的计策了，只是要你帮助。"

八戒欢喜，抽出钉耙便走，嘴里说："我等得不耐烦了。要打，我这去一耙就掘倒他。"

悟空见他要走，连忙一把拉住，说道："兄弟，你不用性急。要打还不是时候，先要你变一样东西。"

八戒摸不着头脑，问他："你自己会七十二变，何必找我？"

悟空说："这回我当媒子，要你去出面。"

八戒说："要我变也好。我先变一个样子，你看是否能够吓住他。"

说话时，他就扭身一变，变成一头六牙巨象，身躯魁梧，比凡象大好几倍。见悟空不叫好，又变一头喷火犀牛，鼻上挺着锋利尖角，相貌十分恐怖，问悟空道："你看，这样好不好？"

悟空说："不要这个样子，变一个俊的。"

八戒略想一下，将身一摇，变成一个白胖和尚。虽然算不上俊俏，却

看得顺眼，问悟空："变成这样，去和他说法吗？"

悟空把头摇得像拨浪鼓般，对他说："不要你变男的，变个俊妞去相亲。"

八戒一听就恼了，跳起双脚道："说好去打那个无道老贼，怎么这样戏耍我？"

悟空解释说："那个贼子道行坚固，你以为那样好打？我看出他有这个缺点，才用这个法子治他。"

八戒没好气问："如果这样，你自己为什么不去做他媳妇？"

悟空诚恳对他说："好兄弟，为民除害什么不能做？我非是不愿去，因为认识他好做媒子，而且也比不上你会使钉耙，可以一下子掘倒他的生命树。你担负这样重任，应该高兴才对。"

一席话说得八戒转嗔为喜，扭扭捏捏地嘟囔道："既然这样，我就去，只是动作要快些，免得他真和我拜堂。"

见悟空应承了，他才使尽本领一变，化成一个年轻女子，标标致致的，尚能入目，只是胖了些。

悟空皱眉道："你这副模样虽然比先前好，却有些胖，只怕那老贼看不上眼。"说着，悟空便伸手拍打按压他肚皮腰肢那多余肥肉，把他捏得更中看些。

他这样使力，八戒怎么受得了，蹙眉叫嚷道："你动手轻些，我不似你，我只能变肥胖的，要窈窕就不行。"

悟空不疼惜他，依旧用劲捣腾，把不顺眼地方都挤压修改，好不容易才弄得稍稍像样些，催着他一起往前走。

悟空自己先大摇大摆地走到大树仙人面前，立定了脚跟。大树仙人见他又来，不耐烦地挥手道："你这猴子好讨厌！不要你来，偏又转来。"

悟空换了笑脸说："我来向你贺喜，赶我做什么？"

大树仙人摸不着头脑，说：“我在这里安稳修道，平淡清苦过日子，有什么喜事可贺？”

悟空一本正经道：“正因为你太专一清苦，我见了于心不忍，才转来问你。有什么嗜好尽管说，我挑一个如意礼物送给你。”

大树仙人傲然道：“我早置身心于物外，视荣华富贵如粪土，稀罕什么礼物。”

悟空试探问他：“死的不要，鲜鲜嫩嫩的活礼物也不要吗？”

大树仙人见他话里有话，不解问他：“你不老实，说话闪闪烁烁。到底卖的什么药，痛痛快快地说出来。”

悟空见他松了口，就对他说：“我看你独自住在河边，长伴清风明月，生活太寂寞，身边是否应该找个人陪伴？”

大树仙人瞪眼，疑惑地问他：“你看中了我肩上大树，要来安窝吗？”

悟空摇手道：“我乃外来野猴，到处浪荡惯了，不习惯在一株树上过日子。你应该选一个美貌贤惠的娘子长久厮守，才是紧要正理。”

大树仙人一听，立刻正色嗔怪道：“出家人当修身正性，色欲乃第一大戒。你休要用妖言相惑，坏了我的道行。”

悟空见他装得正经，也正经应答道：“大师此言差矣。食色，人之大欲，圣人也不能免。何况不孝有三，无后为大。你曾观天地造化，吸日月精华，肚皮里积存了许多学问，连肠子也装满了。如果不娶一个娘子，怎么能有小仙人，把道德文章和宏伟事业都传下去。”

大树仙人听他这样说，语气有些缓和了，迟迟疑疑地问他：“你这样说……是否听见什么风言风语？”

悟空连忙摇头说：“外面风言风语怎么听得。我信服的只有大师一个人。”

大树仙人不放心，又说：“他们造谣说我几百年前如何如何，没有亲

眼看见，有什么证据？如果要较真，叫他们把几百年前祖宗从坟里请来对质。”

悟空见他说远了，直截了当地问：“谣言不用管。我只问一句，现在我送来一个鲜活礼物，乃是一个美貌年少娘子，大师要不要？”

大树仙人变脸道：“说来说去都是这个话题，你要用这里的驼背婆娘来害我吗？”

他性情一急，说漏了嘴，悟空如何不明白，连忙压低声音对他说：“奇形怪状女子怎么配得上大师。这是我从东土带来的美人，你见了管保满意。”

听他这样说，大树仙人不作声了，好半晌才涨红面孔问：“你说的都是真的？”

现在轮到悟空变脸了，不耐烦说：“好心当成驴肝肺。我一番好意，难道还骗你不成！”

大树仙人又试探道：“你看，我这样做行吗？”

悟空斜觑他一眼道：“要干就干，有什么行不行的？我已把道理讲清楚，若你还瞻前顾后，我就把她带走，许配给别人了。”

他把话说到这里，大树仙人不再顾及颜面了，长长叹了一口气说：“罢！罢！罢！天道长，人道短。我已活了这多年，不知何时离开这世界。你说得不差，为了保证道德传世，我也只好破一次戒，得留下一个后代小子继承事业。是非曲直，任凭他人评说了。”

他感慨罢，悄声问悟空：“你来时，有人看见没有？”

悟空也放低声音说：“你放心！这事只有你知我知，再没有第三人知道。现在我就把她引来叫你看，可好？”

大树仙人皱眉说：“这几百年我被流言蜚语纠缠得烦恼了，如果被人看见，从前的那些也就成真的了。你们最好晚上无人时再来。”

悟空未料他这般神通，还有许多担忧，和当时诅咒满城妇女皆成驼背时的威风大不相同。不知是他的真性情变了，顾忌舆论，还是别有计谋。悟空一时估摸不透，只好走开等候，悄悄看他有什么动作。

不多时，夜色随风降临。悟空瞥见他在暗影中起身，蹑手蹑脚地把头顶的小公主塞进旁边一个树洞，用一块石头堵住洞口，再重新回到原处坐好不动，不知玩弄什么鬼花样。

悟空佯作不知，待他坐定，便推搡着八戒走过去，低声嘱咐八戒："兄弟，你耐住性子变好，骗过那老贼，上了树才好动作。"

八戒嘟囔道："你卖的什么膏药，动作快些。我若憋不住了，就会一下子现原形。"

话未说完，二人已经走到大树仙人面前。八戒不小心，在黑影里绊一跤，长嘴一下子伸了出来。多亏四周黑暗，大树仙人没有看见，悟空连忙一掌给他拍得缩回去。八戒装作羞羞答答的样子，低头用手掩住嘴巴不放，才没有露馅。

悟空清了一下嗓子，笑嘻嘻地对大树仙人说："我把娘子送来了，你看可好？"

大树仙人把八戒从头到脚看了，果然不是本地的驼背姑娘，心里有些喜欢，却又挑剔说："这个小娘子年纪不大，怎么这样肥胖，恍眼看去像一只猪。"

悟空闻言，连忙用手拍打，把八戒翘出来的肚皮又压下去一些，掩饰说："大师参禅久了，不谙世间时尚。如今女子最尚丰满，你看这个小娘子就是典型。"

说着，他用手在暗中一抓，从八戒胸脯上抓出一个丰乳。忙乱中忘记制造另一个，八戒赶紧自己运气鼓出来，两边才对称中看。

大树仙人看了满意，问八戒："你陪伴我，需要在这里长久相守，一步不动，可能耐得？”

八戒装出娇滴滴的样子，尖细嗓音回答道：“奴家跟随猴哥路走多了，正想找个清静地方歇脚。这里树木多，无人吵闹就好。”

大树仙人一听，笑逐颜开道：“想不到你红颜多姿，竟有这样志趣，也是前生缘分，就留在这里吧，哪里也不要再去。”

说着，他就伸手扶八戒爬上自己肩头，到上面树上歇息。八戒憋了许久，等的正是此刻。他刚爬上树就一抹脸露出长嘴大耳本相，掏出怀里钉耙朝树筑去，嘴里喝道：“无耻老贼，看你娘子功夫！”

大树仙人心存美梦，猝不及防被他用力一下子就筑断树根。上面的大树“哗啦啦”倾倒下来，再也不能立起。

受难小公主对悟空说得不错，这仙人灵根尽在树上。一下子除掉那树，他就散尽身上灵气，什么咒语法术也施展不出。仙人心知着了道儿，不敢再在此和两个对头相持，连忙趁黑一溜烟跑了。正是：

多作孽事必自败，
岂有权势可永存。

这边悟空和八戒救出树洞内小公主，将她抬进城内救治，也不跟踪追赶仙人。

说也奇怪，他们回到城里一看，随着那个老贼遁去，从前的咒语解除，所有曲背女子都直起了身子，欢喜感谢悟空、八戒二人不提。

欲知后事如何，请听下回分解。

第五十二回　戒日王聚会曲女城　唐三藏说法退鬼魂[1]

话说悟空、八戒破了大树仙人诅咒曲女城妇女妖术，正要离去，忽然见官道尘头起处，一个锦衣侍卫驰马赶到跟前。侍卫见了三藏师徒，立刻滚鞍下马，致礼言道："我王尸罗阿迭多闻知高僧灵迹，欲来拜请入宫论道，特命小人先行前来通报。"

三藏听见，连忙起身答谢道："我知道尸罗阿迭多王本名曷利沙伐弹那，威临西方，统率五印度，声名远播四方，在我大唐称为戒日王。大唐天子传旨，命小僧到此叩见。不期竟被戒日王传召，真乃三生有幸。"

言罢，他便整顿精神，拂去衣衫尘土，约束众徒，肃立道边等候。

不多时，远远鼓乐大作，一队队香车宝马排着过来，最后拥出一支象队。为首一头高大白象，身披绣花坐毯，额饰五彩宝石，背上高高耸起一顶雕琢精致檀香木象轿，里面坐着这里国王，相貌庄严，威仪非常，正是智慧贤德戒日王。戒日王亲自出城来迎唐僧师徒，正是：

一代名王知谦逊，
不惜屈尊见高僧。

当下戒日王远远看见唐僧一行，立即举杖指挥象奴，牵引座下白象跪

① 见《大唐西域记》卷五，"羯若鞠阇国"条，戒日王、曲女城法会、纳缚提婆矩罗城五百饿鬼听佛法等故事。

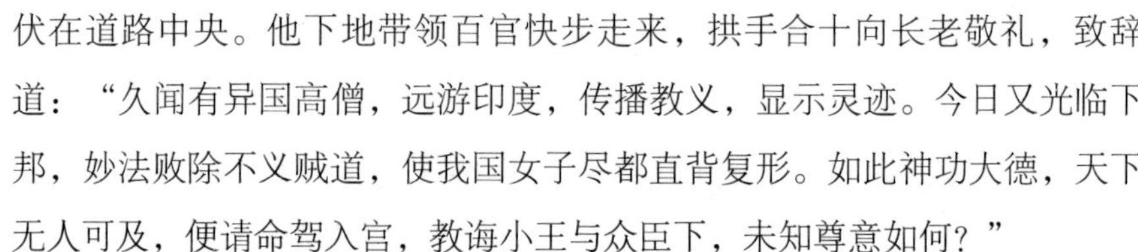

伏在道路中央。他下地带领百官快步走来，拱手合十向长老敬礼，致辞道："久闻有异国高僧，远游印度，传播教义，显示灵迹。今日又光临下邦，妙法败除不义贼道，使我国女子尽都直背复形。如此神功大德，天下无人可及，便请命驾入宫，教诲小王与众臣下，未知尊意如何？"

三藏见他谦恭，慌忙致敬答礼，陈述了自己仰慕之情，说明驱逐大树仙人非己之功，乃手下两个徒弟所为。戒日王举目望见他身后几个徒弟，欢喜称赞道："令徒皆有异相，必有异功，便请都一起去，切磋法力技术。"

当下他吩咐随从，牵来四头巨象，服侍三藏师徒乘坐好，一路列队慢慢入城。安顿好悟空等人，戒日王与三藏在殿上分宾主坐定，慰问劳苦后，启齿探问道："长老来自何方，到我天竺所为何来？"

三藏答道："小僧从大唐国来，到此习法取经，请回本国传播。"

戒日王又问："大唐国在何方，经过哪里，路途远近若何？"

三藏道："我国在此东北数万余里，天竺所谓摩诃至那国是也。"

戒日王闻言，这才明白道："曾闻摩诃至那国有秦王天子，少而聪颖，长而神武，早怀远略。当时国内战乱，兵戈竟起，陷民水火，无以为生。秦王乃生大慈悲，举兵平定海内，安定四方，德播异域。有乐名《秦王破阵乐》，小王久已闻见。长老所云大唐国，是否就是这里？"

三藏道："陛下所言极是。我主大唐天子，未即位前号称秦王[1]，现在一统天下，也久闻大王英名，特遣小僧前来问候。不意在此相会，实属三生有幸。"

二人相见恨晚，把手谈论，十分欢洽。戒日王道："长老来得正好，明日这里就要举行无遮大会[2]，周围国家都参加。届时就请长老上坛说

① 秦王是唐太宗李世民即位前的封号。

② 无遮大会是以讲经布施为目的的佛教法会。

法，岂不是锦上添花。”三藏闻言喜悦，离座谢过，专候次日赴会不表。

第二天清晨，夜神伐楼拿方率群星从空中隐退，美丽乌莎斯[①]即披五彩霞光透明纱丽，神采奕奕，首先自东方出现。不多时，日神苏利耶和昼神密多罗登场。歌神真陀罗、乐神乾闼婆、风神瓦尤、爱神迦摩、幸运女神拉克希米、文艺女神娑罗室伐底，诸多吉祥精灵神祇，纷纷显身伴随左右。一时天乐齐鸣，香氲纷纷，金光彩霞遍布宇宙，天空现大光明，乃是上上吉时。

此刻地上人众早已聚集。戒日王与三藏恭敬祭天礼毕，即同登象轿，率领数十万侍从、卫队、信徒群众，沿殑伽河南岸缓缓前进。隔河北岸，有东印度迦摩缕波国远来之拘摩罗王[②]带领数万人，亦同向而行。四面八方，有周围诸国二十余王，各率国内高僧、百官、军士、民众集合与会，声势十分壮大。

三藏与戒日王并肩坐在象轿内举目四望，只见殑伽河两岸人头攒动何止万千，水上巨舟彩船亦不计其数。队伍中或跨象骑马，或乘车坐轿，更有无数人众随同步行，尘土蔽天，不见首尾。个个欢天喜地，纷纷赞颂歌唱，击鼓鸣螺、拊弦奏管，与天上诸神呼应。真个是：

人神共赞释迦佛，
宇宙开辟吉祥天。

两岸各路队伍走不多久，都到达集会地点。戒日王早已在此修建一座

---

① 乌莎斯，是印度神话中的黎明女神。

② 拘摩罗王是印度最东部迦摩缕波国国王，曲女城法会主要参与者之一。据史实记载，玄奘访问迦摩缕波国时，与其同应戒日王邀请赴会。本书故事发展与史实略有变更，特此说明。

金碧辉煌且庄严无比的伽蓝，旁边一座高台有百余尺，其中贮有一尊金佛，大小和人一般。南面一座宝坛，是祭天浴佛、说法讲经处所。这里附近不远别筑行宫，戒日王就安排唐僧师徒和外国诸王在此歇脚。自行宫至伽蓝宝坛，沿途夹道构筑楼阁，穷极工艺装饰，犹如一座座七宝楼台。楼上路边乐工歌伎不移。雅声乐章递奏，十分繁华热闹，如同庆祝年节佳辰。

戒日王与赴会诸王会合，在行宫内用玫瑰香水重新沐浴，涤尽路途沾染尘埃后，介绍三藏长老与众王会见。众人一一致礼寒暄后，其中为首拘摩罗王启口道："敝邦邻近高僧乡国，古时多有来往。昔日无忧王三子追神骥至上邦滇池，归途为哀牢夷君阻拦不得复返①。上邦丝绸杂物时时输入，并有蜀地僧人由此到达西天，笈多王曾为其兴建支那寺，有残留石碑为证。"

三藏闻言产生兴趣，拱手探问详细情况，拘摩罗王才一一述明。

原来迦摩缕波国又称东辉国，位于天竺东北边境。自此向东山阜连接，无大国都，境接西南夷。穿越蛮荒群山两月余，可达中土蜀地。虽然其间山川险阻，瘴气流行，毒蛇猛兽、密林凶草到处皆是，但自古商旅行人不绝，乃是从天竺至中土第一秘密捷径。

听拘摩罗王这样说，悟空兄弟都高兴踊跃说："有这样近路，怎么我们不知道？回去就从这里走。"

众人还要议论，那边戒日王已召众出发。众人不敢怠慢，连忙起身列队，听从指挥向那讲经说法的神圣宝坛走去。

这一番又是一派气象。队伍内拥出一头巨象，驮载莲花香座黄金佛像，上面有张开的七彩宝幡立于中间。戒日王化装成因陀罗神，手握宝盖

① 见张道宗《纪古滇说集》，以为此事发生在周宣王时期。后世治学者有不同意见。

在左。拘摩罗王装扮大梵天，手执白拂在右。二人各有五百象军，披铠持矛周围护卫。佛像前后分别有百头大象，乘坐乐师，鼓奏清亮佛乐。其他各国诸王均扮作天空神圣，各率部众紧随其后。万千民众跟随踊跃欢呼，自不必说。

这队伍庄严华丽不仅如此。当其沿道缓缓前进时，各国君主皆命随侍内官，随行散布珍珠杂宝、香花圣水，极其奢侈、隆重。列队到了百尺宝台前，戒日王凝神运气，亲自背负佛像上台，再请唐僧和其他各国高僧，沿猩红金花地毯，步上台前宝坛说法。佛教法螺一响，万众敛息无声，首先就听东土大唐国三藏法师宣讲开坛。噫，这才是：

法师东来早知经，
西天万众俯首听。
并非佛前皆俊杰，
异方亦有道中人。

且不说三藏聚精会神，端坐在宝坛上，面对诸王及万众娓娓讲经。八戒和沙僧受了感染，也盘曲趺腿坐在师父后面，不敢移动丝毫。

悟空受不了这番静功折磨，缩脖弯腰坐在后面，只求这个烦琐仪式早些完结，才好各自松动一下筋骨。他正东张西望，忽然瞥见坛后伽蓝门楼冒起一缕黑烟。众人都一心向坛听讲，无一人发现。他心中想：“不好了，那边必有火警。如果烧起来，必定造成混乱，不知会烧死多少人。”

他再也坐不住，一个跟头翻起来，就朝起火处赶去。果然火势熊熊，已经吞没了半个门楼。他不敢大呼小叫惊了大众，急切中难觅灭火水桶浇泼，便腾身跳进旁边水池里，周身沾满水珠，湿淋淋扑向着火处再一翻滚，好不容易才压灭了这股无名火。抬头看，斜刺里逸出一股黑气，不敢

往人多处，一溜烟朝背后荒僻原野飞散。

悟空掐住风尾，送到鼻前一嗅，有一股腥臊味，心知必是妖邪，连忙纵身赶去，且不管这边事情。

放下他追赶妖怪不表，再看坛上三藏正在说法，忽然贴地卷起一股旋风，现出一个赤发靛脸妖魔，挥起锋利狼牙棒，不分青红皂白便向三藏和身边的戒日王、拘摩罗王打去。侍卫兵丁都在坛下，一时扑救不及，顿时乱成一团。

说时迟那时快，八戒和沙僧一起跳起来，各持武器大吼一声："妖怪，不要伤我师父！"二人奋力挡住妖怪沉重狼牙棒，一前一后围住妖怪。他们从台前一直打到天上，把众人看呆了。戒日王欲命手下弓箭手射杀那个妖怪，却担心伤了他们两个，只好擂鼓鸣螺，仰面呐喊助威，生怕他们不是妖怪对手。

那妖怪果然十分厉害，双臂力大无穷，挥动狼牙棒乱砸乱打，把八戒和沙僧的兵器震得叮当响。倘若换了凡间兵将，必定不是他的对手。二人不敢怠慢，也各展神威拼命抵挡。妖怪无三头六臂，打得了面前天蓬元帅，便挡不住背后卷帘大将。他大喝一声"变"，变成一个头顶青天、脚踏大地的"巨无霸"，手中的狼牙棒也变得异样粗大沉重。倘若挨着地皮，只消用力一挥，便可将地上的伽蓝、宝坛和众多人群扫荡得干干净净。这妖怪恶狠狠地盯住脚下两个对手，打算先除掉他们。

八戒、沙僧见他变化得这样，也不肯示弱，一扭身变得同样高大。八戒露出本相，化为一只獠牙公猪，手舞九齿钉耙，架住那似泰山压顶般万钧狼牙棒。沙僧就像从前流沙河边凶恶模样，握住降魔宝杖直捣他背脊骨。

妖怪见这样吓不住他们，也不往旁边躲闪，干脆坐在原地变成一座大山。沙僧的兵器打在山石上，迸出一片火花，无损他丝毫筋骨，反把沙僧

的手腕震得酸疼麻木。

沙僧气愤骂道："贼妖怪，有本事再打。为何变成这惫赖相？"他一面咒骂，一面手举宝杖在妖怪身上乱敲乱打，逼妖怪变成从前样子再交战。

八戒看了说："这厮装死狗，我有办法对付他，叫他知道猪八戒爷爷的厉害。"

他这样说完，便使出自己看家本领，挽起衣袖，好似从前在高老庄种地，一耙接一耙使劲刨山，看那妖怪还能不能稳住不动。

俗话说，一物自有一招治。八戒这一招果然灵验，那妖怪再也没法稳住，只好大喊一声，重新显形和二人战斗。从天上打到地下，从设法会处打到旷野，越打越远，渐渐把八戒和沙僧引到远远看不见处。

打斗正激烈时，人群一片混乱，马鸣象嗥，不知应该怎样才好。宝坛上众人望着戒日王和三藏，眼巴巴地看他们，等着他们拿主意。

戒日王不愧是一代英主，曾经东征西讨五印度。眼见唐僧两个徒弟抵住妖怪，他起身举手安抚坛上坛下众人安静，请三藏长老继续说法讲经。三藏见惯这番景象，又有国王支持，也定住了神，不慌不忙地接着往下讲。众人听见他和戒日王的声音，加以打斗声越来越远，终于渐渐平静下来，不再担心那个舞弄狼牙棒的妖怪侵袭。正是：

一场风波后，
依旧说佛法。

三藏细细论述，时间慢慢过去，不知不觉便到了薄暮时分。天上白昼诸神仿佛早已预知结果，从空中赞颂了，不声不响地隐身在朦胧黑暗里，毫不担心这里还会发生什么事情。

戒日王抬头望见天色已晚，坛下人众渐渐散尽，恭敬地对三藏说：“长老疲倦了，请回行宫休息，明日再继续说法。”

三藏正颜答道：“听众未曾都离开，我怎么能够离开休息。”

戒日王惊讶地说：“人都散开了，只有我带领贴身随从，陪伴长老还未走，哪里还有别的人？”

三藏摇头不听，手指台边暗处说：“你往那边看，不是还有许多听众。”

戒日王感到奇怪，顺着他指点方向一看，不由大吃一惊。那里一片暗沉沉，不料真有许多黑影，周身闪烁惨白荧光，看一眼直叫人毛骨悚然。只见那里：

光闪闪，绿荧荧，一片阴森森。不是听经平常人，原本索命众冤魂。未知来此为底事，惊吓了坛上高僧，叫人好纳闷。

戒日王看仔细后，指点给三藏看，才使他心里吃惊。俗话说：“日夜阴阳界，人鬼两分开。”此刻已入夜晚，坛下人众散尽，无有蓬勃阳气镇压，因此阴气肆意滋生。环顾左右，三个徒弟不在身边，只凭戒日王背后几个侍卫，如何奈何得这些恶鬼？

他在台上踌躇彷徨，心中寻思无计，只好壮起胆子，朗声讯问众鬼道：“你们从哪里来，聚集在此处意欲何为？”

黑暗中，一个鬼魂应声答道：“我们是河边五百冤鬼，奉了教主阿修罗之命，和两个魔头一起来扰乱法会，取你们性命。”

三藏闻言，魂飞天外，硬着头皮对他们说：“我做和尚，你们做鬼，两不相涉，为什么定要和我们过不去？”

那鬼魂说：“圣僧不必忧虑。我等如要加害，早随两个魔头一起动手了。我等在坛下聆听了慈悲佛法，方知邪说有误，从前皆非。请求圣僧恕罪，为我等诵经超度，再不敢听从阿修罗为非作歹、荼毒生灵了。”

三藏听了，心中安定，连忙合十诵念，为众鬼魂忏悔祈祷。那边黑气渐渐消散，五百恶鬼一一化去，才免除了最后一灾。戒日王见他有此法力，对他愈加钦敬，这才起身护他转回附近行宫，等候三个驱魔弟子归来不提。

欲知后事如何，请听下回分解。

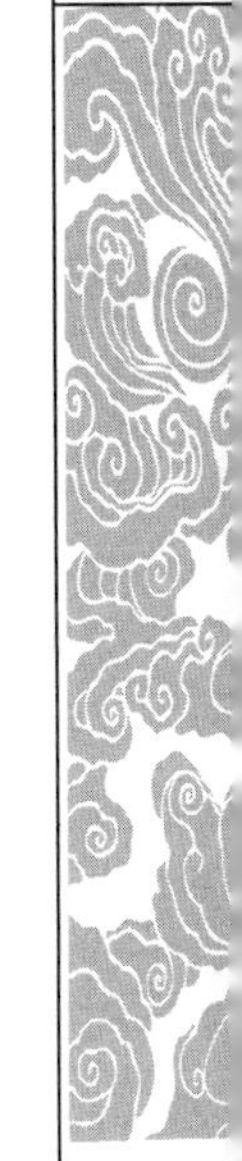

第五十三回　贼方丈借宝敛财　孙大圣设计掉包

却说唐僧师徒在曲女城畔显大神通，驱散妖魔，参加了说法大会，深得戒日王和各国君王尊敬。

戒日王亲自为三藏拂尘奉盏，安排起居，执手请求道："小王原为宫中王子，父兄治国威临四方，遭邻国忌恨。邻国诱兄与会，加害吾兄，使其身亡，意欲趁势灭邦。群臣无计，推举小王继位，承命于危难中，向观自在菩萨[①]祈祷。菩萨昭示，方知自己先身乃林中苦行僧人，累世积福为王。只有以慈悲为志，谦恭为怀，勿升狮子座，勿称大王号，方可振兴邦国，使五印度臣服。小王遵命，立誓兄仇未报，无右手进食[②]之期。于是激励军士，躬自征伐，象不解鞍，人不释甲，经过六年，方统一五印度。以后三十年兵戈不起，遵从佛法，政教和平，务修节俭，营福树善。令五印度不得瞰肉，若断生命，有诛无赦。各处建造佛塔、伽蓝[③]，五岁一设说法无遮大会，为求护国法师，永结天下善缘，惜乎无人可以充当。今见长老法行无边，道通幽冥，五印度无人可比，便请在此登庄严法座，三位贤徒皆任殿前大将，未知长老意下如何？"

三藏闻言，慌忙离座答谢道："大王盛情，令小僧诚惶诚恐。小僧出生东土，习学佛经，十分仰慕西天。本应留在这里继续学习修禅，无奈大

---

① 观自在菩萨，即观世音。

② 印度习俗视左手不洁，而右手洗净后，可直接抓取食物进餐。戒日王如此立誓，说明此事意义重大。

③ 见《大唐西域记》卷五，"羯若鞠阇国"条，对殑伽河伽蓝的描述。

唐天子有旨，必须习法取经返回本土，方可传播教义，弘扬佛法，使天下同被慈悲法轮佛光。不能在此久留随侍大王，尚乞谅宥。”

他这番话入情入理，贤德英明戒日王如何不解，只好叹息一声不再强求。挽留三藏师徒在宫内，日日设斋款待，对坐论理谈经，盘桓了一些日子，方亲自排驾送了一程，依依不舍挥泪告别。

经过此番说法大会，三藏也心中振奋，十分感怀这个异邦贤德天子，与众徒一路谈论，沿着殑伽河边大路，继续前行。行不多远，来到一个妙处，只见这里：

榕树密、柳丝长，中间一座古刹藏。高高出楼阁，隐隐露霞光。内里必定有佛宝，方是这般模样。

三藏在马上望见，觉得这座寺庙十分稀奇。外面古树参天，将寺庙层层迭迭包藏得紧紧密密，只在树荫透出一道隐约墙影，林梢托起闪光屋瓦和一座舍利宝塔，叫人估摸不透其中情形。

他手指林中寺庙对众徒说：“我看这里极有灵气，应该进去参拜。你们都跟好了，千万不可托大造次。”

三个徒弟跟在马前马后走了很远，本来就已疲乏，听师父这样讲，都诺诺应承，敛息收念跟着一起进去。

众人穿过树木夹道来到山门前，早有几个和尚笑脸相迎，合十敬礼道：“你们从哪里来？快到里面歇脚，参拜佛宝。”

三藏问他们：“这里果真有神圣佛宝吗？”

为首一位方丈笑嘻嘻地说道：“无有佛宝，怎么成得了这寺院。你们看门上匾额，便知这里精妙处了。”

众人闻言，一起抬头看。这才看见山门上镌有斗大“如来佛牙舍利宝

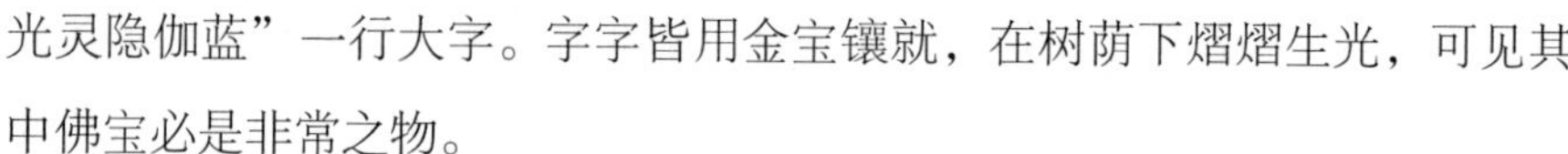

光灵隐伽蓝”一行大字。字字皆用金宝镶就，在树荫下熠熠生光，可见其中佛宝必是非常之物。

三藏见了肃然起敬道：“弟子远来，唯求佛力庇佑，能够参见佛宝，实属三生有幸。烦请方丈引路，我们就去参拜。”

方丈听罢，含笑点头道：“善哉，善哉！你说得极是。这里佛宝十分灵验，你们既有心，就和我一起进去参拜。”说着方丈转身，请众人入内，顺着一道道长廊夹道，弯来拐去往里面走，一一给众人介绍灵异地方。

三藏边走边问他：“这里佛宝是什么，可否不吝惠告？”

那方丈说：“此处是往昔如来佛祖解说七日妙法处，旁边还有过去四佛经行遗迹，乃是十分神圣的地方。佛祖在此留有爪发，均建有窣堵波贮存。其中最珍贵者，乃是一颗佛牙，便是这里镇守之宝了。”

八戒跟在后面，听了半天，忍不住问：“你说是佛牙就是佛牙吗，该不会是假的？”

方丈听了不悦道：“你不知情况，怎么这样说。世间许多邪庙野寺会使用虚假佛骨舍利敛财。有的伤天害理，甚至用牛骨鸟骸冒充。这不仅有辱佛祖，欺骗大众，也损伤自己人格。我们怎么是这样的人，怎能做出这般不合佛理事情？”

八戒仔细看他，雪髯飘飘、一派童颜，果真是道德高僧模样。他的话不得不使人相信，八戒便不再有丝毫怀疑。三藏见八戒出言不逊，低声呵责了两句。八戒只好把长嘴揣在怀里，垂耳敛息，更加不敢多言多语。

这边方丈热情引导，穿过重重庭院，带领众人参观，渐渐走到里面最后一座大殿前。三藏正要问讯，忽然有一僧人过来，假模假样地对方丈低声禀报几句。方丈旋即转身，拱手对三藏说：“佛牙就在里面。我有事离开，你们要看，就听我这个徒弟安排好了。”言罢，他即恭敬含笑拱手揖别，把唐僧四众留在院内殿前。

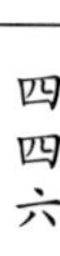

众人抬头看，这殿内果然灵光四射，十分稀奇。正是：

重帘难掩神光异彩，
定有奇珍贮藏此宅。

三藏看见，心里欢喜，抬腿便要往里走。那个陪伴僧上前一步，急忙挡住，客客气气地问道：“你们往哪里去？”

三藏说：“我们去参拜佛牙，请你开门带路。”说着，他带领身后众徒，兴冲冲又要往前走。

拦路僧人依旧挡住不放说：“你们看佛牙，结佛缘了吗？”

一句话问得众人莫名其妙，三藏感觉奇怪，问他：“已给你家方丈说过，还有什么周折？”

僧人正色道：“情归情，理归理。虽然他说过，但这佛缘还是不可不结的。”

三藏听不懂，只好问他：“这佛缘怎么结？请你指点，我们去结便了。”

那僧人也不多说，手指旁边一块木牌道：“我不用多说，你一看就明白了。”

经他指点，众人转身一看才看清楚，只见上面写着几行字：

欲参佛牙，
需结佛缘。
一人一金，
多者不限。

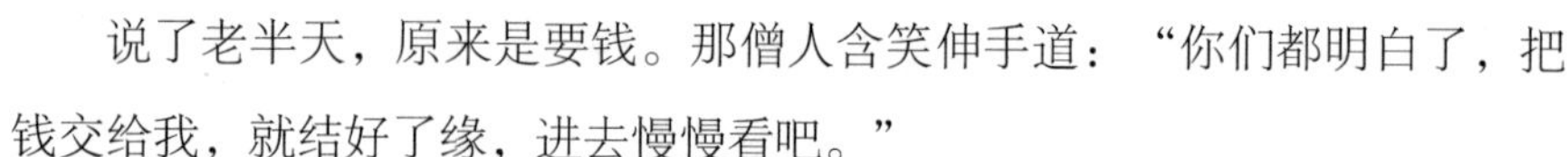

说了老半天，原来是要钱。那僧人含笑伸手道："你们都明白了，把钱交给我，就结好了缘，进去慢慢看吧。"

他这样说，八戒早忍不住，嘟囔道："你这规矩可对外人。我们都是佛门一家人，难道还这样？"他要转身寻找先前那个方丈，早已不见影子，只好嘴里抱怨，窝了一肚皮牢骚。

僧人又正色道："佛祖说过，不分各色人等，都一视同仁，怎能违背教谕，坏了这个规矩？"

他还要说，跟在后面的老实沙僧也忍不住插话道："佛祖所言，不是这个意思。神圣佛牙不是俗物，这样岂不亵渎了它。"

僧人不焦不躁，耐心解释："你知其一，不知其二。敬佛需有价值观，献金愈多，佛缘愈深。不仅表得虔诚心情有几多程度，也可积累善财，为佛塑建金身。"

八戒不解地问他："你们收的钱，都要给佛祖塑金身吗？不会自已装进荷包？"

僧人做出十分鄙夷的样子道："你说话怎么这样俗气。来看佛牙的人都把钱放进门口木箱内，上了锁，我们从来不沾手的。"

八戒问："你们不沾手，怎么拿出来？"

僧人听了，合十念佛道："阿弥陀佛，你怎么连这也不知道。佛力无边，有什么隐藏物件取不出来。"

八戒又问："来这里的人多，捐献许多金银钱财，只怕早已塑好佛祖金身了，何必再积累许多。"

僧人耐住性子对他说："各结各的缘，各修各的善，你怎么这样不明白？金积一寸，福积一分。谁塑的佛祖金身高大，往后升天就更容易。最后做了佛祖座前菩萨，可以朝夕相见也说不定。"

话说到这里，三藏和沙僧都要开口，悟空抢先一步笑嘻嘻说道："你

们都不要说了，我听得十分仔细。这位长老说得不错，交钱看佛牙完全合情合理。我替你们都交，多交些好到佛祖身边去。”

说罢，他便伸手往臀后一摸，捞起一大把黄澄澄的金子，双手送进木箱，对那僧人说：“你看这够了吗？不够就再加。”悟空一边说一边又掏一把塞进去。

八戒看见，悄悄地问他：“你哪有这许多私房钱？”悟空不说话，暗暗捅他一下。八戒心领神会，原来是那话儿，便闭上嘴不再说话了。

这边那僧人见此情形，不由眉开眼笑合十祝福道：“还是这个猴长老有心，大家都给一个欢喜缘，佛祖必定加倍保佑。”

他这样说，早变了样子，转身恭恭敬敬打开殿门，含笑请大家都进去。里面陈列果然不同：

铜罗汉、金菩萨，四面皆壁画。写尽佛祖生涯，娓娓迷住话。
珍珠盒、水晶花，几上一宝匣。贮藏神奇佛牙，熠熠放光华。

众人抬头看，四壁精工绘画佛祖本生故事。中央一个雕花檀香木佛龛上，恭恭敬敬放着一个宝函，内里便是如来佛祖遗在此处真正佛牙，殊光异色，长半寸余。那僧人介绍说：“这佛牙最是神异灵奇的，其光芒色彩朝变夕改。那些野寺赝品，哪里比得了。”

三藏看了也啧啧称奇，连忙施礼下拜，心中默默祷告，祈求菩萨赐福。沙僧也伏地礼拜，和师父一样虔诚。

悟空也敬了礼，从臀后又拔一把毛变成金钱递给八戒，低声对他说：“你去把那个贼和尚引出去，我自有道理。”

八戒心知他要施展手脚，便装呆卖傻，对那个陪伴僧人说：“我也有一些心意，要结个大佛缘，请你带我出去一起办理。”那僧人见他手中金

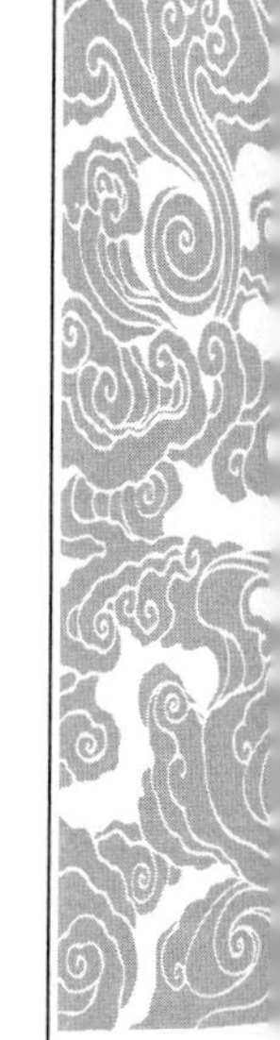

灿灿一堆金钱，眼睛早飞了进去，不知话里有计，连忙满脸堆笑跟着八戒一起往外走。

悟空等待的正是这个时刻。说时迟那时快，他趁师父和沙僧低头伏在下面都不注意，十分轻巧从匣内取出佛牙藏在怀里，扯一根毛变成佛牙放进去。一切就绪，扯住师父和沙僧回头就走。三人大步走到外面，八戒才气喘吁吁赶上来，悄声问他："你叫我哄住那个贼和尚，在里面做什么手脚？"

悟空悄悄把怀里佛牙给他看了，说："这里大小和尚都不地道。取了佛牙，就退了这鸟庙灵光，看他们还拿什么诈人钱财？"

八戒问他："你偷了佛牙，想带回家吗？"

悟空说："我要佛牙有什么用？看何处有真正佛徒，留下来再修一座庙。"正是：

珍宝无价，
难言福祸。
置善得善，
置恶贻恶。

众人一口气走远了，悟空回头手指那林中寺院对八戒说："你看那里已经无有光芒，成不了气候了。"

八戒也呵呵笑道："我们还不快走，此刻那个方丈必定已经发觉佛牙被掉了包，会捶胸顿足，咬牙切齿追上来。"

三藏坐在马上，不知他们嘀咕什么，悟空在马屁股上加了一鞭，驮着他飞快往前奔跑，渐渐将那寺院抛在后面。

欲知后事如何，且听下回分解。

第五十四回 八戒偷懒骑白马 长老水上遇强贼

话说悟空和八戒在马前马后拥着三藏，一口气赶了很长的路，沿着殑伽河不知不觉来到东南阿逾陀国[①]。回头一看，不见沙僧影子。

三藏道：“他在烈日下挑担辛苦，走得慢。我们在这里等他一下。”

悟空抬头看了一下天色说：“时间不早了，只怕会刮风下雨。只我一个人在这里等他就行，八戒跟着师父先慢慢走，找个地方投宿歇息，莫累了师父。”

这番话合情合理。他们西天取经的路上，这也是常有的事。三藏不再多言，嘱咐了悟空几句，便策马和八戒沿河继续前行。走不多远，八戒觉得累了，抬头看见岸边一只船，对师父说：“这里天气太热，我走不动了，马也疲倦，不知师父在马上是否也颠簸劳累。不如搭一段船，大家都好好休息。”

三藏看他身体肥胖，周身汗珠淋漓，动了怜悯之心，对他说：“这样也好，只怕悟空他们不知道。”

八戒说：“师父何必担心他们。水陆都是一个方向，那猴子鬼精灵，还怕找不到我们？”

三藏肚里寻思，这话也有道理，便点了头，下马和八戒一起走到船边，与船老大商议搭船。船老大看了他们一眼，说：“这船已经装满了。你们两个人加一匹马，怎么上得了？”

① 见《大慈恩寺三藏法师传》卷三，玄奘在阿逾陀国登船遇劫的故事。《大唐西域记》中未载。在现在印度的北方邦境内，是印度古文明中心之一。

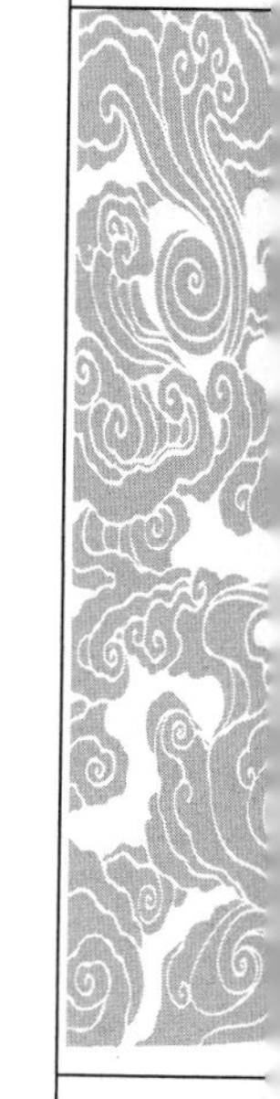

三藏来不及说话。八戒在后面插嘴说：“我们真走不动了，发个善心吧。”

船老大沉吟一下说：“都上船不行，只能上一个，马一定不能上。”

这一说，三藏和八戒都为难了。三藏对八戒说：“你实在走不动，就上去吧！我自己骑马慢慢走。”

船老大从头到脚看了八戒一眼，摇头道：“这个猪形和尚肥胖沉重，莫要把船压沉！实在要上，就让白面师父上来吧。”

三藏听了有些犹豫，八戒却撺掇他道：“既然这样，师父你就先上吧。坐船比骑马舒适，也让这马歇一会儿，我跟着。慢慢走着等候师兄和沙兄弟。”

看来这是两全其美的最好办法。三藏想了一下，只好点头同意，又嘱咐了八戒几句，自己上船驶入中流了。八戒见师父走了，牵着白马走几步，也翻身跨上去，在树荫下懒洋洋慢慢前行，眼睛瞄往河里航船，不怕它会在眼皮下漂走。

常言道，天有不测风云。这样走了不久，河上忽然刮起一股大风，岸边也飞沙走石，叫马上的八戒睁不开眼睛。八戒使劲拭眼一看，不由在镫上跌脚叫一声苦也。只见河上空荡荡，一片波浪翻滚，哪有师父乘坐的船影子！他连忙下马脱了衣衫下河掏摸，来来回回摸了好几遍，除了几条小鱼外，什么也没有摸着。

师父到底是死是活，是否连人带船都被冲走了？八戒这才慌了，赶紧上岸翻上马背，扬鞭催马沿岸追赶。可恼这马也被风沙遮了眼睛，又不耐八戒肥胖身躯重压，走得十分缓慢，真急坏了马背上的八戒。正是：

一猪偷懒惹奇祸，
丢失师父无着落。

且不提八戒如何心急寻找，再看河上的情形。三藏在船上原本坐得安稳，不料行不多远就刮起了风。河上波涛汹涌，把船簸弄得忽起忽沉，左摇右晃不得平静。这船上本来就装载得满满的，船身沉重下坠，不时有波浪卷入船内，沾湿众人身子。船上老少都被吓得面无人色，惊怖叫号，更增添了恐慌心情。

内中有人指着三藏叫骂道："船本来走得好好的，这个和尚上来才惹了晦气。把他抛下去！平息河神怒气。"

他这一番怒骂，点燃了众人火气，都把心中怨恨发泄到三藏身上。有人还嗔怪船老大，船上已经满载，贪图钱财又多搭一个人，才弄得这样惊险。倘若船在浪里翻沉了，满船人性命向谁索取。

当下就有人站起身，欲从另一边挤过来，要把多余的唐僧抛进水里。此时此刻三个本领高强徒弟皆不在身边，三藏自己不会水，无有抵挡之力。他后悔不及，又惊吓得不知所措，只好连声向众人赔罪，低声诵经念佛，但求过了眼前这道关口就好。多亏船老大沉住气，喝住众人坐好不得妄动，自己把稳舵，方得以在浪涛中驾驭这船偏偏倒倒行驶，没有翻沉下去。

这样沉沉浮浮随波漂流，不一时便出了阿逾陀国境，进入下游阿耶穆佉国[①]。两岸皆是黑沉沉的无忧树[②]林，风势逐渐平息，船身止住摇晃，重新安定下来。众人转危为安，互相拥抱庆贺，不再怪罪唐僧。反而有人认为他诵经祈祷有功，笑脸向他相谢。三藏感谢上苍，缓缓舒了一口气，只是不知此刻身在何处，惦记三个徒弟，不知他们是否能够找到自己。船上众人死里逃生，转悲为喜，安安稳稳地坐着不动，再也不大声吵闹，只求

① 阿耶穆佉国，在现在印度的北方邦境内恒河沿岸。

② 无忧树，梵语音译为阿输柯树。《酉阳杂俎》记述："无忧树，女人触之花方开。"其花红色，印度特产。

船老大把好舵，早早到达前面港口。殊不知身边另有危难，正向他们悄悄袭来。正是：

一波方平又一波，
且看此番如何过。

船到这里，风势已平。众人正庆幸，忽然听见一声唿哨，岸边驶出十几只小船，行驶如风，拦住这船不放。不等小船靠稳，就跳上几个持刀汉子，不由分说便将船老大踢翻，将船拖到岸边林下泊住。众人方知遇着盗贼，吓得面如土色，只求饶命便好。

三藏偷眼看这些人，一个个袒胸露体，相貌十分凶恶。为首一人瞪目喝道："我等乃圣母信徒，不是盗贼。今日是祭圣母日，你们都将身上钱财献出为圣母祝寿，便可饶性命，否则统统都死。"

他手执雪亮大砍刀，恶狠狠地说话，谁敢不遵？众人不等强盗动手，便立刻乖乖掏出值价钱财放在脚下。这班贼人逐一检查，见有好衣衫也叫脱下，让船上众人一个个赤裸身子站在沙滩上等候发落。

众人被强盗洗劫一空，无有别的可以再搜刮了，队列中一人战战兢兢开口问："我们已经赤条条，再没有多余物件可以献给圣母，能够走了吗？"

强盗首领狞笑一声说："你们还算老实听话，可以从轻发落。只不过还需献给圣母一件礼物，方可放你们离开。"

众人听见，连忙问道："圣母还需什么？只要我们有，都可以奉献。"

强盗首领颔首道："这样就好！别的什么都不要，只需从你们中间挑出一个鲜洁童男子，火焚升天给圣母做随从。"

众人闻言，大惊失色，不料强盗还有这样要求。举目一看，众强盗已经在旁边空地上架了一堆木材，只等选出受难者，便可点火祭神。队列中有几个儿童，早被亲人藏在背后。大家面面相觑，不知该怎样才好。

强盗首领见他们都不作声，厉声喝道：“你们磨蹭什么！若不赶快选出一个童男，叫你们都死。”

他这一声喝，吓得众人魂飞天外。有人嗫嗫嚅嚅地与同伴商议说：“不交一个人，对大家都没有好处。今天的祸根是那个白面和尚，他也是童男子，和谁都不认识。不如把他交出来，大家才能保住一条命。”

众人听他这样说，齐声附和称是，立刻七手八脚将三藏推出去，边动手边对他说：“你自己撞来的，休要怨我们。你这晦星，带来两场无妄灾祸，险些叫大家送命，死了也不委屈你。”

有人安慰他：“你现今走不脱，该死就死。我们回去为你诵经，超度你魂灵升天也是归宿。”

可怜三藏孤身只影，无有气力挣扎，苦苦诉说无效，只好垂头丧气，任凭强盗将他推上柴堆，敛息瞑目，等待火焚身亡。他想要最后礼敬佛祖，无奈手脚均被强盗取绳紧紧绑住，便开口对他们说：“既然今日是我寂灭时，也不和你们强争。僧人之没，不类猪羊，不能缚我手足，应该任我祷告，从容升天才合道理。”

他这样说，众强盗有的同意，有的不同意。不同意者诟骂他：“你这秃驴有缘祭献圣母，便是天大福分，还多什么嘴舌！”

强盗首领却发了善心，点头说：“他要祈祷，就让他去做，还怕他会飞了不成？也让面前这帮船上客人也知道，我们心怀仁慈，不是那种赶尽杀绝、不讲道理的真强盗。”

首领发了话，手下人便过来给他解了绳索，骂骂咧咧道：“要死就死，你怎么这样啰唆，唠唠叨叨地求了上天，未必会有不同的结果。”

此时此刻，三藏心已近木，不睬这些言语，也不再多看周围持刀强贼一眼，任随他们在下面点起火。一股烈焰热腾腾烧起来，三藏在柴堆上盘腿坐定，合十诵念真经。可怜这长老：

万里西来求极乐，
无限功夫一旦休。

众强盗和船上被掳来的客人，围在四周看这东土长老焚身。只见烟气缭绕，光焰熊熊，不多时便将他周身上下裹住，似乎转眼，便会将他吞没。强盗首领见大功已成，率领手下人围住火堆手舞足蹈，狂呼乱叫，向魔教圣母礼拜致敬，祈求她显灵攫取这个活生生祭物。

他们的咒语十分灵验。火焰起处，空中浮起一朵烟云，魔教圣母带领魔卒忽然在上显身。圣母相貌丑陋无比，抖开一个宝瓶，就要收进三藏灵魂烟气，不叫他再还阳重生。

三藏坐在火中，衣服已经点燃，周身一团热烘烘，眼看就要烧透肉身，嘴里只赶紧诵念最后祈祷话语："我佛慈悲，弟子玄奘化为灰烬，不能侍奉左右了。"

说也奇怪，他口中话未毕，原来晴朗天空忽然飞出一朵乌云，端端正正盖在头顶上，迸洒出一股急雨，恰恰将三藏所坐火堆浇灭，把那魔教圣母和强盗都浇成落汤鸡，周围地面不沾半点水珠。必是佛祖显灵，才有这样神迹。

那魔教圣母正兴冲冲，被泼了一身水，心中十分气恼，咬牙切齿道："好个东土和尚，串通了如来害我。没有火，今日也要你死！"说着，魔教圣母便手舞利器，从头顶向三藏砍砸过来。

说时迟那时快，正要伤着三藏，空中忽然闪出三个黑影，各自手执兵

器腾空赶来，口中大叫："妖怪住手！不要伤了我师父。"

三藏抬头看，正是悟空、八戒和沙僧，不知从哪里来救护。八戒和沙僧拼死敌住魔教圣母。悟空一棒扫灭了强盗，也赶到空中助阵。在天上一阵厮杀，打得那魔教圣母招架不住，化成一道黑气遁去，这才彻底救了师父。

欲知后事如何，且听下回分解。

第五十五回 僧官指点多烧香 悟空一怒治灯神

且说悟空兄弟三人，拼命打败魔教圣母，救了师父性命。悟空责备了八戒，重新整顿精神，继续往前巡行。离了多灾阿耶穆佉国，众人来到钵逻耶伽国[①]都城面前。

这里两河相交，水面十分宽广。更可喜的是，河边沙滩平整，自古以来是王室豪族散财施舍之所，号称大施场[②]。那合流处水色清澈，更是十分神圣，每日有千百人在此沐浴祈福。许多苦行者在河中植起一根高柱，日出即来这里，费力攀爬上去，将身体做成一个“大”字。他们一手一脚拉住木柱，另外一手一脚连同身子悬空张开，顶着烈日河风，不吃不喝，挨到日落西山方收功下柱，以为这样可以修炼道行功德。更有一些痴迷信徒，成群结队在水中绝食趺坐，经过几日，从容自沉水底，这样轻生，以为可以便捷升天。三藏师徒看了，嗟讶不已。

八戒感到奇怪，说：“敬佛是为得好处。这些人连命也不要了，还有什么好处可言。”

三藏止住他道：“你说话小声一点。这里是他们神圣场所，莫被别人听见，弄得不好下场。”

众徒听了师父这样说，便不作声。日夜走得疲乏，先觅一个地方休息。

---

① 见《大唐西域记》卷五，“钵逻耶伽国”条：“钵逻耶伽国周五千余里。国大都城据两河交，周二十余里，稼穑滋盛，果木扶疏……天祠数百，异道寔多。”

② 见《大唐西域记》卷五，“钵逻耶伽国”条，大施场及修苦行者。

三藏说："看来这里是个福地，不要去别处，找一个僧舍最好，休息饮食都方便，还可听经参佛，切磋教义。"

八戒要争头功，抢先领命走在前面，找到一座大庙，里面古木森森，屋宇重叠，对众人说："这个地方有气派，最好！"言罢，便亲自为师父牵马，引导大家进了庙门。

众人抬头看，这里金碧辉煌，果真气势不凡，几个僧人远远看见，连忙击磬鸣钟，诵念欢喜经，出殿恭敬迎接。为首一个僧官合十问道："你们从哪里来，可要在此用斋投宿？"

三藏慌忙答礼道："我们长途跋涉疲乏，正要请求借一席地休息，未知是否可以？"

那僧官满面堆笑道："都是出家人，何分彼此。长老既然有意，就留下来，不必再去别处了。"

言罢，他便回头吩咐背后小僧，带领众人进去，打开里面僧舍，待众人放下行李，漱洗安顿后，便引导众人参观寺内各处设施。

里里外外走了一遭，八戒看见到处都有功德布施箱。师父走一处，投放几枚钱，兜一个圈子，怀里钱都用完了。八戒见此，忍不住问那僧官："为什么这里到处都收钱，只做一处不方便些。"

那僧官手指殿内菩萨道："你看各处菩萨不一样，倘若不分开，都混在一起，怎么均分？"

八戒感到奇怪，问："菩萨六根清净，也要分钱吗？"

僧官见他问得幼稚，十分鄙夷地对他说："你这猪和尚好不开化，不知道天上情形。你道天上和人间不同，都不食烟火气就错了。有几个菩萨能像佛祖那样真正清净？如果人人做到这点，都是佛祖了。"

八戒忍不住又问："各处布施了，都有好处吗？"

僧官正色答道："一分功一分果，怎么没有好处？你进门要求门神，吃饭仰仗灶神。穿衣走路，无处不有专门的神祇管理。一一奉敬了，往后

处处方便，就有大大好处了。”

八戒还要问，僧官接着又说：“你不知我们这里与别处不同。虽然供奉菩萨不大，却各掌一门，都有通天本领，所以福报来得十分快速灵验，比敬大菩萨更好。在这里捐舍一钱，功德超过他处惠施千金。因此，香火日日兴旺，才成得这样宏伟规模。”

他二人一问一答，悟空在旁听得十分明白，冷笑一声道：“借机敛财，算得了什么菩萨。我偏不施舍，看他怎么奈何我。”

说这话时，众人已走到一处偏殿门前。僧官手指殿内一个黑脸菩萨道：“这是本地油灯菩萨，得罪了他，只怕今晚没有好日子过。”

悟空道：“我在东土大闹天宫，西天闹了灵山，什么大菩萨没有见过？这个小小灯火神，怕他怎的！”

他不掏钱，还挡住师父众人，也不让他们布施，扭回头就走，连那僧官也不搭理，径自进了屋内，等待黑夜到来，看那灯神怎么报复。

不多时，天色渐晚，屋内一片黑暗。三藏还要诵经，做晚间例行功课，却看不清经卷上半个字。沙僧见状，忙取一盏油灯来，用火石打燃了火焰凑过去，却怎么也点不亮这灯。

八戒嘟囔道：“这是那个灯神报复了，点不了油灯就用蜡烛。”他边说边取一根蜡烛，费力打了半天火石，也依旧点不燃。

八戒不耐烦了，埋怨悟空道：“都是你舍不得几个小钱，带来这样的麻烦。还不知我们走到别处，灯火是否也不亮。”

悟空气愤地责备他说：“兄弟，你英雄一世，枉做了天蓬元帅，怎么今日黑白不明，反而惮惧这个小毛神。倘若放纵了他，只怕他往后还会继续为非作歹。”正是：

灵猴一身正气，

何惧区区毛神。

悟空道："他躲在暗处作法，我就到明处找他，不信他会连庙也不要就溜掉。"

好大圣，推开门便走。他来到日间见过那座偏殿，大步跨进去，手指着座上那个黑脸菩萨道："你就是灯神么，为何贪赃枉法，不让我们点燃灯？"

他在殿内指点跳骂一阵，发泄尽了怒气，那灯神却装聋作哑，端坐在神龛上，闭口一言不发。

悟空冷笑一声道："你这泥塑菩萨既然无半点灵性，要来有什么用处，我今日便砸了你，免得你尸位素餐，多余留在这里欺哄人。"说着他跳上香案，抽出金箍棒便要打去。

这一来，那个黑脸灯神稳不住神了，却也不失自己威势，大喝一声道："你是什么人？也不看这是什么地方，胆敢在这里胡闹！"

悟空气呼呼地说："你爷爷是齐天大圣孙悟空，听说过吗？莫说你这小小地方，天宫、灵山我也砸得稀巴烂。不信，就试一下。"

说着，他挥棒一扫，将殿前一根石柱劈成两半。屋顶失去支撑，"哗啦啦"塌了一大半，瓦砾砸在那灯神身上，迸出许多鲜血，把黑脸砸成了花脸。

灯神这下才慌了，知道这个主不是好惹的。他本想再板起面孔打几句官腔，用往常威势镇住对方，见悟空如此这般，只好收住势子换了一张脸，开口赔笑道："误会！误会！有事好商量，何必动手动脚伤和气呢？"

他见悟空还没有消气，顾不上擦自己脸上血迹，又赔着笑脸说："大仙不要生气，你屋里灯火立刻就亮，再不会点不燃了。"说着，他伸出一根手指远远一指，那边灯果然亮了。他斜眼看悟空，还圆瞪着双眼，丝毫也无原谅意思。

悟空毫不领情，指点着他喝道："你只给我点了灯算什么！这里还有许多人，你敛了多少赃款，造了多少孽，都老实说出来。"

灯神装作委屈说："你从哪里听来不实之词，真是天大冤枉。人孰无过？工作失误或许有，怎么能往那样坏处想。"

悟空道："坏不坏，你自己肚里明白。今日不和你多言语，快把赃款吐出来，滚出这庙，再也不许回来！"

灯神着急，可怜巴巴地说："小神乃上天所委，也不是自己想干这样讨人厌的苦活。再说这庙虽小，也需人看守，我走了，也不忍心叫别人和我同样受累受苦，还听许多难听话。除了我这样任劳任怨的公仆老牛，能从何处找人替代？"

悟空不买账道："管你是牛是鬼，也蒙不过这一关。休要花言巧语，赶快从这里滚蛋。莫惹恼了你爷爷，把你砸成肉饼子。"他这样说，挥棒又一扫，把殿内另一角落也一棒打倒。

灯神这才真的急了，跳起双脚翻了脸，手指着悟空骂道："贼猴子，你别欺人太甚！在这块地皮上，白道黑道朋友我都有，叫你吃不了兜着走。"

他说了这话，不敢和悟空缠磨，扭身一溜烟钻得无踪无影，留下悟空火气冲天，索性挥起金箍棒，把这座偏殿砸得稀巴烂。回到住处一看，屋里又黑灯瞎火没有一点光亮了。

八戒说："刚才灯亮了，不知为何又一下子熄灭了。"

悟空道："这都是那贼灯神作怪。你们好好睡，我等候着，看他还会施展出什么手段。"

话未绝，屋外一阵响动，黑暗中一个圆滚滚的东西砸破窗子飞进来，险些打中窗前三藏。他捡起来，双手捧住定睛一看，不由惊叫一声魂飞天外。原来是一个骷髅头，光秃秃，闪烁着绿色荧光，好吓人。

众人还未琢磨出这是从何处来，外面就传来一阵暴喝声。一个身躯巨大的鬼怪一脚踹开门板闯进来，瞪目大声吼叫道：“谁是不晓事的孙悟空，快出来领死！”

悟空也不客气喝道：“好孙子，你爷爷已等候多时了。不要走，先吃我一棒。”说着，他便迎头一棒打去。

那鬼怪哪里招架得住，一下子被打断一只手臂，忍着疼痛往外就跑，口里嚷道：“你吃了豹子胆，敢暗杀我。有本事，出来再打！”

悟空追出来，抬头一看，外面月光下还有六个鬼怪，都戴着用骷髅头骨做的项链圈，一个个揎臂伸拳，做出十分凶恶的样子。

悟空问他们：“你们是什么妖怪，半夜到此惹事吵闹？”

一个怪物睁圆了眼说：“你听着，别吓破了胆。爷爷们是这里有名飞天七兄弟，人称黑风帮，就住在这院内大树上。看我们脖下骷髅骨，便知道我们吃过多少人肉。今日你们也走不脱，给爷爷再添几颗骷髅珠子吧。”说罢，他便一声唿哨，招呼众兄弟都扑上来。

八戒和沙僧跟在后面，抽出兵器要打，悟空伸手挡住道：“你们不用动手，这几个毛贼，让我拔一根毛收拾掉。”

他收了金箍棒也不动手，拔了一根毛变成自己模样上前迎敌。三根两根几下子，就把七个恶鬼全都打翻在地。自己这才站起身，提棒一下把那大树打倒，嘴里狠狠骂道：“我把你连根打断，看你还能在这里为虎作伥害人不？”

八戒见他这样轻易便取胜，称赞说：“师兄除了这帮恶鬼，好叫人解气。”

悟空说：“要说解气还早。把那些殿前敛财柜都砸了，保得这方永久平安才算真解气。”八戒和沙僧道一声“好”，三个人一起动手，把这庙内所有收钱木柜砸得干干净净。殿上菩萨、庙内僧人无一个敢出一口大气，他们才心满意足住了手。正是：

许多土霸王，
今朝一旦休。

三藏看见这般情形，叹息道：“想不到这样神圣好地方，也有许多害人恶棍。”言罢，他心中又有些不忍，为被悟空打倒的几个鬼魂诵了一卷忏悔经。

悟空嘲讽他说：“师父枉自读了许多经书，不知世间无有绝对纯净处。除恶不松手，方是佛家真正大慈悲，还为他们念什么经！”

他这样说了，三藏也无话可说。欲知后事如何，请听下回分解。

第五十六回　国主挟威撼木像　世祖舍身伏毒龙

话说唐僧师徒离了两河交汇的钵逻耶伽国，折向西南，到了憍赏弥国[①]。这里气候温热、土地肥沃，和先前诸国无异。奇怪的是，来往行人面带愁容，无一个有欢喜颜色。三藏心中不解，向一行人问讯。那人看了他们一眼，低声挥手道："你们不要问，自己快走，休要惹火烧身。"

他这样说，三藏愈加不解，非要问个明白。那人叹了一口气，才一五一十对他说明。

原来这里是天竺十六大国之一，曾经十分强大兴旺。后来佛教也一度兴起，却不知何时受左道旁门影响，使当朝国王也中邪，召一外道论师，制作邪书，诽谤佛法。所以境内佛寺尽被毁坏，仅余城中一座破败古庙。更令人恐怖的是，这里一个石窟内有一毒龙，乃是邪神化身，日食一个婴儿。国中儿童尽皆藏匿，不敢外出夜啼。民众憎恨惧怕，也无可奈何。

那人对三藏说："当今国王最恨和尚，你们快走，别自讨没趣。"

听他说后，三藏沉吟一下说："我等但为参拜佛迹，不计盛衰利益。既然这里还有一座庙，就该前往拜谒，不必计较其他事。"

他打定主意便不会改变，告别了那人，带领徒众向那城中古庙踱去。走到那里一看，果然墙垣颓倒，荒草蔓生，十分破败。众人在里面转了一

① 见《大唐西域记》卷五，"憍赏弥国"条："憍赏弥国周六千余里。国大都城三十余里。土称沃壤，地利丰植……好学典艺，崇树福善。"

圈，不见其他神祇，唯有一尊檀木雕刻佛像，屹立在残破石龛上，大小如同常人身材，不具宏伟气象。

众人看这雕像虽然不高大，却雕刻得惟妙惟肖，十分灵奇，仿佛是佛祖真实化身。不知当年建造时，是否有罗汉运用大神通，接凡间匠人入天宫，亲观佛祖妙相，仔细揣摩，方有这般精致法相，因此与别处佛像不同。

三藏和众徒参拜后，正忘情观看间，忽然听见阵阵马嘶象吼，人声鼎沸。偷眼一看，原来是当地国王和邪教论师率领许多侍卫到来。

三藏对徒弟们说："我等是客，他是主，不可与他争执，且看他们做什么再作道理。"众徒唯唯领命，随他到侧面一道断墙后面藏好，看这国王和邪教论师来此做什么。

他们行动正好，刚藏住身，那群人就大声喧哗来到面前。邪教论师手指檀木佛像对国王说："陛下看，这里还有一个妖佛残根未曾根除。"

国王看了一眼，转身吩咐身后武士说："你们都看见了吗，赶快过去把他劈了。"

几个雄赳赳的武士领了命令，立即挥斧上前，运足气力对准佛像使劲砍去。不料只听"当"的一声响，那似朽木般的陈旧佛像未受丝毫损伤，反把钢斧震了一个缺口。

国王生气了，又指派一帮武士上前，刀劈剑剁，依旧未伤佛像分毫。武士手中的兵器又成一堆废铁。

国王愤怒斥责这帮武士说："你们都是废物！快闪开，待我自己来除掉这个妖物。"

言罢，他便从象背上跃下，挽起衣袖，亲自来搬佛像。他自恃有一身好力气，曾经赤手斗象搏虎，战场上更是无敌手，哪会把这个不会说话的木头佛像放在眼里。

说话间他已来到佛像前，弯身两手抱住佛像，做一个倒拔杨柳状，圆睁虎目大吼一声，使尽周身气力一拔。不料未曾动得佛像分毫，国王自己反而用力过度，一个趔趄险些跌倒。

咦，这个木头佛像怎么如此牢靠，连他也扳不倒？他不服输，运气又搬了几次，还是不能奈何佛像半分。国王生气，挥拳伸腿踢打一阵，不见任何效果，反震疼了自己手脚，让他在手下兵将面前下不了台。

论师在旁看见，连忙上前劝道："陛下何必亲自和这妖物动气。有这样多兵丁人马，还怕今日治不了他？"

这番话劝住了烈性国王，他方悻悻退开，挥手呼来一队象兵，再努力对付眼前这个讨厌木雕佛像。象背上，武士指挥几只战象用鼻卷住佛像，一起使力往外拔，也弄不动这貌不惊人的雕像。

弄来弄去，武士们也都恼了，索性架起一堆烈火焚烧。大家恨得牙痒，巴望一把火就将他烧成灰烬。想不到佛像在火光中反而更加光华照人，火焰过后不仅未被烟熏黑，反倒借着火色镀了一层金，光灿灿、亮闪闪，气坏了这帮人。

众人实在无法可想，瞪住论师，望他拿出办法。论师大步跨过去，面对放光佛像念诵咒语，用尽污言秽语诟骂，木头佛像不理不睬。论师再无计策，吩咐背后众人取来粪便秽物，对佛像劈头盖脑泼去，嘴里对国王和众人说："这妖佛邪气太重，如此才能退他灵光，叫他变得臭不可闻，一股风吹就倒。"

悟空兄弟三人躲在暗处看得一清二楚，都生气道："这帮恶徒欺人太甚，待我们过去打翻他们。"

三藏忙伸手制住他们说："你们不要动，去了又流血伤生。我看这尊佛像极有灵性，必有祛灾妙法。"

话未毕，就见那浇泼下去的秽物，转眼都变成朵朵芬芳莲花，在佛像

脚下结成一个大莲座，更显得他光洁伟大，把那帮恶徒都惊得呆住了。正是：

佛头着粪未为辱，
点点秽物化莲花。

论师见这样也不行，觉得自己丢尽了颜面。他举手向天高呼，忽然空中收日敛光变了颜色，“呼啦啦”从半空中蹿出一条恶龙，喷吐阵阵毒气，张牙舞爪地朝佛像扑来，一口咬住佛头，便往肚皮里吞咽。见这毒龙十分凶恶，悟空兄弟再也忍耐不住，大喊一声，便各挥兵器从藏身处杀出来。三人一个拽龙尾，一个抢龙身，一个舞棒当头就筑，逼得那龙吐出佛像，转身来对付这三个半路杀出的对手。那毒龙有什么本领：

舒利爪、吐黑雾，形容好恐怖。身为邪界一魔主，并非天生吉祥物，心中无限毒。今日一怒为底事？只因三僧不识相，妨他灭檀佛。

毒龙被扰乱了好事，气鼓鼓地瞪着三个和尚，恨不得一口吞灭了他们。他怪叫一声蹿过来，舞爪想攫住他们，不料却扑了空，再用尾一扫，也没有扫着对手。最后毒龙拿出看家本领，迎面喷吐一口毒雾，八戒、沙僧躲避不及，双双中了毒，仰身倒地昏迷不醒，被后面兵丁捆拿了去。只有悟空走得快，没有中他的道儿。待到毒气散尽，连师父也不见了。只有那个木头佛像，孤零零地留在原地。

悟空问他：“我的师父和师弟被他们拿到哪里去了？我去找他们拼命。”

木头佛像忽然开口答道："那论师无有本领，毒龙却非寻常。你不可独自去，谨防伤了性命。"

悟空心急，哪里听得进他的劝告，气愤愤地说："他拿了我的师父和师弟，我便去捉拿那无用国王和论师做交换。"

好个聪明机警的猴行者，先不追查毒龙去踪，一头便往宫内闯去，嘴里大嚷道："不晓事的瘟国王、黑心烂肺狗头论师出来见我，今日给你们算总账！"

国王和论师虽然未除掉庙中木头佛像，却借毒龙之力拿了唐僧师徒三人，正心中得意，在宫内饮酒庆贺，寻思继续灭佛之法。冷不防悟空打倒众多警卫破门闯入，二人惊慌失措，还来不及躲避，便被悟空一拳一个放翻在地，像一对蚂蚱般被一根绳索牢牢缚住。悟空审问清楚师父、师弟及毒龙去向，便把他们拖往城外龙窟前叫骂，要那龙出来搭话。

毒龙在窟内，正寻思先吃哪个和尚解馋，听见外面有人叫喊，便出来查看。瞧见是悟空，他呵呵笑道："打败仗的猴子，自己来送死。今天把你拿住，一起油炸了下酒。"

说完，他不动手脚，口内喷出一股毒雾，想将悟空熏倒顺势拿住。不料这次悟空早有提防，鼻孔内塞了两个棉花球，没有迎面倒下，反而更加精神地挥棒打来。毒龙这才不敢怠慢，张牙舞爪上前迎敌。两个一来一往战了百多回合，都疲乏了，占不到便宜。

悟空住手对他说："妖怪，我们讲和，做一笔生意吧。"

毒龙问他："我们不共戴天，有什么生意可做？"

悟空道："我捉了那个无道国王和你们的邪教论师，和你交换我的师父师弟。"

毒龙不知悟空下了这一手，不由心中一惊，却强装镇静，答道："你

的师父、师弟是我的下酒菜，不和你换。”

悟空说：“你不换，我就把他们也宰了，叫你在此处没有靠山。”

这毒龙虽然凶恶残忍，却也需本地靠山。他眼珠一转，已有主意，假意答应道：“要换也行，只是不准做手脚。”

悟空指天赌咒说：“谁不老实，不是娘生的。”

毒龙见他说得如此干脆，才点了点头，进洞去取唐僧师徒三人来换自己本地恩主。悟空见他答应了，心里想：“我凭什么要和他真换，难道还叫他们残害生灵吗？”

他不去提取绑在后面隐处的国王和论师，而是拔两根毛变成他们样子，牵到洞外要求毒龙交换。毒龙不等他多喊，也用绳子将三藏、八戒和沙僧牵出，对他说：“你看仔细了，这便是你的师父、师弟，快把我的人放回来。”

悟空眼见是他们三个，便松手放出假国王和假论师。待到师父、师弟走到眼前，悟空拉着他们就走，关心问道：“你们在妖怪洞里是否受了苦？”连问三遍，他们却如痴呆模样，一声也不回答。悟空这才知道中了计，连忙赶到洞口大声叫骂：“妖怪，你为何用假货搪塞我！”

毒龙把假国王和假论师带回，察觉是两根猴毛，心里生气赶出来，正好和悟空遇见，气冲冲叫骂道：“贼猴子，你赌过咒，谁不老实，就不是娘生的，怎敢这样捉弄人！”

悟空冷笑一声说：“叫你知道，你外公是从石头里蹦出来的，没有半句假话。既然生意不成，就打吧！”

二人不多言语，又各展神通在洞前打斗成一团，直斗到天黑才住了手，各自返回休息。第二天，悟空又到洞口搦战，一直打了三天也不分胜负。他心中惦念洞中师父、师弟的安危，在这里无一个人可以商议，只好拖住两个俘虏转回身，问那庙内木头佛像。

佛像说："这毒龙是地底魔王坐骑，学得十分本领，谁也奈何不了他。除非天空神力，方可制伏这怪。"

悟空和他斗过，也知他的确不寻常，心中一时无计，手指着头顶天空喊叫道："如来佛祖，我们为你苦斗，为何不助我们一臂之力？"

俗话说："志诚可通天。"他这一声喊不打紧，只听得"哗啦"一声，天门当空打开，飘出一朵五彩祥云，端端正正落在面前。云上走下一人，正是至神至圣大慈大悲如来佛祖本人。说也奇怪，佛祖走下来，和木头佛像忽然合为一人。木头佛像开口说话便是另一个声音："孙悟空，你不用着急。我早知这里情形，只因时候未到。今日就来消除妖孽。"正是：

佛祖幻化檀香木，
今番入世显威灵。

这木头佛像有了佛祖附体，便步下石座，和悟空一起来到毒龙洞前，等候降伏这个妖魔。悟空也变得十分精神，用棒朝洞门乒乓乱敲乱打，要毒龙出来答话。

毒龙正要吃唐僧，听见外面喧哗出来查看。一眼瞥见木头佛像，不由鄙夷笑道："孙悟空，你好没志气，搬来这个木头救兵，顶什么用？"

悟空说："今番我也不和你打斗，若你能够奈何这尊木头佛像，我便服了你。"

毒龙冷笑道："当初我早要吞掉他，被你们扰乱。现在我再吞这木头，叫你看我功夫。"

言罢，他又跳跃腾空，如前吞噬佛像，一口便咽入腹内。说时迟那时快，那佛像忽然通体放光，透过龙身映出佛祖法相。光华过后，这龙早已

化成一棵大树，植在地面不能动弹分毫。佛祖真身从树顶升起，那个木头雕像依然端立在一朵赤云上，十分威严安详。佛祖启声对悟空说："你把那个国王和邪教论师都带过来，我有话问他们。"

悟空领命将二人牵出，佛祖问他们："你们知罪否？"

国王说："我力不从心，只服了你们，并不知罪。"

论师也道："人各有志，何必用世俗成败功罪评论。"

佛祖道："你有自己志向，为何妨碍他人。驱逐僧众，毁我寺庙，是否罪过？"二人听了还不服，面无丝毫愧色。

佛祖又问："你们纵容毒龙残害生灵，有没有罪？"

那论师不以为然道："你说的这些生灵都命运该绝，算什么残害？"

佛祖叹息一声道："你们入邪太深，不清源流根本，怎么分得了是非。"

言罢，他向空中一指，忽然幻出一幕幕从前影像：许多寺庙被损毁，无辜平民遭受种种磨难。再用手一指，国王、论师二人也幻成那受苦人，跟着一起悲伤啼哭。

佛祖再问他们："你们设身过去受害众生，还知罪否？"

说也奇怪，这二人经此变幻，忽然大彻大悟，真心痛哭失声。

国王伏地请罪道："今番我知罪了，愿变马牛向众生谢罪。"

论师也说："如今我才知从前皆非。我曾诟佛咒神，就把这舌头割断谢罪吧！"

佛祖和颜悦色说："知过能改就好，何必断舌、做马牛。从此善待众生，不萌恶念，便可赎得一切罪过了。"

佛祖言罢，乘云冉冉升天。这二人方如醍醐灌顶，倒身俯伏下拜。三藏诸人也从洞中出来，目睹异相也参拜赞颂不提。

欲知后事如何，请听下回分解。

第五十七回　唐僧费力觅佛踪　如来轻易除逆子

话说如来佛祖自天降临，伏了毒龙，教化国王和邪教论师，解救出唐僧师徒。众人虔诚礼拜后，经过鞞索迦国，重渡殑伽河，到达东北室罗伐悉底国[1]。昔日贤者舍卫陀曾在此居住，所以此地又名舍卫城，乃是古代婆罗门教研习《吠陀经》重要场所。耆那教师尊生主、月光主诞生地，教祖大雄在此参禅度过雨安居。佛祖释迦牟尼亦曾在此度过二十五个春秋，故此地最是圣洁灵应。三藏带领众徒到佛祖显灵各处参拜后，失望叹息说："我等晚生千年，无缘在这里亲自和佛祖共同起居。前日在憍赏弥国得见佛祖显灵，却是借木刻雕像现身，不是真正法相。如何能够再看见，共处一时也好。"

路旁一个老妪听见他这样说，对他说："你不必懊恼叹息，佛祖永生不老，时刻在此显灵，能否见面，就看你们有无缘分了。"

八戒听了，激动问道："你说的都是真的？"

老妪道："你看我白发苍苍，做得你阿婆，还会骗你不成。"

这老妪果是十分忠厚慈祥，众人怎不相信。三藏也增添信心，要在这里寻机和佛祖见面。可是这里地域广阔，如何能觅得佛祖行踪？

众人走不远，来到一座荒废园林前。门首左右各有一高大石柱。左柱顶端雕刻车轮，右柱上刻凿一头费力神牛，象征牛车载物之意。古时，这里的胜军王敬佛，其太子逝多划地，大臣善施出贤，在此修建园地，乃是十分有名的佛家处所。三藏率徒首先来到这里，希冀能够如愿见到佛祖。

① 鞞索迦国、室罗伐悉底国都在现在印度的北方邦境内。

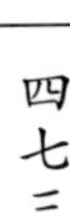

由于时日已久，这园内已经一片荒芜。众人走了一圈，未见丝毫灵迹，仅在东北角偏僻处看见一个周身长满癣癞的僧人，独自躺在地上痛苦呻吟。三藏驻足问他：“你患何病独自在这里，怎么无有人照顾？”

病僧答道：“我身患恶疮，许多医士皆嫌弃我，也无人愿来看视。所以我才寻觅这一偏僻处歇息，只图平静了此残生，别无其他奢求了。”言罢，他牵开衣衫给众人看，果然身上脓血累累，恶臭扑鼻，叫人无法忍受。

三藏见了，心中不忍，命沙僧取出干粮，悟空汲来一盂清水，置放在他面前，师徒安慰祝福几句离去。

走不多远，迎面过来一个人，衣着普通，其貌不扬，和三藏师徒擦肩而过，来到那个病僧面前。他不避臭味，揭起他的衣衫，用手为其摩挲，说：“善男子，我今来看你，你不要悲观忧愁。”

说也奇怪，他抚摩处，所有脓疮立时清除，皮肤恢复光洁如初。他上下施功一遍，那病僧精神焕发，周身疾苦霍然而愈。病僧激动流泪，站立感谢那人，望其留下姓名以图后报。

那人说：“你不必谢我，应该感谢众生。”话完说，他便一转身，平地消失了踪影。病僧这才醒悟是佛祖显灵，要再说一句话，哪里觅得踪影。

三藏远远望见，心中十分懊恼。想不到佛祖从身边走过，自己竟不知道，真后悔不及。正是：

众里寻他千百度，
不识身边有真佛。

三藏跌足叹息一阵，无计可施，只好继续前行。一行人渐渐出城，来到一片林中，只见许多汉子双手捂面，倒地痛苦号哭。

三藏问他们："汝等是什么人，一个个身强力壮，为何在此悲伤哭泣？"

这些汉子说："我们从前生性鲁莽，不识法度，在此做强盗。后被胜军王捕获，抉去双目，抛弃在这里等死，因此懊悔哭泣。"

三藏听他们是这种人，心中便有些不喜悦。八戒从旁又说："恶人有恶报，这些强盗死了也活该，不要管他们。"

三藏虽然心中也这样想，却还有恻隐之心，举手合十言道："你们知过就好。我今为你们诵念一卷经，望你们来世都做好人。"

他耐心念了经，吩咐徒弟给他们一些吃食，依旧安然前行。走不多远，忽然听见身后传来一阵奇怪风声，风里有一人说话。

那声音说："有过能改不为过。不必等候来世，今日叫你们都重新做人。"

言未毕，风从树梢吹落许多果子，落入这些强盗空眼眶中，尽都化成眼珠，让他们重见光明。强盗知是佛祖显灵，一齐跪倒尘埃叩拜，感激流泪，答谢说："我们都知罪了，从此洗心革面，再不敢为非作歹，请佛祖保佑。"

那天上声音化为一缕清风逝去，三藏又错过一次面佛的机会，心中更加懊悔。

悟空安慰他说："师父不必懊恼，既然佛祖时时显灵，前面总还有机会。"三藏闻言，才又振作起精神，接着再往前行。

又走不远，见一老妇披头散发，坐在门前捶胸顿足，哀声痛哭。三藏感到奇怪，问她为何原因。

老妇一把鼻涕一把眼泪说："家门不幸，生有逆子，横行乡里，为害生灵，乃是本地第一凶人。他生性残暴，强取亭寺不提，又信了阿修罗邪说，依仗暴力杀人取指。欲取一百右手食指进献，讨邪教主喜欢。如今他已得九十九指，又已杀遍了周围的人，无处寻找，便想来谋害我，以我的

断指凑数，叫我如何不伤心难过。”

众人听她诉清原委，不由义愤填膺。三藏忍住气安慰她说：“你不用急，等他来后，我对他说法晓以利害，叫他改过，再不为非作歹。”

老妇流泪道：“从前什么话我没有对他说过，无奈他相信阿修罗，已经走火入魔，你怎么能够劝回他。弄不好，连你自己也会成了他刀下冤鬼，怎么对得住你。”

悟空兄弟三人气愤地说：“这样逆子不如打杀了！我们就候在这里，等他来就取他性命。”

三人掣出兵器，气势汹汹，都掇一张凳子坐在这里不动，等着要杀这个残暴逆子。老妇又焦急恳求他们道：“要杀，就杀我，不要杀他。我已这样一大把年纪，死不足惜。他还年轻，是我家族独苗。倘若受罚，坐牢十年八年改过出来，还可以延续后代。不要杀他，杀我吧！”

悟空听她这样说，十分不耐烦。八戒也生气道：“婆婆，你好没分晓，不懂得大义灭亲。今日我们除定了他，无人可以阻挡。”

众人正说话时，远远便见那个逆子过来了。一只手扬刀，一只手提着装满手指布袋，大声喊叫道：“老娘，你不要走！我难找别人开刀，只有拿你的手指凑数了。”

悟空用手捺住八戒和沙僧道：“我们先藏好，待他过来要下手时，再去教训他，取他性命。”八戒、沙僧依命，都隐身在门后不动，耐心等候他过来再捉拿。

这逆子谅自己老母走不动，不慌不忙地大步走过来，等走到跟前就下手。不料正赶路间，他忽然看见前面有一老僧，手持念珠，不慌不忙地慢慢步行。

他心中想：“这个和尚该死，我先杀了他，暂留下老母，不怕她会飞了。阿修罗教主要时，再下手不迟。”

他拿定主意，朝那老僧赶去。见这和尚年老力衰，不花力气便可手到

擒来，一刀便除了性命，完成自己计划，不由十分得意。

不料那个老僧在前面不远处策杖缓行，他费尽气力总也追赶不上，心中一下恼了，大声喊叫道："前面那个秃驴，快停下来领死！倘若不听，我便一刀刀割碎了你，不叫你痛痛快快。"

可奇怪的是，那老僧依旧缓步慢行，对他的威胁充耳不闻，把他引得渐行渐远，早已离开他老母所在之处。这恶徒气得暴跳如雷，更加奋力追赶，势必要拿前面老僧开刀。

恶徒再赶了一程，老僧忽然迟疑一下，把脚步放得更慢，让他快步赶到背后。他觑准了一刀砍下，刀入老僧背脊且再也拔不出来。细细一看，竟无点滴鲜血流出，自己的手也被粘住，离不了刀柄。那老僧同样不理不睬，连身子也不转过来，带着他消失在一团云雾中。

三藏师徒和那老妇在后面远远看见。老妇流泪啼哭，三藏师徒知道又是佛祖显灵，慌忙跪倒尘埃，赞颂法力无边，十分崇敬不提。

欲知他们还去何处，且听下回分解。

第五十八回　太子恃力掷巨象　悟空巧计驱邪根

话说唐僧师徒在室罗伐悉底国几次见到佛祖显灵后，不胜感叹嗟讶，赞叹如来佛祖慈悲智慧，法力无边。师徒四人在那里又守候了两天，再未见到佛祖法身出现，只好离开，慢慢循路前行，向东北来到山中劫比罗伐窣堵国[①]。这国虽大，却处处荒芜，人民逃亡，留下许多空房。

众人进城入宫，拜见国王[②]，分宾主坐定后，国王垂泪言道："家国不幸，生有逆子[③]，国势也十分衰败，圣僧切勿见笑。"

三藏问他："太子有什么不是之处，令陛下如此伤心流泪？"

国王说："敝国地处北天竺，从前有人口百万，名城十座，十分兴旺强盛。佛祖释迦牟尼故乡劫比罗城，也在北境山中。世代相传，是北方有名的富裕安乐乡。不料传到我时，来了一个妖神名叫阿修罗，对我宣讲了许多邪说。他见我不信，转身诱惑寡人膝下独子，使他心乱神迷，做出许多不当事情。国家也从此衰败，人民离散，许多房屋早已空置、荒废，使我愧对祖宗，怎不日日悲伤难过。"

听了他诉说，悟空气愤言道："又是那个阿修罗，到处害人，干尽坏

---

① 劫比罗伐窣堵国为释迦牟尼诞生地，故址位于今尼泊尔境内，一说在今印度北方邦境内。

② 《大唐西域记》中所记的该国国王，是从前的净饭王，玄奘并未亲见。本书据此改写故事，略去王名。

③ 《大唐西域记》中，净饭王的太子十分仁慈，弃国从佛，有许多灵迹。本书因故事发展需要，修改其初始形象，特此说明。

事。他在什么地方？我正要拿他出气。”

国王道：“这妖神出没无常。先前要引诱我，便天天住在宫内。现在达到目的，早已不见踪影了。”

悟空闻言十分失望，埋怨自己又晚来一步，没有撞见这个邪恶魔鬼。他恨得牙痒痒，巴不得一刀把他剁了才解气。

三藏听后，却宽言安慰国王道：“陛下不必伤心。既然那个妖神已走，小僧便去向太子说法，叫他回心转意好了。”

国王仔细聆听了，连忙离座拜谢道：“倘若圣僧能够叫他知过回头，便是小邦天大幸事，必定凿石刻碑，永志功德流传后世，叫子孙都不遗忘。”

三藏要见太子，但太子沉溺声色犬马，整日到处游荡，时常经月不归，怎能一下子见着。三藏只好安心在宾馆住下耐心等候，闲来与众徒在都城内外参观，排解寂寞。

一日，众人正在市廛中，忽见行人纷纷奔跑躲避。三藏感到奇怪，向行人打听道：“出了什么事，你们这样害怕？”

一个人面色苍白答道：“太子回来了，如果挡了道都会被处死。”

话未毕，便听见一声烈马嘶鸣，太子跨骑一匹红鬃马，从城外腾空跃起，越过城墙落入城中，马蹄踏陷一座屋脊。太子生气用力一推，把周围房屋都推倒，闯开一条路走到大街上。一头驮物大象躲避不及，太子抓住它一只脚，用力往远方一抛，那象飞出城摔在地上成为一团肉泥。周围人看见，无一人敢说半句谴责话，尽都四散奔逃，留下一条空荡荡街道。

三藏抬头看见他，欲上前说话，只听马蹄一阵响，早已不见了太子的踪影。三藏不由叹口气说：“我受他父王所托，要说服他回心转意。似这样来去如风，怎么说服得了他？”

八戒听了说道：“师父何必着急要在大街上讲道。他既然回来，便有

住处，去那里找他，还怕见不了。”

这话言之有理。三藏立刻看准他去向，带领众徒大步赶去。好在太子马蹄过去，所有屋墙障碍都成平地，顺着这新辟平的路走，转眼便到他憩息地方。偷眼看他在里面作甚？原来他一路冲风蒙尘走累了，正在园中脱衣洗澡。

他洗澡也稀奇，和旁人不一样。空中有二龙飞舞，不离他上下左右。一条白龙吐冷水，一条赤龙喷热水，冷热水在空中相激，便化为一股温水迎头淋下。倘若冷热不均，他只消向龙身一指，便可调节冷热水量，十分舒适合宜了。正是：

曾闻二龙戏珠，
未识两蛟吐水。
变化冷暖温凉，
生活何等甘美。

众人看得目瞪口呆。八戒眼红，羡慕地说：“这太子如此享福，真是神仙日子。我身上汗涔涔的，好难受，如果也能这样洗一下才好。”

悟空安慰他说：“呆子，你别急，等师父说法收了他，叫他带你一起洗澡也不迟。”

说话间，太子已洗完澡，觉得口中焦渴，命左右取水来。他连喝几杯都不满意，生气地说：“这城里水，怎有山泉可口。”

侍卫为难答道：“城里烟尘重，哪有清洁泉水。”

太子生气道：“我要饮泉水，就要真正泉水。这城里土地神故意为难，取我弓箭来，一箭射死他，看他敢不敢再和我作对。”

侍卫听命，连忙取来弓箭给他。只见他舒开手臂，弯弓搭箭朝面前闹

市射去。一箭射塌房屋，二箭地皮裂开，三箭迸出一股清泉，果真清凉爽口，和山间泉水无异。

他取杯接水，仰面一口饮尽，得意笑道："学得阿修罗教主法术果然不错，要什么有什么，谁敢阻挡我？"

三藏在外偷眼看他欢喜了，这才整顿衣衫，迈步走过去施礼问讯。

太子见一个白面和尚，带领三个奇形怪状的汉子过来，感觉奇怪，问他："你是何人，为何胆敢到我这里来？"

三藏不慌不忙对他说："贫僧来自东土大唐，专门来为你说法。"

太子听见便不喜欢，皱眉道："我不听空道理，我自己有主意，你莫要说，惹恼了我没有好处。"

三藏不懈怠，执拗地对他说："我只说三句，你听有无道理。如果都听不进，我就走。"

太子点头道："好！我今日心情好，姑且听你说。如果多说一句，就要你死。"

三藏点头应承，略思一下，开口就说："善是根本，恶乃祸源。莫要作恶，从善方福。"

太子轻蔑言道："什么善善恶恶，像绕口令。阿修罗教主教我，随意就是福，无须管他人死与活。这才是现实有用的，你的话不值一文钱。"

三藏接着又说："邪道非道，魔力非力。慈悲佛法方是大神力。"

太子还是听不进，回答说："我习了阿修罗法，手掷巨象，三箭得泉，可以指挥二龙吐水，怎么没有神功伟力？不想听你说空话。"

三藏低头一想，又对他说："事事有因果，人人有因缘。倘若一迷途，报应在眼前。"

他这样说，太子更加听不进，对他说："你这一套我听多了，没有一句中听。趁我此刻心情还好，赶快离开这里。再多说一句，就劈了你。"

三藏无计说他，只好摇头叹息说："他已入了魔，要说服他，除非如来佛祖亲自来。"

悟空从旁闻言道："师父，你好不晓事，对付这种狂人，怎么这样说法。你看我去说他，他必定听。"

八戒问他："你读过几本经书？莫要说大话。师父都说服不了他，你怎么能行？"

悟空满怀信心道："你不要说三道四，猜疑我本领。看我怎么说服他，叫他不敢不听。"

好大圣，胸有成竹，昂首挺胸走过去，向太子招呼说："你不听我师父说法，听我的如何？"

太子看见一个瘦猴过来，心里就不喜欢，迎面喝道："快走开！什么话我都不听。"

悟空笑嘻嘻地说："我说法，你必定听得进。"

太子不耐烦道："我已说过，谁再多嘴我就打杀，你不害怕吗？"

悟空伸着脑袋道："你要打，就朝这里打。我要对你说的，就是这种动手动脚法。"

太子哪管他这么多，举起手中铁杖，便像击鼓似的乒乒乓乓乱打一通，想不到自己的手都被震麻了，也没有碰破对方一块皮。

太子大吃一惊道："你的头这样硬，莫非是铁打的？"

悟空抓住自己头皮扯了一下说："这不是铁，是天生的皮肉。不信，你摸一下。"

太子见了更加惊异，问他："你和别人不同，必定是阿修罗教主的大徒弟。"

悟空鄙夷道："阿修罗算什么，他做我的徒弟，我还不要。我正到处寻他，要抽他的筋、剥他的皮，给受他残害的无辜大众报仇雪恨。"

他这一说，太子又火了，举杖还要打，嘴里说：“这杖是阿修罗教主所授。你污蔑他，就打死你。”

悟空从耳朵内掏出一根绣花针，迎风一晃绣花针变得碗口粗。他冷笑一声道：“你那棍子是面条，已打过我，没一点用处。看我这一根，是否比你的管用。”说着，他用力一筑，便在地上筑了一个大窟窿，不知有多深；再一筑，一股清泉平地涌起，比太子先前用箭射出的泉水更多更甘甜；顺势又一晃，变成齐天高大铁柱，收回来依旧是先前那样金箍棒。

太子看得目瞪口呆，问他：“把这根棍子送给我，我用两座宫殿和你交换如何？”

悟空道：“我不要宫殿，你拿得动，就算你的。”

太子闻言，走上来便拾地上金箍棒。谁知他使尽气力，也没法挪动一下，他感到奇怪，问悟空：“你施了什么魔法，叫我拿不动？”

悟空道：“这原是东海龙王镇海神铁，叫如意金箍棒，没有什么妖法邪术。不信，看我玩弄给你开眼界。”说着，他便用两根手指拈起地上的金箍棒，拿在手里上下左右施展开，只见金箍棒忽长忽短，忽大忽小，像车轮般飞快旋转。太子看得花了眼睛，兴奋地说：“你这棍子如此管用，扫平面前这座城给我看。”

悟空正色道：“残害生灵算得了什么本领？我的师父对你说过，恶乃祸源，必有报应。你如果再像从前那样胡作非为，绝不会有好下场。”

悟空这样数说，太子照样听不进去。他看中的只是悟空手中神奇的金箍棒。他说：“这根棍子太重了，我有掷象力量也舞不动。既然是如意金箍棒，可以变长变短，是否也能够变轻些，让我耍弄一下。”

悟空道：“好！这有什么办不到。”

悟空嘴上说着，便弯腰拾起地上金箍棒，趁太子不留意，一转身用一根猴毛换了它，对太子说：“这根就轻，你拈一下，是否拿得动。”

太子半信半疑，走过来拿它，果然一下子就提了起来，比灯草还轻。他捏在手里丢开架势舞弄一阵，十分得心应手。他也学着悟空口气，嘴里念叨道：“长！长！长！”那根假金箍棒也真的越变越长，一股劲往上疯长，捅破了天上云朵。用手掂一下，还像灯草一样轻。

他得意了，不觉露出狂傲本性，转身对悟空说：“你不忍心扫荡这座城，待我来横扫。这是我家财产，扫平了人死光也不可惜。”

他这样说，悟空也不阻挡，袖手站在旁边，看他怎么表演。太子见他不作声，两手握住这根齐天高的假金箍棒，放平了在地上用力一扫，指望看见墙坍屋倒，满城血流成河。谁知这棍子扫来扫去，竟如拂尘般轻飘飘的，什么也损伤不了。

他感到奇怪，问悟空：“这是怎么一回事，和你筑地成泉大不一样？”

悟空见他不解，才不慌不忙地说：“这棍名叫如意，并非可以随意使用。干伤天害理坏事就不行，此乃天下第一仁棍。”

太子十分失望，问他：“用它打人也不疼，算得了什么兵器？”

悟空说：“此棍惩恶护善，打好人不疼，打坏人打一下就死。不信，你打一个好人来试一下。”

太子道：“你这话是真的，不会骗我？”

悟空一本正经地说：“你去打听，我齐天大圣一生正直，什么时候说过假话。”

太子看他无有虚情假意，便对他说：“别人试，我怎么知道他疼不疼。戬虽性情暴躁，心却好，就打我试一下吧！”

悟空问他：“你自己拿定主意，是不是真的心好！从前错了，想改好也行。要不，我的棍子不容情，打在身上就不好说了。”他嘴里说，又把手中金箍棒换成真的，轻轻一挥，将身边一块大石头打得粉碎。

太子见了，不由心中一怔，顺口说：“我愿改好，就更加保险了吧！”

悟空点头说："有这愿望便好，保证打在你身上不疼。"

言罢，他又换了那根猴毛棍，高高举起对太子说："你想定了吗，是否真心愿意改好？如果没有这个愿望，一棍打下去可没有好结果。"

太子想试这棍子神奇功能，连忙满口应承，自信不会被一棍捣成肉饼。如果它真如所说那样，就讨来做自己兵器，岂不比阿修罗送的铁杖更好。正是：

是是非非非非是，
真真假假假假真。
非是兵器辨善恶，
原来心猿有分寸。
太子迷途知返途，
全仗变幻于一心。

悟空见他满口应承，心中早有计谋，挥起手中猴毛棍，喝一声："疾！"将棍打在太子身上，果然一点也不疼。只是像抽陀螺般，将他打得在地上不住旋转，想停也停不下来。

太子从未这样被人抽打过，虽然不疼，却如旋风般飞速转动停不住脚。团团乱转晕了脑袋，忍不住大声喊叫起来："快住手，我受不了啦！"

悟空在旁袖着手，笑嘻嘻道："被这棍子抽着的人，如果像陀螺一样转起来，至少会转十万八千圈。我不性急，坐在这儿慢慢打盹儿，你自己数着，快转完了就叫我。"

他这一说，太子慌了，大声叫嚷道："你快叫它停下来。我刚转了这几圈就受不了，再来十万八千圈，岂不会活活折磨死我。"

悟空做出无奈的样子道："这是上天规定好的。它一抽转起来，我也

没有办法。如果说话不算数，赌了假咒来转，就会永远转下去，直到天荒地老，太阳、月亮都熄灭才罢休。”

他这样说，太子更加着慌，嘴里满口哀求：“好祖宗，帮助我，快把我拉出来吧！”

悟空闻言，假意起身伸手来拉他，一不留神，自己也被拽了进去，跟着太子在里面旋转，恰似跳起贴身二人转，快步舞蹈般停不住脚。

悟空嘴上埋怨道：“你看，叫我拉你，把我自己也搭进来了，都没法出去，怎么办？”

太子见状，更慌得没有了主意，边转边问他：“似你我二人这样一起乱转，什么时候才转得完，有没有解脱办法？”

悟空也边转边答道：“办法也有，就看你自己是否下得了决心。”

太子听见忙问：“你快说，要我下什么决心？”

悟空道：“说来也简单。你原先许下改邪归正诺言，只要真正下定决心，立时就会停止旋转。”

太子闻听此言如蒙大赦，立刻应声答应道：“我决心改了，快停住吧！”

悟空不放心，问他：“如果阿修罗又来蛊惑你，还能改吗？”

太子说：“你的本领比他更强，我还跟他学什么！”

悟空紧盯住问他：“你不反悔吗？”

太子生气嚷道：“我乃堂堂一国储君，说了话，难道还不算数？”

悟空这才满意点头道：“这就好！”

悟空抓住他衣领，嘴里喝一声：“疾！”说也奇怪，太子一下子就站住脚，不再旋转了。

太子摸了摸脑袋，头还有些发晕，口里连称：“厉害！厉害！比阿修罗的法术高明。”

悟空抚慰他一阵，又警告他说：“你应允了，就不要反悔。现在你还寄下十万六千九百九十九圈。倘若违背誓言，会加倍再转，直到转得没有一口气，倒地身亡才罢休。”

太子听见，更加畏惧，连称不敢才收了场。悟空见他态度真诚，拔一根粗猴毛，将其变得沉重些交付他，指点了几套神出鬼没的棍法，又教他几手简单变化隐身法。悟空见他一一学会了，才携他一同面见国王。国王心中欢喜，留住唐僧师徒一连盘桓了几日，才与太子一起，恭恭敬敬礼送他们出境。

欲知唐僧四众再去何处，请听下回分解。

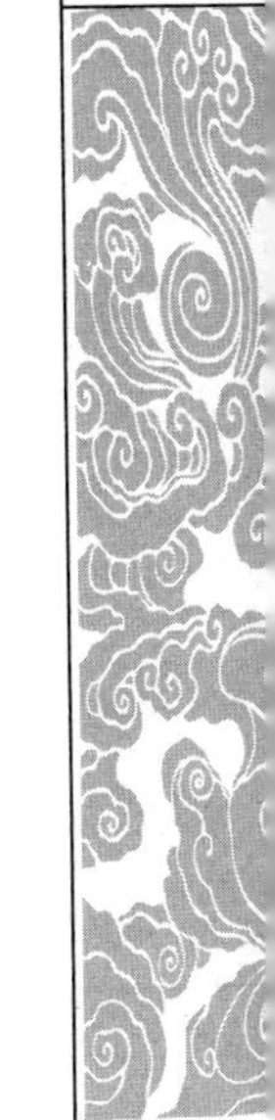

第五十九回　四众参观鹿野伽蓝　魔头施展水火毒计

话说悟空在劫比罗伐窣堵国说服了太子，唐僧四众告别国王继续前行，经过蓝摩国、拘尸那揭罗国，来到婆罗痆斯国境内。

这里曾是古时文明礼仪之邦，有许多古迹残存。三藏带领众徒来到一个幽僻地方，此处林中有一古寺，乃是有名鹿野伽蓝。佛祖如来悟禅时，曾在这里宣扬佛法，故此寺十分神圣。寺内塔前一根石柱，晶莹如镜，时常现出如来影像，经常有人前来参拜。若诚恳祈祷，还可映出众生善恶图案，甚是神妙灵奇。

众人来到这里，四下看了，对这庙名十分不解，为何不称神称佛，却以鹿为名？三藏举手向石柱问讯，看见灵石上映出一串连环故事影像，方才明白其中究竟。

你道是什么奇怪故事？原来和许多通灵动物有关。

众人看石面映出第一个故事，发生在他们曾经到过的拘尸那揭罗国林野中。这里原是一片茂密森林，鸟兽巢居穴处，远离尘寰，生活十分自在。

忽一日，林中燃起大火。风助火势，愈烧愈猛，林中鸟兽四处奔逃，无法躲避高温烈焰。慌乱中一只野雉从火中飞起，鼓翼疾飞，投入附近池塘，沾濡水滴，奋勇飞洒灭火。它不避疲劳，来来去去，自身也几乎坠入火焰中。

它正来回奔忙时，被空中因陀罗大神看见，还嘲笑它：“你太愚蠢了，这样猛烈的燎原大火，哪是你这只小小鸟儿能够扑灭的。”

这只野雉听见头顶有人说话，问道：“你是谁，躲在天上和我说话？”

因陀罗大神说：“我是空中雷雨神，你不认识吗？”

野雉说：“你有这样大神通，无所不能，救灾拯难易如反掌，可你却高高坐在天上不救火，反而讥笑我，不感到害臊吗？现在火这样大，我没有时间和你说闲话，也不想和你多说，闭上你的嘴吧！”说着，它又冲火冒烟，向最危险处扑去，把沾在身上的点滴水珠抛洒在火里。

因陀罗看着它，觉得羞愧难当，立刻从天顶飞下来，降下一场大雨，扑灭了林中火焰。等他回头寻找那只野雉时，方知野雉疲劳过度，落进火里被烧成灰烬了。

三藏和弟子们看了这段故事影像，都深深叹息，责怪因陀罗大神为何不早出手，活活累死了这只好鸟儿。

众人再看石面，又映出第二个故事，也和那场大火有关。

火焰中，林中许多野兽没命奔逃，来到一条急流边，再也没有道路。后面大火逼近，形势十分危急。正无法时，一只老鹿奔来，投身至水中，搭起一道桥，让众兽踏着自己身子过去。它咬牙苦撑了一阵，正欲起身逃离，又见火中奔出一只兔子。它忍着痛苦让兔子过去后，自己再无力量，倒入水中随波逐流漂去，结束了性命。

看了这段影像，三藏师徒又感叹一阵，十分赞赏这只老鹿。世间许多人临危逢乱时并不能如此忘我无私。

接着再看第三段影像，就是婆罗痆斯国这里的故事了。说的是群鹿从火林中奔出后，来到此处森林中栖息。国王见有许多好鹿，十分欢喜，每日入林射猎，射杀无数野鹿，食用不完便随意抛弃了。

鹿群不堪其扰，又别无良法摆脱。鹿王面见国王，说：“大王射猎无度，我等受尽损伤。倘若一下都射死完了，便再无后继供应于御前。不如我们每日供献一鹿，使大王日日有新鲜鹿肉进膳，我等也能苟延性命生息繁衍，岂不两全其美。”

国王仔细计算利益，点头答应了。鹿群便依约按日供给一鹿，长久相安无事。忽一日，轮到一只母鹿舍身，她央求鹿王，可否稍延寿命。

鹿王生气问她：“谁不珍惜自己性命？别的鹿都死得，偏你就不能为群捐躯？”

母鹿禀告道：“我死不足惜，只是腹中已有胎儿，他命不该绝，令我子与我一起殒命太不公平。”

鹿王听罢，沉吟一阵道：“你说得对。只是轮到你，你不去，再叫谁去？你安心产子，我代替你去死吧。”

鹿王打定主意，便将自己绑缚来见国王，请命送死。国王见他亲自来，十分惊奇，询问是何原因。鹿王一一说明后，国王惭愧，感叹道：“你是兽身人心，我乃人身兽心，及不上你。”他亲自为鹿王解开绳索，送回林中。从此国王便毁弃射具，不再入林射猎，并在这里修建了一座寺庙，便是鹿野伽蓝的来历。正是：

你道自己是人，便是世界主宰神，处处高高在上。天地均可囊中藏，蔑视万物太猖狂。生杀予夺，只凭好恶论存亡。全不知卑微高尚，别有尺度丈量。禽兽犹有仁爱意，愧煞人面兽心肠。问汝何所取？切勿做人狼。

看完这个故事，三藏师徒才知晓为何这座庙叫这个古怪名字，也更加感动与赞叹，明白许多人不如兽的道理。他们继续在庙内庙外参观，不忍即刻离去。

众人绕到西边，看见墙外有三个清水池塘。旁边石碑证明，昔日佛祖如来曾在中池沐浴，在左右二池洗衣涤器，也是一处圣迹。

三藏对徒弟们说：“这是佛祖沐浴圣池，我们都喝一口水，往后有福分。”说着，他就首先带头顶礼膜拜了，跪伏在池边恭恭敬敬喝了一口

水，果然清凉爽口无比，顿觉一身都轻快。悟空、沙僧依次喝了，也一个个相安无事。

轮到八戒喝时，他嘴里嘟囔道："菩萨洗了澡，不知换水没有。倘有污垢和残余气味，喝了会不会肚皮痛？"

他正低声自言自语，不提防池中忽然蹿出一条龙，舒开利爪，一把就将他抓入池中。他虽然有好水性，也一时摆脱不开。悟空着慌，一把想拉住他，也被拖进水里，施展不了手脚。三藏看见，连忙跪地求情。沙僧也纵身下水救援，才把湿淋淋的二人拖起来。众人受了一场虚惊。

三人上岸后一看，师父不见了。他们心里着慌，以为三藏也被龙攫走，顾不了恭敬，站在池边跳骂道："瘟龙，你不长眼睛，怎么欺侮我们师父。如果不赶快交出来，我们抽干水，剥了你的皮。"

他们正叫骂着，准备和池中龙神拼命，那龙忽然从水里钻出来道："你们好没道理，别人捉了你们师父，在这里和我吵闹。"

八戒吃了他的亏，正没有地方出气，手指着他喝道："这里无有别的人，不是你，会是谁？"

龙神道："地上没有人，难道不能从天上来？还不赶快去找，慢一步，连骨头也收不回来了。"

这一句话，点醒了悟空，他一把抓住面前一股风尾一嗅，叫道："不好了，果真有妖怪来过。"顾不上和龙辩论，他立刻纵身翻上云端，用手搭起凉棚，向四方察看寻找。八戒、沙僧也跟上天，心里比烈火烧燎还焦急。

悟空眼力好，看见远处一股黑气，直向乱山丛中飞去，心知便是那个妖怪带走师父，立即带领两个师弟在空中踏云追赶。

三人赶到一道狭窄峡谷面前。抬头看，头顶只露出一线天，里面阴森森不知深浅，那股黑气就在这里不见了。

悟空对八戒和沙僧说："这里不是善地，多长一个心眼儿，不要中了

妖怪诡计。”

话未毕，忽然耳畔传来一阵巨响，无数大小石块从头顶像雨点般打下来。倘若有一块砸在头上，必定脑浆迸流，必死无疑。三人在这石缝般深谷底，进退不得，不知该怎么办才好。

正在这时，当头传来一声棒喝，几乎震破他们的耳膜。悟空侧耳听，却是一个熟悉声音，原来是阿修罗，不知从哪里冒了出来。

阿修罗得意地喊道：“孙悟空，你们三个坏了我多少好事，今天便是你们的死期。让我先料理了你们，再慢慢烤了你们师父下酒吃。”

随着他一声喊，又有许多石块滚落下来，欲置三人于死地方痛快。说时迟那时快，悟空掣出金箍棒，乒乒乓乓拨开头上石雨。八戒和沙僧也各自伸手托住两块大石头，挡住后面石雨袭击，才免了这场险恶厄难。

悟空三人从乱石堆里钻出来，窝了一肚皮怒气，正欲觅路出峡谷，寻找阿修罗打斗，不料头顶上又抛下许多着火树棍，使整个峡谷都熊熊燃烧起来，像是一个巨大火炉。

阿修罗在上面狞笑道：“砸不死的妖怪和尚，今番叫你们都烧成灰，休想再活着出来。”正是：

石雨未遂又添火，
今番三僧怎么过？

这火十分猛烈，上下左右烈焰冲天，封住悟空三人去路，无法冲突出去。悟空经过太上老君炼丹炉锻炼，不惧这区区凡火，但八戒和沙僧怎么受得了如此火烤烟熏。

八戒被烤得尖声叫嚷道：“这样烧，迟早会把我烧熟，还不如被大石砸死好。”

沙僧也抬头怒骂道：“阿修罗，有本事就拼个高下，这样用诡计算得

了什么英雄？”

阿修罗才不理睬他，站在谷顶呵呵笑道：“放火砸石头也是本领，谁叫你们笨头笨脑往这石头缝里钻。”

叫骂有什么用处，和妖怪也没有道理可讲。眼看大火越烧越近，几乎烧着衣服，八戒和沙僧才着慌了。可怜两员天将历经许多苦难，跋涉万里从东土来到这里，难道就这样冤死火焰中不成？

悟空虽然不怕火烧，却也被烟熏得难受。看见两个师弟受罪，忽然他灵机一动，对他们招手说：“快到石头下面躲藏，不要站在外面。”

这个计策果然好，先前一阵石雨，在谷底堆了无数大石块，留下许多缝隙，正好构成藏身洞窟。悟空选择一个四面皆有遮蔽的处所，招呼八戒、沙僧赶快入内。待到阿修罗在上面投尽了木柴，谷内火焰逐渐熄灭，三人才躲过又一场劫难。

阿修罗从崖上探头一看，只见下面烟气渐渐消散，不见三人踪影，不由喜上眉梢。他这才把三藏长老拖出，指点给他看并说道：“你的徒弟都被烧死了，你还有什么可依靠的？不如归顺我，还能有一碗饭吃。”

三藏心中发急，连忙拭目察看，只见谷内烟雾消散，果真空荡荡无有半个人影，不由悲从中来，放声大哭道：“悟空、悟能、悟净，你们三人跟我从大唐来到这里，一路辛辛苦苦，十分勤劳忠诚，立下无数汗马功劳，神鬼皆知。谁知未得正果，便在这里丧生，岂不叫我痛断肝肠。”

言罢，他不顾阿修罗在旁威胁，含泪合十面天，为三个徒弟念经超度。他心中想着，倘若阿修罗继续逼迫，就跳崖与徒弟们死在一起，绝不屈从妖怪，辱没了佛门弟子名声。

阿修罗见他不肯低头从命，拔出钢刀架在他脖子上，厉声喝道：“唐僧，你敬酒不吃吃罚酒，再不老实归顺我，就砍掉你的脑袋。”

三藏一心一意为三个爱徒超度，视凶恶阿修罗为无物，毫不理睬他做神做鬼，肆意侮辱威胁。正是：

情到急处分生死，

方见圣僧真精神。

那阿修罗自以为再无对手，便肆无忌惮地逼迫三藏长老，仰天长啸道：“烧死了瘟孙悟空，谁能敌过我？”他心情激动，摆出霸王模样，连喊三声，震动脚下山谷。四野空寂，无人胆敢应声数说他一句。

他手舞足蹈地猖狂了一阵，似乎担心别人听不见，又朝着天地大吼一声：“我是无敌大魔王，谁敢阻挡我？”

话声未绝，谷底忽然传来一阵呼喊声：“妖怪休要猖狂，我们来了！”

阿修罗低头一看，想不到竟是悟空、八戒、沙僧三人，从烧得黝黑的乱石堆里钻出来，手持兵器，腾空向他扑来。阿修罗慌了，顾不上想明白他们是怎么逃脱烈火焚烧的，将手一指，使出第三条毒计。只见：

崖壁洞开涌飞流，

此番必定灭猪猴。

悟空兄弟抬头看，只见两边崖顶忽然洞开，不知从哪里飞出一股股大瀑布，迎头盖脑浇泼下来。三人措手不及，被水冲击跌落到谷底。两边谷口已被乱石堵断，恰似一条深槽，积水越来越多，三人没在水下不见身影，不知是死是活，阿修罗才又吐了一口恶气。

他正得意时，不料这三个对手砸不死，烧不死，也淹不死，又精神抖擞从水中钻出，依旧气冲冲地跳上崖顶斗他。

眼见三人已经脱离险境，阿修罗再无别计应付，莫奈何只好举起手中兵器迎敌。他本是悟空手下败将，见面便怵了三分，再加上八戒、沙僧都满腔怒气杀来，更加抵敌不住。一来一往鏖战了十几个回合，挡得住前面

金箍棒，便挡不住后面九齿钉耙和降魔宝杖，阿修罗手忙脚乱，渐渐失去了路数，只得胡乱招架，再不能还手攻击。

阿修罗自知不是三人对手，觑见一个空子，虚晃一下跳出圈子，嘴里恶狠狠喊道："你们不要得意，我搬一个真正霸王来，叫你们好受！"言罢便一扭身子不见了踪影。

欲知他请谁出山，唐僧四众聚首后还去往何处，请听下回分解。

第六十回　齐天大圣遇对手　西天猴[1]来制悟空

话说悟空兄弟三人挫败阿修罗诡计，救了师父再往前行。过了战主国，来到吠舍厘国境内。这里距离灵山所在处摩揭陀国已经不远，位在佛祖蓬座近旁，想来不致再有妖孽为害。众人心情舒畅，一心只望早到灵山，结束这一遭西天巡游，再不多想其他事情，对身边情况全然不觉。正是：

一心只盼回灵山，
不知风波起身边。

众人心欢意悦，走走停停、指指点点，正观看间，忽然看见前面水池边有一高大石柱，上书“哈奴曼战胜十首罗刹王处”[2]。旁边碑上一幅石刻像，神猴哈奴曼手持铁棍，意气风发，神采奕奕。周围猴群也个个机灵剽悍，十分引人注意。

八戒看见，不由乐了，手指着石碑对悟空说：“你看这里的雕像和你一模一样，是否早有人把你和手下花果山猴群刻在这里，等你自己来欣赏？”

悟空心中好奇，走上前仔细端详，发现那哈奴曼果然酷似自己，好像

---

① 见《大唐西域记》卷七，“吠舍厘国”条：“池西不远有窣堵波，诸猕猴持如来钵上树取蜜之处。池南不远有窣堵波，是诸猕猴奉佛蜜处。池西北隅犹有猕猴形像。”

② 见印度史诗《罗摩衍那》。哈奴曼是传说中的神猴，善于变化，神通广大。

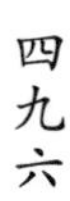

是孪生兄弟。脚边猴群中，也有许多似曾相识的面孔，真如东土花果山猴子猴孙都到这里等候。他心中十分高兴，便笑嘻嘻地走上前问讯道：“孩儿们，你们何时到的这里，怎不走出来向我问一声好？”

话未绝，碑上石猴一个个都活了。哈奴曼持棍带领群猴跳出来，挡住他们去路，圆睁双目怒喝道：“孙悟空不要走，我在这里等你多时了。”

众人一见，都吃了一惊，不由停住脚步，看他们意欲何为。悟空心中也诧异，含笑抱拳问他：“你我长得相像，好比是兄弟，不知你等我做什么？”

哈奴曼气愤不平，没好气道：“你这贼猴，休要攀亲道故，我们势不两立，谁是你的兄弟！”

悟空闻言一惊，也沉下脸道：“既然你不是兄弟，便是妖精无疑了。我也问你，为何变成我的模样，在此拦路寻衅？”

哈奴曼呵呵冷笑道：“你贼喊捉贼，真不知羞耻。不问自己缘何偷变我的模样，到处招摇撞骗，还上了灵山，图谋不轨，反而倒打一耙，说我学你样子。别人对我说，我还不信，今日看见，果然如此。还不赶快低头认罪，免得我动手。”

悟空也生气了，怒冲冲对喝道：“我从石头里蹦出来就是这个样子，你才是胡说！早早让开路，喊我三声爷爷认错，少叫一声就打死你。”

哈奴曼性情和他同样刚烈，哪里忍得这口气，不再多言语，抡起手中铁棍便劈脸打来。悟空不敢怠慢，也忙举金箍棒迎敌，好一场险恶厮杀：

两个猴王，一对猢狲。一个东土称圣，一个西天为神。皆为霹雳火，嫉恶不可忍。相逢灵山路上，不问皂白掀战尘。铁棍招招奇，金棒着着狠。飞天舞，遍地滚，一下更比一下紧。不知今日鏖战，谁能夺标取胜？

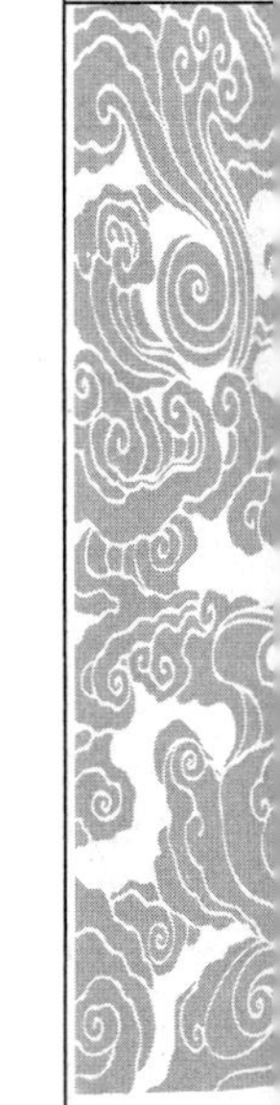

二人气冲冲施展开周身本领，上天入地，纵跳腾挪，恶斗了上百回合，不分胜负。三藏、八戒和沙僧都看得呆了。那边猴群鼓噪呼号，想上前助战，却分不清尘影里两个猴子，谁是仇家，谁是自己的主子，便只好耐心站在阵前旁观。

悟空闷头闷脑斗了一阵，不知对方挑衅缘由，按住手中棒问道："你这妖猴好没来由，无冤无仇，为什么拦住就打？"

哈奴曼不耐烦道："你做了什么，自己明白！没做亏心事，何必多打听。"言罢，他不顾悟空还要说话，挥起手中铁棍又打。

悟空见他不愿吐露原因，心中也气恼万分，咬着牙举起金箍棒，又和他打成一团，不再多言讲道理。他心高气傲怒喝道："妖猴，你道我是好惹的，难道还怕你不成！"

两个又打斗了一阵，依旧不分胜负。哈奴曼见只凭力量不能取胜，唿哨一声，招引旁边猴群一起上前助战。悟空也不示弱，拔了两把毛，用力一吹，都变成自己样子接着厮杀。八戒和沙僧看得眼花缭乱，不知那西天猴头还施什么手段，紧紧傍在师父身边保护好，不敢乱动一下。

这场混战打得天昏地暗，终于有了结局。猴毛变的假猴子虽然也有几分本事，却动作僵硬不自然，怎么斗得过哈奴曼手下真猴，纷纷被打翻在地。八戒和沙僧也被困住不能上前，只剩下悟空孤身一人抵挡不住，虚晃一棒，落荒便逃。

哈奴曼得势不饶人，哪里会放过他，手提千钧铁棍大步赶来，不打杀他决不罢手。正是：

客猴不敌主猴，
奔窜好似穷寇。

悟空走遍东土西天，何曾遇见敌手，想不到在这里被同类苦苦相逼，

一句话说不了，就险些丢了性命。事到如今无计可施，只好用力奔逃，躲过这道难关，再和他讲清楚道理，终不成苦苦相撑，被他白白打杀了。

悟空在前，哈奴曼在后，气喘吁吁地越跑越远，好一场你追我赶。哈奴曼眼看追不上，怕悟空在眼皮下溜掉，便舒开手臂运起神力，托起路边小山，像扔石头般一座座抛出去，前面野地上平添了许多山头。眼看越抛越近，有一座砸在悟空面前，险些压在他身上，形势十分危急。

悟空情急，心知再往前跑必无好处，连忙扯一根毛，变成自己继续向前奔跑，自己将身一摇，变成一根草躲在路边不动，斜眼觑见哈奴曼从身边跑过，才悄悄舒了一口气。

那猴毛变的假悟空身轻动作快，如风般在前面奔跑，眼看就要逃脱。哈奴曼急了，搬起一座小山，觑准了迎头掷去，不偏不倚正好砸在假猴身上，紧紧镇住再也不能动。

哈奴曼得意了，叉手站在外面喊叫三声，里面无人答应。他心想悟空必定被砸死了，便从下面伸手进去一摸，里面空空如也，只掏出一根猴毛。他知悟空已经隐身遁去，气得牙痒，睁目四处寻找。

他将目一睃，忽然瞧见一阵风吹过，野地里青草都顺风偏倒，独有一根朝自己这边歪斜。原来是悟空探头探脑打探情况，正好被他看见了。哈奴曼走过去伸手就拔，悟空叫声不好，变成一只鸟振翼飞向天空。哈奴曼也善于变化，变成猎鹰追上去。

悟空在空中回头一看，哈奴曼已经追到跟前，自己抵敌不住，连忙变成大鹏金翅鸟反扑过去。借着变化威势，悟空反而占了上风。哈奴曼见势不妙，又变成一条火龙，吐出阵阵烈焰，张牙舞爪搏那金翅大鹏鸟。悟空也变，变成一条喷水蛟龙，和火龙在空中搏斗，一股水冲灭了火焰，仗着爪牙又抓又咬，打退了火龙进攻。悟空不敢托大，趁机见好就收，一扭身从空中消失了踪影。

哈奴曼用手搭起凉棚凭空张望，看见一朵怪云静悄悄向来时地方飘去。

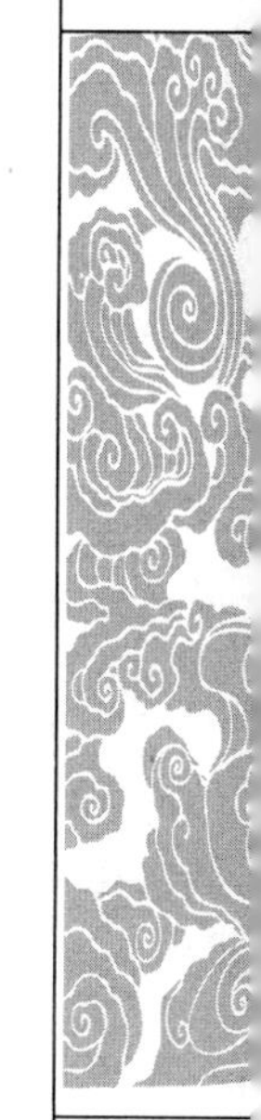

那云形投影在地上，宛如一只张臂拖尾猴，不是悟空变的又会是谁?

他看清楚了，鼓起气力纵身跳过去，一脚踏在云上，尽力向下踩压，把它像影子踏在地上就好办。悟空在下也不甘示弱，将周围云气卷起，意欲裹住对手身子。

说时迟那时快，眼看就要将云上哈奴曼裹住，只听见半空中一声霹雳，哈奴曼化身为一道闪电，急速穿刺，将身边云雾击开。云雾刹那间便消散得无踪无影。

这一击十分迅猛，虽然给哈奴曼解了围，但一转眼悟空又不见了。他心想，这个水精猴子十分机灵，必定趁势抽身，急着回去寻找他师父一行。

哈奴曼瞧见远远空中隐隐有一只蜜蜂鼓翅疾飞。小小蜜蜂怎么飞得这样高，必定是悟空化身。

这一次哈奴曼不声不响，化为一股风追上去。待赶到蜜蜂身边，哈奴曼从腰间掏出一个琉璃瓶，迎头抛过去，正好兜住蜜蜂，又连忙加盖封好，顺手掷入下面殑伽河。琉璃瓶立刻被滚滚河水冲卷走，沉到幽暗水底。

不知悟空是死是活，请听下回分解。

第六十一回　罗摩王子显灵通　东西猴王结金兰

话说悟空化为蜜蜂逃遁，一心只想抽身探看师父安危，却不料被哈奴曼悄悄赶上。悟空措手不及，被捕入瓶中，沉入水底，十分危急。

悟空心知着了道儿，用手捶击踢打，也不能打破那瓶壁，即便掣出金箍棒又打又砸，依旧不能如愿。

他心里想，既然打不碎这瓶子，就把它撑破吧！悟空将金箍棒顶着瓶身，喝一声“疾”，指望它像往常一样伸长，可以破瓶而出。谁知这瓶十分牢实，他连喝几声，金箍棒折弯了，也无法弄破。他再把金箍棒变成钢钻，使劲往外凿，不知这瓶是什么材料制成的，竟不能钻动分毫。漫漫取经路上，悟空不知经历了多少危难，大都凭自己力量一一化险为夷，想不到在这里遇见一个同类兄弟，话没有说上三句便打起来，最后栽倒在这小小闷瓶里。倘若不赶快出去，必定活活闷死在里面，还谈什么扶保师父，取经东还故土的理想?

可怜英雄无双美猴王使尽浑身解数，也无求生办法。一时急中生智，他忽然想起一个老相识，忍不住用力捶打瓶壁，大声呼唤救苦救难观世音菩萨赶快显灵救他。正是：

何人万里伸援手？
唯有南海观世音。

说也奇怪，他喊一声后，不知是否是观世音菩萨听见施了妙法，便觉

得瓶身微微震动，不知被何物猛地一口吞下。不久又左右滚动，从下向上慢慢升了起来，一下子浮出水面。

他在瓶内不知，原来是一条鱼受了菩萨指引，游来吞了琉璃瓶。鱼又被一个老渔翁撒网捕住，连同许多鱼虾一起捞起来。

那渔翁看见一条大鱼体内透出异光，感到十分诧异，剖腹后竟取出一个七彩琉璃瓶。不知什么法术作祟，悟空在里面使尽办法弄不开，老渔翁轻轻一用力，便启开瓶盖，只见眼前一道黑影，蹦出一个灰头灰脸猴子，把他吓了一跳。

悟空好不容易得了自由身，来不及道一声谢，便一个跟头翻进天空，直朝师父所在地方奔去。他三脚两步奔到那里一看，石柱水池依然，那块雕刻群猴石碑也在，只是上面多了一匹马，少了几只猴子，哈奴曼换了一个姿势，背朝里躺在碑上不动。周围空空荡荡，哪有师父等人踪影。

他心里想，这事不向他们问个明白，还能去找谁？悟空怒气冲冲走过去，大声喝道："猴妖，快把我的师父放出来！"

他不住叫骂，早惊动了碑上群猴，一个个活动起来，连忙禀报正在瞌睡的哈奴曼道："那个东土来的野猴子又来吵闹，要他的师父和两个师弟。"

哈奴曼睡眼惺忪，说道："他早已被我装进如意琉璃瓶，抛进殑伽河，不过三天就化成水，怎么又到这里来？"

小猴们说："这是真的，没有半句虚言。不信，你自己看。"

哈奴曼见他们说得认真，这才一骨碌翻起来朝外面一看，果然瞧见悟空站在碑前大声叫骂，不由吃了一惊，心里想这个野猴不简单，需要小心对付才行。他连忙跳出石碑，问悟空道："我把你关在瓶里，你是怎么逃跑出来的？"

悟空傲气道："我曾在太上老君炼丹炉内锻炼过，你这小瓶子算得了什么！若是害怕我，就快些放出我的师父。不要惹恼了我，砸烂你的老窝。"

哈奴曼气恼，手指着背后石碑道："你看仔细了，这里哪有你的师父？我手下几个小猴被你两个师弟打杀了，还没有找你们算账，你反而来蛮横吵闹，是什么道理？"

听他这样说，悟空才抬头仔细看清楚，碑上果然没有三藏和八戒、沙僧，却看见驮经白马在上面。悟空心中还有些疑惑，要诈他一下，手指着问道："你说我的师父、师弟不在，为什么马在这里？"

哈奴曼冷笑道："这便是你们的罪证。有了它，拿你们就合理合法了。"

悟空正要问，凭什么理法找麻烦。哈奴曼喝道："这次你休想再逃掉。跑了你的师父、师弟，就拿你问罪。"说着，哈奴曼带领身后群猴一窝蜂地拥上来，各施兵器把悟空团团围住，不叫他有逃跑机会。

悟空吃过他的亏，知道来者不善，连忙挥棒迎敌，先打倒周围几个小猴，再专心对付哈奴曼，杀得难解难分。

看官须知，悟空虽然十分奋勇，无奈他本来就和哈奴曼不相上下，曾经打过一阵，先输了锐气，加上哈奴曼手下猴兵猴将亦非等闲之辈，前后左右纠缠，双拳难敌众手。打斗了几十个回合，眼看难以取胜，悟空害怕哈奴曼再祭起什么法宝伤了自己，只好觑一个空子跳出来，化一股清风拖棒遁去。哈奴曼追不上便罢了手，清点自己手下伤亡不提。

且不说悟空如何寻找师父。再说当时八戒、沙僧大战群猴，虽然打杀了几个剽悍猴将，击退了一次次围攻，却要时刻照顾师父安全，施展不开手脚。二人经不住群猴死死纠缠，应付了这边，顾不上那边，又被抢去白马经书，只好胡乱招架，保住师父杀出重围再作道理。

一阵冲杀出来，久久等候不见悟空。二人商议，安顿好师父再打回来，讨回白马经书，兼着寻觅悟空下落。

二人定了主意，重新抖擞精神，向猴群搦战。八戒怒骂道："猴妖，快把白马经书还我们。"沙僧也喊叫："赶快说出我们大师兄下落，要不

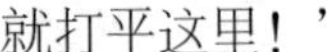

就打平这里！”

眼见悟空刚走，他们又来，哈奴曼也心里烦躁，带领手下群猴出来喝道：“打不尽的贼子，怎么输了又来了？刚才那个猴子逃掉，这番你们就顶替他送死吧！”双方不再多言，动手就死战狠打。

这样打来打去厮杀一阵，哈奴曼眼看八戒、沙僧武艺高强，不是寻常对手，摇身一变，成为一个双头四臂巨无霸，两面敌住他们。八戒、沙僧也不示弱，一起幻化出巨大身躯，手持兵器迎敌，毫不畏惧他露出什么面孔。

哈奴曼见这样吓不退他们，再一摇身，忽然分成四个身子，两个围攻一个，叫八戒、沙僧顾前顾不了后，渐渐乱了招数。此时八戒、沙僧只能招架应付，再不能占半点便宜。沙僧还想闷着头苦撑，八戒扯他一把说：“走吧，不要中了他的计。”

沙僧说：“师兄不知死活，白马经书在这里，难道我们撒手不管？”

八戒提醒他道：“谁说师兄死了？刚才这猴妖还说，他来过不久。只要找到他，再回来算账岂不更好！”

沙僧恍然大悟，将手中宝杖一摆，架住哈奴曼铁棍，和八戒一起抽身便走，不再留在这里苦斗。行走不远，果然遇见也在到处寻找他们的悟空。

三人相见，倍添信心，商议后又一起返回那群猴碑前。这次他们不叫不骂，挥起兵器便朝石碑乱砸乱筑。劈碎了这块碑，看哈奴曼和他手下猴群还有无安身处。

这一手果然厉害无比。哈奴曼无奈，只好又离碑应战。正是：

莫道得意可猖狂，
谨记尚有强中强。
一本好戏从头看，
三英勇斗西猴王。

悟空兄弟三人都有一肚皮气，像走马灯般围住哈奴曼狠命厮杀。不管他千变万化，也跟着幻形比试，渐渐占了上风。哈奴曼眼见不妙，仰天高声呼喊：“罗摩王子[1]，快来助我！”

喊声未毕，天空中“哗啦啦”一阵响，云阵开处，显出了罗摩王子真身。只见他跨骑六牙巨象，引带无数天兵，催云赶雾，布满天地，不留半点缝隙。悟空三人被困在垓心，犹如大海面前一滴水，纵有三头六臂也休想抵挡得住。

八戒看见这番阵势，心里有些慌了，对悟空和沙僧说：“一下子来这样多人，怎么打？”

悟空白了他一眼，气呼呼地横棒道：“怕什么！来几个，打几个。打累了，换只手再打。”

沙僧也不服输，嘴里说：“冲不出去就拼了，不信不打杀他一大片。”

说话间，罗摩王子已经催象赶到，觑准对手，挥动手中万钧钢杵就打。哈奴曼也从旁相助，不让悟空兄弟三人有丝毫喘息。数不清的天兵猴将四面摆开，更无一条路能够冲杀出去。悟空曾经大闹天宫、反上灵山，也没有这番战斗费神。

鏖战了几十个回合，罗摩王子杀得性起，忽然露出毗湿奴本相。只见他发似火焰，青肤靛脸，肩上生出四只手，分别拿着法螺、神轮、神锤、莲花。胯下巨象也变成一条千头眼镜蛇，昂起无数蛇头，将他簇拥在中间，显得威严无比。

悟空三人正欲举起兵器抵抗，只见罗摩王子将手中神轮一转，放射出万道霞光。八戒经不住映照，一阵头晕目眩，拿不稳钉耙，被他背后天兵

---

① 罗摩是印度史诗《罗摩衍那》的男主人公，古印度十车王之子，毗湿奴的第七次化身。哈奴曼曾经助他战胜十首罗刹王罗波那，救回他的妻子悉多。

横拖竖拽过去。法螺响起，震倒沙僧跌在尘埃，也被牢牢拿住。

这边只剩下悟空独力难支，要想逃时，罗摩王子放出胯下千头眼镜蛇，伸出长颈，从四面八方紧紧罩住他，喷吐阵阵毒气，使他上不得、下不了，左右冲突无门，困在其中无法动弹，眼看就要束手就缚。

罗摩王子问哈奴曼："拿住这三个妖怪怎么问罪？"

哈奴曼说："他们冒充佛门弟子，反叛灵山，用白本伪冒经书，四方蛊惑群众，罪恶滔天。应该押往佛祖面前听候发落，警告世人不得再在西天胡作非为。"

悟空被千头眼镜蛇缠住，本已求生无望，听见他这样说，便大声喊叫起来："谁说我们是假佛徒？看白马背上匣内文书就明白了。"

罗摩王子听他叫喊，心中有些迟疑，忙叫哈奴曼牵出幽闭在碑中白马。打开匣子一看，果然有许多文书，都签盖了沿途各国御印玺宝，证明他们确是东土大唐国到西天取经僧人。

罗摩王子心中不解，问悟空道："既然你们来取经，为何都是白本，还在佛祖面前大闹灵山？"

悟空听他问讯，方才一一述说清楚。罗摩王子与哈奴曼都明白了，原来是一场误会，连忙放开他们兄弟三人，归还白马经书，又派人随同他们迎回三藏长老，深深道歉，乞求原谅。一场干戈转眼化为玉帛。

临行前，悟空不解问哈奴曼："我们与你无仇无冤，怎么诬说我们是假佛徒？"

哈奴曼见他发问，这才从怀里取出一封书信，上面写了唐僧师徒许多罪恶，说他们就要经过这里，再上灵山谋害佛祖。他读了如何不生气，提高警惕注意来往行人，终于截住了三藏师徒。

看了这封信，八戒也生气了，问道："这封无根无底书信是谁写的？

害得我们混战一场，险些丢了性命。”

众人连忙拂开信笺看，只见后面留名写着“罗修阿”三字。乍一看，是一个有名有姓陌生人。悟空一看，气恼叫道：“你们中计了！明明是阿修罗捣鬼，哪有什么罗修阿。”

哈奴曼仔细看，这才恍然大悟，用力击打自己脑瓜，说：“都怨我性情急，一时糊涂，被这妖怪骗了。抓住他碎尸万段，才得出这口恶气。”正是：

明枪易躲，
暗箭难防。
无稽谗言，
须多思量。

众人不打不相识，明白了原委，各自佩服不已。

哈奴曼对悟空说：“我心中气恼，还以为你假冒了我，毁坏我名声，所以必取你性命才心甘。谁知你也是一条刚烈好汉，我们就结拜兄弟吧！”

悟空也说：“我走遍世界，想不到竟有一个同类长得一样，好似双胞胎。既然这样，结成兄弟也合我心，是一段天赐缘分。”

众人听他们这样说，都笑逐颜开拍手叫好。当下就摆开香案，哈奴曼和悟空一起下拜，请罗摩王子和三藏长老做证人，结为生死兄弟。二人立誓匡扶正义，扶弱抑强，做真正佛门弟子，死也不向邪恶势力低头。

二人握手把臂相见恨晚，就议定要去除妖。不知后事如何，且听下回分解。

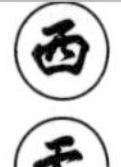

第六十二回 因陀罗纵雷平妖 大梵天秉义灭亲

话说悟空和哈奴曼结拜金兰，计议要剪除阿修罗，灭绝邪恶祸根。话犹未绝，脚下地皮忽然震动，像波浪般起伏，翻滚不停。冷不防又裂开一条缝，旁边众人未曾提防，纷纷跌落进去。看那裂开处又重新合拢，刀砍矛挑也拨不开，不知落下者生死存亡。正是：

从来只知天降祸，
未闻灾异从地出。

一阵纷乱过去，众人清点人数，这才发觉三藏长老、许多天兵和小猴都不见踪影，必定陷入地下无疑。

沙僧焦急，跌脚叹道："怎么偏偏在节骨眼儿，总是师父吃亏。如今他身陷地内，怎么办？"

八戒慌了，挥起钉耙用力筑了几下地皮，挖不出师父一根毛，也灰心丧气，叹一口气说："师父必定被活埋了。活人入土，不到片刻就没气息。师父是凡身肉体，怎么熬得过去？想不到他一心向佛，辛辛苦苦来到西天，却葬身此处。"言罢，他不由悲从中来，也不再挖地寻找，顺势使耙垒起一堆土，权当作坟墓，和沙僧一起洒泪下拜祭奠。

悟空见他这样，皱眉数说道："师父还不知死活，你们不想法寻找，这样哭哭啼啼有什么用处？"

八戒哭丧着脸说："凡事需要重现实。事情已到这个地步，还有什么

可说的。师徒一场，只有你心硬。难道你有本领，能够叫师父起死回生不成？”

悟空不耐烦地打断他的话头：“谁说师父死定了？即使他还有一口气，也会被你哭得更加倒霉。”

这一番话，八戒哪里听得进，抽抽咽咽地哭泣道：“你不用多说了，还不赶快和我们一起祭了师父、分了包袱好散伙。”

他越这样说，悟空听了越生气，发怒教训他道：“你也是天蓬元帅下凡，怎么这样没有志气，还未弄清原委，就自己乱了方寸。倘若师父没有死，你还有什么面目见他。”

二人正争论间，不提防脚下又一阵猛烈震颤，地皮“忽啦啦”又裂开一条缝。悟空脚底一滑，也不小心仰面倒坠下去。多亏他身手敏捷，及时翻腾跃出，才未被活活生吞，连忙再转身清点同伴。罗摩王子跌下象背不知下落，只留着胯下巨象，正用六根长牙奋力翻刨土地，愤怒吼叫不息。

沙僧见状感到奇怪，说：“这场地震来得十分蹊跷，怎么每次都不偏不斜地在我们脚下裂开，存心和我们过不去？”

悟空说：“我跌下去，看见里面似乎有灯火亮光，莫非其中有鬼？”

众人正惊疑不定，哈奴曼忽然叫喊道：“你们听，地下有金鼓厮杀声音，必定出了非常事情。”

众人连忙俯身贴地倾听，果然听见里面隐隐有异样声响。八戒耳朵大，听得最清楚，一声声刀剑碰击，喊杀连天，似乎就在眼前。他这才猛然醒悟，大声叫道：“地下有妖怪！”

哈奴曼仔细分辨，也听出罗摩王子喊叫声音，担心他寡不敌众在暗处吃亏，掣出手中兵器要打，却不知从何下手，左旋右转干着急，恨不得一棍将地皮打碎冲进去，打杀地下妖物。

再侧耳一听，听见罗摩王子高声怒骂道：“妖怪，有本事光明正大地上去打，不要暗中伤人。”接着又是一阵兵器交接铿锵声音，似乎有许多妖怪围着他狠命攻打，不容他喊叫第二声。眼看就要败阵，弄得不好还会身首异处，败坏了一世英名。

说时迟那时快，只见身旁六牙巨象一声怒吼，不知尖牙挑动了何处地脉，一下子劈开地壳，显露出地下世界。不看不知道，一看只气得悟空七窍生烟，想不到是阿修罗和许多妖魔鬼怪正围着罗摩王子厮杀。罗摩王子虽然英勇无敌，却顾前不能顾后，加之地下狭窄，施展不了手脚，只得抵挡招架，无法取胜脱身。罗摩王子看见上面露出天光，才虚晃一杵，腾地跳出来和众人会合。正是：

无敌王子也受挫，
虎落平阳被犬欺。

罗摩王子出来后，对众人说："我已看清下面情形，走廊通道复杂无比。阿修罗仗着地下罗刹[①]威势，更有妖神金星之主乌沙纳斯相助，气焰十分嚣张，无法铲除。"

沙僧焦急探问："你可看见我们的师父，是否已遭毒手？"

罗摩王子说："陷入地下诸人，都被带往密室幽闭，暂时无性命之忧。我因奋力反抗，才未中彼等奸计。"

听他一说，众人又急又喜。喜的是罗摩王子安全归来，毫发未伤；急的是三藏长老、许多天兵和小猴尚陷身地下，时刻有杀身之祸，却尚无妙计良策将其解救出来，怎么不顿足叹息。

八戒和沙僧焦急嚷道："既然师父未死，我们还等什么，赶快打进去吧！"

悟空心里也急，却抓耳搔腮想不出办法，不知该怎么办才好。哈奴曼

① 罗刹是印度神话中吃人的魔鬼。

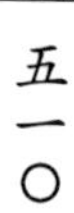

说："地下有缝，就能撬开。赶快动手，把你们的师父和我的孩子们都救出来。"

不消他多说，众人已经动起手来，各持兵器乒乒乓乓一阵乱筑乱打。不料地壳却如钢铸铁浇一般，无法打开一点缺口。众人惊奇万分，心中更加焦急。

罗摩王子说："脚下土地本来疏松，定是乌沙纳斯施法才有这般效果。要破除他，必须另请天神作法，方能奏效建功。"

言罢，他便携同哈奴曼，一起乘象冉冉腾空，上升天庭四处求拜神祇，乞望助力擒妖，并吩咐悟空兄弟留在原地监视等候。不料他们到处央求，神仙都面有难色，一一借故推托。内中一人实话相告："阿修罗与诸多罗刹都不打紧，有了那乌沙纳斯就麻烦。"

哈奴曼问："他是何方神圣，有什么通天本领，你们这样惧怕？"

那个神仙说："这乌沙纳斯出身高贵，乃是梵天大神嫡孙。其父苾力瞿出生于梵天皮肤，血脉连心，最受大神宠爱。因此乌沙纳斯也被封为金星之主，早晚伴同日月升沉，地位十分崇高。他见多识广，聪明冠众，深谙一切魔法诀窍，不知何时坠入魔界，成为妖魔最高祭司。这样的妖神虽然可厌可恨，可谁又敢冒昧前往擒拿？弄不好恼了梵天大神，反会讨个没趣，今后怎么在天上做人？"

他说完了，罗摩王子还不及发声，旁边哈奴曼就忍不住愤激吼叫道："王子犯法，与庶民同罪，有什么老虎屁股摸不得。我这就去找梵天大神本人，看他管不管教自己的亲孙子。倘若护短不理睬，还配在天上为什么神？"

说完这话，他转身就走。罗摩王子阻挡不及，也慌忙催象赶上。二人一先一后，一起赶到梵天大神住处，却不见他出来晤面。仔细探询方知，原来他赴灵山佛祖处议事，两三日方能返回。

哈奴曼道："我们就上灵山找他，也让佛祖知道，发旨晓谕众神，好

好管束自家子弟。”说罢，他拽住罗摩王子正要赶路，忽然空中疾风烈烈，云雾开处，拥出一位至尊至贵神祇。你道他是谁？

> 声若雷霆势如风，纵横无敌大英雄。曾斩蛇妖降旱魔[①]，嫉恶如仇不通融。大名鼎鼎因陀罗，万众称赞天地颂。倘若出马来相助，何愁妖氛不扫空。

因陀罗看见二人在空中急匆匆地赶路，拦住问明原因，不由无名火起三千丈，大声怒吼道：“这样事何必上灵山，不管他是什么龙子龙孙，胆敢为非作歹，我就去剪除了他。”

好一个精诚赤胆因陀罗大神，性烈如火，一招手唤来两只鹰隼，衔来一缸苏摩酒，仰面咕噜噜喝了，增添无穷力气[②]。当下他便点起随从暴风群神摩录多兄弟，催动漫天黑云，层层叠叠，翻翻滚滚，直朝三藏长老及诸人陷身处赶去。不多时他便到了那里，也不驻足歇息一下，立即发动攻击。你看他如何进攻？

因陀罗举手一挥，飞起一道雪亮闪电，紧接着抛出沉重雷锤，击落在地上迸发出耀眼火光。摩录多兄弟也不闲住，纷纷鼓气贴地旋转猛吹猛刮，忽然天地变色，暴雨如注，景象十分恐怖。

罗摩王子见状，立刻整顿手下天兵，招呼哈奴曼和悟空兄弟一起进攻，只望打开地壳一道裂缝，便可蜂拥冲杀进去，解救出陷入地下诸人。只不知乌沙纳斯使出何等魔法，将地壳变得十分坚硬，好似一个硕大无朋钢铁盾牌，遮护着下面竟无半点闪失。

---

① 因陀罗曾经杀死蛇妖弗栗多，劈山引水；还曾战胜旱魔布利陀罗，使甘露普降人间，建立不朽功勋，造福人间。

② 苏摩酒是传说中的天神饮料，由鹰隼带来。因陀罗自幼喝这种酒长大。他每次出征前都要豪饮，增添法力，所向无敌。

因陀罗见一次攻击不奏效，心中愤怒，又招鹰隼狂饮了第二缸苏摩酒，发动第二次进攻。一下又一下出手，将轰雷闪电打在地上，好似擂起“咚咚”战鼓，十分凶猛，势不可挡。罗摩王子趁势施威，哈奴曼和悟空双棍齐飞，八戒和沙僧耙筑杖打，加上天兵猴将，无半点喘息时间。只见那：

雷声震、电光闪，暴雨如注乌云翻，旭日敛光似夜晚。不是长河渗漏如瀑泻，定是玉峰倾倒天地间，方有这番惊人奇观。东土西天众神会，好一场险恶征战。

这次天火劈雷比先前更加厉害，也击不破邪神乌沙纳斯构筑的钢铁地壳。因陀罗气愤非常，招来鹰隼饮了第三缸苏摩酒，将剩余酒水遍洒大地，一拳把酒缸砸得粉碎，咬牙切齿地带领部众掀起第三次攻击高潮。

这次雷锤更猛，电剑更利，贯注了因陀罗大神全身力量与怒火，猛击下面地壳，终于轰开一道裂口。摩录多兄弟连忙尖声呼啸，一窝蜂地将疾风暴雨吹灌进去。罗摩王子也招呼哈奴曼与悟空兄弟，挥舞手中兵器，冒着风雨雷电杀人，指望一股劲就荡除地下所有妖魔，不留半点孽根。

风雨中，八戒对身边众人说：“因陀罗大神果然神通广大。我们先救了师父，再打杀地下妖怪，叫他们知道厉害。”

悟空也咬牙切齿地说：“不要放过了阿修罗，不把他碎尸万段，消不了心中愤恨。”

众人激动万分，正随风奋力冲杀，一个接一个冲进地壳裂口。不料乌沙纳斯躲在下面作法，忽然里面喷出一股地火，滚烫无比，烧焦了八戒鬃毛和沙僧胡髭，悟空、哈奴曼受阻也不能前进，只好一起转身逃出。那股地火越冒越高，映红了半边天，几乎把整个天空都烧着。

火焰中，传来阿修罗得意笑声，嘲笑外面众人道：“你们的雷火算得

了什么。看乌沙纳斯大师这把地火，把天地烧个精光，不留半点生灵，那时，我就可以做大王了。”

他说得不差。只见地下火焰越喷越高，似是一株蓬勃生长的高大火树，枝干恣意四向伸展，飞快吞食周围天界，映照得一片红彤彤。因陀罗抛出的一下下雷锤电光和它相比，只不过是熊熊火炉前闪烁的星星萤火，完全无法匹敌。似这股力量，怎么对付得了地下邪魔。

罗摩王子对因陀罗说：“以火对火，占不了便宜，必须另觅良计才行。”

因陀罗攻击不成，心中气愤非常。听了罗摩王子的话，他转身对摩录多兄弟吩咐几句，个个领计而去，这边又对罗摩王子众人嘱咐了。众人都摩拳擦掌做好准备，要铲除阿修罗，擒拿躲在地下作法的妖神乌沙纳斯复仇泄愤。

不多时，遥望空中，摩录多兄弟在空中腾挪纵跳，已催赶来无数乌云，黑压压的，塞满天地，上下无有半点空隙。原来他们腾空而去，各自作法将天上云朵收罗殆尽，又使出浑身解数，从海面一直飞快旋卷到海底，吸起许多海水到空中，这才完成因陀罗计策，人人满载赶回来。

因陀罗见计谋已成，立刻挥起雷锤遍地敲打，趁乌沙纳斯和阿修罗只顾在一处喷火，把许多处所的地皮击穿，地面恰如一个大漏勺。因陀罗一声令下，摩录多兄弟把所带雨水全部倾灌下去，一下子浇灭了地火根源。喷出的火焰无有补充，也失去了原有气势，渐渐被浇灭得干干净净，无法再死灰复燃了。

外面众人看见，岂能放过这个大好机会。他们个个抖擞精神，挥舞兵器从各处缝隙杀入，虽然下面有罗刹恶鬼把守，可哪里抵挡得住。刹那间，恶鬼们被杀得大败亏输，无一个肯再为阿修罗卖命。

罗摩王子带领哈奴曼、悟空兄弟和众多天兵猴将从四面八方涌入时，乌沙纳斯和阿修罗正安坐密室内，计议未来谋略。他们做梦也想不到敌人破了钢铁地盾，浇灭了熊熊地火，一时慌了神，来不及再施诡计，只好手拉着手一溜烟地遁逃，咬牙切齿，决心今后另觅机会报复。

悟空兄弟顾不上追赶，先救了师父，罗摩王子和哈奴曼也解救了各自部属，索性一把火把阿修罗地下巢穴烧个精光。众人出外拜谢因陀罗大神和随从摩录多兄弟，计议随后擒妖计划。

未曾捉住乌沙纳斯，因陀罗正狞髯张目，十分愤激。忽然，他抬头瞧见头顶一朵红云缓缓下降，上面坐着一位尊长，正是梵天大神本人，不知他前来作甚。正是：

无计擒拿作恶儿，
慈祖亲自下云端。

梵天降落尘埃后，慌忙拱手向众人敬礼致意道：“小孙骄横放肆，在凡间作恶，吾在天上不知，罪过！罪过！现在不必烦劳各位仙长出力，我自己擒拿他，交付天庭治理便了。”

听他这样说，哈奴曼怀疑问道：“你说话是真心，还是假惺惺欺骗我们的？”

梵天正色道：“苍天在上，地母为证，倘若吾有半点私心，人神共惩，还有何颜面留在天上，面对万众生灵。”

悟空也怀疑说：“是真是假，不能由你说了算，除非我们跟你一起去，抓住他法办了才放心。”

他二人不信梵天表白，八戒也跟在旁边嘟囔道：“世间何人不为儿孙护短，天上菩萨只怕也一样。不护短放纵，怎么养得他这般骄横跋扈样子？”

梵天闻言，羞惭得面红耳赤，只好点头应承说：“各位仙长不信，就和我一起去，共同擒拿这忤逆儿孙罢了。”

哈奴曼和悟空还要说，因陀罗在一旁忍不住道：“你们都干自己事

情，我和他一起去。如果他说话不算数，我这雷锤不认人，连他一起劈了，管他是什么尊神。”

好一个心急性诚的雷神爷，这样说了还有谁不听从？罗摩王子便对悟空兄弟说：“既然因陀罗大神陪着一起，还有什么信不过的。不如吾等分成三拨，我和哈奴曼缉拿阿修罗，你们保护好师父，好好返回东土不必挂念。”

哈奴曼拍胸脯对悟空说：“兄弟，你放心！剪除这个奸狡妖魔就包在我们身上。你们走吧，后会有期。”

如此安排最合情理，众人还有什么好说的。悟空执着哈奴曼手臂，珍重道了几句，才依依不舍告别了。他和八戒、沙僧扶住师父，牵马挑担继续前行。

欲知后事如何，请听下回分解。

第六十三回　佛祖换经惩贪僧　四众功成返东土

话说三藏师徒别了众神，便再无妖魔阻拦骚扰，一路上顺顺当当，向南渡过殑伽河，重新进入从前熟悉的摩揭陀国。远远望见灵山，依旧十分吉祥巍峨。正是：

花依然，树依然，巍巍灵山仍庄严。历遍西天再回首，今朝更好看。

善恶路，悲喜天，行行重归佛祖前。阅尽尘事方识经，心态说万千。

三藏抬头望见灵山，心中十分感慨。他屈指一算，从北向南，又从南向北，已经巡游西天一圈，见了许多世面，和从前想象不同。

他转身对徒弟们说："西天虽大，转一圈又回来，原来和东土一样，也有吉凶善恶，这才明白从前想错了，并非处处圣洁。"

悟空听了，接口说："师父知道这个道理便好。上次我到这灵山，便一眼看穿。不知这次来，有没有一点变化，免得又要我动手脚。"

八戒和沙僧回到这里也有许多感想。八戒觉得西天虽有佛，妖怪却和来时途中一样多，几番险些丧命，不觉有些怨尤，怪罪佛祖管束不严，没有管好眼皮下地面，枉叫极乐西天世界。沙僧本性憨厚，没有多说话，只是念叨何时可以换取真经，早早保护师父回国，自己也功德圆满，重归正果。

众人正在七嘴八舌诉说自己心事，忽见山上香雾开处，捧出一朵祥云，上面立定一尊神祇，正是一个老相识，慈祥和善药师佛。他驾云来到三藏师徒面前，满面笑容对他们说："你们看了西天，有什么话先不必说。佛祖已知你们回来，着我引带你们上山参见，有什么事都能如意解决。"

悟空问他："这次和气，不派鸡脚神把我再踩在脚下吗？"

药师佛微笑道："能解冤孽方是佛。你不要小心眼，老是纠缠从前情结。"

沙僧焦急问："佛祖曾经传言，一卷白本掉换一卷真经，我们保护严密回来，何时可以办理？"

药师佛安慰他道："佛祖胸怀万机，一切自有安排，你不用着急，所有事情都会如意。"

悟空悄悄扯他袖子一把，低声探问："佛祖座前两位尊者可好？"

药师佛也哂笑一下说："人各有缘，你但看好自己，何必先为他们操心。"他言罢，不再多解释，将手一招，从空中招来四朵红云，便请唐僧四众，连白马一起登云上山。

众人在云上看，层层叠叠好似炉中香烟缭绕，显示出灵山的神奇气势。加以头顶彩云遮盖，更加符合佛祖圣洁身份，使三藏敬佩不已，连忙合十赞颂，不敢须臾怠慢。

不多时，众人乘云已到山顶殿前门边。那里一片静悄悄，早有几个笑脸罗汉等候，敞开大门迎接他们进去。殿里法螺响、钟鼓鸣，正做寻常法事，无有半点防范意图，就连曾经和悟空打斗过的密迹金刚、四大天王也面含笑容，似乎从未有过那段冤仇。

药师佛引导他们上殿，佛祖早已坐在那里。见他们进来，佛祖起身迎接问讯道："你们到西天看了一遭，觉得可好？"

三藏听见佛祖亲自问他，连忙礼拜，恭敬答道："好！好！好！佛光沐浴地方，样样都极善极好。"

佛祖听了，微微一笑说："你说的都是真心话？"

三藏见佛祖这样问，正斟酌应该怎样回答，背后悟空却抢先问道：

"你要听真话吗？"

佛祖说："真方是善，谁要你们说假话。"

悟空看他一眼点头说："你听真话，我服你，这才是我心里想的真正佛祖。"

悟空本是痛快人，被三藏白一眼也不管，立刻一五一十把沿途所见所闻都一股脑儿端出来，末了对佛祖说："我看西天和别处差不多，妖怪照样有，许多人打你旗号敛财搜刮、作威作福，你也不管一下。"

佛祖点头道："你说得好。不过，你应该明白美玉无纯，天地无净。正因人生痛苦，才须布施善念，超度受难众生。如果天地至清至洁，也不必宣教说法了。那些妖物贪僧我非是不知，有的需斗，有的需治。时候一到，自然都有报应。"

悟空听见他这样一说，心中更加佩服。三藏站在前面反倒有些不自在，面上一红一白，更加不知该说什么才好。沙僧谨慎不多言，八戒心中有事，左右巡睃无心说，只剩下悟空嘴里无遮无盖，上及天、下及地，把佛祖的一些缺点也一起说出来，肚里无有半点残留。

佛祖应承说："无隐至真，无私至善，无畏至美。为人饰非，乃已大过；自况完人，必遭天弃。你这样说，方悟真正佛理精神，不枉到西天辛苦走了一趟。"

悟空不放松，紧接着问他："我们来这里取经，上次给了许多白本，现在能换吗？"

佛祖道："我已着人准备好了，你们现在就可以换了带回去。"言罢，他便转身吩咐左右侍者，从殿后抬出许多经书，命三藏清点收讫。这是什么经书？

贝叶卷，密密写，都是济世妙偈语，字字珠玑。贤者心中悟，愚者诵口诀。玄机深藏机关里，功夫到时自然觉。

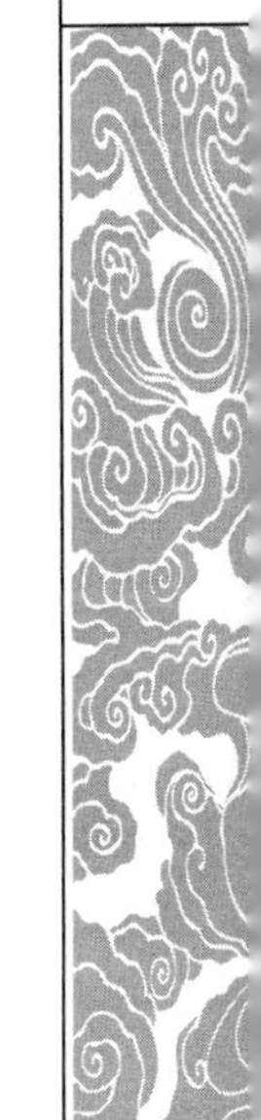

三藏与众徒走上前看。这里有法一藏，谈天；有论一藏，说地；有经一藏，度鬼。共计三十五部，一万五千一百四十四卷。《涅槃经》《菩萨经》《华严经》《金刚经》，无所不包；《虚空藏经》《大光明经》《未曾有经》《大孔雀经》，样样俱全。除此之外，还有许多篇目，难以一一细述。三藏十分喜悦，顶礼拜谢了，便叫沙僧点数收起，又到殿前谢过佛祖，便欲带领众徒离去。

众人喜悦，都再无话说。八戒仔细四处看了，吞吞吐吐地问两个不认识的授经尊者："怎没看见从前两位佛前尊者？"

这两个尊者不说话。佛祖听见了，对他说："他们犯规，正面壁思过，不能出来见你。我还有话对你说。"说着，他将手一招，一个侍者拿出一个绣花香袋。

佛祖问他："你认清楚，这是你的吗？"

八戒一看，正是自己私自献给那个尊者的礼物，涨红脸低头答应道："这是我的浑家临行给我缝制的。"

佛祖把香袋还给他，问道："你浑家给你的香袋，怎么到他手里了？"

八戒嘴里不好说，垂着两只大耳朵，脸涨得更红，一句话也说不出。

佛祖又问："这是你自己给他，还是他强要的？"

众目睽睽下，八戒恨不得找一条缝钻进去，更加说不出一句话。佛祖见他十分窘迫，才缓缓对他说："你给他这个香袋，害得他去思过，对你也不好。你名叫八戒，就该知道佛门规矩戒律，以后再不可这样做了。"

佛祖这句话，方给他下了台阶。八戒连忙点头应承了，就转到三藏身后，帮助沙僧搬运经书到外面去不提。

悟空在旁有些忍不住，问佛祖道："那两个贪僧怎么发落，难道就只是简单悔过吗？"

佛祖反问他："有过思过，难道还杀了他们吗？"

悟空不放松说："虽然不必除掉他们性命，但是也该加重惩罚才对。"

佛祖说："受贿处罚须有一个度。总不能为了一个乡村妇女缝制的香袋，就把他们打进十八层地狱。如果那样做，猪八戒送贿也该加重处分了。"

悟空不以为然道："猪八戒和他们不一样。猪八戒行为不端应该批评，他们身为佛前尊者地位不同，收受一根草也不行。如果悔过几天就回来，重新恢复原职，谁还敢相信他们？只有分清主次地位，决定处罚轻重，这才是真正的度。倘若你不明这个道理，也不要做佛祖了。"

瞧他说得这样没遮没拦，三藏不由慌了，喝斥他道："你好大胆，对佛祖怎么这样说话。再胡说，我就念紧箍咒，叫你不好受。"言罢，三藏转身向佛祖赔了小心，就大声念起咒来。悟空受不了，疼得翻跟头、竖蜻蜓，在地上乱滚，再也顾不上说话了。

佛祖一见，立刻举手喝止，对三藏说："他说得对，不要为难他。我再仔细思考，如果我有错也改。"正是：

能纳直言方为佛，
闻过则改才是祖。
万众齐诵佛伟大，
正是体现这般处。

悟空见佛这样宽宏度量，也心悦诚服敬礼参拜，不再多言多语，一场误会这才过去。这边佛祖见他们办清领经事宜，吩咐左右奏响仙乐，亲自送到门外，谆谆对他们说："从这里回东土还有许多路程，一切小心在意，不要出了问题。"

三藏师徒再次拜谢了，又由药师佛前导乘云下山，依依惜别前行。正是：

行尽西天万里路，
如今重新返东土。
从前故事成过去，
未来吉凶从头数。

众人往前行了一程，回头看见灵山已十分遥远，隐在漫天云雾中。三藏叹一口气说："西天就是这样，看过了方知许多情形。这里也不必久留了，我们就顺原路回去吧！"沙僧听话，牵住白马缰绳往来时路走，八戒也跟了上去。悟空却拦住马头说："我们不能再走这条老路。"

三藏感到奇怪，问他："这条路熟悉，不从这里走，怎么回东土？"

悟空说："我们来时，一路上结了许多冤仇，都等着我们回去算老账，如果再往那边走，岂不是自找麻烦。"

三藏问他："不从原路走，难道我们飞回去吗？"

悟空说："你们可还记得，在曲女城会见的迦摩缕波国拘摩罗王曾言，从那里向东北行，二月余可到蜀地边境。放着这条近路不走，何必又去绕圈子。"

他一句话点醒了三藏、八戒和沙僧，都说这是好主意，不再争议，众人就依他说，掉转身子向背后迦摩缕波国走去。悟空拔几根毛，另外化成四众身子，沿着归路走，让那些有冤气妖精截拦打杀，自己却出其不意脱了身。他们此去还有什么故事，便非本书所能言及了，请看未来传奇再续新篇。

噫，不到西天思西天，上罢西天方厌倦。悠悠风尘路，处处有艰险。无有极乐界，有悲亦有欢，西天依旧似人间。借问何处觅桃源？人人自己有心岸。不必求神佛，无须拜罗汉。待得尽都觉悟时，才是无限吉祥天。

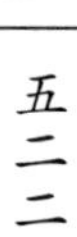

主要参考文献

[1] 玄奘，辩机. 大唐西域记[M]. 董志翘，译注. 北京：中华书局，2012.

[2] 慧立，彦悰. 大慈恩寺三藏法师传[M]. 高永旺，译注. 北京：中华书局，2018.

[3] 吴承恩. 西游记[M]. 北京：人民文学出版社，2010.

[4] 玄奘，辩机. 大唐西域记校注[M]. 季羡林，等. 校注. 北京：中华书局，2000.

[5] 章巽，芮传明. 大唐西域记导读[M]. 成都：巴蜀书社，1990.

[6] 王树英，刘国楠. 印度各邦历史文化[M]. 北京：中国社会科学出版社，1982.

[7] 恩·克·辛哈，等. 印度通史[M]. 张若达，等. 译. 北京：商务印书馆，1973.

[8] 杜继文，任继愈. 佛教史[M]. 北京：中国社会科学出版社，1991.

[9] 宽忍. 佛教手册[M]. 北京：中国文史出版社，1991.

[10] 任继愈. 宗教辞典[M]. 上海：上海辞书出版社，1981.

[11] 瓦尔米基. 腊玛延那·玛哈帕腊达[M]. 孙用，译. 北京：人民文学出版社，1978.

[12] 黄志坤. 古印度神话[M]. 长沙：湖南少年儿童出版社，1986.

[13] 詹得雄. 印度归来答客问[M]. 北京：世界知识出版社，1986.

[14] 屈小强. 西游记中的悬案[M]. 成都：四川人民出版社，1994.

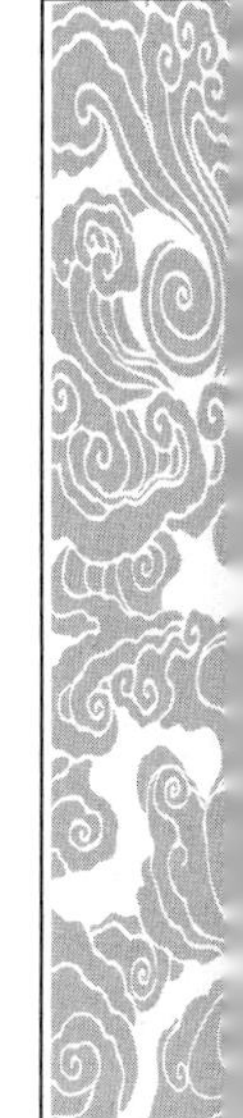

后　记

我从小就爱看《西游记》，喜欢机智勇敢、会七十二变的孙悟空。如今我已年过九十，对神奇古怪的西游故事的兴趣依旧未减半分。《西游记》的魔力，多么大啊！

看书看得入了迷，就会忍不住想模仿写一个类似的故事。我曾沿着玄奘取经的路线，考察过西游故事所写的西域的一些地方，也读了有关史料，知道他到“西天”天竺后曾在那里游历十九年，才满载经书取道回国。

我心里想，为什么没有人接着写下去，叙述他到达“西天”后，在当地的许多奇怪经历呢？

别人不写，我为什么不可以试一下？

狂热的激情，常会推动人们去做几乎不可能完成的事。

我也是这样。读《西游记》入迷，竟不揣冒昧，想去完成这样艰巨的工作。真是井底青蛙想上天，太自不量力了。亲爱的读者，请原谅我的无知和冲动吧！

不消说，这也是一本幻想色彩浓烈的神话小说。但是，我不敢胡思乱想，写得太离谱。

在《大唐西域记》里，详细记述了西天各国的许多珍奇风土人情和神话传说。我无法征求一千四百年前的玄奘大师的意见，斗胆根据他的著作，凭着自己的想象，写了这本《西天游记》。读者如果不怕麻烦，请翻开《大唐西域记》，从玄奘当年居留最久的摩揭陀国看起，沿着他旅行

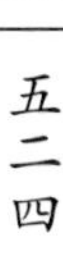

的路线，和本书对照参阅，就可以察见我只是亦步亦趋，不敢有太多的改变了。

最后我有几点说明：

一、因为这是模仿西游故事的续书，所以也沿用《西游记》的格式，保留孙悟空、猪八戒等人物，写成半文半白的章回体。

二、由于要接着《西游记》写下去，故事便从唐僧师徒到达灵山，即摩揭陀国鹫峰山写起。其中引用了原著伽叶尊者索要人事，颁给无字经书的情节，导出本书故事。本人并无对贤德尊者有半点不敬，需要特别声明。

三、据唐人慧立所写的《大慈恩寺三藏法师传》，玄奘在天竺诸国旅历中，最南仅到达罗毗荼国。本欲由此渡海访问僧伽罗国（今天的斯里兰卡），却因听说该国国王死于动乱而中止计划。但是在《大唐西域记》中记载，他还曾到达更南面的秣罗矩吒国。本书采用后一说法。他向往的僧伽罗国，就不让他去了。

四、玄奘返回路线与原来去时的途径相同，是不可争议的历史事实。但是我在《大唐西域记》迦摩缕波国（今天的印度东北边境的阿萨姆邦）一节中，见到国王向其叙述，由此向东北，经过西南夷地区，可以直达中国的“蜀西南之境”。本人在四川省西南部凉山地区考察，曾经到过传说唐僧返程落水，晾晒经书的晒经关。本人亦曾潜心研究“南方丝绸之路”，知悉其历史较“北方丝绸之路”更加悠久，唐代时期已成通途等史实。据此突发奇想，可否让小说中的唐僧沿此归国？这样写，势必打乱他在“西天”旅行的部分路线，也不符历史事实，但是增添了一些趣味。这也是要特别声明的。小说，毕竟是小说，愿识者能够宽容我的鲁莽和这种奇思妄想。

五、本书背景是印度，引用了一些印度神话故事。湿婆神大破铁城，

即沿用了其大破恶魔盘踞的三连城故事。这和《大唐西域记》有差别，也需作一声明。

写这本书时，参阅了季羡林等《大唐西域记校注》等书，谨此致谢。

《西游记》是高山，我学写的这本续书是微不足道的灰尘。从来续书不好写，何况我这个无才无能的俗人。再一次恳请读者吾师，原谅我这个痴狂的西游迷吧！

谢谢！